ପେଡ୍ ଗାର୍ଲଫ୍ରେଣ୍ଡ୍

ଡକ୍ଟର ରଞ୍ଜନ ପ୍ରଧାନଙ୍କ ବହୁ ଚର୍ଚ୍ଚିତ, ବହୁ ବିତର୍କିତ...

ପେଡ୍ ଗାର୍ଲଫ୍ରେଣ୍ଡ୍

(ଓଡ଼ିଆ କ୍ଷୁଦ୍ର ଗଳ୍ପ ସଂକଳନ)

ଗାଳ୍ପିକ: ଡକ୍ଟର ରଞ୍ଜନ ପ୍ରଧାନ

BLACK EAGLE BOOKS

2021

BLACK EAGLE BOOKS

USA address:
7464 Wisdom Lane
Dublin, OH 43016

India address:
E/312, Trident Galaxy, Kalinga Nagar,
Bhubaneswar-751003, Odisha, India

E-mail: info@blackeaglebooks.org
Website: www.blackeaglebooks.org

First International Edition Published by
BLACK EAGLE BOOKS, 2021

PED GAARL FREND
by **Dr. Ranjan Pradhan**

Copyright © **Dr. Ranjan Pradhan**

Cover & Interior Design: Ezy's Publication

ISBN- 978-1-64560-162-3 (Paperback)

Printed in United States of America

ପ୍ରଥମ ପ୍ରେମିକା ତନୁଜା ବଳ ଓ ତା' ଦେହର ଉତ୍ତେଜକ
ଡିଓ ମିଶା ଝାଳ ଗନ୍ଧକୁ...

-ରଞ୍ଜନ ପ୍ରଧାନ

ଗପ ଗଛ, ଗପ ଫୁଲ, ଗପ ଫଳ ଓ ସୋସିଆଲ୍ ମିଡ଼ିଆ

ଆଜିକୁ ପଚିଶ ବର୍ଷ ତଳେ, ମୋ' ସାରସ୍ୱତ ବଗିଚାରେ, ମୁଁ ଗପ ଗଛଟିଏ ଲଗେଇଥିଲି। ସାର, ପାଣି, ଖତ ଖାଇ ଗଛଟି ଖୁବ୍ ହୃଷ୍ଟପୁଷ୍ଟ ହୋଇଥିଲା। ଫୁଲ, ଫଳରେ ଗଛଟି ନଇଁ ପଡ଼ିଥିଲା। ବାଟରେ ଗଲା ଆଇଲା ଲୋକେ ଦେଖି କହିଲେ; ଇରେ ବାବା, ଏ ଗଛରେ କି ଫୁଲ ଫୁଟିଚି ମ! ଫଳ ଧରିଲେ ଗଛ ସମ୍ଭାଳିବ ତ?

ଆଉ କିଛି ଗପଚାଷୀ ମୋ' ଗପ ଗଛରେ ଫୁଟିଥିବା ଫୁଲ ଓ ଫଳିଥିବା ଫଳକୁ ଦେଖି ହତବାକ୍ ହେଲେ। କିଏ ଈର୍ଷା କଲା। କିଏ ଖୁସି ହେଲା। ଆରବର୍ଷ ଗପ ଚାଷ କରିବାକୁ ମୋ' ପାଖରୁ ଗପ ମଞ୍ଜି କିଣିନେବାକୁ ଆଉ କେହି କେହି ନୂଆ ଚାଷୀମାନେ ବଇନା (ଆଡ୍‌ଭାନ୍‌ସ) ଟଙ୍କା ଦେଇଗଲେ। ସେ ଯାହା ହେଉ, ସେ ବର୍ଷ ମୋ' ଗପ ଗଛଟି ଭଲ ଫଳ ଧରିଥିଲା। ଭଲ ଅମଳ ବି ହୋଇଥିଲା।

ପ୍ରଥମ ବର୍ଷ ଯେଉଁ ଗପସବୁ ଅମଳ ହେଲା, ସେସବୁକୁ ନେଇ **'ତନୁଜା ବଳକୁ ନେଇ ଯେତେସବୁ ବେକାରିଆ ଗପ'** ବହି ପ୍ରସ୍ତୁତ ହେଲା। ସେ କଥା ଆପଣମାନେ ଊଣା ଅଧିକ ଜାଣିଥିବେ।

ପ୍ରଥମ ମୁକା ଗପ ଅମଳ ଭଲରେ ଭଲରେ ସରିଗଲା।

ଭଲ ଗପ ଅମଳ ହୋଇଥିବାରୁ ସେବର୍ଷ ଖୁସିରେ ମୁଁ ଆତ୍ମହରା ହେଉଥାଏ। ପାଦ ତଳେ ଲାଗୁ ନଥାଏ। ଅନ୍ୟ ଗପ ଚାଷୀମାନେ ବି ଦେଖି ଈର୍ଷାରେ ଜଳୁଥାନ୍ତି। ଆଉ କିଛି ନୂଆ ଗପ ଚାଷୀମାନେ ମୋତେ ଅନୁସରଣ କରୁଥାନ୍ତି। କେମିତି ଏ ଗପ ଫଳେଇଲା ?

ପ୍ରଥମ କିସ୍ତି ଗପ ଅମଳ ସରିଗଲା ପରେ ଭାବିଥିଲି, ଗପ ଗଛଟି ପୁଣି ସାଙ୍ଗେ ସାଙ୍ଗେ ଫୁଲ ଧରିବ। ମାତ୍ର, ଦେଖିଲି, ସେ ଗପ ଗଛ ଆଉ ଫୁଲ ଧରିଲାନି। ଧରିଲାନି ମାନେ ? ସାତ ଆଠ ବର୍ଷ ଯାଏ ସେ ଗପ ଗଛଟି ଥୁଣ୍ଟା ହୋଇ ଠିଆ ହେଲା। ଧୀରେ ଧୀରେ ରୁଗ୍ଣ ହୋଇଗଲା। ମୁଁ ନିରୁତ୍ସାହିତ ହେଲି। ଭାବିଲି, ଗପ ଗଛଟି ମରିଯିବ। ତା’ କାଳ ପୂରିଗଲା। ଓଃ, ମୁଁ ଡରିଗଲି।

ଅନେକ ବର୍ଷ ଧରି ଗପ ଗଛଟି ଫୁଲ, ଫଳ ଶୂନ୍ୟ ହୋଇ ରହିଲା। ଉଠିଆ ପଡ଼ିଲା। ଆଉ ଫୁଲ, ଫଳ ଧରିଲାନି। ଖେଣ୍ଟା ଗଛଟାକୁ ଦେଖି ମୋତେ ବି ଭଲ ଲାଗୁନଥାଏ।

ମୁଁ କିନ୍ତୁ ସେ ଗପ ଗଛରେ ନିୟମିତ ପାଣି, ଖତ, ସାର ଦେଇ ଚାଲିଥାଏ। କିଛି ବର୍ଷ ପରେ ଦେଖିଲି ଗଛରେ ଫୁଲ କଅଁଳିଛି। ଖୁସିରେ ଆତ୍ମହରା ହୋଇଗଲି।

ସେବର୍ଷ ଏମିତି ଫୁଲ, ଫଳ ଧରିଲା, ପ୍ରଥମ ବର୍ଷର ରେକର୍ଡ଼କୁ ବି ଭାଙ୍ଗିଦେଲା। ସେବର୍ଷ ଅମଳରୁ **‘ଭିଟାମିନ୍’** ଗପବହିଟି ପ୍ରସ୍ତୁତ ହେଲା। ତା’ ପରେ ପୁଣି ସେ ଗପଗଛର ପୁରୁଣା ରୋଗ ବାହାରିଲା। ଆଉ ଫୁଲ, ଫଳ, କଷି ଧରିଲାନି। ଧରିଲାନି, ମାନେ ବହୁ ବର୍ଷ ଯାଏ ଫୁଲ, ଫଳର ନାଁଗନ୍ଧ ଦେଖିବାକୁ ମିଳିଲାନି।

ଏମିତି ଦୀର୍ଘବର୍ଷ ବିତିଗଲା। ଦୀର୍ଘ ବର୍ଷ ମାନେ ପାଖାପାଖି ଦଶବର୍ଷ। ଏଥର ଭାବିଥିଲି ଏ ଗପ ଗଛ ଆଉ ମୋଟେ ଫଳ ଧରିବନି। କିନ୍ତୁ ସମସ୍ତଙ୍କୁ ଚମ୍‌କେଇ ଦେଲା ଭଳି ସେ ଗପ ଗଛଟି ଫୁଲ, ଫଳ ଧରିଲା। କିନ୍ତୁ ସେ ବର୍ଷ ଗପର ସ୍ୱାଦ ଟିକେ ନିଆରା ମନେ ହେଲା। ତୃତୀୟ ଭାରିରେ ଯେଉଁ ଗପସବୁ ଅମଳ ହେଲା ତାକୁ ନେଇ ପ୍ରସ୍ତୁତ ହେଲା ମୋ’ର ତୃତୀୟ ଗପ ସଂକଳନ **‘ଡୁମା ଦେବତା ଓ ଅନ୍ୟାନ୍ୟ ଗପ’**।

ତୃତୀୟ କିସ୍ତି ଗପ ଅମଳ ପରେ ଗଛର ପୁଣି ସେଇ ପୁରୁଣା ରୋଗ ମନେ ପଡ଼ିଲା। ବହୁ ବର୍ଷ ଯାଏ ଗଛଟି ଫୁଲ, ଫଳ ନ ଧରି ଖେଣ୍ଟା ଠିଆ ହୋଇ ରହିଲା। ନ ଦଉ ପଛେ ଫୁଲ, ଫଳ; ଏଡେ ବଡ଼ ପୁରୁଣା ଗପ ଗଛର ଶୀତଳ ଛାଇ ଟିକେ ତ ଦେହ ଓ ମନରେ ଆହ୍ଲାଦ ଭରି ଦେଉଛି ! ଆଉ ଅଧିକ କ’ଣ ଲୋଡ଼ା ? ଗପ ଗଛର ଛାଇ ଟିକକ ନେଇ ମୁଁ ବଞ୍ଚିଲି ତମାମ ଆୟୂଷ।

ଏହା ପରେ କେବଳ ମୋର କାହିଁକି, ଅନ୍ୟ ଗପ ଚାଷୀମାନଙ୍କର ବି ଗୋଟିଏ

ଧାରଣା ହୋଇଗଲା, ରଞ୍ଜନ ପ୍ରଧାନର ସେ ମ୍ୟାଜିକ୍ ଗପ ଗଛଟା ମରି ଯାଇଛି। ଶଳା ଯାଇଛି ତିନି ପାଞ୍ଚିରୁ। ବେଶି ଦେଖେଇ ହେଉଥିଲା। ସେ ଗପ ଗଛର ଯାଦୁ ଆଉ କାମ ଦେଉ ନଥିଲା। ସତକୁ ସତ ସେୟା ବି ହେଲା। ଗଫ ଗଛରେ ଆଉ ଗପ ଫଳିଲାନି। ବର୍ଷବର୍ଷ ବିତିଗଲା। ମୁଁ କିନ୍ତୁ ନିୟମିତ ସାର, ପାଣି, ଖତ ଦେବାରେ ଅବହେଳା କରୁ ନଥାଏ। ତା' ଛାଇରେ ଟିକେ ବସୁଥାଏ। ଥକ୍କା ମେଣ୍ଟୋଉଥାଏ।

କିଛି ନୂଆ ଗପ ଚାଷୀ, ଯେଉଁମାନେ ଦିନେ ମୋ'ଠାରୁ ଗପ ମଞ୍ଜି ନେଇ ନିଜନିଜ ବିଲରେ ଗପଚାଷ ଆରମ୍ଭ କରିଥିଲେ, ସେମାନେ ଭାବିଲେ; ଭଲ ହେଲା, ରଞ୍ଜନ ପ୍ରଧାନର ଗପ ଗଛ ମରିଗଲା। ଏବେ ଆମ ଗଛମାନଙ୍କର ପାଳି।

କିନ୍ତୁ ସମସ୍ତଙ୍କୁ ଚମ୍‌କାଇ ଦେଲା ଭଳି ଘଟଣାଟିଏ ଘଟିଲା। ଦେଖିଲି, ଏବର୍ଷ ଗଛରେ କିଛି ଫୁଲ ଫୁଟିଛି, କଢ଼ ଧରିଛି। ଏବର୍ଷ ଅମଳରେ ମୋର ଯେଉଁ ଗପ ବହି ପ୍ରସ୍ତୁତ ହେବାକୁ ଯାଉଛି, ତା' ନାଁ **'ପେଡ୍ ଗାର୍ଲ୍ ଫ୍ରେଣ୍ଡ୍'**।

ନିୟମିତ ବ୍ୟବଧାନରେ ମୋ' ଗପ ଗଛଟି ଫୁଲ, ଫଳ ନ ଧରୁ ପଛେ, ଅମଳ ଅନିୟମିତ ହେଉ ପଛେ, ଏକଦମ୍ ବନ୍ଧ୍ୟା ହୋଇଯାଇନି। ମୁଁ ଜାଣିଛି ମୋର ଏ ମ୍ୟାଜିକ୍ ଗପ ଗଛଟି ମୋତେ କେବେ ନିରାଶ କରିବନି। ଆପଣମାନେ ଅପେକ୍ଷା ରଖନ୍ତୁ ବନ୍ଧୁଗଣ, ଏ ଗପଗଛ ଆହୁରି ଫଳ ଦେବ।

ଖେଳ, ନାଚଗୀତ, ଅଭିନୟ, ଚିତ୍ରକଳା ଭଳି 'ଗପ' ଗୋଟିଏ ଅର୍ଥକରୀ ଫସଲ ନୁହେଁ ସତ, ମାତ୍ର ଏହା ଔଷଧୀୟ। ଘି' କୁଆଁରୀ, ଅମରପୋଇ, ତୁଳସୀ, ବାଡ଼ିଅଁଳା, ନିମ୍ବ, ବେଲ ଗଛ ଭଳି ମୋର ଏ ଗପ ଗଛଟି ମୋ' ବାଡ଼ିରେ ବଢ଼ିଛି। ଫୁଲ, ଫଳ ବି ଧରୁଛି।

ଦୀର୍ଘ ତିନି ଦଶନ୍ଧି ଧରି ମୁଁ ଏ ଗପଲେଖା କାମରେ ନିୟୋଜିତ ଅଛି। ଯଦି ଏତିକି ସମୟ ଧରି କ୍ରିକେଟ୍ ଖେଳୁଥାନ୍ତି କିମ୍ବା ଫିଲ୍ମରେ ଅଭିନୟ କରୁଥାନ୍ତି କିମ୍ବା ଗୀତ ଗାଉଥାନ୍ତି କିମ୍ବା ଶସ୍ତା ସିନେମା ଗୀତ ଲେଖୁଥାନ୍ତି କିମ୍ବା ସଙ୍ଗୀତ ନିର୍ଦ୍ଦେଶନା ଦେଉଥାନ୍ତି କିମ୍ବା ପେଣ୍ଟିଂ କରୁଥାନ୍ତି, ଏତେବେଳକୁ ମୁଁ ଓଡ଼ିଶା କାହିଁକି ଓଡ଼ିଶା ବାହାରେ ଏମିତିକି ଦେଶ ବାହାରେ ଖୁବ୍ ଚର୍ଚ୍ଚିତ ହୋଇ ସାରନ୍ତିଣି। ଖୁବ୍ ଟଙ୍କା ରୋଜଗାର କରି ସାରନ୍ତିଣି। ବଡ଼ବଡ଼ ଆପାର୍ଟମେଣ୍ଟ କିଣି ସାରନ୍ତିଣି। ବଡ଼ ଗାଡ଼ିରେ ବୁଲାବୁଲି କରୁଥାନ୍ତି। କିନ୍ତୁ ଏତେଦିନ ଧରି ଗପଚାଷ କରି ମୁଁ ପାଇଛି କ'ଣ ?

ଏ ପାଇବା ଓ ହରେଇବା ପ୍ରସଙ୍ଗଟି ବଡ଼ ଜଟିଳ। କିନ୍ତୁ ମୁଁ କ'ଣ ପାଇଛି ଆଉ ହରେଇଛି ତାହା ମୁଁ ଜାଣେ। ଗପ ଲେଖି ଯେଉଁ ଆତ୍ମସଂତୋଷ ଟିକକ ପାଏ, ତାହା ମୋର ବ୍ୟକ୍ତିଗତ। କିନ୍ତୁ ଏଥିପାଇଁ ମୁଁ ହରେଇଛି ଅନେକ। ଛାଡ଼ ସେ କଥା।

ମୋ'ର ପ୍ରଥମ ଗପ ସଂକଳନ 'ତନୁଜା ବଳକୁ ନେଇ ଯେତେସବୁ ବେକାରିଆ ଗପ'ରେ ରଞ୍ଜନ ପ୍ରଧାନ ଓ ତନୁଜା ବଳ ଚରିତ୍ର ମାଧ୍ୟମରେ ଜୀବନ, ମୃତ୍ୟୁ, ପ୍ରେମ, ବିଦ୍ରୋହ ଓ ମୋହଭଙ୍ଗର କଥା କୁହାଯାଇଥିଲା। ସେଠି ଜୀବନ ଥିଲା ପ୍ରେମମୟ। ସତ୍ୟ, ଶିବ ଓ ସୁନ୍ଦର। ସେ ବହିରେ ଥିମ୍ ଅପେକ୍ଷା ଶୈଳୀକୁ ପ୍ରାଧାନ୍ୟ ଅଧିକ ଦିଆଯାଇଥିଲା।

ଦ୍ୱିତୀୟ ଗପ ସଂକଳନ 'ଭିଟାମିନ୍'ରେ ପଲ୍ଲୀ ଜୀବନର ଅବକ୍ଷୟ, ଧ୍ୱଂସମୁଖୀ ସହରୀ ସଭ୍ୟତା, ଗାଁ, ମାଟି, ଜୀବନ ଓ ଜଞ୍ଜାଳର କଥା ବେଶି ମାତ୍ରାରେ ପ୍ରତିଫଳିତ ହୋଇଥିଲା।

ତୃତୀୟ ଗପ ସଂକଳନ 'ଡୁମା ଦେବତା ଓ ଅନ୍ୟାନ୍ୟ ଗପ'ର ସ୍ୱର ଥିଲା ସମ୍ପୂର୍ଣ୍ଣ ଭିନ୍ନ। ଏଥିରେ ଓଡ଼ିଶାରେ ବସବାସ କରୁଥିବା ଜନଜାତିଙ୍କ କଥା, ସେମାନଙ୍କ ସମସ୍ୟା, ପ୍ରଥା, ପରମ୍ପରା, ଅନ୍ଧବିଶ୍ୱାସ, ଗୁଣିଗାରେଡ଼ି, ସଂସ୍କୃତି, ପର୍ବପର୍ବାଣି ଓ ସେମାନଙ୍କ ସାମାଜିକ ଜୀବନର ଅବକ୍ଷୟ କଥା ପ୍ରତିଟି ପୃଷ୍ଠାରେ ପ୍ରତିଫଳିତ ହୋଇଥିଲା।

ଏବେ ଯେଉଁ ଗପ ବହିଟି ବଜାରକୁ ଆସୁଛି, ତାହାର ନାଁ ହେଉଛି 'ପେଡ୍ ଗାର୍ଲଫ୍ରେଣ୍ଡ୍'। ଏଥିରେ ମୁଖ୍ୟତଃ ଆଧୁନିକ ମଣିଷର ସ୍ଖଳିତ ବସ୍ତୁବାଦୀ ଜୀବନ ଓ ଦର୍ଶନର କଥା ରହିଛି। ପ୍ରେମ, ପ୍ରତାରଣା, ମୋହଭଙ୍ଗ, ଅବସାଦ, ଅସ୍ୱାଭାବିକ ସମ୍ପର୍କ, ଗଭୀର ମନସ୍ତାପ ଓ ଆତ୍ମଦହନ ଏହି ଗପ ସଂକଳନର ମୁଖ୍ୟ ସ୍ୱର। ବିଶେଷକରି ଆଧୁନିକ ସମୟର ସ୍ଖଳିତ ନାରୀ ଚରିତ୍ର ଏଥିରେ ବେଶି ପ୍ରତିଫଳିତ ହୋଇଛି।

'ପେଡ୍ ଗାର୍ଲଫ୍ରେଣ୍ଡ' ଗପଟି ଓଡ଼ିଆ ଗଳ୍ପ ପତ୍ରିକା 'କଥା କଳିକା'ର ୨୦୧୯ ସେପ୍ଟେମ୍ବର ସଂଖ୍ୟାରେ ପ୍ରକାଶ ପାଇବା ପରେ ଏହା ସେତେବେଳେ ବହୁ ଚର୍ଚ୍ଚିତ ଓ ବିତର୍କିତ ହୋଇପଡ଼ିଥିଲା। ଗପଟି ପଢ଼ିବା ପରେ ତଥାକଥିତ ଛଦ୍ମ ପାଠକଙ୍କ ନାମରେ କେତେକ ଅସହିଷ୍ଣୁ ବ୍ୟକ୍ତିବିଶେଷ ମୋ' ପ୍ରତି ଅଶାଳୀନ ମନ୍ତବ୍ୟ ଦେବାକୁ ମଧ୍ୟ ଭୁଲି ନଥିଲେ। ଆଉ କେତେକ ସମସାମୟିକ ଗାଳ୍ପିକ ଏହି ଗପଟିକୁ ପଢ଼ି ନାକ ଟେକିଥିଲେ। ଗପଟି ଅଶ୍ଳୀଳ ବୋଲି କହି ଉଁ..ହୁଁ..ଚୁଃ...ଚୁଃ... କରିଥିଲେ। କିନ୍ତୁ ଆଉ କିଛି ଗାଳ୍ପିକଙ୍କୁ 'ପେଡ୍ ଗାର୍ଲଫ୍ରେଣ୍ଡ' ଗପଟି ଭାରି ଛୁଇଁଥିଲା। ଏହା ଏକ ମାଷ୍ଟରପିସ୍ ବୋଲି ସେମାନେ କହିଥିଲେ। ଯେଉଁମାନେ ମୋ' ଗପକୁ ନିନ୍ଦା କରିଥିଲେ ଏବଂ ପ୍ରଶଂସା କରିଥିଲେ, ସମସ୍ତଙ୍କୁ ମୋର ଶ୍ରଦ୍ଧା ଓ ଭକ୍ତି।

ମୁଁ ଧନ୍ୟବାଦ ଦେବି 'କଥା କଳିକା'ର କାର୍ଯ୍ୟନିର୍ବାହୀ ସମ୍ପାଦକ ତଥା ବଡ଼ଭାଇ ଦୁର୍ଗାଚରଣ ଷଡ଼ଙ୍ଗୀଙ୍କୁ। 'ପେଡ୍ ଗାର୍ଲଫ୍ରେଣ୍ଡ'କୁ 'କଥା କଳିକା'ରେ ପ୍ରକାଶ କରିବାକୁ

ସାହସ କରିଥିବାରୁ ତାଙ୍କ କଲିଜା ପ୍ରତି ମୋ'ର ଶ୍ରଦ୍ଧା ଓ କୃତଜ୍ଞତା । 'କଥା କଳିକା'ରେ ମୋ' ଗପଟି ପ୍ରକାଶ କରିଥିବାରୁ ତାଙ୍କୁ ମଧ୍ୟ ଏଥିପାଇଁ କମ୍ ନିନ୍ଦା ଶୁଣିବାକୁ ମିଳି ନଥିଲା । ମାତ୍ର, ସେ ଏହାକୁ ଖାତିର ନ କରି ଏଭଳି ଏକ ଗପ ପାଇଁ ମୋତେ ବରଂ ବଧେଇ ଜଣାଇଥିଲେ । ଦୁର୍ଗା ଭାଇଙ୍କ ନିକଟରେ ମୁଁ କୃତଜ୍ଞ ।

ଏ ଗପ ବହିଟି ପ୍ରକାଶ ପାଉଥିବା ଅବସରରେ 'ସମ୍ବାଦ'ର ସମ୍ପାଦକ ସୌମ୍ୟ ରଂଜନ ପଟ୍ଟନାୟକ, ବିଶିଷ୍ଟ ସାହିତ୍ୟିକ ଡ. ବିଜୟାନନ୍ଦ ସିଂହ, ଇଜିସ ପ୍ରକାଶନୀ ସଂସ୍ଥାର ମୁଖ୍ୟ ବଡ଼ଭାଇ ଅଶୋକ ପରିଡ଼ା, ମୋ' ପତ୍ନୀ ପ୍ରଜ୍ଞା, କନ୍ୟା ସମୀକ୍ଷା ଓ ସୂଚନାଙ୍କ ନିକଟରେ ମୁଁ ଋଣୀ ।

ଆଜିକାଲି ସୋସିଆଲ୍ ମିଡ଼ିଆ ଅତିମାତ୍ରାରେ ସକ୍ରିୟ ହେବା ଫଳରେ, ଏବେ ସମସ୍ତେ ଜଣେ ଜଣେ ଲେଖକ ଓ ଜଣେ ଜଣେ ସାମ୍ବାଦିକ । ଯିଏ ଯେଉଁ ମୁହୂର୍ତ୍ତରେ ଓ ଯେଉଁଠୁ ପାରିଲା ଲେଖିପାରିଲା ଓ ରିପୋର୍ଟିଂ କଲା । ଦିନେ ଏ ଦୁଇଟି ଯାକ ବୃତ୍ତି ପାଇଁ କଲମ ଥିଲା ଏକମାତ୍ର ମାଧ୍ୟମ । ସେଥିପାଇଁ କେହି କେହି 'କଲମକୁ ଖଣ୍ଡାଠାରୁ ଶକ୍ତିଶାଳୀ' ବୋଲି କହିଥିଲେ ।

ଅତୀତରେ ସାମ୍ବାଦିକ ଓ ସାହିତ୍ୟିକମାନେ କଲମ ମୁନରେ ବିପ୍ଳବ ସୃଷ୍ଟି କରୁଥିଲେ । କଲମ ମୁନରେ ସାମ୍ବାଦିକମାନେ ବଦଳାଇ ଦେଉଥିଲେ ନେତା, ମନ୍ତ୍ରୀ ଓ ଦୁର୍ନୀତିଖୋର ଅଫିସରଙ୍କ ଭାଗ୍ୟ । କଲମ ମୁନରେ ସାହିତ୍ୟିକଟିଏ ବିପ୍ଳବ ଆଣି ପାରୁଥିଲା । ଋଷ୍ ବିପ୍ଳବ, ଆମେରିକୀୟ ଗଣବିଦ୍ରୋହ, ଫରାସୀ ବିପ୍ଳବ ଭଳି ଇତିହାସର ବହୁ ବଡ଼ ବଡ଼ ଗଣ ଆନ୍ଦୋଳନର ସୂତ୍ରପାତ ହୋଇଥିଲା ।

ଆଜି କଲମର ସ୍ଥାନ ନେଇଛି ହାତର ଅଙ୍ଗୁଳି । ସ୍ମାର୍ଟ ଫୋନ୍ ସ୍କ୍ରିନ୍ ଉପରେ ଅଙ୍ଗୁଳି ଚିପି ଜିନ୍ ଓ ଟପ୍ ପିନ୍ଧା ଅନୁଭୂତି ଓ ଅଭିଜ୍ଞତା ବିବର୍ଜିତା ଆଧୁନିକ ଯୁବତୀଟି ଲେଖୁଛି ରାଶି ରାଶି କବିତା ଓ ଗପ । ତା' କବିତାକୁ ପୁଣି ମିଳୁଛି ହଜାରେ ହଜାରେ ଲାଇକ୍, କମେଣ୍ଟ ଓ ଶେୟାର । ଲାଇକ୍, କମେଣ୍ଟ ଓ ଶେୟାର ଉପରେ ନିର୍ଭର କରୁଛି ଗପ ଓ କବିତାର ଟିଆର୍‌ପି । ଗପ ଆଉ ରଞ୍ଜନ ପ୍ରଧାନର ପାରମ୍ପରିକ ଗଛରେ ଫଳିବା ଅବସ୍ଥାରେ ନାହିଁ । ଏବେ ଗପ ଫ୍ୟାକ୍ଟ୍ରିରୁ ଉତ୍ପାଦନ କରାଯାଉଛି । ଆମର ତରୁଣୀ, ଯୁବପିଢ଼ି ଫ୍ୟାକ୍ଟ୍ରି ବସେଇ ମେସିନ୍‌ରୁ ଗପ କାଢୁଛନ୍ତି । ଭଲ । କିଛି କହିବାର ନାହିଁ । ମୁଁ ବା କାହିଁକି କହିବି ? ଏହା ତ ସମୟର କଥା । ଏଣୁ ସମୟକୁ କହିବାକୁ ଦିଆଯାଉ ।

ଉଦ୍‌ଭ୍ରାନ୍ତ ଆଧୁନିକ ଯୁବପିଢ଼ି ଓ ସୋସିଆଲ୍ ମିଡ଼ିଆ ଆଜି ସାହିତ୍ୟକୁ ସାଧନାର ମାର୍ଗ ଭାବେ ଗ୍ରହଣ କରିପାରୁନି । ସାହିତ୍ୟ ଯେ, ଅଖଣ୍ଡ ସାଧନା, ତାହାକୁ ଆଉ ଯୁବପିଢ଼ି ଗ୍ରହଣ କରିବା ଅବସ୍ଥାରେ ନାହିଁ ।

ଆଜିର ଯୁବପିଢ଼ି ବିଶ୍ୱାସ କରୁଛି; ବିନା ଅନୁଭୂତି ଓ ଅଭିଜ୍ଞତାରେ କେବଳ ଅଙ୍ଗୁଳି ଚିପିଲେ ସୃଷ୍ଟି ହେବ ଗପ ଓ କବିତା। ରାତିରେ ଶୋଇ ସକାଳୁ ଉଠିଲା ବେଳକୁ ତା' ସାମ୍ନାରେ ଠିଆ ହୋଇଥିବ ଗପ, କବିତାର ବିଶାଳ ଇମାରତ୍। ଆଜିର ଯୁବପିଢ଼ି ଧରି ନେଇଛି, ଗପ ପାଇଁ 'ଛାଞ୍ଚ'ଟିଏ ଲୋଡ଼ା। ରେଡିମେଡ୍ ଛାଞ୍ଚରେ ସାମାନ୍ୟ କିଛି କଞ୍ଚାମାଲ୍ ପକେଇଲେ ବାହାରି ପଡ଼ିବ ତଟକା ଗପ। ଏଣୁ ସେ ଗପର 'ଛାଞ୍ଚ'ଟିଏ କିମ୍ବା 'ମେସିନ୍'ଟିଏ ଧରି ବସିଯାଉଛି। ଅନେଇ ରହୁଛି, 'ଛାଞ୍ଚ'ରୁ ଗପ ବାହାରିବ।

ମୁଁ ନିଜକୁ ଜଣେ ସାମ୍ବାଦିକ ଓ ଲେଖକ ଭାବେ ଗର୍ବ କରେ। କାରଣ ସାମ୍ବାଦିକତା ମୋର ପେଶା ଓ ସାହିତ୍ୟ ମୋର ନିଶା। କିନ୍ତୁ ଆଜିର ସୋସିଆଲ୍ ମିଡ଼ିଆ ଆମ ଭଳି ପାରମ୍ପରିକ ସାମ୍ବାଦିକ ଓ ଲେଖକମାନଙ୍କ ଟିଆର୍‌ପି କମେଇ ଦେଇଛି। ଏ ସୋସିଆଲ୍ ମିଡ଼ିଆରେ ସକ୍ରିୟ ଥିବା କୋଟି କୋଟି ଅପ୍ରତ୍ୟାଶିତ ସାମ୍ବାଦିକ ଓ ଆକସ୍ମିକ ଲେଖକଙ୍କ ଗହଣରେ ମୋର ସ୍ଥାନ କେଉଁଠି ରହିବ, ତାହା ସମୟ ନିରୂପଣ କରିବ।

ବେଶି କହିଲିଣି। ରହିଲି। ପାଠକମାନେ ହିଁ ଶ୍ରେଷ୍ଠ ବିଚାରକ। ସମୟ ହିଁ ନିଷ୍ଠୁର ନିର୍ଦ୍ଧାରକ। ପାଠକ ନିରୂପଣ କରିବେ ଭଲ ଗପର ଭାଗ୍ୟ। ସମୟ ନିର୍ଦ୍ଧାରଣ କରିବ ଭଲ ଗପର ଭବିଷ୍ୟତ।

ଏହି ଗପ ବହିରେ ସଂକଳିତ ସମସ୍ତ ଗପ ବିଭିନ୍ନ ସମୟରେ କଥା କଳିକା, ନନ୍ଦିକା, ବିଶ୍ୱମୁକ୍ତି, ପଞ୍ଚବଟୀ, ଅପୂର୍ବା, ଶୈଳଜା, ପ୍ରାଚୀଧାରା, ପଲ୍ଲୀବାଣୀ, ଭିଜାମାଟି ଆଦି ପତ୍ରିକାରେ ପ୍ରକାଶ ପାଇଛି। ଏ ସମସ୍ତ ପତ୍ରିକାର ସମ୍ପାଦକ, ସମ୍ପାଦିକାଙ୍କ ନିକଟରେ ମୁଁ ଋଣୀ।

-ରଞ୍ଜନ ପ୍ରଧାନ

ସୂଚୀପତ୍ର

ପେଡ୍ ଗାର୍ଲଫ୍ରେଣ୍ଡ୍

କ୍ରିଂ...କ୍ରିଂ...କ୍ରିଂ...

କିଙ୍ଗ୍‌ସର ସ୍ମାର୍ଟ ଫୋନ୍ ରିଙ୍ଗ୍ ହେଉଥିଲା।

-ହ୍ୟାଲୋ....

-ହ୍ୟାଲୋ...ଓ...ଓ...ଓ

-ହଁ, ଭାବୀ। ମନେ ଅଛି ତ ? ସେଭେନ୍ ଓ' କ୍ଲକ୍ ଇଭିନିଂ। ରେଡ୍ ରୋଜ୍।

-ରେଡ୍ ରୋଜ୍ ?

-ପ୍ଲେସ୍ ?

-ଲୁମ୍ବିନୀବିହାର, ଜେନ୍ ଏନ୍‌କ୍ଲେଭ୍, ଥାର୍ଡ୍ ଫ୍ଲୋର୍, ସୁଟ୍ ନମ୍ବର-୧୦୮।

-ଆଛା, ଦେଖୁଛି। ଟିକେ ୱେଟ୍ କର।

ଫୋନ୍ କଟ୍।

କିଛି ସମୟ ପରେ ପୁଣି ବାଜି ଉଠିଲା କିଙ୍ଗ୍‌ସର ସ୍ମାର୍ଟଫୋନ୍। ସେ ଫୋନ୍ କଲ୍ ଥିଲା ରିଙ୍କି ଭାବୀଙ୍କର।

-ଉଁ...ହୁଁ...କିଙ୍ଗ୍‌ସ। ମୋ' ସୁନାଟା। ମୋ' ଧନଟା। ଏମିତି ବେଳେ ମାଗିଲୁନା। ଆଛା, କ୍ଲାଏଣ୍ଟ ଷ୍ଟାଟସ ? ଅଫିସର ନା ବିଜ୍‌ନେସ ମ୍ୟାନ୍ ?

-ଅଫିସର ଭଳି ଲାଗୁଛି ତ !

-ଗଭର୍ଣ୍ମେଣ୍ଟ ନା ପ୍ରାଇଭେଟ୍ ?

-ପ୍ରାଇଭେଟ୍। କେନ୍ଦୁଝରର କୋଉ ଖଣି କମ୍ପାନୀର ଜିଏମ୍ ଅଛି। ଏଇଠି ଭୁବନେଶ୍ୱରରେ ଫର୍ଚ୍ୟୁନ୍ ଟାୱାରରେ ବସେ।

-ହେଲେ...କିଙ୍ଗ୍‌ସ। ରେଡ୍ ରୋଜ୍ ତ ଏକଦମ୍ ଶେଷ୍। ଏଇ ଜଷ୍ଟ୍ ଲାଗିଗଲା।

ମାତ୍ର ପନ୍ଦର ମିନିଟ୍ ତଳେ। ବ୍ଲୁ ରୋଜ୍ କିନ୍ତୁ ଅଛି। ଜସ୍ମିନ୍ କି ପ୍ୟାସିଫ୍ଲୋରା ଚଳିବ କି? ଶୀଘ୍ର ବୁଝି କି ଜଣା। ଆଁ...।

-ହଁ କିଙ୍ଗ୍ସ, ସନ୍ଧ୍ୟାକୁ ରାମମନ୍ଦିର ଫାଷ୍ଟ ଫୁଡ୍ କାଉଣ୍ଟରରୁ ଚିକେନ୍ ଲଲିପପ୍, ପକୋଡ଼ା ଅର୍ଡର କରିଥିବୁ ତ! ଘର ପାଇଁ। ଆଠ ଦଶଟା କିଙ୍ଗ୍‌ଫିଶର ବିଅର ବି ଆଣିଥିବୁ। ମିଶିକି ପାର୍ଟି କରିବା। ବହୁଦିନ ହେଲା ହୋଇନି।

-ଠିକ୍ ଅଛି, ଭାବୀ।

ଫୋନ୍ କଟ୍।

କିଙ୍ଗ୍‌ସର ମୁଣ୍ଡ ଚକ୍କର ଖାଇଗଲା, ଘାଏଁ କରି। ବଡ଼ ବାହାଦୂରି ମାରି ଆସିଥିଲା ଅରବିନ୍ଦ୍ ସାର୍‌ଙ୍କ ଆଗରେ। ତାଙ୍କ ପାଇଁ ସବୁଠୁ ଭଲ ମାଲ୍ ଅର୍ଡର କରିପାରିବ ବୋଲି।

ଅରବିନ୍ଦ୍ ସାର୍। ଜଣେ ଯୁବ ଅଫିସର। ଗୋଟିଏ ଖଣି କମ୍ପାନୀରେ ସେ ଜେନେରାଲ୍ ମ୍ୟାନେଜର। ବସନ୍ତି ଫର୍ଚ୍ୟୁନ୍ ଟାୱାରର ଇଲେଭେନ୍‌ଥ ଫ୍ଲୋରରେ। ବଡ଼ ବୁଦ୍ଧିମାନ୍, ଜିନିୟସ୍, କ୍ରିଏଟିଭ୍, ମଲଟି ଟ୍ୟାଲେଣ୍ଟେଡ୍। ସେ ଚାହାନ୍ତି ଫ୍ରେଶ୍। ସଜ। ତଟକା। କ୍ରଞ୍ଚି। ସ୍ପାଇସି। ମଡର୍ଣ୍ଣ। ଇଂଲିଶ ସ୍ପିକିଂ। ନଟ୍‌ଖଟି। ଚୁଲ୍‌ବୁଲି।

ତାଙ୍କର ଡିମାଣ୍ଡ, ମାଲ୍ ପୁଣି ଘରୋଇ ୟୁନିଭର୍ସିଟି କିମ୍ବା ଓମେନ୍‌ସ କଲେଜର ହୋଇଥିବା ଆବଶ୍ୟକ। 'ପେଡ୍ ଗାର୍ଲ ଫ୍ରେଣ୍ଡ' ସ୍କିମ୍ ତାଙ୍କର ପସନ୍ଦ। ଗୋଟିଏ ୱିକ୍ ପାଇଁ କଣ୍ଟ୍ରାକ୍ଟ। ସର୍ଭିସ୍ ଠିକ୍‌ଠାକ୍ ରହିଲେ ଗୋଟିଏ ମନ୍‌ଥ ପାଇଁ ଏକ୍ସଟେନ୍‌ସନ। ଏଥିରେ କିଙ୍ଗ୍‌ସର ବି ବଡ଼ ବେନିଫିଟ୍। ବିଶେଷକରି 'ପେଡ୍ ଗାର୍ଲଫ୍ରେଣ୍ଡ' ସ୍କିମ୍‌ରେ କିଙ୍ଗ୍‌ସକୁ ଭଲ ରୟାଲିଟି ମିଳିଥାଏ।

ମୁଣ୍ଡ କୁଣ୍ଡେଇ କୁଣ୍ଡେଇ ରୁମ୍‌କୁ ପଶିଲା କିଙ୍ଗ୍‌ସ। ତା' ଅଶ୍ୱସ୍ତି ଭାବରୁ ଖଣି କମ୍ପାନୀ ଜିଏମ୍ ଅରବିନ୍ଦ୍ ସାର୍ ଅନେକ କିଛି ଠଉରାଇ ନେଇ ସାରିଥିଲେ। ମ୍ୟାଟର୍ ତା' ହେଲେ ଅନ୍‌ସକ୍‌ସେସ୍‌ଫୁଲ୍!

-ସାର୍, ସେ ରେଡ୍ ରୋଜ୍‌ଟା ଜଷ୍ଟ ପନ୍ଦର ମିନିଟ୍ ତଳେ ବୁକ୍ ହୋଇଗଲା, ଗୋଟେ ବୁଢ଼ା ଆଇଏଏସ୍ ସହ। ରିଙ୍କି ଭାବୀ ଓ ଗ୍ଲାଡ଼ିଏଟର୍ ସାର୍‌ଙ୍କ ଅନେକ କାମ ସେ ଆଇଏଏସ୍ ଫୁଲ୍‌ଫିଲ୍ କରିଛି ତ! ଏଣୁ ....।

-ରେଡ୍ ରୋଜ୍ ସେ ବୁଢ଼ା ପାଇଁ ସ୍ପେଶିଆଲ୍ ଗିଫ୍‌ଟ। ଏୟା ନା?

-ଆଜ୍ଞା, ସାର୍।

-ଆଚ୍ଛା, ସେ ଗ୍ଲାଡିଏଟରଟା କୁଆଡ଼େ ଗଲା? ତା'ର ତ ଦେଖା ଦର୍ଶନ ନାହିଁ ଏବେ। ପ୍ରଥମେ ପ୍ରଥମେ ମୁହଁ ଦେଖାଉଥିଲା। ଭଡ଼ଭଡ଼ ଗପୁଥିଲା। ହସିହସି କଥା କହୁଥିଲା। ସର୍ଭିସ ଠିକ୍‌ଠାକ୍ ଅଛି କି ନାହିଁ ପଚାରି ବୁଝୁଥିଲା।

ଡିସ୍‌ପ୍ଲିନ୍ ଜଣା ପଡୁଥିଲେ ଅରବିନ୍ଦ ସାର୍।

କିଙ୍ଗ୍‌ସ କହିଲା, ଗ୍ଲାଡ଼ିଏଟର୍ ସାର୍ ଏବେ ରିଙ୍କି ଭାବୀଙ୍କ ପାଖରେ ଥିବେ। ପ୍ରୋବ୍ଲେମ୍ କ'ଣ ମୋତେ କହୁନାହାନ୍ତି, ସାର୍? ମୁଁ ସବୁ ବୁଝିଦେବିନି!

-ଗ୍ଲାଡିଏଟର୍ ସାର୍ କ'ଣ ଏସବୁ କଥାରେ ଆଉ ବେଶି ମୁଣ୍ଡ ପୂରାଉଛନ୍ତି? ତାଙ୍କର କାମ ହେଲା ନେଟ୍‌ୱର୍କିଂ ଓ ମାର୍କେଟିଂ। କଲେଜ ଓ ୟୁନିଭର୍ସିଟିମାନଙ୍କରୁ ଏବଂ ବଙ୍ଗଳା, ଓଡ଼ିଶାର ଗ୍ରାମାଞ୍ଚଳରୁ ଏମିତିକି ଥାଇଲାଣ୍ଡ, ସାଂଘାଇରୁ ନୂଆ ନୂଆ ମାଲ୍ କଲେକ୍ଟ କରିବା ଓ ନେଟ୍‌ୱର୍କିଂ ବଢ଼ାଇବା ନେଇ ରିସର୍ଚ୍ଚ କାମ ତାଙ୍କ ମୁଣ୍ଡରେ। ତା' ପୁଣି ଫୋନ୍, ହ୍ୱାଟ୍‌ସ ଆପ୍, ଇ-ମେଲ୍ ଓ ମେସେଞ୍ଜର ମାର୍ଫତରେ। ଅନେକ କାମ ଭର୍ଚୁଆଲ୍ ପ୍ଲାଟ୍‌ଫର୍ମରେ କରିବାକୁ ପଡ଼ିଥାଏ। ଏ କାମ ଏତେ ମାତ୍ରାରେ ସାଂଘାତିକ କୋଡିଂ ଜରିଆରେ ହୋଇଥାଏ ଯେ, କେହି ବି କିଛି ଟେର୍ ପାଇବା ମୁସ୍କିଲ୍। ବହୁତ ରିସ୍କି ବି।

ଗ୍ଲାଡ଼ିଏଟର୍ ସାର୍‌ଙ୍କୁ କ'ଣ କେହି କେବେ ବାହାରେ କି ବଜାରରେ ଦେଖିଛନ୍ତି? ଅଧିକାଂଶ ସମୟ କଟେ ତାଙ୍କର ପାଓ୍ୱାର କରିଡରରେ। ନେତା, ମନ୍ତ୍ରୀ, ଆଇଏଏସ୍, ଆଇପିଏସ୍ ଅଫିସରଙ୍କ ନିକଟରେ। ପୋଲିସ, ଆଡ୍‌ମିନିଷ୍ଟ୍ରେସନ ଆଉ ପଲିଟିକାଲ୍ ଲିଡରଙ୍କ ସହ ଲିଆସୋନିକ୍ କାମ ମଧ୍ୟ ଗ୍ଲାଡିଏଟର ସାର୍‌ଙ୍କର।

ଏ ଲାଇନ୍‌କୁ ଯେଉଁ ନୂଆ ମାଲ୍‌ମାନେ ଆସୁଛନ୍ତି, ତାହା କେବଳ ଗ୍ଲାଡିଏଟର୍ ସାରଙ୍କ ସାର୍ପ୍ ବ୍ରେନ୍ ଯୋଗୁ ପସିବ୍ଲ ହୋଇଥାଏ। ଏଡ଼େବଡ଼ ନେଟ୍‌ୱର୍କ ଚଳାଇବା କ'ଣ ଇଜି କି, ସାର୍?

ଆପଣ, ସାର୍ ଆମ ନେଟ୍‌ୱର୍କ ଭିତରକୁ ପଶିଲେ କେମିତି କି? ସେଇ ଗ୍ଲାଡିଏଟର୍ ସାର୍‌ଙ୍କ ଯୋଗୁଁ ସିନା! ଗ୍ଲାଡ଼ିଏଟର ସାର୍‌ଙ୍କର କେବଳ ସେତିକି କାମ। ଆପଣଙ୍କ ଭଳି ହେଭିଓ୍ୱେଟ୍ ଗ୍ରାହକମାନଙ୍କର ସନ୍ଧାନ କରି ଆମ ନେଟ୍‌ୱର୍କରେ ପୂରାଇବା ପରେ ବାକି ସର୍ଭିସ ଆମର।

-କୁହନ୍ତୁ ସାର୍, କ'ଣ ଫର୍ମାଇସି?

କିଙ୍ଗ୍‌ସ ପୁଣି କହିଲା, ସାର୍, ବ୍ଲୁ ରୋଜ୍ ହେଲେ ଚଳିବ?

ଏଇ ଦେଖନ୍ତୁ ତ ସାର୍, ଏ ଫଟୋ। ପ୍ୟାକେଜ୍ ପୂରା ପଚାଶ ହଜାର। ୟୁନିଭର୍ସିଟି ମାଲ୍। ଏଜ୍ ଟୋଣ୍ଟିଓ୍ୱାନ୍। ପରଫେକ୍ଟ ବଡ଼ି। ବ୍ରେଷ୍ଟ:ଓ୍ୱେଷ୍ଟ:ହିପ୍ ରେସିଓ ୩୬:୨୪:୩୮। ଫ୍ୟାଟ୍‌ଲେଶ। ସ୍ଲିମ୍। ଡେଙ୍ଗୀ।

-ଆଚ୍ଛା, ତୁମ ମାଲ୍‌ମାନଙ୍କର ନାଁ ସବୁ ଏମିତି କାହିଁକି, କିଙ୍ଗ୍‌ସ? ଅରବିନ୍ଦ୍ କହିଲା।

-ଗ୍ଲାଡ଼ିଏଟର୍ ସାର୍ ଓ ରିଙ୍କି ଭାବୀଙ୍କ ଫାର୍ମରେ ଯେଉଁ ମାଲ୍‌ମାନେ କାମ କରନ୍ତି, ସେମାନଙ୍କର ଏମିତି ନାମକରଣ କରାଯାଇଥାଏ। ସେମାନଙ୍କ ପାଇଁ ବି ହିଡ଼େନ୍ କୋଡ଼୍ ୱାର୍ଡ଼ ରହିଛି। ଗ୍ଲାଡ଼ିଏଟର୍ ସାର୍‌ଙ୍କ ଫାର୍ମକୁ ମାଲ୍ ଆସିବା ପରେ ସେମାନଙ୍କ ପୁରୁଣା ଓ ପାରମ୍ପରିକ ନାଁକୁ ଡିଲିଟ୍ କରିଦିଆଯାଏ। ରିଙ୍କି ଭାବୀଙ୍କ ପସନ୍ଦରେ ଏସବୁ ନାମକରଣ କରାଯାଇଥାଏ। ତା' ଛଡ଼ା ଏଭଳି ଏକ ସେନ୍‌ସିଟିଭ୍ କାମ ବିନା କୋଡ଼୍ ୱାର୍ଡରେ କ'ଣ ସମ୍ଭବ, ସାର୍? ଯାହା କୁହନ୍ତୁ ସାର୍, ଏଥିରେ ଭାରି ରିସ୍କ।

-ଆମ ରିଙ୍କି ଭାବୀଟା ବି ଚୋଖା ମାଲ୍‌ଟାଏ। ଆଃ...। ଜିଭ କାମୁଡ଼ି ପକାଇଲା କିଙ୍ଗ୍‌ସ। ବୋଧେ ସେ କିଛି ଭୁଲ୍ କରିଦେଲା, ରିଙ୍କି ଭାବୀଙ୍କ ଉପରେ ଆଖି ପକାଇ! ମାନେ, ରାଣୀ ମହୁମାଛି ଉପରେ ନଜର ପକାଇ। ହୁସ୍।

-ଆଃ, ରିଙ୍କି ଭାବୀ! କୁଇନ୍ ହନି ବି।

-ସେଇଟାକୁ ମୋ' ପାଇଁ ଆଣୁନୁ।

-ନା, ନା, ସାର୍। ଇମ୍ପସିବ୍ଲ। ସେ ଆମ ନେଟ୍‌ୱର୍କର ସବୁଠୁ ଇମ୍ପୋର୍ଟାଣ୍ଟ ମେମ୍ବର। ଅକେଜ୍‌ନାଲି ରିଙ୍କି ଭାବୀ ବଡ଼ ବଡ଼ ନେତା କିମ୍ବା ଆଇଏଏସ୍‌ଙ୍କ ପାଇଁ ଯାଇଥାନ୍ତି।

-ଆଛା? ଏମିତି ତାହେଲେ? ମାନେ ଆମେ ଡିସ୍‌କ୍ୱାଲିଫାଏଡ୍?

-ସାର୍, ଆପଣ ଆମର ଅତି କ୍ଲୋଜ୍ କଷ୍ଟମର୍ ହୋଇଗଲେଣି ବୋଲି କହୁକହୁ ଅନେକ ଭିତିରି କଥା କହିଦେଉଛି। ଆପଣ କିନ୍ତୁ ଏସବୁ କେଉଁଠି ଲିକ୍ କରିବେନି।

-ଆରେ, ନା ନା। ଏସବୁ କ'ଣ କେଉଁଠି ଡିସ୍‌କ୍ଲୋଜ୍ କରିହୁଏ?

-ହୁଁ, ଆମ ରିଙ୍କି ଭାବୀ ପରା ଜେଏନ୍‌ୟୁ ପାସ୍ ଆଉଟ୍। ବାହା ହେବାର ଅଳ୍ପ କେଇ ମାସ ପରେ ହଜ୍‌ବ୍ୟାଣ୍ଡଙ୍କ ସହ ପଡ଼ିଲାନି। ସେ ଦିଲ୍ଲୀ ଛାଡ଼ି ସିଧା ଚାଲି ଆସିଲେ ଭୁବନେଶ୍ୱର। ପ୍ରଥମେ ପ୍ରଥମେ ଭୁବନେଶ୍ୱରରେ ଗୋଟିଏ ଏମ୍‌ଏନ୍‌ସିରେ କାମ କରୁଥିଲେ। ପରେ ଏ ଲାଇନ୍‌କୁ ଆପଣେଇ ନେଲେ। ପ୍ରଥମେ ସେ ଏହି ଧନ୍ଦାରୁ ନିଜର କ୍ୟାରିଅର ଆରମ୍ଭ କରିଥିଲେ। ଆଉ ଏବେ, ସେ ଏ ସେକ୍ସ ର୍‍ୟାକେଟ୍‌ର ରାଣୀ ମହୁମାଛି। ଭୁବନେଶ୍ୱରର ଲେଡ଼ି ଡନ୍। ଭୁବନେଶ୍ୱରର ମୋଷ୍ଟ ପାୱାରଫୁଲ୍ ମହିଳାମାନଙ୍କ ଭିତରୁ ଜଣେ। ବୟସ ଟିକେ ଅଧିକ ହୋଇଯାଇଥିଲେ ବି ରିଙ୍କି ଭାବୀ ଧନ୍ଦା ପାଇଁ ଏକଦମ୍ ଅନ୍‌ଫିଟ୍ ହୋଇ ପଡ଼ିନାହାନ୍ତି ଏ ଯାଏଁ। ଏବେ ବି କେତେକ ବୁଢ଼ା ଆଇଏଏସ୍ ରିଙ୍କି ଭାବୀଙ୍କୁ ନେଇ ସାଟିସ୍‌ଫାଏଡ୍।

-ହୁସ୍, ତୁମ ରିଙ୍କି ଭାବୀ ବୁଢ଼ୀଟା। ସେଇଟା ଗୋଟା ହିପ୍ପୋ କି ରାଇନୋସର ଫ୍ୟାମିଲିର। ସେଇଟା ଗୋଟାଏ ହ୍ୱାଇଟ୍ ଏଲିଫ୍ୟାଣ୍ଟ। ଚ୍ୟୁବି। ବାଇଦୱେ, କିଙ୍ଗ୍‌ସ, ତୁମେ ଏ ଲାଇନ୍‌କୁ କିପରି ପଶିଲ? ପଚାରିଲା ଅରବିନ୍ଦ।

-କ'ଣ କରିବି ସାର୍? ଆପଣଙ୍କୁ ଆଉ କିଛି ଲୁଚୋଉନି ସାର୍। କାହିଁକି ନା, ଆପଣ ଆମର ଜଣେ କ୍ଲୋଜ୍ ମେମ୍ବର ହୋଇଗଲେଣି। ସତ କହିବାକୁ ଗଲେ, ମୁଁ ଇକନମିକ୍ସରେ ଏମ୍ଏ କରିବା ପରେ ଚାକିରି ଅନ୍ୱେଷଣରେ ଭୁବନେଶ୍ୱର ଚାଲିଆସିଲି। ବହୁତ ଦିନ ଏଣେତେଣେ ଘୂରିଲି। ପ୍ରଥମେ ଗୋଟିଏ ଛୋଟିଆ ପ୍ରାଇଭେଟ୍ ଫାର୍ମରେ କାମ କଲି। ମାତ୍ର, ପଇସା ଅଣ୍ଟୁ ନଥିଲା। ଦିନେ, ଅଚାନକ୍ ଏ ନେଟ୍‌ୱର୍କର ଜଣେ ଏଜେଣ୍ଟ ସହ ମୋର ଦେଖା ହେଲା ଏକ ଘରୋଇ ବିଶ୍ୱବିଦ୍ୟାଳୟ କ୍ୟାମ୍ପସ ନିକଟରେ। ସେ ଏଜେଣ୍ଟ ମୋତେ ଆଣି ପ୍ରଥମେ ରିଙ୍କି ଭାବୀଙ୍କ ସହ ପରିଚୟ କରାଇଦେଲା। ରିଙ୍କି ଭାବୀଙ୍କଠାରୁ କାମର ଅନ୍ଦାଜ ବୁଝିନେବା ପରେ ମୁଁ ଏ ଲାଇନ୍‌ରେ ଖୁବ୍ ଶୀଘ୍ର ଅନ୍ୟମାନଙ୍କୁ ସୁପରସିଡ୍ କରିଗଲି। ମୋର ହାଇ ପ୍ରମୋଶନ୍ ହୋଇଗଲା। ଏବେ ଏ ନେଟ୍‌ୱର୍କରେ ଗ୍ଲାଡ଼ିଏଟର୍ ସାର୍, ରିଙ୍କି ଭାବୀଙ୍କ ପରେ ମୋର ସ୍ଥାନ ଥାର୍ଡ଼ ପୋଜିସନ୍‌ରେ।

ଆମ ନେଟ୍‌ୱର୍କରେ ଯେଉଁମାନେ ଏ କାମ କରୁଛନ୍ତି, ସେମାନେ ସମସ୍ତେ ପ୍ରାୟ ଉଚ୍ଚ ଶିକ୍ଷିତ, ଇଣ୍ଟେଲିଜେଣ୍ଟ, ସ୍ମାର୍ଟ। ଅଳ୍ପ କିଛି ଗାଉଁଲି ମାଲ୍‌କୁ ଅର୍ଡିନାରି ପ୍ରଷ୍ଟିଚ୍ୟୁଟ୍ କାମରେ ଲଗାଯାଉଛି। ସେମାନେ କଲେଜ, ୟୁନିଭର୍ସିଟି ଷ୍ଟୁଡେଣ୍ଟ କିମ୍ବା ସାଧାରଣ ଛୋଟମୋଟ ପ୍ରଫେସ୍‌ନାଲଙ୍କ ୱାଣ୍ଟ ଫୁଲଫିଲ୍ କରିଥାନ୍ତି।

-ଲିଭ୍ ଇଟ୍। ଲେଟ୍‌ସ କମ୍ ଦ ଟପିକ୍। ଆଜି ପାଇଁ କ'ଣ ବ୍ୟବସ୍ଥା କଲ, କିଙ୍ଗ୍‌ସ? ଆଶ୍ ଟ୍ରେରେ ଅଧା ପୋଡ଼ା ସିଗାରେଟ୍‌କୁ ଦଳୁଦଳୁ ଅର୍‌ବିନ୍ଦ୍ କିଙ୍ଗ୍‌ସକୁ ଆଉ ଥରେ ରିମାଇଣ୍ଡ୍ କରିଦେଲା।

-ସାର୍, ବ୍ଲୁ ରୋଜ୍ ବୁକ୍ କରିଦେଉଛି? ମୋ' କଥା ମାନନ୍ତୁ। ବଢ଼ିଆ ମାଲ୍। ଥରେ ଟ୍ରାଏ କରନ୍ତୁ। ତା' ପରେ କହିବେନି କି? ଏ କିଙ୍ଗ୍‌ସ ଠିକ୍ କହୁଥିଲା କି ନାହିଁ?

-ସ୍କିମ୍? ଏନି ଅଦର୍ ଡିଟେଲ୍‌ଡ?

-ପେଡ୍ ଗାର୍ଲଫ୍ରେଣ୍ଡ ସ୍କିମ୍‌ରେ ବୁକ୍ କରିଦେଉଛି, ସାର୍। ଡ୍ୟୁରେସନ୍: ୱାନ୍ ଉଇକ୍, କଷ୍ଟ: ରୁପିଜ୍ ଫିଫ୍‌ଟି ଥାଉଜାଣ୍ଡ ଓନ୍‌ଲି। ମୋ' ଉପରେ ବିଶ୍ୱାସ ଆଉ ଭରସା ରଖନ୍ତୁ ସାର୍।

-ହଁ, କିଙ୍ଗ୍‌ସ ସେ ବ୍ଲୁ ରୋଜ୍‌ର ପ୍ରୋଫାଇଲ୍ ଡିଟେଲ୍‌ସ ଦେଲନି ତ!

-ସାର୍, ତା' ଫଟୋ ପ୍ରୋଫାଇଲ୍ ଆପଣଙ୍କ ହ୍ୱାଟ୍‌ସ ଆପ୍ ନମ୍ବରରେ ସେଣ୍ଡ୍ କରିଦେଇଛି। ଟିକେ ଚେକ୍ କରିନିଅନ୍ତୁ। ଚଏସ ବି କରନ୍ତୁ।

-ଏ ବ୍ଲୁ ରୋଜ୍‌ଟା ଆମ ନେଟ୍‌ୱର୍କର ଆଉ ଏକ ହଟ୍ କେକ୍। ବେଷ୍ଟସେଲର। ପ୍ରାଇଭେଟ୍ ୟୁନିଭର୍ସିଟିର ଝିଅ। କ୍ୱାଲିଫାଏଡ୍ ଆଉ ପ୍ରଫେସନାଲ୍। ଯଦିଓ କିଛି କଷ୍ଟମର

ରେଡ୍ ରୋଜ୍‌କୁ ଅଧିକ ମାର୍କ ଦିଅନ୍ତି, ମାତ୍ର ଆପଣଙ୍କ ଭଳି ଜିନିୟସ, କ୍ରିଏଟିଭ୍ କଷ୍ଟମରମାନେ ବ୍ଲୁ ରୋଜ୍ ସମ୍ପର୍କରେ ବଢ଼ିଆ ଫିଡ୍‌ବ୍ୟାକ୍ ଦେଇଥାନ୍ତି। ବ୍ଲୁ ରୋଜ୍ ମଡର୍ନ। ଅଣ୍ଡରଷ୍ଟାଣ୍ଡିଂ। ଆଡ୍‌ଜଷ୍ଟେବଲ୍। କମ୍ପ୍ରମାଇଜିଂ। ସେନ୍‌ସିଟିଭ। ତା' ସର୍ଭିସ୍ ଏକଦମ୍ ପ୍ରଫେସନାଲ୍ ଓ ହୋମ୍‌ଲି।

ଆମ ନେଟ୍‌ୱର୍କରେ ତା' ନାଁ ବ୍ଲୁ ରୋଜ୍। ମାତ୍ର, ତା'ର ପ୍ରକୃତ ନାଁ ସୁସ୍ମିତା ମହାପାତ୍ର। ତା' ନିଜ ଘର ବାଲେଶ୍ୱର କି ଜଳେଶ୍ୱର ଆଡ଼େ।

ଯଦି ସାର୍, ବ୍ଲୁ ରୋଜ୍ ପସନ୍ଦ ନ କରନ୍ତି, ତେବେ ଆମ ପାଖରେ ମ୍ୟାରିଗୋଲଡ଼୍, ଅର୍କିଡ଼୍, ବ୍ଲୁ ଲୋଟସ୍, ହ୍ୱାଇଟ୍ ଲିଲି ବି ଆଭେଲେବଲ୍ ଅଛି। ସେମାନଙ୍କ ମଧ୍ୟରୁ କାହାକୁ ବି ଆପଣ ଚଏସ୍ କରି ପାରନ୍ତି। ଏମାନଙ୍କ ରେଞ୍ଜ୍ କିନ୍ତୁ କମ୍, ମାନେ ତିରିଶ ହଜାର ମଧ୍ୟରେ। ଏମାନେ ଏବେଏବେ ସିନେମା ଇଣ୍ଡଷ୍ଟ୍ରିଜ୍‌ରେ ଷ୍ଟ୍ରଗଲ୍ କରୁଛନ୍ତି। ସେମାନଙ୍କର କେତେଗୁଡ଼ିଏ ଆଲ୍‌ବମ୍ ମଧ୍ୟ ରିଲିଜ୍ ହୋଇ ଗଲାଣି। କେବଳ ଏକ୍ସଟ୍ରା ଇନ୍‌କମ୍ ପାଇଁ ସେମାନେ ଏ ଲାଇନ୍‌ରେ ଅଛନ୍ତି।

ହ୍ୱାଟ୍‌ସ ଆପ୍ ନମ୍ବରରେ ସେମାନଙ୍କ ଫଟୋ ଦେଖି ଚିହ୍ନି ପାରିବେ ନିଶ୍ଚୟ। ବୟସ କମ୍। ଫ୍ରେଶ୍ ଓ ପ୍ରଫେସନାଲ୍। ଏ ଯେଉଁ ଅର୍କିଡ୍ କଥା କହୁନି କି ସାର୍, ତା'ର ଏବେ ଗୋଟିଏ ଫିଲ୍ମ ରିଲିଜ୍ ହୋଇଛି। ସ୍ମାର୍ଟ। ଷ୍ଟାଇଲିଶ୍। କିନ୍ତୁ ସେ ଯେଉଁ ଫିଲ୍ମରେ ଅଭିନୟ କରିଛି, ସେଥିରେ କୁଆଡେ ଚିଟ୍‌ଫଣ୍ଡ ଟଙ୍କା ଲାଗିଛି ବୋଲି ମିଡ଼ିଆରେ ଜୋରଦାର ଚର୍ଚ୍ଚା ହେଉଛି। ପ୍ରତ୍ୟୁଷର ବନ୍ଧା ହେବ ବୋଲି ଶୁଣାଯାଉଛି।

ଅର୍କିଡ଼୍‌ର ପ୍ରକୃତ ନାଁ ଚର୍ଚ୍ଚିତା ମିଶ୍ର। ତା'ର ଅନେକ ଆଲବମ୍ ଆପଣ ଦେଖିଥିବେ ନିଶ୍ଚୟ। ହଉ ଛାଡ଼ନ୍ତୁ ସାର୍। ଆପଣ, ଏମାନଙ୍କ ଭିତରୁ କାହାକୁ ବି ଚଏସ୍ କରିପାରନ୍ତି।

-ହୁଁ, ସେ ବ୍ଲୁ ରୋଜ୍‌ଟା ଚଏସ୍‌ଡ଼। ବୁକ୍ କରିଦିଅ।

ଅରବିନ୍ଦ୍ ଆଉ କିଛି ଅଧିକ ନ ଭାବି, ଗ୍ରୀନ୍ ସିଗ୍‌ନାଲ ଦେଇଦେଲା।

-ରିଙ୍କି ଭାବୀଙ୍କ ସହ କଥା ଲାଗିବି ତା'ହେଲେ ?

-ହଁ। କନ୍‌ଫର୍ମ କରିଦିଅ। ଆଚ୍ଛା ତମ ରିଙ୍କି ଭାବୀ, ଭୁବନେଶ୍ୱରର ଖୁବ୍ ପାୱାରଫୁଲ୍ ଓମ୍ୟାନ୍, ନୁହେଁ ?

-ଆମ ରିଙ୍କି ଭାବୀଙ୍କୁ ସିନା କେହି କେହି ଲେଡ଼ି ଡନ୍ କହନ୍ତି, ମାତ୍ର, ସେ ଦୟା ଓ କରୁଣାର ପ୍ରତୀକ। ଭୁବନେଶ୍ୱରର ସବୁ ସଭାସମିତିରେ ଆପଣ ତାଙ୍କୁ ଗେଷ୍ଟ୍ ଚେୟାରରେ ଦେଖିପାରିବେ। କେତେବେଳେ ମନ୍ତ୍ରୀଙ୍କ ପ୍ରକୋଷ୍ଠରେ ତ କେତେବେଳେ ସେକ୍ରେଟେରିଙ୍କ ଚ୍ୟାମ୍ବରରେ, ସବୁବେଳେ ସେ ବିଜି ଥାଆନ୍ତି ପାୱାର କରିଡରରେ। ମାଡ଼୍‌ପିଟ୍, ଭାୟୋଲେନ୍‌ସ, ଗନ୍, ମର୍ଡ଼ର, ଫାୟାରିଂରେ ସେ ନଥାନ୍ତି। ତାଙ୍କର ସମସ୍ତଙ୍କ

ସହ ଭଲ ରାପୋ। ପୋଲିସବାଲା, ସାମ୍ବାଦିକ, ଆଇଏଏସ୍, ଆଇପିଏସ୍, ନେତା, ମନ୍ତ୍ରୀ, ଓକିଲ ଏମିତିକି ଜଜ୍‌ମାନଙ୍କ ସହ ରିଙ୍କି ଭାବୀଙ୍କର ଗୋଟିଏ ବଢ଼ିଆ ରିଲେସନ ରହିଛି। କେତେ ଝିଅଙ୍କୁ ସେ କର୍ମସଂସ୍ଥାନ ନ ଯୋଗେଇଛନ୍ତି, ଭାବିଲେ ଦେଖି ?

-ହଉ ଠିକ୍ ଅଛି। ବ୍ଲୁ ରୋଜ୍ ନେଇ ଆସ। ମନେରଖ, 'ପେଡ୍ ଗାର୍ଲ ଫ୍ରେଣ୍ଡ୍' ସ୍କିମ୍। ଲୁମ୍ବିନୀ ବିହାର, ଜେନ୍ ଏନ୍‌କ୍ଲେଭ୍, ଥାର୍ଡ୍ ଫ୍ଲୋର, ସୁଟ୍ ନମ୍ବର ୧୦୮। ସେଭେନ୍ ଓ' କ୍ଲକ୍ ଇଭିନିଂ।

ଖଣି କମ୍ପାନୀ ଜିଏମ୍ ଅରବିନ୍ଦ, କିଙ୍ଗ୍‌ସକୁ ଇସାରା କରି ବାଥ୍‌ରୁମ୍‌କୁ ଯିବାକୁ ଉଦ୍ୟମ କରୁଥିଲେ। ଏତିକିବେଳେ କିଙ୍ଗ୍‌ସ ପୁଣି କଥା ଆରମ୍ଭ କଲା। କିଙ୍ଗ୍‌ସର ଏସବୁ ବିଜ୍‌ନେଶ ଟ୍ରିକ୍। ସବୁ ଭେରାଇଟି ସମ୍ପର୍କରେ ବୁଝାଇବା ତା' କାମ।

-ସାର୍, ବୁଝିଲେ ନା, ରେଡ୍ ରୋଜ୍, ବ୍ଲୁ ରୋଜ୍, ଜସ୍ମିନ୍, ପ୍ୟାସିଫ୍ଲୋରାକୁ ଛାଡ଼ିଲେ ଆମ ନେଟ୍‌ୱର୍କରେ ଆଲିଆଣ୍ଡର, ଚାଇନିଜ୍ ବକ୍ସ, ଜିନିଆ, ମେରିଗୋଲ୍ଡ, ରେଡ୍ ଟୁଲିପ୍, ରେଡ୍ ଲୋଟସ ଆଦି ବହୁ ଭେରାଇଟି ଅଛନ୍ତି। ଏସବୁ ମାଲ୍ ଇଞ୍ଜିନିୟରିଂ କଲେଜ ଓ ଘରୋଇ ୟୁନିଭର୍ସିଟିର। ଏମାନେ ଫ୍ରେଶ୍ ଓ ପ୍ରଫେସନାଲ୍। ଏମାନଙ୍କ ଭିତରୁ କେତେକ ଅଣ ଓଡ଼ିଆ ଆଇ ମିନ୍ ପଞ୍ଜାବୀ, ବଙ୍ଗାଳୀ, ବିହାରୀ ବି ଅଛନ୍ତି। ଏମାନେ ସବୁ ଷ୍ଟୁଡେଣ୍ଟ। ଧନ୍ଦା କରୁଛନ୍ତି। ନିଜର ମେଣ୍ଟେନାନ୍‌ସ ପାଇଁ ଟଙ୍କା ଦରକାର ନା ! ଏକ୍ସଟ୍ରା ଇନ୍‌କମ୍ ପାଇଁ ଏମାନେ ଆମ ଧନ୍ଦାରେ ସାମିଲ ହୋଇଛନ୍ତି। ଏମାନଙ୍କ ରେଟ୍ ତିରିଶରୁ ପଚାଶ ହଜାର ମଧ୍ୟରେ।

-ହଉ, ଛାଡ଼, ଗପ ବନ୍ଦ କର। ବ୍ଲୁ ରୋଜ୍‌କୁ ଠିକଣା ଜାଗାରେ ପହଞ୍ଚାଅ। ମୋର ଆଶା, ତାକୁ ମୋ' ଆଟିଚ୍ୟୁଡ୍, ମୁଡ୍, ଲାଇକିଂ, ଡିସ୍‌ଲାଇକିଂ ସମ୍ପର୍କରେ ବୁଝାଇ ଦେଇଥିବ ନିଶ୍ଚୟ।

-ସାର୍, ଏଥିରେ ଖିଲାପ ଅଛି ? ସର୍ଭିସ୍ ପରେ ଆପଣ କହିବେନି ? କିଙ୍ଗ୍‌ସର କଥା ଯାହା, କାମ ତାହା।

ପଚାଶ ହଜାର ଟଙ୍କାର ଚେକ୍‌ଟିଏ ଧରାଇ ଦେଇ ଜିଏମ୍ ସାର୍ ବାଥ୍‌ରୁମ୍‌କୁ ଫ୍ରେଶ୍ ହେବାକୁ ଚାଲିଗଲେ।

ସନ୍ଧ୍ୟା ଠିକ୍ ସାତ। ଲୁମ୍ବିନୀ ବିହାର, ଜେନ୍ ଏନ୍‌କ୍ଲଭ୍, ଥାର୍ଡ୍ ଫ୍ଲୋର, ସୁଟ୍ ନମ୍ବର ୧୦୮ର ଏକ ଅନ୍ଧାରୁଆ କୋଠରୀ। ଜିରୋ ପାୱାର ବଲ୍‌ବରୁ ବିଛୁରିତ ସ୍ତିମିତ ଆଲୋକରେ କୋଠରୀଟି ଭାରି ଆଟ୍ରାକ୍ଟିଭ୍ ଲାଗୁଥାଏ।

ଗୋଟିଏ ବ୍ଲୁ ରଙ୍ଗର କାର୍ ଆଣି ଛାଡ଼ି ଦେଇଗଲା ଜଣେ ଦିବ୍ୟ ସୁନ୍ଦରୀ ଝିଅଟିକୁ। ସେ ଝିଅଟି ପିନ୍ଧିଥାଏ ବ୍ଲାକ୍ ରଙ୍ଗର ଓଭନ୍ ନେଟ୍ କୁର୍ତ୍ତା। ପାଦରେ ହାଇ

ହିଲ୍। କୋମଳ ସିଲ୍କ ସୂତା ଭଳି ତା' ମୁଣ୍ଡ ବାଳ ହାଲୁକା ପବନରେ ଫରଫର ଉଡୁଥାଏ। ଆଖି ପତା ସାମାନ୍ୟ ନୀଳ ଓ ମସୃଣ ଗୋଲାପୀ ଗାଲ। ଆଖିରେ ମସ୍କାରା। ଓଠରେ ଲିପ୍‌ଷ୍ଟିକ୍। ଅଣ୍ଡାକୃତି ମୁହଁ। ପତଳା ଧାରୁଆ ନାକ।

ସେ ହିଁ ଥିଲା ବ୍ଲୁ ରୋଜ୍ ଓରଫ ସୁସ୍ମିତା ମହାପାତ୍ର !

ବ୍ଲୁ ରୋଜ୍: ହାଏ, ଗୁଡ୍ ଇଭିନିଂ ଅରବିନ୍ଦ୍।

ଅରବିନ୍ଦ୍: ଗୁଡ୍ ଇଭିନିଂ ଡାର୍ଲିଂ।

ବ୍ଲୁ ରୋଜ୍: ହାଓ ଆର୍ ୟୁ, ଡିଅର୍ ?

ଅରବିନ୍ଦ୍: ଫାଇନ୍, ଡାର୍ଲିଂ। ଆଇ ମିନ୍ ୟୁ ଆର୍ ସୁସ୍ମିତା ମହାପାତ୍ର ଫ୍ରମ୍ ଜଳେଶ୍ୱର ?

ଚମ୍‌କି ପଡ଼ିଲା ସୁସ୍ମିତା। ଆରେ, ଏ ଟୋକାଟା ତ ତା' ବିଷୟରେ ଅନେକ କିଛି ଜାଣି ନେଲାଣି। ଟୋକାଟା ସ୍ମାର୍ଟ ବି ଜଣାପଡୁଛି। ମନେମନେ ଭାବୁଥିଲା ସୁସ୍ମିତା। କିନ୍ତୁ ସେ ବିଚଳିତ ହେଉ ନଥିଲା। କାରଣ କିଙ୍ଗସ ତା'ର ଯେଉଁ ଠିକଣାଟା ଏ ଟୋକାକୁ ଦେଇଛି, ତାହା ଫଲସ ବୋଲି ସୁସ୍ମିତା ନିଶ୍ଚିତ ଥିଲା।

ବ୍ଲୁ ରୋଜ୍ ଥିଲା ତନୁପାତଳୀ, ଶ୍ୟାମଳୀ, ଇଂଲିଶ୍ ସ୍ପିକିଂ ଓ ଅତ୍ୟନ୍ତ ସ୍ମାର୍ଟ୍।

କିଛି ସମୟ ନିରବତା ଭଙ୍ଗ କରି ବ୍ଲୁ ରୋଜ୍ ଯାଇ ଅରବିନ୍ଦ୍ ପାଖରେ ଲାଗିକରି ବସିଲା। ସୁସ୍ମିତା ପ୍ରଥମେ ଗପ ଆରମ୍ଭ କଲା।

ଏତିକି ବେଳକୁ ଗେଷ୍ଟ ହାଉସ୍‌ର ବୟ ଡୋର୍ ନକ୍ କଲା। ଟେବୁଲ୍ ଉପରେ ରେଡ୍ ୱାଇନ୍, ଚିକେନ୍ ପକୋଡ଼ା, ଗ୍ରୀନ୍ ସାଲାଡ୍ ଥୋଇଦେଇ ଡିନର ଅର୍ଡର ନେଇ ବୟ ଫେରିଗଲା।

ସୁସ୍ମିତା ଦୁଇଟି ଗ୍ଲାସ୍‌ରେ ୱାଇନ୍ ଢାଳିଲା। ଗୋଟିଏ ଅରବିନ୍ଦ୍ ପାଇଁ ଓ ଅନ୍ୟଟି ନିଜ ପାଇଁ।

ସୁସ୍ମିତାର ୱାଇନ୍ ଢାଳିବାର ଆର୍ଟିଷ୍ଟିକ୍ ପୋଶ୍ଚର ଅରବିନ୍ଦ୍‌କୁ ବେଶ୍ ପ୍ରଭାବିତ କଲା। କେବଳ ତା' ୱାଇନ୍ ଢାଳିବା କୌଶଳ ନୁହେଁ, ସୁସ୍ମିତାର ସମସ୍ତ କାର୍ଯ୍ୟକଳାପ, ଭାବଭଙ୍ଗୀ ଓ କଥାବାର୍ତ୍ତା ଅରବିନ୍ଦର ପସନ୍ଦ ହେଉଥିଲା। ବ୍ଲୁ ରୋଜ୍ ପ୍ରତି ଏବେ ଅରବିନ୍ଦ ଖୁବ୍ ଇମ୍ପ୍ରେସଡ୍।

ଆଚ୍ଛା, କିଙ୍ଗସଟା ପ୍ରଫେସନାଲ୍ ତା' ହେଲେ। ଅରବିନ୍ଦ ତାକୁ ମନେ ମନେ ଧନ୍ୟବାଦ ଦେଲା। ଭଲ ମାଲ୍‌ଟାଏ ତାକୁ ଯୋଗେଇ ଦେଇଛି କିଙ୍ଗସ।

ଦୁଇଟି ଗ୍ଲାସ୍ ଚିୟର୍ସ କଲାବେଳକୁ ବ୍ଲୁରୋଜ୍ ଅରବିନ୍ଦର ପେଟ ତଳକୁ ଚିମୁଟି ଦେଲା। ଏହା ଅରବିନ୍ଦ୍‌କୁ ଅଧିକ ଉତ୍ତେଜିତ କରି ପକାଇଲା। ଅରବିନ୍ଦ୍ ଟୋକୀଟାକୁ ଭିଡ଼ି ଆଣିଲା ତା' କୋଳକୁ।

ପୂର୍ବରୁ ବ୍ଲୁ ରୋଜ୍‌ର ପୋଷାକ ପରିପାଟିରେ ଅରବିନ୍ଦ୍ ମୁଗ୍ଧ ହୋଇ ସାରିଥିଲା। ଏବେ କଥାବାର୍ତ୍ତାରେ ବି ଖୁବ୍ ଇଂପ୍ରେସ୍‌ଡ।

ସେତେବେଳକୁ ରାତି ବିଳମ୍ବିତ ହୋଇସାରିଥାଏ। ୱାଇନ୍‌ର ହାଲୁକା ନିଶା ଉଭୟଙ୍କୁ ଉତ୍ତେଜନାରେ ଭରି ଦେଇଥାଏ। ସୁସ୍ମିତା କଣ୍ଡୋମ୍ ପ୍ୟାକେଟ୍ ଖୋଲିଲା ଓ ଅରବିନ୍ଦ ସିଗାରେଟ୍‌ରେ ନିଆଁ ଲଗାଇଲା।

ସୁସ୍ମିତାର ଭଲ୍‌ଭା ଗୋଲାପୀ ଓ ଘନ ବାଇଗଣୀ ରଙ୍ଗ ମିଶ୍ରିତ ଏକ ପ୍ରସ୍ଫୁଟିତ ପଦ୍ମଫୁଲର ଭ୍ରମ ସୃଷ୍ଟି କରୁଥାଏ। ସେ ଫୁଲର ପେଟାଲ୍ ସବୁ ଓଦା ହୋଇ ଆହୁରି ଅଧିକ ରସାଳ ଲାଗୁଥା'ନ୍ତି। ତାହା ଖୁବ୍ ମୁଲାୟମ ବୋଧ ହେଉଥାଏ ଅରବିନ୍ଦକୁ।

ଶରୀରରୁ ଉତ୍ତାପ ଓହ୍ଲେଇ ଆସିବା ପରେ ସୁସ୍ମିତା ବାଥ୍‌ରୁମ୍‌କୁ ପଶିଲା ଓ ଅରବିନ୍ଦ୍ ସିଗାରେଟ୍‌ରେ ନିଆଁ ଧରାଇଲା।

ପୋଷା ବିଲେଇଟି ଭଳି ମିଆଁଉ ମିଆଁଉ କରି ସୁସ୍ମିତା ଅରବିନ୍ଦର କୋଳକୁ ପଶି ଆସିଲା। କଷ୍ଟମରକୁ ଇମ୍ପ୍ରେସ କରିବାର ସବୁ ଟ୍ରିକ୍ ସୁସ୍ମିତାକୁ ଜଣା। ଖୁବ୍ ପ୍ରଫେସନାଲ୍। ଖୁବ୍ ଇଜି ବି।

-ଆଚ୍ଛା, ଇଂଲିଶ୍‌ରେ ପୋଷ୍ଟ୍ ଗ୍ରାଜୁଏସନ୍ କରିବା ପରେ ଏ ଲାଇନ୍‌ରେ ହଠାତ୍ କାହିଁକି ? ଅରବିନ୍ଦ କଥା ଆରମ୍ଭ କଲା।

-ସେ ବହୁତ ଲମ୍ବା କାହାଣୀ, ଅରବିନ୍ଦ୍। ସେ କାହାଣୀ କୋଉଠୁ ଆରମ୍ଭ କରିବି ଆଉ କୋଉଠି ଏଣ୍ଡ୍ କରିବି, ଜାଣେନି। ତା' ଛଡ଼ା, ମୁଁ ତ ତମଭଳି ଭାବୁକ ବି ନୁହଁ! କହିଲା ସୁସ୍ମିତା।

ଜଳେଶ୍ୱରର ଏକ କ୍ଷୁଦ୍ର ପଲ୍ଲୀ ପାରିଜାତପୁର। ସେଇ ଗାଁର ତାଳଗଛମାନଙ୍କରେ ଦିନେ ମାଛରଙ୍କା ବସୁଥିଲେ। ଝଙ୍କା ବରଗଛ ଉହାଡ଼ରେ ଦିନେ ସୂର୍ଯ୍ୟ ଉଉଁଥିଲେ। ସୁବର୍ଣ୍ଣରେଖା ନଈରେ କୁମ୍ଭୀର ପହଁରୁଥିଲେ। ପିଲାମାନେ ସ୍କୁଲକୁ ଯାଉଥିଲେ। ହାଇଡ୍ ଆଣ୍ଡ ସିକ୍ ଗେମ୍ ଖେଳୁଥିଲେ। ଆଉ ସୁସ୍ମିତା ବି ଦିନେ ସ୍ୱପ୍ନ ଦେଖୁଥିଲା।

ନିର୍ଦ୍ୱନ୍ଦ୍ୱରେ, ବିନା ସଂକୋଚରେ ଓ ସହଜରେ ଏବେ ଏବେ ତିଆରି ହୋଇଥିବା ନୂଆ ବଏ ଫ୍ରେଣ୍ଡ୍ ଆଗରେ ସୁସ୍ମିତା ନିଜ ଦୁଃଖ କାହାଣୀ ବଖାଣିବାରେ କିଛି ସଂକୋଚ କରୁ ନଥିଲା। ସେତେବେଳକୁ ଅରବିନ୍ଦ୍ ଭୁଲି ଯାଇଥିଲା, ସେ ସୁସ୍ମିତା ନୁହେଁ, ବ୍ଲୁ ରୋଜ୍ ଓ କେଇଦିନ ପାଇଁ ଚୁକ୍ତିବଦ୍ଧ ହୋଇଥିବା ସେ ତା'ର ପେଡ୍ ଗାର୍ଲ ଫ୍ରେଣ୍ଡ ବୋଲି। ଆଉ, ସୁସ୍ମିତା ବି ଭୁଲି ଯାଇଥିଲା, ଅରବିନ୍ଦ ନାମକ ଏ ଯୁବକଟି ତା' ଅସ୍ଥାୟୀ ବଏଫ୍ରେଣ୍ଡ ବୋଲି।

ଦୁହେଁ ଇମୋସ୍‌ନାଲ ହୋଇ ପଡୁଥିଲେ। ସୁସ୍ମିତାର ଇଣ୍ଟରପ୍ରିଟିଂ ଷ୍ଟାଇଲ୍ ମଧ୍ୟ

ଖୁବ୍ ଆଟ୍ରାକ୍ଟିଭ୍। ସ୍ପେଶିଆଲ୍। ମୁଗ୍‌ଧ ହୋଇ ଯାଉଥିଲା ଅରବିନ୍ଦ। ଅରବିନ୍ଦକୁ ଏସବୁ କୋଉ ଫିଲ୍ମର କାହାଣୀ ଭଳି ଲାଗୁଥିଲା।

ସୁସ୍ମିତାର ବି ବାପା ଥିଲେ, ମା' ଥିଲେ। ବାପା ଥିଲେ ଗରିବ ଚାଷୀ। ବାପା ଚାଷବାସ କରି ପରିବାର ଚଳାଉଥିଲେ। ପ୍ରତିବର୍ଷ ସୁବର୍ଣ୍ଣରେଖାରେ ବନ୍ୟା ଆସି ତାଙ୍କ ଘରଦ୍ୱାର ଭସେଇ ନେଉଥିଲା ଓ ଫସଲ ଉଜୁଡ଼ାଇ ଦେଉଥିଲା।

ସବୁ ପିଲାଙ୍କ ଭଳି ସେ ସ୍କୁଲ ଯାଉଥିଲା। ସୁନ୍ଦରୀ ହୋଇଥିବାରୁ କ୍ଲାସ୍‌ରେ ତାର ଗୋଟିଏ ସ୍ୱତନ୍ତ୍ର ଅହଂକାର ଥିଲା। ସହପାଠୀମାନେ ତା' ରୂପରେ ପାଗଳ ହୋଇ ଉଠୁଥିଲେ। ସେ ଭଲ ପାଠ ବି ପଢୁଥିଲା। ସେ ବି ସୁବର୍ଣ୍ଣରେଖା ନଈରେ ପହଁରୁଥିଲା। ସେ ବି ବସନ୍ତ ଅପରାହ୍ନରେ ଦୂର ତାଳବଣରେ ଲୁଚକାଳି ଖେଳୁଥିଲା। ତା' ଓଠରେ ବି ସୂର୍ଯ୍ୟଙ୍କ କିରଣ ପଡୁଥିଲା। ସମୁଦ୍ର କୂଳିଆ ପବନ ତା' ଛାତିରୁ ଓଢ଼ଣୀ ଉଡ଼ାଇ ନେଉଥିଲା। ଗହମ ରଙ୍ଗର ତା' ପାଉଁଶିଆ ଗାଲ ଦିନେ ଚକ୍‌ଚକ୍ କରୁଥିଲା। ସେ ଖୁବ୍ ହସୁଥିଲା। ଏମିତି ଭାବେ ତା' ପିଲାଦିନ ଓ ଆଦ୍ୟ କୈଶୋର ବେଶ୍ ଆନନ୍ଦରେ କଟୁଥିଲା। ସବୁ ଠିକ୍‌ଠାକ୍ ଚାଲିଥିଲା।

ଗାଁ ପାଖ କଲେଜ୍‌ରେ ପ୍ଲସ୍ ଟୁ ଓ ପ୍ଲସ୍ ଥ୍ରୀ ଶେଷ କରିଥିଲା। ବହୁ କଷ୍ଟ ଓ ଯନ୍ତ୍ରଣା ଭିତରେ ୟୁନିଭର୍ସିଟିରେ ଇଂଲିଶ୍‌ରେ ପୋଷ୍ଟ ଗ୍ରାଜୁଏସନ୍ କଲା। ତା'ର ଇଚ୍ଛା ଥିଲା ଲେକ୍‌ଚରସିପ୍ କରିବ।

ପ୍ଲସ୍ ଟୁ ବେଳେ ବାପା ତାକୁ ଛାଡ଼ି ଆର ପାରିକୁ ଚାଲିଗଲେ ଓ ବୋଉଙ୍କୁ ଟ୍ୟୁବରକ୍ୟୁଲେସିସ ରୋଗ ମାଡ଼ିବସିଲା। ବଡ଼ଭାଇ ପାଗଳ ହୋଇ କୁଆଡ଼େ ନିଖୋଜ ହୋଇଗଲା। ସାନଭାଇର ପାଠ ପଢ଼ାରେ ଡୋରି ବନ୍ଧା ହେଲା। ତଥାପି ସେ ପ୍ଲସ୍ ଥ୍ରୀ ଓ ପୋଷ୍ଟ୍ ଗ୍ରାଜୁଏସନ୍ ଶେଷ କଲା। ମାତ୍ର, ଗୋଟିଏ ଭୋକିଲା ପରିବାର ତା'ଠୁ ଖୁବ୍ ଜଲ୍‌ଦି ଅନେକ କିଛି ଆଶା କରିଥିଲା। ଏଣେତେଣେ ଇଣ୍ଟରଭ୍ୟୁ ଦେଲା। ସବୁଠି ତାକୁ ମିଳିଲା ପ୍ରତାରଣା। ଫ୍ରଷ୍ଟେସନ୍।

ଶେଷରେ ବାଧ୍ୟ ହୋଇ ସେ ଚାଲି ଆସିଲା, ମାୟାନଗରୀ ଭୁବନେଶ୍ୱର। ଚାକିରି କରି ଆତ୍ମନିର୍ଭରଶୀଳ ହେବ ଓ ରୋଗିଣା ମା'କୁ ଔଷଧ ଦେବ, ସାନ ଭାଇକୁ ପଢ଼ାଇ ବଡ଼ ମଣିଷ କରିବ; ଏ ଲକ୍ଷ୍ୟ ତାକୁ ଟାଣି ଆଣିଥିଲା ଭୁବନେଶ୍ୱର।

ସେ ଏବେ ଭୁବନେଶ୍ୱରରେ ବଡ଼ ଚାକିରି କରିଛି। ତା' ବିଧବା ମା' ଓ ସାନ ଭାଇ ଏଭଳି ଏକ ଭ୍ରାନ୍ତ ଧାରଣାରେ ଥାଇ ଖୁସିରେ ଆତ୍ମହରା ହେଉଛନ୍ତି।

ଯେବେ ଖରା ଛୁଟିରେ ସୁସ୍ମିତା ନିଜ ଗାଁକୁ ଯାଏ, ସେ ଖୁବ୍ ହସୁଥାଏ। କୃତ୍ରିମ ହସ। ତା' ହସ ଥାଏ ଗାଁର ସବୁ ଯୁବକଙ୍କ ପାଇଁ ଅମୂଲ୍ୟ ସମ୍ପଦ। ମା' ମନ କୁଣ୍ଢେମୋଟ

ହେଉଥାଏ। ଝିଅ ସହରରେ ଚାକିରି କରିଛି। ବହୁତ ରୋଜଗାର କରୁଛି। ଝିଅ ତାର ଖୁସିରେ ଅଛି।

ଗାଁ ସାଙ୍ଗମାନେ ବି ତାକୁ ନେଇ ଗର୍ବ କରୁଛନ୍ତି।

ତା ସ୍କୁଲ୍ ସାଙ୍ଗ ଡେଜି ବିଏସ୍‌ସି ପାସ୍ କରି ଗାଁରେ ବେକାର ବସିଛି। ଭୁବନେଶ୍ୱରରେ ଚାକିରି କରିବାକୁ ତା' ପଛରେ ଲାଗିଛି। ସେ ତାକୁ କି ଚାକିରି କରାଇଦେବ? ଚମ୍‌କି ପଡ଼ିଲା ସୁସ୍ମିତା।

-ଇ, ସୁସ୍ମିତା ଆମକୁ ଭୁବନେଶ୍ୱର ନେଇ ଯାଆନା! ଆମଭଳି ଗାଉଁଲି ଝିଅଙ୍କୁ ଚାକିରିରେ ପୂରେଇ ଦେଏନା! ଆମେ ବି ତୋ' ଭଳି ଚାକିରି କରନ୍ତୁ। ସ୍ମାର୍ଟ ହୁଅନ୍ତୁ। ଫିସ୍‌ଫିସ୍ ଇଂରାଜିରେ କଥା ହୁଅନ୍ତୁ। ବଡ଼ବଡ଼ ସ୍ମାର୍ଟ ଫୋନ୍ ଧରନ୍ତୁ। ସ୍ମାର୍ଟ ଡ୍ରେସ୍ ପିନ୍ଧି ଗାଁ ଟୋକାଙ୍କୁ ପାଗଳ କରି ଦିଅନ୍ତୁ। ପର୍ସରେ ହଜାର ହଜାର ଟଙ୍କା ପୂରାଇ ସପିଂ ମଲ୍‌ରୁ କିଣାକିଣି କରନ୍ତୁ। ଇସ୍, ସୁସ୍ମିତା, କେତେ ଲକି ତୁ। ତୋ' ଭାଗ୍ୟ ବଦଳିଗଲା ଲୋ। ଡେଜି ଏକା ନିଶ୍ୱାସରେ ଏସବୁ କହିଯାଏ। କିଛି ବି ଉତ୍ତର ଦିଏନା ସୁସ୍ମିତା। କେବଳ ନିରବତା ହିଁ ସୁସ୍ମିତାର ଭାଷା କହୁଥାଏ।

ତଳକୁ ଖସି ପଡ଼ିବାର ଅପେକ୍ଷାରେ ଥିବା ଦୁଇ ବୁନ୍ଦା ଲୁହକୁ ଯଥାକଥା ଅଟକେଇ ସୁସ୍ମିତା ତଥାପି ସବୁକିଛି ମ୍ୟାନେଜ କରିନିଏ। ସୁସ୍ମିତା ଗାଁ ସାଙ୍ଗଙ୍କ ସହ ହସିହସି କଥା ହୁଏ।

ସୁସ୍ମିତାକୁ ରୁନୁ ଦିଦି ହିଁ ପ୍ରଥମେ ଏ ଲାଇନ୍‌କୁ ଆଣିଥିଲା। ସୁସ୍ମିତା ପରିବାରର ଦୁଃଖ ଦେଖି ରୁନୁ ଦିଦି ତାଙ୍କୁ ଭୁବନେଶ୍ୱର ନେଇ ଆସିଥିଲେ। ରୁନୁ ଦିଦି ତା' ଗାଁ ପାଖ ଝିଅ। ବୟସରେ ତା'ଠାରୁ ପାଞ୍ଚସାତ ବର୍ଷ ବଡ଼ ହେବ। ସେ ବି ଏ ଲାଇନ୍‌ରେ କାମ କରୁଛି।

ରୁନୁ ଦିଦିଙ୍କ ବୟସ ଅତିକ୍ରାନ୍ତ ହୋଇଗଲାଣି। ଏବେ ସେ ଆଉ ଆଗଭଳି କାମ କରିପାରୁନି। ଦୌଡ଼ି ପାରୁନି। ଦେହର କେୟାର ନେଇ ପାରୁନି। ତଥାପି, ଗାଁଗହଳିରୁ ଝିଅମାନଙ୍କୁ ଆଣି ଏ କାମରେ ଲଗାଇ ବେଶ୍ ଦି'ପଇସା ଇନ୍‌କମ୍ କରିପାରୁଛି।

ଚାକିରି ଦେବ କହି ମା'କୁ ଫୁସୁଲେଇ ରୁନୁ ଦିଦି ତାକୁ ଭୁବନେଶ୍ୱର ଆଣିଥିଲା। ଏଥିପାଇଁ ସେ ଗ୍ଲାଡ଼ିଏଟର ସାରଙ୍କଠାରୁ ମୋଟା ଅଙ୍କର କମିସନ୍ ପାଇଥିଲା ବୋଲି ପରେ ଜାଣିଲି। ସୁସ୍ମିତା କହି ଚାଲୁଥାଏ।

କୋଉଠି ବି କମା, ଫୁଲ୍‌ଷ୍ଟପ୍ ଭଳି ପଙ୍କ୍‌ଚୁଏସନ୍ ନଥାଏ ତା' କଥାରେ। ପ୍ରକୃତରେ କହିବାକୁ ଗଲେ, ଅରବିନ୍ଦ୍ ସୁସ୍ମିତାକୁ ରିଲାଏବଲ୍ ଲାଗୁଥିଲା। ଆଉ ଅରବିନ୍ଦ୍ ବି ଖୁବ୍ ଅଣ୍ଡରଷ୍ଟାଣ୍ଡିଂ ଥିଲା।

କଷ୍ଟମ୍‌ର ଚିହ୍ନିବାରେ ସୁସ୍ମିତା ଆଉ ଆଗ ଭଳି ବୋକୀ ନଥିଲା। କଷ୍ଟମରଙ୍କ

ଆଟିଚ୍ୟୁଡ୍ ନେଇ ସେମାନଙ୍କୁ ବିହେଭ୍ କରିବାକୁ ପଡ଼ିବ ନା ! କିଛି କଷ୍ଟମର୍ ଥା'ନ୍ତି, ଏଣୁତେଣୁ ନ ଗପି ସିଧା ସେକ୍ସ ଚାହାଁନ୍ତି । ଖୁବ୍ କମ୍ ସମୟରେ କ୍ଲାଂତ ହୋଇ ପଡ଼ନ୍ତି । ଆଉ କିଛି ଚିମୁଡ଼ା, କାମୁଡ଼ା, କଣ୍ଟାରେ ଫୋଡ଼ିବାରେ ଆନନ୍ଦ ପାଆନ୍ତି । ସେମାନଙ୍କ ଭିତରେ ଫ୍ରଷ୍ଟେସନ ଭରି ରହିଥାଏ । ବିଶେଷକରି ଆଇଏଏସ୍, ଆଇପିଏସ୍ ଶ୍ରେଣୀର କଷ୍ଟମରମାନେ ଏଭଳି ପର୍ଯ୍ୟାୟର । ଆଉ କିଛି କଷ୍ଟମର୍ କିନ୍ତୁ ଖୁବ୍ ରୋମାଣ୍ଟିକ୍ । ସଫ୍ଟ । ଡିଫେନ୍ସିଭ୍ । ଲମ୍ବା ସମୟ ଗପିବାକୁ ପସନ୍ଦ କରିଥାନ୍ତି । ଖୁବ୍ ବିଳମ୍ବରେ ଉତ୍ତପ୍ତ ହୁଅନ୍ତି । ଅରବିନ୍ଦ କିନ୍ତୁ ତୃତୀୟ ପର୍ଯ୍ୟାୟର । ଏହାକୁ ପ୍ରଥମରୁ ବୁଝି ନେଇଥିଲା ସୁସ୍ମିତା । ଏଣୁ ସେମିତି ଡିଲ୍ କରିବାକୁ ପଡୁଥିଲା ।

ସୁସ୍ମିତା ନିଜ ଷ୍ଟ୍ରଗଲ୍‌ର କଥା କହୁଥାଏ । ଆରବିନ୍ଦ୍ ମନଦେଇ ଏସବୁ ଶୁଣୁଥାଏ । ମଝିରେ ମଝିରେ ଏକ୍ସାଇଟେଡ୍ ହୋଇ ତାକୁ କୋଳେଇ ନେଉଥାଏ । କୁଣ୍ଢେଇ ପକାଉଥାଏ । ଓଠରେ କିସ୍ କରୁଥାଏ । ସତରେ ହେଉ କି ମିଛରେ ହେଉ, ସାତ ଦିନ ପାଇଁ ହେଉ କି ମାସେ ପାଇଁ; ଏବେ ସେ ତା' ଗାର୍ଲଫ୍ରେଣ୍ଡ ନା ! ସେ ପେଡ୍ ହୋଇଥାଉନା କାହିଁକି ?

ଜଳେଶ୍ୱରର ଏକ ନଈକୂଳିଆ ନିପଟ ମଫସଲ ଗାଁରୁ ଭୁବନେଶ୍ୱର ସ୍ମାର୍ଟ୍ ସିଟି; ଏ ଦୀର୍ଘ ଯାତ୍ରା ଖୁବ୍ ଘଟଣାବହୁଳ ଥିଲା ସୁସ୍ମିତାର ଲାଇଫ୍‌ରେ । ଅରବିନ୍ଦକୁ ସୁସ୍ମିତାର କାହାଣୀ କୌଣସି ସିନେମାର କାହାଣୀଠାରୁ କମ୍ ଲାଗୁ ନଥିଲା ।

ଭୁବନେଶ୍ୱର ଆସିବା ପରେ ପ୍ରଥମେ ରିଙ୍କି ଭାବୀ ସହ ସାକ୍ଷାତ କରାଇଦେଲା ରୁନୁ ଦିଦି । ପରଦିନ ଗ୍ଲାଡ଼ିଏଟର ସାର୍‌ଙ୍କ ସହ ସାକ୍ଷାତ ହେଲା । ଗ୍ଲାଡ଼ିଏଟର୍ ସାର୍‌ଙ୍କ କଥାବାର୍ତ୍ତା ଓ ମୋ' ଭବିଷ୍ୟତ ଗଢ଼ିବାର ଆସ୍ୟୁରାନ୍ସ ମୋତେ ଖୁବ୍ ଇମ୍ପ୍ରେସ କଲା ।

ଗ୍ଲାଡ଼ିଏଟର ସାର୍ ମୋତେ ବଡ଼ ମଲ୍‌ଟି ନେସନାଲ୍ କମ୍ପାନୀରେ ଚାକିରି ଦେବ କହି ଜଣେ ବଡ଼ ଅଫିସରଙ୍କ ପାଖକୁ ନେଇ ଯାଇଥିଲେ । ମାତ୍ର, ଚାକିରି ଦେବା ବଦଳରେ ସେ ଅଫିସର ମୋତେ ବାରମ୍ବାର ସେକ୍ସ କଲା । ଅବଶ୍ୟ କିଛି ଟଙ୍କା ମୋତେ ଫିଙ୍ଗି ଦେଇଥିଲା ।

ରୁନୁ ଦିଦି ଦିନେ ରଜକୁ ଗାଁକୁ ବୁଲି ଆସିଥିଲା । ସେ ଗାଁକୁ ଗଲେ କାର୍‌ରେ ଯାଏ । ପ୍ରତିବର୍ଷ ରୁନୁ ଦିଦି ରଜକୁ ଗାଁ ବୁଲି ଆସେ । ସେ ଭୁବନେଶ୍ୱରରେ ବଡ଼ ଚାକିରି କରିଛି ବୋଲି ଆମ ପାଖଆଖ ଗାଁର ଲୋକମାନେ ଜାଣନ୍ତି । ଏଣୁ ସେ ଆମ ଗାଁର କେତେ ଝିଅଙ୍କୁ ନେଇ ଚାକିରିରେ ଲଗାଇ ଦେଇଛି । ଏଥିପାଇଁ ରୁନୁ ଦିଦିକୁ ଆମ ଗାଁରେ ସମସ୍ତେ ମାନନ୍ତି ।

ଏ ରୁନୁ ଦିଦି, ଆମ ଗାଁର ଶୈଳବାଳା, ଭାରତୀ, ଉର୍ମିଳା, ସୁନେଇ, ସବିତା,

ରାଜଲକ୍ଷ୍ମୀ, ରଶ୍ମିତା ଆଦିଙ୍କୁ ଭୁବନେଶ୍ୱରରେ ଚାକିରିରେ ଲଗେଇ ଦେବ କହି ଆଣି ଏ ଧନ୍ଦାରେ ପୂରାଇଛି। ସେମାନଙ୍କ ଭିତରୁ କେତେଜଣ ଏବେ ମାଳିସାହି ଚାଲିଯାଇ ସେଠାରେ ଧନ୍ଦା କରୁଛନ୍ତି।

ଖୁଁ ଖୁଁ କାଶି କାଶି ମୋ' ରୋଗିଣା ମା' ଦିନେ ରୁନୁ ଦିଦିଙ୍କ ଘରକୁ ଯାଇଥିଲା। ରୁନୁ ଦିଦି ମୋତେ ଚାକିରି କରାଇଦେବ ବୋଲି ପ୍ରତିଶ୍ରୁତି ଦେବା ପରେ ମୋ' ମା'ର ଅଧା ଜ୍ୱର ଭଲ ହୋଇଯାଇଥିଲା।

ରୁନୁ ଦିଦି ମୋତେ ପ୍ରଥମେ ଆଣି ସାଲିଆସାହିରେ ରଖିଲା। ସାଲିଆସାହିର ବିଚିତ୍ର ପରିବେଶ ପ୍ରଥମେ ପ୍ରଥମେ ମୋତେ ଅଡୁଆ ଲାଗିଲା। ଖୁବ୍ ଅସହଜ ଲାଗିଲା। ସାଲିଆସାହିରେ ରୁନୁ ଦିଦିର ପାଖାପାଖି କୋଡ଼ିଏରୁ ଅଧିକ ଟିଣ ଆଜବେଷ୍ଟସ ଛାତପକା ଝାଟିମାଟିର ଘର ଥାଏ। ସେସବୁ ଭଡ଼ାରେ ଲାଗିଥାଏ। ମୋତେ ରୁନୁ ଦିଦି ଗୋଟିଏ ଟିଣ ଛପର ଘରେ ରଖିଲା।

ପରଦିନ ରୁନୁ ଦିଦି ମୋତେ କିଙ୍ଗ୍‌ସ ସହ ପରିଚୟ କରାଇଦେଲା। କିଙ୍ଗ୍‌ସ ମୋତେ ନେଇ ରିଙ୍କି ଭାବୀ ଓ ଗ୍ଲାଡ଼ିଏଟର ସାର୍‌ଙ୍କ ପାଖରେ ପହଞ୍ଚାଇଲା। ମୁଁ ଜଣେ ପ୍ରଫେସ୍‌ନାଲ୍ ପ୍ରଷ୍ଟିଚ୍ୟୁଟ୍ କାମ କରିବି ଏବଂ ଏ ନେଇ ମାସିକ ଉଚ୍ଚ ଦରମା ଓ ଅନ୍ୟାନ୍ୟ ସୁବିଧା ସୁଯୋଗ, ଭତ୍ତା, ବକ୍‌ସିସ୍ ପାଇବି ବୋଲି ଗ୍ଲାଡ଼ିଏଟର ସାର୍ ପ୍ରାଞ୍ଜଳ ଭାବେ ବୁଝାଇ ଦେଲେ।

-ଏହାଛଡ଼ା, ଦଶହରା, କାଳୀପୂଜା, ହୋଲି, ଦୀପାବଳିରେ ମଧ୍ୟ ସ୍ୱତନ୍ତ୍ର ପ୍ୟାକେଜ୍ ଦେବେ ବୋଲି ଗ୍ଲାଡ଼ିଏଟର ସାର୍ ଆସିଓର କଲେ। ଦଶହରା, କାଳୀପୂଜା, ହୋଲି, ଦୀପାବଳିରେ ମୋତେ ଗ୍ଲାଡ଼ିଏଟର ସାର୍ ବଡ଼ବଡ଼ ଅଫିସର, ନେତା, ମନ୍ତ୍ରୀଙ୍କ ପାଖକୁ ପଠାଇଲେ ସତ, କୌଣସି ସ୍ୱତନ୍ତ୍ର ପ୍ୟାକେଜ୍ ଦେଲେନାହିଁ। ଆହୁରି ସେ ଡରାଇଲେ ଯେ, କଷ୍ଟମର ଅସନ୍ତୁଷ୍ଟ ହେଲେ, ମୋ' ସାଲାରି କଟିବ। ଅଫିସରମାନେ ଯାହା ଟିପ୍‌ସ, ବକ୍‌ସିସ୍ ଦେଇଥାନ୍ତି। ତାହା ମୋର ପର୍ସନାଲ୍। ଯେମିତି ଆପଣ ମୋତେ ଏ ଗୋଲ୍‌ଡ ରିଙ୍ଗ୍‌ଟା ଗିଫ୍‌ଟ କଲେ ?

-ଗ୍ଲାଡ଼ିଏଟର ସାର୍ ମୋ' ନାଁ ସୁସ୍ମିତାରୁ ବ୍ଲୁ ରୋଜ୍ କରିଦେଲେ। ସୁନ୍ଦରୀ ଓ ସେକ୍‌ସି ବୋଲି ରିଙ୍କି ଭାବୀ ମୋ' ନାଁ ଦେଲେ ବ୍ଲୁ ରୋଜ୍। ପ୍ରଥମେ ପ୍ରଥମେ ମୋତେ ନିୟମିତ ସାଲାରି ଓ ଅନ୍ୟାନ୍ୟ ସୁବିଧା ସୁଯୋଗ ଦେଲେ। ମାତ୍ର, ପରେ ପରେ ଡିସ୍‌କଣ୍ଟିନ୍ୟୁ କଲେ। ଏ ବିଷୟରେ କହିଲେ ବି ରିଙ୍କି ଭାବୀ କି ଗ୍ଲାଡ଼ିଏଟର ସାର୍ କିଛି ଶୁଣିଲେନି। ଏବେ ପରିସ୍ଥିତି ଏଭଳି ହୋଇଛି, ନା ମୁଁ ଏ ବ୍ୟବସ୍ଥାରୁ ଆଉଟ୍ ହୋଇପାରୁଛି ନା ଅନ୍ୟ କେଉଁଠି ଚାକିରି ଖୋଜିପାରୁଛି ?

-କିନ୍ତୁ ସାର୍ ଏସବୁ କେଉଁଠି କହିବେ ନାହିଁ, ପ୍ଲିଜ୍। ଆପଣ ମୋତେ ନିଜର ଲାଗୁଛନ୍ତି ବୋଲି ଏତେସବୁ କହିଗଲିଣି। ପ୍ରକୃତରେ ଏସବୁ କହିବା କଥା ନୁହେଁ।

-ଆରେ, ନାଇଁ, ନାଇଁ। କିପ୍ ଫେଥ୍ ଅନ୍ ମି, ଡିୟର।

-ସେତିକି ବିଶ୍ୱାସ କରୁଛି ବୋଲି ତ ଏତେସବୁ କହିଗଲିଣି।

-ଯେଉଁଦିନ ମୋ'ର କିଙ୍ଗ୍‌ସ ସହ ପ୍ରଥମ ସାକ୍ଷାତ ହେଲା, ସେଦିନ ରାତିରେ କିଙ୍ଗ୍‌ସ ତା'ର ଜଣେ ମଦ୍ୟପ କାର୍ ଡ୍ରାଇଭର ସାଙ୍ଗକୁ ଆଣି ମୋ' ରୁମ୍‌ରେ ପହଞ୍ଚିଲା। ସାଙ୍ଗରେ ଚିକେନ୍ ଓ ମଦ ଆଣିଥିଲେ। ଦୁହେଁ ମୋ' ରୁମ୍‌ରେ ରୋଷେଇ କଲେ। ମଦ ପିଇଲେ ଓ ମୋତେ ବାରମ୍ବାର ରେପ୍ କଲେ। ସାରା ରାତି ସେ ଦୁଇ ରାକ୍ଷସଙ୍କ ଦୌରାତ୍ମ୍ୟରେ ମୁଁ ଅଣନିଶ୍ୱାସୀ ହୋଇ ପଡ଼ିଥିଲି। ସେତେବେଳେ ମୁଁ ଆତ୍ମହତ୍ୟା କରିବାକୁ ଉଦ୍ୟମ କରିଥିଲି। ମାତ୍ର, କରିପାରିଲି ନାହିଁ।

ମୋ' ମାଆର କରୁଣ ଚାହାଁଣି ପଞ୍ଜୁରୀ ଥରାଇ ଦେଲା। ସକାଳୁ ସକାଳୁ ରୁନୁ ଦିଦି ମୋ' ରୁମ୍‌ରେ ପହଞ୍ଚି ମୋତେ ଏ ନେଟ୍‌ୱର୍କ ସମ୍ପର୍କରେ ସମ୍ପୂର୍ଣ୍ଣ ବୁଝାଇ ଦେଲା। ଗତକାଲି ରାତିରେ ଯାହା ଘଟିଛି, ସେସବୁ ଅତି ସାଧାରଣ ଓ ମାମୁଲି ବୋଲି ରୁନୁ ଦିଦି କହିବା ପରେ ମୋ' ପାଦ ତଳୁ ମାଟି ଧସି ଯାଉଥିଲା।

ଧୀରେ ଧୀରେ ଶେଲି, ଯିଏକି ରେଡ୍ ଟୁଲିପ୍ ନାମରେ ପରିଚିତ, ତା' ସହ ମୋ'ର ଘନିଷ୍ଠତା ବଢ଼ିଲା। ସେ ମୋତେ ଗୋଟିଏ କଥା କହିଲା, ତାହା ମୁଁ ଆଜିଯାଏ ଭୁଲି ପାରିନି।

ଶେଲି କହିଲା; ଦେଖ୍, ସୁସ୍ମିତା ତୁ ଏତେ ବିୟୁଟିଫୁଲ୍ ହୋଇ ଆତ୍ମହତ୍ୟା କରିବାକୁ ଯାଉଛୁ? ମୁଁ ଯଦି ତୋ' ଭଳି ସୁନ୍ଦରୀ ହୋଇଥାନ୍ତି, ଦେଖିଥାନ୍ତୁ କ'ଣ କରିଥାନ୍ତି। ତୋ' ସୁନ୍ଦର ଶରୀର ତୋ' ପାଇଁ ଭଗବାନଙ୍କ ବଡ଼ ଗିଫ୍‌ଟ। ଏହା ତୋତେ ଏ ଲାଇନ୍‌ରେ ଦିନେ ଶୀର୍ଷକୁ ନେଇଯିବ, ସିଓର। ମୋର ଏଇ କଥା ମନେ ରଖିଥିବୁ।

କିଙ୍ଗ୍‌ସ ଓ ସେ କାର୍ ଡ୍ରାଇଭର ମୋତେ ବାରମ୍ବାର ରେପ୍ କରୁଥିଲେ, ମାତ୍ର ଏସବୁରେ ଧୀରେ ଧୀରେ ମୁଁ ଅଭ୍ୟସ୍ତ ହେବାକୁ ଆରମ୍ଭ କଲି। ହାତରେ ଟଙ୍କା ଦେଖି ଏସବୁ ଦୁଃଖ ଭୁଲିଗଲି। ପ୍ରଥମ ମାସରେ ଘରକୁ ଦଶ ହଜାର ଟଙ୍କା ପଠାଇଥିଲି। ମୋ' ମା' ପୂର୍ବରୁ ଏତେ ଟଙ୍କା କେବେ ଦେଖି ନଥିଲା। ଟଙ୍କା ଦେଖି ସେମାନଙ୍କର ଦୁଃଖ ଦୂର ହୋଇଗଲା। ମୋ' ସାନ ଭାଇ ପୁଣି ପାଠ ପଢ଼ିଲା। ସେ ଏବେ କଲେଜରେ ପଢୁଛି।

କିଙ୍ଗ୍‌ସର ସାଙ୍ଗ ସେ କାର୍ ଡ୍ରାଇଭର ମୋ' ରୁମ୍‌ରେ ସବୁଦିନ ପାଇଁ ରହିଲା।

ଆମେ ଦୁହେଁ ଏକ କପଲର ପରିଚୟ ନେଇ ସାଲିଆସାହିର ସେ ଟିଣ ଛପର ଘରେ ରହିଲୁ। ସେ ମିଛିମିଛିକା ମୋ' ସ୍ୱାମୀ ହେଲା। ମୁଁ ତା' ସ୍ତ୍ରୀ। କେହି ବି ସନ୍ଦେହ କରିବାର ନାହିଁ।

-ଆପଣ କେବେ ସାଲିଆସାହି ଯାଇଛନ୍ତି, ଅରବିନ୍ଦ ? ଯାଇ ନ'ଥିବେ ନିଶ୍ଚୟ। ସାଲିଆସାହିଟା ଆପଣଙ୍କୁ ଏକ ମିନି କସ୍‌ମୋପଲିଟାନ୍ ସିଟି ଭଳି ଲାଗିବ। ସେଠି ବିଭିନ୍ନ ଅଞ୍ଚଳରୁ ଆସିଥିବା ବିଭିନ୍ନ ବର୍ଗର ଲୋକ ବାସ କରନ୍ତି। ସବୁଠୁ ବଡ଼ କଥା ହେଉଛି, ସେଠି କେହି ବି ଜଣେ ଗରିବ ନାହାନ୍ତି। ସମସ୍ତଙ୍କର ଏକାଧିକ ଘର। ଘରସବୁକୁ ଭଡ଼ା ଲଗାଇ ମାମୁଲି ଲେବରଟିଏ ଭଲ ଦି' ପଇସା ରୋଜଗାର କରିଥାଏ ସେଠି।

ଛୋଟଛୋଟ ଆଜବେଷ୍ଟସ ଛାତ ଥିବା ଘର ଆପଣଙ୍କୁ ଝୁମ୍ପୁଡ଼ି ଭଳି ମନେ ହେଉଥିବ। ମାତ୍ର, ଘର ଭିତରକୁ ପଶିଗଲେ ଆପଣଙ୍କ ଆଶ୍ଚର୍ଯ୍ୟ ହୋଇଯିବେ। ସେହିସବୁ ଛୋଟ ଛୋଟ ଘରେ କଲର ଡିଜିଟାଲ୍ ଏଲ୍‌ସିଡ଼ି ଟିଭିଠାରୁ ଆରମ୍ଭ କରି ରେଫ୍ରିଜରେଟର, ଓ୍ୱାଶିଂମେସିନ୍, ଏୟାରକୁଲର, ଷ୍ଟୀଲ୍ ଆଲ୍‌ମାରି ପର୍ଯ୍ୟନ୍ତ ଯାବତୀୟ ଜିନିଷ ଖୁନ୍ଦି ହୋଇଥିବ। ହୁଁ। ସେଠି ଅନେକ ଧନୀ ଲୋକ ବି ରୁହନ୍ତି।

ଦିନସାରା ସେ ଟୋକା କାର୍ ଡ୍ରାଇଭ୍ କରି ରାତିରେ ଘରକୁ ଫେରେ। ରାତିକ ଯେଉଁ ସମୟ ସେ ମୋ' ପାଖରେ ରହେ, ସେତକ ତା'ର ଫ୍ରି ଓ ନିଜସ୍ୱ। ଏହି ସମୟ ମଧ୍ୟରେ ସେ ଯାହା ଇଛା ତାହା କରିପାରେ। ସକାଳୁ ଉଠି କାର୍ ନେଇ ସେ ବାହାରକୁ ଚାଲିଯାଏ। ମୁଁ ବି ମୋ' କାମରେ ବାହାରେ। ଦୁନିଆକୁ ଦିଶୁଥାଏ; ଆମେ ଦୁହେଁ ସ୍ୱାମୀ, ସ୍ତ୍ରୀ। ଖୁବ୍ ବ୍ୟସ୍ତ ଓ କର୍ମଚଞ୍ଚଳ।

ଅନେକ ସମୟରେ ସେ ଡ୍ରାଇଭର ଟୋକା ରାତିରେ ରହେନି। ଯଦି କାର୍ ଭଡ଼ା ଦୂରଦୂରାନ୍ତ ଥାଏ, ସେତେବେଳେ ମୁଁ ଟିକେ ଶାନ୍ତିରେ ଶୋଇପାରେ। ମୋ'ର ଯଦି କାହା ସହ ଏନ୍‌ଗେଜ୍‌ମେଣ୍ଟ ଥାଏ, ତାହା ଭିନ୍ନକଥା।

ଏହାରି ମଧ୍ୟରେ ଗ୍ଲାଡ଼ିଏଟର ସାର୍ 'ପେଡ୍ ଗାର୍ଲ୍ ଫ୍ରେଣ୍ଡ' ନାମରେ ଏକ ନୂଆ ସ୍କିମ୍ ଆରମ୍ଭ କଲେ। ମୁଁ ଓ ମୋ' ଭଳି କିଛି ସୁନ୍ଦରୀ ତରୁଣୀଙ୍କ ପାଇଁ ଏହି ସ୍କିମ୍‌ର ଶୁଭାରମ୍ଭ ହେଲା। ଅସୁନ୍ଦରୀ, ମ୍ଲେଛ ଓ ଗାଉଁଲୀ ଝିଅମାନଙ୍କ ପାଇଁ ଏହି ସ୍କିମ୍ ନଥିଲା। 'ପେଡ୍ ଗାର୍ଲଫ୍ରେଣ୍ଡ' ସ୍କିମ୍‌ରେ ସାମିଲ୍ ହୋଇଥିବା ଝିଅମାନଙ୍କୁ ଅନ୍ୟ ଝିଅଙ୍କ ତୁଳନାରେ ଅଧିକ ସାଲାରି ଦିଆଯାଉଥିଲା। ଏମାନଙ୍କୁ ପ୍ରଫେସ୍‌ନାଲ ଟ୍ରେନିଂ ବି ଦିଆଯାଉଥିଲା। ପର୍ଟିକୁଲାର୍‌ଲି ହାଓ ଟୁ ବିହେଭ୍ ଉଇଥ୍ କଷ୍ଟମର ଆଣ୍ଡ୍ ହାଓ ଟୁ ସାଟିସ୍‌ଫାଏ ଦେମ୍, ଏସବୁ ବିଷୟରେ ସ୍ୱତନ୍ତ୍ର ଭାବେ ଟ୍ରେନିଂ ଦିଆଯାଉଥିଲା।

ଗୋଟିଏ ମାସ ପାଇଁ ମୁଁ ଜଣେ ବିଲ୍‌ଡର୍ସର 'ପେଡ୍ ଗାର୍ଲ ଫ୍ରେଣ୍ଡ' ହୋଇଥିଲି। ସେଥିପାଇଁ ଗ୍ଲାଡ଼ିଏଟର ସାର୍ ସେ ବିଲ୍‌ଡର୍ସ ଠାରୁ ଲକ୍ଷେ ଟଙ୍କାର କଣ୍ଟ୍ରାକ୍ଟ ପାଇଥିଲେ। ଲକ୍ଷେ ଟଙ୍କାରୁ ମୋତେ ମିଳିଲା ମାତ୍ର ଟେନ୍ ଥାଉଜାଣ୍ଡ ! ବାକି ଟଙ୍କା ସେମାନଙ୍କର। ଗ୍ଲାଡ଼ିଏଟର ସାର, ରିଙ୍କି ଭାବୀ ଓ କିଙ୍ଗ୍‌ସ ସେସବୁ ଟଙ୍କାକୁ ଶେୟାର କରିଥାନ୍ତି। ମାସେ କାଳ ସେ ବିଲ୍‌ଡର୍ସ ସାଙ୍ଗରେ ଏଣେତେଣେ ବୁଲିଲି। ପନ୍ଦର ଦିନ ଭୁବନେଶ୍ୱରରେ। ବାକି ପନ୍ଦର ଦିନରେ ସେ କେତେବେଳେ ମୋତେ ପୁରୀ ନେଲା ତ କେତେବେଳେ ଫୁଲବାଣୀ। ପୁଣି ଢେଙ୍କାନାଳର ତା'ର କୋଭ ଫାର୍ମ ହାଉସ୍‌ରେ ଦୁଇ ଦିନ ଦୁଇ ରାତି ରହିବାକୁ ପଡ଼ିଲା। ମାସେ ଭିତରେ ସେ ବିଲ୍‌ଡର୍ସ ଓ ତା' ସାଙ୍ଗସାଥୀମାନେ ପଚାଶରୁ ଅଧିକ ଥର ମୋ' ସହ ସେକ୍ସ କରିଥିବେ କି କ'ଣ ? ମୁଁ ମୋର ସର୍ବସ୍ୱ ଦେଇ ମାତ୍ର ପାଇଲି ଦଶ ହଜାର ଟଙ୍କା। ବେଳେବେଳେ ଫ୍ରଷ୍ଟ୍ରେସନ୍ ଆସୁଛି। ଏ ଲାଇନ୍ କ୍ୱିଟ୍ କରିଯିବାକୁ ଇଛା ହେଉଛି। ମାତ୍ର, କ'ଣ କରିପାରିବି ?

ଗ୍ଲାଡ଼ିଏଟର ସାରଙ୍କ ନେଟ୍‌ୱର୍କରେ ଏବେ ଇଞ୍ଜିନିୟରିଂ କଲେଜ ଓ ପ୍ରାଇଭେଟ୍ ୟୁନିଭର୍ସିଟିର ଝିଅମାନଙ୍କର ଭିଡ଼ ହେଉଛି।

ଇଞ୍ଜିନିୟରିଂ ଛାତ୍ରୀମାନେ ନିଜ ନିଜ ହଷ୍ଟେଲ୍‌ରେ ଥା'ନ୍ତି। ଏଠୁ ଫୋନ୍ କଲ୍ ଗଲେ, ସେମାନେ ଡ୍ରେସ୍ ଚେଞ୍ଜ୍ କରି ସାମାନ୍ୟ ମେକ୍‌ଅପ୍ ନେଇ ବାହାରି ପଡ଼ନ୍ତି। ସେମାନଙ୍କୁ କିନ୍ତୁ ପେଡ୍ ଗାର୍ଲ ଫ୍ରେଣ୍ଡ୍ ସ୍କିମ୍‌ରେ ନିଆଯାଏ ନାହିଁ। କାରଣ ସେମାନେ କଣ୍ଟିନିୟସ୍‌ଲି ଏତେ ଦିନ ସମୟ ଦେଇ ପାରିବେ ନାହିଁ। ସେମାନଙ୍କର ପାଠପଢ଼ା, କ୍ଲାସ ସାଙ୍ଗକୁ କ୍ଲାସ୍‌ରେ ପ୍ରେଜେଣ୍ଟ ରହିବା ଜରୁରୀ ଥାଏ। ଏମିତି ପାର୍ଟ ଟାଇମ୍ ଜବ୍ ପାଇଁ ସେମାନଙ୍କୁ ହାୟର କରାଯାଇଥାଏ।

-ଆଛା, ଏ ଘରୋଇ ୟୁନିଭର୍ସିଟି କିମ୍ବା ଇଞ୍ଜିନିୟରିଂ କଲେଜମାନଙ୍କରୁ ଝିଅମାନେ କିଭଳି ବାହାରକୁ ଆସନ୍ତି ? ସେମାନଙ୍କୁ କ'ଣ ହଷ୍ଟେଲ୍ ବାହାରକୁ ଆସିବାରେ କିଛି ରେଷ୍ଟ୍ରିକ୍‌ସନ୍ ନଥାଏ ? ଚେକିଂ ନଥାଏ ? ହଷ୍ଟେଲରୁ ବାହାରକୁ ଆସିବାକୁ ସେମାନଙ୍କୁ କିପରି ଆଲାଓ କରାଯାଏ ? କହିଲା ଅରବିନ୍ଦ।

-ଏ ର୍‍ୟାକେଟ୍‌ରେ ହଷ୍ଟେଲ୍ ୱାର୍ଡେନ୍‌ଠାରୁ ଆରମ୍ଭ କରି ଗେଟ୍ କିପର ଯାଏ ସମସ୍ତେ ଇନ୍‌ଭଲ୍‌ଭ ଥା'ନ୍ତି। କହିଲା ସୁସ୍ମିତା।

ଗାଁଗହଳିରୁ ଆସୁଥିବା ଗରିବ ଝିଅମାନଙ୍କୁ ଖୁବ୍ ସହଜରେ ଏ ନେଟ୍‌ୱର୍କ କ୍ୟାପଚର କରିନେଇଥାଏ। ଧନୀ ଘରର ଝିଅମାନେ ଯେ, ଏ ଧନ୍ଦା କରୁନାହାନ୍ତି ମୁଁ ସେ କଥା କହିବି ନାହିଁ। ଟଙ୍କା ରୋଜଗାର କରିବାର ନିଶା କାହାର ନାହିଁ, ଅରବିନ୍ଦ ?

ଅରବିନ୍ଦ୍ ମଧ୍ୟରେ ଶୋଇ ପଡ଼ିଥିବା ଅଜଗର ପୁଣି ଭିଡ଼ିମୋଡ଼ି ହେବାକୁ

ଆରମ୍ଭ କଲା। ତା' ଶରୀର ପୁଣି ଥରେ ଉତ୍ତପ୍ତ ହୋଇ ପଡ଼ିଲା। ଦ୍ୱିତୀୟ ଥର ପାଇଁ ସୁସ୍ମିତା ଓରଫ ବ୍ଲୁ ରୋଜ୍ ସହ ସେ ସେକ୍ସ କଲା। ପୂର୍ବ ଭଳି ସୁସ୍ମିତା ବାଥ୍‌ରୁମ୍ ଗଲା ଓ ଅରବିନ୍ଦ୍ ସିଗାରେଟ୍‌ରେ ନିଆଁ ଲଗାଇଲା।

ଏହାରି ମଧ୍ୟରେ ଅରବିନ୍ଦ୍‌ର ଗୋଟିଏ ଦିନ ଖୁବ୍ ଭଲରେ ଶେଷ ହେବାକୁ ବସୁଥିଲା। ହାତରେ ତା'ର ବାକି ଥାଏ ଆଉ ଛଅ ଦିନ। ଗୋଟିଏ ସପ୍ତାହ ପାଇଁ ଏ 'ପେଡ୍ ଗାର୍ଲ ଫ୍ରେଣ୍ଡ' କଣ୍ଟ୍ରାକ୍ଟ ଥିଲା, ଏ ଟୋକୀ ସହ। ଟୋକୀଟାର ମ୍ୟାନର ଆଉ ବିହେବିୟର ଦେଖି ଏହାକୁ ଆଉ ମାସକ ପାଇଁ ଏକ୍ସଟେଣ୍ଡ୍ କରିବା କଥା ଭାବୁଥିଲା, ଅରବିନ୍ଦ।

ସକାଳୁ ସକାଳୁ କାହାର ଡୋର୍ ନକ୍ ଶବ୍ଦ ଶୁଣି ଅରବିନ୍ଦ କବାଟ ଖୋଲିଦେଲା ବେଳକୁ କେତେଜଣ ପୁଲିସ ରୁମ୍ ଭିତରକୁ ଧସେଇ ପଶିଗଲେ। ଏତେ ସଂଖ୍ୟାରେ ପୋଲିସଙ୍କୁ ଦେଖି ଚମ୍‌କି ପଡ଼ିଲା ଅରବିନ୍ଦ। କମ୍ବଳ ଭିତରେ ଉଲଗ୍ନ ଅବସ୍ଥାରେ ଥିବା ବ୍ଲୁ ରୋଜ୍ ଚଟାପଟ୍ ବାଥ୍ ରୁମ୍ ଭିତରକୁ ପଶିଯାଇଥିଲା।

ବାହାରେ ମିଡିଆ ରିପୋର୍ଟରଙ୍କ ଗହଳି ଲାଗିଯାଇଥିଲା। ସେତେବେଳକୁ ଲୁମ୍ବିନୀବିହାର ଜେନ୍ ଏନ୍‌କ୍ଲେଭ୍ ସାମ୍ନା ଲୋକାରଣ୍ୟ ହୋଇ ସାରିଥିଲା। ସମସ୍ତଙ୍କ ମୁହଁରୁ ଗୋଟିଏ କଥା ଶୁଣିବାକୁ ମିଳୁଥିଲା, ସେକ୍ସ ର୍‍ୟାକେଟ୍ ଧରା ପଡ଼ିଛି।

■

ଛାତ ଉପରୁ ନିଜକୁ ଆବିଷ୍କାର କରି

ଜିନିଷଟି କିଣିଲା ବେଳେ ତାକୁ କେହି ଜଣେ ବି ଦେଖି ନାହାନ୍ତି ଭାବି, ପୋତା ମନେ ମନେ ଆଶ୍ୱସ୍ତ ହେଉଥିବ। ଜିନିଷ ତ କିଣା ସରିଲା, ଚାଲ୍, ଏଠୁ ଶୀଘ୍ର ଭାଗ୍; ଏହା ଭାବି ପୋତା ସେହି ସ୍ଥାନ ପରିତ୍ୟାଗ କରୁଥିବ। ପୁଣି ସାମାନ୍ୟ ପଛକୁ ଦୋକାନ ଓ ଏହାର ଆଖପାଖ ଅଞ୍ଚଳକୁ ବୁଲି ଚାହୁଁଥିବ।

କାଳେ କିଏ ତାକୁ ଲକ୍ଷ୍ୟ କରୁଥିବ, ଏହା ଭାବି ପୋତା ଯୋର୍ ଯୋର୍ ପାଦ ପକାଇ ଏକପ୍ରକାର ଦଉଡ଼ିବାକୁ ଆରମ୍ଭ କରିଦେଇଥିବ।

ସଦ୍ୟ କିଣିଥିବା ବହିଟିକୁ ସାର୍ଟ ତଳେ, ଗଞ୍ଜି ଭିତରେ, ତଳିପେଟ ଓ ଲିଙ୍ଗର ମଧ୍ୟ ଭାଗରେ ଖୋସି ପୋତା ଧୀରେ ଧୀରେ, ଆସ୍ତେ ଆସ୍ତେ ଓ ସର୍ବୋପରି ଜୋର୍‌ରେ ଚାଲୁଥିବ କିମ୍ବା ଦୌଡୁଥିବ। ଯେମିତି ହେଉ, ସନ୍ଧ୍ୟା ପୂର୍ବରୁ ତାକୁ ଗାଁରେ ପହଞ୍ଚିବାକୁ ହେବ।

ଗଞ୍ଜି ଓ ପ୍ୟାଣ୍ଟ ଭିତରେ ଆତ୍ମଗୋପନ କରିଥିବା ହଳଦୀ ରଙ୍ଗର ସେହି ଜରିଗୁଡ଼ା ଗରମ ବହିଟି ବେଳେବେଳେ ପୋତାର ଲିଙ୍ଗକୁ ସ୍ପର୍ଶ କରିଦେଉଥିବ। ପୋତା ଶିହରି ଉଠୁଥିବ। କାଳେ ବହିଟି ତଳକୁ ଖସିପଡ଼ିବ, ପୋତା ସେଥିନେଇ ଖୁବ୍ ସତର୍କ ହୋଇ ପଡୁଥିବ। ବହିଟି ଝାଳରେ ଓଦା ହୋଇଯିବ ବୋଲି ପୋତାର ଭୟ ନଥିବ। କାରଣ ବହିଟି ଉପରେ ହଳଦୀ ରଙ୍ଗର ବଢ଼ିଆ ଜରିଟିଏ ଗୁଡ଼ା ହୋଇଥିବ। ଏହା ପୋତାକୁ ଅନେକ ମାତ୍ରାରେ ନିର୍ଭୀକ ଓ କେୟାରଲେସ୍ କରିଦେଇଥିବ।

ପେଙ୍ଗେଇ ପେଙ୍ଗେଇ ପୋତା ବାଦାମବାଡ଼ି ବହି ଦୋକାନରୁ କିଛି ଦୂରରେ ଠିଆ ହୋଇଥିବା କଟକ-ପଟ୍ଟାମୁଣ୍ଡାଇ ବସ୍ ପର୍ଯ୍ୟନ୍ତ ଚାଲୁଥିବ।

ପୋତା ଦୁଇ ଗୋଡ଼କୁ ଏମିତି ଆଡଜଷ୍ଟ କରି ଚାଲୁଥିବ, କେହି ବି ଭାବିବ,

ସେ ପେଣ୍ଟରେ ହଗି ଦେଇଥିବ। କିମ୍ୱା ତା ପେଟ ଗ୍ୟାସ୍ ହୋଇ ଆଣ୍ଠି ଦେଉଥିବ। ତାକୁ ଝାଡ଼ା ମାଡୁଥିବ। କିମ୍ୱା ପେଣ୍ଟରେ ପରିସ୍ରା କରିଦେଇଥିବ। ତଥାପି ପୋତା ବହିଟିକୁ ପ୍ୟାଣ୍ଟ ଭିତରେ କମରପେଟି ତଳେ ସାଇତି ରଖି ବସ ଆଡକୁ ଯାଉଥିବ।

ବାଁ, ଡାହାଣ, ଆଉ କୋଉଠିକୁ ବି ନ ଅନେଇ ପୋତା, ସିଧା ଯାଇ ବସରେ ବସୁଥିବ। ବାରଟା କୋଡ଼ିଏ ମିନିଟ୍‌ରେ ବସ ଛାଡ଼ିବାକୁ ଥିବ। ଗାଁରେ ପହଞ୍ଚିଲାବେଳକୁ ସଞ୍ଜ ହୋଇଯିବ। ପୋତା ବେସ୍ତ ହୋଇ ପଡ଼ିଥିବ। ତାକୁ ବାରମ୍ୱାର ଝାଡ଼ା, ପରିସ୍ରା ଲାଗୁଥିବ। ଦେହରୁ, ମୁଣ୍ଡରୁ ଝାଳ ବାହାରି ପଡୁଥିବ।

ଓଃ, ସେ ଯୋଉ ହଳଦୀ ରଙ୍ଗର ଜରିଗୁଡ଼ା ବହିର ମଲାଟ ନା ! ଖୁବ ଉଷୁମ ଲାଗୁଥିବ। କଡ୍‌କଡ୍ ଶବ୍ଦ ବି କରୁଥିବ।

ବସ୍‌ର ସାଇଡ୍ ଝର୍କା ପାଖ ସିଟ୍‌ରେ ବସି ପୋତା ନିଜ ଦେହର ଅନ୍ଦର ମହଲରେ ଲୁଚେଇ ରଖିଥିବା ସେହି ବହିଟି ସମ୍ପର୍କରେ କେତେ କ'ଣ ଭାବି ଯାଉଥିବ। ପିନ୍ଧିଥିବା କମରପେଟି (ଅଣ୍ଟା ବେଲ୍‌ଟ)କୁ ସେ ଧନ୍ୟବାଦ ଦେଉଥିବ। କାରଣ ବହିଟିର ସୁରକ୍ଷା ଦାୟିତ୍ୱ ସେ ନେଇଥିବ। ବହି କଭର ପୃଷ୍ଠାର ବିନା ଡ୍ରେସ୍‌ରେ ସେଇ ପତଳୀ ଲାଲ୍ ରଙ୍ଗର ବିଦେଶୀ ଝିଅଟିର ଫଟଟିକୁ ଦେଖିସାରିବା ପରଠାରୁ ପୋତା ତଳିପେଟ ତୁହାକୁ ତୁହା ବିନ୍ଧି ପକାଉଥିବ। ମିନିଟିଏ ଛାଡ଼ି ମିଣ୍ଟିଏ, ତାକୁ ପରିସ୍ରା ଲାଗୁଥିବ। ନିଶ୍ୱାସ, ପ୍ରଶ୍ୱାସର ତୀବ୍ରତା ବି ବଢି ଯାଉଥିବ। ଛାତି ଧମ୍‌ଧମ୍ କରୁଥିବ।

ବହିଟିରେ ସଯତ୍ନର ସହ ହଳଦୀ ରଙ୍ଗର ଜରିଟି ଗୁଡ଼ା ଯାଇଥିବାରୁ ସେ କଭର ଫଟଟି ଅଧିକ ଆକର୍ଷଣୀୟ ଲାଗୁଥିବ। ବହିଟିକୁ ପେଣ୍ଟ ଭିତରୁ କାଢ଼ି ଟିକେ ନଜର ବୁଲେଇ ନେବାକୁ ପୋତାର ଇଚ୍ଛା ହେଉଥିବ। ମାତ୍ର, ହାଟ ଭିତରେ ବ୍ରହ୍ମଜ୍ଞାନ ! ଏତେ ଲୋକଙ୍କ ଭିତରେ ଏହା କ'ଣ ଦେଖିହେବ, ଭାବି ପୋତା ଅନ୍ୟମନସ୍କ ହୋଇ ପଡୁଥିବ ଓ ଚୁପ୍‌ଚାପ୍ ଗାଁ କଥା ଭାବୁଥବ।

ମଝିରେ ମଝିରେ ପୋତାର ମନ ଅଥୟ ହୋଇ ଉଠୁଥିବ। ବହିଟିକୁ କମରପେଟି ତଳୁ ପେଣ୍ଟ୍ ଭିତରୁ ବାହାର କରି ଟିକେ ଦେଖିନେବାକୁ ତାର ଭାରି ଇଚ୍ଛା ହଉଥିବ। କିନ୍ତୁ ତାହା ସମ୍ଭବ ହୋଇ ପାରୁ ନଥିବ। ପୁଣି ଗାଁ କଥା, ଗୋବରୀ ନଈ କଥା, ନରିଆ, ଉମି, ଡଲି, ନଖି କଥା ଭାବୁଥିବ। ଗାଁରେ ଆଜି ଭାଲୁକୁଣୀ ଓଷା ପାଳି କଥା ମନ ପଡୁଥିବ। ପୋତା ମନ ଉଛନ୍ନ ହୋଇ ପଡୁଥିବ। ଝିଅପିଲାଙ୍କ ମେଳରେ ଭାଲୁକୁଣୀ ଓଷାଟା ବି ତା' ପାଇଁ ବଡ଼ ଆନନ୍ଦଦାୟକ କାର୍ଯ୍ୟ ଥିବ।

ପୋତାର ବି ନିଜ କଲେଜ ଝିଅ ତଅପୋଇ କଥା ମନକୁ ଆସୁଥିବ। କଣ୍ଟାବଣ ଭଳି ଏକ ଗାଉଁଲି କଲେଜରେ ତଅପୋଇ ଭଳି ଝିଅ ପଙ୍କ ଗଡ଼ିଆରେ ପଦ୍ମ ଭଳି

ପ୍ରତୀୟମାନ ହେଉଥିବ। ହେଲେ, ତଅପୋଇ ନିଇତି ସଜ ହୋଇ ମେକ୍‌ପ ନେଇ ପଟ୍ଟାମୁଣ୍ଡାଇଠାରୁ ଆରମ୍ଭ କରି କେନ୍ଦ୍ରାପଡ଼ା, ଦୁହୁରିଆ, ଚାନ୍ଦୋଳ ଆଦି ସ୍ଥାନକୁ ନିୟମିତ ଯାଉଥିବ। କୁଆଡ଼େ ସେ ଧନ୍ଦା କରୁଥିବ। ଗୁଡ଼ାଏ କୁତ୍ସା ଗୁଜବ ତା' ନାଁରେ ରଟୁଥିବ। ପୋତାର ଏହା କିନ୍ତୁ ବିଶ୍ୱାସ ହେଉ ନଥିବ।

ପୋତାର ଦୁଇ ଆଖି ବୁଜି ହୋଇ ଯାଉଥିବ। ଆଖି ବୁଜିଲା ମାତ୍ରେ, ତଅପୋଇର ଗୋରା ଗୋରା ହାତ, ଜଂଘ ପୋତା ସାମ୍ନାରେ ନାଚି ଉଠୁଥିବ। ଗୋଟିଏ ପରେ ଗୋଟିଏ ପୋଷାକ ତଅପୋଇ ଖୋଲି ଚାଲିଥିବ। ପ୍ରଥମେ ଖୋଲୁଥିବ ସାଲୁଓ୍ୱାର। ପରେ ଚୁଡିଦାର, ପରେ ବ୍ରା, ପରେ ପ୍ୟାଣ୍ଟି.....। ଇସ୍, ଥାଉ, ଆଉ ନୁହେଁ।

ପୋତା ଆଉ ଅଧିକ ଭାବି ପାରୁ ନଥିବ। ପୋତାର ତଳିପେଟ ବିନ୍ଧି ପକାଉଥିବ। ପେଟର ଠିକ୍ ତଳକୁ ଧମ୍‌ଧମ୍ ଶବ୍ଦ କରି କ୍ରମେ ପୋତାର ମୁଣ୍ଡ ଘୂରାଇ ପକାଉଥିବ।

ଯାହା ବି କୁହ, ତଅପୋଇକୁ କେମିତି ଚଟାପଟ୍ ପୋତା ବାହା ହୋଇ ପଡ଼ିବାକୁ ଇଚ୍ଛା କରୁଥିବ। କିନ୍ତୁ ତାହା କେବେ ବି ସମ୍ଭବ ନଥିବ। କାରଣ ପୋତା ଉପରେ ଦୁଇ ଭଉଣୀ, ତିନି ଭାଇ ଏ ଯାଏ ବାହା ହୋଇ ନଥିବେ। ହେସ୍, ସୋମାନେ କେବେ ବାହା ହେବେ, ଆଉ ତା' ପାଳି କେବେ ପଡ଼ିବ, ପୋତା ହତାଶ ହୋଇ ପଡୁଥିବ। ସେତେବେଳ ପର୍ଯ୍ୟନ୍ତ କ'ଣ ତଅପୋଇ ତାକୁ ଅପେକ୍ଷା କରିପାରିବ?

ହୁସ୍, ତଅପୋଇ, ପୁଣି ପୋତା! ଆକାଶ କଇଁଆ, ଚିଲିକା ମାଛ! ଫାଲ୍‌ତୁ ଚିନ୍ତାରେ ପୋତା ବୁଡ଼ି ଯାଇଥିବ। ତଅପୋଇକୁ କେତେ ଲେକ୍‌ଚର, କେତେ ଅଫିସର ଲାଇନ ମାରୁଥିବେ। ସେ ଲକ୍ଷ୍ମୀ ଭେରାଇଟ ଷ୍ଟୋର ତପନ ଚାନ୍ଦ ତା' ସାଙ୍ଗରେ ସବୁବେଳେ ହେଁ ହେଁ ଫେଁ ଫେଁ ହଉଥିବ। ସେ ତପନ ଚାନ୍ଦର କଥାଗୁଡ଼ା ସବୁ ଦ୍ୱଅର୍ଥବୋଧକ ଥିବ। ତଅପୋଇ ଓ ସେ ଆଖିରେ ଆଖିରେ, ଠରାଠରି ହୋଇ କ'ଣ କ'ଣ ସବୁ କଥା ହେଉଥିବେ, ପୋତା ସେସବୁର ଟେର୍ ପାଉ ନଥିବ। କିନ୍ତୁ ପଇସା ନ ଦେଇ ପଲିଥିନିଏ ଲେଖା ଲକ୍ସ, ଲିରିଲ, କ୍ଲିନିକ ପ୍ଲସ୍, ପାଣ୍ଟିନ ସାମ୍ପୁ, ଫେୟାର ଆଣ୍ଡ ଲଭ୍‌ଲି ଫେସ୍ କ୍ରିମ, କିଓ କାରପିନ ତେଲ, ପଣ୍ଡ୍‌ସ ପାଉଡ଼ର ଧରି ହସି ହସି ଚାଲି ଆସୁଥିବ।

ସେ ତଅପୋଇଟା ବଡ଼ ଛଟ୍‌କି ଥିବ। କେଜାଣି ସେ କ'ଣ ପୋତାକୁ ଭଲ ପାଉଥିବ। ପୋତା ଯାହା ତାକୁ ଏକପାଖିଆ ପ୍ରେମ କରୁଥିବ।

ଏତିକିବେଳେ ବସ୍ ବାଦାମବାଡ଼ି ଛାଡ଼ି ହାଉଲେ ହାଉଲେ ପାଲାମଣ୍ଡପ,

ବାରିକସାହି, ଶଙ୍କରପୁର ଦେଇ ଲିଙ୍କ୍‌ରୋଡ୍‌ରେ ପୁଣି ପେଟେଇବ। ବାନ୍ତି କଲା ଭଳି ହେଲ୍‌ପରଟା କେନ୍ଦ୍ରାପଡ଼ା, ପଟ୍ଟାମୁଣ୍ଡେଇ, ମାଟିଆ, କଣ୍ଟାବଣ, କଖାରୁଣି ଚିଲ୍ଲାଉଥିବ।

ପୋତା ବସ୍‌ର ଫଟା ସିଟ୍ ଉପରେ ଘାଲେଇକି ପଡି ଯାଉଥିବ। କିମ୍ବା ଗରମ ଗୁଳୁଗୁଳିରେ ତାକୁ ଛାଇ ନିଦ ଆସି ଯାଉଥିବ। ଏତିକିବେଳେ ବହିଟି ପେଟରୁ ସାମାନ୍ୟ ତଳକୁ ଖସି ପୁନର୍ବାର ତା' ଲିଙ୍ଗକୁ ଛୁଇଁ ଦେଉଥିବ। ପୋତା ଚମ୍‌କି ପଡୁଥିବ। ପୋତା ଜାଗ୍ରତ ହୋଇ ପଡୁଥିବ। ପୋତା ପୁଣି ବହିଟିକୁ ଟେକି ପେଟ ଉପରକୁ ଆଣୁଥିବ।

ପୋତାର ବାଁ ପାଖ ସିଟ୍‌ରେ ବୁଢ଼ା ଲୋକଟିଏ ବସିଥିବ। ସେ ମ୍ଲେଚ୍ଛ, ହାରାମି ବୁଢ଼ାଟା ରାଶିଫଳ ବହିଟିଏ ଧରି ସ୍ଥିର ଚିତ୍ତରେ ସାଇନ୍‌ସ ଷ୍ଟୁଡେଣ୍ଟଙ୍କ ଭଳି ଅସରପା ନଣ୍ଡି ଗନ୍ଧ ହେଉଥିବା ସେ ଚଟି ବହିଟିକୁ ପିଇ ଯାଉଥିବ।

କଟକ-କେନ୍ଦ୍ରାପଡ଼ା (ଭାୟା ସାଲେପୁର) ରାସ୍ତାର ମଝିରେ ମଝିରେ ଥିବା ଅପ୍ରାକୃତିକ ଖାଲଖମାରେ ପଡ଼ି ଗାଡ଼ିଟି ଉପରକୁ ଡେଇଁ ପଡୁଥିବ ଏବଂ ବହିକୁ ବଗ ବଳି ଚାହିଁଥିବା ଭାବଭୋଳ ବୁଢ଼ାଟା ତା' ଉପରକୁ ଆଉଜି ଆସୁଥିବ। ବୁଢ଼ା ଦେହରୁ ଫୁରୁକୁଟିଆ ଗନ୍ଧ ଆସୁଥିବ। ବୁଢ଼ାର ପାଇରିଆ ପାଟିରୁ ଧଣିଆଗୁଣ୍ଡିଯୁକ୍ତ ପାନର ଏକ ମିଶାମିଶି ବାସ୍ନା ଆସୁଥିବ। ବୁଢ଼ା କିନ୍ତୁ ଏକ ଲୟରେ ରାଶିଫଳ ବହିଟିକୁ ଚାହିଁ ରହିଥିବ।

କ'ଣ ଘରକୁ ଯାଇ ନିରୋଳାରେ ପଢ଼ିଲେ ହୁଅନ୍ତାନି, ଭାବି ପୋତା ବୁଢ଼ାଟା ଉପରକୁ ରାଗି ଗରଗର ହେଉଥିବ। ମାତ୍ର, କିଛି କହିପାରୁ ନଥିବ। ଏଣେ ଦଦରା ବସ୍‌ଟିରେ ଆଳୁ ବସ୍ତା ଭଳି ଲୋକ ଲଦି ହୋଇଥିବେ। ଓ କାହାର ମୂଲ୍ୟବାନ ପିଚାରୁ ପଚା ଗନ୍ଧଯୁକ୍ତ ପବନ ଟିକେ ଲିକ୍ କରି ସାରା ବସ ଭିତରେ ଖେଳି ବୁଲୁଥିବ। ଇସ୍, ଇସ୍, କି ଗନ୍ଧ ! ଯିଏ ପାଡ଼ିଛି ତା' ଗାଣ୍ଡି ଛିଣ୍ଡୁ, ପୋକ ପଡୁ, ଲୋକ ଦେଖନ୍ତୁ...। ଜଣେ ମୋଟୀ ଓ ଗାଉଁଲି ସ୍ତ୍ରୀଲୋକଟି ରାଗି ତମ୍‌ତମ୍ ହୋଇ ପଡୁଥିବ।

ବସ୍‌ର ଝର୍କା କାଚ ଖୋଲି ଉଃ..ହୁଃ... ଥୁ... ଥୁ... କରି ଛେପ ପକାଉଥିବ। ମୁହଁରେ ଲୁଗା କାନିକୁ ଘୋଡ଼େଇ ଗେରେଗେରେ ହଉଥିବ। ସମସ୍ତେ ଗନ୍ଧର ଉତ୍ପତ୍ତି ସ୍ଥଳର ସନ୍ଧାନରେ ଥିବେ।

ଗନ୍ଧରେ ପୋତାର ଦେହ ଓ ମୁଣ୍ଡ ବୁଲାଇ ପକାଉଥିବ ଓ ବାନ୍ତି ଉଠାଉଥିବ। ଏ ଶଳା, ଗନ୍ଧିଆ ବୁଢ଼ାଟା ସନ୍ତର୍ପଣରେ ନିଶ୍ଚୟ ଏହି କାଣ୍ଡ ଘଟାଇଥିବ ବୋଲି ପୋତା ମନେମନେ ନିଶ୍ଚିତ ହୋଇଯାଉଥିବ। ବୁଢ଼ାଟା ଘଡ଼ିକି ଘଡ଼ି ପୋତା ଉପରକୁ ଡେରି ହୋଇ ପଡୁଥିବ।

ପୋତା ଅନ୍ୟମନସ୍କ ହୋଇ ପୁଣି ସେହି ବହିର କଭର ପୃଷ୍ଠାରେ ନିମଗ୍ନ ହୋଇ ଯାଉଥିବ। ବହିଟିର କଭର ପୃଷ୍ଠାର ସେହି ଲଙ୍ଗଳା ଝିଅଟିକୁ ଦେଖିଲାବେଳୁ ପୋତା ଶରୀରର ସମସ୍ତ ମେଟାବୋଲିଜିମ୍ ବିଗିଡ଼ି ଯାଇଥିବ। ତୁରନ୍ତ ଘରେ ପହଞ୍ଚି ବହିଟି ସମ୍ପର୍କରେ ଗବେଷଣା ଆରମ୍ଭ କରିଦେବାକୁ ଇଛା ହେଉଥିବ। ମାତ୍ର, ଦଦରା ବସଟି କୁନ୍ଥେଇ କୁନ୍ଥେଇ ଚାଲୁଥିବ। କଟକରୁ ପଟ୍ଟାମୁଣ୍ଡେଇ ତାକୁ ପୃଥିବୀରୁ ମଙ୍ଗଳ ଗ୍ରହ ଯାତ୍ରା ଭଳି ଲାଗୁଥିବ। ପୋତା ହତାଶ ହୋଇ ପଡୁଥିବ।

ଏତିକି ବେଳକୁ ପ୍ଲସ୍ ଟୁ ଫାଇନାଲ୍ ପରୀକ୍ଷା ପାଇଁ ଫର୍ମ ଫିଲପ୍ ସରି ଯାଇଥିବା କଥା, ପୋତାର ମନ ପଡ଼ି ଯାଉଥିବ ଓ ପୋତା ଶଙ୍କି ଯାଉଥିବ। ଇକନମିକ୍ସ ଓ ସୋସିଓଲୋଜିର ଥିଓରିଗୁଡ଼ିକ ତାର ଆଦୌ ମନେ ରହୁ ନଥିବ। ଏଗୁଡ଼ା ବାଜେ ସବ୍‌ଜେକ୍ଟ ବୋଲି ପୋତା ବିରକ୍ତି ହେଉଥିବ। ଗାଁର ସେଇ ଶଳା ହେଡ୍ ମାଷ୍ଟର ଯୋଗୁଁ ପୋତା ଏସବୁ ଅପ୍‌ସନାଲ ସବ୍‌ଜେକ୍ଟ ରଖିଥିବ।

ଗାଁକୁ ଫେରି ଘରେ ପାଦ ଦେଉ ଦେଉ ତୁରନ୍ତ ପ୍ୟାଣ୍ଟ ସାର୍ଟ ବଦଳେଇ ଗୋବରୀ ନଈ କୂଳକୁ ଆଗେ ଝାଡ଼ା ଚାଲିଯିବ ବୋଲି ପୋତା ବସ୍‌ରେ ଥାଇ ପ୍ଲାନ୍ କରିସାରିଥିବ। ବହିଟିକୁ ଦେଖିବା ପରଠାରୁ ପୋତା ଅସମ୍ଭାଳ ହୋଇ ପଡୁଥିବ। ଦୁନିଆରେ ଏମିତି ଏକ ସୁଖକର କାମକୁ ଖୁବ୍ କମ୍ ବୟସରୁ ଶିଖି ନେଇଥିବାରୁ ପୋତା ପୁଣି ଥିରେ ଉଲ୍ଲସିତ ହୋଇ ପଡୁଥିବ। ନିଜକୁ ଅତି ସ୍କଲାର ମଣୁଥିବ।

ତା' ବୟସର ଏମିତି କୋଉ ପିଲା, ପୁଣି କଣ୍ଟାବଣ ଭଳି ଏକ ଅପନ୍ତରା ରାଇଜରୁ କଟକ ଆସୁଥିବ; ଏ'କଥା ଭାବି ପୋତା ନିଜକୁ ଅଧିକ ଗର୍ବୀ ମନେ କରୁଥିବ। ଏ ଶଳା, ଦୁନିଆ ପ୍ରସିଦ୍ଧ ବାଦାମବାଡ଼ି, ଯାହାର ନାଁ ସେ ପୂର୍ବରୁ ସେ ଅନେକବାର ଶୁଣିଥିବ, ସେହି ବସ୍‌ଷ୍ଟାଣ୍ଡରୁ ଏଭଳି ହଳଦୀ ରଙ୍ଗର ଜରିଗୁଡ଼ା ବହି କିଣିପାରିଥିବାରୁ ପୋତା ପୁଣି ଆତ୍ମସନ୍ତୋଷ ଲାଭ କରୁଥିବ।

ହୁସ୍, ଏ ବସ୍‌ଟା କେବେ, କୋଉ ଯୁଗରେ ଯାଇ ପଟ୍ଟାମୁଣ୍ଡାଇରେ ପହଞ୍ଚିବ, ପୋତା ବେସ୍ତ ହୋଇ ପଡୁଥିବ। ବସ୍‌ଟା ଯେମିତି ତା' ଗନ୍ତବ୍ୟ ସ୍ଥଳ ଭୁଲି ଯାଇଛି ବୋଲି ପୋତା ଭାବୁଥିବ। ଘଡ଼ି ଘଡ଼ି ତାକୁ ପରିସ୍ରା ଲାଗୁଥିବ। ତଳିପେଟ ବିନ୍ଧି ପକାଉଥିବ। ମାତ୍ର, ତାର ପ୍ରିୟ ଯୌନାଙ୍ଗ ଦେଇ ବାହାର ଦୁନିଆ ଦେଖିବାର ଅପେକ୍ଷାରେ ଥିବା ଗନ୍ଧିଆ ମୂତକୁ ଯଥାକଥା ଅଟକେଇ ଦେବାରେ ସେ ସମର୍ଥ ହେଉଥିବ।

ଗାଁ ଗୋବରୀ ନଈ କୂଳରେ କିଆ ବୁଦା ମୂଳର ଅନୁଭୂତି; ଉଃ..ହୁଃ.. କି ମଜା! ଦେହ ଥରି ଯାଉଥିବ। ଗୋବରୀ ନଈ କୂଳରେ ସେ ଏକୁଟିଆ ବୁଲିଲା

ବେଳେ ତାକୁ କେହି ସନ୍ଦେହ କରୁଥିବେ କି? ନାଇଁମ, କିଏ କାହିଁକି ବା କ'ଣ ଭାବିବ?

ପ୍ରକୃତିର ସୌନ୍ଦର୍ଯ୍ୟ ଉପଭୋଗ କରିବାକୁ ସିନା ସେ ଏକଲା ଏଇ ଗୋବରୀ ନଈ କୂଳରେ ବୁଲୁଥିବ! ସଞ୍ଜବେଳେ ସୂର୍ଯ୍ୟ ବୁଡ଼ି ଯାଉଥିବାର ଦୃଶ୍ୟ ଦେଖୁଥିବ। ପକ୍ଷୀମାନେ ବସାକୁ ଫେରୁଥିବେ। ଝିଅମାନେ ତୁଠରେ ମେଳି ହେଉଥିବେ। ପୋତାକୁ ଏସବୁ ଭଲ ଲାଗୁଥିବ। କେଜାଣି, ଏଇ ବୟସରେ ସେମାନଙ୍କୁ କାହିଁକି ସମସ୍ତେ ସନ୍ଦେହ କରୁଥିବେ?

ପୋତାର ନାକ ତଳେ ଯେଉଁ କହରିଆ ସୁନେଲି ରଙ୍ଗର ନିଶ ଆଉ ଥୋଡ଼ିରେ ଛୋଟିଆ ଛୋଟିଆ ଦାଢି ଉଠିଥିବ, କାଖରେ, ଛାତିରେ ବାଳ ଗଜୁରୁଥିବ, ଏସବୁ ପୋତାକୁ କିନ୍ତୁ ଅଡୁଆ ଅଡୁଆ ଲାଗୁଥିବ। ନଖି, ଉର୍ମିଳା, ସୁଲୁରୀ ସାଙ୍ଗରେ ମିଶିଲା ବେଳକୁ ଏଣିକି ପୋତାକୁ ଭାରି ଲାଜ ଲାଗୁଥିବ। ସେ ଆଉ ଆଗ ଭଳି ଖୋଲା ଦେହରେ ସେମାନଙ୍କ ସହ ମିଶି ପାରୁ ନଥିବ।

ପରୀକ୍ଷା ଆଉ ଅଳ୍ପ କେଇଦିନ ବାକି ଥିବ। ପଢ଼ାପଢ଼ି କରିବାକୁ ଘରେ ତାଗିଦ କରୁଥିବେ। ପଢ କି ନ ପଢ, ବହିଟାକୁ ତ ଧରିବାକୁ ପଡ଼ିବ। ପାଠ ପଢୁଛି ବୋଲି ଲୋକଙ୍କୁ ଜଣାଇବାକୁ ପଡ଼ିବ।

ଓଃ, ପଢ଼ି ପଢ଼ି ବୋର୍ ହୋଇ ଯାଇଥିବାରୁ ପିଲାଟା ଘଡ଼ିଏ ଖୋଲା ପବନ ଖାଇବାକୁ ନଈକୂଳକୁ ଚାଲି ଆସିଥିବ। କେଇ କୁଆଡ଼େ ନଥିବା ବେଳେ, ପୋତା ତା'ର ସବୁଠୁ ବିଶ୍ୱସ୍ତ ଅନ୍ଧାରିଆ କିଆ ବୁଦା ମୂଳକୁ ଚାଲି ଯାଉଥିବ। ସେଠି ଝାଡ଼ା ବସିବାର ବାହାନା କରୁଥିବ। ଯିଏ ବି ସେଇ ବାଟ ଦେଇ ଯାଉଥିବେ, ପିଲାଟା ଝାଡ଼ା ବସିଛି ଭାବି, ତା'ଠାରୁ ଧ୍ୟାନ ଫେରାଇ ନେଉଥିବେ। ଏହା ପୋତାକୁ ଆଉ କିଛି ସମୟ ସେଠି ବସି ରହିବାକୁ ଭରସା ଦେଉଥିବ। ପୋତା ନିଜକୁ ଏନ୍‌ଜଏ କରୁଥିବ।

ପୋତା ଏମିତି କେତେଥର କଲେଜ ଆସିବା ବାହାନାରେ ପଟ୍ଟାମୁଣ୍ଡେଇ ବସରେ ବସି କଟକ ଚାଲି ଆସିଥିବ। ସନ୍ଧ୍ୟା ହେବା ପୂର୍ବରୁ ପୁଣି ସେହି ବସ୍‌ରେ ବସି ନିଜ ଗାଁକୁ ଫେରି ଯାଇଥିବ। ତା' ପାଇଁ ଏଇ କଟକ ଆସିବା ଘଟଣା, ପବନପୁତ୍ର ହନୁମାନଙ୍କ ଲଙ୍କା ଅଭିଯାନ ଭଳି ମନେ ହେଉଥିବ।

ଚାଲନି ଦେଖିବା, ତା' ଗାଁର ତା' ବୟସର କୋଉ ପିଲା କଟକ ମାଟି ମାଡ଼ିଥିବ? କଟକ ମାର ଗୁଲି, କେନ୍ଦ୍ରାପଡ଼ା ଦେଖିଥିବେ ନା? ସେ କଣ୍ଟାବଣ ଭଳି ଅପନ୍ତରା ମଫସଲିଆ ଗାଁରୁ କଟକ ଯାଏ ପହଞ୍ଚି ପାରିଛି ଭାବି ପୋତା ନିଜକୁ ଅଧିକ ବ୍ରେନି ଓ ସ୍କଲାର ଭାବୁଥିବ।

ସେଦିନ କଣ୍ଟାବଣ ଭଳି ଏକ ତଳଘଟି ଅଞ୍ଚଳରୁ ପୋତା ପଟ୍ଟାମୁଣ୍ଡାଇ ବଜାରକୁ ବୁଲି ଆସୁଥିବ। ପଟ୍ଟାମୁଣ୍ଡେଇ ବସ୍ ଷ୍ଟାଣ୍ଡ ନିକଟରେ ଠିଆ ହୋଇଥିବାବେଳେ ପୋତାର ଗୋଟିଏ ଅଦ୍ଭୁତ ଖିଆଲ ସୃଷ୍ଟି ହେଉଥିବ। ବସ୍ ଷ୍ଟାଣ୍ଡରୁ ଏକ ବସ କଟକ ଛାଡୁଥିବ। ପଟ୍ଟାମୁଣ୍ଡେଇରୁ କଟକ ଛାଡ଼ିବାକୁ ଥିବା ସେହି ବସ୍‌ଟି ଉପରକୁ ପୋତା ହଠାତ୍ ଉଠି ଯାଉଥିବ। ଧାନ ବିକା ଟଙ୍କାରୁ କିଛି ପକେଟରେ ମହଜୁଦ ଥିବାରୁ ପୋତା ନିର୍ଭୟ ହୋଇ ଯାଉଥିବ। କଟକ ଯାଇ ବୁଲାବୁଲି କରି ଆସିଲେ କିଛି ଆର୍ଥିକ ସମସ୍ୟା ହେବନି ବୋଲି ପୋତାର ମୁଣ୍ଡକୁ ଏହି ଆଇଡ଼ିଆ ଢୁକୁଥିବ।

କଣ୍ଟାବଣରୁ ପଟ୍ଟାମୁଣ୍ଡେଇ, ପୁଣି ପଟ୍ଟାମୁଣ୍ଡେଇରୁ କଟକ; ଏକ ଲମ୍ୱା ଯାତ୍ରା ସମ୍ପର୍କରେ ଭାବି ଭାବି ପୋତା ଉଲ୍ଲସିତ ହୋଇ ପଡୁଥିବ। ସେ ଏବେ କଟକରେ ପହଞ୍ଚି ଯାଇଛି ବୋଲି ବଡ଼ ପାଟି କରି ତା'ର ପ୍ରିୟ ଗାଁବାସୀଙ୍କୁ ଜଣେଇ ଦେବାକୁ ଚାହୁଁଥିବ। ଗାଁର ବିଚାରୀ ରାଉଳୀ, ଗୁରୁବାରୀ, ନେଉଳୀ, ସୀତା, ପମି, ଉମିଙ୍କ କଥା ଭାବି ପୋତା ସେମାନଙ୍କୁ ଦୟା କରୁଥିବ। କଟକରେ ସ୍କୁଟି ଚଲେଇ ମାଡ଼ି ଯାଉଥିବା ଝିଅଙ୍କୁ ଦେଖି ପୋତା ହାଁ କରି ଅନେଇ ରହୁଥିବ। ଗାଁର ଟାଙ୍ଗା, ଟେରା, ଜାଗରା, ଶିବା, ମୂଳା, ପଦିନ, ହଳିଆ ଓ ସର୍ବୋପରି ସେ ନିଜେ 'ପୋତା'; ଏମାନଙ୍କ ସମ୍ପର୍କରେ ଭାବି ଦୁଃଖ ପ୍ରକାଶ କରୁଥିବ। କେଡ଼େ ଗାଉଁଲି ମଫସଲିଆ ଟୋକାମାନେ, ଗାଁରେ ରହି ଗାଈ ଚରେଇ, ବିଲରେ ଖଟି, ତାସ୍ ଖେଳି, ପିଣ୍ଡାରେ ବସି, ଆ' ତା' କଥା ଗପି ଦୁନିଆ ସମ୍ପର୍କରେ କିଛି ଜାଣି ପାରୁ ନଥିବେ।

ନିଜକୁ ଏବେ ଗାଁଠାରୁ ବେଶ୍ ଦୂରରେ ଦେଖି ପୋତା ଭାବବିହ୍ୱଳ ହୋଇ ପଡୁଥିବ। ଗାଁରେ ପ୍ରଥମ ମେଟ୍ରିକ୍ ପାସ କରି ପାରିଥିବାରୁ ପୋତା ନିଜକୁ ଅନ୍ୟମାନଙ୍କଠାରୁ ଅଲଗା ଭାବୁଥିବ। ଥାର୍ଡ ଡିଭିଜନରେ ହେଉ ପଛେ, ସେ ମାଟ୍ରିକ ପାସ କରି କଣ୍ଟାବଣ କଲେଜରେ ପ୍ଲସ ଟୁରେ ନାଁ ଲେଖେଇ ପାରିଥିବ। ଏଣୁ ସେ ନିଜକୁ ବହୁତ ଭାଗ୍ୟବାନ ମଣୁଥିବ।

ନାତୀ ଟୋକା ମାଟ୍ରିକ ପାସ କରିଥିବା ଖୁସିରେ ଜେଜେ ଗାଁବାଲାଙ୍କୁ ଅରୁଆ ଅନ୍ନ ଡାଲମା ଭୋଜି ଦେଇଥିବେ। ବୋଉ, ବୁଢ଼ୀ ଠାକୁରାଣୀଙ୍କୁ ବୋଦାଟିଏ ପୂଜିଥିବ ଓ କଳା ଛିଟଟିଏ ଦେଇଥିବ।

ପୋତା ଏବେ କଟକରେ ପହଞ୍ଚି ଯାଇଥିବାରୁ ଗାଁର ସବୁ କିଛି ଭୁଲି ଯାଉଥିବ। ଗାଁର ମୂର୍ଖ ପିଲାମାନେ ତା'ଠାରୁ କେତେ ଦୂରରେ, କାହିଁ ଅପନ୍ତରା ମଫସଲରେ ପଡ଼ିଛନ୍ତି, ପୋତା ଗର୍ବରେ ଫୁଲି ଉଠୁଥିବ।

ଗତ ଦୁଇ ମାସ ଭିତରେ ପୋତା ତିନି ଥର କଟକ ଆସି ସାରିଥିବ। ଆଉ ତିନି

ଖଣ୍ଡ ଜରିଗୁଡ଼ା ରଙ୍ଗୀନ ବହି କିଣି ନେଇଥିବ। ପ୍ରଥମ ଥର ସେ ନିଶାମଣି ଟକିଜରେ ଇଂଲିଶ ଫିଲ୍ମ ଦେଖି ପାରିଥିବାରୁ ସେ ଆଉ ଗାଁ ପିଲାଙ୍କୁ ମନେ ପକାଉ ନଥିବ। ନିଶାମଣି ଟକିଜର ଗୁବ୍‌ଗାବ୍, ଢୋ, ଢାଡ଼ାଙ୍ଗ ଶବ୍ଦରେ ପୋତାର ଛାତି ଧଡ଼ପଡ଼ ହୋଇ ପଡୁଥିବ। ପୋତା ରୋମାଞ୍ଚିତ ହୋଇ ପଡୁଥିବ। ପ୍ରକୃତରେ ପୋତା ନିଜକୁ ଗାଁର ଅନ୍ୟ ପିଲାଙ୍କଠାରୁ ସ୍ୱତନ୍ତ୍ର ମନେ କରୁଥିବ।

ଏହା ମଧ୍ୟରେ ବାଦାମବାଡ଼ି ବସ୍‌ଷ୍ଟାଣ୍ଡ ସହିତ ପୋତାର ବନ୍ଧୁତ୍ୱର ଡୋରି ଲାଗି ଯାଉଥିବ। ଗୋବରୀ ନଈ କୂଳରେ ଥିବା ତା' ପ୍ରିୟ କିଆବୁଦାର ଉହାଡ଼ ଭଳି ଏହି ବାଦାମବାଡ଼ିର ରଙ୍ଗୀନ ବହିଗୁଡ଼ିକ ତାକୁ ଆକର୍ଷିତ କରୁଥିବେ।

ପୋତା ବାଦାମବାଡ଼ି ବସ୍ ଷ୍ଟାଣ୍ଡରୁ ବହୁ ପ୍ରକାର ବହି କିଣି ସାରିଥିବ। ଏତେ ଟଙ୍କା ଦେଇ ବହି କିଣି ନେଉଥିବ, ହେଲେ ମନ ଭରି ପଢ଼ିବା ପାଇଁ ତାକୁ ନିରୋଳା ଜାଗା ଖଣ୍ଡେ ମିଳୁ ନଥିବ। ଏହି ଦୁର୍ଭାଗ୍ୟ ପାଇଁ ପୋତା ଗାଁ ଲୋକଙ୍କୁ ଦୋଷ ଦେଉଥିବ। ଗାଁ ଓ ତା'ର ପରିବାର ଲୋକମାନେ ଏହି ବହିଗୁଡ଼ିକୁ ତାକୁ ଭଲ ଭାବେ ପଢ଼ିବାର ସୁଯୋଗ ଦେଉ ନଥିବାରୁ ପୋତା ସେମାନଙ୍କ ଉପରକୁ ଚିଡ଼ି ଯାଉଥିବ।

କେତେବାର ପୋତା ଲୁଚେଇ ଲୁଚେଇ ବହିଟିକୁ ସାର୍ଟ ଭିତରେ ପୂରେଇ ଗୋବରୀ ନଈ କୂଳକୁ ଆସୁଥିବ। ହେଲେ ସେଠି ବି ତାକୁ ରାହୁ, କେତୁ, ଯମ ଆଦି କାଳଗ୍ରହମାନେ ଘେରି ବସିଥିବେ।

ଶୀତଦିନେ ଦ୍ୱିପ୍ରହରିଆ ସମୟରେ ଖରାରେ ବସି ଟିକେ ଆନନ୍ଦରେ ବହିଟିକୁ ପଢ଼ିବା ପାଇଁ ପୋତା ନଈ କୂଳକୁ ଧାଇଁ ଆସୁଥିବ। ହେଲେ ସେଠି କିଏ ଆଳୁରେ ପାଣି ଦେଉଥିବ ତ କିଏ ବାଇଗଣ, କଖାରୁ, କୋବି, କନ୍ଦମୂଳ କିଆରିକୁ ଜଗି ବସିଥିବ।

ଗୋବରୀ ନଈରୁ ଟକରା ଯନ୍ତରେ ପାଣି ମଡ଼ାଉଥିବ। ହଗୁରୀ, ସଖୀ, ପିତେଇ ଭଳି ଝିଅମାନେ ଲଙ୍କା ଗଛରେ ପାଣି ଦେଉଥିବେ, କୋବି ହୁଡ଼ାରୁ ଘାସ ବାଛୁଥିବେ। ହୁସ୍। ପୋତା ସୁଯୋଗ ନ ପାଇ ମନ ଦୁଃଖରେ ଘରକୁ ଫେରି ଆସୁଥିବ।

କୋଉଠୁ କିଛି ଉପାୟ ନ ପାଇ ପୋତା ସାଇକେଲ ଚଢ଼ି ରାଜନଗର, ମଦନପୁର, ବେଳେବେଳେ ଗଣ୍ଡାକିଆ, ଅଳଭା ଲକ୍ ଆଡ଼କୁ ବୁଲି ପଳାଉଥିବ। ଅଳଭା ଲକ୍ ଆଗକୁ ବ୍ରାହ୍ମଣୀ ନଈ କୂଳରେ ବୁଲିବାକୁ ଭଲ ଲାଗୁଥିବ।

ଏସବୁ ବହି ପଢ଼ିଲା ଦିନୁ ପୋତା ଏକ ପ୍ରକାର ବାରବୁଲା ଧରି ଯାଇଥିବ। କୋଉଠି ସ୍ଥିର ହୋଇ ଘଡ଼ିଏ ବସି ରହିବାକୁ ତାକୁ ଭଲ ଲାଗୁ ନଥିବ। କୋଉଠି ଟିକେ ନିରୋଳାରେ ମନ ଭରି ବହିଟିକୁ ପଢ଼ିବା ପାଇଁ ତା'ର ଭାରି ଇଚ୍ଛା ହେଉଥିବ।

ଘରେ ତ ଏ ବହି ପଢ଼ିବାର ସାମାନ୍ୟତମ ଚାନ୍‌ସ ହିଁ ନଥିବ। ବୋଉ କି ବାପା, ଦେଖିଦେଲେ କଥା ସରିଯିବ।

ବେଳେବେଳେ ବହିକୁ ଧରି ନିଜ ଗାଁଠାରୁ ରାଜନଗର ଦେଇ ସେ ଅନେକ ଦୂରକୁ ଚାଲି ଆସିଥିବ। ନିଶୂନ ନିସ୍ତବ୍‌ଧ ଭେଡ଼ା ମଧ୍ୟ ଦେଇ ଯାଇଥିବା ଫାଙ୍କା କେନାଲ ବନ୍ଧ ରାସ୍ତା ଉପରେ ପୋତାର ସାଇକେଲଟି ଆଗକୁ ଗଡ଼ି ଚାଲିଥିବ। କୋଉଠି ଭଲ ନିରୋଳା ଜାଗାଟିଏ ମିଳି ପାରିବ, ପୋତା ସେ ସନ୍ଧାନରେ ଥିବ।

ହଠାତ୍ ଭେଡ଼ା ମଧ୍ୟରେ ଗୋଟିଏ ବଡ଼ ବରଗଛକୁ ଘେରି ଜଙ୍ଗଲିଆ ବୁଦା କିମ୍ବା ଗହଗା ପାଟବିଲରେ କଣ୍ଟେଇକୋଳି ବୁଦା ତା' ନଜରରେ ପଡୁଥିବ। ପୋତା ସେଇଠି ସାଇକେଲକୁ ଷ୍ଟାଣ୍ଡ କରୁଥିବ। ସେ ଘଇତାମାରି ପାଟରେ ଜଣେ ବି ଲୋକବାକ ଦେଖା ଯାଉ ନଥିବେ।

ଗହଗା ଭେଡ଼ାରେ ଜଣେ ହେଲେ ମଣିଷ କି ପଶୁପକ୍ଷୀଙ୍କୁ ନ ଦେଖି ପୋତା ବେଶ ଆଶ୍ୱସ୍ତ ଅନୁଭବ କରୁଥିବ। ଏଠିକି କେହି ବି ଲୋକ ଆସିବାର ସମ୍ଭାବନା ନଥିବା କଥା ପୋତାର ହୃଦବୋଧ ହେଉଥିବ। ଏହା ପରେ ସେ ସାଇକେଲରୁ ଓହ୍ଲାଉଥିବ। ସ୍ଥାନଟିକୁ ଭଲ ଭାବେ ଯାଞ୍ଚ କରି ନେଇ ସାରିବା ପରେ ସେ ଅନ୍ଧାରୁଆ ବୁଦା ମୂଳକୁ ବହିଟିକୁ ଧରି ଚାଲି ଯାଉଥିବ।

ପୋତା ବେଶ କିଛି ସମୟ ବହିଟିର କଭର ପୃଷ୍ଠାକୁ ଅପଲକ ନୟନରେ ଚାହିଁ ରହୁଥିବ। ଇସ୍, ଏଠି କେତେ ଶାନ୍ତି! ବରଗଛର ଶୀତଳ ଛାଇ ତାକୁ ବେଶ ଆନନ୍ଦଦାୟକ ମନେ ହେଉଥିବ। ସ୍ଥାନଟି ତାକୁ ସ୍ୱର୍ଗ ଭଳି ଲାଗୁଥିବ।

ଶଃ, ହାରାମୀ ଗାଁ ଲୋକେ ତାକୁ ଏତିକି କରିବାର ସୁଯୋଗ ଦେଉ ନଥିବେ। ପୋତା ସେମାନଙ୍କର ମା' ଭଉଣୀ ତେପନ ପୁରୁଷ ଉଦ୍ଧାର କରୁଥିବ। ଗାଁ ଟୋକାମାନଙ୍କଠାରୁ ଶିଖିଥିବା ବଢ଼ିଆ ବଢ଼ିଆ ଦୋ'ଅକ୍ଷରୀମାନ ପ୍ରୟୋଗ କରୁଥିବ।

କିଛି ସମୟ ପରେ ପୋତା ବହିଟିର ପ୍ରଥମ ପୃଷ୍ଠା ଓଲଟାଉଥିବ। ବହିଟିର ଲେଖକ କିଏ, ପୋତା ଅନୁସନ୍ଧାନ କରୁଥିବ। 'ମସ୍ତରାମ' ଥିବେ ବହିଟିର ଲେଖକ ଏବଂ ଏହାର ପ୍ରଥମ ପୃଷ୍ଠାରେ 'ଦିଅର-ଭାଉଜ ପରକୀୟା ପ୍ରୀତି' ଶୀର୍ଷକ ବିଷୟଟି ସ୍ଥାନ ପାଇଥିବ।

ଉଃ...ଃ...ଃ.... କି ବର୍ଣ୍ଣନା! କି ଲେଖା! ଆହାଃ, ସେ ଏମିତି ଲେଖାଲେଖି କରି ପାରନ୍ତା ନି! ଏମିତି ଭାବି ପୋତା ଅନ୍ୟମନସ୍କ ହୋଇ ପଡୁଥିବ। ପୋତାକୁ ଏମିତି ଲେଖକ ହେବାକୁ ଇଚ୍ଛା ହେଉଥିବ।

ବଳରାମ ଦାସଙ୍କ ଦାଣ୍ଡି ବୃତ୍ତରେ ରାମାୟଣ ବର୍ଣ୍ଣିତ ହୋଇଥିବା ଭଳି ଏ

ଉପାଖ୍ୟାନଟି ଲେଖା ହୋଇଥିବ। ଏକା ନିଶ୍ୱାସରେ ପୋତା ପଢ଼ି ଚାଲିଥିବ। ସ୍ୱାମୀ ବର୍ଷ ବର୍ଷ ଧରି ବିଦେଶରେ ରହୁଥିବେ। ସ୍ୱାମୀ ସୁଖରୁ ବଞ୍ଚିତ ବିରହୀ ପତ୍ନୀ କେମିତି ନିଜ ଦିଅରକୁ ଏକଲା ଘରକୁ ଡାକି ଓ ତା'ର ସେଇଟାକୁ ଧରି ...... ଇସ୍.....। ଆଉ....ଇସ୍...ଇସ୍.....। କି ବର୍ଣ୍ଣନା ! ଇଲୋ, ବୋଉଲୋ। କି, ବର୍ଣ୍ଣନା..ଉଃ...ଃ.... !

ସେ ବର୍ଣ୍ଣନାରେ ତ ପୋତା ଅଧାଅଧି ବାଇଆ ହୋଇ ଯାଉଥିବ। ପ୍ରକୃତରେ ଏହି ବହିର ଲେଖକକୁ ପୋତା ସବୁଠୁ ଅଧିକ ଜ୍ଞାନୀ, ଗୁଣୀ ମନେ କରୁଥିବ। ପ୍ରକୃତରେ ଏହି ଲେଖକମାନେ କେତେ ଟ୍ୟାଲେଣ୍ଟେଡ ? ପୋତା କୃତଜ୍ଞତାରେ ଭରି ଉଠୁଥିବ।

ଦି' ଧାଡ଼ି ପଢ଼ିଲା ବେଳକୁ ପୋତା ଅସମ୍ଭାଳ ହୋଇ ଉଠୁଥିବ। ପୋତାର ମୁଣ୍ଡ ଗରମ ହୋଇ ଯାଉଥିବ। ତତଲା ବାମ୍ଫ ମୁଣ୍ଡରୁ ନାକ ବାଟ ଦେଇ ବାହାରକୁ ବାହାରି ଯାଉଥିବ।

ଅନ୍ଧାରିଆ ବୁଦା ମଧ୍ୟରେ ସେ ତାର ଗୁପ୍ତ କଳାକୁ ପ୍ରୟୋଗ କରୁଥିବ। ତାକୁ ଏହା ଭାରି ଭଲ ଲାଗୁଥିବ। ସେହି ସମୟରେ ତାକୁ ସମସ୍ତେ ଭଲ ଲାଗୁଥିବେ। ତଅପୋଇ, ସୁମିତ୍ରା, ବଗୁଲୀ, ରେଖା, ରେଣୁ, ରାସ୍ତା ଦେଇ ବହି ଯାଇଥିବା ବ୍ରାହ୍ମଣୀ ନଈ, ବରଗଛ, ବରଗଛରେ ବସିଥିବା ଚଢ଼େଇ; ତାକୁ ସମସ୍ତେ ଏକାବେଳକେ ଭଲ ଲାଗୁଥିବେ। ସମସ୍ତଙ୍କୁ ଟିକେ ଟିକେ ଗେଲ କରିବାକୁ ପୋତାର ଇଚ୍ଛା ହେଉଥିବ। ଆସନ୍ତାକାଲି କଲେଜରେ ସବୁ ଝିଅଙ୍କ ସହ ଭଲ ଭାବେ ମିଶିବାକୁ ଇଚ୍ଛା କରି ବାକି କାମତକ ସାରି ଦେଉଥିବ।

ସେଇ କ୍ଷଣି ତଅପୋଇକୁ କୁଣ୍ଢେଇ ପକେଇବାକୁ ଇଚ୍ଛା ହେଉଥିବ। ପୁଣି ରେଖା କଥା ମନ ପଡ଼ି ଯାଉଥିବ। କଲେଜ ପଡ଼ିଆରେ ଦଉଡୁଥିବାବେଳେ ରେଖାର ସ୍ତନ ଦୁଇଟି କିଭଳି ଦୋହଲୁଥିବ, ଆଃ। ଦେହ ଶୀତେଇ ଉଠୁଥିବ। ସର୍ବାଙ୍ଗ ଥରି ଉଠୁଥିବ। ସେତେବେଳକୁ ସବୁ କାର୍ଯ୍ୟକ୍ରମ ଶେଷ ହୋଇ ସାରିଥିବ। ହାଲିଆ ଲାଗୁଥିବ। ସବୁକିଛି ବିରକ୍ତି ଲାଗୁଥିବ। ହଠାତ୍ ତା' ଘର ତାକୁ ବହୁତ ଦୂର ଲାଗୁଥିବ।

ଧୁତ୍, ଏତିକି ଟିକେ କାମ ପାଇଁ ସେ କଣ୍ଟାବଣରୁ ରାଜନଗର ଚାଲି ଆସିଥିବ ? କାମ ସରିଯିବା ପରେ, ବହିଟିକୁ ପୁଣି ପ୍ୟାଣ୍ଟ ଭିତରେ ପୂରେଇବ ଓ ସାଇକେଲ ଉପରେ ବସିବ। ପୁଣି ବ୍ୟାକ୍ ଟୁ ପ୍ୟାଭିଲିଅନ୍। ମାନେ ସିଧା ଗାଁ ମୁହାଁ ହେଉଥିବ। ଶରୀର ଦୁର୍ବଳ ଲାଗୁଥିବ। ତଣ୍ଟି ଶୁଖି ଯାଉଥିବ। ସାଇକେଲ ଚଳେଇବାକୁ ଇଚ୍ଛା ହେଉ ନଥିବ। କେତେବେଳେ ଯାଇ ଗାଁରେ ପହଞ୍ଚିବ ବେସ୍ତ ହୋଇ ପଡୁଥିବ। ଘରେ ପହଞ୍ଚିବା ପରେ ବି ପୋତାକୁ ନିସ୍ତାର ନଥିବ। ଇଚ୍ଛା ନଥିଲେ ବି ସୋସିଓଲୋଜି, ଇକନମିକ୍ସ ବହିକୁ ସାଙ୍ଗରେ ନେଇ ପୋତା ନିଜ ପଢ଼ା ଘରକୁ ଯାଉଥିବ।

ଦିନତମାମ୍ ଘଟିଥିବା ତା'ର ସମସ୍ତ ଅନୁଭୂତିକୁ ମନେ ପକାଇ ଦୁଃଖିତ ହେଉଥିବ ଓ ପଶ୍ଚାତାପର ନିଆଁରେ ଜଳୁଥିବ। ପରୀକ୍ଷା ଆଉ କେତେ ଦିନ ରହିଲା। ପାଠ ବହି ପଢ଼ିବାକୁ ଇଚ୍ଛା ଲାଗୁ ନଥିବାରୁ ଦୁଃଖରେ ଭାଙ୍ଗି ପଡୁଥିବ।

ସୋସିଓଲୋଜି, ପଲିଟିକାଲ୍ ସାଇନ୍‌ସ, ଇକନମିକ୍ସ ବହି ତାକୁ ଖଟେଇ ହେଲା ଭଳି ଲାଗୁଥିବ। ମାତ୍ର, ମସ୍ତରାମ ବହି ତାକୁ କାହିଁକି ଏତେ ଭଲ ଲାଗୁଥିବ, ସେ ମନେ ମନେ ଆଶ୍ଚର୍ଯ୍ୟ ହେଉଥିବ ଓ ସେ ଶଳା ହାରାମିକୁ ଦୋ'ଅକ୍ଷରୀ ବ୍ୟବହାର କରି ଗାଳିଗୁଲଜ କରୁଥିବ।

ସୋସିଓଲୋଜିର ଭାରତୀୟ ସାମାଜିକ ବ୍ୟବସ୍ଥାର ଶ୍ରେଣୀ ବିଭାଗ ଓ ପଲିଟିକାଲ୍ ସାଇନ୍‌ସର ଭାରତୀୟ ସମ୍ବିଧାନ ଓ ବିଭିନ୍ନ ଧାରା ତା' ମୁଣ୍ଡରେ ପଶୁ ନଥିବ। ଇକନମିକ୍ସର ଭାରତୀୟ ଅର୍ଥ ବ୍ୟବସ୍ଥା, ସେୟାର ବଜାର ଓ ସେନ୍‌ସେକ୍ସ, ମୁଦ୍ରାସ୍ଫୀତି, ମୁଣ୍ଡପିଛା ଆୟ ତାକୁ କାଲ ଆଗରେ ମୂଳା ଚୋବେଇଲା ଭଳି ଲାଗୁଥିବ। ପରୀକ୍ଷା ଯେତେ ପାଖେଇ ଆସୁଥିବ, ଏ ବହିଗୁଡ଼ିକ ସହ ତାର ଶତ୍ରୁତା ସେତେ ଘନୀଭୂତ ହେଉଥିବ।

ଏହା ମଧ୍ୟରେ ପ୍ଲସ୍ ଟୁ ଆର୍ସ ରେଜଲ୍‌ଟ ବାହାରି ଯାଇଥିବ। ରେଜଲ୍‌ଟ ବହିରେ ପୋତାର ରୋଲ୍ ନମ୍ବର ନଥିବ। ବିଚରା ମନଦୁଃଖରେ ଘରକୁ ଫେରୁଥିବ।

ମସ୍ତରାମ ବହିଟିକୁ ଧରି ଗାଁର ଶେଷ ମୁଣ୍ଡରେ ଅଳ୍ପ କିଛି ମାସ ତଳେ ନିର୍ମିତ ହୋଇଥିବା ବାତ୍ୟା ନିରୋଧ ଆଶ୍ରୟ କୋଠାର ଛାତ ଉପରକୁ ପୋତା ଚାଲି ଯାଉଥିବ। ସେଠି ନିରୋଳାରେ ବହିଟିକୁ ପଢ଼ି ଧଇଁସଇଁ ହୋଇ ପଡୁଥିବ। ଏବଂ କ୍ରମେ ଶାନ୍ତ ହେବାକୁ ଆରମ୍ଭ କରୁଥିବ। ନିଦରେ ଛାତ ଉପରେ ଗାମୁଛା ପାରି ଆରାମ୍‌ରେ ଶୋଇ ପଡୁଥିବ। ଆଃ, କି ଶାନ୍ତି !

ଓମ୍ ଦ୍ୟୌଃ ଶାନ୍ତିରନ୍ତରୀକ୍ଷ ଗ୍ୱମ୍ ଶାନ୍ତିଃ, ପୃଥିବୀ ଶାନ୍ତିରାପଃ, ଶାନ୍ତିରୋଷଧୟଃ ଶାନ୍ତି। ବନସ୍ପତୟଃ ଶାନ୍ତିର୍ବିଶ୍ୱେଦେବାଃ, ଶାନ୍ତିର୍ବ୍ରହ୍ମ ଶାନ୍ତିଃ, ସର୍ବ ଗ୍ୱମ୍ ଶାନ୍ତିଃ, ଶାନ୍ତିଃରେବ ଶାନ୍ତିଃ, ସା ମା ଶାନ୍ତିରେଧି। ଓମ୍, ଶାନ୍ତିଃ, ଶାନ୍ତିଃ, ଶାନ୍ତିଃ। ସର୍ବାରିଷ୍ଟ ସୁଶାନ୍ତିର୍ଭବତୁ।

ଖୋଲା ଆକାଶ, ସଞ୍ଜପକ୍ଷୀ ଓ ବିସ୍ତୀର୍ଣ୍ଣ ପକା ଛାତ ତାକୁ ଭାରି ଭଲ ଲାଗୁଥିବ।

■

କିନ୍ନରଃ ଏକ ପ୍ରେମ କାହାଣୀ

ଯେଉଁ ନାରୀସୁଲଭ ଜିନିଷ ଟିକକ ପାଇଁ ଟ୍ୱିଙ୍କିଲ୍ ଏତେ ଆକର୍ଷଣୀୟ ଲାଗେ, ସେ ଉଲେନ୍ ବଲ୍ ଦୁଇଟିର ଏପରି ବିପର୍ଯ୍ୟସ୍ତ ଅବସ୍ଥା ଦେଖି ପୁରନ୍ଦର ବିଚଳିତ ହୋଇ ପଡ଼ିଲା। ଛୁଞ୍ଚି ସୂତା ଧରି ତୁଳା ବଲ୍ ଦୁଇଟିକୁ ସିଲେଇ କରିବାକୁ ବସିଲା ପୁରନ୍ଦର। ତୁଳାସବୁ ଚଟାଣସାରା ଖେଳେଇ ହୋଇ ପଡ଼ିଥିଲା। ଏହା ପୁରନ୍ଦରକୁ ଭାରି ଅଶ୍ଳୀଳ ଲାଗିଲା।

ଏ ଉଲେନ୍ ମୁଲାୟମ୍ ବଲ୍ ଦୁଇଟି ଟ୍ୱିଙ୍କିଲ୍‌ର ବ୍ଲାଉଜ୍ ଭିତରେ ଥିବା ଅବସ୍ଥାରେ ପୁରନ୍ଦର ଅନେକବାର ଚିପିଛି। ଚୁମିଛି। ଆଲିଙ୍ଗନ କରିଛି। ଆଃ, ସେ ହେଉ ପଛେ ନକଲି, ତାକୁ ମିଳିଛି ଚରମ ତୃପ୍ତି।

ସେତେବେଳକୁ ଟ୍ୱିଙ୍କିଲ୍ ବିଛଣାରୁ ଉଠି ନଥାଏ। ମେକ୍‌ଅପ୍‌ସବୁ ବୋଳି ହୋଇ ମୁହଁଟା ତାର ବେନ୍ଦେରା ହୋଇଯାଇଥାଏ। ଦେହଟାରୁ ବି ଗୋଟେ ଆଇଁଷିଣିଆ ଗନ୍ଧ ଆସୁଥାଏ।

କାଲି ଖଣ୍ଡଗିରି ମେଳାରୁ ଫେରିବା ବିଳମ୍ବ ହୋଇଥିଲା। ରାତି ଅନିଦ୍ରା ହୋଇଛି ବିଚାରୀ। ଶୋଇଛି। ଶୋଇଥାଉ।

ଯଦିଓ ସେତେବେଳକୁ ଦିନ ବାରଟା ବାଜିବାକୁ ଅଳ୍ପ ସମୟ ବାକି ଥାଏ। ତଥାପି ପୁରନ୍ଦର ବେଡ୍‌ରୁମ୍‌ର ଲାଇଟ୍ ଅନ୍ କଲାନି କି ଟ୍ୱିଙ୍କିଲ୍‌କୁ ଡିଷ୍ଟର୍ବ କଲାନି।

ଟ୍ୱିଙ୍କିଲ୍ ହଉ ପଛେ ମାଇଚିଆ, ହିଞ୍ଜଡ଼ା, କିନ୍ନର; ଏବେ ସେ ପୁରନ୍ଦରର ପତ୍ନୀ। ପୁରନ୍ଦର ତା' ସ୍ୱାମୀ। ତା' ଇହକାଳ, ପରକାଳର ଦେବତା। ଟ୍ୱିଙ୍କିଲ୍‌ର ସ୍ୱାମୀ ହୋଇଥିବାରୁ ପୁରନ୍ଦର ଗର୍ବ କରୁଥିଲା।

ଅଗ୍ନିକୁ ସାକ୍ଷୀ ରଖି ସେମାନେ ପରସ୍ପରକୁ ବିବାହ କରିଛନ୍ତି। ଟ୍ୱିଙ୍କିଲ୍ ବିନା ପୁରନ୍ଦରର ଅସ୍ତିତ୍ୱ କ'ଣ? ଟ୍ୱିଙ୍କିଲ୍ ତା' ପ୍ରେମ। ଟ୍ୱିଙ୍କିଲ୍ ତା' ଜୀବନ। ଟ୍ୱିଙ୍କିଲ୍ ତା' ମରଣ। ଟ୍ୱିଙ୍କିଲ୍ ତା' ପ୍ରଶ୍ୱାସ। ଟ୍ୱିଙ୍କିଲ୍ ତା' ବିଶ୍ୱାସ। ଟ୍ୱିଙ୍କିଲ୍ ତା' ଧଡ଼୍‌କନ୍। ଟ୍ୱିଙ୍କିଲ୍ ତା'ର ସବୁକିଛି।

ମନେ ପଡୁଛି, ଟ୍ୱିଙ୍କିଲ୍ ସହ ବାହାଘର ବେଳର କଥା। କମ୍ ଝାମେଲା ହୋଇଥିଲା ସେତେବେଳେ? କେତେ ଝଡ଼ଝଞ୍ଜା ନ ବହିଛି ତାଙ୍କ ବାହାଘରକୁ ନେଇ? କିନ୍ତୁ ଛାତିକୁ ପଥର କରି ଏସବୁ ଝଡ଼କୁ ପୁରନ୍ଦର ସାମ୍ନା କରିଥିଲା।

ପୁରନ୍ଦରର ଜଣେ କିନ୍ନରକୁ ବାହା ହେବା ଘଟଣା ସେତେବେଳେ ଗୋଟିଏ ଖୁବ୍ ବଡ଼ ଖବର ପାଲଟିଥିଲା।

କିନ୍ନରକୁ ବାହା ହେଲା ବୋଲି ତାକୁ କେତେ ଅପମାନ ସହିବାକୁ ପଡ଼ିଛି। କେତେ ଲୋକଙ୍କ ଟାହିଟାପରା, ବାଙ୍କ ଚାହାଣି, ଘୃଣାସବୁକୁ ହଜମ୍ କରିଛି ପୁରନ୍ଦର।

ପୁରନ୍ଦରର ଘର ଲୋକ ବି ଏ ବାହାଘରରେ ପ୍ରତିବନ୍ଧକ ସାଜିଛନ୍ତି। ପୁରନ୍ଦରର ମୋଟି ଗାଉଁଲି ସ୍ତ୍ରୀ ତ ସବୁ ସୀମା ଟପି ଯାଇଥିଲା। ସେ ଯେମିତି ଟ୍ୱିଙ୍କିଲ୍ ଘର ଆଗରେ ବାଳ ମୁକୁଳା କରି ଶାଢୀ ଟେକି ଉଦଣ୍ଡ ନାଚିଲା ଆଉ ଟ୍ୱିଙ୍କିଲ୍‌ର ଚୁଟି ଘୋଷାରି ବିଧା, ଗୋଇଠା ମାରିଲା, ଆଉ ଟ୍ୱିଙ୍କିଲ୍‌ର ଛାତିରୁ ସେ ନକଲି ସ୍ତନ ହଳେ ଖସି ପଡ଼ିଥିଲା; ସେ ଘଟଣା ମନେ ପଡ଼ିଲେ ପୁରନ୍ଦରର ଛାତି ଫାଟିଯାଏ। ଏସବୁ କ'ଣ ଭୁଲି ହୁଏ?

କେଜାଣି କାହିଁକି, ଆଜି ସକାଳୁ ସକାଳୁ ପୁରନ୍ଦରର ମନଟା ଭାରି ଉଦାସିଆ ଲାଗୁଛି। ମନଟା ବିଳାପ କରି ଉଠୁଛି। ତାକୁ କାନ୍ଦ ମାଡୁଛି। ତାକୁ ସବୁ ଚିଡ଼ିଚିଡ଼ା ଲାଗୁଛି। କିଛି ବି ଭଲ ଲାଗୁନି। ଟ୍ୱିଙ୍କିଲ୍‌ର ମତିଗତି ବି ଭଲ ଲାଗୁନି।

ଟ୍ୱିଙ୍କିଲ୍‌ଟା ଏହା ଭିତରେ କେତେ ବଦଳି ଗଲାଣି। ଯେଉଁ ଟ୍ୱିଙ୍କିଲ୍ ତାକୁ ଘଡ଼ିଏ ନ ଦେଖିଲେ ବ୍ୟସ୍ତ ହୋଇ ପଡୁଥିଲା, ଘଣ୍ଟା ଘଣ୍ଟା ଧରି ତାକୁ ଗେଲ କରୁଥିଲା, ଛକରୁ, ଟ୍ରେନ୍‌ରୁ ରୋଜଗାର କରି ଆଣିଥିବା ସବୁତକ ଟଙ୍କା ତାକୁ ଧରାଇ ଦେଉଥିଲା, ତା' ପାଦ ଛୁଇଁ ନମସ୍କାର କରୁଥିଲା, ସେ ନ' ଖାଇଲା ପର୍ଯ୍ୟନ୍ତ ଖାଉ ନଥିଲା, ସେଇ ଟ୍ୱିଙ୍କିଲ୍ ଏବେ ଆଉ ତା'ର ହୋଇ ରହିନାହିଁ। ଭାବିଲା ବେଳକୁ ପୁରନ୍ଦରର ଛାତି ଭିତରଟା କୋରି ହୋଇ ଯାଉଛି।

ସେ ପୋଡ଼ାମୁହିଁ ଏବେ ଆଉ କାହାର ହେବାକୁ ଯାଉଛି? ଆଃ। ଚମକି ପଡ଼ିଲା ପୁରନ୍ଦର। ନା, ନା, ନା, ତା' ଶରୀରରେ ପ୍ରାଣ ଥିବା ଯାଏ ସେ ଲଢ଼ିବ। ଟ୍ୱିଙ୍କିଲ୍ କେବଳ ତା'ର ସ୍ତ୍ରୀ। ସେ ଆଉ କାହାର ପ୍ରେମିକା ହୋଇ ନ ପାରେ। ପୁରନ୍ଦରର ଛାତି ଫାଟି ପଡୁଥିଲା।

ଏମିତି କେବେ ବି ହେବାକୁ ଦବନି ସେ। ଏଣିକି ଟ୍ୱିଙ୍କିଲ୍‌କୁ ତା' ଅକ୍ତିଆରରେ ରଖିବ। ଟ୍ୱିଙ୍କିଲ୍‌କୁ ଗୋଡ଼େ ଗୋଡ଼େ ଜଗିବ। ଟ୍ୱିଙ୍କିଲର ସବୁ ଅଭାବ, ଅସୁବିଧା ବୁଝିବ। ତାକୁ ମାଛ, ମାଂସର ନ ତିଅଣ ଦଶ ଭଜା କରି ପରଷିବ। ତା' ମନ କଥା ବୁଝିବ। ତାକୁ ପର ଟୋକାଙ୍କ ସହ ଏତେ ମିଳାମିଶା କରିବାକୁ ଦବନି।

ଏଇ ଲମ୍ବା କଲିବାଲା ଚିକିଣା ଟୋକାମାନେ ତା' ମୁଣ୍ଡଟାକୁ ଖାଇ ଯାଉଛନ୍ତି। ମରି ଯାଉନାହାନ୍ତି ସେ ପୋଡ଼ାମୁହାଁ ଦଳ! ପୁରନ୍ଦରର ଆତ୍ମା ବିଳାପ କରି ଉଠୁଥିବ।

ସକାଳୁ ସକାଳୁ ପୁରନ୍ଦରର ମନଟା ଗୁମ୍ ହୋଇ ଯାଇଛି। ପୁରୁଣା ଦିନର ତିକ୍ତ, ମଧୁର ସ୍ମୃତି, ଅନୁଭୂତି ଗୋଟିଏ ପରେ ଗୋଟିଏ ମନେ ପଡ଼ି ଯାଉଛି ପୁରନ୍ଦରର।

ପ୍ରକୃତରେ ତା'ର କ'ଣ ହୋଇଛି? ଜଣେ କିନ୍ନର ପାଇଁ ସେ ଏତେ ବିଚଳିତ କାହିଁକି? ସେ କିନ୍ନର ତା'ର କିଏ କି? ପୁରନ୍ଦର ଚମ୍‌କି ପଡ଼ିଲା।

ଟ୍ୱିଙ୍କିଲ୍ କିନ୍ନର ତ ପୁରନ୍ଦରର ପତ୍ନୀ। ଅଗ୍ନିକୁ ସାକ୍ଷୀ ରଖି ପୁରନ୍ଦର ତାକୁ ବାହା ହୋଇଛି। ଜନ୍ମ ଜନ୍ମାନ୍ତରର ସାଥୀ ହୋଇଛି। ବେଦୀ ଚାରିକଡ଼େ ସେମାନେ ସାତ ଘେରା ବୁଲିଛନ୍ତି। ହାତଗଣ୍ଠି ପଡ଼ିଛି। ଚଉଠି ରାତିରେ ତା' ମୁଣ୍ଡରୁ ଓଢ଼ଣା ଖୋଲିଛି। ଦୀର୍ଘଶ୍ୱାସ ଛାଡ଼ିଲା ପୁରନ୍ଦର।

ପୁରନ୍ଦରକୁ ଭାରି ବ୍ୟସ୍ତ ଲାଗୁଥିଲା। ଦେଖୁଛି, ଯେଉଁଦିନ ସକାଳୁ ଉଠିବା ଡେରି ହେଉଛି, ସେଦିନ ହିଁ ସବୁ ଗଡ଼ବଡ଼ ହେଉଛି। ତେଣେ ଘରର ଯାବତୀୟ ପାଇଟି ବାକି ପଡ଼ିଛି। ଏତେ କାମ କେତେବେଳେ ହେବ? ସେ ପୋଡ଼ାମୁହିଁ ତ ଉଠିବ ଦିନ ଦି' ଘଡ଼ି ବେଳକୁ। ଉଠିବ ତ' ନିଜ ସଜପଟାରେ ଲାଗିବ। ମେକ୍‌ଅପ୍ ନେବ। ଘର ପାଇଟି କିଏ କରିବ?

ପୁରନ୍ଦର ଏଇନେ ବାକ୍ସରୁ ଟ୍ୱିଙ୍କିଲ୍‌ର ଶାଢ଼ୀସବୁ କାଢ଼ି ଆଇରନ୍ କରିବ। ଟ୍ୱିଙ୍କିଲ୍‌ର ମେକ୍‌ଅପ୍ ପାଇଁ ସବୁ ଯୋଗାଡ଼ଯନ୍ତ୍ର କରିବ। ତା' ଭିତରେ ପୁଣି ଠାକୁର ପୂଜା, ସକାଳ ଜଳଖିଆ ଅଛି। ଟ୍ୱିଙ୍କିଲ୍ ଉଠିଲେ ତା' ପାଇଁ ଚା' କରିବ। ଜଳଖିଆ ଖାଇ ସାରିବା ପରେ ପୁଣି ଗାଧୁଆବେଳ ପାଇଁ ରୋଷେଇବାସ ଝାମେଲା। ପୁରନ୍ଦର ସତରେ ବ୍ୟସ୍ତ ହୋଇ ପଡୁଥିଲା।

ଆଜି ଟ୍ୱିଙ୍କିଲ୍ କେଉଁ ଶାଢ଼ୀ ପିନ୍ଧିବ? ସେ ବାଇଗଣୀ ଜରିଲଗା ଶାଢ଼ୀଟାକୁ ତ କାଲି ପିନ୍ଧି ଖଣ୍ଡଗିରି ମେଳା ଯାଇଥିଲା। ନାଲି ଶାଢୀଟାକୁ ତା' ପୂର୍ବଦିନ ଆଉ ହଳଦୀ ଚକ୍‌ମକି ଜରିଲଗା ଶାଢ଼ୀ ତା' ପୂର୍ବଦିନ ପିନ୍ଧିଥିଲା। ଟ୍ୱିଙ୍କିଲ କୋଉ ଶାଢୀ ପିନ୍ଧିବ, ତାହା ବି ପୁରନ୍ଦରକୁ ଚଏସ କରିବାକୁ ହୁଏ।

ସଞ୍ଜାକୁ ଟ୍ୱିଙ୍କିଲ୍ ଗ୍ରୀନ୍ ଝାଲର ନେଟ୍ ଶାଢ଼ୀ ପିନ୍ଧି ସିନେମା ସୁଟିଂ ସେଟ୍‌କୁ

ଯିବ। ତା' ମେକ୍‌ଅପ୍ କାମ ଦୁଇ ଘଣ୍ଟାରୁ ଅଧିକ ସମୟ ନେବ। ପୋଡ଼ାମୁହିଁ ଉଠିନି ଏ ଯାଏ। ଦିନ ଆସି ବାରଟା ବାଜିଲାଣି।

ଅସଲ କଥା ହେଉଛି, ପୁରନ୍ଦର ଓ ଟ୍ୱିଙ୍କିଲ୍‌ର ପ୍ରେମ କାହାଣୀକୁ ନେଇ ଗୋଟିଏ ସିନେମା ନିର୍ମାଣ ହେଉଛି। ଜଣେ କିନ୍ନର ସହ ଜଣେ ପୁରୁଷର ପ୍ରେମ ଓ ବିବାହକୁ ନେଇ ଏ ସିନେମାଟି ପ୍ରସ୍ତୁତ ହୋଇଛି। କେମିତି ଜଣେ ପୁରୁଷ ପିଲା ଜଣେ କିନ୍ନରକୁ ବାହା ହୋଇ ଖୁସିରେ ଘର ସଂସାର କରିପାରିଛି, ତାହା ଏ ସିନେମାର ବିଷୟବସ୍ତୁ।

ଆଚ୍ଛା, ପୁରନ୍ଦର ଓ ଟ୍ୱିଙ୍କିଲ୍‌ର ପ୍ରେମ କାହାଣୀକୁ ନେଇ ଏ ଯେଉଁ ସିନେମାଟି ନିର୍ମିତ ହେବାକୁ ଯାଉଛି, ସେଥିରେ ପୁରନ୍ଦର ଖୁସି ହେବା କଥା। ମାତ୍ର, ତା' ଛାତି ତଳ କେଉଁଠି ରୁଗୁରୁଗୁ ପୋଡୁଛି ଯେମିତି। ମନରେ କ୍ଷତଟିଏ ସୃଷ୍ଟି ହୋଇ ଗଭୀର ଯନ୍ତ୍ରଣା ଦେଉଛି।

ପୁରନ୍ଦରର ଏ ପୀଡ଼ାର କାରଣ ଫିଲ୍ମରେ ଅଭିନୟ କରୁଥିବା ସେ ଚକ୍‌ଲେଟ୍ ହିରୋ ନୁହେଁ ତ ! ଚମ୍‌କି ପଡ଼ିଲା ପୁରନ୍ଦର।

ସତରେ, ସେ ଚିକିଣା ଟୋକାଟା ସବୁ ଅଶାନ୍ତିର କାରଣ। କଳିର ମଞ୍ଜି। ନାଟର ଗୋବର୍ଦ୍ଧନ। ମରିଯାଉନି ସେ ପୋଡ଼ାମୁହାଁଟା। ମୋ' ଘର ଉଜାଡ଼ି ଦେବାକୁ ବସିଲାଣି। ପୁରନ୍ଦର ତାକୁ ଖୁବ୍ ଶର୍ମିଲା। ତ' ଚଉଦ ପୁରୁଷ ଉଦ୍ଧାର କଲା।

ସେ ପୋଡ଼ାମୁହାଁ ଚିକିଣାଟା କି ଯାଦୁ କରିଛି କେଜାଣି, ଏ ଟ୍ୱିଙ୍କିଲ୍ ତା' ପ୍ରେମରେ ବାୟାଣୀ ହୋଇଯାଇଛି। ଟ୍ୱିଙ୍କିଲ୍ ଏବେ ସେ ଚକ୍‌ଲେଟ୍ ହିରୋର ପ୍ରେମରେ ଜଡ଼ସଡ଼। ସେ ଟୋକାଟା ବି ଟ୍ୱିଙ୍କିଲ୍ ପଛରେ ନସରପସର ହଉଛି। ସେମାନଙ୍କ ଏ ମନ ଦିଆନିଆ ପୁରନ୍ଦରକୁ କଷ୍ଟ ଦେଉଛି। ଏହା ହିଁ ଅସଲରେ ପୁରନ୍ଦର ଦୁଃଖର କାରଣ।

ଟ୍ୱିଙ୍କିଲ୍ ସହ ତା'ର ପ୍ରଥମ ଚଉଠି ରାତି, କେତେ ମଧୁର ନ'ଥିଲା ! ପୁରନ୍ଦରର ଆଜି ମନେ ପଡୁଛି। ଜଣେ କିନ୍ନର ସହ ଚଉଠି ରାତି ! ପ୍ରକୃତରେ ସେ ରାତି ପୁରନ୍ଦର ପାଇଁ ସ୍ମରଣୀୟ ଥିଲା।

ଉଭୟ ଶପଥ ନେଇଥିଲେ, ଦୁହେଁ ଦୁହିଁଙ୍କ ପାଇଁ ବଞ୍ଚିବେ, ଦୁହେଁ ଦୁହିଁଙ୍କ ପାଇଁ ମରିବେ। କିନ୍ତୁ ଆଜି ଟ୍ୱିଙ୍କିଲ୍ ସେଦିନର ପ୍ରତିଜ୍ଞା ଭୁଲି ଯାଇଛି। ସେ ଏବେ ତାକୁ ଛାଡ଼ି ଅନ୍ୟ ଟୋକା ପାଲରେ ପଡ଼ିଛି।

ଗୋଟିଏ ଦୀର୍ଘଶ୍ୱାସ ପକାଇ ପୁରନ୍ଦର ବାକ୍ସରୁ ସେ ଗ୍ରୀନ୍ ନେଟ୍ ଶାଢ଼ୀ ବାହାର କଲା। ତା' ସହିତ ଛାୟା, ବ୍ଲାଉଜ୍, ବ୍ରା, ନେଲ୍ ପଲିସ, ଅଳତା, ବିନ୍ଦି, ସିନ୍ଦୁର, ଫାଉଣ୍ଡେସନ, କ୍ରିମ୍, ପାଉଡର, ଲିପ୍‌ଷ୍ଟିକ୍, ଆଇବ୍ରୋ ରେଜର, ସେଭିଂ ମେସିନ୍,

ହେୟାର ରିମୁଭର୍, ଉଇଗ୍, ହେୟାର ଟ୍ରିମର୍ ଆଣି ଟ୍ୱିଙ୍କିଲ୍‌ର ଡ୍ରେସିଂ ଟେବୁଲ୍ ପାଖରେ ରଖିଲା। ତା’ ପରେ ସକାଳ ଜଳଖିଆ ପ୍ରସ୍ତୁତ କରିବାକୁ ଗଲା।

ଟ୍ୱିଙ୍କିଲ୍ ଉଠି ଅଳସ ଭାଙ୍ଗିଲା। ହାଇ ମାରିଲା। ଦୁଇ ହାତ ଉପରକୁ ଟେକି ପଛକୁ ବୁଲାଇ ଶରୀରକୁ ପାଳଦଉଡ଼ି ଭଳି ଗୁଡ଼େଇ ପକେଇଲା। ଦେହ ସଳଖିଲା। ତା’ ଦେହରୁ ବାହାରୁଥିବା ଝାଳ ଓ କଣ୍ଡୋମ୍‌ର ମିଶାମିଶି ଆଇଁଷିଣିଆ ଗନ୍ଧ ତାକୁ ବିବ୍ରତ କରୁଥିଲା। ତା’ ଦେହ ଖୁବ୍ ଅସନା ଲାଗୁଥିଲା। ଖୁବ୍ ଶୀଘ୍ର ତାକୁ ଫ୍ରେଶ୍ ହେବାକୁ ପଡ଼ିବ। ଟ୍ୱିଙ୍କିଲ୍ ତରତର ହେଲା।

ଟ୍ୱିଙ୍କିଲ୍ ପ୍ରଥମେ ଇରେଜର୍ ମାରି କାଖ ବାଳ ସଫା କଲା। ହେୟାର ରିମୁଭର୍‌ରେ ଛାତି, ହାତ ଓ ଗୋଡ଼ରେ ଅଳ୍ପ ଅଳ୍ପ ବଢ଼ିଥିବା ଥୁଣ୍ଟା ବାଳକୁ ସଫା କଲା। ମୁହଁରେ ବଢ଼ିଥିବା ଟାଁସିଆ ନିଶ, ଦାଢ଼ି ସେଭ୍ କଲା। ଏ ନିଶ, ଦାଢି ହିଁ ତାକୁ ସବୁବେଳେ ନାକେଦମ୍ କରୁଛନ୍ତି। ଏମାନେ ହୁ ହୁ ହୋଇ ବଢୁ ନାହାନ୍ତି ଯେ, ତା ଟେନ୍‌ସନ୍ ବଢ଼ାଇ ଦେଉଛନ୍ତି। ପ୍ରତିଦିନ ସେଭିଂ ନ ହେଲେ ନ ଚଳେ।

ଟ୍ୱିଙ୍କିଲ୍ ନିଜର ଏ ସୁନ୍ଦର ଚେହେରା ପାଇଁ ସାମାନ୍ୟ ଗର୍ବ କରୁଥିଲା। କିନ୍ନର ହେଲେ କ’ଣ ହେବ, ମେକ୍‌ଅପ୍ ନେଲା ପରେ କି ଶିଳ୍ପା ସେଟ୍ଟୀ, ପ୍ରିୟଙ୍କା ଚୋପ୍ରା କି ବିଦ୍ୟା ବାଲାନ୍, ସମସ୍ତେ ତା’ ରୂପ ଆଗରେ ତୁଚ୍ଛ।

ପ୍ରତିଦିନ ଘଣ୍ଟା ଘଣ୍ଟା ମେକପ୍ ନେଉଛି ବୋଲି ତ ଟ୍ୱିଙ୍କିଲ୍ ଆଜି ମାର୍କେଟ୍‌ରେ ତିଷ୍ଠି ରହିଛି। ଗ୍ଲାମର ୱାର୍ଲଡ଼ର ଏ ଲମ୍ବା ରେସ୍‌ରେ ସେ ଆଜି ବି ଦୌଡୁଛି। ଥକି ପଡ଼ିନି।

ଏ ଗ୍ଲାମର ଦୁନିଆଟା ବଡ଼ ସେଲ୍‌ଫିସ୍। ତମେ ଯେତେଦିନ ନିଜକୁ ଫିଟ୍ ରଖିଥିବ, ସେତେଦିନ ପର୍ଯ୍ୟନ୍ତ ତମେ ସର୍ଭାଇବ କରୁଥିବ। ନଚେତ ମଲ। ଗଲ। ଥରେ ଅନ୍‌ଫିଟ୍ ହେଲ ମାନେ ସବୁଦିନ ପାଇଁ ଗଲ। ଟ୍ୱିଙ୍କିଲ୍ ଜୀବନର ଏହି ଗୁଢ଼ ରହସ୍ୟ ବାବଦରେ ସଚେତନ ଥାଏ।

ଟ୍ୱିଙ୍କିଲ୍ ହିଞ୍ଜଡ଼ା ହେଲେ ବି ତାକୁ ନାରୀଟିଏ ଭଳି ସଜେଇ ହେବାକୁ ଭଲ ଲାଗେ। ଏଣୁ ଟ୍ୱିଙ୍କିଲ୍‌କୁ କିଏ ମାଡ଼ାମ୍, ଦିଦି, ନାନୀ, ଅପା ଡାକିଲେ ସେ ଖୁସି ହୁଏ। ତାକୁ କେହି ହିଞ୍ଜିଡ଼ା ଡାକିଦେଲେ ସେ ରାଗରେ ନିଆଁ ହୋଇଯାଏ।

ଟ୍ୱିଙ୍କିଲ୍ ହେଉଛି ଗୋଟିଏ ହଟ୍ କେକ୍। କିନ୍ନର ଜଗତର ସେ ମଥାମଣି। ପୂନେଇଁର ଚାନ୍ଦ। ସେ ସୁନ୍ଦରୀ ଆଉ ସେକ୍ସି ବି। ସେ ହସିଦେଲେ ତା’ ଗାଲରେ ଭଉଁରୀ ଖେଳିଯାଏ।

ଟ୍ୱିଙ୍କିଲ୍‌ର ଏ ଭୁବନ ମୋହିନୀ ବେଶ ଦେଖିଲେ ଟୋକାଏ ଗାର୍ଲ ଫ୍ରେଣ୍ଡକୁ

ଛାଡ଼ି ଏ ହିଞ୍ଜଡ଼ା ପଛରେ ଧାଇଁ ଆସନ୍ତି। ଟ୍ୱିଙ୍କିଲ୍ ନିଜର ଏ ରୂପ ପାଇଁ ଗର୍ବ କରେ। ଭଗବାନ ତାକୁ ହିଞ୍ଜଡ଼ା ଜନ୍ମ ଦେଇଥିଲେ ବି ରୂପରେ କମ୍ କରିନାହାନ୍ତି।

ଦିନେ ଟ୍ୱିଙ୍କିଲ୍‌ର ରୂପକୁ ନେଇ ପୁରନ୍ଦର ଗର୍ବ କରୁଥିଲା। ଯେଉଁ ରୂପରେ ଅନ୍ଧ ହୋଇ ତା' ଭଳି ଜଣେ ହିଞ୍ଜଡ଼ାକୁ ବାହା ହୋଇଗଲା, ଏବେ ସେ ଦୁଃଖ ପାଉଛି। ପସ୍ତଉଛି।

ସେମାନଙ୍କ ଜୀବନ ଭିତରକୁ ଅଚାନକ ପଶି ଆସିଛି ଆଉ ଜଣେ ଯୁବକ। ସେ ଚିକିଣାକୁ ନେଇ ସୃଷ୍ଟି ହୋଇଛି ସେମାନଙ୍କ ଦାମ୍ପତ୍ୟ ଜୀବନରେ ଝଡ଼। ସେ ସିନେମା ହିରୋଟା ତା' ସଂସାର ଉଜୁଡ଼େଇ ଦେବାକୁ ବସିଛି। ପୁରନ୍ଦର ଶ୍ୱାସରୁଦ୍ଧ ହୋଇ ଯାଉଥିଲା। ସେ କାନ୍ଦ କାନ୍ଦ ହୋଇ ପଡୁଥିଲା।

ଟ୍ୱିଙ୍କିଲ୍‌ର ବି ମୁଡ୍ ଆଜି ସେତେ ଭଲ ନଥିଲା। ସମସ୍ତେ ତାକୁ ସୁନ୍ଦରୀ କହୁଥିଲେ ବି ତଥାପି ତା' ମନରେ କେଉଁଠି ଅପୂର୍ଣ୍ଣତା ରହି ଯାଇଥିଲା। ଭଗବାନ ତାକୁ ସୁନ୍ଦର ଚେହେରା ଦେଲେ, ମାତ୍ର ଏ କିନ୍ନର ଜନ୍ମ କାହିଁକି ଦେଲେ କେଜାଣି ?

ଟ୍ୱିଙ୍କିଲ୍‌ର ଅଧା ସମୟ ଓ ଅଧା ରୋଜଗାର କେବଳ ନିଶ, ଦାଢି ସେଭିଂ ଆଉ ମେକ ଅପ୍‌ରେ ଖର୍ଚ୍ଚ ହୋଇଯାଏ। ପ୍ରତିଦିନ ନିଶ, ଦାଢି, ହାତ, ଗୋଡ଼, କାଖ ଓ ଛାତି ବାଳ ସେଭିଂର ଟେନ୍‌ସନ୍ ତାକୁ ବିଚଳିତ କରୁଥାଏ। ସେ ବୋର୍ ହୋଇଗଲାଣି। ବିରକ୍ତ ବି ହୋଇ ଗଲାଣି। ଏସବୁ କାମରେ ତା'ର ଅଧା ଦିନ ଚାଲିଯାଉଛି। କେତେଦିନ ଏମିତି ସେ ନିଜକୁ ସୁନ୍ଦରୀ ଝିଅଟିଏ କରି ରଖିବାର ପ୍ରୟାସ କରି ଚାଲିଥିବ ?

ଆଜି ସିନା ବଳ ବୟସ ଅଛି। ସେ ଫିଟ୍‌ଫାଟ୍ ଅଛି। ବୟସ ଗଡ଼ିଗଲେ, ଏ ରୂପ କ'ଣ ରହିବ ? ଚମ୍‌କି ପଡ଼ିଲା ଟ୍ୱିଙ୍କିଲ୍।

ଟ୍ୱିଙ୍କିଲ୍ ବାଥ୍‌ରୁମ୍‌କୁ ଗାଧୋଇ ଗଲା। ଫେସ୍ ୱାସରେ ମୁହଁ ଧୋଇଲା। ଗାଧୋଇ ସାରି ତା' ଡ୍ରେସିଂ ଟେବୁଲ୍ ସମ୍ମୁଖକୁ ଆସିଲା। ମୁହଁରେ ଫାଉଣ୍ଡେସନର ମୋଟା ପ୍ରଲେପ ଦେଇ ମେକ୍‌ଅପ୍ ନେଲା। ଆଃ, ଏବେ ତ ଫ୍ରେସ୍ ହୋଇ ଯାଇଛି ତା' ମୁହଁ। ମିରର୍ ସାମ୍ନାରେ ଠିଆ ହୋଇ ଥରେ ଆଖି ନଚେଇ ହସିଦେଲା ଟ୍ୱିଙ୍କିଲ୍।

ପୁରନ୍ଦରର ଛାତିରେ ଯେମିତି ତୀରଟିଏ ଗଳିଗଲା ! ତା' ମନରୁ କ୍ଳାନ୍ତି ଦୂର ହୋଇଗଲା।

ଦିନେ ତା' ପାଇଁ ଟ୍ୱିଙ୍କିଲ୍ ଏମିତି ସଜେଇ ହେଉଥିଲା। ଆଜି ସେ ଆଉ କାହା ପାଇଁ ସଜେଇ ହେଉଛି। ପୁରନ୍ଦର ଈର୍ଷାରେ ଜଳୁଥାଏ। ଯନ୍ତ୍ରଣାରେ ଛଟପଟ ହେଉଥାଏ। ତା' ଈର୍ଷାର କାରଣ କ'ଣ ସେଇ ପୋଡ଼ାମୁହାଁ ଚକ୍‌ଲେଟ୍ ହିରୋ ? ଚିକିଣା, ଟୁପୁ ସଇତାନ।

ଯେଉଁଦିନୁ ଟ୍ୱିଙ୍କିଲ୍‌ଟା ସିନେମାରେ ଅଭିନୟ କଲାଣି, ସେବେଠୁ ପୁରନ୍ଦରର ସର୍ବନାଶ ହେବାକୁ ବସିଛି। ତା' ସଂସାର ଉଜୁଡ଼ି ଯିବାକୁ ବସିଲାଣି। ସେମାନଙ୍କ ଦାମ୍ପତ୍ୟ ଜୀବନରେ ଫାଟ ସୃଷ୍ଟି ହେଲାଣି।

ଏମିତିରେ ପୁରନ୍ଦର ତ ବେକାର। ଟ୍ୱିଙ୍କିଲର ହାତଟେକାକୁ ଚାହିଁଥାଏ। କାମ ଧନ୍ଦା ପାଇଁ ସେ ଗାଁରୁ ଭୁବନେଶ୍ୱର ଚାଲି ଆସିଥିଲା। ମାତ୍ର, ଭୁବନେଶ୍ୱରରେ କାମ ମିଳିଲାନି। ଖାଲି ମକୁନ୍ଦା ଫେରଫାର। ହୃଦୟ ଖୋଲା, ପକେଟ୍ ଖାଲି।

ଟ୍ୱିଙ୍କିଲ୍ ତାକୁ ଛାଡ଼ିଦେଲେ କ'ଣ ହେବ ତା' ଭବିଷ୍ୟତ। ସେ ଚଳିବ କେମିତି ? ସେ ବଞ୍ଚିବ କେମିତି ଏଡ଼େ ବଡ଼ ସହରରେ। କୋଉ ମୁହଁ ନେଇ ସେ ଗାଁକୁ ଫେରିବ ?

ପୁରୁଷ ପିଲା ହୋଇ ଏମିତି କାତର ହେବା କ'ଣ ତା'ର ଉଚିତ ? ଭାଗବାନ ତାକୁ ହାତ, ଗୋଡ଼ ଦେଇଛନ୍ତି। ଶରୀରରେ ବଳ ଦେଇଛନ୍ତି। ସେ କ'ଣ ଏତେବଡ଼ ସଂସାରରେ ଚଳିପାରିବନି ? ପେଟ ଚାଖଣ୍ଡେ ପୂରଣ କରିପାରିବନି ? ପୁରନ୍ଦର ନିଜ ଭାଗ୍ୟକୁ ନିନ୍ଦା କରୁଥିଲା। ତା' ପୁରୁଣା ଦିନସବୁକୁ ମନେ ପକାଇଲା।

ଗାଁରୁ ଭୁବନେଶ୍ୱରକୁ ଆସିଲା ପରେ ପ୍ରଥମେ ପୁରନ୍ଦର ମାଷ୍ଟରକ୍ୟାଣ୍ଟିନ୍ ନିକଟରେ ଛୋଟିଆ ଚାଳି ହୋଟେଲ୍‌ରେ ରୋଷେୟା ଭାବେ କାମ କରୁଥିଲା। ହୋଟେଲ୍ ମାଲିକ ତାକୁ ଟଙ୍କା ହଜାରେ ଦଉଥିଲା। ଟଙ୍କା ହଜାରେରେ କ'ଣ ଚଳି ହେବ ଏ ଭୁବନେଶ୍ୱରରେ ? ଘରକୁ ପଠାଇବା ତ ଦୂର କଥା। ଘରେ ପୁରନ୍ଦରର ବୁଢ଼ୀ ମା', ସ୍ତ୍ରୀ ଆଉ ଦି'ଟା ପୁଅ।

ଅନେକ ସମୟରେ ପୁରନ୍ଦର ଭାବୁଥିଲା, ଗାଁକୁ ଫେରିଯିବ। ରୋଷେୟା ନନା କାମ କରି ସେ ବଞ୍ଚି ପାରିବନି। ମାତ୍ର, କେଉଁଠି ଥିଲା, ଏ ପୋଡ଼ାମୁହିଁ ଟ୍ୱିଙ୍କିଲ୍ କେଜାଣି, ଏତିକି ବେଳକୁ ଆସି ହାଜର ହୋଇଗଲା। ତା' ଜୀବନ ମଧ୍ୟକୁ ପଶି ଆସିଲା। ତାକୁ ବଞ୍ଚି ରହିବାର ପ୍ରତିଶ୍ରୁତି ଦେଲା। ଏବେ କିନ୍ତୁ ତାକୁ ଘାଣ୍ଟୁଛି।

ଟ୍ୱିଙ୍କିଲ୍ ସହ ପୁରନ୍ଦରର ଦେଖାହୁଏ ମାଷ୍ଟରକ୍ୟାଣ୍ଟିନ୍ ଛକରେ। ସେଦିନ 'ଭାରତ ବନ୍ଦ' ପାଇଁ ଭୁବନେଶ୍ୱର ବି ବନ୍ଦ ଥାଏ। ଏଣୁ ଦୋକାନ ବଜାର, ହୋଟେଲ ସବୁ ବନ୍ଦ। ଦିନଟା ଯାକ କିଛି କାମ ନଥାଏ। ବୋର୍ ହେଉଥାଏ ପୁରନ୍ଦର।

ସଞ୍ଜ ବେଳକୁ ଟିକେ ଫୁର୍‌ସତ ଦେଖି ମାଷ୍ଟରକ୍ୟାଣ୍ଟିନ୍ ଷ୍ଟେସନ ଆଡ଼େ ବୁଲି ଆସିବାକୁ ପୁରନ୍ଦରର ମନ ବଳିଲା। ମାଷ୍ଟରକ୍ୟାଣ୍ଟିନ୍ ଛକରେ ପହଞ୍ଚି ଏପଟ ସେପଟ ଚାହିଁଲା ପୁରନ୍ଦର।

ଜଣେ ସୁନ୍ଦରୀ ନାରୀ ତାକୁ ହାତଠାରି ଡାକୁଥିବାର ସେ ଦେଖିଲା। ପୁରନ୍ଦର ଚୋରଙ୍କ ଭଳି ଏଣେତେଣେ ଅନାଇ ସିଆଡ଼କୁ ଗଲା।

ପ୍ରକୃତରେ ହାତ ହଲେଇ ଡାକିଥିବା ସେ ନାରୀଟି ଜଣେ ନାରୀ ନଥିଲା। ସେ ଜଣେ ଅର୍ଦ୍ଧନାରୀ ଥିଲା। ସେ ଥିଲା ହିଞ୍ଜଡ଼ା। ମାଇଚିଆ। ସେ ଥିଲା ଟ୍ୱିଙ୍କିଲ୍ କିନ୍ନର।

ରାତି ଅନ୍ଧାର। ମାଷ୍ଟରକ୍ୟାଣ୍ଟିନ୍ ଛକର ଯେଉଁ କୋଣରେ ଜମ୍ବା ଷ୍ଟ୍ରୀଟ୍ ଲାଇଟ୍ ପଡୁ ନଥିଲା, ଯେଉଁଠି ଲୋକ ଚଳପ୍ରଚଳ କରୁ ନଥିଲେ, ସେମିତି ଏକ ଜନଶୂନ୍ୟ ଖାଁ ଖାଁ ବସ୍ତି ପାଖକୁ ଡାକିନେଲା ଟ୍ୱିଙ୍କିଲ୍।

ଅନ୍ଧାରରେ ଟ୍ୱିଙ୍କିଲ୍ କିନ୍ନର ଚାଲିଥାଏ। ଆଗେ ଆଗେ ଟ୍ୱିଙ୍କିଲ, ପଛେ ପଛେ ପୁରନ୍ଦର। ସେମାନେ ଯାଇ ଗୋଟିଏ ବଡ଼ ଆମ୍ବଗଛ ମୂଳେ ଠିଆ ହେଲେ। ବଣବୁଦାରେ ସେ ଅଞ୍ଚଳଟି ଜଙ୍ଗଲିଆ ଲାଗୁଥିଲା। ସେଠି ପହଞ୍ଚି ଦୁହେଁ ଏଣେତେଣେ ଅନାଇଲେ। ଭାଗ୍ୟକୁ ସେଠାରେ କେହି ନଥିଲେ। ସ୍ଥାନଟି ଥିଲା ଜନଶୂନ୍ୟ।

ଇସ୍, ସେ ହିଞ୍ଜଡ଼ା ଟ୍ୱିଙ୍କିଲ୍ ସେଦିନ ପୁରନ୍ଦରର ମନ ଖୁସି କରିଦେଲା! ଏମିତି ସୁଖ ତା' ସ୍ତ୍ରୀ ପାଖରୁ କେବେ ପାଇ ନଥିଲା ପୁରନ୍ଦର। ସ୍ତ୍ରୀ କାହିଁକି, ତା' ଗାଁର ଡଲି, ଉମି, ନିମ, ପମି, ରାଉଳି ବି ତାକୁ ଏଭଳି ଦେହ ସୁଖ ଦେଇ ନଥିଲେ କେବେ।

କାହିଁକି କେଜାଣି, ସେବେଠୁ ଟ୍ୱିଙ୍କିଲ୍ କିନ୍ନର ସହ ପୁରନ୍ଦରର ଗୋଟିଏ ଭାବ ଲାଗିଗଲା। ଏହା ପରଠାରୁ ଟ୍ୱିଙ୍କିଲ ସହ ପୁରନ୍ଦରର ପ୍ରାୟ ସନ୍ଧ୍ୟାରେ ଦେଖାହୁଏ ମାଷ୍ଟରକ୍ୟାଣ୍ଟିନ୍ କି ରାଜମହଲ ଛକରେ। ସେମାନେ ସୁଖଦୁଃଖ ହୁଅନ୍ତି। ଦେହ ସୁଖ ମେଣ୍ଟାନ୍ତି। ଏବେ ଟ୍ୱିଙ୍କିଲ୍ ଆଉ ପୁରନ୍ଦର ପାଖରୁ ଟଙ୍କା ବି ନିଏନି।

ଟ୍ୱିଙ୍କିଲ୍ କିନ୍ନର ତା' ହୋଟେଲ୍‌କୁ ଖାଇବାକୁ ଆସେ। ପୁରନ୍ଦର ଭାତ ଭିତରେ ମାଛ ଭଜା ଲୁଚେଇ ତାକୁ ଦିଏ। ହୋଟେଲ ମାଲିକ ଏସବୁ ଜାଣି ପାରେନା।

କାହିଁକି କେଜାଣି, ଟ୍ୱିଙ୍କିଲ୍ ପ୍ରତି ପୁରନ୍ଦର ମନରେ ଗୋଟିଏ ମାୟା ଲାଗିଗଲା। ପୁରନ୍ଦର ଅନୁଭବ କରୁଥିଲା, ସେ ଟ୍ୱିଙ୍କିଲ୍‌କୁ ପ୍ରେମ କରୁଛି।

ପୁରନ୍ଦର ଟ୍ୱିଙ୍କିଲକୁ ହୃଦୟ ଦେଇ ଭଲ ପାଇଲା। ଟ୍ୱିଙ୍କିଲ୍ ବି ପୁରନ୍ଦର ପ୍ରେମରେ ପଡ଼ିଗଲା। ଯଦିଓ ଟ୍ୱିଙ୍କିଲ୍ ପ୍ରତି ସଞ୍ଜରେ ଅନେକ ଟୋକାଙ୍କ ସଂସ୍ପର୍ଶରେ ଆସେ, ଅନେକ ପୁରୁଷଙ୍କୁ ସେ ଦେହ ସୁଖ ଦିଏ; ମାତ୍ର ପୁରନ୍ଦର କାହିଁକି ତାକୁ ଆପଣାର ମନେ ହେଲା। ପୁରନ୍ଦର ପାଖରେ ତା' ମନ ଅଟକି ଗଲା। ସେ ପୁରନ୍ଦର ସହ ସଂସାର କରିବାକୁ ଇଚ୍ଛା କଲା।

ଦିନେ ଟ୍ୱିଙ୍କିଲ୍ ପୁରନ୍ଦରକୁ କହିଲା; ଆଇ ଲଭ୍ ୟୁ, ପୁରନ୍ଦର ଭାଇ। ସତ କହିଲ, ପୁରନ୍ଦର ଭାଇ, ତମେ ମୋତେ ଲଭ୍ କରନା ନାହିଁ? ପୁରନ୍ଦର ଚମ୍‌କି ପଡ଼ିଥିଲା।

ଅସଲରେ ପୁରନ୍ଦର ଭାବିଲା, ତା' ମନ କଥା ଟ୍ୱିଙ୍କିଲ୍ ଜାଣି ନେଲା କି? ପୁରନ୍ଦର ବି ତ ଗଭୀର ଭାବେ ଟ୍ୱିଙ୍କିଲ୍‌ର ପ୍ରେମରେ ପଡ଼ିଯାଇଥିଲା।

ଟ୍ୱିଙ୍କିଲ୍ ପୁଣି କହିଥିଲା: ମୁଁ ତମକୁ ବାହା ହେବାକୁ ଚାହେଁ, ପୁରନ୍ଦର ଭାଇ। ଚାଲ ଆମେ ବାହା ହୋଇ ଏକାଠି ରହିବା। ଘର ସଂସାର କରିବ। ଆମେ ବାହା ହୋଇ ଏ ଦୁନିଆକୁ ଗୋଟେ ନୂଆ ବାର୍ତ୍ତା ଦେବା। ସମସ୍ତଙ୍କ ପାଇଁ ଗୋଟିଏ ଉଦାହରଣ ସୃଷ୍ଟି କରିବା। ଟ୍ୱିଙ୍କିଲ୍‌ର ଏଭଳି କଥା ପୁରନ୍ଦରକୁ ଭଲ ଲାଗିଥିଲା ସେଦିନ।

ଗୋଟିଏ ମାଇଚିଆକୁ ବାହା ହେବ ପୁରନ୍ଦର! ସେ ମାଇଚିଆକୁ ଜୀବନସାଥୀ କରିବ! ଏହା ତାକୁ ବିଶ୍ୱାସ ହେଉ ନଥିଲା। ପୁରନ୍ଦରକୁ ଏସବୁ ସ୍ୱପ୍ନ ଭଳି ମନେ ହେଉଥିଲା।

ଦିନେ ପୁରନ୍ଦର ସେ ଚାଲି ହୋଟେଲ୍ କାମଦାମ ଛାଡ଼ି ଟ୍ୱିଙ୍କିଲ ରହୁଥିବା ହିଞ୍ଜଡ଼ା ବସ୍ତିକୁ ଚାଲି ଆସିଲା। ଟ୍ୱିଙ୍କିଲ୍ ପାଖରେ ରହିଲା।

ନୀଳାଦ୍ରି ବିହାର କିନ୍ନର ବସ୍ତିରେ ଥିବା ଟ୍ୱିଙ୍କିଲର ଆଜବେଷ୍ଟସ ଘର ଏବେ ପୁରନ୍ଦରର ନୂଆ ଠିକଣା ପାଲଟିଲା। ପୁରନ୍ଦର ଆଉ ସେ ହୋଟେଲ୍‌କୁ ଗଲା ନାହିଁ। ଟ୍ୱିଙ୍କିଲ୍ ସହ ରହିଲା।

ଦୁହେଁ ମା' ଭୈରବୀଙ୍କୁ ସାକ୍ଷୀ ରଖି ପରସ୍ପରକୁ ବାହା ହେଲେ। ପୁରନ୍ଦର ଓ ଟ୍ୱିଙ୍କିଲ୍ ସ୍ୱାମୀ, ସ୍ତ୍ରୀ ଭାବେ ଚଳିଲେ।

ସେ ଯୋଉ ସାମାଜିକ କର୍ମୀ ପ୍ରତାପ ପ୍ରଧାନ, ଯିଏ କିନ୍ନରଙ୍କ ଅଧିକାର ପାଇଁ ଲଢ଼େଇ କରେ, ତା'ରି ସହଯୋଗରେ ହିଁ ପୁରନ୍ଦର ଆଉ ଟ୍ୱିଙ୍କିଲର ବାହାଘର ହୋଇଥିଲା। ସେ ପ୍ରତାପ ପ୍ରଧାନକୁ ଟ୍ୱିଙ୍କିଲ ଧରମ ଭାଇ କରିଥିଲା।

କିନ୍ନରକୁ ବାହା ହେବା ପୁରନ୍ଦର ଜୀବନର ସବୁଠୁ ବଡ଼ ନିଷ୍ପତ୍ତି ଥିଲା। ଜଣେ କିନ୍ନରକୁ ବାହା ହେବା କେତେ ମୁସ୍କିଲ୍, ତା'ଠାରୁ ଅଧିକ କିଏ ଜାଣେ? କେତେ ଟିଭିବାଲା, ଖବରକାଗଜ ସାମ୍ବାଦିକ ପ୍ରଶ୍ନ ପରେ ପ୍ରଶ୍ନ ପଚାରି ତାକୁ ଅଥୟ କରି ଦେଇଥିଲେ ସେଦିନ। ତାଙ୍କ ବିବାହ ଖବର ଯେମିତି ମଙ୍ଗଳ ଗ୍ରହକୁ କୃତ୍ରିମ ଉପଗ୍ରହ ପଠାଇଲା ଭଳି ଘଟଣା ଥିଲା।

ପୁରନ୍ଦର ଓ ଟ୍ୱିଙ୍କିଲ୍‌ର ବାହାଘର ସେତେବେଳେ ସବୁ ମିଡ଼ିଆର ହେଡ୍‌ଲାଇନ୍ ପାଲଟିଥିଲା। ସେମାନଙ୍କ ବିବାହକୁ ନେଇ ଅପେରା ପାର୍ଟିବାଲା ବି ନାଟକ ମଞ୍ଚସ୍ଥ କରିଥିଲେ। ଖାଲି ଯାହା, ସିନେମା ହେବାଟା ବାକିଥିଲା। ତାଙ୍କ ପ୍ରେମ କାହାଣୀକୁ ନେଇ ଆଜି ସିନେମା ହେଉଛି ସତ, କିନ୍ତୁ ଏ ସିନେମା ତା' ସଂସାର ଉଜୁଡେଇ ଦେଇଛି।

ଟ୍ୱିଙ୍କିଲ୍ ପ୍ରେମରେ ଅନ୍ଧ ହୋଇ ପୁରନ୍ଦର ନିଜ ଗାଁ, ପତ୍ନୀ ଏମିତିକି ପିଲାଛୁଆଙ୍କୁ ଭୁଲିଗଲା। ଟ୍ୱିଙ୍କିଲ୍‌କୁ ବାହା ହେବା ପରେ ସେ ଆଉ ଗାଁକୁ ଗଲାନି। ସହଜେ ତ ହିଜଡ଼ାକୁ ବାହା ହୋଇଥିବାରୁ ଘର ଲୋକ ତାକୁ ଛି ଛାକର କରୁଥିଲେ। ତା' ସ୍ତ୍ରୀ ଏଠାକୁ ଆସି ଟ୍ୱିଙ୍କିଲ୍‌କୁ ମାରଧର କରି ଯାଇଥିଲା। ସେବେଠୁ ପୁରନ୍ଦରର ସ୍ତ୍ରୀ ଆଉ କେବେ ଭୁବନେଶ୍ୱର ଆସିନି କି ପୁରନ୍ଦର ଗାଁକୁ ଯାଇନି।

ପୁରନ୍ଦର ଗାଁ ଛାଡ଼ି ଭୁବନେଶ୍ୱର ଆସିବା, ଏହା ମଧ୍ୟରେ ଅନେକ ବର୍ଷ ବିତିଗଲାଣି। ଗାଁ ଲୋକେ ଜାଣନ୍ତି ପୁରନ୍ଦର ଭୁବନେଶ୍ୱରରେ ଚାକିରି କରିଛି। ଅସଲରେ ସେ ଟ୍ୱିଙ୍କିଲ୍‌ର ରୋଜଗାରରେ ଚଳୁଛି।

ଆଗେ ଟ୍ୱିଙ୍କିଲ୍ ଛକ, ବଜାରରେ ସଜେଇ ହୋଇ ଠିଆ ହେଉଥିଲା। ଟୋକାଙ୍କୁ ପଟେଉଥିଲା। ଟ୍ରେନ୍, ବସରେ ଯାଉଥିଲା। ତାଳି ମାରି ଟଙ୍କା ରୋଜଗାର କରୁଥିଲା। ମାତ୍ର, ପୁରନ୍ଦରକୁ ବାହା ହେବା ପରେ ଟ୍ୱିଙ୍କିଲ୍ ଏସବୁ ଧନ୍ଦା ଛାଡ଼ି ଦେଲା।

ଟ୍ୱିଙ୍କିଲ୍ କିନ୍ନର ଏବେ ତା' ସମାଜରେ ଗୁରୁମା' ପାଲଟିଗଲାଣି। ତା' ଅଧୀନରେ ଏବେ ଶହେରୁ ଅଧିକ କିନ୍ନର ଏ ଧନ୍ଦା କରୁଛନ୍ତି। ସେମାନେ ଛକ ବଜାରରେ ଠିଆ ହୋଇ, ଟ୍ରେନ୍‌ରେ ତାଳି ମାରି ଟଙ୍କା ରୋଜଗାର କରନ୍ତି। ସେହିସବୁ ଶିକ୍ଷାନବିଶ କିନ୍ନରମାନଙ୍କ ରୋଜଗାରର ଗୋଟିଏ ବଡ଼ ଅଂଶ ଟ୍ୱିଙ୍କିଲ୍ ପାଖକୁ ଆସେ। ଟ୍ୱିଙ୍କିଲ୍‌କୁ ଆଉ ବେଶି ପରିଶ୍ରମ କରିବାକୁ ପଡ଼େନି। ସେ ଏବେ କିନ୍ନରମାନଙ୍କ ନେତ୍ରୀ। କିନ୍ନରଙ୍କ ଗୁରୁମା। କିନ୍ନରମାନଙ୍କ ରାଣୀ। ରାଣୀ ମହୁମାଛି !

ଟ୍ୱିଙ୍କିଲ ମୁହଁରେ ମେକ୍‌ଅପ୍ ନେଇସାରି ପୁରନ୍ଦର ସିଲେଇ କରିଥିବା ଉଲେନ୍ ବ୍ରାକୁ ଛାତିରେ ଦେଇ ଷ୍ଟ୍ରାପ୍‌କୁ ଭଲ ଭାବେ ଭିଡ଼ି ବାନ୍ଧିଲା। ତା' ଉପରେ ବ୍ଲାଉଜ୍ ପିନ୍ଧିଲା। ପୁରନ୍ଦର ବ୍ଲାଉଜ୍ ବଟମଗୁଡ଼ିକ ଲଗାଇ ଦେଲା। ଏହାପରେ ଟ୍ୱିଙ୍କିଲ୍ ଗ୍ରୀନ୍ ନେଟ୍ ଶାଢୀ ପିନ୍ଧିଲା। ମୁଣ୍ଡରେ ଉଇଗ୍ ଭିଡ଼ିଲା। ପୁରନ୍ଦର ତା' କେଶକୁ ପାନିଆରେ କୁଣ୍ଡେଇ ସଜେଇ ଦେଲା। ମୁହଁରେ ପାଉଡ଼ର, ଓଠରେ ଲିପ୍‌ଷ୍ଟିକ୍ ଲଗେଇବା ପରେ ଟ୍ୱିଙ୍କିଲ୍ ଦିଶୁଥିଲା ଐଶ୍ୱର୍ଯ୍ୟା ରାୟ ଭଳି।

ଟ୍ୱିଙ୍କିଲର ଏ ରୂପରେ ପୁରନ୍ଦରର ମନ ପୂରି ଉଠିଲା। ମାତ୍ର, ସେ ସିନେମା ହିରୋ କଥା ଭାବିଲା ବେଳକୁ ପୁରନ୍ଦରର ଛାତିରେ ନିଆଁ ଲାଗିଗଲା।

ଏତିକି ବେଳକୁ ସେ ସିନେମା ସୁଟିଂ ୟୁନିଟ୍‌ର କାର୍ ଆସି ଟ୍ୱିଙ୍କିଲ୍ କିନ୍ନର ଘର ସାମ୍ନାରେ ଲାଗିଲା। ଟ୍ୱିଙ୍କିଲ୍ ସେ ଗାଡ଼ିରେ ବସି ସାଏଁକିନା ଉଡ଼ିଗଲା ସୁଟିଂ ସେଟ୍ ଆଡ଼କୁ। ପୁରନ୍ଦରର ଚାହିଁ ରହିଥିଲା ତା' ବାଟକୁ।

ଟ୍ୱିଙ୍କିଲ୍ ଏବେ କିନ୍ନରମାନଙ୍କ ନେତ୍ରୀ। ଜଣେ ସମାଜସେବିକା। କିନ୍ନରମାନଙ୍କ

ଅଧିକାର ଓ ଉନ୍ନୟନ ପାଇଁ ସେ ସରକାରଙ୍କ ସହ ଆଲୋଚନା କରେ। କେମିତି କିନ୍ନରଙ୍କୁ ସମାଜରେ ଉଚିତ୍ ସମ୍ମାନ ମିଳିବ, କେମିତି ସେମାନଙ୍କୁ ଲିଙ୍ଗଗତ ଅଧିକାର ମିଳିବ, ସେନେଇ କୋର୍ଟର ଦ୍ୱାରସ୍ଥ ହୁଏ। ର୍‍ୟାଲି, ଶୋଭାଯାତ୍ରାରେ ପ୍ଲାକାର୍ଡ଼ ଧରେ।

ଟ୍ୱିଙ୍କିଲ୍ ଅଧିକ ସୁନ୍ଦରୀ ହୋଇଥିବାରୁ କିନ୍ନର ମହଲରେ ତା'ର ଗୋଟିଏ ଅଲଗା ଖାତିର ରହିଛି। ପାଟ ଶାଢୀ ସାଙ୍ଗକୁ ଲମ୍ବା ହାତ ବ୍ଲାଉଜ୍ ପିନ୍ଧି ପରଫ୍ୟୁମ୍ ପକେଇ ଟ୍ୱିଙ୍କିଲ୍ ଯେତେବେଳେ ବାହାରକୁ ବାହାରି ପଡ଼େ, ଖାଲି ଟୋକାଏ କାହିଁକି ବଡ଼ ବଡ଼ ଅଫିସର, ପୋଲିସବାଲାଏ ବି ଟେରା ହୋଇ ଅନାନ୍ତି।

ଆସନ୍ତା ସପ୍ତାହରେ ଟ୍ୱିଙ୍କିଲ୍ ଫ୍ୟାଶନ୍ ସୋ'ରେ ଭାଗନେବାକୁ ଇନ୍ଦୋର ଯିବ। ସେଠାରେ କିନ୍ନରମାନଙ୍କ ଫ୍ୟାଶନ୍ ସୋ' କାର୍ଯ୍ୟକ୍ରମରେ ସେ ଭାଗନେବ। ଟ୍ୱିଙ୍କିଲ୍ ଫ୍ୟାଶନ୍ ସୋ'ରେ ବିଜୟୀ ହେଉ ବୋଲି ପୁରନ୍ଦର ଭଗବାନଙ୍କ ଉଦ୍ଦେଶ୍ୟରେ ପ୍ରାର୍ଥନା କଲା।

ଟ୍ୱିଙ୍କିଲ୍ କିନ୍ନରର ପ୍ରକୃତ ନାଁ ଥିଲା ଦଣ୍ଡପାଣି। ଦଣ୍ଡପାଣି ଘଡ଼େଇ। ତା' ଘର ଢେଙ୍କାନାଳ ପର୍ଜଙ୍ଗର କେଉଁ ଏକ ଅଜଣା ଗାଁରେ। ପିଲାଦିନେ ସେ ଖୁବ୍ ଡଉଲଡାଉଲ ଥିଲା। ତା' ବାପା, ମାଙ୍କର ପାଞ୍ଚଟା ଝିଅ ପରେ ଦଣ୍ଡପାଣି ଜନ୍ମ ହୋଇଥିଲା। ଏଣୁ ବାପା, ମା'ଙ୍କର ସେ ଅତି ଗେହ୍ଲାବସର ପୁଅ ଥିଲା। ମାତ୍ର, ଭଗବାନ ତାକୁ ମାଇଚିଆ କରିଦେଲେ। ଏହା ହିଁ ଟ୍ୱିଙ୍କିଲ ମନରେ ଗଭୀର ଦୁଃଖ ଦେଇଥିଲା। ମାଇଚିଆ ବୋଲି ସେ ଅନେକ ଲାଞ୍ଛନା ସହିଛି।

ସ୍କୁଲ୍‌ରେ ପଢ଼ିଲା ବେଳକୁ ଟ୍ୱିଙ୍କିଲ୍‌ର ମାଇଚିଆ ଦୋଷ ବାହାରିଲା। କଲେଜରେ ପଢ଼ିଲା ବେଳକୁ ସେ ଝିଅଙ୍କ ଭଳି ଅଣ୍ଟା ହଲେଇ ଚାଲୁଥିଲା। ଟୋକାମାନେ କେତେବେଳେ ତା' ଛାତିକୁ ତ କେତେବେଳେ ତା' ପିଚାକୁ ଚିପି ଦେଉଥିଲେ। ମଜା ନେଉଥିଲେ।

ଟ୍ୱିଙ୍କିଲ୍ କହେ, କଲେଜରେ ପଢିଲା ବେଳେ କେଶବ ନାମରେ ଜଣେ ପିଲା ତା' ବୟ ଫ୍ରେଣ୍ଡ ଥିଲା। ତା' ମନ ତଳର ସବୁ ଦୁଃଖ, ସୁଖ ସେ କେଶବ ଆଗରେ କହେ। କେଶବ ତାକୁ ଆଶ୍ୱାସନା ଦିଏ। କହେ ବ୍ୟସ୍ତ ହଅନା, ମୁଁ ତତେ ବାହା ହେବି। ସାମାଜିକ ସ୍ୱୀକୃତି ଦେବି। କହି କୋଳକୁ ଭିଡ଼ିନିଏ କେଶବ। ଟ୍ୱିଙ୍କିଲ୍ ନିଜକୁ ସମର୍ପି ଦିଏ କେଶବର ଉଷୁମ କୋଳରେ।

ସନ୍ଧ୍ୟାବେଳେ କଲେଜ କ୍ୟାମ୍ପସ ଶିବ ମନ୍ଦିର ପଛପଟ ସାହାଡ଼ା ଗଛମୂଳେ ପ୍ରେମ କଲାବେଳେ ସେ ଦୁହେଁ କେତେଥର ଧରା ପଡ଼ିଥିଲେ। ଟ୍ୱିଙ୍କିଲର ସେସବୁ କଥା ଏବେ ବି ମନେଅଛି। ସେ କେଶବ ଟୋକାଟା ଏବେ ବମ୍ବେରେ ଚାକରି କରି

ଫ୍ଲାଟ୍ କିଣି ରହୁଛି। ସେ କ'ଣ ଏବେ ତାକୁ ଦେଖିଲେ ଚିହ୍ନି ପାରିବ? ସେ କ'ଣ ତା' ମାଇଚିଆ ସାଙ୍ଗ ଦଣ୍ଡପାଣିକୁ ମନେ ରଖିଥିବ? ଟ୍ୱିଙ୍କିଲ୍ ମନେ ମନେ ଭାବେ।

ଟ୍ୱିଙ୍କିଲ୍ ଓରଫ ଦଣ୍ଡପାଣି ଗ୍ରାଜୁଏସନ୍ ସାରି ଗାଁକୁ ଫେରିଲା। ଚାକିରି ବାକିରି ନ ପାଇ ଶେଷରେ ଗାଁରେ ବୁଲିଲା। ଚାଷବାସରେ ବାପାଙ୍କୁ ସାହାଯ୍ୟ କଲା। ମାତ୍ର, ଗାଁଲୋକେ ତାକୁ ମାଇଚିଆ କହିବାରୁ ସେ ଗାଁରୁ ସହରକୁ ପଳେଇ ଆସିବାକୁ ଚାହିଁଲା। ମାଇଚିଆ ଜୀବନ ନେଇ ଗାଁରେ ବଞ୍ଚିବା ଭାରି କଷ୍ଟ ହୋଇ ପଡ଼ିଲା।

ଏହାରି ଭିତରେ କିନ୍ତୁ ବାପା, ମା' ଦଣ୍ଡପାଣିର ବିବାହ କରିଦେଲେ। ଦଣ୍ଡପାଣି ହାତକୁ ଦି' ହାତ ହୋଇଗଲା। ଦଣ୍ଡପାଣିକୁ ଏସବୁ ଭୀଷଣ ବିରକ୍ତି ଲାଗୁଥିଲା। ନିଜେ ଝିଅଟିଏ ହୋଇ କେମିତି ଆଉ ଜଣେ ଝିଅକୁ ବାହା ହେବ? ତାକୁ ଏସବୁ ଭଲ ଲାଗିଲାନି।

କିନ୍ତୁ ଏହାରି ଭିତରେ ସମସ୍ତଙ୍କୁ ଚମ୍‌କେଇ ଦେଲାଭଳି ଖବରଟିଏ ଗାଁରେ ପ୍ରଚାର ହୋଇଗଲା ଯେ, ଦଣ୍ଡପାଣି ମାଇଚିଆ ବାପା ହେଉଛି। ଆବେ, ସେ ପିଲାର ଅସଲ ବାପା କିଏ? ଏମିତି ଟୁପୁରୁଟାପର ଗାଁରେ ଚାଲିଲା। କିଏ କହିଲା ଶ୍ୱଶୁର, କିଏ କହିଲା ଦିଅର। ଏସବୁ ଭିତରେ ରୁନ୍ଧି ହୋଇଯାଉଥିଲା ଦଣ୍ଡପାଣି। ଏ ସଂସାର ମୋହରୁ ମୁକ୍ତି ପାଇବାକୁ ଛଟପଟ ହେଉଥିଲା ଦଣ୍ଡପାଣି।

ସ୍ତ୍ରୀ ଗର୍ଭବତୀ ଥିଲାବେଳେ ଅଚାନକ ଦଣ୍ଡପାଣି ମାଇଚିଆ ଗାଁ ଛାଡ଼ି ଭୁବନେଶ୍ୱର ଚାଲି ଆସିଥିଲା। ତାକୁ ପୁରୁଷ ହୋଇ ରହିବାକୁ ଭଲ ଲାଗୁ ନଥିଲା। ତା'ର ସବୁବେଳେ ଇଚ୍ଛା ଥାଏ, ଝିଅଟିଏ ହେବ। ଶାଢୀ ପିନ୍ଧିବ। ସାଲୁଓ୍ୱାର ପିନ୍ଧିବ। ବ୍ରା, ବ୍ଲାଉଜ୍ ପିନ୍ଧିବ। ଲମ୍ବା କେଶ ରଖି ବେଣୀ ପାରିବ। ଓଠରେ ଲିପ୍‌ଷ୍ଟିକ୍ ଲଗେଇବ। ଆଇ ବ୍ରୋ ଥ୍ରେଡିଂ କରିବ। ଅଣ୍ଟା ହଲେଇ ଚାଲିବ।

ଏ ପୁରୁଷ ଜୀବନଟା ବଡ଼ ବୋରିଂ। ନିଶ, ଦାଢି ବଢ଼ିଥିବା ମୁହଁ ଭାରି ରୁକ୍ଷ। ଲୁଙ୍ଗି, ଗାମୁଛା ପିନ୍ଧା ଜୀବନ ଭାରି କଷ୍ଟ। ଏମିତି ଭାବି, ଦିନେ ଦଣ୍ଡପାଣି ମାଇଚିଆ ଘର, ସଂସାର, ପତ୍ନୀକୁ ଛାଡ଼ି ଭୁବନେଶ୍ୱର ଚାଲି ଆସିଥିଲା।

ଭୁବନେଶ୍ୱରରକୁ ଚାଲି ଆସିବା ପରେ ଦଣ୍ଡପାଣିର ଗୋଟେ ନୂଆ ଜୀବନ ଆରମ୍ଭ ହେଲା। ରେଳ ଷ୍ଟେସନରେ ଦଣ୍ଡପାଣିର ଦେଖା ହେଲା ଆଉ ଜଣେ କିନ୍ନର ସହ। ସେ କିନ୍ନରର ନାଁ ଥିଲା ସାଧନା। ସାଧନା ଦଣ୍ଡପାଣିକୁ ନିଜ ସାଥୀରେ ଆଣି ବାଣୀବିହାର କିନ୍ନର ବସ୍ତିରେ ରଖିଲା। କିନ୍ନରମାନଙ୍କ ଆଦବ କାଇଦା ତାକୁ ଶିଖାଇଲା।

ପ୍ରଥମେ ପ୍ରଥମେ ଦଣ୍ଡପାଣି କିନ୍ନର ବସ୍ତିରେ ରୋଷେଇବାସ କରିବା, ବଜାର ସଉଦା କରିବା, ଘର ଝାଡ଼ୁ କରିବା, ହାଣ୍ଡିରେ ପାଣି ଭରିବା କାମ କରୁଥିଲା।

ଦଣ୍ଡପାଣି ମାଇଚିଆ ସାଧନା କିନ୍ନରଙ୍କୁ ନିଜର ଗୁରୁମା' ମାନି ସେ ତା'ର ଚେଲା ହୋଇ ରହିଲା। ବାଣୀବିହାର କିନ୍ନର ବସ୍ତିରେ ରହିବା ପରେ ଦଣ୍ଡପାଣିର ନାଁ ବଦଳିଥିଲା। ଦଣ୍ଡପାଣିରୁ ତା' ନାଁ ହେଲା ଟ୍ୱିଙ୍କିଲ୍। ଟ୍ୱିଙ୍କିଲ୍ କିନ୍ନର।

ପ୍ରଥମେ ଟ୍ୱିଙ୍କିଲ୍ ଛକ, ବଜାରରେ ଠିଆହେଲା। ଅନ୍ୟମାନଙ୍କ ସାଥୀରେ ଟ୍ରେନ୍‌ରେ ଗଲା। ଟ୍ରେନ୍‌ରେ ହାତ ତାଳିମାରି, ଯାତ୍ରୀଙ୍କୁ ଆଶୀର୍ବାଦ କରି ଟଙ୍କା ରୋଜଗାର କଲା। ସବୁ ରୋଜଗାର ଟଙ୍କା ଆଣି ସାଧନା ଗୁରୁମା'ଙ୍କୁ ଦେଉଥିଲା ଟ୍ୱିଙ୍କିଲ୍।

ଏସବୁ ଆଜି ଟ୍ୱିଙ୍କିଲ୍‌ର ଅତୀତ। ତେବେ କାହିଁକି ଅତୀତକୁ ମନେ ପକାଉଛି ଟ୍ୱିଙ୍କିଲ୍। ପ୍ରକୃତିସ୍ଥ ହେଲା ଟ୍ୱିଙ୍କିଲ୍।

ଆଜି କିନ୍ତୁ ଟ୍ୱିଙ୍କିଲ୍ କିନ୍ନରର ଟଙ୍କା ପଇସାର ଅଭାବ ନାହିଁ। ଭୁବନେଶ୍ୱରରେ ଘର, ଗାଡ଼ି, ବ୍ୟାଙ୍କ ବାଲାନ୍‌ସ ବଢିଛି। ଏବେ ସେ ରାଜ୍ୟ କିନ୍ନର ମହାସଂଘର ସାଧାରଣ ସମ୍ପାଦିକା। ସମାଜରେ ତା'ର ଅନେକ ପ୍ରତିଷ୍ଠା ବଢି ଯାଇଛି। ପୋଲିସଠାରୁ ଆରମ୍ଭ କରି ରାଜନେତା; ତାକୁ ସମସ୍ତେ ଖୋଜୁଛନ୍ତି। ବିଏମ୍‌ସିର ଯେକୌଣସି ଆୱାରନେସ୍ ପ୍ରୋଗ୍ରାମରେ ଟ୍ୱିଙ୍କିଲକୁ ଖୋଜାଯାଉଛି।

କଲେଜ ଛାତ୍ରଛାତ୍ରୀଙ୍କଠାରୁ ଆରମ୍ଭ କରି ଜେଲ୍‌ର କଏଦୀଙ୍କ ପର୍ଯ୍ୟନ୍ତ, ସବୁଠି ଟ୍ୱିଙ୍କିଲ ଲୋଡ଼ା ପଡୁଛି। ଥରେ ସେ ଜେଲ୍‌କୁ ଏକ ସଂସ୍କାରମୂଳକ କାର୍ଯ୍ୟକ୍ରମରେ ଯୋଗ ଦେବାକୁ ଯାଇଥିବା ବେଳେ ଫିଲ୍ମ ହିରୋଇନ୍ ଚର୍ଚ୍ଚିତା ସହ ପରିଚୟ ହୋଇଥିଲା। ସେବେଠୁ ଚର୍ଚ୍ଚିତା ତା'ର ଫ୍ରେଣ୍ଡ୍ ହୋଇଯାଇଛି।

ଟ୍ୱିଙ୍କିଲ୍‌ର ପୁରୁଣା ଦିନସବୁ ମନେ ପଡ଼ିଲେ, ତାକୁ ସ୍ୱପ୍ନ ଦେଖିଲା ଭଳି ଲାଗେ। ସ୍କୁଲରେ ପଢିଲାବେଳେ ଛାତିରେ ଗାମୁଛା ପକେଇ ଅଣ୍ଟା ନଚେଇ ଚାଲିବାକୁ ତାକୁ ଭଲ ଲାଗୁଥିଲା।

ମାଇଚିଆ ବୋଲି ଜାଣିବା ପରେ ସମାଜର ବଡ଼ପଣ୍ଡାମାନେ ତାକୁ ଶୋଷଣ କଲେ। ସେତେବେଳେ ସେ ସପ୍ତମ ଶ୍ରେଣୀରେ ପଢୁଥାଏ। ଦେଖିବାକୁ ଡଉଲଡାଉଲ ଥାଏ। ସ୍କୁଲର ବୁଢ଼ା ହେଡ୍ ମାଷ୍ଟର ଯେତେବେଳେ ଜାଣିଗଲା ସେ ମାଇଚିଆ, ତା'ର ବି ଲୋଭ ହେଲା।

ଥରେ ବୁଢ଼ା ହେଡ୍ ମାଷ୍ଟର ଦଣ୍ଡପାଣିର ହାତକୁ ଭିଡ଼ି ନେଇ ତା' ଲିଙ୍ଗକୁ ଛୁଆଁଇ ଦେଇଥିଲା। ଦଣ୍ଡପାଣି ଚମ୍‌କି ପଡ଼ିଥିଲା। ବୁଢ଼ା ହେଡ୍‌ମାଷ୍ଟର ଦଣ୍ଡପାଣିକୁ କୁଣ୍ଢେଇ ଧରିଥିଲା।

ସ୍କୁଲ୍ ଛୁଟି ହୋଇଯିବା ପରେ ବୁଢ଼ା ହେଡ୍ ମାଷ୍ଟର ନାନା ବାହାନା ଦେଖାଇ ମାଇଚିଆ ଦଣ୍ଡପାଣିକୁ ସ୍କୁଲରେ ଅଟକାଇ ରଖେ। ଦଣ୍ଡପାଣି ସେ ବୁଢ଼ାକୁ ଦେହସୁଖ

ଦିଏ। ବୁଢ଼ା ମାଷ୍ଟର କହେ, ଏ କଥା କାହାରିକୁ କହିବୁନି। କହିଲେ, ପରୀକ୍ଷାରେ ଫେଲ୍ କରିଦେବି। ପରୀକ୍ଷାରେ ଫେଲ୍ ହେବା ଭୟରେ ମାଇଚିଆ ଦଣ୍ଡପାଣି ସେ କଥା କାହାରିକୁ କହିପାରେନା। ଏମିତି ଏମିତି ସମୟ ଗଡ଼ିଚାଲେ।

ସେ ବୁଢ଼ା ହେଡ୍ ମାଷ୍ଟରର କାଳ ହୋଇଗଲାଣି। ତା' ପିଲାଛୁଆ ଗାଁରେ କଣ୍ଟ୍ରାକ୍ଟର କାମ କରି ଦି' ପଇସା ରୋଜଗାର କରୁଛନ୍ତି। ଟ୍ୱିଙ୍କିଲ୍ ମନେ ମନେ ସେ ବୁଢ଼ା ହେଡ୍‌ମାଷ୍ଟରକୁ ଶୋଧୁଥିଲା। ହେ, ଆଜି କାହିଁକି ଟ୍ୱିଙ୍କିଲ୍‌ର ପୁରୁଣା ସ୍ମୃତିସବୁ ଏକାବେଳକେ ମନେ ପଡ଼ିଯାଉଛି। ତା'ର ସୁଟିଂ ସମୟ ଲେଟ୍ ହୋଇଯିବ।

ପୁରନ୍ଦର ରୋଷେଇ ସାରି ଟ୍ୱିଙ୍କିଲ୍‌କୁ ଖାଇବାକୁ ଡାକିଲା। ଟ୍ୱିଙ୍କିଲ ପ୍ରକୃତିସ୍ଥ ହେଲା। ପୁରନ୍ଦରର କାନ୍ଦୁରା ମୁହଁ ଆଜି କାହିଁକି ଟ୍ୱିଙ୍କିଲ୍‌କୁ ଭୀଷଣ ବିରକ୍ତି ଲାଗୁଥିଲା।

ପୁରନ୍ଦର ଗୋଟିଏ ଦୀର୍ଘଶ୍ୱାସ ଛାଡ଼ିଲା। ଟ୍ୱିଙ୍କିଲ୍ ଶାଢ଼ୀ ବଦଳେଇବା ଭଳି ପ୍ରେମିକ ବଦଳାଉଛି। ଏହା ପୁରନ୍ଦରକୁ ଭଲ ଲାଗୁ ନଥିଲା। ପୂର୍ବରୁ ଜଣେ ମନ୍ତ୍ରୀଙ୍କ ଡ୍ରାଇଭର ସାଙ୍ଗରେ ଟ୍ୱିଙ୍କିଲ ନସରପସର ହେଉଥିଲା। ତା' ପୂର୍ବରୁ ଜଣେ ପୋଲିସ ଅଫିସର ସହ ତା'ର ରାସଲୀଳା ଚାଲିଥିଲା। ଏବେ ଓଲିଉଡ୍‌ର ସେ ଚକ୍‌ଲେଟ୍ ହିରୋଟା ଟ୍ୱିଙ୍କିଲ୍ ବିନା ଘଡ଼ିଏ ବଞ୍ଚି ପାରୁନି। ଏ ଟ୍ୱିଙ୍କିଲ୍‌ଟା ବି ସେ ଚିକିଣା ସହ ଲଟରପଟର ହେଉଛି। ଏଇଟାର କ'ଣ କମ୍ ଦୋଷ ?

ଟ୍ୱିଙ୍କିଲ କିନ୍ତୁ ଆଉ ଆଗଭଳି ନାହିଁ। ସେ ଅନେକ ବଦଳି ଯାଇଛି। ଫୋପାଡ଼ିଲା ଭଳି କଥା ହେଉଛି। ଏଣୁ ପୁରନ୍ଦରର ମନ ଭଲ ନଥିଲା।

ଏବେ ଟ୍ୱିଙ୍କିଲ୍ ଘରକୁ ଫେରିଲେ ପୁରନ୍ଦର ସହ ବେଶି କଥା ହୁଏନି। ଅନେକ ସମୟରେ ସେ ଘରକୁ ଫେରେନି। ସେ ଚକ୍‌ଲେଟ୍ ହିରୋ ସହ କୁଆଡ଼େ ବାହାରେ ରହିଯାଏ। ବେଳେବେଳେ ମଦ ପିଇ ଟଳମଳ ହୋଇ ଘରକୁ ଫେରେ। ଏଣୁ ତେଣୁ ଗପେ। ଖାଲି ସେ ଚିକିଣାର ପ୍ରଶଂସା କରେ। ଚିକିଣାର ଛାତି କେତେ ପ୍ରଶସ୍ତ, ତା' ବାହୁ କେତେ ଶକ୍ତ ଓ ତା' ମର୍ଦ୍ଦାଙ୍ଗୀର ତାରିଫ୍ କରେ ଟ୍ୱିଙ୍କିଲ୍। ଏସବୁ ପୁରନ୍ଦରକୁ ଆଦୌ ଭଲ ଲାଗେନି। ତା' ଦେହରେ ନିଆଁ ଲାଗିଯାଏ।

ଟ୍ୱିଙ୍କିଲ୍ ଏବେ ଷ୍ଟେରଏଡ୍ ନେଇ ତା' ସ୍ତନକୁ କୃତ୍ରିମ ଭାବେ ବଢ଼ାଇ ଦେଇଛି। ଅପରେସନ୍ କରି ନିଜର ଡ୍ୱାର୍ଫ ପେନିସ୍‌କୁ ବାହାର କରି ଦେଇଛି। ଏବେ ଟ୍ୱିଙ୍କିଲ୍ ନିଜକୁ ସମ୍ପୂର୍ଣ୍ଣ ଝିଅ କରି ସାରିଲାଣି। ବ୍ରେଷ୍ଟ୍ ଇମ୍ପ୍ଲାଣ୍ଟେସନ୍ କରି ନାଚୁରାଲ୍ ସାଇଜ୍ କରିଛି। ଦେହର ଅନେକ ଅଂଶର ପ୍ଲାଷ୍ଟିକ୍ ସର୍ଜରୀ କରି ନିଜକୁ ନାରୀଟିଏ କରି ଦେଲାଣି। ଏସବୁ କରୁଛି, ଖାସ୍ ସେ ପୋଡ଼ାମୁହାଁ ଚକ୍‌ଲେଟ୍ ହିରୋଟା ପାଇଁ।

ଏସବୁ କ'ଣ ଘଟୁଛି, ପୁରନ୍ଦର ବୁଝି ପାରୁ ନଥିଲା। ପତ୍ନୀ, ସଂସାର, ପିଲାଛୁଆ

ଛାଡ଼ି ଯେଉଁ ମାଇଚିଆର ହାତ ଧରିଥିଲା, ଏବେ ସେ ତାକୁ ପର କରି ଆଉ ଜଣକୁ ନିଜର କରି ସାରିଲାଣି।

ଟ୍ୱିଙ୍କିଲ୍ ସେ ଚିକିଣାକୁ ବାହା ହେବ ବୋଲି ଶୁଣିବା ପରଠୁ ପୁରନ୍ଦର ମୁଣ୍ଡରେ ବଜ୍ର ପଡ଼ି ଯାଇଥିଲା।

ଦିନେ ଟ୍ୱିଙ୍କିଲ୍ ତାକୁ ବି ଏମିତି ବିବାହ କରିବ ବୋଲି ପ୍ରସ୍ତାବ ଦେଇଥିଲା। ଆଉ ବାହା ହୋଇଥିଲା।

ସତରେ ଟ୍ୱିଙ୍କିଲ୍ ଏବେ ସେ ଚକ୍‌ଲେଟ୍ ହିରୋକୁ ବାହା ହୋଇ ତା' ସାଥୀରେ ରହିବ? ଚିକିଣା ସହ ସଂସାର କରିବ!

ପୁରନ୍ଦରକୁ ସବୁ କିଛି ଅନ୍ଧାର ଲାଗୁଥିଲା। ବିଷ ଲାଗୁଥିଲା। ତା' ପାଦ ତଳରୁ ପୃଥିବୀ ଖସି ଯାଉଥିଲା।

■

ସିଆନାଇଡ୍ ବିକ୍ରମ

ଡାଇରୀର ପୃଷ୍ଠା ଓଲଟାଇବା ବେଳେ ଶେଷ ଥର ସ୍ନେହା ମିଶ୍ର ପାଇଁ ଦୁଃଖ ପ୍ରକାଶ କଲା ସିଆନାଇଡ୍ ବିକ୍ରମ।

ସ୍ନେହା ମିଶ୍ର ତ ଏବେ ମରି ସାରିଛି। ଗୋଟିଏ ହୃଦୟ ଖୋଲା ହସ ହସିଲା ଓ ଏଇ ନଗଦ ଆମଦାନି କରିଥିବା ସ୍ନେହା ମିଶ୍ରର ଫ୍ରେଶ୍ ଅନ୍ତର୍ବାସକୁ ମନ ଭରି ଆଘ୍ରାଣ କଲା ସିଆନାଇଡ୍ ବିକ୍ରମ। ଝିଅମାନଙ୍କ ଅନ୍ତର୍ବାସ ଆଘ୍ରାଣରୁ ତାକୁ ପରମ ଆନନ୍ଦ ମିଳିଥାଏ। ସ୍ୱର୍ଗ ସୁଖ ମିଳିଥାଏ। ଓଃ, ଚରମ ତୃପ୍ତି!

ହାଃ....ହାଃ....ହାଃ......। ସ୍ନେହା ମିଶ୍ର, ତମେ ଏବେ ଚିର ନିଦ୍ରାରେ ଶୋଇ ଯାଇଥିବ ନିଶ୍ଚୟ। ଆଉ କେବେ ବି ଉଠିବନି। ତମ ଜୀବନରେ ପୂର୍ଣ୍ଣଛେଦ ପଡ଼ିଯାଇଛି।

ମୋ' ମନ କହୁଛି, ତମେ ଏବେ ସେ କାଠଯୋଡ଼ି ବାଲିପଠାରେ ପ୍ରାୟ ଶବ ହୋଇ ସାରିଥିବ। ତମର ହଳଦି ଗୁରୁଗୁରୁ ଦେହ କ୍ରମେ ଶେଥା ପଡ଼ି ଆସୁଥିବ। ହାତ, ଗୋଡ଼, ଦେହ ଷ୍ଟିଫ୍ ହୋଇ ଯାଇଥିବ। ଶରୀରରୁ ମାଂସ ପଚିବା ଆରମ୍ଭ କରି ଦେଇଥିବ।

ସିଆନାଇଡ୍ ଶରୀରରେ କାମ କରିବାକୁ ଏମିତି କେତେ ସମୟ ନିଏକି?

ତା'ହେଲେ ତମେ ସ୍ୱର୍ଗକୁ ଚାଲିଗଲଣି, ଏଇନେ? ହଉ, ଯାଅ। ବେଷ୍ଟ ଅଫ୍ ଜର୍ଣ୍ଣି। ଗୁଡ୍ ବାଏ। ହାଭ୍ ଏ ନାଇସ୍ ଡେ, ଡିଅର।

ତମେ ସ୍ୱର୍ଗକୁ ଯାଉଥାଅ। ମୁଁ ବି ଚାଲିଲି, ମୋ' ଶିକାର ଖୋଜି। ମୋ'ର ନେକ୍ସଟ୍ ଶିକାର ସନ୍ଧାନରେ ମୋତେ ବି ଯିବାକୁ ହେବ ନା! ବାଏ, ବାଏ। ମୋତେ କ୍ଷମା କରିଦେବ, ସ୍ନେହା। ମୁଁ ଖୁବ୍ ଦୁଃଖିତ। ନିରୁପାୟ ବି।

ଆଚ୍ଛା ସ୍ନେହା, ତମକୁ ନ ମାରି ମୁଁ କରିଥା'ନ୍ତି କ'ଣ? ମୁଁ ଜାଣିଛି ସ୍ନେହା, ତମେ ମୋ' ପ୍ରେମରେ ଅନ୍ଧ ପାଲଟିଥିଲ। ପାଠ ପଢ଼ିବା ବାହାନାରେ ତମେ ତମ

ବାପା, ମା'ଙ୍କୁ ମିଛସତ କହି ମୋ' ପାଖକୁ କି କୌଶଳରେ ଚାଲି ଆସୁଥିଲ। ଏମିତି କି ସାରା ଦିନ ମୋ' ସହ ରହିଯାଉଥିଲ। ଘରୁ ଫୋନ୍ ଆସିଲେ, ସାଙ୍ଗ ଘରେ ଅଛି ବୋଲି କହି ତମେ କିଭଳି ତମ ବାପା, ମା'ଙ୍କୁ ଭକୁଆ ବନାଅ। ତାହା ବି ମୋର ମନେ ଅଛି। ଅବଶ୍ୟ ରାତିରେ କେବେ ମୋ' ସହ ରହି ନଥିଲ। ମରିବା ପୂର୍ବରୁ ସେଇ ଶେଷ ରାତି ଯାହା ମୋ' ସହ ଅନ୍ତରଙ୍ଗ ମୁହୂର୍ତ୍ତ କଟାଇଥିଲ ହୋଟେଲ୍ କାହ୍ନୁପ୍ରିୟାରେ।

ତମକୁ ସେକ୍ସ କରିବାରେ ମଜା ଆସିଗଲା, ସ୍ନେହା। ମୁଁ ଯେତେ ଝିଅଙ୍କୁ ସେକ୍ସ କରିଛି, ତମେ ନା ଅଲଗା। ଓଦା ଓଦା। ରସାଳ। ଚାର୍ମିଂ।

ତମେ ଭାବୁଥିବ, ମୁଁ ଗୋଟିଏ ସୁବିଧାବାଦୀ। ସ୍ୱାର୍ଥପର। ଆଚ୍ଛା, ମୁଁ କ'ଣ କରି ପାରିଥା'ନ୍ତି ସ୍ନେହା, ତମେ କୁହ। ତମେ କାହିଁକି ମୋ' ଖୁଆଡ଼ ଭିତରକୁ ପଶି ଆସିଲ ? ତମେ କ'ଣ ଜାଣିପାରିଲନି ମୁଁ ଗୋଟିଏ ମଣିଷ ଶିକାରୀ ବାଘ ? ନାଇମ, ଝିଅ ଶିକାରୀ। ଗାର୍ଲ ହଣ୍ଟର !

ଏବେ କୁହ, ତମେ କାହିଁକି ମୋ' ଭଳି ଜଣେ ମାନସିକ ରୋଗୀର ପ୍ରେମରେ ପଡୁଥିଲ ? ଏତିକି ଜାଣିରଖ, ମୋ' ପଞ୍ଝା ଭିତରକୁ ଥରେ ଯିଏ ଆସେ, ସେ କ'ଣ ଆଉ ଜୀବନ ନେଇ ଫେରେ ?

ଆଜିକାଲିକା ଯୁଗର ଝିଅ ହୋଇ ଏମିତି ମଫୁ ହେଲେ କେମିତି ଚଳିବ ? ତା'ଛଡ଼ା ତମେ କେମେଷ୍ଟ୍ରିର ଜଣେ ଏମ୍‌ଫିଲ୍ ଛାତ୍ରୀ ପୁଣି ଉଚ୍ଚ ଶିକ୍ଷିତା ହୋଇ ଏଭଳି ଗାଉଁଲୀଙ୍କ ଭଳି କ'ଣ ହଉଚ ?

ଆଜିକାଲି କୋଉଠି ଦେଖୁଛ, ଝିଅମାନେ ଫ୍ରଷ୍ଟ୍ରେଟେଡ୍ ହେବାର ? ଦେଖୁନ କି, ଝିଅମାନେ କିଭଳି ଟୋକାଙ୍କୁ ଫସେଇ ଭକୁଆ ବନେଇ ଲୁଟ୍‌ପାଟ୍ କରୁଛନ୍ତି। ଆବେ, ଝିଅମାନେ ଯେଉଁଭଳି ସ୍ମାର୍ଟ, ସେଠି ପୁଅଗୁଡ଼ାକ ଛେଳି ଭଳି ମେଁ ମେଁ ହଉଛନ୍ତି। ଏବେ ପରା ଖବରକାଗଜରେ ଗୋଟିଏ ସର୍ଭେ ରିପୋର୍ଟ ପ୍ରକାଶ ପାଇଥିଲା, ପ୍ରେମ ବ୍ୟାପାରରେ ଝିଅମାନଙ୍କ ଅପେକ୍ଷା ପୁଅମାନେ ବେଶି ସଂଖ୍ୟାରେ ଆତ୍ମହତ୍ୟା କରୁଛନ୍ତି। ପ୍ରେମରେ ଝିଅମାନେ ଆଉ ଆତ୍ମହତ୍ୟା କରୁନାହାନ୍ତି ମ ! ସେମାନେ ବିନ୍ଦାସ୍। କେୟାରଲେଶ। ଜୀବନରେ କେତେ ଟୋକାଙ୍କ ସହ ସେକ୍ସ କଲେ, ଟଙ୍କାପଇସା ଲୁଟିଲେ। ଆଉ ଶେଷରେ ଝାଡ଼ିଝୁଡ଼ି ପରିଷ୍କାର ହୋଇ ଗୋଟିଏ ନିରୀହ ମେଣ୍ଢାକୁ ବାହା ହୋଇ ମିଛ ସଂସାର କଲେ। ବଢ଼ିଆ ନା। ଅବଶ୍ୟ ତମେ ସେ ଧରଣର ଧୂର୍ତ୍ତ ଝିଅ ନୁହଁ, ମୁଁ ଜାଣେ।

ହଉ ଛାଡ଼, ତମେ ତ ଏବେ ମରି ସାରିଲଣି।

ଆଃ, ବିଚାରୀ ସ୍ନେହା ମିଶ୍ର ! ମୁଁ ନିରୁପାୟ । ତମ ଭଳି ସୁନ୍ଦରୀ ଝିଅଙ୍କୁ ସେକ୍ସ କରିବା ପରେ ସେମାନଙ୍କୁ ହତ୍ୟା କରିବାକୁ ମୋ' ମନ କାହିଁକି ବ୍ୟଗ୍ର ହୋଇ ଉଠେ, ଜାଣିପାରେନା । ସେମାନଙ୍କୁ ଜୀବନରୁ ନ ମାରିବା ଯାଏ, ମୋ' ଦେହ ଯେମିତି ଉତ୍ତେଜନାରେ ଥରୁଥାଏ । ଶରୀରରେ ରକ୍ତ ଜମାଟ ବାନ୍ଧିଯାଏ । ମୁଁ ଶାନ୍ତିରେ ନିଶ୍ୱାସ ନେଇପାରେନି ।

ମୁଁ ବହୁତ ଚେଷ୍ଟା କରିଛି ସ୍ନେହା, ଅନ୍ତତଃ ତମ ଭଳି ଜଣେ ଓବିଡିଏଣ୍ଟ, ଇନୋସେଣ୍ଟ୍ ଝିଅକୁ ନ ମାରିବା ପାଇଁ । କାରଣ ତମେ ମୋ' ପାଇଁ ଥିଲ ସ୍ପେଶିଆଲ୍ । ତମେ ଖୁବ୍ ବିଶ୍ୱସ୍ତ । ଆଉ ସର୍ବୋପରି ତମେ ମୋ'ର ପ୍ରିୟ ଛାତ୍ରୀ ବି ଥିଲ ।

ତମକୁ ମାରିବାକୁ ମୋତେ କ'ଣ କମ୍ ଦ୍ୱନ୍ଦ୍ୱର ସାମ୍ନା କରିବାକୁ ପଡ଼ିଛି ? ନିଜ ସହ କମ୍ ଯୁଝିଛି ?

ତମ ଭଳି ଝିଅ ମୋ' ଜୀବନରେ ଆଉ ମିଳିବେ କି ନା ସନ୍ଦେହ । ତମେ ମୋ' ପାଇଁ ସବୁ କିଛି କରିବାକୁ ପ୍ରସ୍ତୁତ ଥିଲ । ଏମିତିକି ମୋ' ପାଇଁ ଜୀବନ ଦେବାକୁ ବି ତମର ସାମାନ୍ୟତମ ଦ୍ୱିଧା ନଥିଲା । ଶେଷରେ ତମେ ସେଇଆ ହିଁ କଲ । ମୋ' ପାଇଁ ଜୀବନ ଦେଇଦେଲ । ପ୍ରକୃତରେ ତମକୁ ହତ୍ୟା କରି ମୁଁ ଭୀଷଣ ଅନ୍ୟାୟ କରିଛି । ତମକୁ ସଲାମ୍ । ମଥା ନୁଆଁଇ, ଏଇଠୁ ତମକୁ ଭକ୍ତିପୁତ ଶ୍ରଦ୍ଧାଞ୍ଜଳି ଜଣାଉଛି ।

ତମକୁ ଅନ୍ୟାୟ ଭାବେ ମାରିଥିବାରୁ, ଭଗବାନ ମୋତେ ଶାସ୍ତି ଦେବେ ନିଶ୍ଚୟ । ହେଃ, ତମ ଭଗବାନ ମୋର କିଛି କରି ପାରିବେନି । ସେ ତ' ଫଟୋରେ କିମ୍ବା ମନ୍ଦିର ମଧ୍ୟରେ ଥାଇ ତମ ଭଳି ନିରୀହ ଭକ୍ତଙ୍କ ଦ୍ୱାରା ପୂଜା ପାଉଥିବେ ।

ଓଃ, ତମ ଭଗବାନ କିଭଳି ସେ ଫଟୋରେ ଆଉ ନିବୁଜ ଦେଉଳ ଭିତରେ ରହନ୍ତି କେଜାଣି ? ମୁଁ ତ ସେଠି ଗୋଟିଏ ସେକେଣ୍ଡ ବି ରହିପାରିବିନି । ଅଣନିଶ୍ୱାସୀ ହୋଇ ମରିଯିବି ଏକାଥର ।

ଓଃ, ତମ ମନ୍ଦିରମାନଙ୍କରେ ଯୋଉ ଗରମ, ବାମ୍ଫ, ଅନ୍ଧାର, ସୁନ୍ଦରୀ ଝିଅଙ୍କ ଗରମ ନିଶ୍ୱାସ ! ଝାଳ ମିଶା ଡିଓ ବାସ୍ନା ! ପର୍ଫ୍ୟୁମ୍, କ୍ଷୀର, ବେଲପତ୍ର, ନଡ଼ିଆ, ତୁଳସୀର ମିଶାମିଶି ବାସ୍ନାରେ ମୁଣ୍ଡ ଚହଲି ଯାଏ । ଅବଶ୍ୟ, ତମ ସହ କେତେ ଥର ମନ୍ଦିର ବୁଲିବାର ସୁଯୋଗ ମୋତେ ମିଳିଥିଲା । ଧନ୍ୟବାଦ ତମକୁ ସେଥିପାଇଁ ।

ସତରେ ସ୍ନେହା, ତମ ଭଳି ଭଲ ଝିଅକୁ ମାରିବାକୁ ମୋ' ମନ କହୁ ନଥିଲା । କିନ୍ତୁ କରିବି କ'ଣ । ସେଇ ମନ ତ ଅଥୟ ହେଲା, ତମକୁ ମାରିବା ପାଇଁ । ସତରେ ମୁଁ ଗୋଟିଏ ଭସ୍ମାସୁର । କୃତଘ୍ନ ।

ଯେତେ ଚେଷ୍ଟା କଲେ ବି ନିଜକୁ ନିୟନ୍ତ୍ରଣ କରିପାରେନା । ମନକୁ ବୁଝାଇ

ପାରେନା, ସ୍ନେହା। ସେମିତି ହୋଇଥିଲେ, ତମକୁ ମିଶାଇ ମୁଁ କ'ଣ ଏକାବନ ଜଣ ନିରୀହ ଯୁବତୀଙ୍କ ପ୍ରାଣ ନେଇ ପାରିଥା'ନ୍ତି ? ତମ ଭଳି ସେମାନେ ବି ସମସ୍ତେ ଥିଲେ ନିରୀହ। ସେମାନେ ବା ମୋ'ର କ'ଣ କ୍ଷତି କରିଥିଲେ ? ସେମାନେ ବି ମୋର ଶତ୍ରୁ ନଥିଲେ। ଖାଲି ଗୋଟିଏ ଖିଆଲରେ, ଗୋଟିଏ ପାଗଳପଣରେ ସେମାନଙ୍କୁ ମାରିଛି ନା !

ହଁ ସ୍ନେହା, ମୁଁ ଭାବୁଛି, ତମେ ସେ କାଠଯୋଡ଼ି ବାଲି ପଠାରେ ଶାନ୍ତିରେ ଶେଷ ନିଶ୍ୱାସ ଛାଡ଼ିଥିବ। ଏହାଠାରୁ ସୁଖକର ମରଣ ଆଉ କ'ଣ ହୋଇପାରେ ? ଛଟପଟ ନାହିଁ, ବାଡ଼େଇ କଚାଡ଼ି ହେବାର ନାହିଁ କି ଯନ୍ତ୍ରଣା ନାହିଁ। ଫ୍ରାକ୍‌ସନ୍ ଅଫ୍ ମିନିଟ୍‌ରେ ତମର ପ୍ରାଣ ଚାଲି ଯାଇଥିବ। ତମେ ନିରବ ହୋଇ ଯାଇଥିବ। ଏଭଳି ମରଣରେ ତମେ କ'ଣ ଖୁସି ନାହଁ ?

ଭଲ ହୋଇଛି, ତମେ ଶାନ୍ତିରେ ମରିଛ। ନ ହେଲେ, ବାହା ହୋଇ ହେଁସେ ପିଲାଛୁଆ କରିଥାନ୍ତ। ମଦ୍ୟପ ସ୍ୱାମୀ ନିତି ପିଟାମରା କରିଥାନ୍ତା। ନାନା ପ୍ରକାର ରୋଗରେ ଘାଣ୍ଟି ହୋଇ ନର୍କ ଯନ୍ତ୍ରଣା ଭୋଗିଥା'ନ୍ତ। ବୁଢ଼ୀ କାଳରେ ପିଲାଛୁଆ ତମକୁ ଘରୁ ବାହାର କରିଦେଇଥା'ନ୍ତେ। ଶେଷ ଜୀବନ ଖୁବ୍ ଦୁର୍ବିସହ ହୋଇ ପଡ଼ିଥା'ନ୍ତା। ନ ହେଲେ ତମେ ଆତ୍ମହତ୍ୟା କରିଥା'ନ୍ତ। ତମେ ଶାନ୍ତିରେ ମରିଛ, ଏକ ପ୍ରକାର ଭଲ ହୋଇଛି। ନା, କ'ଣ ସ୍ନେହା ? ମୁଁ ଠିକ୍ କହୁଛି ନା ?

ମୁଁ ବି ତ ଏମିତି ସୁଖକର ମୃତ୍ୟୁ ଚାହେଁ। କିନ୍ତୁ ମୋର କ'ଣ ମୃତ୍ୟୁ ଅଛି ? ମୋତେ ବା କିଏ ମାରିବ ? ଏ ସଂସାରରେ ଏମିତି କିଏ ଜନ୍ମ ହେଲାଣି, ମୋତେ ମାରିବାକୁ ?

ଚାହିଁଥିଲେ ମୁଁ ତମକୁ ଅଧିକ କଷ୍ଟ ଦେଇ ମାରି ପାରିଥା'ନ୍ତି। ତମ ଗଳା ଚିପି କିମ୍ବା ପଥରରେ ମୁଣ୍ଡକୁ ଛେଚି ବିଭତ୍ସ ଭାବେ ହତ୍ୟା କରିପାରିଥାନ୍ତି। ତମ ଗଳାକୁ କଣା କରି ତମ ରକ୍ତ ପିଇ ପାରିଥା'ନ୍ତି। ସୁନ୍ଦରୀ ଝିଅଙ୍କ ରକ୍ତ କୁଆଡ଼େ ମିଠା ନା ସ୍ନେହା ?

ଯାହା କୁହ ସ୍ନେହା, ମୋତେ ତମ ଦେହ ଅପେକ୍ଷା ତମ ଅନ୍ତର୍ବାସ ଅଧିକ ଆକର୍ଷିତ କରିଥାଏ। ତମ ବ୍ରା, ପ୍ୟାଣ୍ଟିରେ କି ଆକର୍ଷଣ ଥାଏ କେଜାଣି, ସେତକ ଆଘ୍ରାଣ କରିବାକୁ ମୁଁ ପାଗଳ ପ୍ରାୟ ହୋଇ ଉଠେ।

ତମେ ବୋଧେ ଜାଣି ନଥିବ ସ୍ନେହା, ମୋ' ପଢ଼ା ଘରେ ଗଣି ଗଣି ଏକାବନ ଝିଅଙ୍କର ଅନ୍ତର୍ବାସକୁ କେତେ ଯତ୍ନରେ ସାଇତି ରଖିଛି ! ଯାହା କୁହ ସ୍ନେହା, ସେସବୁ ଅନ୍ତର୍ବାସ ଶୁଂଘି ଦେଲେ ମୁଁ ଚିୟରଫୁଲ୍ ହୋଇଉଠେ। ମୁଁ ଫ୍ରେଶ୍ ହୋଇଯାଏ। ମୋ' ମୁଡ୍ ତାଜା ହୋଇଯାଏ।

ତମେ ଭାବୁଥିବ ମୁଁ ଗୋଟିଏ ବଦ୍ଧ ପାଗଳ । ଝିଅମାନଙ୍କର ବ୍ରା, ପ୍ୟାଣ୍ଟି ଶୁଂଘିବା; ଏ କି ଗୋଟା ଅଜବ ରୋଗରେ ବାବା ! ଏମିତି ତ ରୋଗୀ ମୁଁ ପୂର୍ବରୁ କେବେ ଦେଖିନି । ଏ କି ପ୍ରକାର ପାଗଳାମୀ ! ତମେ ଏମିତି ଭାବୁଥିବ ନା !

ହଁ, ଡକ୍ଟର ତ ସେୟା କହୁଛି । ଡକ୍ଟର କହୁଛି, ମୁଁ କୁଆଡ଼େ ସାଇକ୍ରିଆଟିକ୍ । ସେ ଡକ୍ଟରକୁ ମୁଁ ତ ଗୋଟିଏ ମୁହୂର୍ତ୍ତରେ ମାରି ଦେଇ ପାରନ୍ତି । ମାତ୍ର, ଝିଅଙ୍କ ବ୍ୟତୀତ ମୁଁ କୌଣସି ପୁରୁଷଙ୍କୁ ହତ୍ୟା କରେନା ।

ମୁଁ ଯେଉଁ ଝିଅ ସହ ସେକ୍ସ କରିଥାଏ, ତାକୁ ମାରିଦିଏ ନିଶ୍ଚୟ । ଏଇଟା ଜାଣିଥାଅ, ସ୍ନେହା । ଆଉ ତା'ର ଅନ୍ତର୍ବାସ ଲୁଟି ଆଣିଥାଏ । ମୋ' ଗବେଷଣାଗାରରେ ସାଇତି ରଖେ ।

ହୋଟେଲ୍ କାହ୍ନୁପ୍ରିୟାର ୧୦୮ ନମ୍ବର ସୁଟ୍‌ରେ ସେଦିନ ରାତିରେ ତମକୁ ସେକ୍ସ କଲି । ତମେ ଜାଣିନ କି ? ଓହୋ, ଲାଜ କରୁଛ ? ହେସ୍ ।

ଓଃ, ତମେ ବି ନା, ଖୁବ୍ ସେକ୍ସି ସ୍ନେହା ! ତମେ କହୁଥିଲ, ତମ ପିରିୟର୍ଡ୍‌ର ସପ୍ତାହେ ଗଡ଼ି ଯାଇଥିଲା । ତମେ ଆଶଙ୍କା କରୁଥିଲ, ସେ ସମୟରେ ସେକ୍ସ କଲେ ଭ୍ରୁଣ ରହିଯିବ ଗର୍ଭରେ । ସେଥିପାଇଁ କପୁଲେସନ୍ ବେଳେ ତମେ କିଛି ମାତ୍ରାରେ ଡରୁଥିଲ ବି । ସେଥିପାଇଁ ତ କଣ୍ଟ୍ରାସେପ୍‌ଟିଭ ପିଲ୍ ଖାଇବାକୁ ମୋ' ପଛରେ ମୂଳରୁ ଲାଗିଥିଲ । ଆଉ ମୁଁ ସେ ସୁଯୋଗକୁ ଅନେଇ ବସିଥିଲି । ଅନ୍ୟ ଝିଅମାନଙ୍କୁ କଣ୍ଟ୍ରାସେପ୍‌ଟିଭ୍ ପିଲ୍ ନେବାକୁ ମୋ' ତରଫରୁ ପ୍ରବର୍ତ୍ତାଇବାକୁ ପଡ଼ିଥାଏ । ମାତ୍ର, ତମ କ୍ଷେତ୍ରରେ ମୋତେ ସେ ପରିଶ୍ରମ କରିବାକୁ ହେଲାନି । ଅଧିକ କିଛି ବୁଝାଇବାକୁ ପଡ଼ିଲାନି । ବରଂ କଣ୍ଟ୍ରାସେପ୍‌ଟିଭ୍ ପିଲ୍ ଖାଇବାକୁ ତମେ, ତମ ପକ୍ଷରୁ ମୋତେ ବାଧ୍ୟ କଲ । ମୁଁ ବି ତମକୁ କଣ୍ଟ୍ରାସେପ୍‌ଟିଭ୍ ପିଲ୍ ଦେଲି ।

ତମ ମୃତ୍ୟୁକୁ ନେଇ ଏବେ ସହରରେ ଚର୍ଚ୍ଚା ଆରମ୍ଭ ହୋଇ ଯାଇଥିବ ନିଶ୍ଚୟ । କାରଣ ତମ ପୂର୍ବରୁ ତମ ଭଳି ଝିଅମାନେ ସମାନ ଢଙ୍ଗରେ ଆତ୍ମହତ୍ୟା କରୁଥିବା ଖବର ସହରରେ ଚର୍ଚ୍ଚା ହେଉଛି ।

ତା'ଛଡ଼ା ମୁଁ ତମକୁ ହତ୍ୟା କରିଛି ବୋଲି, ତମେ ଏଯାଏ ବି ଜାଣି ନଥିବ । କାରଣ ଆମର ଶେଷ ସାକ୍ଷାତ୍ ତ ଖୁବ୍ ମଧୁରପୂର୍ଣ୍ଣ ଥିଲା । ହୋଟେଲ୍ କାହ୍ନୁପ୍ରିୟା ଛାଡ଼ିଲା ପରେ ମୁଁ ତମକୁ ଶେଷ ଥର ଆଲିଙ୍ଗନ କରିଥିଲି । ତମ ଓଠରେ ଶେଷ ଚୁମ୍ବନ ଦେଇଥିଲି ।

ସେମିତି ବୁଝିବାକୁ ଗଲେ, ମୁଁ ତମକୁ ମାରିନି । ତମେ ନିଜେ ନିଜେ ସିଆନାଇଡ୍ ପିଲ୍ ଖାଇ ଆତ୍ମହତ୍ୟା କରିଛ । ଏଣୁ ତମେ ହିଁ ତମ ହତ୍ୟାକାରୀ । ମୁଁ ନୁହେଁ । ଠିକ୍ କହୁଛି ନା ?

ଆହୁରି ମଧ୍ୟ, ମୁଁ ତମକୁ ମାରିଛି ବୋଲି କାହା ପାଖରେ ପ୍ରମାଣ ଅଛି ? ମୋତେ କ'ଣ ତମେ ଏତେ ବୁଦ୍ଧୁ ଭାବୁଛ ? ମୁଁ କ'ଣ ତମକୁ ହତ୍ୟା କରି ପ୍ରମାଣସବୁ ଛାଡ଼ିଦେଇ ଯିବି ? ଏମିତି ପ୍ରମାଣ ଛାଡ଼ି ଯାଉଥିଲେ, ଆଜି ମୁଁ ଏକାବନ ଜଣ ସୁନ୍ଦରୀ ଝିଅଙ୍କର ହତ୍ୟାକାରୀ ପାଲଟି ନଥା'ନ୍ତି। ହତ୍ୟା କରିବା ପରେ ସମସ୍ତଙ୍କଠାରୁ ଅନ୍ତର୍ବାସ ଲୁଟିବାରେ ବି ସଫଳ ହୋଇ ନଥାନ୍ତି। ହାଃ...ହାଃ...ହାଃ...। ସ୍ନେହା ମିଶ୍ର, ସତରେ ତମେ ନିର୍ବୋଧ।

ମୁଁ ତମକୁ ହତ୍ୟା କରିଛି ବୋଲି ତମେ କ'ଣ ଆସି ପୋଲିସ ଆଗରେ ବୟାନ ଦେଇ ପାରିବ ? ପ୍ରଥମେ ତ ତମେ ଏବେ ଜୀବିତାବସ୍ଥାରେ ନାହଁ। କେଜାଣି, ତମ ପ୍ରେତାତ୍ମା ବୟାନ ଦେଇପାରେ କି କ'ଣ ? ଦ୍ୱିତୀୟରେ ମୁଁ ତମକୁ ହତ୍ୟା କରିଛି ବୋଲି ତମ ପାଖରେ ସେମିତି କିଛି ପ୍ରମାଣ ନାହିଁ। ତମେ ତ ନିଜେ ସିଆନାଇଡ୍ ପିଲ୍ ଖାଇ ଆତ୍ମହତ୍ୟା କରିଛ। ହଁ, ତମେ ଏତିକି କହିପାର ଯେ, ମୁଁ ତମକୁ ସେକ୍ସ କରିଛି। ଥରେ କାହିଁକି, ବାରମ୍ବାର କରିଛି। ତୃତୀୟରେ ତମେ ମୋତେ ଏତେ ଭଲ ପାଅ ଯେ, ମୁଁ ଜାଣିଛି, ତମେ ମୋ' ବିରୋଧରେ କେବେ ବି ଯାଇ ବି ପାରିବନି। ମୋ' ଦ୍ୱାରା ପ୍ରତାରିତ ହୋଇ ମଧ୍ୟ।

ହଁ, ମୁଁ ଚାହିଁଥିଲେ, କାଲି ରାତିରେ କାହ୍ନୁପ୍ରିୟା ହୋଟେଲ୍‌ରେ ତମକୁ ସେକ୍ସ କଲାବେଳେ ସେଇଠି ତମ ତଣ୍ଟି ଚିପି ମାରି ପାରିଥା'ନ୍ତି। କିମ୍ବା ଛୁରୀ ଭୂଷି, ବନ୍ଧୁକ ମୁନରେ ତମକୁ ହତ୍ୟା କରିପାରିଥାନ୍ତି। ସେମିତି ହତ୍ୟା କରିଥିଲେ, କ'ଣ ହୋଇଥା'ନ୍ତା ପରିସ୍ଥିତି ? ପୋଲିସ ହୋଟେଲରେ ପହଞ୍ଚି ଘଟଣାର ଛାନ୍‌ଭିନ୍ କରିଥାନ୍ତା। ହୋଟେଲ ରେଜିଷ୍ଟର ଉଣ୍ଡାଳିଥାନ୍ତା। ରେଜିଷ୍ଟରରୁ ତମର ଓ ମୋ'ର ନାଁ ଦେଖି ପୋଲିସ ଆଖିବୁଜି ମୋତେ ବାନ୍ଧି ନେଇଥାନ୍ତା।

ତା'ଛଡ଼ା ମୁଣ୍ଡକୁ ଛେଚି କିମ୍ବା ତଣ୍ଟିକୁ କାଟି ତମକୁ ହତ୍ୟା କରିଥିଲେ, ତମେ ଖୁବ୍ କଷ୍ଟ ପାଇଥାନ୍ତ। ଯନ୍ତ୍ରଣାରେ ଛଟପଟ ହୋଇଥାନ୍ତ। ନିଜକୁ ବଞ୍ଚେଇବା ପାଇଁ ତମେ ପ୍ରବଳ ପ୍ରତିରୋଧ କରିଥା'ନ୍ତ। ତମ ମୋ' ଭିତରେ ଧସ୍ତାଧସ୍ତି ହୋଇଥା'ନ୍ତା। ତମେ ବଡ଼ ପାଟିରେ ଚିତ୍କାର କରିଥା'ନ୍ତ। ଲୋକେ ଜମା ହୋଇ ଯାଇଥା'ନ୍ତେ। ଏସବୁ ପାଲା ଚାଲିଥା'ନ୍ତା।

ତମକୁ ଶାନ୍ତିରେ ମରିବାକୁ ଦେବି ବୋଲି ମୁଁ ଇଚ୍ଛା କରିଥିଲି। ସେଇଆ କଲି। ତମେ ଶାନ୍ତିରେ ସ୍ୱର୍ଗକୁ ଗଲ।

ମୁଁ ପୁଣି ବି କହୁଛି, ତମେ ବଡ଼ ବୋକୀ। ମୋ' ସହ ସେକ୍ସ କଲ। ସେଥିରେ ତମର କିଛି ପ୍ରୋବ୍ଲେମ୍ ନଥିଲା କି ଅବ୍‌ଜେକ୍ସନ୍ ନଥିଲା। ଅଥଚ, ପ୍ରେଗ୍‌ନାନ୍‌ସିକୁ

ପ୍ରିଭେଣ୍ଟ କରିବା ପାଇଁ କଣ୍ଟ୍ରାସେପ୍‌ଟିଭ୍ ପିଲ୍ ଖାଇବାକୁ ବ୍ୟଗ୍ର ହୋଇ ଉଠିଲ। ମୋ' ଚାଲ୍ ବୁଝି ପାରିଲନି। ବରଂ ଗର୍ଭ ଧାରଣ କରିଥିଲେ, ମୋତେ ବ୍ଲାକ୍‌ମେଲିଂ କରିବାକୁ ତମ ପାଖରେ ସୁଯୋଗ ଥା'ନ୍ତା। ତମ ପେଟରେ ବଢୁଥିବା ଛୁଆ ମୋ'ର ବୋଲି ଦାବି କରିଥା'ନ୍ତ। ସେ ଛୁଆର ଓ ମୋ'ର ଡିଏନ୍‌ଏ ଟେଷ୍ଟ ହୋଇଥାନ୍ତା। କୋର୍ଟ କଚେରୀରେ ମାମଲା ଚାଲିଥା'ନ୍ତା।

ତମେ କଣ୍ଟ୍ରାସେପ୍‌ଟିଭ୍ ପିଲ୍ ଖାଇବାକୁ ଜିଦ୍ କଲ। ପ୍ରେଗ୍‌ନାନ୍‌ସି ଆବର୍ଟ କରିବାକୁ ବାଧ୍ୟ କଲ। ଆଉ ମୁଁ ତମକୁ କଣ୍ଟ୍ରାସେପ୍‌ଟିଭ୍ ପିଲ୍ ବଦଳରେ ସିଆନାଇଡ୍ ପିଲ୍ ଦେଲି। ହାଃ..ହାଃ...।

ମୁଁ ଯେଉଁ ପିଲ୍ ଦେଲି, ତାହା କଣ୍ଟ୍ରାସେପ୍‌ଟିଭ୍ କି ନୁହେଁ, ସାମାନ୍ୟ ଯାଞ୍ଚ ନ କରି କେମିତି ଆଖିବୁଜି ଖାଇଦେଲ ସ୍ନେହା? ତମେ ଆଉ ବା କ'ଣ କରିଥା'ନ୍ତ? ତମେ ତ ମୋ' ପ୍ରେମରେ ଅନ୍ଧୁଣୀ ପାଲଟି ଯାଇଥିଲ ନା!

ଯାହା କୁହ ସ୍ନେହା, ଜୀବନରେ କାହାକୁ ଏତେ ବିଶ୍ୱାସ ଓ ଭରସା କରିବା ଠିକ୍ ନୁହେଁ। ଏମିତି କି ତମ ଭଗବାନଙ୍କୁ ବି ନୁହେଁ। ଠକି ଯିବାର ସମ୍ଭାବନା ଥାଏ।

ତମେ ମୋର ଏକାବନତମ ଶିକାର, ସ୍ନେହା। ତମ ପୂର୍ବରୁ ତମ ଭଳି ପଚାଶ ଜଣ ସୁନ୍ଦରୀ ଝିଅଙ୍କୁ ସମାନ ଢଙ୍ଗରେ ମାରି ସାରିଲିଣି। କେହି ବି କିଛି ଜାଣି ପାରି ନାହାନ୍ତି। ଏମିତି କି ପୋଲିସ ବି ଏହାର ଟେର୍ ପାଇପାରିନି। ଏଠି ପୋଲିସ କିଛି କାମ କରନ୍ତିକି? ଆଖି ଆଗରେ ଜଣେ ହତ୍ୟା କଲେ ବି ପୋଲିସ ତାକୁ ବାନ୍ଧି ପାରିବ ନାହିଁ। କେହି ଜଣେ ଏଫ୍‌ଆଇଆର୍ ଦେବାକୁ ପୋଲିସ ଅପେକ୍ଷା କରିଥାଏ।

ତମେ ଏବେ ଭାବୁଥିବ, ମୁଁ କେଡ଼େ ଜଘନ୍ୟ! ପିଶାଚ! ରାକ୍ଷସ! ନରଖାଦକ! ତମ ଭଳି ସୁନ୍ଦରୀ ଝିଅଙ୍କ ମାଂସ ଖାଇବା ତ ମୋର ଗୋଟିଏ ନିୟମିତ ଅଭ୍ୟାସ। ତମମାନଙ୍କୁ ସେକ୍ସ କଲା ପରେ ହତ୍ୟା ନ କଲେ, ସତ କହୁଛି ସ୍ନେହା, ମୋ' ମୁଣ୍ଡ ଘୂରାଇ ଦିଏ। ମୋତେ ସବୁକିଛି ଅନ୍ଧାର ଦିଶେ।

ଏ ରୋଗ ଏବେକାର ନୁହେଁ, ସ୍ନେହା। କଲେଜରେ ପଢ଼ିଲା ଦିନୁ ଉତ୍କଟ ହୋଇଛି। ଯଦିଓ ପିଲାଦିନୁ ମୋର ଏ ରୋଗ ଥିଲା, ସେତେବେଳେ ମୁଁ କାହାକୁ ହତ୍ୟା କରିବାକୁ ସାହସ ଜୁଟାଇ ପାରି ନଥିଲି।

ସ୍କୁଲ୍‌ରେ ପଢ଼ିଲା ବେଳେ ମୁଁ ଓ ମୋର କେତେଜଣ ସାଙ୍ଗ ମିଶି ଜଣେ ଝିଅ ସାଙ୍ଗର ଫ୍ରକ୍ ଚିରି ଦେଇଥିଲୁ ଓ ତା' ସୁନା (ଯୌନାଙ୍ଗ)ରେ କାଠି ଭର୍ତ୍ତି କରି ଦେଇଥିଲୁ। ଏହି ଘଟଣାରେ ସ୍କୁଲ ମାଷ୍ଟରଠାରୁ ପ୍ରବଳ ପ୍ରହାର ଖାଇଥିଲୁ। ସେ ମାଷ୍ଟରର ବେତ ମାଡ଼ରେ ମୋ' ଦେହ ହାତର ଚମଡ଼ା ଫାଟି ପଡ଼ିଥିଲା। ସେ ନୋଳା ଚିହ୍ନ ଆଜି ଯାଏ

ବି ଅଛି। ସେତେବେଳେ ଆମେସବୁ ପିଲା ଥିଲୁ ବୋଲି ମାମଲାଟା ଏତେ ବଡ଼ ଆକାର ଧାରଣ କରିବା ପୂର୍ବରୁ ରଫାଦଫା ହୋଇ ଯାଇଥିଲା।

କଲେଜରେ ପଢ଼ିଲାବେଳେ ପ୍ରଥମ କରି ମୁଁ ଯାହାକୁ ଭଲ ପାଉଥିଲି ଏବଂ ଯାହା ସହ ପ୍ରଥମେ ସେକ୍ସ କଲି, ତାକୁ ଖାଦ୍ୟରେ ବିଷ ଦେଇ ହତ୍ୟା କଲି। ମୋର ସେତେବେଳକୁ ପ୍ଲସ୍ ଥ୍ରି ଫାଷ୍ଟ ଇୟର ଓ ସେ ଝିଅର ପ୍ଲସ୍ ଟୁ ସେକେଣ୍ଡ ଇୟର।

ହଁ, ଜାଣିବ ସ୍ନେହା, ବିଷ ପିଇ କଲେଜ ପଡ଼ିଆରେ ଦେବଦାରୁ ଗଛ ମୂଳେ ସେ ଝିଅଟି ଆରାମରେ ଶୋଇ ଯାଇଥିଲା। ପରଦିନ ତା' ସାଙ୍ଗ ସାଥୀ, ଅଧ୍ୟାପକ, ଅଧ୍ୟାପିକାମାନେ ଆସି ଜାଣିବାକୁ ପାଇଲେ, ଝିଅଟି ସୁଇସାଇଡ୍ କରିଛି। ବାସ୍, ପୋଲିସ ପହଞ୍ଚି ଡେଡ୍‌ବଡ଼ି ଉଦ୍ଧାର କରି ପୋଷ୍ଟମର୍ଟମ୍ କରିବା ପରେ ଝିଅର ଶବକୁ ତା' ଘରକୁ ପଠାଇ ଦେଲା। ମାମଲାଟା ସେଇଠୁ ଖତମ୍ ହୋଇଗଲା। ମୁଁ କିନ୍ତୁ କୌଶଳ କରି ସେ ଝିଅର ବ୍ରା, ପ୍ୟାଣ୍ଟି ଉତାରି ଆଣିଥିଲି। ସେବେଠୁ ମୋର ଏ ବ୍ରା, ପ୍ୟାଣ୍ଟି ଆଘ୍ରାଣ ରୋଗଟି ଆରମ୍ଭ ହୋଇଛି।

ମୁଁ କ'ଣ ଆଉ ଏ ରୋଗରୁ ମୁକୁଳି ପାରୁଛି ? ନା, ଆଗକୁ ମୁକୁଳି ପାରିବି ?

ହଁ, ସ୍ନେହା ଜାଣିବ, ଏହା ମଧ୍ୟରେ ମୁଁ ଅଧ୍ୟାପକ ଚାକିରି ପାଇଗଲି। ମୋ'ର ବିବାହ ବି ହୋଇଗଲା। ମାତ୍ର, ସେ ରୋଗ ମୋ' ଦେହରୁ ଓ ମନରୁ ଯାଇ ନଥିଲା।

ମୋ'ର ଏ ଅସ୍ୱାଭାବିକ ଗୁଣ ଦେଖି, ପ୍ରଥମେ ମୋ' ସ୍ତ୍ରୀ ମୋତେ ସନ୍ଦେହ କରିଥିଲା। ମୋତେ ନ ଜଣେଇ ସେ ଜଣେ ସାଇକ୍ରିଆଟିକ୍ ଡକ୍ଟରଙ୍କ ସହ ପରାମର୍ଶ କରିଥିଲା। ମୋତେ ଦିନେ ଜୋର୍ ଜବରଦସ୍ତ ସେ ଡକ୍ଟରଙ୍କ ପାଖକୁ ନେଇଗଲା। ଡକ୍ଟର ଟେଷ୍ଟ କରି ମୋତେ ସିଜୋଫ୍ରେନିଆ ରୋଗ ବୋଲି କହିଲେ। ଏହାକୁ ମୁଁ ସହ୍ୟ କରି ପାରି ନଥିଲି। ତା' ପରେ ମୁଁ ମୋ' ସ୍ତ୍ରୀକୁ ବିଷ ଦେଇ ହତ୍ୟା କରିଦେଲି। ଖେଳ ଖତମ୍। ହାଃ...ହାଃ....।

ଏହା ପରଠାରୁ ମୋର ଏ ଝିଅ ମରା ଅଭିଯାନ ଦ୍ରୁତ ହେଲା। ମୁଁ ସାଧାରଣ ବିଷ ବଦଳରେ ସିଆନାଇଡ୍‌ର ପ୍ରୟୋଗ ଆରମ୍ଭ କଲି।

ସତରେ ସ୍ନେହା, ମୁଁ କ'ଣ ସାଇକ୍ରିଆଟିକ୍ ? ତମେ କେବେ ଏମିତି କିଛି ଅନୁମାନ କରିଛ ? ଅନ୍ୟ କେହି କ'ଣ ମୋର ଏ ରୋଗ ସମ୍ପର୍କରେ ଜାଣି ନେଇଛନ୍ତି କି ?

ମୁଁ ସିଜୋଫ୍ରେନିଆ ରୋଗୀ ବୋଲି ତମେ କେବେ କ'ଣ ଜାଣି ପାରିଥିଲ ? କାହିଁ କେବେ ଏ ବିଷୟରେ ଥରୁଟିଏ ସୂଚନା ଦେଇ ନଥିଲ ତ ! ନା, ନା, ତମେ କେବେ ବି ଜାଣି ପାରି ନଥିବ। ହଣ୍ଡ୍ରେଡ୍ ପର୍ସେଣ୍ଟ ସିଓର। କାରଣ ମୋର ଏ ରୋଗ

ସମ୍ପର୍କରେ ମୋ' ସ୍ତ୍ରୀ ଓ ସେ ଡକ୍ଟର ବିନା ଆଉ ତୃତୀୟ ବ୍ୟକ୍ତି କେହି ବି ଜାଣନ୍ତି ନାହିଁ। ତା' ଛଡ଼ା ମୁଁ ବାହାରେ ଏଭଳି କିଛି ଅସ୍ୱାଭାବିକ ଆଚରଣ ପ୍ରଦର୍ଶନ କରେ ନାହିଁ। ଯାହା ଫଳରେ ଅନ୍ୟମାନେ ମୋତେ ସନ୍ଦେହ କରିବେ। କିଏ କହିଲା, ମୁଁ ଆବ୍‌ନର୍ମାଲ୍। ବାହାରକୁ ମୁଁ ବିଲ୍‌କୁଲ୍ ନର୍ମାଲ୍।

ତମେ କାହିଁକି, ତମ ଭଳି ଅନ୍ୟ ପଚାଶ ଜଣ ସୁନ୍ଦରୀ ଝିଅ ବି ମୋ' ରୋଗ ସମ୍ପର୍କରେ କିଛି ବି ଜାଣିପାରି ନାହାନ୍ତି।

ତମେ ତ ଏବେ ମରି ସ୍ୱର୍ଗକୁ ଗଲଣି। ତମ ଆଗରେ ସତ ମାନିବାରେ ମୋର ଆଉ ଦ୍ୱିଧା କାହିଁକି ? ସତ କହୁଛି ସ୍ନେହା, କୌଣସି ଝିଅର ଗଳା ଚିପି କି ମୁଣ୍ଡକୁ ଛେଚି ହତ୍ୟା କରିବାକୁ ଚେଷ୍ଟା କଲା ମାତ୍ରେ ମୋ' ହାତ ଥରିଉଠେ।

ଥରେ ତମ ଭଳି ଗୋଟିଏ ଝିଅକୁ ହୋଟେଲ୍ ରୁମ୍‌ରେ ସେକ୍ସ କଲା ପରେ, ସେ କ୍ଳାନ୍ତ ହୋଇ ଗଭୀର ନିଦ୍ରାରେ ଶୋଇ ଯାଇଥିଲା। ମୁଁ ଥରେ ଦୁଇ ଥର ତା' ଗଳା ନିକଟକୁ ହାତ ନେଇଛି, ମାତ୍ର ଭୟରେ ଫେରାଇ ଆଣିଛି। ଗଳା ଚିପି ମାରିବାକୁ ଗଲାବେଳକୁ ମୋ' ହାତ ଥରି ଉଠିଛି।

ସେହି ଦିନଠୁ ମୁଁ ସଂକଳ୍ପ କଲି, କୌଣସି ଝିଅକୁ ମୋ' ନିଜ ହାତରେ ମାରିବି ନାହିଁ। ଝିଅମାନେ ନିଜେ ନିଜେ ବିଷ ପିଇ ଆତ୍ମହତ୍ୟା କରି ମରିବେ ଏବଂ ମୋର ଈପ୍‌ସିତ ଅଭିଳାଷ ବି ପୂରଣ ହେବ।

ମୁଁ ଜଣେ କେମେଷ୍ଟ୍ରି ପ୍ରଫେସର। ତମେ ବି ତ ମୋର ଜଣେ ଛାତ୍ରୀ। ତମ ଭଳି ଏଗାର ଜଣ ଏମ୍‌ଫିଲ୍ ଛାତ୍ରୀଙ୍କୁ ସିଆନାଇଡ଼୍ ପିଲ୍ ଦେଇ ମାରିଛି। କେହି କିଛି ବି ଜାଣି ପାରିଲେନି। ତମେ କ'ଣ ଏହାର ସୁରାକ୍ ପାଇଥିଲ କି ? ପାଇ ନଥିଲ।

ତମେ ଜାଣିନ ସ୍ନେହା, ଏ ସିଆନାଇଡ଼୍‌କୁ ନେଇ ମୋର ଗବେଷଣା ଦୀର୍ଘ କୋଡ଼ିଏ ବର୍ଷର। ଡିପାର୍ଟମେଣ୍ଟ ଲାବୋରେଟୋରି ବ୍ୟତୀତ ମୋ' ଘରେ ବି ଏକ ସ୍ୱତନ୍ତ୍ର ଲାବୋରେଟୋରି କରିଛି। ସେଠି ମୁଁ ବେଶ୍ ସ୍ୱାଧୀନ ଭାବେ ରିସର୍ଚ୍ଚ କାମ କରିଥାଏ।

କୌଣସି ରାସାୟନିକ ପଦାର୍ଥରେ କାର୍ବନ୍-ନାଇଟ୍ରୋଜେନ୍‌ର କେମିକାଲ୍ ବଣ୍ଡିଂକୁ ଆମେ ସିଆନାଇଡ଼୍ ବୋଲି ବୁଝିଥାଉ।

ଯେତେବେଳେ ସିଆନାଇଡ଼୍ ଆୟନ୍ (ସି.ଏନ୍. ନେଗେଟିଭ୍) ମଣିଷ ଶରୀର ସଂସ୍ପର୍ଶରେ ଆସେ, ଖୁବ୍ ଦ୍ରୁତ ଗତିରେ ରାସାୟନିକ ପ୍ରତିକ୍ରିୟା ଘଟାଏ। ଏହି ସିଆନାଇଡ଼୍ ନେଗେଟିଭ୍ ଆୟନ୍ ଏବଂ ମଣିଷ ଶରୀରରେ ଥିବା କୋଷ (ସେଲ୍)ର ମାଇଟୋକଣ୍ଡ୍ରିଆରେ ସାଇଟୋକ୍ରୋମ୍ 'ସି' ଅକ୍ସିଡେଜ୍‌ର ଆଇରନ୍ ଆଟମ୍ ସହ

କେମିକାଲ୍ ବଣ୍ଡିଂ କରି ତାହା ଶରୀରରୁ ଏନ୍‌ଜାଇମ୍ କ୍ଷରଣ ପ୍ରକ୍ରିୟାକୁ ବନ୍ଦ କରିଦିଏ। ଫଳରେ ଶରୀରରେ ସାଇଟୋକ୍ରୋମ୍ 'ସି' ଅକ୍ସିଡେଜ୍‌ର କାର୍ଯ୍ୟ ପ୍ରାୟତଃ ବନ୍ଦ ହୋଇଯାଏ। ଇଲେକ୍‌ଟ୍ରନ୍ ଟ୍ରାନ୍‌ସପୋର୍ଟ ଚେନ୍ ସିଷ୍ଟମ୍‌ରେ ଅମ୍ଳଜାନ ମଧ୍ୟକୁ ଆଉ ଇଲେକ୍‌ଟ୍ରନ୍ ପରିବହନ ହୋଇ ପାରେନା। ବିନା ଅକ୍‌ସିଜେନ୍‌ରେ ମାଇଟୋକଣ୍ଡ୍ରିଆ ଆଉ ଶକ୍ତିବାହକ ଏ.ଟି.ପି (ଆଡିନୋସିନ୍ ଟ୍ରାଇ ଫସ୍‌ଫେଟ୍) ପ୍ରସ୍ତୁତ କରିପାରେ ନାହିଁ। ଏ.ଟି.ପି. ବିନା ହାର୍ଟ୍ ଏବଂ ନର୍ଭ୍ ସେଲ୍ ଧୀରେ ଧୀରେ ମରିବାକୁ ଆରମ୍ଭ କରନ୍ତି। ଏହି ସେଲ୍‌ଗୁଡ଼ିକର ମୃତ୍ୟୁ ପ୍ରକ୍ରିୟା ଏତେ ଦ୍ରୁତ ଗତିରେ ହୁଏ ଯେ, ଗୋଟିଏ ଲୋକ ଛଟପଟ ହେବାକୁ ସମୟ ପାଏନା। କ୍ଷଣକ ମଧ୍ୟରେ ଲୋକଟି ମରିଯାଏ।

ସ୍ନେହା, ତମେ ତ ଥିଲ କେମେଷ୍ଟ୍ରିର ଏମ୍‌ଫିଲ୍ ଛାତ୍ରୀ। ମୁଁ ତମକୁ ଅଧିକ କ'ଣ ବା ବୁଝାଇବି ?

ଏ କେମେଷ୍ଟ୍ରି ପ୍ରଫେସର ବିକ୍ରମ ପାଟ୍ଟଯୋଶୀର ଖୋଳପା ଭିତରେ ଏଭଳି ଏକ ଚେହେରା ଥିଲା ବୋଲି ତମେ ଜାଣି ପାରିଥିଲ, ସ୍ନେହା ?

ଛାତ୍ର ଅବସ୍ଥାରୁ ସିଆନାଇଡ୍‌କୁ ନେଇ ମୋ' ଭିତରେ କ୍ୟୁରିସିଟି ଥିଲା। ପ୍ରଫେସର ହେବା ପରେ ଏ ରୋଗ ମୋର ଦିନକୁ ଦିନ ଉତ୍କଟ ହେଲା। ସୁନ୍ଦରୀ ଝିଅମାନଙ୍କୁ ସିଆନାଇଡ୍ ପିଲ୍ ଦେଇ ମାରିବା, ମୋର ଏକମାତ୍ର ଲକ୍ଷ୍ୟ ପାଲଟିଗଲା। ଏଣୁ ମୁଁ ପ୍ରଫେସର ବିକ୍ରମ ପାଟ୍ଟଯୋଶୀରୁ 'ସିଆନାଇଡ୍ ବିକ୍ରମ' ପାଲଟିଗଲି।

ହଁ ସ୍ନେହା, ସିଆନାଇଡ୍ ବିକ୍ରମର ଗୋଟିଏ ସ୍ୱପ୍ନ ଏବେ ବି ଅଧୁରା ଅଛି। ସହରର ଯେତେ ସୁନ୍ଦରୀ ଝିଅ ଅଛନ୍ତି, ସମସ୍ତଙ୍କୁ ସେ ସେକ୍ସ କରିବ ଓ ସେମାନଙ୍କୁ ସିଆନାଇଡ୍ ପିଲ୍ ଦେଇ ନିରବରେ ହତ୍ୟା କରିବ ଓ ସେମାନଙ୍କ ଅନ୍ତର୍ବାସ ଲୁଟି ନିଜ ଆଲମାରିରେ ସାଇତିବ।

ଜାଣିଛ ସ୍ନେହା, ଏବେ ଏବେ ମୁଁ ଜଣେ ବେଙ୍ଗଲି ଝିଅକୁ ମୋ' ପାଲରେ ଫସେଇ ସାରିଛି। ସେ ମୋର ନେକ୍ସଟ୍ ଟାର୍ଗେଟ୍। ଓ, ଚୋଖା ମାଲ୍‌ଟା ! ସରି, ସ୍ନେହା, ତମଠାରୁ କିନ୍ତୁ ସୁନ୍ଦରୀ ନୁହେଁ।

ସହରରେ ଗୋଟିଏ ଗୋଟିଏ ସୁନ୍ଦରୀ ଅବିବାହିତା ଝିଅଙ୍କ ଆତ୍ମହତ୍ୟା ଘଟଣା ଡିସିପି ଅମିତାଭଙ୍କୁ ଖୁବ୍ ଚିନ୍ତିତ କରୁଥିଲା। ଅନେକ ଅସମାହିତ ପ୍ରଶ୍ନ ଡିସିପି ଅମିତାଭଙ୍କ ମନରେ ଉଙ୍କି ମାରୁଥାଏ। ସତରେ କ'ଣ ଝିଅମାନେ ଆତ୍ମହତ୍ୟା କରୁଛନ୍ତି ?

ଏସବୁ ଆତ୍ମହତ୍ୟା ନୁହେଁ ବରଂ ବ୍ୟବସ୍ଥିତ ହତ୍ୟାକାଣ୍ଡ। ଡିସିପି ଅମିତାଭଙ୍କ ମୁଣ୍ଡ ଭିତରକୁ ଏହି ଚିନ୍ତା ପଶୁଥିଲା। ନିଶ୍ଚୟ ଏହା ପଛରେ କାହାର ସୁଚିନ୍ତିତ ବ୍ରେନ୍

ଅଛି । ଆସାମୀ ଯେତେ ଚାଲଖ ହେଲେ ବି କୌଣସି ନା କୌଣସି ପ୍ରମାଣ ଛାଡ଼ିଥିବ ନିଶ୍ଚୟ । ଡିସିପି ଅମିତାଭଙ୍କ ମୁଣ୍ଡ ଗୋଳମାଳ ହୋଇ ଯାଉଥିଲା । ଘଟଣାର ପର୍ଦ୍ଦାଫାସ୍ କରିବା ତାଙ୍କ ପାଇଁ ଗୋଟିଏ ବଡ଼ ଚ୍ୟାଲେଞ୍ଜ ପାଲଟି ଯାଇଥିଲା ।

ପ୍ରଥମତଃ, ଏ ସହରରେ କେବଳ ଝିଅମାନେ ଆତ୍ମହତ୍ୟା କରୁଛନ୍ତି । ଜଣେ ହେଲେ ବି ପୁରୁଷ ଆତ୍ମହତ୍ୟା କରିବା ଘଟଣା କାହିଁ ଏ ଯାଏ ନଜରକୁ ଆସିନି । ଯେତେଜଣ ଝିଅ ଆତ୍ମହତ୍ୟା କଲେଣି, ସମସ୍ତଙ୍କ ମୃତ ଦେହ ନଦୀକୂଳ କି ଆମ୍ବତୋଟା ମୂଳେ ଜନଗହଳିଠାରୁ ଦୂରରେ ନିକାଞ୍ଚନ ଯାଗାରୁ ମିଳିଛି । ପୋଷ୍ଟମର୍ଟମ୍ ରିପୋର୍ଟ ଅନୁଯାୟୀ, ସମସ୍ତେ ବିଷ ପିଇ ଆତ୍ମହତ୍ୟା କରିଛନ୍ତି । ସେ ପୁଣି ସିଆନାଇଡ୍ ଜନିତ । ଆହୁରି ମଧ୍ୟ ସମସ୍ତ ମୃତ ଦେହ ବିବସ୍ତ୍ର । ମୃତ ଶରୀରଗୁଡ଼ିକ ପ୍ରାୟ ଉଲଗ୍ନ ଅବସ୍ଥାରେ ନଦୀ ପଠାରେ କି ଆମ୍ବ ବଗିଚାରେ ପଡ଼ିଥାନ୍ତି । ଯଦିଓ ମୃତ ଦେହର ଆଖପାଖରେ ଏଣେତେଣେ ପୋଷାକ ପଡ଼ିଥାଏ, ମାତ୍ର ସବୁଠୁ ଆଶ୍ଚର୍ଯ୍ୟର ବିଷୟ, ସେହି ମୃତ ଝିଅମାନଙ୍କର ବ୍ରା କିମ୍ବା ପ୍ୟାଣ୍ଟି ଭଳି ଅନ୍ତର୍ବାସ ଗାଏବ ହୋଇଥାଏ ।

ଏ ଝିଅମାନଙ୍କର ଅନ୍ତର୍ବାସ ଗାଏବ ହେବା ଘଟଣା ପ୍ରଥମେ ପ୍ରଥମେ ପୋଲିସର ନଜରକୁ ଆସି ପାରି ନଥିଲା । ମାତ୍ର, ଚାରି ପାଞ୍ଚଟି ଡେଡ୍ ବଡ଼ିର ଇନ୍‌କ୍ୱେଷ୍ଟ କଲାବେଳେ ପୋଲିସକୁ ଏହାର ସୁରାକ୍ ମିଳିଲା । ଆଉ ତା' ପରଠାରୁ ପୋଲିସକୁ ଏସବୁ ଆତ୍ମହତ୍ୟା ଘଟଣା ଅଧିକ ସନ୍ଦେହଜନକ ଲାଗିଲା । ଏହା ପଛରେ ନିଶ୍ଚୟ କେହି ସାଇକୋ କିଲରର ହାତ ରହିଛି । ପୋଲିସ ଏକ ପ୍ରକାର ନିଶ୍ଚିତ ହେଲା ।

ଆହୁରି ମଧ୍ୟ ଆତ୍ମହତ୍ୟା କରୁଥିବା ସବୁ ଝିଅଙ୍କ ପୋଷ୍ଟମର୍ଟମ୍ ରିପୋର୍ଟରେ ସିଆନାଇଡ୍ ବିଷର ପ୍ରୟୋଗ ହୋଇଥିବା ଜଣାପଡ଼ିଛି । ସିଆନାଇଡ୍ ତ ଖୁବ୍ ରେଷ୍ଟ୍ରିକ୍‌ଟେଡ୍ । ଏତେ ସହଜରେ ସାଧାରଣ ମାର୍କେଟ୍‌ରେ ଏହା ମିଳି ନଥାଏ । ଏ ଝିଅମାନେ ଆତ୍ମହତ୍ୟା କରିବାକୁ କିଭଳି ଓ କେଉଁଠୁ ପାଉଛନ୍ତି ସିଆନାଇଡ୍ ?

ଏ ଝିଅମାନେ କେବେ ବି ଆତ୍ମହତ୍ୟା କରି ନ ପାରନ୍ତି । ଏହା ନିଶ୍ଚୟ ସାଇକୋ କିଲିଂ । ଡିସିପି ଅମିତାଭଙ୍କ ସନ୍ଦେହ ଦୃଢ଼ ହେଲା ।

ଡିସିପି ଅମିତାଭ୍ ତଦନ୍ତର ବିଭିନ୍ନ ଦିଗ ସମ୍ପର୍କରେ ଚିନ୍ତା କରୁଥିବାବେଳେ ଏହାରି ଭିତରେ ପୁଣି ଜଣେ ଝିଅ ବିଷ ପିଇ ଆତ୍ମହତ୍ୟା କରିଥିବାର ଖବର ପହଞ୍ଚିଲା । ଝିଅଟି ଏଥର କାଠଯୋଡ଼ି ପଠାରେ ମରି ପଡ଼ିଥିବାର ଖବର ଆସିଲା ।

ଖବର ପାଇ କମିଶନରେଟ୍ ପୋଲିସ ଘଟଣା ସ୍ଥଳରେ ପହଞ୍ଚି ଝିଅଟିର ଶବ ଉଦ୍ଧାର କରି ପୋଷ୍ଟମର୍ଟମ୍ ପାଇଁ ପଠାଇଲା । ତେବେ ଝିଅଟିର ମୃତ ଦେହ ଇନ୍‌କ୍ୱେଷ୍ଟ ହେବା ବେଳେ ତା' ପର୍ସରୁ ଗୋଟିଏ ମୋବାଇଲ୍ ପାଇଲା ପୋଲିସ । ଏହି କ୍ଷୀଣତମ

କୁଟିକୁ ନେଇ ପୋଲିସ ତା'ର ତଦନ୍ତ ଆରମ୍ଭ କଲା। ଝିଅର ପର୍ସରୁ ମୋବାଇଲ୍ ମିଳିବା ଘଟଣା ଡିସିପି ଅମିତାଭଙ୍କ ମୁଖମଣ୍ଡଳରେ ଏକ ଆଶା ସଞ୍ଚାର କଲା।

ପୂର୍ବରୁ ଆତ୍ମହତ୍ୟା କରିଥିବା କୌଣସି ଝିଅଙ୍କଠାରୁ ମୋବାଇଲ୍, ପର୍ସ କିମ୍ବା ବ୍ୟାଗ୍ ଭଳି କିଛି ବସ୍ତୁ ଉଦ୍ଧାର ହୋଇ ନଥିଲା। ଏଥର ହତ୍ୟାକାରୀ ସେ ଭୁଲ୍ କରିଦେଇଛି। ସେ ବୋଧହୁଏ ଝିଅଠାରୁ ମୋବାଇଲ୍ ଲୁଟିନେବା ଭୁଲି ଯାଇଛି। ଏହି ମୋବାଇଲ୍ ଫୋନ୍ ହିଁ ତଦନ୍ତର ଅନେକ ସାମ୍ଭାବ୍ୟ ଦିଗର ଉନ୍ମୋଚନ କରିପାରେ। ଡିସିପି ଅମିତାଭଙ୍କ ମୁହଁ କ୍ରମେ ଅଧିକ ଉଜ୍ଜ୍ୱଳ ଦିଶିଲା।

ସୌଭାଗ୍ୟକ୍ରମେ, ପୋଲିସ ତଦନ୍ତ ପରେ କାଠଯୋଡ଼ି ପଠାରେ ଆତ୍ମହତ୍ୟା କରିଥିବା ଝିଅର ପରିଚୟ ବି ମିଳିଗଲା। ସେ ଝିଅ ଥିଲା ସ୍ନେହା ମିଶ୍ର। ଘର ଆଠଗଡ଼ ଅଞ୍ଚଳରେ। ସେ ଜଣେ ଡାକ୍ତରର ଝିଅ ଥିଲା। ପଢୁଥିଲା ୟୁନିଭର୍ସିଟିରେ। ସବୁଠୁ ଆଶ୍ଚର୍ଯ୍ୟର କଥା ହେଉଛି, ଏ ଝିଅର ଅନ୍ତର୍ବାସ ବି ଗାଏବ ହୋଇ ଯାଇଥିଲା। ଆସାମୀ ନିଶ୍ଚୟ ଜଣେ ଏବଂ ସେ ଜଣେ ସାଇକୋ କିଲର। ଡିସିପି ଅମିତାଭ ନିଶ୍ଚିତ ହୋଇଗଲେ।

ମରିବାର ପୂର୍ବଦିନ ବିକ୍ରମ ନାମରେ କେହି ଜଣେ ସେ ଝିଅର ମୋବାଇଲ୍‌କୁ ଫୋନ୍ କଲ୍ କରିଥିଲା। ଆଉ ସ୍ନେହା ମଧ୍ୟ ବାରମ୍ବାର ସେହି ବିକ୍ରମକୁ ଫୋନ୍ କରିଥିଲା। ସ୍ନେହା ମିଶ୍ରର ସିଡ଼ିଆର୍ ରେକର୍ଡ଼ ଯାଞ୍ଚରୁ ଜଣାପଡ଼ିଲା ଯେ, ସେ ବିକ୍ରମ ଜଣକ ହେଉଛନ୍ତି ପ୍ରଫେସର ବିକ୍ରମ ପାଟ୍ଟଯୋଶୀ।

ପ୍ରଥମେ ପୋଲିସ ୟୁନିଭର୍ସିଟି ଆସି ପ୍ରଫେସର ବିକ୍ରମ ପାଟ୍ଟଯୋଶୀଙ୍କୁ ପଚରା ଉଚରା କରି ଫେରି ଯାଇଥିଲା। ଜଣେ ଛାତ୍ରୀ ଭାବେ ମୃତ ସ୍ନେହା ମିଶ୍ରଙ୍କୁ ହୁଏତ ପ୍ରଫେସର ପାଟ୍ଟଯୋଶୀ ଫୋନ୍ କରିଥାଇ ପାରନ୍ତି। ଏଥିରେ ସନ୍ଦେହ କରିବାର ବିଶେଷ କିଛି ଅବକାଶ ନଥିଲା। ମାତ୍ର, ପ୍ରଫେସରଙ୍କ କାର୍ଯ୍ୟକଳାପ ଡିସିପି ଅମିତାଭଙ୍କୁ ଠିକ୍‌ଠାକ୍ ଲାଗି ନଥିଲା। ଏହି ଗୋଟିଏ କାରଣକୁ ନେଇ ଜଣେ ପ୍ରଫେସରଙ୍କୁ ତ ଗିରଫ କରାଯାଇ ନ ପାରେ। ଡିସିପି ଅମିତାଭ ମନେମନେ ଚିନ୍ତା କରୁଥିଲେ।

ତା'ଛଡ଼ା ଆଜିକାଲି ଏ ପ୍ରଫେସରଗୁଡ଼ା ଅନେକ ନଖରାମୀ କରୁଥିବା ମଧ୍ୟ ନଜରକୁ ଆସୁଛି। ସମ୍ବଲପୁର ଅଞ୍ଚଳରେ କିଏ ଜଣେ ପ୍ରଫେସର ମେହେର ପାର୍ସଲ୍ ବୋମା କାଣ୍ଡ ଘଟାଇ ଦୁଇ ଜଣଙ୍କ ଜୀବନ ନେଇଛି। ମଧ୍ୟ ପ୍ରଦେଶର ଜଣେ କିଏ ପ୍ରଫେସର ନିଜ ବାପା, ମା'ଙ୍କୁ ମାରିବାକୁ ସୁପାରି ଦେଇଥିଲା। ଆଉ ଜଣେ ପ୍ରଫେସର ନିଜ ବୁଢ଼ୀ ମା'କୁ ଦଶ ମହଲା କୋଠା ଛାତରୁ କିଭଳି ତଳକୁ ଠେଲି ମାରି ଦେଇଛି; ତା'ର ଭିଡ଼ିଓ କ୍ଲିପିଂ ସୋସିଆଲ ମିଡ଼ିଆରେ ଭାଇରାଲ୍ ହୋଇଛି। ଉତ୍ତର ପ୍ରଦେଶରେ

ମଧ୍ୟ ଏଭଳି ଏକ ଘଟଣା ନଜରକୁ ଆସିଛି। ଜଣେ ପ୍ରଫେସର ନାବାଳିକାମାନଙ୍କୁ ଧର୍ଷଣ କରିବା ପରେ ହତ୍ୟା କରୁଥିଲେ। ମାନିବାକୁ ପଡ଼ିବ ଏ ପ୍ରଫେସରିଆଙ୍କ ବୁଦ୍ଧିକୁ। ଡିସିପି ଅମିତାଭଙ୍କ ମୁଣ୍ଡ ଗୋଳମାଳ ହୋଇ ଯାଉଥିଲା।

ଡିସିପି ଅମିତାଭ୍ କଟକ ସହରର ସମସ୍ତ ମେଡ଼ିକାଲ୍ ଓ କ୍ଲିନିକ୍‌ମାନଙ୍କର ମେଣ୍ଟାଲ୍ ହେଲ୍‌ଥ ବିଭାଗର ରେଜିଷ୍ଟରରୁ ସାଇକ୍ରିଆଟିକ୍ ଟ୍ରିଟ୍‌ମେଣ୍ଟ ହେଉଥିବା ରୋଗୀମାନଙ୍କର ତାଲିକା ସଂଗ୍ରହ କରିନେଲେ।

ସବୁଠୁ ଆଶ୍ଚର୍ଯ୍ୟ କଲାଭଳି ଘଟଣା ହେଉଛି, କଟକ ଏସ୍‌ସିବି ମେଡ଼ିକାଲ୍ କଲେଜର ପେସେଣ୍ଟ ରେଜିଷ୍ଟର ତାଲିକାରେ ପ୍ରଫେସର ବିକ୍ରମ ପାଟଯୋଶୀଙ୍କ ନାଁ ଥିଲା। ଏ ହତ୍ୟାକାଣ୍ଡ ଘଟଣାରେ ଡିସିପି ଅମିତାଭଙ୍କୁ ନିଶ୍ଚିତ ହେବାକୁ ଆଉ କିଛି ବି ବାକି ନଥିଲା।

ପ୍ରଫେସର ବିକ୍ରମ ତା'ହେଲେ ସାଇକ୍ରିଆଟିକ୍ ପେସେଣ୍ଟ। ଡିସିପି ଅମିତାଭ୍ ଏକ ପ୍ରକାର ନିଶ୍ଚିତ ହୋଇଗଲେ।

ପରଦିନ ଡିସିପି ଅମିତାଭ ଏସ୍‌ସିବି ମେଡ଼ିକାଲ୍ କଲେଜର ପ୍ରଖ୍ୟାତ ମାନସିକ ରୋଗ ବିଶେଷଜ୍ଞ ଡାକ୍ତର ପ୍ରକାଶ ମହାପାତ୍ରଙ୍କ ସହ କଥା ହେବା ପରେ ପ୍ରଫେସର ବିକ୍ରମଙ୍କ ସମ୍ପର୍କରେ ଜାଣି ପାରିଲେ। ସେ ନିଶ୍ଚିତ ହୋଇଗଲେ ଯେ, ହତ୍ୟାକାରୀ ହେଉଛି ପ୍ରଫେସର ବିକ୍ରମ ପାଟଯୋଶୀ।

ଦୁଇଦିନ ପରେ ପୋଲିସ ୟୁନିଭର୍ସିଟିରୁ ପ୍ରଫେସରଙ୍କୁ ସିଧା ଉଠାଇ ଆଣିଲା। ପୋଲିସର ଇଣ୍ଟେରୋଗେସନ୍ ପରେ ପ୍ରଫେସର ବିକ୍ରମ ସବୁକିଛି ମାନି ଯାଇଥିଲା।

ପରେ ପୋଲିସ ଗଣମାଧ୍ୟମକୁ ଡାକି ସୂଚନା ଦେଇଥିଲା, ପ୍ରଫେସର ବିକ୍ରମ ପାଟଯୋଶୀ ଜଣେ ସାଇକୋ କିଲର। ସେ ଜଣେ ସିରିଏଲ୍ କିଲର। ଏ ଖବର ଝଡ଼ ବେଗରେ ଖେଳି ଯାଇଥିଲା।

ବିକ୍ରମ ପାଟଯୋଶୀ ଝିଅମାନଙ୍କ ସହ ଯୌନ ସମ୍ପର୍କ ରଖିବା ପରେ ସେମାନଙ୍କୁ ଗର୍ଭ ନଷ୍ଟ କରିବାକୁ ପ୍ରବର୍ତ୍ତାଇଥାଏ। ଏଣୁ ସେ କଣ୍ଟ୍ରାସେପ୍‌ଟିଭ୍ ପିଲ୍ ବଦଳରେ ସିଆନାଇଡ୍ ପିଲ୍ ଦେଇ ମାରିଥାଏ।

ସବୁଠୁ ବଡ଼ କଥା ହେଲା, ପ୍ରଫେସର ବିକ୍ରମ ପାଟଯୋଶୀ ଝିଅମାନଙ୍କୁ ସିଆନାଇଡ୍ ପିଲ୍ ଦେବା ପୂର୍ବରୁ ସେମାନଙ୍କୁ ନଦୀ କୂଳକୁ କିମ୍ବା କୌଣସି ନିଛାଟିଆ ନିର୍ଜନ ଅଞ୍ଚଳକୁ ଡାକି ନେଇଥାଏ। ସେଠି ଲୋକବାକ ନଥିବାର ସୁଯୋଗ ନେଇ ପ୍ରେମ ଗପ କରେ, ଅନ୍ତରଙ୍ଗ ଆଳାପ ଜମାଏ ଓ ଏହି ସୁଯୋଗରେ ସିଆନାଇଡ୍ ପିଲ୍ ଖାଇବାକୁ ଦେଇ ତୁରନ୍ତ ସେଠାରୁ ଖସି ଚାଲିଆସେ।

ସିଆନାଇଡ୍ ପିଲ୍ ଖାଇବା ମାତ୍ରେ ହିଁ ଝିଅମାନେ ସେଠି ଟଳି ପଡ଼ନ୍ତି। ଏହାର ସୁଯୋଗରେ ପ୍ରଫେସର ଝିଅମାନଙ୍କୁ ଉଲଗ୍ନ କରି ସେମାନଙ୍କର ଅନ୍ତର୍ବାସକୁ ଅତି ଯତ୍ନର ସହ ଖୋଲି ନେଇ ଆସେ। ଏଣୁ ଆତ୍ମହତ୍ୟା କରିଥିବା ଝିଅମାନଙ୍କୁ ଏହି କାରଣରୁ ଉଲଗ୍ନ ଅବସ୍ଥାରେ ପଡ଼ିଥିବା ଦେଖିବାକୁ ମିଳିଥାଏ।

ଚଢ଼ାଉ ପରେ ବିକ୍ରମ ପାଟଯୋଶୀର ପଢ଼ା ଘରେ ଥିବା ଏକ ଆଲମାରିରୁ ଝିଅମାନଙ୍କର ଅନ୍ତର୍ବାସ ଜବତ କରିଥିଲା ପୋଲିସ। ତା'ଲାବୋରେଟୋରିରୁ ଅନେକ ସିଆନାଇଡ୍ ପିଲ୍, କେମିକାଲ୍ସ, ଝିଅମାନଙ୍କର ପ୍ରେମ ଚିଠି ଏବଂ ଏକ ଡାଇରୀ ପୋଲିସ ଉଦ୍ଧାର କଲା।

ଏ ଡାଇରୀରୁ ହିଁ ପ୍ରଫେସରଙ୍କ ଜଘନ୍ୟ କାଣ୍ଡର ସବୁ ଗୁମର ଫିଟି ଯାଇଥିଲା।

ପ୍ରକୃତରେ ସହରରେ ଝିଅମାନେ ଆତ୍ମହତ୍ୟା କରୁ ନଥିଲେ। ସେମାନଙ୍କୁ ହତ୍ୟା କରାଯାଉଥିଲା। ସେ ହତ୍ୟାକାରୀ ଥିଲେ ପ୍ରଫେସର ବିକ୍ରମ ପାଟଯୋଶୀ ଓରଫ୍ ସିଆନାଇଡ୍ ବିକ୍ରମ।

ଡାଇରୀର ପୃଷ୍ଠା ଓଲଟାଇ ଦେଖୁଥିଲେ ଡିସିପି ଅମିତାଭ। ଇସ୍, କେଡ଼େ ଜଘନ୍ୟ ଏ ପ୍ରଫେସର୍!

କଙ୍କାଳ

କହିଲି ପରା, ତୁମ ମା' ସେ ଲୋକଟା ସହ କୁଆଡ଼େ ପଳେଇଛି। ତାକୁ ବାହା ହୋଇ ତା' ସହ ରହୁଛି। କାହିଁକି ମୋତେ ବାରମ୍ବାର ଡିଷ୍ଟର୍ବ କରୁଛ ?

ଇନିସ୍‌ପେକ୍ଟର-ଇନ୍-ଚାର୍ଜ ଏହା କହି ଫାଇଲ୍ ଉପରେ ଆଖି ଘୂରାଇ ନେଉଥିଲେ। ବାଘୁଆ ନିଶ ଉପରେ ହାତ ସାଉଁଳୁ ସାଉଁଳୁ ଇନିସ୍‌ପେକ୍ଟର କହିଲେ, ତୁମେ କାଲି ମୋ' ରେସ୍‌କୁ ଆସ। ସେଠି ନିରୋଳାରେ ବସି କଥା ହେବା। ଏଡ଼େ ବଡ଼ଘରେ ମୋର କେହି ବି ନାହାନ୍ତି। ମୁଁ ଏକା। ଫାମିଲି ତ ଭୁବନେଶ୍ୱରରେ। ତୁମେ ଆମ କଥା ବୁଝିଲେ, ଆମେ ତୁମ କଥା ବୁଝିବା। ତୁମ ମା'ଙ୍କୁ ଖୋଜି ଆଣିବା। ସେ ଶଳାଟାକୁ ବି ଜେଲ୍‌ରେ ପୂରାଇଦେବା। ଯାହା ସହ ତୁମ ମା' ଫେରାର୍ ହୋଇଯାଇଛି ମ ! ସେହି ଟୋକାଟାକୁ ବହେ ଛେଚି ତା' ହାତଗୋଡ଼ ଭାଙ୍ଗିଦେଲେ ବାଟକୁ ଆସିଯିବ ପୁଅ। କାଲି ରେସ୍‌କୁ ଆସ, ହଁ।

ନବନୀତା କହିଲା, ମୁଁ ବୁଝି ପାରିଲିନି ସାର୍। 'ଆମ କଥା ବୁଝିଲେ ତୁମ କଥା ବୁଝିବୁ ମାନେ ?

-ମାନେ ଆଉ କ'ଣ ? ତୁମ ମା' ଜଣେ ଚରିତ୍ରହୀନା। କୋଉ ଟୋକା ସହ ଫେରାର୍ ହୋଇଯାଇଛି। ଏହି ସାଧାରଣ କଥାଟା କ'ଣ ବୁଝି ପାରୁନାହାନ୍ତି, ମାଡ଼ାମ୍ ?

ସାର୍, ମୋତେ ବିଶ୍ୱାସ କରନ୍ତୁ। ମୋ' ମା' ଆଦୌ ଚରିତ୍ରହୀନା ନୁହଁନ୍ତି। ସେ ମୋତି ଭଳି ଚକ୍‌ଚକ୍ ଓ ନିଷ୍କଳଙ୍କ। ମୁଁ ଆପଣଙ୍କ କଥାକୁ ବିଶ୍ୱାସ କରିପାରୁନି। ଯଦି ମୋ' ମା'ଙ୍କର ପର ପୁରୁଷ ସାଥୀରେ ଯିବାର ଥିଲା, ସେ କେବେଠୁ ଯାଇ ସାରନ୍ତାଣି। ପନ୍ଦର ବର୍ଷ ତଳେ ବାପା ଯେତେବେଳେ ପକ୍ଷାଘାତ ରୋଗରେ ପଡ଼ି ହଗିମୂତି ବିଛଣାରେ ଘାଣ୍ଟି ହେଉଥିଲେ ସେତେବେଳେ ଜଣେ ନିଷ୍ଠାପର

କର୍ମଯୋଗିନୀଙ୍କ ଭଳି ମୋ' ମା' ବିଛଣାରେ ପଡ଼ିଥିବା ବାପାଙ୍କର ସେବା କରି ଆସୁଥିଲେ। ଯଦି କୋଉ ପୁରୁଷ ସହ ଯିବାର ଥିଲା, ତାହା ସେ ପନ୍ଦର ବର୍ଷ ତଳୁ କରିପାରିଥା'ନ୍ତେ। ଆଉ ସେତେବେଳେ ତା'ର ବୟସ ବି ଥିଲା। ତା' ନ କରି ସେ କାହିଁକି ବୁଢ଼ୀ ବୟସରେ ପର ପୁରୁଷ ସହ ଚାଲିଯିବ? ପୁଣି ବାପାଙ୍କ ଦେହାନ୍ତ ହୋଇଯିବା ପରେ? ମୋ' ମନ କିନ୍ତୁ ଏହା ମାନୁନି। କିଛି ଗୋଟେ କରନ୍ତୁ ସାର୍। ଯେମିତି ହେଲେ ମୋ' ମାଆଙ୍କୁ ଖୋଜି ବାହାର କରନ୍ତୁ, ସାର୍।

ଗୋଟିଏ ଚରିତ୍ରହୀନା ସ୍ତ୍ରୀଲୋକ ପାଇଁ କାହିଁକି ମୋ' ପଛରେ ପଡ଼ିଛ? ବୁଢ଼ୀ ଏବେ କେଉଁଠି ଦେହସୁଖ ମେଣ୍ଟେଇବାରେ ମସଗୁଲ୍ ଥିବ। ଏଣେ ଝିଅ କହୁଛି, ତା' ମା' ଗୋଟାପଣେ ସତୀ। ପୁଣି ତାକୁ ଯେମିତି ହେଲେ ବି ଖୋଜି ଆଣି ଦିଅ। ଭଲ। ଭଲ।

ଝିଅର ନିର୍ଦ୍ଦେଶ ମାନି, ମୁଁ ଯାଇ ସେ ଚରିତ୍ରହୀନା ସ୍ତ୍ରୀଲୋକକୁ ତା' ଦ୍ୱିତୀୟ ସ୍ୱାମୀଠାରୁ ଛଡ଼ାଇ ଆଣିବି ନା କ'ଣ? ଭଲ ତ!

ପୁଲିସିଆ ଭାଷାରେ ଛିଗୁଲେଇଲା ଭଳି କହିଲେ ଇନିସ୍‌ପେକ୍ଟର।

ଇନିସ୍‌ପେକ୍ଟର-ଇନ୍-ଚାର୍ଜଙ୍କ ଏଭଳି ଅସଣ୍ଢଣା କଥା ଶୁଣି ନବନୀତାର ରକ୍ତରେ ନିଆଁ ଲାଗିଗଲା। ସେ ଚିହିଁକି ଉଠିଲା। ସେ ଆଉ ସହିପାରିଲାନି ମା'ଙ୍କ ଚରିତ୍ର ସଂହାର ଓ ନିଜ ଚରିତ୍ର ପ୍ରତି ଏଭଳି ଆକ୍ଷେପ।

ଇନିସ୍‌ପେକ୍ଟରଙ୍କ ଗାଲରେ ଶକ୍ତ ଚାପୁଡ଼ାଟିଏ କଷି ଦେଇ ଧୂମକେତୁଟିଏ ଭଳି ସିଧା ଥାନାରୁ ବାହାରିଗଲା ନବନୀତା ଏକମୁହାଁ ହୋଇ।

କାହିଁକି ଏ ପୋଲିସବାଲା ଏତେ ନିର୍ଦ୍ଦୟ କେଜାଣି? ସେମାନଙ୍କ ମନରେ ସାମାନ୍ୟତମ ଦୟାମାୟା ନଥାଏ। ନଥାଏ ବି ମଣିଷପଣିଆ। ଭୀଷଣ ବିରକ୍ତି ହୋଇଗଲା ଏ ପୋଲିସ ବିଭାଗ ଉପରେ, ନବନୀତା।

ଆଉ ସେ ଦରବୁଢ଼ା ପୋଲିସ ଇନିସ୍‌ପେକ୍ଟରଟା ମୋ' ମା'ଙ୍କୁ କହିବ ଚରିତ୍ରହୀନା! ତାକୁ ଡାକିବ ରେସ୍‌କୁ ଆସ! ଆମ କଥା ବୁଝିଲେ, ଆମେ ତମ କଥା ବୁଝିଦେବୁ! କଟାସ ଭଳି ତା' ଦେହ ଓ ଛାତିକୁ ଅନେଇ ରହିବ!

ନବନୀତା ଦୀର୍ଘଶ୍ୱାସ ଛାଡ଼ି ଠିଆ ହେଲା କୋରାପୁଟରୁ ଲକ୍ଷ୍ମୀପୁରକୁ ଲମ୍ବିଥିବା ପତଳା ପିଚୁ ରାସ୍ତା ପାର୍ଶ୍ୱରେ ଥିବା ବରଗଛ ମୂଳେ। ଅନେକ ସମୟରେ ସେଇ ବରଗଛ ହିଁ ତାକୁ ଶୀତଳ ଛାଇ ଦେଇଛି। ତା' ତଳେ ଠିଆ ହୋଇ ମନର କ୍ଲାଂତି ମେଣ୍ଟେଇବାର ପ୍ରତିଶ୍ରୁତି ପାଇଛି। କିନ୍ତୁ ପ୍ରତିଦାନରେ ବରଗଛ ତାକୁ କିଛି ବି ମାଗିନି। ସେଇଠି ସେ, ବରଗଛ ମୂଳେ ଅପେକ୍ଷା କଲା ନବନୀତା, ତା' ଗାଁକୁ ଥିବା ବସ୍ ପ୍ରତି।

କାଲେ ସେ ଦରବୁଢ଼ା, ନିଶୁଆ ଇନିସ୍‌ପେକ୍ଟରଟା ତାକୁ ପିଛା କରୁଛି କି ? ଏହା ସନ୍ଦେହ କରି ନବନୀତା ବାରମ୍ବାର ଥାନା ଆଡ଼କୁ ଫେରି ଚାହୁଁଥାଏ । ପୁଣି ଆଗକୁ ବସ୍ ଆଡ଼େ ଚାହୁଁଥାଏ । ମାତ୍ର, ଇନିସ୍‌ପେକ୍ଟରଟି ତାକୁ ପିଛା କରୁନାହିଁ ଜାଣିପାରି ସାମାନ୍ୟ ଆଶ୍ୱସ୍ତ ହେଲା ।

ଏତିକି ବେଳକୁ କୋରାପୁଟରୁ ଲକ୍ଷ୍ମୀପୁର ଅଭିମୁଖେ ଯାଉଥିବା ବସ୍‌ଟି ଆସି ସେଇ ବରଗଛ ମୂଳେ ରାସ୍ତା ଉପରେ ଠିଆ ହେଲା । ନବନୀତା ବସ୍ ଉପରକୁ ଚଢ଼ିଯାଇ ଇଂଲିଶରେ ନାଲି ରଙ୍ଗରେ ଲେଖାଥିବା 'ଲେଡ଼ିଜ୍' ସିଟ୍‌ରେ ବସି ପଡ଼ିଲା । ବସ୍‌ଟି ନିଜର ଗନ୍ତବ୍ୟ ସ୍ଥଳ ଆଡ଼େ ଛୁଟି ଚାଲିଥିଲା । ପଛରେ ଛାଡ଼ି ଆସୁଥାଏ ଡଙ୍ଗର, ଝୋଲା, ଅଳସୀ କିଆରି ଓ ପାହାଡ଼ ଉପରେ ଖରା-ଛାଇର ଖେଳ । ଏହା ସତ୍ତ୍ୱେ ନବନୀତା ମନରେ ଘୃଣା, ଭୟ ଓ ଆତଙ୍କର ଏକ ରାସାୟନିକ ପ୍ରତିକ୍ରିୟା ସୃଷ୍ଟି ହେଉଥିଲା ।

ଘରକୁ ଫେରିଲେ ପୁଣି ସେହି ଦୁଃଖ । ସେହି ଭଙ୍ଗା ଚାଳ ଛପର ଘର ଭିତରେ ଗୋଟିଏ ଅନିଶ୍ଚିତ ଭବିଷ୍ୟତ ତାକୁ ଅପେକ୍ଷା କରିଥିବ । ଗୋଟିଏ ଗରିବ ପରିବାରର ବଡ଼ ଝିଅ ହେବାର ଦୁଃଖରେ ସେ ସବୁବେଳେ ଭାଙ୍ଗି ପଡୁଥାଏ । ତଥାପି ଚାଲୁଥାଏ । ଥକି ପଡୁ ନଥାଏ ।

ପକ୍ଷାଘାତ ରୋଗରେ ପୀଡ଼ିତ ବାପା, ଜୀବନ ସଂଗ୍ରାମରେ ହାରିଯାଇ ପରଲୋକକୁ ଚାଲିଗଲେ । ଏ ପୋଡ଼ାମୁହିଁ ମା'ଟା ବି ଶେଷରେ ସେମାନଙ୍କୁ ଛାଡ଼ି କୁଆଡ଼େ ପଳେଇଗଲା । କେବେ ବି ଭାବିଲାନି ସେମାନଙ୍କ କଥା । ଥରେ ବି ଚିନ୍ତା କଲାନି ଗୋଟେ ବାପ ଛେଉଣ୍ଡ ପରିବାର କଥା । ଲୋକେ କହୁଛନ୍ତି, ସେ କେଉଁ ପୁରୁଷ ସହ ଚାଲି ଯାଇଛି । ଯାଉ ଯୁଆଡ଼େ । ବିରକ୍ତି ଓ ଘୃଣାରେ ତା' ମନ ବିଷାକ୍ତ ହୋଇ ଉଠିଲା ।

ମା' ନିଖୋଜ ହେବା ଆଜିକୁ ସପ୍ତାହେ ବିତିଲାଣି । ଏ ଯାଏ କୌଣସି ଖୋଜଖବର ମିଳିପାରିଲା ନାହିଁ । ବନ୍ଧୁବାନ୍ଧବ ଘରଠୁ ଆରମ୍ଭ କରି ଛକବଜାର ସବୁଠୁ ବୁଲି ଆସିଲାଣି ସେ । ମାତ୍ର, କିଛି ବି ସନ୍ଧାନ ମିଳିଲା ନାହିଁ ।

ନବନୀତାର ନିଜ ମା' ପ୍ରତି ଅଭିମାନ ହେଲା । ବାପାଙ୍କ ପ୍ରତି ଅଭିମାନ ହେଲା । ଏପରି ଅସହାୟ ଅବସ୍ଥାରେରେ ସେମାନଙ୍କୁ ଅଧା ବାଟରେ ଛାଡ଼ି ସ୍ୱାର୍ଥପରଙ୍କ ଭଳି ବାପା, ମା' କେମିତି ଯାଇପାରିଲେ ?

ସତରେ କ'ଣ ମା' ସେ ବିଶିଆ କକେଇଙ୍କ ସହ ଚାଲି ଯାଇଛି ? ଚମ୍‌କି ପଡ଼ିଲା ନବନୀତା । ତା' ନାକ ଦେଇ ଗୋଟିଏ ଦୀର୍ଘଶ୍ୱାସ ବାହାରକୁ ଚାଲିଗଲା ।

ବାପା, ମା' ଛେଉଣ୍ଡ ଦୁଇଟି ପିଲାଙ୍କୁ ନେଇ କେମିତି ଚଳାଇବ ସେ ପରିବାର ? କେମିତି ସେ ଯୁଝିବ ନିଜ ବର୍ତ୍ତମାନ ସହ। କେମିତି ଗଢ଼ିବ ନିଜର ଭବିଷ୍ୟତ ? ଅନେକ ଆହ୍ୱାନ ଏବେ ତା' ସାମ୍ନାରେ। ଏ ସମସ୍ତ ଚିନ୍ତା ଏକା ସାଙ୍ଗରେ ନବନୀତାର ମୁଣ୍ଡକୁ ଘୂରାଇ ଦେଲା। ତଥାପି ଛାତିକୁ ପଥର କରିବାକୁ ହେବ; ଆହ୍ୱାନକୁ ସାମ୍ନା କରିବାକୁ ହେବ; ନବନୀତା ଭଲଭାବେ ବୁଝି ସାରିଥିଲା।

ତା' ମା' ଅପହରଣକାରୀଙ୍କୁ ଧରିବାକୁ ହେବ। ଏ କାମ ତାକୁ ହିଁ କରିବାକୁ ହେବ। କିଏ ତାକୁ ସାହାଯ୍ୟ କରିବ ? ପୋଲିସବାଲା ତ କିଛି ଶୁଣୁନାହାନ୍ତି। ଓଲଟି ଅପମାନିତ କରି ଥାନାରୁ ବିଦା କରିଦେଉଛନ୍ତି।

ଦିନେ ନବନୀତାର ଦେଖାହେଲା, ଶଶାଙ୍କ ଶେଖରଙ୍କ ସହ କୋରାପୁଟରେ। ଶଶାଙ୍କ ଶେଖର ଜେଏନ୍‌ୟୁରୁ ଏମ୍‌ଫିଲ୍ ସାରି ଏବେ କୋରାପୁଟରେ ଗୋଟିଏ ଏନ୍‌ଜିଓ ସଂସ୍ଥାରେ କାର୍ଯ୍ୟ କରୁଥାଏ। ସେ ନବନୀତାର ପିଲା ଦିନର ସାଙ୍ଗ। ନବନୀତାର ଗାଁ ପାଖରେ ତା' ଘର। ନବନୀତାର ଏଭଳି ଦୁର୍ଦ୍ଦଶା ଦେଖି ଶଶାଙ୍କ ଶେଖର ତାକୁ ତାଙ୍କ ଏନ୍‌ଜିଓ ସଂସ୍ଥାରେ ଭର୍ତ୍ତି କରି ଦେଇଥିଲା। ଏନ୍‌ଜିଓ ସଂସ୍ଥାରେ ଚାକିରି ପାଇବା ପରେ ନବନୀତା ଏବେ ଅନେକ ପରିମାଣରେ ଆଶ୍ୱସ୍ତ। ପରିବାର ବି ଯଥାକଥା ଚାଲିଛି। ସାନ ଭାଇ ପାଠ ପଢୁଛି। ନିଜେ ବି ଆଇପିଏସ୍ ପାଇଁ ପ୍ରସ୍ତୁତ ହେଉଛି।

ଏସବୁ ସତ୍ତ୍ୱେ ମା' ନିଖୋଜ ହେବା ଘଟଣା ତା' ମନକୁ ବାରମ୍ବାର କ୍ଷତାକ୍ତ କରୁଥାଏ। ସେ ଦରବୁଢ଼ା ନିଶୁଆ ପୋଲିସ ଇନିସ୍‌ପେକ୍ଟରଟା କହୁଛି, ତା' ମା' ଚରିତ୍ରହୀନା ! ସତରେ କ'ଣ ତା' ମା' ଚରିତ୍ରହୀନା ! ନା, ନା, ଏମିତି ନୁହେଁ ଆଦୌ।

ବାପା ଥିଲେ ଜଣେ ପୋଷ୍ଟ ପିଅନ। ଘର ଘର ବୁଲି ଚିଠି, ମନିଅର୍ଡର ଆଉ ପାର୍ସଲ ବାଣ୍ଟିବା ତାଙ୍କ କାମ। ସ୍ୱଳ୍ପ ଦରମାରେ ତଥାପି ଭଲରେ ଚାଲିଥିଲା ତାଙ୍କର ଛୋଟ ସଂସାର। ମା' ଖୁବ୍ ଖୁସି ଥିଲା ତା' ଛୋଟ ସଂସାରକୁ ନେଇ। ବେଳେବେଳେ ବାପାଙ୍କର ଅଫିସରୁ ଫେରିବା ବିଳମ୍ବ ହେଉଥିବ। ମା' ବାପାଙ୍କୁ ଅନେଇ ଅନେଇ ଅନେକ ରାତି ଯାଏ ଅନ୍ନଜଳ ସ୍ପର୍ଶ କରୁ ନଥିବେ। ସେମିତି ଉପବାସରେ ଦିନତମାମ ରହୁଥିବେ। ବାପା ଘରକୁ ଫେରିବା ପରେ ମା' ଭାତ ପରଷି ଦେଉଥିବେ। ବାପା ଖାଇ ସାରିବା ପରେ ଯାଇ ମା' ଖାଉଥିବେ। ଦିନତମାମ ସେମିତି ନିର୍ଜଳା ଉପବାସରେ ମା' ଗୋଟିଏ ମେସିନ୍ ଭଳି ଖଟୁଥିବେ। ଦିନରାତି ଖାଲି ସ୍ୱାମୀ, ପିଲାଛୁଆ ଓ ପରିବାର ଚିନ୍ତାରେ ସେ ବିଭୋର ହେଉଥିବ।

ରାତିରେ ଖାଇସାରି ଶୋଇବାକୁ ଯିବାବେଳେ ଘଣ୍ଟା ଘଣ୍ଟା ଧରି ମା' ବାପାଙ୍କ ଗୋଡ଼ ଘସି ଦେଉଥିବ। ବାପାଙ୍କ ଅଣ୍ଟା ମୋଡ଼ି ଦେଉଥିବ। ବାପାଙ୍କୁ ପାନ ଭାଙ୍ଗି

ଦେଉଥିବ। ସମସ୍ତଙ୍କୁ ଖୁଆଇ ପିଆଇବା ପରେ ହାଣ୍ଡିରେ ନିଜ ପାଇଁ କିଛି ନଥିବ। ସେମିତି ପାଣି ପିଇ ସେ ଚରମ ପ୍ରଶାନ୍ତିରେ ଶୋଇ ଯାଉଥିବ। ସେଥିରେ ତା' ଆନନ୍ଦ ବହୁଗୁଣିତ ହେଉଥିବ। ମା'ମାନେ ଖାଲି ଦେଇ ପାରନ୍ତି, କେବେ କିଛି ନେଇ ଜାଣନ୍ତି ନାହିଁ। ସବୁ କିଛି ଅର୍ପଣ କରିଦେବାରେ ସେମାନଙ୍କର ଶାନ୍ତି ଥାଏ। ଏ ସତ୍ୟଟିକୁ ନିଜ ମା'ଙ୍କଠାରୁ ଜାଣି ପାରିଥିଲା ନବନୀତା। ଦୁନିଆରେ ସବୁ ମା' କ'ଣ ଏମିତି ? ମା' ପ୍ରତି ଗଭୀର କୃତଜ୍ଞତାରେ ଭରି ଯାଉଥିଲା ନବନୀତାର ମନ ଓ ହୃଦୟ। ଦିନେ ଗଭୀର ସମ୍ମାନବୋଧରେ ଭରି ଉଠୁଥିଲା, ତା' କୋମଳ ଶୈଶବ। ମଥା ନଇଁ ଯାଉଥିଲା ମା'ର ଏଭଳି ଚରମ ଉତ୍ସର୍ଗପଣରେ।

କୁଆ, କୋଇଲି ନ ରାବୁଣୁ, ମା' ବିଛଣାରୁ ଉଠି ଅଗଣାରେ ଗୋବର ପାଣି ଛିଞ୍ଚିବାଠୁ ଆରମ୍ଭ କରି ବାପାଙ୍କ ଅଫିସ ପ୍ରସ୍ତୁତି ଓ ରୋଷେଇବାସ କାମରେ ଲାଗିଥିବ। ଆମମାନଙ୍କ ପଛରେ ତା'ର ସବୁଠୁ ବେଶି ସମୟ ଯାଉଥିବ। ଆମକୁ ପ୍ରସ୍ତୁତ କରି ସ୍କୁଲ୍ ପଠେଇବାରେ ସେ ନାକେଦମ୍ ହୋଇ ପଡୁଥିବ। ତଥାପି ତା' ମୁହଁ ଚରମ ପ୍ରଶାନ୍ତିରେ ଉଜ୍ଜ୍ୱଳ ହୋଇ ଉଠୁଥିବ ମାତୃତ୍ୱର ଆଲୋକରେ।

ସେଇ ଦେବୀ ପ୍ରତିମା ମା' ପୁଣି ଜଣେ ପରପୁରୁଷ ସହ ଚାଲିଯିବ ? ଏ'କଥା କେମିତି ବିଶ୍ୱାସ କରିବ ନବନୀତା ?

ନବନୀତା ଶଶାଙ୍କ ଶେଖରକୁ ସାଥୀରେ ଧରି ମା'ଙ୍କ ନିଖୋଜ ସମ୍ପର୍କରେ କୋରାପୁଟ ଏସ୍‌ପିଙ୍କୁ ଭେଟି ଜଣାଇଲା। ଏସ୍‌ପି ସଙ୍ଗେ ସଙ୍ଗେ କୋରାପୁଟ ସଦର ଇନିସ୍‌ପେକ୍ଟର-ଇନ୍-ଚାର୍ଜଙ୍କୁ ଫୋନ୍ କରି ମାମଲା ସମ୍ପର୍କରେ ବୁଝିଲେ। ଇନିସ୍‌ପେକ୍ଟର-ଇନ୍-ଚାର୍ଜଙ୍କ ସହ କଥା ହେବା ପରେ ଏସ୍‌ପି ସେହି କଥା କହିଲେ, ଯାହା ପୂର୍ବରୁ ଇନିସ୍‌ପେକ୍ଟର କହିଥିଲେ।

ଏସ୍‌ପି କହିଲେ; ତୁମ ମା' ତାଙ୍କର ଜଣେ ପୁରୁଷ ବନ୍ଧୁଙ୍କ ସହ ନିଜ ଇଚ୍ଛାରେ ଚାଲି ଯାଇଛନ୍ତି। ଯେହେତୁ ତୁମ ମା' ସହମତି ଭିତ୍ତିରେ ଅନ୍ୟ ଜଣେ ପୁରୁଷଙ୍କୁ ବିବାହ କରିଛନ୍ତି, ଏହା ତାଙ୍କର ବ୍ୟକ୍ତିଗତ ମାମଲା। ସେଠାରେ ପୋଲିସ କ'ଣ କରିବ ? ତଥାପି ତୁମ ମା'ଙ୍କୁ ଖୋଜିବାକୁ ଆମେ ଚେଷ୍ଟା କରିବୁ।

ଏସ୍‌ପିଙ୍କଠାରୁ ମା'ଙ୍କ ଚରିତ୍ର ସମ୍ପର୍କରେ ଏଭଳି ମନ୍ତବ୍ୟ ଶୁଣି ନବନୀତାର ଆଖି ଦୁଇଟି ଛଳଛଳ ହୋଇ ଉଠିଲା। ଦୁଇ ଆଖିରୁ ଦୁଇ ଧାର ଲୁହ ଝରି ପଡ଼ିଲା।

ହଁ, ତା' ମା' ବିଶିଆ କକେଇଙ୍କ ସହ ଚାଲି ଯାଇଛି ବୋଲି ସମସ୍ତେ କହୁଛନ୍ତି। ସିଏ ବି ତ ବିଶିଆ କକେଇଙ୍କୁ ଭଲ ଭାବେ ଜାଣିଛି। ଆଉ ତା' ନିଜ ମା'କୁ ବି ଜାଣିଛି। ବିଶିଆ କକେଇ କ'ଣ ସତରେ ଏମିତି କରିଥିବେ ? ତାଙ୍କର ବି ତ ଗୋଟିଏ

ପରିବାର ଅଛି। ଶାନ୍ତି ଖୁଡ଼ୀ, ଲିପିନା, ଲିଟୁ, ମିଟୁଙ୍କ ଭଳି ଏକ ସୁଖର ସଂସାର ଛାଡ଼ି ବିଶିଆ କକେଇ ମା'ଙ୍କୁ ବିବାହ କରିବେ କାହିଁକି ? ଏକଥା ଭାବିଲା ବେଳକୁ ନବନୀତାର ମୁଣ୍ଡ ଉପରେ ଆକାଶ ଛିଣ୍ଡି ପଡୁଥିଲା ଓ ପାଦ ତଳୁ ମାଟି ଖସି ଯାଉଥିଲା।

ହଁ, ସେ ମାନୁଛି, ବାପା ଚାଲିଗଲା ପରେ ବିଶିଆ କକେଇ ତାଙ୍କ ପରିବାରକୁ ସାହାଯ୍ୟ ସହଯୋଗର ହାତ ବଢ଼େଇଥିଲେ। ରୋଗରେ ପଡ଼ିଥିବାବେଳେ ବାପାଙ୍କୁ ଅନେକବାର ମେଡ଼ିକାଲ ନେଇଛନ୍ତି। ବାପା ମୃତ୍ୟୁ ଶଯ୍ୟାରେ ପଡ଼ିଥିବାବେଳେ ତାଙ୍କୁ ସେ ନିଜେ ରକ୍ତଦାନ କରି ବଞ୍ଚେଇ ରଖିବାର ଆପ୍ରାଣ ଉଦ୍ୟମ କରିଛନ୍ତି। ବାପା ମରିଗଲା ପରେ ମା'ଙ୍କ ନାଁରେ ପେନ୍‌ସନ୍ କରେଇଦେବା ପାଇଁ ବାରମ୍ବାର ବାପାଙ୍କ ଅଫିସ ଧାଇଁଛନ୍ତି। କାଗଜପତ୍ର କାମ ସଠିକ୍ ଭାବେ କରିଛନ୍ତି।

ବିଶିଆ କକେଇ ବାପାଙ୍କୁ ବଡ଼ଭାଇ ନୁହେଁ ବରଂ ବାପା ଭଳି ଭକ୍ତି କରନ୍ତି। ଆଉ ମା'ଙ୍କୁ ବଡ଼ଭାଉଜ ନୁହେଁ ବରଂ ମା'ଠୁ ଅଧିକ ଶ୍ରଦ୍ଧା କରନ୍ତି। ବିଶିଆ କକେଇ ପିଲାଟିଏ ହୋଇଥିବାବେଳେ ମା' ତାଙ୍କୁ ବାଡ଼ି ପୋଖରୀରେ ଗାଧୋଇ ଦେବାଠାରୁ ଆରମ୍ଭ କରି ନାକରୁ ଶିଙ୍ଘାଣି ପୋଛିବା, ଗୋଡ଼ ହାତରୁ ଘା' ଧୋଇବା ଯାଏ ଯାବତୀୟ କାମ କରିଛନ୍ତି। ବିଶିଆ କକେଇ ପିଲାଦିନେ ତାଙ୍କ ମା'ଙ୍କ ପାଖରେ ନ ରହି ସବୁବେଳେ ମୋ' ମାଙ୍କ ନିକଟରେ ରହିବାକୁ ଅଳି କରିଥାନ୍ତି।

ଏ କଥା ବିଶିଆ କକେଇଙ୍କ ବୋଉ ଅର୍ଥାତ୍ ବଦନୀ ଆଇ କହନ୍ତି। ଆମେସବୁ ପିଲାଦିନେ ଏହା ଶୁଣିଥିଲୁ। ନିଜ ପୁଅଠୁ ଅଧିକ ସ୍ନେହ କରନ୍ତି ମା' ବିଶିଆ କକେଇଙ୍କୁ। ସେହି ବିଶିଆ କକେଇଙ୍କ ସହ ମା' ପଳେଇଯିବ? ଇସ୍, ଏକଥା ଆଦୌ ବିଶ୍ୱାସ କରିପାରୁ ନଥିଲା ନବନୀତା।

ଏସ୍‌ପିଙ୍କଠାରୁ ନିରାଶ ହେବାପରେ ନବନୀତା ପୋଲିସ ଡିଆଇଜି ଓ ଡିଜିଙ୍କ ପାଖକୁ ଗଲା। ବିଧାୟକ, ମନ୍ତ୍ରୀଙ୍କୁ ଦେଖାକଲା। ମାତ୍ର, ସବୁଠି ସେ ନିରାଶ ହେଲା। ସବୁଠି ତାକୁ ମିଳିଲା ଭର୍ତ୍ସନା। ସମସ୍ତେ ମା'ର ଚରିତ୍ରକୁ ନେଇ ଟିପ୍ପଣୀ ଦେଲେ।

ଯଦିଓ ଶଶାଙ୍କ ଶେଖର ନବନୀତାକୁ ସାହାଯ୍ୟ କରୁଥିଲା, ମାତ୍ର ବିଶିଆ କକେଇ ବି ଦିନେ ତାଙ୍କ ପରିବାରକୁ ଏଭଳି ସାହାଯ୍ୟ କରୁଥିଲେ। ଏହା ଭାବି ଚମ୍‌କି ପଡ଼ିଲା ନବନୀତା। କେଜାଣି, ଯାବତୀୟ ନକରାତ୍ମକ ଚିନ୍ତା ପଶୁଛି ତା' ମୁଣ୍ଡରେ। ଛିଃ। ଶଶାଙ୍କ ଶେଖର ସମ୍ପର୍କରେ ଏଭଳି ଭାବିବା ପାପ। ସେ ଜିନିୟସ। ସେ କ୍ଲିନ୍।

ଗାଁଠୁ ସହର ପର୍ଯ୍ୟନ୍ତ ସବୁଠି ଗୋଟିଏ କଥା ପ୍ରଚାର ହୋଇଯାଇଥିଲା, ତା' ମା' ବିଶ୍ୱନାଥ ଜେନା ଓରଫ ବିଶିଆ କକେଇ ସହ କୁଆଡ଼େ ପଳେଇ ଯାଇଛି। ମା'କୁ ବାହାହୋଇ ବିଶିଆ କକେଇ କୁଆଡ଼େ ଅହମ୍ମଦାବାଦରେ ରହୁଛି।

କୋରାପୁଟରେ ରହି ନବନୀତା ଆଇପିଏସ୍ ପାଇଁ ପ୍ରସ୍ତୁତି ହେଉଥିଲା। ଏଥିରେ ଶଶାଙ୍କ ଶେଖର ତାକୁ ଅନେକ ସାହାଯ୍ୟ କରୁଥିଲା। ନାନା ପ୍ରକାର ପତ୍ରିକାଠାରୁ ଆରମ୍ଭ କରି ଷ୍ଟଡ଼ି ମ୍ୟାଟେରିଆଲ୍ ଯୋଗେଇ ଦେଉଥିଲା ଶଶାଙ୍କ ଶେଖର। ଶଶାଙ୍କ ଶେଖର ବି ସିଭିଲ୍ ସର୍ଭିସ ପାଇଁ ପ୍ରିପେୟାର ହେଉଥିଲା।

ଦୀର୍ଘ ଦଶବର୍ଷ କାଳ କଠିନ ପରିଶ୍ରମ କରି ପଢ଼ାପଢ଼ି କରିବା ପରେ ଶେଷରେ ନବନୀତା ଆଇପିଏସ୍ କ୍ୱାଲିଫାଏ କଲା। ଆଉ ସମସ୍ତଙ୍କୁ ଚମ୍‌କେଇ ଦେଲା ଭଳି ସେ ଜଏନ୍ କଲା କୋରାପୁଟରେ, ଏସ୍‌ପି ଭାବେ।

ଦୀର୍ଘ କୋଡ଼ିଏ ବର୍ଷ ତଳର ତା' ମା' ନିଖୋଜ ଘଟଣା ଏହା ଭିତରେ ସମସ୍ତଙ୍କ ମନରୁ ଲିଭିଯାଇଥାଏ। ତା' ମା' ଓ ବିଶିଆ କକେଇଙ୍କୁ ନେଇ ଅପପ୍ରଚାର ଓ ଗୁଜବ ମଧ୍ୟ ଥମିଯାଇଥାଏ।

ନବନୀତା ଏସ୍‌ପି ହୋଇଯିବା ପରେ ଗାଁରୁ କେହି ଜଣେ ଫୋନ୍ କରି ଜଣାଇଲା ଯେ, ବିଶିଆ କୁଆଡ଼େ ରାତି ସମୟରେ ଗାଁକୁ ଆସୁଛି। ଘରେ ସ୍ତ୍ରୀ ଓ ପୁଅକୁ ଦେଖାକରି ପୁଣି ଚାଲି ଯାଉଛି। ବିଶିଆ ମାଲ୍‌କାନଗରି କି କାଲିମେଲା ଆଡ଼େ ବଙ୍ଗାଳୀମାନଙ୍କ ସହ ରହି ବେପାରବଣିଜ ଚଳାଇଛି। ଏକଥା ଜାଣିବା ପରେ ନବନୀତାର ପୁରୁଣା ଘା'କୁ କେହି ଜଣେ ଉଖାରି ଦେଲା ଯେମିତି।

ଏସ୍‌ପି ନବନୀତା କୋଡ଼ିଏ ବର୍ଷ ତଳର ବଡ଼ପୋଡ଼ାଲଗୁଡ଼ା ଗ୍ରାମର ବିଳାସିନୀ ଗିରି ନିଖୋଜ ମାମଲା ସମ୍ପର୍କରେ ସବିଶେଷ ବୁଝି ଜଣାଇବାକୁ କୋରାପୁଟ ସଦର ଇନିସ୍‌ପେକ୍ଟରଙ୍କୁ ନିର୍ଦ୍ଦେଶ ଦେଲେ। ବଡ଼ପୋଡ଼ାଲଗୁଡ଼ା ଗାଁର ବିଶ୍ୱନାଥ ଜେନାଙ୍କ ସମ୍ପର୍କରେ ଖୋଳତାଡ଼ କରିବାକୁ ସଦର ଥାନାଧିକାରୀଙ୍କୁ ନିର୍ଦ୍ଦେଶ ଦେଲେ। ନୂଆ ଏସ୍‌ପି କାହିଁକି କୋଡ଼ିଏ ବର୍ଷ ତଳର ବିଳାସିନୀ ଗିରି ନିଖୋଜ ଭଳି ଏକ ପୁରୁଣା ମାମଲାର ପୁନର୍ତଦନ୍ତ କରିବାକୁ ଇଚ୍ଛା କରୁଛନ୍ତି, ତାହା ବୁଝି ପାରୁ ନଥିଲେ କୋରାପୁଟ ସଦର ଇନିସ୍‌ପେକ୍ଟର। କୋଡ଼ିଏ ବର୍ଷ ତଳେ ଏ ଥାନାରେ କିଏ ଇନିସପେକ୍ଟର ଭାବେ କାର୍ଯ୍ୟ କରୁଥିଲେ, ତାହା ପ୍ରଥମେ ଜାଣିବାକୁ ପଡ଼ିବ। କୋଡ଼ିଏ ବର୍ଷ ତଳର ସେ ପୁରୁଣା ଫାଇଲ ଏବେ ଥିବ କି ନାହିଁ ତାହା ବି ସନ୍ଦେହ। ବଡ଼ ଅଡୁଆରେ ପଡ଼ିଲେ ସଦର ଇନିସପେକ୍ଟର। ବିଳାସିନୀ ଗିରି ଫାଇଲ୍ ରି ଓପନ୍ କରିବାକୁ ଥାନାର ରାଇଟର ରଘୁରାମ ପୋଡ଼ାଲଙ୍କୁ ନିର୍ଦ୍ଦେଶ ଦେଲେ। ବିଚରା ରଘୁରାମ ପୋଡ଼ାଲ୍ ଫାଇଲ ଘାଣ୍ଟିଘାଣ୍ଟି ମୁଣ୍ଡରୁ ଝାଳ ପୋଛି ନିଜ ଭାଗ୍ୟକୁ ନିନ୍ଦୁଥିଲା। ଏସ୍‌ପିଙ୍କଠାରୁ ନିର୍ଦ୍ଦେଶ ପାଇବା ପରେ ପୋଲିସ ବିଶ୍ୱନାଥ ଜେନାଙ୍କୁ ଧରିବାକୁ ଜାଲ ବିଛେଇ ଦେଇଥିଲା। ମାତ୍ର, ଦିନ କେଇଟା ପରେ କୋରାପୁଟ ପୋଲିସ ବିଶ୍ୱନାଥଙ୍କୁ ଧରିବାରେ ସକ୍ଷମ ହେଲା।

କୋଡ଼ିଏ ବର୍ଷ ତଳେ ଯେଉଁ ବିଶ୍ୱନାଥ ଜେନା ଓରଫ ବିଶିଆ କକେଇଙ୍କୁ ଧରିବାକୁ ନବନୀତା ଥାନା ବାରଣ୍ଡା ଧାଇଁ ଧାଇଁ କ୍ଳାନ୍ତ ହେଉଥିଲା ଏବଂ ଥାନା ବାବୁଙ୍କଠାରୁ ତାକୁ ବାରମ୍ବାର ଅପଦସ୍ତ ହୋଇ ଫେରିବାକୁ ପଡୁଥିଲା, ଆଜି ସେ ଏସ୍‌ପି ହେବା ପରେ ମାତ୍ର ଦୁଇଦିନ ମଧ୍ୟରେ ବିଳାସିନୀ ଗିରିର ହତ୍ୟାକାରୀକୁ ଧରିବାରେ ସଫଳ ହୋଇପାରିଲା । ଏଠି ପୋଲିସ ବ୍ୟବସ୍ଥା ଏଭଳି ଚାଲିଛି । ଘୃଣାରେ ନବନୀତାର ମନ ତିକ୍ତ ହୋଇ ଉଠୁଥିଲା ।

ପୋଲିସର ଇନ୍‌ଭେଷ୍ଟିଗେସନ୍ ଓ ଇଣ୍ଟେରୋଗେସନ ପରେ ବିଶ୍ୱନାଥ ଜେନା ଓରଫ ବିଶିଆ କକେଇ ଯାହା ସ୍ୱୀକାର କରିଥିଲା, ତାହା ଶୁଣିବା ପରେ ନବନୀତାର ମୁଣ୍ଡ ଗୋଳମାଳ ହୋଇଯାଇଥିଲା ।

ପଚାଶ ହଜାର ଟଙ୍କା ଓ ସୁନାହାର ପାଇଁ ବିଶିଆ କକେଇ ତା' ମା'ଙ୍କୁ ହତ୍ୟାକରି ମହୁଲଝରନ୍ ଜଙ୍ଗଲରେ ପୋତି ପକାଇଥିଲା ।

ବିଶିଆ କକେଇ ମା'ଙ୍କଠାରୁ କିଛି କିଛି ଟଙ୍କା ଧାର ନେଇ ଆଉ ଫେରାଇ ନଥିଲା । ବାପାଙ୍କ ପେନ୍‌ସନ୍ ଟଙ୍କାରୁ ମା' ହଜାର ହଜାର କରି ପଚାଶ ହଜାର ଟଙ୍କା ଦେଇଥିଲା ବିଶିଆ କକେଇଙ୍କୁ । ଏହା ସହିତ ସ୍ତ୍ରୀକୁ ମେଡ଼ିକାଲ ନେବ ବୋଲି ବିଶିଆ କକେଇ ମା'ଙ୍କଠାରୁ ସୁନାହାର ନେଇ ବନ୍ଧକ ରଖିଥିଲା ।

ମୋ'ର ପାଠପଢ଼ା ପାଇଁ ଟଙ୍କା ଦରକାର ପଡ଼ିବାରୁ ମା' ବିଶିଆ କକେଇଙ୍କୁ ଟଙ୍କା ଓ ସୁନାହାର ଫେରାଇବାକୁ କହିଲେ । ମାତ୍ର, ବିଶିଆ କକେଇ ମା'ଙ୍କଠାରୁ ଏହା ଶୁଣି ରାଗରେ ନିଆଁବାଣ ହୋଇଯାଇଥିଲା । ବିଶିଆ କକେଇ ମନେମନେ ଭାବିଥିଲେ, ସେ ଆଉ ଟଙ୍କା ଫେରେଇବେ ନାହିଁ । ଏଣୁ ସେ କିଛି ମାତ୍ରାରେ ହଡ଼ବଡ଼େଇ ଯାଇଥିଲେ ।

ଟଙ୍କା ନ ଫେରେଇବା ପାଇଁ ମା'କୁ ଜୀବନରେ ମାରିଦେବାକୁ ଯୋଜନା କରିଥିଲେ ବିଶିଆ କକେଇ ।

ଦିନେ ମା' ବିଶିଆ କକେଇଙ୍କ ସହ ମାମୁ ଘରକୁ ଯାଇ ଫେରୁଥା'ନ୍ତି । ବାଟରେ ପଡ଼ିଥାଏ ମହୁଲଝରନ୍ ଜଙ୍ଗଲ । ପୂର୍ବରୁ ପ୍ରସ୍ତୁତ ଯୋଜନା ଅନୁସାରେ, ବିଶିଆ କକେଇ ଗୋଟିଏ କାଠ ଫାଳିଆରେ ମା'ଙ୍କୁ ପିଟିପିଟି ମାରି ଜଙ୍ଗଲ ମଧ୍ୟରେ ପୋତି ପକାଇଥିଲେ । ତା' ପରେ ଘରକୁ ଫେରି ନିଜ ସ୍ତ୍ରୀ ଅର୍ଥାତ୍ ଶାନ୍ତି ଖୁଡ଼ୀକୁ ଘଟଣା ସମ୍ପର୍କରେ ସବୁ ଜଣାଇଥିଲେ । ବିଶିଆ କକେଇଙ୍କ ଯୋଜନା ଅନୁସାରେ, ଶାନ୍ତି ଖୁଡ଼ୀ ହିଁ ପ୍ରଥମେ ଗାଁରେ ପ୍ରଚାର କରିଥିଲା, ତା' ଗେରସ୍ତ ବିଳାସିନୀକୁ ନେଇ କେଉଁଆଡ଼େ ପଳେଇ ଯାଇଛି । ଏହା ପରେପରେ ଏଇ ଖବରଟି ସବୁଠି ରାଷ୍ଟ୍ର ହୋଇଗଲା ଯେ,

ତା' ମା' ବିଶିଆ କକେଇଙ୍କ ସହ ପଳେଇ ଯାଇଛି। ବିଶିଆ କକେଇ ନିଜକୁ ବଞ୍ଚେଇବା ପାଇଁ ଏଭଳି ଏକ ଅଭିନବ ଯୋଜନା କରିଥିଲେ।

ଯେଉଁଦିନଠାରୁ ବିଶିଆ କକେଇ ଗାଁରୁ ଫେରାର ହୋଇଯାଇଥିଲେ, ସେବେଠୁ ନବନୀତାର ମନରେ ପାପ ଛୁଉଁଥିଲା। ମାତ୍ର, ବିଶିଆ କକେଇ ମା'ଙ୍କୁ ନେଇ କୁଆଡ଼େ ପଳେଇ ଯାଇଛି ବୋଲି ଗାଁଲୋକେ ପ୍ରଚାର କରିଦେଇଥିଲେ। ସେବେଠୁ ସମସ୍ତେ ଜାଣନ୍ତି, ବିଶିଆ ସାଙ୍ଗରେ ଅନନ୍ତର ସ୍ତ୍ରୀ ବିଳାସିନୀ କୁଆଡ଼େ ପଳେଇ ଯାଇଛି।

ଅସଲ କଥା ହେଉଛି, ବିଳାସିନୀ ଗିରିକୁ ହତ୍ୟା କରି ବିଶ୍ୱନାଥ ଜେନା ତା' ନାଁରେ କଳଙ୍କ ବୋଳିବାକୁ ଚେଷ୍ଟା କରିଥିଲା। ଏ କଥା ନବନୀତା ବହୁ ଆଗରୁ ସନ୍ଦେହ କରୁଥିଲା। ମାତ୍ର, କେହି ତା' କଥାକୁ ବିଶ୍ୱାସ କରୁ ନଥିଲେ।

ବିଶ୍ୱନାଥ ଜେନା ଓରଫ ବିଶିଆ କକେଇଙ୍କଠାରୁ ଏଭଳି ଏକ ଜଘନ୍ୟ ହତ୍ୟାକାଣ୍ଡର ରହସ୍ୟ ଶୁଣିବା ପରେ କୋଡ଼ିଏ ବର୍ଷ ତଳକୁ ଫେରି ଯାଉଥିଲେ ଏସ୍‌ପି ନବନୀତା। ହତ୍ୟାକାଣ୍ଡର ଶିକାର ହୋଇଥିବା ସେ ନିରୀହ ନାରୀଟି ଆଉ କେହି ନଥିଲେ। ସେ ହିଁ ଥିଲେ ଗଙ୍ଗା ଭଳି ଶୁଦ୍ଧ ପବିତ୍ର ତା' ମା'।

ବିଚାରୀ ନିରୀହା ସ୍ତ୍ରୀଲୋକଟିକୁ ହତ୍ୟା କରିବା ପରେ ତା' ମୁଣ୍ଡରେ କଳଙ୍କର ଅଠା ବୋଳି ସେତେବେଳେ ସମାଜ କିଭଳି ପାଦ ଟେକି ନ ନାଚୁଥିଲା ସତେ!

ନବନୀତାର ମୁଣ୍ଡକୁ ପିତ୍ତ ଚଢ଼ିଗଲା। ପୋଲିସିଆ ଷ୍ଟାଇଲରେ ଗୋଟେ ଶକ୍ତ ଗୋଇଠାଟିଏ ପକାଇଲେ ଏସ୍‌ପି ନବନୀତା ବିଶ୍ୱନାଥର ପିଚାରେ। ଦଶହାତ ଦୂରରେ ଛିଟିକି ପଡ଼ିଲା ସେ ସଇତାନ ବିଶ୍ୱନାଥ ଜେନା ଓରଫ ବିଶିଆ କକେଇ।

ସେତେବେଳକୁ ନବନୀତା ଭୁଲି ଯାଇଥିଲା, ସେଇ ରାକ୍ଷସଟା ଦିନେ ତା' କକେଇ ଥିଲା!

ବିଶ୍ୱନାଥ ଜେନାର ହାତରେ ବେଡ଼ି ପକେଇ ମହୁଲଝରନ୍ ଜଙ୍ଗଲକୁ ନିଆଯାଉଥିବାବେଳେ ହଠାତ୍ ସେ ଗୋଟିଏ ଶାଳଗଛ ମୂଳେ ଅଟକିଗଲା। ତା' ପରେ ସେଇ ଶାଳଗଛ ମୂଳରୁ ମାଟି ଖୋଳା ଚାଲିଲା। ମାଟି ଖୋଳିଲା ପରେ ସେଇ ଗାତରୁ ଯେଉଁ ମଣିଷର କଙ୍କାଳଟିଏ ମିଳିଲା, ସେଇ କଙ୍କାଳ ଥିଲା, ତା' ପ୍ରିୟ ମା'ର। ମୁଣ୍ଡରୁ କ୍ୟାପ୍ ଓହ୍ଲାଇ ସେ କଙ୍କାଳ ପ୍ରତି ସାଲ୍ୟୁଟ୍ ଜଣାଇଲେ ଏସ୍‌ପି ନବନୀତା।

ଆଃ! କୋହରେ ଥରି ଉଠୁଥାଏ କାହାର ଛାତି? ଜଣେ କର୍ତ୍ତବ୍ୟନିଷ୍ଠ ଏସ୍‌ପିଙ୍କର ନା, ଜଣେ ମା'ଛେଉଣ୍ଡ ଝିଅର କୋମଳ ଛାତି!

ବିଶ୍ୱନାଥ ଜେନାକୁ ପୋଲିସ ଜିପ୍ ବୋହି ନେଉଥିଲା କୋରାପୁଟ ସର୍କଲ ଜେଲ୍ ଅଭିମୁଖେ। ■

ଦେବୀ ମିଶ୍ର ଯେବେ ଠାକୁରାଣୀ ହୁଏ

ଦୟା ନଦୀର ବିସ୍ତୀର୍ଣ୍ଣ ବାଲିପଠାରେ ସଞ୍ଜୟ ପରିସ୍ରା କରିବାବେଳେ ହଠାତ୍ ତା' ମନକୁ ଆସିଲା ଏକ ଅଦ୍ଭୁତ ଆଇଡ଼ିଆ।

ସଞ୍ଜୟ ଭାବିଲା, ତା' ପରିସ୍ରାରେ ଏ ବାଲି ଉପରେ ବି ତ ଦେବୀ ମିଶ୍ରର ନାଁ ଲେଖାଯାଇ ପାରେ।

ପ୍ରଥମ କେଇ ବୁନ୍ଦା ଗରମ ମୂତ୍ର ଜଳ ପ୍ରପାତଟିଏ ଭଳି ଢୋ ଢୋ ତଳକୁ ଖସିପଡ଼ି ବାଲୁକା ଶଯ୍ୟାରେ ଏକ ଗଭୀର ଗର୍ତ୍ତ ସୃଷ୍ଟି କରି ସାରିଥିଲା। ମାତ୍ର ସଙ୍ଗେ ସଙ୍ଗେ ସଂଜୟ ତଳକୁ ତୀବ୍ର ବେଗରେ ଖସି ପଡୁଥିବା ପ୍ରପାତତୁଲ୍ୟ ମୂତ୍ରଧାରାକୁ ଅଧାରୁ ଅଟକେଇ ଦେଲା। ତା' ପରେ ଲିଙ୍ଗରୁ ପ୍ରକ୍ଷେପିତ ପରିସ୍ରାକୁ ଏକ ପିଚକାରୀ ଭଳି ଅତି ଜୋର୍‌ରେ ସ୍ପ୍ରେ କରି ସେଇ ହାରାମୀ ଦେବୀ ମିଶ୍ରର ନାଁଟାକୁ ବାଲି ଉପରେ ଲେଖିଲା।

ଜଣେ କୁଶଳୀ ଚିତ୍ରଶିଳ୍ପୀ ଭଳି ସଞ୍ଜୟ ନିଜର ଲିଙ୍ଗକୁ ବିଭିନ୍ନ ବାଗରେ ବୁଲେଇ ବୁଲେଇ ସେହି ସ୍ତ୍ରୀ ଲୋକଟିର ସମ୍ପୂର୍ଣ୍ଣ ନାଁଟା ଲେଖିବାକୁ ବହୁ କଷ୍ଟରେ ସମର୍ଥ ହେଲା।

ଦୁର୍ଭାଗ୍ୟକୁ 'ଦେବୀ ମିଶ୍ର'; ଏହି ଚାରିଟି ଅକ୍ଷର ଶେଷ କରିବା ବେଳକୁ ସଞ୍ଜୟ ମୂତ୍ରନଳୀରୁ ମୂତ୍ର ପ୍ରାୟ ନିଶେଷ ହୋଇ ସାରିଥିଲା। ଝାଡ଼ିଝୁଡ଼ି ଶେଷ କେଇ ବୁନ୍ଦାରେ ସେ କାର୍ଯ୍ୟଟିକୁ ସମ୍ପାଦନ କଲା।

ସେଇ ହାରାମୀ ଦେବୀ ମିଶ୍ର ଉଦ୍ଦେଶ୍ୟରେ ଆଉ କିଛି ଅଶ୍ଳୀଳ ଶବ୍ଦ ଲେଖିବାକୁ ତା'ର ଇଚ୍ଛା ଥିଲା। ମାତ୍ର, ତାହା ସମ୍ଭବପର ହୋଇପାରିଲା ନାହିଁ। ମୂତ୍ରନଳୀରୁ ମୂତ୍ର ପ୍ରାୟ ଶେଷ ହୋଇଯାଇଥିଲା।

ସଞ୍ଜୟ ସହଜେ ତ ଜଣେ ଚିତ୍ରଶିଳ୍ପୀ। ପରିସ୍ରାରେ ଦେବୀ ମିଶ୍ରର ଚିତ୍ର

ଆଙ୍କିବାକୁ ତାକୁ କୋଉ କଷ୍ଟ ପଡ଼ିଥାନ୍ତା ? ଚିତ୍ର ଆଙ୍କିବାକୁ ତୂଳୀ, କାଳି ଲୋଡ଼ା । ବିନା କାଳିରେ ଚିତ୍ର କ'ଣ ସମ୍ଭବ ? ସେତେବେଳକୁ ସଞ୍ଜୟର ସବୁତକ ମୁତ ଶେଷ ହୋଇ ଯାଇଥିଲା ।

ତଥାପି ସେଦିନର ଉଭଟ କାଣ୍ଡ ସଞ୍ଜୟକୁ ଅନେକ ସମୟରେ ଭୂତ ଭଳି ଗୋଡ଼ାଏ । ଆହାଃ, ଯେବେ ସଞ୍ଜୟର ସେକଥା ମନ ପଡ଼େ, ସେ ନିଜକୁ ଦୁନିଆର ସବୁଠୁ ବଡ଼ ବୋକାଚୋଦା ଭଳି ଭାବେ । ସେତେବେଳେ ସେ ନିଜକୁ ଯୋଗିଆ କି ରାଧୁଆ କି ତା' ଭାଇ ନିଧିଆ ଭଳି ଭାବିଥାଏ ।

ଘଟଣା (ଦୁର୍ଘଟଣା !)ଟି ମନ ପଡ଼ିଲେ, ତାକୁ ଭାରି ସରମ ବି ଲାଗେ । ଲାଜରେ ତା' ମୁହଁ ଲାଲ୍ ହୋଇଯାଏ । ଆଉ ବିରକ୍ତି ବି ଲାଗେ । ଦେବୀ ମିଶ୍ରକୁ ହାଣି ଖଣ୍ଡ ଖଣ୍ଡ ପକାଇବାକୁ ଇଚ୍ଛା ହୁଏ ।

ସଞ୍ଜୟ କିନ୍ତୁ ଆଜି ପର୍ଯ୍ୟନ୍ତ ଏ ଗୋପନ କଥାକୁ କାହା ଆଗେ କହି ପାରିନି । ଓଃ, ଭାରି ଲାଜ କଥା ।

ହେଇ ଦେଖ, ଆଖି ଦୁଇଟାକୁ ମିଟିମିଟି କରି ସେ କେମିତି ଡୋଳା ଲେଉଟାଇ ଦେଲା ? ମୁଣ୍ଡ ବାଳକୁ ମୁକୁଳା କରି ପିନ୍ଧିଥିବା ଶାଢ଼ିଟାକୁ ସିଧା ଉପରକୁ ଟେକି ଦେଲା । ବରଡ଼ା ପତ୍ର ଭଳି ଦେହଟାକୁ ଥରେଇ ଥରେଇ ଉଦଣ୍ଡ ନାଚିଲା ।

ଦେବୀ ମିଶ୍ରର ଏ ବିକଟାଳ ରୂପ ଦେଖି ସଞ୍ଜୟ ବି ଭୟରେ ଥରୁଥିଲା । ତାକୁ କିଛି ବୁଦ୍ଧିବାଟ ଦିଶୁ ନଥିଲା ।

ଏତିକିବେଳକୁ ସାରା କଲୋନୀର ଲୋକେ ସେଠାରେ ଜମା ହୋଇ ସାରିଥିଲେ ।

ଦେବୀ ମିଶ୍ରର ଏଭଳି ଅଦ୍ଭୁତ କାଣ୍ଡ ଓ କିଳିକିଳା ରଡ଼ି ଦେଖି ସଞ୍ଜୟ କାଠ ହୋଇଗଲା । ଗୋଟିଏ ପଟେ ଦେବୀର ଉଗ୍ର ନରସଂହାର ରୂପରେ ସଞ୍ଜୟ ଆତଙ୍କିତ, ଅନ୍ୟ ପଟେ ଦେବୀର ଭୁବନ ମୋହନୀ ରୂପରେ ସେ ଦ୍ରବୀଭୂତ । ଇସ୍, କି ବିଚିତ୍ର କଣ୍ଟ୍ରାଡିକ୍‌ସନ ! ଦ୍ୱନ୍ଦ୍ୱର ଦୋ'ଛକିରେ ସଞ୍ଜୟ ।

ଦେବୀ ମିଶ୍ରର ବିବସ୍ତ୍ର ଦେହକୁ ଦେଖି ସଞ୍ଜୟ ପୂରା ବରଫ ହୋଇଗଲା । ଟକ୍ ଟକ୍ ଫୁଟୁଥିବା ଦେବୀ ମିଶ୍ରର ତତଲା ଦେହରେ ସଞ୍ଜୟ ଭସ୍ମ ହୋଇଗଲା । ସତରେ ଦେବୀ ମିଶ୍ରର ସେ ଉଲଗ୍ନ ରୂପ କି ଭୟଙ୍କର ! ମୋହିନୀ ବେଶ କି ଚମତ୍କାର ! ଦେବୀ ମିଶ୍ରର କାଗଜ ଭଳି ଧୋବ ଫରଫର ଛାତି, ଜଂଘ ଓ ପେଟ ସଞ୍ଜୟର ମୁଣ୍ଡ ଗରମ କରିଦେଇଥିଲା । ତା' ତଳିପେଟ ଧମ୍ ଧମ୍ କଲା । ତା' ମୁଣ୍ଡରେ କେହି ହାତୁଡ଼ିରେ ଅତି ଜୋର୍‌ରେ ପ୍ରହାର କରୁଥିଲା ।

ଆଃ, ଦେବୀ (ଦେବୀ ମିଶ୍ର)ର ସମସ୍ତ ଅଙ୍ଗପ୍ରତ୍ୟଙ୍ଗ ତ' ମଣିଷ ଭଳି ! ଆଃ...। ଇସ୍, ସେ ଦେବୀ ନୁହେଁ। ଜନ୍ମାରୁ ବି ଦେବୀ ନୁହେଁ। ସେ ମାନବୀ।

ସଞ୍ଜୟର ଦେହରେ ସେତେବେଳକୁ ଜିରୋ ଡିଗ୍ରି ସେଣ୍ଟିଗ୍ରେଡ୍ ଟେମ୍ପରେଚର। ମାନେ ସେ ଫ୍ରିଜିଂ ପଏଣ୍ଟରେ ପହଞ୍ଚି ସାରିଥିଲା। ସଞ୍ଜୟକୁ ସେତେବେଳେ ଜୋର୍ ମୂତ ମାଡୁଥିଲେ ବି ସେ ତାକୁ ଚାପିଦେଲା। ସତ କହିବାକୁ ଗଲେ, ଟେନ୍‌ସନ୍‌ରେ ମୂତିବା କାମଟିକୁ ସେ ଭୁଲି ଯାଇଥିଲା।

ଯାହା ଜଣାଗଲାଣି, ହାରାମୀ ସ୍ତ୍ରୀଲୋକଟା (ଦେବୀ ମିଶ୍ର) ଆଜି ତା'ର ସର୍ବନାଶ କରିଦେବ। ଆଗକୁ କ'ଣ ଘଟୁଛି, ସଞ୍ଜୟ ବିବ୍ରତ ହୋଇପଡ଼ିଲା। ତା' ତଣ୍ଟି ଶୁଖି ଅଠା ହୋଇଗଲା।

କାହିଁକି ଏ ଝାମେଲାରେ ମଣିଷ ପଶିଲା କେଜାଣି ? ଇସ୍, କି ବେଳାରେ ଏଇ ଦେବୀ ମିଶ୍ର ସହ ଦେଖାହେଲା ?

ତଥାପି ସଞ୍ଜୟ ମନରେ ସାହସ ସଞ୍ଚୟ କଲା। ଏବଂ ପରିସ୍ଥିତିର ଦୃଢ ମୁକାବିଲା କରିବାକୁ ଅଣ୍ଟା ଭିଡ଼ିଲା।

ନା, ଯାହା ବି ହେଉ, ସେ ଆଜି ଏ ଦେବୀଟାର ସର୍ବନାଶ କରିଦେବ। ତା'ର ସର୍ବସ୍ୱ ଲୁଟିନେବ। ହୁସ୍। ଲୁଟି ନେବାକୁ ସେ ଦେବୀ ମିଶ୍ରଟା ପାଖରେ କ'ଣ ଆଉ ବାକି ଅଛି ଯେ ? ଗୋଟିଏ ସେକେଣ୍ଡ ହ୍ୟାଣ୍ଡ ମେସିନ୍।

ଯେଉଁ ଦୁଇ ମିନିଟିଆ ସୁଖ ଟିକକ ପାଇଁ ସଞ୍ଜୟ ଏତେ ବାଟ ଆଗେଇ ଆସିଲାଣି, ଏବେ ସେ ଆଉ କ'ଣ ପଛେଇ ଯିବ ? ପଛଘୁଞ୍ଚା ନାହିଁ ବୀରର ଜାତକେ...ରେ ବାପ୍ପା !

ଯୌବନରେ ଭରା ଦେବୀ ନାମକ ଏ ଜନ୍ତୁକୁ ଏମିତି ଅବସ୍ଥାରେ ଛାଡ଼ିଦେଇ ଯିବା ମାନେ, ଭୋକିଲା ଲୋକଟି ବାସୁମତୀ ଚାଉଳର ଭାତ ଓ ଖାସି ମାଂସ ଝୋଳକୁ ଆଡ଼େଇଯିବା ଭଳି ଘଟଣା। ନାଇଁ, ଯାହା ବି ହେଉ, ସେ ଆଜି କାମ ସାରିକି ଯିବ ? ତେଣିକି ଯାହା ହେବ, ଦେଖାଯିବ।

ହେଇ ଦେଖ, ହାରାମୀଟା ପୁଣି ଉତ୍‌ପାତ ଆରମ୍ଭ କଲାଣି। ଶାଢ଼ି ଉପରକୁ ଟେକିଲାଣି। ହେ ଭଗବାନ, କାହିଁକି ଏ ଧନ୍ଦାରେ ପଶିଲା ମଣିଷ। ପଶିନି ତ ଫଶିଛି। ମରିଯାଉନୁ ରେ, ହାରାମୀ ଦେବୀ। ଦେବୀ ମିଶ୍ର।

ସଞ୍ଜୟର ଗୋଡ଼, ହାତ ଷ୍ଟିଫ୍ ହୋଇଯାଉଥିଲା। ତା' ଛାତି ଓ ତଳିପେଟ ଧଡ଼ଧଡ଼ ହେଲା। ଏଭଳି ସ୍ଥିତିରୁ ମୁକୁଳିବାକୁ ହେଲେ, ତାକୁ କି ପଦକ୍ଷେପ ନେବାକୁ ହେବ ସଞ୍ଜୟର ମୁଣ୍ଡ ଟିଣ ହୋଇଗଲା।

ଶଃ, ସୁଖ ବୋଲି ଦୁଇ ମିନିଟ୍‌ର। ତା' ପାଇଁ ଏତେ କଳାକୌଶଳ। ଗୌରଚନ୍ଦ୍ରିକା। ଜାଲ ବିଛା। ଜାଲ ପଛପଟେ ଜଗି ବସ୍। ପୁଣି ଚାରିଦିଗକୁ ସତର୍କତା ସହ ଅନେଇ ବସ୍। ଟାଇମ୍ ୱେଷ୍ଟ। ସୁଖ ଖସିଗଲେ ଗଲା। ଚିଡ଼ିଚିଡ଼ା। ବିରକ୍ତି। ଦେହ ଦୁର୍ବଳ। ମୁଣ୍ଡ ଝାଇଁ ଝାଇଁ। ଅନ୍ଧାର। ହୁସ୍।

ଏଇନେ ଦେବୀ ମିଶ୍ର ତା' ଦେହରୁ ଶାଢ଼ିଟାକୁ ଖୋଲି ଦେଇ ବାହାରକୁ ଫିଙ୍ଗିଦେଲା। ଇସ୍, କି ରୂପ ଦେବୀଙ୍କର! ତ୍ରିଶୂଳରେ ବଧ କରିଦେବ କି? ଦେ, ବଧ କରିଦେ ଏ ପିଶାଚ କାମୁକ ନର ରାକ୍ଷସକୁ।

ଲଙ୍ଗଳା ହୋଇ ଆ, ଏ ଅସୁରଟାକୁ ତୋ' ଯୋନୀ ଭିତରେ ବିସର୍ଜନ କରିଦେ। ବୁଡ଼େଇ ମାରିଦେ। ଆ, ଦେବୀ। ଦେବୀ ମିଶ୍ର। ଆଉ ବିଳମ୍ବ କରନା।

ଇସ୍, ଦେବୀ ମିଶ୍ରର ଉଲଗ୍ନ ଦେହ କ'ଣ ନ ହୋଇଛି! ଦେବୀ ମିଶ୍ର ବୟସ୍କ ହୋଇଯାଇଥିଲେ ବି ସତେଜ ଲାଗୁଥିଲା। ଆଛା, ଦେବୀମାନେ କ'ଣ ବୟସ୍କ ହୁଅନ୍ତି? ସେମାନଙ୍କର କ'ଣ ଋତୁସ୍ରାବ ହେଉଥାଏ?

ସଞ୍ଜୟର ତଳିପେଟ ବିନ୍ଧି ପକାଉଥିଲା। ଭାବୁଥିଲା, ଦେବୀ ମିଶ୍ରକୁ ଏଇନେ କୁଣ୍ଢେଇ ପକାନ୍ତା କି? ଦ୍ୱନ୍ଦ୍ୱର ଦୋ'ଛକିରେ ଠିଆ ହୋଇ ସଞ୍ଜୟ ଖାଲି ଆଉଟୁ ପାଉଟୁ ହେଉଥିଲା। ବିକଳିଆଙ୍କ ଭଳି ହେଉଥିଲା। ଖୁବ୍ ଶୀଘ୍ର କିଛି ଗୋଟେ କାମ ସାରିଦେବାକୁ ସଞ୍ଜୟ ବ୍ୟଗ୍ର ହୋଇ ଉଠୁଥିଲା। ଛାତି ଭିତରେ ଧମ୍ ଧମ୍ କରୁଥିଲା।

ମୋଟାମୋଟି କହିବାକୁ ଗଲେ, ସଞ୍ଜୟ ସେତେବେଳକୁ ପୂରା ଅସମ୍ଭାଳ ହୋଇ ପଡ଼ିଥିଲା। ସଞ୍ଜୟ କାହିଁକି; ଦେବୀ ମିଶ୍ରର ଏ ରୂପରେ ଯେ କେହି ବି ଅଥୟ ହୋଇଥା'ନ୍ତା ନିଶ୍ଚୟ।

ବେଶ୍ୟା କୋଠିରେ ପଶିଥିବା ଅବସ୍ଥାରେ ପୋଲିସ ଚଢ଼ାଉ ଖବର କାନରେ ପଡ଼ିବା ପରେ ସେଠାରୁ ଦଉଡ଼ି ପଳାଇ ପାରୁ ନଥିବା କିମ୍ବା ସେଠାରେ ନିଧଡ଼କ ନିଶ୍ଚିତରେ ରହି ପାରୁ ନଥିବା ଅବସ୍ଥା ଏବେ ସଞ୍ଜୟର। ଏକା କୁଦାକେ ଯାଇ ମେନ୍ ରୋଡ୍ ଉପରେ ଠିଆ ହୋଇଯିବକି? ନା, ଦେବୀ ମିଶ୍ରର ଶାଢ଼ି ଭିତରେ ନିଜକୁ ଲୁଚାଇ ଦେବକି?

ଦେବୀ ମିଶ୍ରର ତତଲା ଡହଡହ ରୂପ ଦେଖି ସଞ୍ଜୟ ତଥାପି ଶେଷ ଆଶା ଟିକକ ହରାଇ ନଥିଲା।

ଦେବୀ ମିଶ୍ରର ସର୍ବସ୍ୱ ଲୁଟି ପାରିବ ବୋଲି ସଞ୍ଜୟ ନିଜ ଉପରେ ବିଶ୍ୱାସ ଓ ଭରସା ରଖିଥିଲା। ସବୁ ହବା ହବା ଭଳି ଲାଗୁଛି ତ! ତା' ଭାଗ୍ୟ ତ ସେଭଳି। ସବୁ ପାଇବା ଜିନିଷକୁ ସେ ଖୁବ୍ ନିକଟରୁ ହରାଏ। ହୁସ୍। ଯାହା ହେବ ଦେଖାଯିବ।

ଇଚ୍ଛା କରିଥିଲେ ସଞ୍ଜୟ ମୁହୂର୍ତ୍ତକ ମଧ୍ୟରେ ସେଠାରୁ ଗାଏବ ହୋଇଯାଇ ପାରନ୍ତା। ମେନ୍‌ରୋଡ୍‌ରେ ଯାଇ ସବୁ ଲୋକଙ୍କ ମେଳରେ ନିଜକୁ ମିଶେଇ ଦିଅନ୍ତା। କିନ୍ତୁ ସଞ୍ଜୟ ତାହା କରୁନି।

ଦେବୀ ପୁଣି ସ୍ୱାଭାବିକ ହୋଇ ମଣିଷ ଭଳି ବ୍ୟବହାର କରିବ ଓ ସେ ତା' ଇପ୍‌ସିତ କାମଟିକୁ ସମ୍ପୂର୍ଣ୍ଣ କରିବ। ସଞ୍ଜୟର ଏଇ ଶେଷ ଆଶାଟିକକ ତଥାପି ମଉଳି ନଥାଏ।

କେମିତି ଏଠୁ ଖସିଲେ (କାମ ସାରି) ମଣିଷ ବର୍ତ୍ତିଯିବ। ସଞ୍ଜୟ ଭାଗବାନଙ୍କୁ ପ୍ରାର୍ଥନା କରୁଥାଏ। ଆଉ ଡେରି କଲା ମାନେ କଥା ପ୍ରଘଟ ହୋଇଯିବ। ଲୋକେ ଜମା ହୋଇଯିବେ। ସେ ଧରା ପଡ଼ିଯିବ। ସମାଜରେ ତା'ର ଯେଉଁ ଇନୋସେଣ୍ଟ ଚେହେରାଟିଏ ରହିଛି, ସବୁ ପଦାରେ ପଡ଼ିଯିବ।

ଗୋଟିଏ ସ୍ତ୍ରୀଲୋକର ଘରେ ପଶି, ତାକୁ ଦୁଷ୍କର୍ମ କରିଥିବାରୁ ସେ ଲୋକଙ୍କଠାରୁ ଉତ୍ତମ ମଧ୍ୟମ ବହେ ଖାଇବ। କାନ ମୁଣ୍ଡ ଆଉଁଷି ଘରକୁ ଫେରିବ କିମ୍ବା ମାମୁ ଘରକୁ ଯିବ। ଟିଭିରେ, ଖବରକାଗଜରେ ଏଡ଼େ ଏଡ଼େ ଅକ୍ଷରରେ ଖବର ବାହାରିବ। ସବୁ ଗଡ଼ବଡ଼ ହୋଇଯିବ।

ସେ ହାରାମୀ ଦେବୀ ମିଶ୍ରର ଏମିତି ଏକ ସାଂଘାତିକ୍ ବେମାର ଅଛି ବୋଲି କିଏ ଜାଣିଥିଲା କି? କିଏ ବା କେମିତି ଜାଣିବ?

ତନୁପାତଳୀ ସେଇ ଦେବୀ ବା ଦେବୀ ମିଶ୍ରଟା ଦେଖିବାକୁ ସ୍ୱର୍ଗର ଅପ୍‌ସରା ଭଳି। ପଦ୍ମ କଢ଼ୀ ଭଳି ଆଖି ଆଉ ଢଳଢଳ ନିତମ୍ବଦ୍ୱୟକୁ ଦେଖି କିଏ ବା କାହିଁକି ଅନ୍ଦାଜ ଲଗେଇବ, ଏଇ ହାରାମୀ ସ୍ତ୍ରୀଲୋକଟାର ଏତେ ଦୋଷ ଅଛି?

ଚାଳିଶି ବର୍ଷ ପୂରି ଯାଇଥିଲେ ବି କିଏ ତାକୁ ଦରବୁଢ଼ୀ କହିବ? ଆଉ ପୁଣି ଦେବୀ ଓରଫ ଦେବୀ ମିଶ୍ର ବିବାହିତା ହୋଇଥିବାରୁ ସଞ୍ଜୟ ପାଇଁ ମ୍ୟାଟରଟା ପୂରା ରିସ୍କଲେସ୍। ନା ଆବଶ୍ୟକ ପଡ଼ନ୍ତା କଣ୍ଡୋମ୍‌ର ନା ଆବର୍ସନ୍‌ର? ସୁବର୍ଣ୍ଣ ସୁଯୋଗ।

ଦେବୀ ମିଶ୍ର ବିବାହିତା। ତା' ସ୍ୱାମୀ ସାଉଦିଆରବରେ କୋଉ ପ୍ଲମ୍ବର କି ସୁପରଭାଇଜର କାମ କରେ। ଦେବୀ ମିଶ୍ର ତା' ସ୍ୱାମୀ କଥା ବେଶି କିଛି କହେନି। ଭୁବନେଶ୍ୱରର ଓଲ୍‌ଡ ଟାଉନ୍‌ରେ ଦେବୀ ମିଶ୍ରର ଘର। ଦେବୀ ମିଶ୍ରର ଅଛି ଗୋଟିଏ ସାତ ବର୍ଷର ଝିଅ। ଷ୍ଟାଣ୍ଡାର୍ଡ ୱାନ୍ କି ଟୁରେ ପଢ଼େ ସେ।

ଦେବୀ ମିଶ୍ର ଗୋଟିଏ ଅଦ୍ଭୁତ ଜନ୍ତୁ ଭଳି ସଞ୍ଜୟକୁ ମନେହୁଏ। ସମସ୍ତ ବିରୋଧାଭାସର ସମାହାର ସେ। ସେ ଦେଖିବାକୁ ଯେତିକି ଶାନ୍ତ, ସେତିକି ଉଗ୍ର। ସେ ଚାଖିବାକୁ ଯେତିକି ମିଠା, ସେତିକି ପିତା। ସେ ବୁଝିବାକୁ ଯେତିକି ସହଜ, ସେତିକି

ଦୁର୍ବୋଧ୍ୟ। ତା' ସୌନ୍ଦର୍ଯ୍ୟରେ ଯେତିକି ମଧୁ, ସେତିକି ହଳାହଳ। ସେ ବୟସ୍କା ହୋଇ ବି ତରୁଣୀ। ସେ ଅଚଳ ମହାମେରୁ, ଛଳଛଳ ଝରଣା। ସେ ସୂର୍ଯ୍ୟଙ୍କର ପ୍ରଚଣ୍ଡ ରୌଦ୍ରତାପ, ଚନ୍ଦ୍ରର ଶୀତଳ କିରଣ। ସେ ଈଶ୍ୱରୀ, ସେ ମାନବୀ। ସେ ଦେବୀ। ଦେବୀ ମିଶ୍ର।

ବିଗ୍ ବଜାର ମାର୍କେଟ୍ କମ୍ପ୍ଲେକ୍ସରେ ଦେବୀ ମିଶ୍ର ସହ ପ୍ରଥମ ଦେଖା ହୋଇଥିଲା ଖୁବ୍ ଅପ୍ରତ୍ୟାଶିତ ଢଙ୍ଗରେ। ପ୍ରଥମ ଦେଖାରେ ହିଁ ସଞ୍ଜୟ ଚିତ୍‌ପଟାଙ୍ଗ।

ଦେବୀ ସାଥୀରେ ଥିଲା ତା' ଝିଅ। ଗୋଟିଏ ପିଲାର ମା' ହୋଇ ବି ଦେବୀ ମିଶ୍ର କଲେଜ ଛାତ୍ରୀ ଭଳି ଲାଗୁଥିଲା। ନୀଳ ଶାଲୁଓ୍ୱାର, ଚୁଡ଼ି ପ୍ୟାଣ୍ଟ ପିନ୍ଧି ଦେବୀ ମିଶ୍ର ଲାଗୁଥିଲା ସବୁଜ ଓ ସତେଜ।

କଥାଟା ପ୍ରକୃତରେ ଏମିତି। ଖରାଦିନେ ବିଗ୍ ବଜାରରେ ଶୀତଳ ଏ/ସିରେ ଟାଇମ୍ ପାସ୍ କରିବାକୁ ସଞ୍ଜୟ ପ୍ରତି ସଞ୍ଜରେ ସେଠାକୁ ଯାଇଥାଏ। ଖରାଦିନେ ଭୁବନେଶ୍ୱରରେ ଯେଉଁ ଗରମ, ଗୁଳୁଗୁଳି, ଅଗ୍ନିବର୍ଷା, ସେଥିରୁ ରକ୍ଷା ପାଇବା ପାଇଁ ସଞ୍ଜୟ ଭଳି ଫୋକଡ଼ରାମ ଏଭଳି ଶୀତତାପ ନିୟନ୍ତ୍ରିତ ସପିଂମଲ୍‌କୁ ଆଶ୍ରା କରିଥାନ୍ତି। ଏଭଳି ସ୍ଥାନରେ ପ୍ରଥମେ ନିଜକୁ ପ୍ରବଳ ଗରମରୁ ରକ୍ଷା କରିହେବ ଏବଂ ଏହା ସହିତ ନାନା କିସମର ସୁନ୍ଦରୀ ଝିଅଙ୍କ ଦର୍ଶନ ମଧ୍ୟ ହୋଇପାରିବ। ଏକ ସମୟରେ କଦଳୀ ବିକା, ଠାକୁର ଦେଖା।

ସଞ୍ଜୟର ବିକଳିଆ ଆଖି ଦୁଇଟି ସପିଂମଲ୍‌ର ଝିଅଙ୍କ ଛାତି, ଜଂଘ, ବାହୁ ଓ ନିତମ୍ବ ଭଳି ଅଙ୍ଗ ସନ୍ଧାନରେ ବ୍ୟସ୍ତ ଥାଏ ଏବଂ ନାକ ସେମାନଙ୍କ ଗନ୍ଧ ଆଘ୍ରାଣ କରିବାରେ ଅଭ୍ୟସ୍ତ ଥାଏ।

ଏତିକିବେଳେ ଦେବୀ ମିଶ୍ର ସହ ଦେଖାହୁଏ ସଞ୍ଜୟର। ଦେବୀ ମିଶ୍ର ସହ ଦେଖାସାକ୍ଷାତ ବି ଗୋଟିଏ ଉପନ୍ୟାସ ଭଳି ମନେହେବ।

ସଞ୍ଜୟକୁ ଦେଖି ଦେବୀ ହସିଲା। ହସିଲା ମାନେ ଫସିଲା। ସଞ୍ଜୟର ଏଭଳି ମନେ ହେଲା। ଦେବୀ ଆଖିରେ କିଛି ଇସାରା କଲା। ଦେବୀର ସେ ହସ ଓ ଇସାରା ଥିଲା ଖୁବ୍ ଦୁର୍ବୋଧ୍ୟ। ଜଟିଳ ଗଣିତକୁ ଆଦୌ ବୁଝି ନପାରି ଜଣେ ଗଧ ଛାତ୍ର ଶିକ୍ଷକଙ୍କୁ କେବଳ ମୁଣ୍ଡ ଟୁଙ୍ଗାରିବା ଭଳି ସଞ୍ଜୟ କେବଳ ଦେବୀକୁ ଅପଲକ ଚାହାଁଣୀରେ ଚାହିଁ ରହିଲା। ଯଦିଓ କଲେଜ ଓ ୟୁନିଭର୍ସିଟିରେ ବହୁତ ସୁନ୍ଦରୀ ଓ ଅସୁନ୍ଦରୀ ଝିଅଙ୍କୁ ସଞ୍ଜୟ ଦେଖିଛି, ଚାଖିଛି ଓ ପରଖିଛି, ତେବେ ଦେବୀ ମିଶ୍ର ଭଳି ଜଣେ ବିବାହିତା ମହିଳାଙ୍କୁ ଦେଖି ସେ ଏଭଳି ବିଚଳିତ ହୋଇପଡୁଛି କାହିଁକି ?

ସ୍କୁଲ୍ ବେଳର ମୁକୁତା, କଲେଜର ପୁଷ୍ପା, ରୁକ୍ମିଣୀ ଏବଂ ୟୁନିଭର୍ସିଟିର ଡେଜି, ବେବିର ରେକର୍ଡକୁ ଭାଙ୍ଗିଦେବା ଭଳି ଦେବୀ ମିଶ୍ରର ଚେହେରା।

ସଞ୍ଜୟ ଅନ୍ୟମନସ୍କ ହୋଇ ଉଠୁଥିଲା। ତତ୍‌କ୍ଷଣାତ୍ ସଞ୍ଜୟଙ୍କୁ ଦୃଶ୍ୟ ହେଲା ଦେବୀ ଅଷ୍ଟଭୁଜା। ମୁଣ୍ଡରେ ସୁନା ମୁକୁଟ। ମଥାରେ ମଥାମଣି। ଗଳାରେ ହାର। ହାତରେ ତ୍ରିଶୂଳ, ଖଡ୍‌ଗ, ଶଙ୍ଖ, ଚକ୍ର, ଗଦା, ପଦ୍ମ ସହ ଦେବୀଙ୍କ ମୁଖମଣ୍ଡଳ ଚରମ ପ୍ରଶାନ୍ତିରେ ଝଲସି ଉଠୁଛି। କ୍ରମେ ସଞ୍ଜୟ କାନରେ ଗୁଞ୍ଜରଣ ହେଲା ମହାଷ୍ଟମୀ ଶାରଦୀୟ ପୂଜାର ମନ୍ତ୍ରପାଠ, ଯା' ଦେବୀ ସର୍ବଭୂତେଷୁ.....।

ସଞ୍ଜୟଙ୍କୁ ପୁଣି ଦୃଶ୍ୟ ହେଲା ଦେବୀର ସଂହାରକାରିଣୀ ଅବତାର। ପାପୀକୁ ବିନାଶ କରିବାର ମୁଦ୍ରାରେ ଦେବୀର ଆଖି ଦୁଇଟି ଦାଉ ଦାଉ ଜଳୁଥିଲା। ଲାଗୁଥିଲା, ଦେବୀ ମିଶ୍ରର ଦୁଇ ହାତରେ ଶକ୍ତ ଭାବେ ଧରିଥିବା ତ୍ରିଶୂଳ ସଞ୍ଜୟର ଛାତିକୁ ବିଦ୍ଧ କରିଦେବ! ଦେବୀ ଦର୍ଶନରେ ସଞ୍ଜୟ ମଗ୍ନ ହୋଇଯାଇଥିଲା।

ଦେବୀ ମିଶ୍ର ଏବେ ସଞ୍ଜୟର ଖୁବ୍ ନିକଟକୁ ଆସିଲା। ସଞ୍ଜୟ ସାଙ୍ଗରେ ହସିହସି କଥା ହେଲା। ମନେହେଲା ଯେମିତି, ଉଭୟଙ୍କର ପୂର୍ବରୁ ପରିଚୟ ଥିଲା!

ଦେବୀ ମିଶ୍ର ସଞ୍ଜୟଙ୍କୁ କହିଲା: ଗୋଟିଏ ଛୋଟିଆ ସାହାଯ୍ୟ କରିବ କି ଭାଇ!

ପ୍ରକୃତରେ ସଞ୍ଜୟ ତ ଏଭଳି ସୁଯୋଗକୁ ଅପେକ୍ଷା କରି ବସିଥିଲା। ସେ ଖୁସିରେ ଆତ୍ମହରା ହୋଇଗଲା। ତଥାପି ଏସବୁ କ'ଣ ଘଟୁଛି, ସଞ୍ଜୟ ଜାଣିବାର ସୁଯୋଗ ପାଉ ନଥିଲା।

ଅଧିକ ସପିଂ କରିଦେଇଥିବାରୁ ସେଗୁଡ଼ିକୁ ନିଜ ଘରକୁ ବୋହି ନେବା ପାଇଁ ଦେବୀ ମିଶ୍ର ଏକପ୍ରକାର ଅସହଜ ମନେ କରୁଥିଲା। ଏଣୁ ତାକୁ ଓ ତାର ଛୋଟ ଝିଅକୁ ଘରେ ନେଇ ପହଞ୍ଚାଇ ଦେବାକୁ ଦେବୀ ମିଶ୍ର ସଞ୍ଜୟଙ୍କୁ ଅନୁରୋଧ କଲା।

ଆଛା, ଦେବୀ ମିଶ୍ର ଓଲା, ଉବେର କିମ୍ବା ଅଟୋରେ ନିଜ ଘରକୁ ଯାଇ ପାରିଥାନ୍ତା ତ! ତେବେ ଦେବୀ ମିଶ୍ରର ଅନୁରୋଧ କ'ଣ ଗୋଟିଏ ବାହାନା ଥିଲା?

ସାନ ଝିଅକୁ ବାଇକ୍‌ର ଆଗରେ ବସାଇ ଦେବୀର ମୂର୍ତ୍ତିଟିକୁ ପଛରେ ଥାପନା କଲା ସଞ୍ଜୟ। ସପିଂ ଜିନିଷପତ୍ରକୁ ସାଇଡ୍ ଲକରରେ ଝୁଲାଇଦେଲା। ପଛରେ ଦେବୀ ଏବଂ ଆଗରେ ଦେବୀର ଅପତ୍ୟ (ଭବିଷ୍ୟତର ଦେବୀ!)କୁ ବସାଇ ସଞ୍ଜୟ ବାଇକ୍ ଷ୍ଟାର୍ଟ କଲା।

ଦେବୀ ମିଶ୍ରର ଛାତି ସଞ୍ଜୟର ପିଠିକୁ ଛୁଉଁଥାଏ। ସଞ୍ଜୟ ରୋମାଞ୍ଚିତ ହେଉଥାଏ। ଦେବୀର ବିସ୍ତୀର୍ଣ୍ଣ ଛାତି ଓ ଚୁମ୍ବକୀୟ ସ୍ତନ ବାରମ୍ବାର ସଞ୍ଜୟର ପିଠିକୁ ସ୍ପର୍ଶ କରୁଥାଏ। ସଞ୍ଜୟ ପୁଲକିତ ହେଉଥାଏ। ଦେବୀ ମିଶ୍ର ଏସବୁ ଜାଣିଶୁଣି କରୁଛି କି? ସଞ୍ଜୟର ମନେହେଲା। କାହିଁକି ନା, ସଞ୍ଜୟର ଏ ମ୍ୟାଟରରେ ଅଳ୍ପବହୁତ ଏକ୍ସପେରିଏନ୍‌ସ ରହିଛି। ସେ ବି ତ ପୁରୁଣା ଖେଳାଳୀ ନା!

ଏବେ କ'ଣ ଘଟୁଛି ଏବଂ ଆଗକୁ କ'ଣ ଘଟିବ, ସଞ୍ଜୟ କିଛି କିଛି ଠଉରେଇ ନେଉଥାଏ। ଇତିହାସର ଅଗଷ୍ଟସ ସିଜର, ନେପୋଲିୟନ୍ ବୋନାପାର୍ଟ୍, ଆଡ଼ଲ୍‌ଫ ହିଟ୍‌ଲର ଆଦି ହିରୋଙ୍କ ରୋମାଞ୍ଚିତ ପ୍ରେମ କାହାଣୀ ସଞ୍ଜୟର ମନ ମଧ୍ୟରେ ଉଙ୍କି ମାରୁଥାଏ।

ବାଇକ୍‌ରେ ବସି ପ୍ରଗଲ୍‌ଭ ତରୁଣୀଟିଏ ଭଳି ଦେବୀ ଗପି ଗପି ଚାଲିଥାଏ। ସଞ୍ଜୟ ହୁଁ, ହାଁ ମାରୁଥାଏ।

କିଛି ସମୟ ପରେ ସେମାନେ ଦେବୀ ମିଶ୍ରର ଘର ଅର୍ଥାତ୍ ଓଲ୍‌ଡ଼ ଟାଉନ୍‌ରେ ପହଞ୍ଚିଗଲେ। ଇରେ ବାପ୍ପା, ଦେବୀ ମିଶ୍ରର ଏତେବଡ଼ ଘର!

ବାଇକ୍‌ରୁ ଓହ୍ଲେଇ ଦେବୀ ମିଶ୍ର ଘର ଭିତରକୁ ପଶିଗଲା। ସୁନ୍ଦର ଘର। ମନ୍ଦିର ଭଳି ଘରୁ ବାସ୍ନା ଚହଟି ଉଠୁଥାଏ। କାରଣ ଦେବୀ କ'ଣ ମନ୍ଦିରରେ ନ ରହି ଘରେ ରହନ୍ତେ କି?

ଦେବୀ ମିଶ୍ର ଓ ତା' ଟିକି ଝିଅକୁ ଛାଡ଼ିଲେ ଘରେ ଆଉ କେହି ସଦସ୍ୟ ନାହାନ୍ତି। ମାତ୍ର ଦୁଇଜଣଙ୍କ ପାଇଁ ଏତେବଡ଼ ବଙ୍ଗଳା! ଏତେ ସାଜସଜା! ସଞ୍ଜୟ ମନେମନେ ଆଶ୍ଚର୍ଯ୍ୟ ହେଲା। ମନେ ମନେ ବି ଗୁଡ଼ ଖାଇଲା।

ଏ ହତାଶିଆ ସଞ୍ଜୟଟା କେମିତି ଗୋଟିଏ ନୁଆଁଣିଆ ଆଜବେଷ୍ଟସ ଘରେ କେତେ କଷ୍ଟରେ ରହୁଛି? ଭାଗ୍ୟ ବଳକୁ ବାପାଙ୍କର ଦାନ, ବାଇକ୍‌ଟିଏ ତା' ପାଖରେ ଅଛି। ହୁସ୍।

ଦେବୀ ମିଶ୍ରର ଘରେ ସେ କ'ଣ ରହି ଯାଆନ୍ତା ନି? ଘରଭଡ଼ା ଟେନ୍‌ସନ ରହନ୍ତାନି କି ଘର ମାଲିକର ଖେଚ୍‌ଖାଚ୍ ନଥାନ୍ତା। ଆଃ!

କ୍ରମେ ଆଗକୁ ଘଟିବାକୁ ଯାଉଥିବା ଏକ ସାମ୍ଭାବ୍ୟ ସୁବର୍ଣ୍ଣ ସୁଯୋଗ ସମ୍ପର୍କରେ ଭାବିଭାବି ସଞ୍ଜୟର ମନ ଘର ଧରୁ ନଥିଲା।

ଦେବୀ ମିଶ୍ର ସଞ୍ଜୟକୁ ନେଇ ସିଧା ତା' ବେଡ୍ ରୁମ୍‌ରେ ବସାଇଲା। ଚା' ବନେଇକି ଆଣିଲା। ଏଣୁତେଣୁ ମୂଲ୍ୟହୀନ କଥା ଗପିଲା। ପ୍ରଥମ ଦିନ ସଞ୍ଜୟ ବେଶି କିଛି ଦୁଷ୍ଟାମୀ କରିବାକୁ ଉଚିତ୍ ମଣି ନଥିଲା।

ଟେଷ୍ଟ ମ୍ୟାଚ୍ ଶୈଳୀରେ ପ୍ରଥମ କେତେ ଓଭର ଡିଫେନ୍‌ସିଭ୍ ଶୈଳୀରେ ଖେଳିବାକୁ ଚେଷ୍ଟା କଲା। କାରଣ ପୂର୍ବରୁ ଏ ବାବଦରେ ତା'ର ଅନେକ ତିକ୍ତମଧୁର ଅନୁଭୂତି ଥିଲା। ଅତୀତର ଅଭିଜ୍ଞତା ଓ ଅନୁଭୂତିକୁ ସମ୍ବଳ କରି ସଞ୍ଜୟ ନିଜର ଆଗାମୀ ଯୋଜନାର ରୂପରେଖ ପ୍ରସ୍ତୁତ କଲା। ଅଳ୍ପ ମାପଚୁପ କଥା କହି ସଞ୍ଜୟ ଦେବୀ ମିଶ୍ର ପାଖରୁ ବିଦାୟ ନେଲା।

ଦେବୀ ମିଶ୍ର ଘରୁ ଫେରିବା ପରଠାରୁ ସଞ୍ଜୟର ମନ ଆଉ ଘର ଧରୁ ନଥିଲା। ସେ ଅନ୍ୟମନସ୍କ ହୋଇ ଯାଉଥିଲା। ନିଜର କାମଧନ୍ଦା ଭୁଲିଗଲା। ସେ ଯେଉଁ ପ୍ରାଇଭେଟ୍ ଫାର୍ମରେ କାମ କରୁଥିଲା, ସେଠାକୁ ଗଲାନାହିଁ। ଚିତ୍ର ଆଙ୍କିବା ଭୁଲିଗଲା। କବିତା ଲେଖିବା ଭୁଲିଗଲା।

ସେଦିନ ରାତିଟା ହାତ କାମରେ ଚଳେଇ ନେଲା ସଞ୍ଜୟ।

ପରଦିନ ସନ୍ଧ୍ୟା ନ ହେଉଣୁ ସଞ୍ଜୟ ଯାଇ ଦେବୀ ମିଶ୍ର ଘରେ ହାଜର ହୋଇଗଲା। ଦେବୀ ମିଶ୍ର ସେତେବେଳକୁ ଟିଭିରେ ସିରିୟଲ୍ ଦେଖୁଥିଲା। ସଞ୍ଜୟକୁ ଦେଖି ଦେବୀ ମିଶ୍ର ହସିହସି ବାହାରକୁ ଚାଲି ଆସିଲା ଓ ସଞ୍ଜୟର ହାତ ଧରି ଘର ଭିତରକୁ ଭିଡ଼ି ନେଇଗଲା।

ଦେବୀ ମିଶ୍ର ଗପିଲା। ଗପୁ ଗପୁ ରାତି ଅନେକ ହୋଇଗଲା।

ଦେବୀ ମିଶ୍ର କହିଲା- ସଞ୍ଜୟ, ଆଜି ରାତିରେ ତମେ ଏଠି ରହିଗଲେ କିଛି ସମସ୍ୟା ଅଛି କି ?

ସଞ୍ଜୟ ଗୋଟିଏ ମାଈ କୁକୁର ଭଳି କୁଁ କୁଁ ହୋଇ ଥଙ୍ଗେଇ ମଙ୍ଗେଇ ହେଲା। ନିରୀହ ଶିଶୁଟିଏ ଭଳି ଆଖି ଜୁଳୁଜୁଳୁ କରି ଖାଲି ବସିରହିଲା। ପ୍ରକୃତରେ ଏହା ଥିଲା ସଞ୍ଜୟର ସମ୍ମତି।

ସଞ୍ଜୟକୁ ଏସବୁ ସିନେମାର କାହାଣୀ ଭଳି ମନେ ହେଉଥିଲା।

ଦେବୀ ମିଶ୍ର ରୋଷେଇ କଲା ବ୍ରଏଲର ଚିକେନ୍ କଷା ଓ ପରଟା। ଦେବୀ ମିଶ୍ରର ଗ୍ୟାସ୍ ଚୁଲାରେ ଲାଇଟର୍ ଅନ୍ କରିବା, ପ୍ଲେଟ୍ ଧୋଇବା, ଟ୍ୟାପ୍ ଖୋଲିବା ଶବ୍ଦରେ ସଞ୍ଜୟ ରୋମାଞ୍ଚିତ ହେଉଥିଲା। ଗୋଟିଏ କୁଶଳୀ ଶିକାରୀ ଭଳି ସଞ୍ଜୟ ଜାଲ ବିଛେଇ ବସି ରହିଲା।

ରାତ୍ରୀ ଭୋଜନ ସାରି ଦେବୀ ମିଶ୍ର କୁନି ଝିଅଟିକୁ ଆର ଘରେ ଶୁଆଇ ଦେଇ ଆସିଲା। ଦୁହେଁ ପଲଙ୍କ ଉପରେ ବସି ପୁଣି ଗପିଲେ।

ଦେବୀ ମିଶ୍ର ଧୀରେ ଧୀରେ ସଞ୍ଜୟକୁ ସମ୍ମୋହିତ କରୁଥିଲା। ଘଟଣା କିମ୍ବା ଦୁର୍ଘଟଣା ଘଟିବାର ସମୟ ଖୁବ୍ ନିକଟତର ହୋଇଗଲାଣି ବୋଲି ସଞ୍ଜୟ ଅନୁଭବ କଲା। ସଞ୍ଜୟ ସାମାନ୍ୟ ସତର୍କ ହେଲା। ଗୋଟିଏ ରୋମାଞ୍ଚଭରା ଅଧ୍ୟାୟ ଆରମ୍ଭ ହେବାକୁ ଯାଉଛି ବୋଲି ସଞ୍ଜୟର ମନେହେଲା। ଏତିକି ବେଳକୁ ସଞ୍ଜୟ ତା' ଶିକାର ସମ୍ପର୍କରେ ଅନେକ କିଛି ତଥ୍ୟ ହାସଲ କରିନେଇଥାଏ।

ଦେବୀ ମିଶ୍ରର ନିଶ୍ୱାସପ୍ରଶ୍ୱାସ କ୍ରମେ ପ୍ରଖର ହେଲା। ଦେହର ତାତି ବଢ଼ିଲା। ସଞ୍ଜୟର ମାଂଶପେଶୀ ଶକ୍ତ ଓ କଠିନ ହେଲା। ତଳିପେଟ ଧମ୍ ଧମ୍ କଲା।

ଶୂନ୍ୟରେ ଶୂନ୍ୟରେ ମହାଶୂନ୍ୟରେ ଭାସୁଛି କିମ୍ବା ଅତଳ ମହାସମୁଦ୍ରରେ ବୁଡ଼ି ଯାଉଛି ବୋଲି ସଞ୍ଜୟର ମନେହେଲା।

ଏତିକି ବେଳକୁ ଦେବୀ ମିଶ୍ର ଚେତନାଶୂନ୍ୟ ହୋଇଗଲା। ଦେବୀ ମିଶ୍ରର ଆଖି ବୁଜି ହୋଇଗଲା। ଦେବୀ ମିଶ୍ରର ସର୍ବାଙ୍ଗ ବରଡ଼ାପତ୍ର ଭଳି ଥରିଲା। ଏହା କୋଉ ନୂଆ କଥା କି? ଏଭଳି ସବୁ ମାମଲାରେ ତ ଏମିତି ହିଁ ହୋଇଥାଏ। ସଞ୍ଜୟ ଅଧିକ କେୟାରଲେସ୍ ହୋଇଗଲା।

ସଞ୍ଜୟ ଆଉ କାଳ ବିଳମ୍ବ ନ କରି ସୁଯୋଗର ସଦୁପଯୋଗ କରିବାକୁ ବୀର ଦର୍ପରେ ଆଗେଇ ଆସିଲା। ମନରେ ସାହସ ସଞ୍ଚୟ କରି ସଞ୍ଜୟ ଦେବୀ ମିଶ୍ରର ଛାତି ଆଡ଼କୁ ତା'ର ଦୁଇ ହାତକୁ ଅଗ୍ରସର କଲା। ସଞ୍ଜୟର ଦୁଇ ଦୁଷ୍ଟ ହାତ ଯେମିତି ଦେବୀ ମିଶ୍ର ବ୍ଲାଉଜ୍ ବଟମ ଖୋଲିବାକୁ ଉଦ୍ୟମ କରିଛି, କେଉଁଠୁ କେଜାଣି ବସିଲା ଢାଏ କିନା ଏକ ଶକ୍ତ ଚାପୁଡ଼ା ସଞ୍ଜୟ ଗାଲରେ। ସଞ୍ଜୟର କାନ ମୁଣ୍ଡା ଭାଏଁ ଭାଏଁ କରିଗଲା। ସେ ପଲଙ୍କରୁ ତଳକୁ ଖସିପଡ଼ିଲା। ତା' ଆଖିରୁ ଜୁଳୁଜୁଳିଆ ପୋକ ଖସିପଡ଼ିଲା। କ'ଣ ହେଲା, କ'ଣ ହେଲା ସଞ୍ଜୟ ହାଉଳି ଖାଇଗଲା।

ଦେବୀ ମିଶ୍ରର ସ୍ୱାମୀ ପହଞ୍ଚିଗଲା କି? ସଞ୍ଜୟ ଆଗପଛକୁ ଚାହିଁଲା।

କିନ୍ତୁ ଘର ଭିତରେ ଦେବୀ ମିଶ୍ର ଓ ତା' ଛଡ଼ା ତ ଆଉ କେହି ନଥିଲେ! ତା' ହେଲେ ଦେବୀ ମିଶ୍ର ତାକୁ ଏଭଳି ଶକ୍ତ ଚାପୁଡ଼ା ମାରିଲା କାହିଁକି?

ତା' ପରଠୁ ତ ଆରମ୍ଭ ହେଲା ପ୍ରଳୟ। ଆଉ ତା' ପରେ ଯାହା ଯାହା ଘଟିଲା, ତାହା ହିଁ ତ ଅସଲ ଷ୍ଟୋରୀ।

ଦେବୀ ଅଚେତ ହୋଇ ପଲଙ୍କରେ ଲୋଟିଗଲା। ସଞ୍ଜୟ ଚଟାପଟ୍ ପ୍ୟାଣ୍ଟ, ସାର୍ଟ ଖୋଲି ବେଡ୍ ତଳକୁ ଫିଙ୍ଗିଦେଲା। ଯେମିତି ଲାଇଟ୍ ସୁଇଚ୍ ଅଫ୍ କରି ସଞ୍ଜୟ ଦେବୀ ମିଶ୍ରର ଛାତିକୁ ଛୁଇଁବାକୁ ଯାଇଛି, ଥିଲା ଥିଲା ଭୁସ୍ କିନା ଉଠି ପଡ଼ିଲା।

ସଞ୍ଜୟ ଲାଇଟ୍ ଅନ୍ କରି ଦେଖିଲା ବେଳକୁ ଦେବୀ ମିଶ୍ର ଆଉ ଦେବୀ ଅବସ୍ଥାରେ ନାହିଁ। ସେ ପ୍ରଥମେ ଦେବୀରୁ ମାନବୀ ଓ ପରେ ମାନବୀରୁ ଦାନବୀ ପାଲଟି ଯାଇଛି। ଉଗ୍ର ରୂପ ଧାରଣ କରି ଜିଭ ଲହଲହ କରୁଥାଏ ଦେବୀ ଓରଫ ଦେବୀ ମିଶ୍ର!

ଦେବୀ ମିଶ୍ର ତା' ପିନ୍ଧା ଶାଢ଼ିଟାକୁ ଟେକିଦେଇ କାଳିସୀଙ୍କ ଭଳି ମୁଣ୍ଡ ବାଳକୁ ଅଲରା କରି ପଲଙ୍କ ଉପରେ ନାଚୁଥାଏ। ଏ କି ଦୃଶ୍ୟରେ ବାପ୍ପା!

ଦେବୀ ମିଶ୍ରର ଏ ବିଚିତ୍ର ଅବତାର ଦେଖି ସଞ୍ଜୟ ଛାନିଆ। ଆରେ, ଦେବୀଙ୍କର

ଏ କି ରାକ୍ଷସୀ ବିକଟାଳ ରୂପ! ତାକୁ ବିନାଶ କରିଦେବକି? ସଂହାର କରିବକି? ସଞ୍ଜୟ ଭୟରେ ଥରୁଥାଏ। ତା' ହାତଗୋଡ଼ ବରଫ ପାଲଟି ଯାଇଥାଏ।

ଏତେ ଶାନ୍ତ, ସରଳ ଓ ସୁନ୍ଦରୀ ସ୍ତ୍ରୀ ଲୋକଟି ଯେ ହଠାତ୍ ଏମିତି ଉଗ୍ର ରୂପ ଧାରଣ କରିବ; ତାହା ଥିଲା ସଞ୍ଜୟର କଳ୍ପନା ବାହାରେ। ଦେବୀ ମିଶ୍ରର ଏ ବିକଟାଳ ରୂପ ଦେଖି ଭୟରେ ସଞ୍ଜୟ ଏକ କରିଦେଲା। କାଳେ ଉଠିପଡ଼ି ତା' ବେକଶଣ୍ଢାଟାକୁ ଜାବୁଡ଼ି ଧରିବ କି? ଏକଲା ଏଇ ଘର ଭିତରେ ତାକୁ ମୋଡ଼ି ଖାଇଦେବ କି? ଗଳାକୁ କଣା କରି ଚୁଁ ଚୁଁ କରି ତା' ରକ୍ତ ପିଇବ କି?

ସଞ୍ଜୟକୁ ଲାଗିଲା, ଦେବୀର ଶ୍ୱାନ ଦାନ୍ତ ଦୁଇଟି ବଢ଼ି ବଢ଼ି ତା' ଆଡ଼କୁ ଲମ୍ବି ଆସୁଛି। ଦେବୀ ମିଶ୍ରର ଆଖି ଡୋଳା ଦୁଇଟି ଉପରକୁ ଲେଉଟି ପଡ଼ିଛି। ମୁଣ୍ଡରେ ଦୁଇଟି ଶିଙ୍ଗ ଉଠିଛି। ଗଳାରେ ନରମୁଣ୍ଡର ମାଳା ଝୁଲୁଛି। ସେ ହାତରେ ଖଣ୍ଡା, ଖର୍ପର ଧାରଣ କରିଛି।

ସଞ୍ଜୟ ଶୁଣିଥିଲା, ନାରୀ ଯେତେବେଳେ ଉଗ୍ର ଆସୁରିକ ରୂପ ଧାରଣ କରେ, ସେତେବେଳେ ସେ କିଛି ମାନେନା। କିଛି ଜାଣିପାରେନା। ଆଗରେ, ଏମିତିକି ସ୍ୱାମୀ କିମ୍ବା ପୁତ୍ର ପଡ଼ିଲେ ବି ତାକୁ କଞ୍ଚା ଚୋବେଇ ପକାଏ।

ଇଲୋ ବୋଉଲୋ, ମୋତେ ଖାଇଗଲାରେ କହି ସଞ୍ଜୟ ଖଟରୁ ତଳକୁ ଡେଇଁ ପଡ଼ିଲା। ଧୁଲ୍ କିନା ତଳେ ପଡ଼ିଯାଇ ସଞ୍ଜୟ ଚଟାପଟ୍ ପ୍ୟାଣ୍ଟ୍ ସାର୍ଟ ପିନ୍ଧି ପକାଇଲା। ଭୟରେ ଘରର ଗୋଟିଏ କୋଣରେ ବିଶ୍ୱସ୍ତ ଭୃତ୍ୟଟିଏ ଭଳି ଠିଆ ହୋଇ ରହିଲା।

ରଣ ହୁଙ୍କାର ଦେଇ ଦଂଶନ କରିବାକୁ ଆଗେଇ ଆସିଥିବା ଉତ୍ତେଜିତ ବିଷଧର ସର୍ପକୁ ଗଦ ଶୁଂଘେଇଲା ଭଳି ସଞ୍ଜୟ ତାକୁ କୌଣସି ମତେ ଚୁପ୍ କରାଇ ଦେଲା। ଏବେ ସେ ବିଷଧର ସାପଟି ମୋଡ଼ି ମକଚି ହୋଇ ପେଡ଼ିରେ ଭର୍ତ୍ତି ହୋଇଛି। ହାଉଳି ବାଉଳି ହୋଇ ନିଜ ପ୍ୟାଣ୍ଟ ଜିପ୍ (ଚେନ୍) ଦେଇଛି କି ନାହିଁ, ସଞ୍ଜୟ ଭୁଲି ଯାଇଥିଲା।

ମୁହଁରେ କଳା, ସିନ୍ଦୁର ବୋଳି, ହାତରେ ଶଙ୍ଖା ରୁଣୁଝୁଣୁ କରି, ମୁଣ୍ଡ ବାଳକୁ ମୁକୁଳା କରି, ଦେବୀ ମିଶ୍ର ଖାଲି ଶୂନ୍ୟରେ ଦୋହଲିଲା। ଉଦଣ୍ଡ ନାଚିଲା। କିଛି ସମୟ ପରେ ଦେବୀ ମିଶ୍ର ଘରୁ ବାହାରି ଆସି ସିଧା କଲୋନୀ ରାସ୍ତା ଉପରେ ନାଚିବାକୁ ଆରମ୍ଭ କରିଦେଲା। ରାତି ଅଧରେ ଦେବୀ ମିଶ୍ରର ଏ ବିକଟାଳ ରୂପ ଦେଖି ସଞ୍ଜୟ ହଡ଼ବଡ଼େଇ ଗଲା। ଦେବୀ ମିଶ୍ରର ଏ କାରନାମା ଦେଖି ସଞ୍ଜୟର ଦେହ ହେମାଳ ହୋଇଗଲା। ତା' ରକ୍ତ ସଞ୍ଚାଳନ ବନ୍ଦ ହୋଇଗଲା ପରି ଲାଗିଲା।

ଦେବୀ ମିଶ୍ର ସେତେବେଳକୁ ରାସ୍ତା ଉପରେ ଡେଇଁ ଡେଇଁ ନାଚିବା ଆରମ୍ଭ କରିଦେଇଥିଲା। ଦେବୀ ମିଶ୍ରର ଏଭଳି ଉଦ୍ଭଟ ଅବତାର ଦେଖି କଲୋନୀର ଲୋକ

ସେଠାରେ ଜମା ହୋଇଗଲେ। ପୂର୍ବରୁ ଅଭ୍ୟସ୍ତ କଲୋନୀର ସ୍ତ୍ରୀଲୋକମାନେ ହାତରେ ଝୁଣା, ମହୁ, ଭୋଗରାଗ, ଧୂପ, ଦୀପ ଧରି ସେଠାରେ ଜମା ହୋଇଗଲେ। କଲୋନୀର ଲୋକେ ଖୋଳ, କୀର୍ତ୍ତନ ଆରମ୍ଭ କରିଦେଲେ।

ଏ ଦୃଶ୍ୟ ଦେଖି ସଞ୍ଜୟ ଛାନିଆ ହୋଇଗଲା। ବରଡ଼ା ପତ୍ର ଭଳି ତା' ଶରୀର ଥରିଲା। କଲୋନୀର ପିଲାଠାରୁ ଆରମ୍ଭ କରି ବୁଢ଼ାବୁଢ଼ୀ, ଭଦ୍ର ମହିଳା, ପୁରୁଷମାନେ ଦେବୀ ମିଶ୍ର ଆଗରେ ଲମ୍ବ ହୋଇ ପଡ଼ି ଯାଉଥିଲେ।

-ମା' ଆମକୁ ରକ୍ଷା କର। ନେ ଭୋଗ ଖା। ପଣା ପି'। କଲୋନୀ ଲୋକେ ଦେବୀ ମିଶ୍ରକୁ ଜୁହାର ହେଉଥିଲେ ଓ ଗୋଡ଼ ତଳେ ପଡ଼ି ଯାଉଥିଲେ।

ଦେବୀ ମିଶ୍ର ଏବେ ଖୁବ୍ ବଡ଼ ପାଟି କରି ଚିତ୍କାର କଲା।

-ଖାଇବି, ଖାଇବି। ସମସ୍ତଙ୍କୁ ଖାଇବି। ମୋତେ କୁକୁଡ଼ା ଦେ। ଛେଳି ଦେ। ମେଣ୍ଢା ଦେ। ମୁଁ ଖାଇବି।

ଖାଇବି, ଖାଇବି କହି ଦେବୀ ମିଶ୍ର ଏମିତି ଲୁଗା ଟେକି ଉଦଣ୍ଡ ନାଚିଲା, ସଞ୍ଜୟ ଦେଖି ଛାନିଆ। ଦେବୀ ମିଶ୍ରର ଏ ଉଗ୍ର ସଂହାର ରୂପ ଦେଖି କଲୋନୀର ଲୋକେ ଆତଙ୍କିତ ହୋଇ ପଡ଼ିଲେ। ସମସ୍ତେ ମା'ଙ୍କର ଶରଣ ପଶିଲେ।

ସଞ୍ଜୟ ଏସବୁ ଭୌତିକ ଓ ଉଦ୍ଭଟ କାଣ୍ଡ ନିରବରେ ଦେଖୁଥିଲା ଓ ଖୁଣ୍ଟାଟାଏ ଭଳି ଠିଆ ହୋଇଥିଲା। ଏହା କୌଣସି ଆଦିବାସୀ ଗାଁର ଦୃଶ୍ୟ ଭଳି ମନେ ହେଉଥିଲା। ଆଦିବାସୀ ଗାଁରେ ଶିରା କି କାଳିସୀ ଲାଗିଲେ ଯେମିତି ହୁଅନ୍ତି, ଠିକ୍ ସେମିତି ଦେବୀ ମିଶ୍ର ଉଦଣ୍ଡ ନାଚୁଥିଲା।

କଲୋନୀର ସମସ୍ତେ ଦେବୀ ମିଶ୍ରକୁ ମୁଣ୍ଡିଆ ମାରୁଥିବାର ଦେଖି ସଞ୍ଜୟ ବି ସେୟା କଲା। ସେ ମଧ୍ୟ ଲୋକଙ୍କ ସହ ସ୍ୱର ମିଳେଇ ମା' ମଙ୍ଗଳାଙ୍କର ଜୟ କହିଲା। କଲୋନୀବାସୀ ଧୂପ, ଦୀପ, ଭୋଗରାଗ ଦେଇ ଦେବୀଙ୍କୁ ସନ୍ତୁଷ୍ଟ କରୁଥିଲେ।

ଦେବୀ ମିଶ୍ରର ଏ ନାଟକବାଜି ଦେଖିବା ପରେ ଗୋଟିଏ ମହା ବିପଦ ଟଳି ଯାଇଛି ବୋଲି ସଞ୍ଜୟ ଆଶ୍ୱସ୍ତ ହେଲା। ଯା' ହେଉ ଦେବୀ ମିଶ୍ର ପୂର୍ବର ସବୁ ଘଟଣା ଭୁଲିଯାଇଛି। କିଛି ସମୟ ପୂର୍ବରୁ ତା' ପ୍ରତି ହୋଇଥିବା ବଳାତ୍କାର ଘଟଣା ଆଉ ଦେବୀ ମିଶ୍ରର ମନେ ନାହିଁ ବୋଲି ସଞ୍ଜୟ ଦୃଢନିଶ୍ଚିତ ହେଲା।

ବୋଧେ ଠାକୁରାଣୀ ସବାର ହେବା ପରେ ଦେବୀ ମିଶ୍ରର ସ୍ମରଣ ଶକ୍ତି ଲୋପ ପାଇଯାଇଛି। ସଞ୍ଜୟ ମନେ ମନେ ଭାବିଲା ଓ କିଛି ମାତ୍ରାରେ ବେପରୁଆ ହୋଇଗଲା। ଏବେ ତା' ପ୍ରତି ଆଉ ବିଶେଷ ଭୟ ନାହିଁ। ବିପଦ ଟଳି ଯାଇଛି। ସଞ୍ଜୟ ନିର୍ଭୟରେ ଗୋଟିଏ ଦୀର୍ଘଶ୍ୱାସ ଛାଡ଼ିଲା।

ଗୋଟିଏ ବିରାଟ ଦୁର୍ଘଟଣାରୁ ବର୍ତ୍ତି ଯାଇଥିବାର ଖୁସିରେ ସଞ୍ଜୟ ସେଠାରେ ଆଉ କିଛି ସମୟ ରହିବାକୁ ଉଚିତ୍ ମଣିଲା। ପ୍ରକୃତ କଥା କହିବାକୁ ଗଲେ, କାମଟିକୁ ଅଧାରୁ ଛାଡ଼ିଥିବାରୁ ସଞ୍ଜୟର ମନ ଠିକ୍‌ଠାକ୍ ନଥିଲା।

ଅନ୍ୟମନସ୍କ ହୋଇ ସଞ୍ଜୟ ସେଠି ଠିଆ ହୋଇଥାଏ। ହାଠାତ୍ ଦେବୀ ମିଶ୍ର ସଞ୍ଜୟର ମୁଣ୍ଡ ବାଳକୁ ଝାମ୍ପି ଧରିଲା। ସଞ୍ଜୟ ଚମ୍‌କି ପଡ଼ିଲା ଓ ଭୟରେ ଥରିଲା। ଯା ଶଳା, ସବୁ ଭିତିରି କଥା ଏବେ ଦେବୀ ମିଶ୍ର ପ୍ରଘଟ କରିଦେବ। ସଞ୍ଜୟ ଛାନିଆ ହୋଇଗଲା।

ଏତିକି ବେଳକୁ ଦେବୀ ମିଶ୍ର ଚେତା ହରାଇ ଭୂମି ଉପରେ ଗଛ କାଟିଲା ପରି ଦୁଲ୍ କିନା କଚାଡ଼ି ହୋଇ ପଡ଼ିଗଲା। ତା' ପରେ କଲୋନୀର ଲୋକେ ଦେବୀ ମିଶ୍ରକୁ ଟେକି ଟେକି ନିଜ ଘରକୁ ନେଇଗଲେ। ସେତେବେଳକୁ ଦେବୀ ମିଶ୍ରର ଆଉ ହୋସ୍ ନଥିଲା। ଏହାରି ସୁଯୋଗରେ ସଞ୍ଜୟ ସେଠାରୁ ବାଇକ୍ ଛୁଟେଇ ପାର୍ ହୋଇଗଲା।

ଗଭୀର ଦୁଃଖ ଓ କ୍ଷୋଭରେ ସଞ୍ଜୟର ମନ ବିକଳ ହୋଇ ଉଠୁଥିଲା। ଆଉ ମାତ୍ର ଦି' ମିନିଟ୍ ଯାଇଥିଲେ କାମଟା ଶେଷ ହୋଇ ଯାଇଥା'ନ୍ତା। ଆଃ, କାହିଁକି ଭଗବାନ ଏଭଳି କରନ୍ତି କେଜାଣି ? ଇସ୍, ଆଉ ମାତ୍ର ଦୁଇ ମିନିଟ୍‌ରେ ସବୁ କିଛି ଖେଳ ଖତମ୍ ହୋଇଯାଇଥାନ୍ତା। ଆଃ !

ସଞ୍ଜୟ ସିନା ଚାଲି ଆସିଲା, ମନଟା ତାର ଛଟପଟ ହେଉଥିଲା। ଆଉ ଟିକେ ଯାଇଥିଲେ ସେ ଦେବୀ ମିଶ୍ରର କି ନାରଖାର କରି ଦେଇ ନଥା'ନ୍ତା ? ଗୋଟିଏ ଦୁର୍ଲଭ ବସ୍ତୁକୁ ହାତ ପାହାନ୍ତାରେ ପାଉ ପାଉ ସେତକ ହରେଇ ଦେଇଥିବାରୁ ସଞ୍ଜୟ ନିଜକୁ ଖୁବ୍ ନିର୍ବୋଧ କିମ୍ବା ହତଭାଗା ମନେ କଲା।

ପୁରୁଣା ବସ୍‌ଷ୍ଟାଣ୍ଡ ନାରାୟଣୀ ପତ୍ରିକା ଷ୍ଟଲ୍‌ରୁ ସଞ୍ଜୟ ମାଗାଜିନ୍ ଘାଣ୍ଟୁଥିଲା। ଏତିକିବେଳେ ସରୋଜ ଆସି ପହଞ୍ଚିଲା ସେଠାରେ।

ସରୋଜ କହିଲା, କିରେ ସଞ୍ଜୟ, ଦେଖା ନାହିଁ ତୋ'ର ଆଜିକାଲି ? ସବୁ ଭଲ ତ ? ଚିତ୍ର ଅଙ୍କା ଚାଲିଛି ନା ପୁଣି କାହା ପ୍ରେମରେ ପଡ଼ିଲୁଣି ?

ଚମ୍‌କି ପଡ଼ିଲା ସଞ୍ଜୟ। ସରୋଜ ଏ ଦେବୀ ମିଶ୍ର କଥା ଜାଣି ଦେଲାକି ? ନାଇଁମ, ଦେବୀ ମିଶ୍ର କଥା କେହି ବି ଜାଣନ୍ତି ନାହିଁ। କେବଳ ରଞ୍ଜନ ପ୍ରଧାନକୁ ଏ କଥା କହିଥିଲି। ସେ ରଞ୍ଜନ ପ୍ରଧାନଟା କ'ଣ ସମସ୍ତଙ୍କୁ କହିଦେଇଛି କି ? ଚମ୍‌କି ପଡ଼ିଲା ସଞ୍ଜୟ।

ଦେବୀ ମିଶ୍ରର ହ୍ୟାଙ୍ଗ ଓଭର ସେ ଯାଏ ଯାଇ ନଥିଲା, ସଞ୍ଜୟର ମନରୁ ଓ

ଦେହରୁ। ଇସ୍, ସେ କ'ଣ ଠାକୁରାଣୀଙ୍କୁ ସେକ୍ସ କରିବାକୁ ଯାଉଥିଲା ? ଇସ୍, କି ପାପ କରିବାକୁ ଯାଉ ନଥିଲା, ତା' ଅଜାଣତରେ ସେଦିନ !

ଦେବୀ ମିଶ୍ର ଦେହରେ ଠାକୁରାଣୀ ସବାର ହୋଇଥିବା ଅବସ୍ଥାରେ ସେ ଯଦି ସବୁ କାମ ସାରି ଦେଇଥା'ନ୍ତା, ତାହା ହେଲେ ଘଟଣାଟା ଖୁବ୍ ସାଂଘାତିକ୍ ହୋଇ ପଡ଼ିଥା'ନ୍ତା ! ସେ ସଂଭୋଗ କାହାକୁ କରିଥା'ନ୍ତା ? ଦେବୀ ମିଶ୍ରର ମାନବୀ ନା ଦାନବୀ ନା ଈଶ୍ୱରୀ ରୂପକୁ ?

ଇସ୍, କି ନାରଖାର ଚିନ୍ତାଧାରା !

ସଂଜୟ କ୍ରମେ ଭାବନାର ବୁଢ଼ିଆଣୀ ଜାଲରେ ଛନ୍ଦି ହୋଇଯାଉଥିଲା।

ସଞ୍ଜୟ ଭୁଲି ପାରୁ ନଥିଲା ଦେବୀ ମିଶ୍ରର ସେ ଅବତାର କଥା। ସେ ହାରାମୀଟା ନିଶ୍ଚୟ ସାଇକ୍ରିଆଟିକ୍ କିମ୍ୱା ବାତରୋଗୀ ହୋଇଥିବ। ହୁଏତ ସେ ହିଷ୍ଟ୍ରିଆ ପେସେଣ୍ଟ ବି ହୋଇଥାଇ ପାରେ। ତା' ପାଲରେ ପଡ଼ିଥିଲେ ସବୁ ସର୍ବନାଶ ହୋଇ ଯାଇଥା'ନ୍ତା। ରକ୍ଷା ହୋଇଛି, ସେ ଦେବୀ ମିଶ୍ରକୁ ସେକ୍ସ କରିନି !

ଶଃ, ଏ ଦେବୀଗୁଡ଼ିକ ବଡ଼ ମୁସ୍କିଲ୍। ସେମାନଙ୍କୁ ବୁଝି ହୁଏ ନି କି ପଢ଼ି ହୁଏନି। ହେଃ ଶଳା, ଦେବୀଫେବୀଙ୍କୁ ପ୍ରେମ କରିବା ରିସ୍କଫୁଲ୍। ପ୍ରକୃତରେ ଠାକୁରାଣୀ ଫାକୁରାଣୀକୁ ସେକ୍ସ କରିବା ମହା ମୁସ୍କିଲ୍ !

■

କର୍ଣ୍ଣବଧ

କୁନ୍ତୀ ମିଶ୍ର କ୍ଲାସ୍‌କୁ ଆସିଲେ ଚହଲି ଯାଉଥିବ ଇଂଲିଶ ପିଜିର ଶ୍ରେଣୀକକ୍ଷ। ବଢ଼ି ଯାଉଥିବ ହାର୍ଟବିଟ୍ ଛାତ୍ର ଓ ଯୁବ ଅଧ୍ୟାପକଙ୍କର।

ଝିଅଟିର ନାଁ କୁନ୍ତୀ। କୁନ୍ତିକା ମିଶ୍ର। ବୟସ କୋଡ଼ିଏ। ପଢୁଥିବ ୟୁନିଭର୍ସିଟିରେ। ଇଂଲିଶ ପିଜି ସିକ୍ସଥ୍ ଇୟର। ମଡ଼ର୍ଣ୍ଣ। ଛାତି ଥିବ ବତିଶ। ଅଣ୍ଟା ଅଠେଇଶ। ଉଚ୍ଚତା ପାଞ୍ଚ ଫୁଟ ଦୁଇ ଇଞ୍ଚ। କଥାବାର୍ତ୍ତା କରୁଥିବ ମିକ୍ସଡ଼୍ ଇଂଲିଶରେ। ଯିବା ଆସିବା କାର୍‌ରେ। ଆଇସ୍‌କ୍ରିମ୍ ଖାଉଥିବ ପାର୍ଲରରେ। ପିନ୍ଧୁଥିବ ସ୍ଲିଭ୍‌ଲେସ ଓ ସର୍ଟ୍ ଜିନ୍‌ସ। ଥିବ ଭାରି ସେକ୍ସି ଆଉ ଷ୍ଟାଇଲିସ। ମିସ୍ କୁନ୍ତିକା ମିଶ୍ର।

ସେ କ'ଣ ଥିବ ମହାଭାରତର କୁନ୍ତୀ! ପଞ୍ଚ ସତୀ କୁନ୍ତୀ! ଧରିତ୍ରୀର ଶ୍ରେଷ୍ଠ ମାତା କୁନ୍ତୀ! କର୍ଣ୍ଣମାତା କୁନ୍ତୀ!

କୁନ୍ତୀ ମିଶ୍ର ଥିବ ଛନ୍‌ଛନ୍ ଫକ୍‌ଫକ୍। ସହରରେ ତା'ର ଥିବେ ଅନେକ ପ୍ରେମିକ। ସେ କ୍ଲାସ୍‌ରେ ହେଉଥିବ ଫାଷ୍ଟ। ପୁଅମାନଙ୍କୁ ଫସେଇବାରେ କୁନ୍ତୀ ଥିବ ଖୁବ କୁଶଳୀ।

ସୋସିଆଲ୍ ମିଡ଼ିଆରେ ଛାଇ ଯାଇଥିବ କୁନ୍ତି ମିଶ୍ର। ଫେସ୍‌ବୁକ୍‌ରେ କୁନ୍ତି ମିଶ୍ର, ଇନ୍‌ଷ୍ଟାଗ୍ରାମ୍, ଟ୍ୱିଟର୍‌ରେ ବି ଥିବ କୁନ୍ତି ମିଶ୍ର। ସ୍କାଇପି, ଟିଣ୍ଡର ଆପ୍‌ରେ ବି ଥିବ କୁନ୍ତି ମିଶ୍ର। ହ୍ୱାଟ୍‌ସ ଆପ୍ ଗ୍ରୁପ୍‌ରେ ବି ଥିବ କୁନ୍ତି।

ପୋଷାକ ବଦଳାଇବା ଭଳି କୁନ୍ତୀ ମିଶ୍ର ବଦଳାଉଥିବ ତା' ପ୍ରେମିକମାନଙ୍କୁ। କିନ୍ତୁ ସୂର୍ଯ୍ୟ ନାମରେ କାନାଡ଼ାର ଏକ ବୟ ଫ୍ରେଣ୍ଡର ପ୍ରେମରେ ସେ ଆଉଟୁ ପାଉଟୁ ହେଉଥିବ। ସୂର୍ଯ୍ୟକୁ ସେ ଛାଡ଼ି ପାରୁ ନଥିବ।

ବାପା, ମା' ନିଜ କନ୍ୟା କୁନ୍ତୀର ଏଭଳି ସ୍ମାର୍ଟନେସ୍ ପାଇଁ ଫୁଲି ଉଠୁଥିବେ

ଗର୍ବରେ। କୁନ୍ତୀ ସବୁବେଳେ କିଛି ଖୋଜୁଥିବ। ନୂଆ ନୂଆ ବଏ ଫ୍ରେଣ୍ଡ କରିବାରେ କୁନ୍ତୀ ଥିବ ନିପୁଣା। ସବୁବେଳେ କିଛି ଗୋଟେ ନୂତନ ଆବିଷ୍କାର କିମ୍ବା ଉଦ୍ଭାବନ ଚକ୍କରରେ ଥିବ ସେ।

ଗୁଗୁଲ୍‌ରୁ ନୂଆ ନୂଆ ବଏଫ୍ରେଣ୍ଡ ସର୍ଚ୍ଚ କରୁଥିବ। ଫେସ୍‌ବୁକ୍‌ରେ ତା'ର ଥିବେ ହଜାର ହଜାର ଫ୍ରେଣ୍ଡ। ହ୍ୱାଟ୍‌ସ ଆପ୍‌ରେ ନୂଆ ନୂଆ ବିଦେଶୀ ସାଙ୍ଗମାନଙ୍କ ସହ ଚାଟିଂ କରି ସେମାନଙ୍କ ସହ ଟାଇମ୍ ପାସ୍ କରିବା କୁନ୍ତୀର ଏକ ସଉକ ଥିବ। ସ୍କାଇପିରେ ଭିଡିଓ ଚାଟିଂ କରୁଥିବ। ଟପ୍ ଖୋଲି ବଏ ଫ୍ରେଣ୍ଡ୍‌କୁ ଛାତି ଦେଖେଇ ଦେଉଥିବ।

ଯୁବକଟିର ନାଁ ଥିବ ସୂର୍ଯ୍ୟ। ସୂର୍ଯ୍ୟକାନ୍ତ ତ୍ରିପାଠୀ। ବୟସ ପଚିଶ। ଥିବ ସଫ୍‌ଟ ଓ୍ୱାର ଇଞ୍ଜିନିୟର କାନାଡ଼ାରେ। ଓଡ଼ିଆ ଯୁବକ। ଉଚ୍ଚତା ଛଅ ଫୁଟ। ସେ ଥିବ ଡେଙ୍ଗା ଓ ଗୋରା। କଥାବାର୍ତ୍ତା କରୁଥିବ ଇକନମିକ୍ ଇଂଲିଶରେ। ଓଡ଼ିଶାର ରାଉରକେଲାରୁ ଯାଇ କାନାଡ଼ାରେ ଏକ ବଡ଼ ସଫ୍‌ଟ ଓ୍ୱାର ଫାର୍ମରେ କାମ କରୁଥିବ ସୂର୍ଯ୍ୟ।

କୁନ୍ତୀ ଫେସ୍‌ବୁକ୍‌ରୁ ସୂର୍ଯ୍ୟ ସମ୍ପର୍କରେ ଜାଣିବା ପରେ ତା' ସହ ନିୟମିତ ଚାଟିଂ କରିବା ଆରମ୍ଭ କରିଦେଇଥିବ। କୁନ୍ତି ପ୍ରେମରେ ସବୁ ଟୋକା ପଡ଼ିଥାନ୍ତି। ମାତ୍ର, ସୂର୍ଯ୍ୟ ପ୍ରେମରେ କୁନ୍ତି ପଡ଼ି ଯାଉଥିବ।

କୁନ୍ତୀ ହ୍ୱାଟ୍‌ସଆପ୍‌ରେ ଚାଟିଂ କରୁଥିବ: ହାଇ, ହାଓ ଆର୍ ୟୁ, ଡିଅର?

ସୂର୍ଯ୍ୟ ଉତ୍ତର ଦେଉଥିବ: ଆମ୍ ଫାଇନ୍, ଡାର୍ଲିଂ।

କୁନ୍ତି ଟାଇପ୍ କରୁଥିବ: ଆଇ ଆମ୍ ଏଲୋନ୍, ଡିଅର।

ସୂର୍ଯ୍ୟ ରିପ୍ଲାଏ ଦେଉଥିବ: ଆଇ ଆମ୍ ଅଲ୍‌ସୋ, ବେବି।

ଏଇଠୁ ଉଭୟଙ୍କ ମଧ୍ୟରେ ଚାଟିଂର ଶୁଭାରମ୍ଭ ହେଉଥିବ। ଉଭୟଙ୍କ ମଧ୍ୟରେ ଅନ୍ତରଙ୍ଗତା ବଢୁଥିବ। ସୂର୍ଯ୍ୟର ପ୍ରେମରେ କୁନ୍ତୀ ବୁଡ଼ି ଯାଇଥିବ। ତାକୁ ବାହା ହେବା ପାଇଁ କୁନ୍ତୀ ବ୍ୟଗ୍ର ହୋଇ ପଡୁଥିବ। କେମିତି ସୁଦୂର କାନାଡ଼ାରୁ ସୂର୍ଯ୍ୟ ଭଳି ବ୍ରେନି ସ୍କାଲାରକୁ ନିଜ ହାତ ମୁଠାକୁ ଆଣି ହେବ, କୁନ୍ତୀ ସେଇ ଚିନ୍ତାରେ ବୁଡ଼ି ରହୁଥିବ।

ସୂର୍ଯ୍ୟ ଥିବ ସ୍କଲାର୍, ଜିନିୟସ୍ ଓ ସ୍ମାର୍ଟ। ଫେସ୍‌ବୁକ୍ ପ୍ରୋଫାଇଲ୍‌ରୁ ସୂର୍ଯ୍ୟର କ୍ୟାରିୟର, କ୍ୱାଲିଫିକେସନ୍, ଆଚିଭମେଣ୍ଟ ଓ ସକ୍‌ସେସ୍ ସମ୍ପର୍କରେ ଜାଣିବା ପରେ କୁନ୍ତୀ ପାଗିଳିନୀ ହୋଇ ପଡୁଥିବ। ସୂର୍ଯ୍ୟ ପ୍ରକୃତରେ ସୂର୍ଯ୍ୟଙ୍କ ଭଳି ତୋଜୋଦୀପ୍ତ ଥିବ। ପ୍ରକୃତରେ ସୂର୍ଯ୍ୟ ସକଳ ଜ୍ଞାନ (ଶକ୍ତି)ର ଆଧାର ବୋଲି କୁନ୍ତୀର ହୃଦ୍‌ବୋଧ ହେଉଥିବ। ଶେଷରେ ସୂର୍ଯ୍ୟଙ୍କ ସାନ୍ନିଧ୍ୟଲାଭ ତା'ର ଗୋଟିଏ ମାତ୍ର ଲକ୍ଷ୍ୟ ହୋଇ ପଡ଼ିଥିବ।

କୁନ୍ତୀ ଦିନେ ସୂର୍ଯ୍ୟଙ୍କୁ ଆବାହନ କରୁଥିବ। ସତକୁ ସତ ସୂର୍ଯ୍ୟ କୁନ୍ତୀ ସମ୍ମୁଖରେ ଆବିର୍ଭୁତ ହେଉଥିବେ।

ସୁଦୂର କାନାଡ଼ାରେ ରହୁଥିବା ଜଣେ ଜିନିୟସ ସଫ୍ଟ ଓୟାର ଇଞ୍ଜିନିୟର କିଭଳି ତା' ଭଳି ଓଡ଼ିଶାର ଝିଅକୁ ବାହା ହେବ, କୁନ୍ତୀର ବିଶ୍ୱାସ ହେଉ ନଥିବ। ସୂର୍ଯ୍ୟ ସହ ପ୍ରକୃତରେ କ'ଣ ଘର ସଂସାର କରିହେବ, କୁନ୍ତୀ ଚିନ୍ତାରେ ପଡୁଥିବ। ଏଣୁତେଣୁ ଭାବି କୁନ୍ତୀ ଅଧିକ ଚିନ୍ତିତ ହୋଇ ପଡୁଥିବ। କୁନ୍ତୀକୁ ନିଦ ହେଉ ନଥିବ। ସୂର୍ଯ୍ୟଙ୍କୁ ବାହା ହେବା ପାଇଁ ପାଗିଳିନୀ ହୋଇ ଉଠୁଥିବ।

କେମିତି ସୂର୍ଯ୍ୟଙ୍କୁ ପାଇହେବ ଓ ତା' ସାନ୍ନିଧ୍ୟଲାଭ କରିହେବ, ସେଥିନେଇ ସେ ଦିନରାତି ଚିନ୍ତାରେ ବୁଡ଼ି ରହୁଥିବ।

ଥରେ କୁନ୍ତୀ ନିଜ ଡିପାର୍ଟମେଣ୍ଟ ପିଲାମାନଙ୍କ ସହ ପିକ୍‌ନିକ୍ ଯାଇଥିବ। ପିକ୍‌ନିକ୍ ବସ୍‌ରେ ବସିଥିବ। ସୂର୍ଯ୍ୟ କଥା ଭାବୁଥିବ। ଭାରି ଅନ୍ୟମନସ୍କତାରେ ବୁଡ଼ି ରହୁଥିବ। ତା'ର ପ୍ରିୟ ସାଙ୍ଗ ଟିନା କୁନ୍ତୀର ଏହି ଅନ୍ୟମନସ୍କତାକୁ ଲକ୍ଷ୍ୟ କରୁଥିବ। କ୍ରମେ ଟିନା, ତା'ର ଅନ୍ୟମନସ୍କତାର କାରଣକୁ ଜାଣି ନେଉଥିବ। ଘଟଣା କ'ଣ ବୁଝୁବୁଝୁ ଟିନାକୁ କୁନ୍ତୀ ଗୋଟିଗୋଟି ସବୁକଥା କହିଦେଉଥିବ। ସୂର୍ଯ୍ୟ ସମ୍ପର୍କରେ କିଛି ବି ଲୁଚାଉ ନଥିବ।

ସୂର୍ଯ୍ୟଙ୍କୁ କିଭଳି ତା' ପ୍ରେମରେ ଫସେଇବାକୁ ହେବ, ସେ ସମ୍ପର୍କରେ ଟିନା କୁନ୍ତୀକୁ ଏକ ସାଂଘାତିକ୍ ଆଇଡ଼ିଆ ଦେଉଥିବ। ପିକ୍‌ନିକ୍‌ରୁ ଫେରିବା ପରେ କୁନ୍ତୀ ଓ ଟିନା ଏକ ସାଧୁ ଆଶ୍ରମକୁ ଯାଉଥିବେ। ଦୁହେଁ ସାଧୁଙ୍କୁ ନିଜ ସମସ୍ୟା ଜଣାଇଥିବେ। କୁନ୍ତୀ ସନ୍ଥଙ୍କୁ ନିଜର ମନକଥା କହିଥିବ। ସନ୍ଥ କୁନ୍ତୀ ଉପରେ ପ୍ରସନ୍ନ ହୋଇଥିବେ।

ସନ୍ନ୍ୟାସୀ କୁନ୍ତୀକୁ ଦେଇଥିବେ ଏକ ମନ୍ତୁରା ଡେଉଁରିଆ। ଏହା ସହ ତାକୁ ଏକ ମନ୍ତ୍ର ଉଚ୍ଚାରଣ କରିବାକୁ କହିଥିବେ। ଏହି ମନ୍ତ୍ର ଉଚ୍ଚାରଣ କରି ହ୍ୱାଟ୍‌ସଆପ୍‌ରେ ଚାଟିଂ କଲେ ଯୁବକ ଆକର୍ଷିତ ହୋଇପାରିବ ବୋଲି ସନ୍ନ୍ୟାସୀ କୁନ୍ତୀଙ୍କୁ ଆଶୀର୍ବାଦ ଦେଇଥିବେ।

ସନ୍ନ୍ୟାସୀଙ୍କଠାରୁ ଏଭଳି ଅଭୟବାଣୀ ଶୁଣିବା ପରେ କୁନ୍ତୀ ଖୁସିରେ ଆତ୍ମହରା ହୋଇ ପଡୁଥିବ।

କୁନ୍ତୀ ସେଦିନ ଚାଟିଂ କଲାବେଳେ ସନ୍ନ୍ୟାସୀ ଦେଇଥିବା ମନ୍ତ୍ରକୁ ମନେମନେ ଉଚ୍ଚାରଣ କରୁଥିବ। ସାପକୁ ଗଦ ଶୁଙ୍ଘେଇଲା ଭଳି ସନ୍ନ୍ୟାସୀଙ୍କ ମନ୍ତ୍ର କାମ କରିଥିବ।

ସୂର୍ଯ୍ୟ କହିବ: ହାଇ ବେବି, ସ୍କାଇପି ଅନ୍ କର ନା!

କୁନ୍ତୀ କହିବ: ନା, ଏବେ ନୁହେଁ। ପରେ।

ସୂର୍ଯ୍ୟ କହିବ: ପ୍ଲିଜ୍ ବେବି, ସ୍କାଇପି ଅନ୍ କର ନା!

କୁନ୍ତି ସ୍କାଇପି ଅନ୍ କରୁଥିବ।

ସୂର୍ଯ୍ୟ କହୁଥିବ ବେବି, ତମ ଡ୍ରେସ୍ ଅଫ୍ କରନା!

କୁନ୍ତି ଲାଜେଇ ଯାଉଥିବ ଓ ମନା କରୁଥିବ।

ସୂର୍ଯ୍ୟ କହୁଥିବ, ତମ ଟପ୍ ଖୋଲନା, ଡାର୍ଲିଂ!

କୁନ୍ତୀ ପ୍ରଥମେ ମନା କରୁଥିବ ଓ କୁନ୍ଥୁକୁନ୍ଥୁ ହୋଇ ଟପ୍ ଖୋଲୁଥିବ।

ତା' ପରେ ସୂର୍ଯ୍ୟ କହୁଥିବ, ପ୍ଲିଜ୍, ବ୍ରା ଖୋଲନା!

କୁନ୍ତୀ କହୁଥିବ, ନା ସେତିକି। ଆଉ ବେଶି ନୁହେଁ।

ସୂର୍ଯ୍ୟ କହୁଥିବ, ପ୍ଲିଜ୍ ଡାର୍ଲିଂ। ପ୍ଲିଜ୍।

କୁନ୍ତୀ ତରଳି ଯାଉଥିବ। ବହି ଯାଉଥିବ ସୂର୍ଯ୍ୟର ପ୍ରେମରେ। ଆଉ ତା' ବ୍ରା ଖୋଲି ଦେଉଥିବ।

ସୂର୍ଯ୍ୟ କୁନ୍ତୀର ଫୁଙ୍ଗୁଳା ଛାତିକୁ ଉପଭୋଗ କରୁଥିବ ଓ ଅନ୍‌ଲାଇନରେ କୁନ୍ତୀ ସହ ସେକ୍ସ କରୁଥିବ। ମାଷ୍ଟୁବେସନ ସାରି ସୂର୍ଯ୍ୟ କ୍ଲାନ୍ତ ହୋଇ ପଡୁଥିବ। ସ୍କାଇପି ଅଫ୍ କରି ବାଥ୍‌ରୁମ୍ ଯାଉଥିବ।

ଏହା ପରେ ଦିନେ ସୂର୍ଯ୍ୟ କୁନ୍ତୀକୁ ଅଫ୍‌ଲାଇନ୍ ସେକ୍ସର ଅଫର ଦେଉଥିବ। ମାନେ ସେ ତା' ସହ ସତସତିକା ସେକ୍ସ କରିବାକୁ ଚାହୁଁଥିବ। କୁନ୍ତୀ ସମ୍ମତି ପ୍ରକାଶ କରୁଥିବ।

କୁନ୍ତୀର ହଲେ ଡେଣା ଲାଗିଯାଉଥିବ। ସେ ଆକାଶରେ ଉଡୁଥିବ। ସୂର୍ଯ୍ୟକୁ ସେ ମ୍ୟାରେଜ୍ ପ୍ରସ୍ତାବ ଦେଇଥିବ। ସୂର୍ଯ୍ୟ ଏହାକୁ ସ୍ୱୀକାର କରିଥିବ।

ସୂର୍ଯ୍ୟ ସଙ୍ଗେ ସଙ୍ଗେ କାନାଡ଼ାରୁ ଫ୍ଲାଇଟ୍‌ରେ ଉଡ଼ିଆସି ନୂଆଦିଲ୍ଲୀରେ ପହଞ୍ଚି ଯାଉଥିବ। ନୂଆଦିଲ୍ଲୀରୁ ଭୁବନେଶ୍ୱର ବିଜୁ ପଟ୍ଟନାୟକ ଅନ୍ତର୍ଜାତୀୟ ବିମାନ ବନ୍ଦରରେ ଓହ୍ଲାଇଲା ବେଳକୁ କୁନ୍ତୀ ବ୍ୟଗ୍ରତାର ସହ ତାକୁ ଅପେକ୍ଷା କରିଥିବ। ବିମାନ ବନ୍ଦରରେ ଦୁହେଁ ପରସ୍ପରକୁ ଚିହ୍ନାଚିହ୍ନି ହେଉଥିବେ। କୁନ୍ତୀ ନିଜେ କାର୍ ଡ୍ରାଇଭିଂ କରି ସୂର୍ଯ୍ୟକୁ ନେଇ ଆସୁଥିବ ହୋଟେଲ୍‌କୁ।

ସେମାନେ ଖଣ୍ଡଗିରି, ଧଉଳି, ପୁରୀ, କୋଣାର୍କ, ଚନ୍ଦ୍ରଭାଗା, ଗୋପାଳପୁର ବୁଲି ଯାଉଥିବେ। ଚନ୍ଦ୍ରଭାଗା ବେଳାଭୂମିରେ ସୂର୍ଯ୍ୟ ଅସ୍ତ ହୋଇ ଯାଉଥିବେ। ବେଳାଭୂମିର ଝାଉଁବଣରେ କୁନ୍ତୀ ସୂର୍ଯ୍ୟର ବାହୁରେ ଆବଦ୍ଧ ହେଉଥିବ। ସୂର୍ଯ୍ୟ କୁନ୍ତୀକୁ ନିଜ କୋଳକୁ ଭିଡ଼ି ନେଉଥିବ। ସୂର୍ଯ୍ୟ ରୋମାଣ୍ଟିକ୍ ହୋଇ ପଡୁଥିବ। କୁନ୍ତୀର ଶରୀର ଚହଲି ଉଠୁଥିବ। ସୂର୍ଯ୍ୟ ନିୟନ୍ତ୍ରଣ ହରାଉଥିବ। ସୂର୍ଯ୍ୟ କୁନ୍ତୀର ଓଠକୁ କାମୁଡ଼ି ଦେଉଥିବ।

କୁନ୍ତୀ ଲାଜେଇ ଯାଉଥିବ। ସୂର୍ଯ୍ୟର ଦୁଷ୍ଟାମୀକୁ କୁନ୍ତୀ ନିରବ ସମର୍ଥନ ଜଣାଉଥିବ। ସେକ୍ସ ପାଇଁ ଅପିଲ୍ କରୁଥିବ।

ସେତେବେଳକୁ ଅନ୍ଧାର ହୋଇ ଯାଉଥିବ। ଚନ୍ଦ୍ରଭାଗା ବେଳାଭୂମିରେ ସୂର୍ଯ୍ୟ ନିଷ୍ପ୍ରଭ ହୋଇ ପଡୁଥିବେ। ସୂର୍ଯ୍ୟ ଆକାଶରୁ ଓହ୍ଲେଇ ଆସି କୁନ୍ତୀର କୋଳରେ ଶୋଇ ପଡ଼ିଥିବେ। ଦୁହେଁ ଝାଉଁବଣରେ ଆଦିମ କ୍ରୀଡ଼ାରେ ମାତି ଉଠୁଥିବେ। ସେମାନଙ୍କର ପ୍ରେମ ଅନ୍‌ଲାଇନ୍‌ରୁ ଅଫ୍‌ଲାଇନ୍‌କୁ ଟ୍ରାନ୍‌ସଫର୍ ହେଉଥିବ। ବାସ୍ତବରେ ଅଫ୍‌ଲାଇନ୍ ପ୍ରେମରେ ଯେଉଁ ମଜା, ତାହା କ'ଣ ଅନ୍‌ଲାଇନ୍ ପ୍ରେମରେ ଥିବ? ସୂର୍ଯ୍ୟର ଚଳିପେଟ ଧମ୍ ଧମ୍ କରୁଥିବ।

ସେମାନେ ଚନ୍ଦ୍ରଭାଗାର ଏକ ତାରକା ହୋଟେଲ୍‌ରେ ରାତ୍ରୀଯାପନ କରୁଥିବେ। ସୂର୍ଯ୍ୟ କୁନ୍ତୀର ଶାଲୁଓ୍ୱାର ଲେଶ୍ ଖୋଲୁଥିବ। କୁନ୍ତୀ ଦେହରେ ଏକ ତରଙ୍ଗ ସୃଷ୍ଟି ହେଉଥିବ। ସୂର୍ଯ୍ୟ କୁନ୍ତୀର ବ୍ରା ପିନ୍ ଖୋଲୁଥିବ। କୁନ୍ତୀ ଚେତନାଶୂନ୍ୟ ହୋଇ ପଡୁଥିବ। କ୍ରମେ ଚନ୍ଦ୍ରଭାଗାର ସେ ହୋଟେଲ୍ ରୁମ୍‌ରେ ସୂର୍ଯ୍ୟ ଓ କୁନ୍ତୀଙ୍କ ଜାନ୍ତବ କ୍ଷୁଧା ମେଣ୍ଟୁଥିବ। ଦୁହେଁ ଦେହ ସୁଖ ମେଣ୍ଟାଇବା ପରେ ସବୁକିଛି ଥଣ୍ଡା ପଡ଼ି ଯାଉଥିବ। ଗୋଟିଏ ଅଫ୍ ଲାଇନ୍ ପ୍ରେମ ଆଜି ସାର୍ଥକ ହେଉଥିବ।

ତମାମ୍ ରାତ୍ରୀ ଚାଲୁଥିବ ସେମାନଙ୍କର ସହବାସ। କ୍ରମେ ଦୁହେଁ ଆସନ୍ତାକାଲିର ସୂର୍ଯ୍ୟୋଦୟକୁ ଅପେକ୍ଷା କରୁଥିବେ। କୁନ୍ତୀ କ୍ଲାନ୍ତ ହୋଇ ବେଡ୍‌ରେ ଢାଳେଇ ପଡ଼ିଥିବ। ତା' ଶରୀରରେ କପଡ଼ା ନଥିବ। ଉଲଗ୍ନ ଦେହରେ କୁନ୍ତୀ ଆହୁରି ଅଧିକ ସେକ୍ସି ଲାଗୁଥିବ। ସୂର୍ଯ୍ୟ ପୁଣି ଥରେ ତାହା ସହ ରମଣ କରୁଥିବ। ଏମିତି ସାରା ରାତି ଚାଲିଥିବ ଅଫ୍‌ଲାଇନ୍ ପ୍ରେମ।

ସକାଳ ହେଉଥିବ। ଚନ୍ଦ୍ରଭାଗାର ବେଳାଭୂମିରେ ସୂର୍ଯ୍ୟ ଉଇଁଥିବେ। ପୁଣି ସବୁକିଛି ଚଳଚଞ୍ଚଳ ହେଉଥିବ। ସହର, ବଜାର, ଗ୍ରାହକ, ମାଲିକ, ଭଗବାନ, ଭକ୍ତ, ପର୍ଯ୍ୟଟକ ସମସ୍ତେ କର୍ମପ୍ରବଣ ହୋଇ ଉଠୁଥିବେ। ସବୁକିଛି ଠିକ୍‌ଠାକ୍ ଚାଲିଥିବ। ସପ୍ତାହେ ଧରି ସୂର୍ଯ୍ୟ କୁନ୍ତୀ ସହ ଓଡ଼ିଶାର ବିଭିନ୍ନ ପର୍ଯ୍ୟଟନ ସ୍ଥଳରେ ବୁଲାବୁଲି କରୁଥିବେ। ମାଇଣ୍ଡ ଫ୍ରେଶ୍ ସାଙ୍ଗକୁ ଟାଇମ୍ ପାସ୍ କରୁଥିବେ।

ସୂର୍ଯ୍ୟ କାନାଡ଼ାକୁ ଫେରିବାକୁ ତତ୍ପର ହେଉଥିବ। କୁନ୍ତୀର ସୂର୍ଯ୍ୟ ସହ ଏଭଳି ମିଳାମିଶା ଘଟଣାକୁ ତା' ଡ୍ୟାଡି, ମମି ଜାଣୁ ନଥିବେ। ଡ୍ୟାଡି, ମମିଙ୍କ ବିଶ୍ୱାସରେ କୁନ୍ତୀ ବିଷ ଦେଉଥିବ। କେଡ଼େ ସୁନ୍ଦର ଭାବେ ସେ ତା' ପ୍ରିୟ ବାପା, ମା'ଙ୍କୁ ପ୍ରତାରଣା କରୁଥିବ।

ସୂର୍ଯ୍ୟ କାନାଡ଼ା ଫେରୁଥିବ। ଆସନ୍ତାବର୍ଷ ସେମାନଙ୍କର ବାହାଘର ହେବ

ବୋଲି ସୂର୍ଯ୍ୟ ପ୍ରତିଶ୍ରୁତି ଦେଇଥିବ। କୁନ୍ତୀର ମନ ଆନନ୍ଦରେ ନାଚି ଉଠୁଥିବ। ମାତ୍ର, ସୂର୍ଯ୍ୟ ତ ପରଦେଶୀ ଭଳି ଉଡ଼ି ଯାଉଥିବ। ପ୍ରକୃତରେ ସୂର୍ଯ୍ୟ କ'ଣ ତାକୁ ବାହା ହେବ? ଏ ବାହାଘର କ'ଣ ସମ୍ଭବ? କୁନ୍ତି ଚମ୍‌କି ପଡୁଥିବ।

କୁନ୍ତୀର ପିରିୟଡ୍ ଗଡ଼ି ଯାଉଥିବ। କୁନ୍ତୀ ସୂର୍ଯ୍ୟକୁ ଅପେକ୍ଷା କରୁଥିବ। ସୂର୍ଯ୍ୟ ଆଉ ପୂର୍ବ ଭଳି ତା' ସହ ଚାଟିଂ କରୁ ନଥିବ। ପ୍ରେମ ଅନ୍‌ଲାଇନ୍‌ରୁ ଅଫ୍‌ଲାଇନ୍‌କୁ ଟ୍ରାନ୍ସଫର୍ ହୋଇଗଲା ପରେ ଆଉ କିଛି ବି ମଜା ନଥିବ। କୁନ୍ତୀ ଡିପ୍ରେସନ୍ ଭିତରକୁ ଚାଲି ଯାଉଥିବ। ସୂର୍ଯ୍ୟ କଥା, ଆଉ ସେକ୍ସ କଥା ଭାବି ପଶ୍ଚାତାପ କରୁଥିବ।

ସୂର୍ଯ୍ୟ କାନାଡ଼ା ଫେରିବାର ଦେଢ଼ ମାସ ବିତି ଯାଇଥିବ। କୁନ୍ତୀର ଡେଟ୍ ଗଡୁଥିବାରୁ ସେ ବିବ୍ରତ ହୋଇ ପଡୁଥିବ।

କୁନ୍ତୀ ଗାଇନିକ୍ ଡାକ୍ତରଙ୍କ ସହ କନ୍‌ସଲ୍‌ଟ କରୁଥିବ। ପ୍ରେଗ୍‌ନାନ୍‌ସି ଟେଷ୍ଟ ରିପୋର୍ଟ ପଜିଟିଭ୍ ଆସୁଥିବ। କୁନ୍ତୀ ସାମାନ୍ୟ ବ୍ୟସ୍ତ ହୋଇ ପଡୁଥିବ। ପ୍ରଥମେ ସେ ଏ ଖବର ସୂର୍ଯ୍ୟକୁ ଦେଉଥିବ। ସୂର୍ଯ୍ୟ କିଛି ବି ଉତ୍ସାହିତ ହେଉ ନଥିବ। ସୂର୍ଯ୍ୟର ଏ ପରିବର୍ତ୍ତନ ଦେଖି କୁନ୍ତୀ ଆବାକ୍ ହୋଇ ଯାଉଥିବ। ଗର୍ଭ ନଷ୍ଟ କରିବାକୁ ସୂର୍ଯ୍ୟ କୁନ୍ତୀକୁ ପରାମର୍ଶ ଦେଉଥିବ। ମନ ଦୁଃଖରେ କୁନ୍ତୀ ଆବର୍ସନ୍ କରିବାକୁ ଡାକ୍ତରଙ୍କୁ ଅନୁରୋଧ କରୁଥିବ।

ଏସବୁ ସତ୍ତ୍ୱେ କୁନ୍ତୀ ଆଜି ପ୍ରଥମ ଥର ପାଇଁ ନିଜକୁ ଭାଗ୍ୟବତୀ ମଣୁଥିବ। ସେ ସୃଷ୍ଟି କରିବାକୁ ସମର୍ଥ ହୋଇଥିବ। ସେ ମା' ହେବାକୁ ଯୋଗ୍ୟା ହୋଇପାରିଛି ଭାବି ତା' ଛାତି ଫୁଲି ଉଠୁଥିବ। କିନ୍ତୁ ଦୁର୍ଭାଗ୍ୟ, ତାର ଏହି ଅମୂଲ୍ୟ ସୃଷ୍ଟିକୁ ସେ ନିଜ ହାତରେ ଧ୍ୱଂସ କରିବାକୁ ଯାଉଥିବ। ଏହା ଭାବିଲା ବେଳକୁ କୁନ୍ତୀର ଛାତି ଭାଙ୍ଗି ଖଣ୍ଡଖଣ୍ଡ ହୋଇ ପଡୁଥିବ।

ନିଜର ପ୍ରଥମ ସୃଷ୍ଟିକୁ ଧ୍ୱଂସ କରିବା ପରେ କୁନ୍ତୀ ଚିନ୍ତାରେ ବୁଡ଼ି ରହୁଥିବ।

ଏମିତି କିଛି ବର୍ଷ ବିତିଗଲା ପରେ କୁନ୍ତୀର ଡ୍ୟାଡି, ମମି କୁନ୍ତୀକୁ ନୂଆ ଦିଲ୍ଲୀର ଜଣେ ଶିଳ୍ପପତିଙ୍କୁ ବିବାହ କରିଦେଉଥିବେ। ପ୍ରକୃତରେ ଏ ଦିଲ୍ଲୀ କ'ଣ ଥିବ ପୁରାଣର ଇନ୍ଦ୍ରପ୍ରସ୍ଥ? ପାଣ୍ଡବମାନଙ୍କ ରାଜ୍ୟ, ଇନ୍ଦ୍ରପ୍ରସ୍ଥ? ତା' ପୂର୍ବର ପରିତ୍ୟକ୍ତ ଖାଣ୍ଡବ ବନ?

କୁନ୍ତୀ ପାଞ୍ଚଟି ସନ୍ତାନର ଜନନୀ ପାଲଟୁଥିବ। ପାଞ୍ଚ ପାଞ୍ଚଟା ସନ୍ତାନର ଜନନୀ ହୋଇ କୁନ୍ତୀ ନିଜକୁ ବେଶ୍ ଭାଗ୍ୟବତୀ ମଣୁଥିବ। ଯୁଧିଷ୍ଠିର, ଭୀମ, ଅର୍ଜୁନ, ନକୁଳ, ସହଦେବଙ୍କ ଭଳି ପୁତ୍ର ପାଇ କୁନ୍ତୀର ଛାତି ଫୁଲି ଉଠୁଥିବ। ପାଞ୍ଚ ପୁଅମାନେ ଦିଲ୍ଲୀରେ ବାପାଙ୍କର ଶିଳ୍ପ ସଂସ୍ଥାକୁ ସମ୍ଭାଳୁଥିବେ। ପୁଅମାନଙ୍କର ସଫଳତାରେ କୁନ୍ତୀ ଆତ୍ମହରା ହୋଇ ଉଠୁଥିବ।

କୁନ୍ତୀ କ୍ରମେ ବୁଢ଼ୀ ହେଉଥିବ। ଶିଳ୍ପପତି ସ୍ୱାମୀଙ୍କର ଦେହାନ୍ତ ପରେ ସେ ବିଧବା ହେଉଥିବ। ବେଳେବେଳେ କୁନ୍ତୀ ପୁରୁଣା ସ୍ମୃତିକୁ ମନେ ପକାଉଥିବ। କୁନ୍ତୀର ମନେ ପଡୁଥିବ ସୂର୍ଯ୍ୟଙ୍କ ସହ ତା' ରୋମାନ୍‌ସ କଥା।

କାନାଡ଼ାରୁ ଭୁବନେଶ୍ୱର, ଭୁବନେଶ୍ୱରରୁ ଚନ୍ଦ୍ରଭାଗା; ଦୀର୍ଘ ଯାତ୍ରା ତାକୁ ରୋମାଞ୍ଚିତ କରୁଥିବ। ପୁଣି ବି ମନେ ପଡୁଥିବ ତା' ଗର୍ଭନଷ୍ଟ କଥା। ପୁଣି ବି ମନେ ପଡୁଥିବ ଅନ୍‌ଲାଇନ୍‌ରୁ ଅଫ୍‌ଲାଇନ୍‌କୁ ତାଙ୍କ ପ୍ରେମର ପରିବର୍ତ୍ତନ କଥା। ଯନ୍ତ୍ରଣାରେ ସେ ଛଟପଟ ହେଉଥିବ।

ଡାକ୍ତରଖାନାରେ ଆବର୍ସନ କରିବା ବେଳର ଯନ୍ତ୍ରଣା ଓ ତା' ପ୍ରଥମ ସୃଷ୍ଟିକୁ ଧ୍ୱଂସ କରି ଦେଇଥିବାର ଦୁଃଖରେ କୁନ୍ତୀ ଭାଙ୍ଗି ପଡୁଥିବ।

ଯଦି ସେତେବେଳେ ତା'ର ପ୍ରଥମ ସୃଷ୍ଟିକୁ ଆବର୍ସନ କରି ନଥାନ୍ତା, ତେବେ କ'ଣ ସେ ପୁତ୍ର ସନ୍ତାନଟିଏ ଜନ୍ମ ଦେଇଥା'ନ୍ତା ? ଏହା ଭାବି କୁନ୍ତୀ ଚମ୍‌କି ପଡୁଥିବ। ସେହି ସନ୍ତାନର ପିତା କ'ଣ ସୂର୍ଯ୍ୟ ହୋଇଥାନ୍ତା ? କୁନ୍ତୀର ଛାତି ଥରି ଉଠୁଥିବ। ଦେହ ଶୀତେଇ ଉଠୁଥିବ।

ବୁଢ଼ୀ ବୟସରେ କୁନ୍ତୀ ଆଜି ଅଧିକ ଚିନ୍ତାଶୀଳ ହୋଇ ପଡୁଥିବ। ଅବିବାହିତା କୁମାରୀ କୁନ୍ତୀର ଯଦି ପୁତ୍ର ସନ୍ତାନଟିଏ ଜାତ ହୋଇଥାନ୍ତା, ତେବେ କ'ଣ ସେ ପୁତ୍ରର ନାମ କର୍ଣ୍ଣ ହୋଇଥାନ୍ତା ?

କର୍ଣ୍ଣକୁ ତ ସେ କେବେଠୁ ନିଜ ହାତରେ ବଧ କରି ସାରିଥିବ। କର୍ଣ୍ଣ ତା'ର ପ୍ରଥମ ଅବୈଧ ସନ୍ତାନ ବୋଲି କୁନ୍ତୀ କ'ଣ କେଉଁଠି ପରିଚୟ ଦେଇ ପାରିବ ?

କୁନ୍ତୀର ଦୁଇ ଆଖିରୁ ଦୁଇ ଧାର ଲୁହ ଗାଲ ଦେଇ ଛାତି ଉପରେ ପଡୁଥିବ। ଟପ୍ ଟପ୍। କୁନ୍ତୀ ଚମ୍‌କି ପଡୁଥିବ।

■

ଅନ୍‌ଲାଇନ୍ ପ୍ରେମ

-ଏ ଡ୍ରେସ୍ ମୋତେ ମ୍ୟାଚ୍ କରୁଛି ନା, ସଚେତନ?

-ଡ୍ରେସ୍‌ଟା ତ ଚମତ୍କାର, ମାତ୍ର ତମକୁ.. ହେଃ, ଜମ୍ମା ମ୍ୟାଚ୍ କରୁନି।

-ଓ..ଓ..କେ, ଆଉ ଏ ଇୟର ରିଙ୍ଗ୍‌ଟା?

-ଇୟର ରିଙ୍ଗ୍‌ଟା ତ ସୋ ବିୟୁଟିଫୁଲ୍, ଓଃ ସିଟ୍, ସେ ବି ତମକୁ ମାନୁନି।

-ମୁଁ କେମିତି ଦିଶୁଛି ଆଜି?

-ଆଭରେଜ୍। ନଟ୍ ସୋ ଅଗ୍ଲି।

-ଥାଉ, ମୁଡ୍ ଠିକ୍ ନାହିଁ ବୋଧେ। ବହୁତ ଚିଡ଼େଇଲଣି। ଆଜି ସଞ୍ଜରେ ଅଫିସ ସାରି ଫରେଷ୍ଟପାର୍କ ଆସୁନ। ତମ ସାଙ୍ଗରେ ଗୁଡ଼ାଏ ଅର୍ଜେଣ୍ଟ୍ କଥା ଅଛି।

-କି କଥା, ଏଇଠି କହୁନ, ଏବେ।

-ନାଇଁ, କହିଲି ପରା ଫରେଷ୍ଟ ପାର୍କରେ।

-ନାଇଁ ମ, ଆସି ହବନି। ଆଜି ଅଫିସରେ ବେଶି କାମ ଅଛି। ଗୁଡ଼ାଏ ସେଲ୍‌ସ ଅର୍ଡର ଅଛି। ସେସବୁର ଡେସ୍‌ପାଚ୍ କରିବାକୁ ହେବ। ତା'ଛଡ଼ା ଇଭିନିଂରେ ମ୍ୟାନେଜିଂ ଡିରେକ୍ଟରଙ୍କ ସହ ଅର୍ଜେଣ୍ଟ୍ ମିଟିଂ ରହିଛି।

-ବାହାଘର ନେଇ ଘରେ କଥା ପକେଇଲ? ଅଙ୍କଲ, ଆଣ୍ଟି କ'ଣ କହୁଛନ୍ତି? ମୋତେ ପସନ୍ଦ କରୁଛନ୍ତି ନା? ମାନେ, ମୁଁ ତାଙ୍କର ବୋହୂ ପାଇଁ କ୍ୱାଲିଫାଏଡ୍?

-ନାଇଁ ଯେ, ମୁଁ କ'ଣ କହୁଥିଲି କି ସାରା, ତମେ ଖୁବ୍ ଭଲ ଝିଅ। ତମକୁ ବି ବହୁତ ଭଲ ପୁଅ ମିଳିବେ। ମୋତେ ଭୁଲିଯାଅ, ସାରା। ପ୍ଲିଜ୍। ବାହା ହେବାର କୌଣସି ପ୍ଲାନ୍ ନାହିଁ ମୋର ଏବେ। କିନ୍ତୁ ସାରା, ତୁମେ ବହୁତ ଭଲ ଝିଅ। ମୁଁ ତୁମକୁ ସବୁଦିନ ମିସ୍ କରିବି।

-ଓ, ଗ୍ରେଟ୍। କେବେଠୁ ଅନ୍ୟମାନଙ୍କୁ ଦୟା କରିବା ଆରମ୍ଭ କଲଣି, ଶୁଣେ? ଆଉ, ମହାପୁରୁଷଙ୍କ ଭଳି ବି କଥା ହେଲଣି।

-ମୋତେ ଭୁଲ୍ ବୁଝନି ସାରା। ମୁଁ ନିରୁପାୟ। ମୁଁ ତମକୁ ମ୍ୟାରେଜ୍ କରି ପାରିବିନି।

-ଓ..ଓ..କେ। ଇଟ୍‌ସ ଗ୍ରେଟ୍, ୟାର୍! ନାଇସ୍! ଜଷ୍ଟ ୟୁଜ୍ ଆଣ୍ଡ ଥ୍ରୋ! ରିଅଲି! ଫାଇନ୍, ଫାଇନ୍।

-ସରି ସାରା, ଆମ୍ ଅନ୍‌ଡନ୍।

-ଆଗରୁ ତ ମୋତେ ପାଇବା ପାଇଁ ପାଗଳ ହୋଇ ଯାଉଥିଲ। ବାହା ହେବା ପାଇଁ ଲୋଳାଙ୍କ ଭଳି ପଛେ ପଛେ ଗୋଡୋଉ ଥିଲ। ଏବେ କ'ଣ ହେଲା କି? ମନ ଛାଡ଼ିଗଲା?

-ସରି, ସାରା। ତୁମେ ବହୁତ ଭଲ ଝିଅ। ମାତ୍ର ମୁଁ ତୁମକୁ ବିବାହ କରିପାରିବି ନାହିଁ। ଏକ୍‌ସକ୍ୟୁଜ୍ ମି। ରିଏଲି, ଆମ୍ ସୋ ସରି। ମୋ'ଠୁ ଦୂରେଇ ଯାଅ।

ସଚେତନର ଏଭଳି କଥା ଶୁଣି ସାରାର ମୁଣ୍ଡ ଘୂରାଇ ପକାଇଲା। ସଚେତନ ଗତକାଲି କହୁଥିଲା, ଆସନ୍ତାବର୍ଷ ତାଙ୍କର ବିବାହ ହେବ। ଘରେ କଥା ପକେଇ ସାରିଛି। ଡ୍ୟାଡି, ମମି ବି ଏଗ୍ରି କରିଛନ୍ତି। ହଠାତ୍ ଆଜି ତା'ର କ'ଣ ହେଲା?

ତା'ହେଲେ ଏସବୁ ଥିଲା ବକ୍‌ବାସ!

ତା'ହେଲେ ତନ୍ଦ୍ରା ଯାହା କହୁଥିଲା ସତ! ସଚେତନ ଗୋଟିଏ ପ୍ଲେୟାର! ହଣ୍ଟର! ଗାର୍ଲ୍ କିଲର!

ତନ୍ଦ୍ରା କହୁଥିଲା, ସଚେତନଟା ଆଦୌ ଭଲ ପିଲା ନୁହେଁ। ସେ ଖାଲି ଝିଅଙ୍କ ଦେହ ସହ ଖେଳେ ଓ ପୁରୁଣା ହୋଇଗଲେ ଫିଙ୍ଗିଦେଇ ନୂଆ ଝିଅଙ୍କ ସହ ସମ୍ପର୍କ ଯୋଡ଼େ। ନୂଆ ନୂଆ ଝିଅଙ୍କୁ ସେଇ ପୁରୁଣା ଲୋଭ ଦେଖାଏ, ପୁରୁଣା ସ୍ୱପ୍ନ ଦେଖାଏ। ସେଇ ପୁରୁଣା କୌଶଳ, ପୁରୁଣା ଫନ୍ଦି।

ଟୋକାଟା ବଡ଼ କଳାକାର, ତା'ହେଲେ। ଓ, ମାଇଁ ଫୁଟ୍।

ତନ୍ଦ୍ରା ବି ଦିନେ ସାରା ଭଳି ଶିକାର ହୋଇଥିଲା। ମାତ୍ର, ତନ୍ଦ୍ରା ଯେତେବେଳେ ସଚେତନ କଥା କହେ, ସାରା ତାକୁ ଉଡ଼େଇ ଦିଏ। ଉଡ଼େଇବନି ବା କାହିଁକି? ସେତେବେଳେ ତନ୍ଦ୍ରାର କଥା ଶୁଣିବା ଅବସ୍ଥାରେ ନଥିଲା ସାରା। ସଚେତନର ପ୍ରେମରେ ଉବୁଟୁବୁ ହେଉଥିଲା ସେ। ଓ, ସିଟ୍।

ତନ୍ଦ୍ରା, ସାରାମାନେ ତା'ହେଲେ ସଚେତନ ପାଇଁ ଦୋକାନରେ ବିକ୍ରି ହେଉଥିବା ବେବି ଡଲ୍! ଅଭିମାନ ହେଲା ସାରାର। କ୍ରୋଧରେ ତା' ଶରୀର ଥରୁଥିଲା। କମ୍ପନ ସୃଷ୍ଟି ହେଉଥିଲା ତା' ପ୍ରଶ୍ୱାସରେ।

କେତେ ଅହଂକାର ଏ ଟୋକାଟାର ? ଆଭିଜାତ୍ୟ, ଚେହେରା, ପୁରୁଷତ୍ୱକୁ ନେଇ ଖୁବ୍ ଗର୍ବ କରୁଛି ସଚେତନ। ମାଇଁ ଫୁଟ୍। କେତେ ଟୋକା ଏମିତି ଦେଖିଛି ମୁଁ। ଥୁଃ। ମାଟି ଉପରେ ଲଣ୍ଡାଏ ଛେପ ପକାଇଲା ସାରା।

ଆଚ୍ଛା ମୁଁ ବି କମ୍ ନୁହେଁ। ରହିଥା ପୁଅ, ତତେ ଦେଖୁଛି। ସାରା ମନରେ ପ୍ରତିଶୋଧର ନିଆଁ ଜଳୁଥିଲା।

ସଚେତନକୁ ଅଳିଆ ଆଉ ଲୋଲା ପ୍ରମାଣିତ କରିବାକୁ ସାରା ଗୋଟିଏ ବଢ଼ିଆ ପ୍ଲାନ୍ କଲା।

ଯେଉଁ ସାରା ତତେ ଏବେ ଗନ୍ଧଉଚି, ସେଇ ସାରା ପଛରେ ତୁ କେମିତି ଗୋଡ଼େଇବୁ, ତାହାରି ବ୍ୟବସ୍ଥା କରୁଛି। ରହରେ ପୁଅ। ସେଇ ସାରା ତତେ ଏମିତି କନ୍‌ଫ୍ୟୁଜ୍ କରିବ, ଏମିତି ଇଲ୍ୟୁଜନ ରଚିବ, ତୁ ଖାଲି ପାଗଳଙ୍କ ଭଳି ତା' ପଛରେ ଧାଉଁଥିବୁ।

ସାରା ନିଜର ପ୍ଲାନ୍ ବିଷୟରେ ଜଲିକୁ କହିଲା। ଜଲି ସେତେବେଳେ ବେଡ୍ ଉପରେ ତକିଆକୁ କୁଣ୍ଢେଇ ଗଡୁଥିଲା ଓ ତା' ସ୍ମାର୍ଟ ଫୋନ୍ ସହ ବ୍ୟସ୍ତ ଥିଲା।

ଆଉ ଗୋଟିଏ ବେଡ୍ ଉପରେ ଆଣ୍ଠେଇ ପଡ଼ି ତନ୍ଦ୍ରା ନିଜ ସ୍ମାର୍ଟ୍ ଫୋନ୍‌ରେ ଅଙ୍ଗୁଳି ଚଳାଉଥିଲା ଓ ମୋବାଇଲ୍ ସ୍କ୍ରିନ୍‌କୁ ଚାହିଁ ଅଳ୍ପ ଅଳ୍ପ ହସୁଥିଲା। ସ୍ମାର୍ଟ ଫୋନ୍‌ର ଆଲୋକରେ ତା' ମୁହଁ ଆହୁରି ଉଜ୍ୱଳ ଦିଶୁଥିଲା। ତା' ଦାନ୍ତଗୁଡ଼ିକ ବି ଅଧିକ ଚିକ୍‌ଚିକ୍ କରୁଥିଲା।

ଜଲି ଓ ତନ୍ଦ୍ରା ନିଜ ଦୁନିଆରେ ବୁଡ଼ିଯାଇଥିଲେ। ସେ ଦୁହେଁ କିଛି ଶୁଣିବା ଅବସ୍ଥାରେ ନଥିଲେ।

ସାରା ନିଜ ଟାବ୍‌ଲଏଡ୍ ବାହାର କଲା। ଏଣୁତେଣୁ କିଛି ଟାଇପ୍ କଲା। ଜଲି କହିଲା: କ'ଣ କରୁଛୁ ବେ ସାରା, ଏତେ ରାତିରେ। ଆସିଲା ବେଳୁ ତୋ' ମୁଡ୍ ଅଫ୍। କଥା କ'ଣ ?

ତନ୍ଦ୍ରା କିନ୍ତୁ ନିଜ ସ୍ମାର୍ଟଫୋନ୍‌ରେ ସେମିତି ଚାଟିଂରେ ବୁଡ଼ି ରହିଥାଏ। ମୋବାଇଲ୍ ସ୍କ୍ରିନ୍‌କୁ କିସ୍ କରୁଥାଏ, ହସୁଥାଏ, ରାଗୁଥାଏ ଓ ମଝିରେ ମଝିରେ ଆଖି ବଡ଼ ବଡ଼ କରି ଗାଳିକଲା ଭଳି ମୁହଁ କରୁଥାଏ।

ଜଲି ତିନୋଟି କାଚ ଗ୍ଲାସ୍‌ରେ ତିନୋଟି ବଡ଼ ପେଗ୍ ହୁସ୍କି ବନାଇଲା। ସାରା କିନ୍ତୁ ଗୋଟିଏ ଢୋକରେ ନିଜର ପେଗ୍‌ଟିକୁ ପିଇଦେଲା। ଜଲି ଓ ତନ୍ଦ୍ରା କିନ୍ତୁ ଧୀରେ ଧୀରେ ନେଲେ। ଓଲ୍‌ଡ ମଙ୍କ୍ କିନ୍ତୁ ସାରାକୁ ଭଲ ଲାଗୁ ନଥିଲା। ଟ୍ରାଡିସିନାଲ୍ ହ୍ୱିସ୍କି।

ସାରା କହିଲା, ତମେ ଶଳେ, ସେଇ ପୁରୁଣା ବାଆଜି (ଓଲ୍‌ଡ ମଙ୍କ୍) ପଛରେ ପଡ଼ିଛ ଆଜିଯାଏ। ତା' ପ୍ରେମରୁ ମୁକୁଳି ପାରୁନ ଏଯାଏ। ରୟାଲ୍ ଷ୍ଟାଗ୍, ମେକର୍ସ

ମାର୍କ, ରିଚ୍ ଆଣ୍ଡ ରେୟାର, ଇଭାନ୍ ୱିଲିୟମ୍ ଭଳି ବ୍ରାଣ୍ଡ୍ ସିନା ଆଣନ୍ତ। ହଉ, ଦେ ଆଉ ଗୋଟିଏ ପେଗ୍। ବଡ଼ ପେଗ୍ ମୋର ଦରକାର। ତିନିହେଁ ସିଗାରେଟ୍ ଲଗାଇଲେ। ଘର ଧୂଆଁମୟ ହୋଇଗଲା।

ସେତେବେଳ ପର୍ଯ୍ୟନ୍ତ ସାରା ମୁଣ୍ଡରୁ ସଚେତନ ଭୂତ ଓହ୍ଲାଇ ନଥିଲା। ସେ ସଚେତନକୁ ପାନେ ଦେବାକୁ ଯୋଜନା କରୁଥିଲା। ଏହି ବିଚାର ତା' ମୁଣ୍ଡରେ ସାରା ଦିନ ଖେଳୁଥାଏ।

ଜଲି, ତନ୍ଦ୍ରା ବି ଜାଣିଥିଲେ, ସଚେତନ ସେଇଭଳି ଟୋକା। ଏଣୁ ତନ୍ଦ୍ରା, ଜଲି ଓ ସାରା ମିଶିକି ଚମତ୍କାର ପ୍ଲାନ୍ କଲେ। ତିନିହେଁ ମିଶି ଟୋକାକୁ ଏମିତି ଘାଣ୍ଟିବେ, ଯେମିତି ପୁଅ ଅଖା ଧୋଉଥିବ, ଗୁଣ ଗାଉଥିବ। ୟେ ତ ଗୟା କାମ୍‌ସେ !

ତିନି ଜଣ ସୁନ୍ଦରୀ ବ୍ୟାଚ୍‌ଲର ଝିଅ, ସେମାନଙ୍କ ମଦ ଗନ୍ଧ ଓ ସିଗାରେଟ୍ ଧୂଆଁରେ ସେତେବେଳକୁ ବିଚରା ଘରଟି ଅସ୍ତବ୍ୟସ୍ତ ହୋଇ ପଡୁଥାଏ। ସାରା ସେଦିନ ବହୁତ ପିଇଲା। ତଥାପି ତାକୁ ନିଶା ହେଉ ନଥିଲା।

ଜଲି କହିଲା: ଥାଉ ବେ ସାରା, ଏତେ ପିଇନା। ମରିବୁ ନା କ'ଣ ? ତନ୍ଦ୍ରା ବି ମଦ ନିଶାରେ ସାରାକୁ ବୁଝାଇଲା। ତନ୍ଦ୍ରା କହିଲା: ବେ ସାରା, ରଖ୍। ବେଶି ପିଇବା ୱାଇଜ୍ ନୁହେଁ।

ଏତିକିବେଳେ ପୁଣି ସେଇ ସଚେତନ ସାରା ମୁଣ୍ଡକୁ ପଶି ଆସିଲା। ସଚେତନ ସାରାର ପ୍ରେମକୁ ପ୍ରତ୍ୟାଖ୍ୟାନ କରିଛି। ତିନି ବର୍ଷ ସାଥୀ ହୋଇ ମିଳାମିଶା କରିବା ପରେ ଏବେ ସଚେତନକୁ ସାରା ଗନ୍ଧେଇଲା। ସାରାର ଦେହ ତାକୁ ବୋର୍ ଲାଗିଲା। ସାରାର ଝାଳ ତାକୁ ଦୁର୍ଗନ୍ଧ ହେଲା। ସାରାର କଥାବାର୍ତ୍ତା ତାକୁ ଗାଉଁଲି ଲାଗିଲା। ସାରା ଏବେ ତାକୁ ଅସୁନ୍ଦରୀ ଲାଗିଲା। ନାହିଁ ? ହଉ, ତତେ ଦେଖୁଛିରେ ପୁଅ।

ସେତେବେଳକୁ ମଦ ନିଶାରେ ସାରା ଚୁର୍ ହୋଇ ଯାଇଥାଏ। ତା' ଗୋଡ଼ ଏଣେତେଣେ ପଡୁଥାଏ ଓ ସେ ଟଳୁଥାଏ। ତା' ଆଖିଗୁଡ଼ା ଲାଲ୍ ଟହଟହ ଦିଶୁଥାଏ।

ବାଥ୍‌ରୁମ୍‌କୁ ଯିବାବେଳେ ସାରା ଢୋ କିନା ଗଛ କାଟିଲା ଭଳି କଚାଡ଼ି ହୋଇ ପଡ଼ିଲା। ଭକ୍ ଭକ୍ ବାନ୍ତି କରି ପକାଇଲା। ଜଲି ଓ ତନ୍ଦ୍ରା ତାକୁ ଉଠାଇବାକୁ ଯାଇ ନିଜେ ନିଜେ ବି କଚାଡ଼ି ହୋଇ ପଡ଼ିଲେ। ତିନି ହେଁ ପରସ୍ପରକୁ କୁଣ୍ଢାକୁଣ୍ଢି ହୋଇ ଚଟାଣରେ ଗଡ଼ିଲେ। ଏଣୁତେଣୁ ବେସୁରା ଚାଲୁ ହିନ୍ଦୀ ଫିଲ୍ମର ଗୀତ ଗାଇଲେ ଓ ବୋବାଲ୍ କଲେ।

ଆଛା, ସାରା ଏବେ ଗୋଟିଏ ଲସ୍ ଆଇଟମ୍, ନାହିଁ ? ହଉରେ ପୁଅ। ୱେ, ୱେ।

ଜଲି ଆଉ ତନ୍ଦ୍ରା ନିଶାସକ୍ତ ଅବସ୍ଥାରେ ସେମାନଙ୍କ ବଏ ଫ୍ରେଣ୍ଡଙ୍କ ସହ ଚାଟିଂ

କରିବା ଆରମ୍ଭ କରିଦେଲେ। ସାରା କିନ୍ତୁ ବେଡ୍‌ରେ ପଡ଼ି ସେମିତି ଛଟପଟ ହେଉଥିଲା ଏବଂ ସଚେତନକୁ ମନେମନେ ଅଶ୍ଳୀଳ ଭାଷାରେ ଗାଳିଗୁଲଜ କଲା।

ସକାଳକୁ ସାରାର ମୁହଁ ଫୁଲି ଯାଇଥାଏ। କାଲିର ବଳକା ନିଶା ତଥାପି ଉତ୍ତୁରି ନଥାଏ। ବେଡ୍‌ରୁ ଉଠି ବସିଲା। ଦି' ହାତକୁ ଉପରକୁ ଟେକି ଦେହ ସଳଖେଇଲା। ଦେହକୁ ପାଳ ଦଉଡ଼ି ଭଳି ଗୁଡ଼ାଇ ଲମ୍ବା ହାଇ ମାରିଲା। ତଥାପି ତା' ମୁହଁରୁ ମଦ ଗନ୍ଧ ବାହାରୁ ଥିଲା।

ଦିନ ଥିଲା ସାରାର ହାତ ଆଙ୍ଗୁଳି ସଚେତନକୁ ପଦ୍ମ କଢ଼ୀ ଭଳି ଲାଗୁଥିଲା। ସାରାର ଓଠ ତାକୁ ଅଙ୍ଗୁରପେଣ୍ଡା ଭଳି ଲାଗୁଥିଲା। ସାରାର ବେକ ତାକୁ ରଜନୀଗନ୍ଧା ଭଳି ଲାଗୁଥିଲା। ଆଜି ସାରା ତାକୁ ଗନ୍ଧଉଚି। ଯେତେ ଚେଷ୍ଟା କଲେ ବି ସଚେତନର କାଲି କଥାକୁ ଭୁଲି ପାରୁ ନଥିଲା ସାରା।

ସାରାର ପ୍ଲାନ୍‌ଟି ଜଲି ଓ ତନ୍ଦ୍ରାର ମନକୁ ପାଇଲା। ତିନିହେଁ ସାଥୀ ହୋଇ ଯୋଜନାର ରୂପରେଖ ପ୍ରସ୍ତୁତି କରିବାରେ ଲାଗିପଡ଼ିଲେ।

ଛଦ୍ମ ନାମରେ ଫେସ୍‌ବୁକ୍‌ରେ ସାରା ଖୋଲିଲା ଏକ ନୂଆ ଆକାଉଣ୍ଟ। ମିଛ ଫଟୋ ଓ ମିଛ ପ୍ରୋଫାଇଲ୍ ଦେଇ ସେ ଆରମ୍ଭ କଲା ନୂଆ ଫେସ୍‌ବୁକ୍ ଆକାଉଣ୍ଟ। ତମିସ୍ରା ମିଶ୍ର ଟାଇମ୍‌ଲାଇନ୍‌ରେ ସାରା ଯେଉଁ ଆକାଉଣ୍ଟ୍ ଖୋଲିଲା, ଜଣେ ଅଜଣା ସୁନ୍ଦରୀ ଝିଅର ଫଟୋ ତା' ଟାଇମ୍‌ଲାଇନ୍‌ରେ ସେଭ୍ କରିଥିଲା।

ଓ୍ବାଃ, ତମିସ୍ରାର ଫ୍ରେଣ୍ଡ୍ ରିକ୍ୱେଷ୍ଟକୁ ଗୋଟିଏ ମିନିଟ୍‌ରେ ଆକ୍‌ସେପ୍‌ଟ କରିନେଲା ସଚେତନ !

ଗୋଟିଏ ନୂଆ ମୋବାଇଲ୍ ଫୋନ୍ ନମ୍ବରରେ ସଚେତନ ସହ ହ୍ୱାଟ୍‌ସଆପ୍‌ରେ ସମ୍ପର୍କ ଆରମ୍ଭ କଲା ସାରା। ଏବେ ତମିସ୍ରା ଓ ସଚେତନ ମଧ୍ୟରେ ଆରମ୍ଭ ହେଲା ନୂଆ ହ୍ୱାଟ୍‌ସଆପ୍ ସମ୍ପର୍କ। ଟିଣ୍ଡର ଆପ୍‌ରେ ଚାଟିଂ କଲେ। ଉଭୟଙ୍କ ମଧ୍ୟରେ ଆରମ୍ଭ ହୋଇଗଲା ହ୍ୱାଟ୍‌ସଆପ୍ ଚାଟିଂ। କଥାବାର୍ତ୍ତାର ଝାମେଲା ନାହିଁ, ସବୁକିଛି ସ୍ମାର୍ଟଫୋନ୍‌ର କି ପ୍ୟାଡ୍ ଓ ହାତ ଆଙ୍ଗୁଳିର କମାଲ୍।

ସାରା ମନେ ମନେ ହସିଲା। ସତରେ ଟୋକାଗୁଡ଼ାକ କେଡ଼େ ଅସହାୟ ! ଲୋଲା ! ଝିଅଙ୍କ ଆଗରେ ଛେଳି। ଜଣେ ପୁଅ ନିଜର ପୁରୁଷତ୍ୱକୁ ନେଇ ଯେତେ ବି ଅହଂକାର କରୁ ନା କାହିଁକି, ଝିଅ ଆଗରେ ସେ ମେଣ୍ଢା, ଏହା ମାନିବାକୁ ପଡ଼ିବ। ଝିଅ ହୋଇଥିବାରୁ ସାରା ନିଜକୁ ଗର୍ବ କଲା।

ସଚେତନ ପ୍ରତି ଦୟା ଆସିଲା ସାରାର। ଓଃ ସରି, ସାରା ନୁହେଁ ତ ତମିସ୍ରାର। ତମିସ୍ରା ଚାଟିଂ କଲା। ସଚେତନ ରିପ୍ଲାଏ ଦେଲା। ତମିସ୍ରା ଟାଇପ୍ କଲା।

ତମିସ୍ରା: ହାଏ, ଆମ୍ ତମିସ୍ରା ଫ୍ରମ୍ ଭୁବନେଶ୍ୱର।

ସଚେତନ: ଆଛା, ଭୁବନେଶ୍ୱର! ବଟ୍ ହୋୟାର?

ତମିସ୍ରା: ଉଁ ହୁଁ, ଏତେ ବ୍ୟଗ୍ର! (ଚଟାପଟ୍ ଦୁଇଟି ଆଶ୍ଚର୍ଯ୍ୟସୂଚକ ଇମୋଜି ସେଣ୍ଡ୍ କଲା)

ସଚେତନ: ଆରେ, ମୁଁ ବି ତ ଭୁବନେଶ୍ୱରର।

ତମିସ୍ରା: ସତେ ନା, କଣ? (ପୁଣି ଆଶ୍ଚର୍ଯ୍ୟସୂଚକ ଇମୋଜି ସେଣ୍ଡ୍ କଲା)

ସଚେତନ: ଆମେ କେଉଁଠି ଦେଖା ହୋଇ ପାରିବା ନି?

ତମିସ୍ରା: ଫରେଷ୍ଟ ପାର୍କରେ, ନା ନା, ଆଇଜି ପାର୍କରେ। ନା, ନା, ଏବେ ନୁହେଁ ପରେ। ତୁମକୁ କହିବି।

ସଚେତନ: ଓ, ତମେ ବହୁତ ବଢ଼ିଆ ଝିଅ। ତମ ପ୍ରୋଫାଇଲ୍ ଦେଖୁଥିଲି। ତମେ ଖୁବ୍ ସୁନ୍ଦରୀ। ତମ ଆଖି ଦୁଇଟି ଖୁବ୍ ସୁନ୍ଦର। ଢଳଢଳ। ରୋଜ୍ ଭଳି ଫ୍ରେଶ୍। ସୋ ୟୁ ଆର୍ ମାଇଁ ରୋଜି, ଡିଅର୍।

ତମିସ୍ରା: ହୁଁ, ସତେ! ଖୁବ୍ ରୋମିଓ ତ!

ସଚେତନ: ତମେ ଖୁବ୍ ଦୁଷ୍ଟ। ଆଉ ଦୁଷ୍ଟ ଝିଅମାନେ ମୋର ଫେଭରିଟ୍।

ତମିସ୍ରା: ଝିଅମାନେ? ଅର୍ଥାତ୍ ଅନେକ ଝିଅଙ୍କ ସହ ରିଲେସନ୍ ଚାଲିଛି, ନାଇଁ? ଉଁ, କଥା କ'ଣ କି, ରୋମିଓ? ବଡ଼ ତ ଛୁପା ରୁସ୍ତମ୍!

ସଚେତନ: ସତ କହୁଛି ତମିସ୍ରା, ତମେ ହେଉଛ ପ୍ରଥମ ଝିଅ, ଯାହା ପ୍ରତି ମୁଁ ଏତେ କ୍ଲୋଜ୍ ହୋଇଛି। ଆଜି ଯାଏ କୋଉ ଝିଅର ପ୍ରେମରେ ପଡ଼ିନି। ପ୍ରମିଜ୍।

ତମିସ୍ରା: (ମନେ ମନେ ହସି) ଉଫ୍, ସଲିମ୍!

ସଚେତନ: ୟୁ ଆର୍ ମାଇଁ ଅନାର୍‌କଲି।

ତମିସ୍ରା: ଉଫ୍ (ଇମୋଜି ବ୍ୟବହାର କରି), ମିଛ କହୁଛ। ୟୁ ଆର୍ ଲାୟାର। ପୁଅଗୁଡ଼ା ମିଛ କହନ୍ତି। ଝିଅଙ୍କୁ ପଟେଇବା ପାଇଁ କୁଆଡୁ କୁଆଡୁ ପ୍ଲଟ୍ ତିଆରି କରନ୍ତି।

ସଚେତନ: ସେମିତି କହିବନି। ଆଇ ଫିଲ୍ ସୋ ହର୍ଟ୍। ଅନ୍ୟ ପୁଅଙ୍କ ସହ ମୋତେ କମ୍ପେଆର୍ କରିବନି, କହି ଦେଉଛି।

ତମିସ୍ରା: ସରି, ସରି। ନାକ ଅଗରେ ରାଗ! ଉଁ!

ସଚେତନ: ଗିଭ୍ ମି ଏ କିସ୍, ପ୍ଲିଜ୍!

ତମିସ୍ରା: (ହାର୍ଟ୍ ଇମୋଜି ପଠାଇ) ପାଇଲ?

ସଚେତନ: କ'ଣ କରୁଛ, ବେବି?

ତମିସ୍ରା: କ'ଣ କରୁଥିବି, କହିଲ ଦେଖି?

ସଚେତନ: ତମେ ଏବେ ତକିଆକୁ କୁଣ୍ଢେଇ ବେଡ୍‌ରେ ପଡ଼ିଛ। ପିଙ୍କ୍ କଲର ନାଇଟ୍ ଗାଉନ୍ ପିନ୍ଧିଛ। ପେଟେଇ ହୋଇ ପଡ଼ିଛ, ଆଉ ଗୋଡ଼ ଦୁଇଟିକୁ ଉପରକୁ ଟେକି ସାମାନ୍ୟ ହଲାଉଛ। ଗାଉନ୍ ଭିତରୁ ତୁମର ହଳଦିଆ ଗୋଡ଼ ଦୁଇଟି, ଆଃ... ସୋ ଫାସିନେଟିଂ, ସୋ ବିୟୁଟିଫୁଲ୍...।

ତମିସ୍ରା: (ଇମ୍ପ୍ରେସ୍ କରିବାକୁ ଯାଇ) ଠିକ୍ କଥା ତ କହିଲ। ତମେ କେମିତି ଜାଣିଲ ? ଆହା ମୋ' ଜ୍ୟୋତିଷପ୍ରବର।

ସଚେତନ: ତମ ଦୁଇ ଆଖି କହୁଚି।

ତମିସ୍ରା: ତମେ ତା'ହେଲେ ଝିଅଙ୍କ ଆଖି ଦେଖି ସବୁକିଛି ଜାଣିଯାଅ ?

ସଚେତନ: ସିଓର।

ତମିସ୍ରା: ଝିଅଙ୍କ ବିଷୟରେ ଆଉ କ'ଣ କ'ଣ ଜାଣ ?

ସଚେତନ: ଆଉ କ'ଣ, କ'ଣ। ମାନେ ଅନେକ କିଛି।

ତମିସ୍ରା: ଅନେକ କିଛି ?

ସଚେତନ: ବାଏ ଦ ୱେ, ଆମର ଭେଟ କେବେ ହେବ ?

ତମିସ୍ରା: ଉହୁଁ, ଏତେ ବ୍ୟସ୍ତ !

ସଚେତନ: ତମ ଭଳି ସୁନ୍ଦରୀ ଝିଅକୁ ପ୍ରେମ କରିବି, ପୁଣି ବ୍ୟସ୍ତ ହେବିନି ? ଏମିତି ହେବ କି ? ଥରେ ଆସନା !

ତମିସ୍ରା: ମୁଁ ତ ଅଛି ତମ ସାମ୍ନାରେ। ତମ ଆଖପାଖରେ। ତମ ବାହୁ ବନ୍ଧନରେ। ତମ କୋଳରେ। ଫିଲ୍ କରି ପାରିଲେ ହେଲା। ଫିଲ୍ ପାଇଁ ଦିଲ୍ ଲୋଡ଼ା, ୟାର୍ !

ସଚେତନ: ଉଫ୍।

ତମିସ୍ରା: ୟେ, ନିରବ ହୋଇଗଲ ! କୁଆଡ଼େ ଗାଏବ ହୋଇଗଲ ନା କ'ଣ ?

ସଚେତନ: ତମ ଭିତରେ। ତମକୁ ଆଲିଙ୍ଗନ କରୁଛି।

ତମିସ୍ରା: ଉଫ୍, ସତେ !

ସଚେତନ: ଆଚ୍ଛା ତମିସ୍ରା ତମକୁ ଅନ୍ଧାର ଭଲ ଲାଗେ ନା ଆଲୁଅ ?

ତମିସ୍ରା: ମୋତେ ଆଲୁଅ ଖୁବ୍ ଭଲଲାଗେ।

ସଚେତନ: ଆଚ୍ଛା, ତମେ ଯେ ତମିସ୍ରା। ମାନେ ଅନ୍ଧାର। ଘନ ଅନ୍ଧାର। ଅଥଚ ଆଲୁଅକୁ ଏତେ ଭଲ ପାଅ ! କେମିତି ଏ କଣ୍ଟ୍ରାଡିକ୍‌ସନ୍ ?

ତମିସ୍ରା: କଣ୍ଟ୍ରାଡିକ୍‌ସନ୍ ଇଜ୍ ଲାଇଫ୍।

ସଚେତନ: ଫିଲୋସଫର ହୋଇଗଲ କି ବେବି ?

ତମିସ୍ରା: ଉଫ୍..।

ସଚେତନ: ହେ୍ୱନ୍ ୱିଲ୍ ୱି ମିଟ୍, ତମିସ୍ରା, ମାଇଁ ଡାର୍ଲିଂ, ମାଇ ସୁଇଟ୍ ହାର୍ଟ୍, ମାଇଁ ବେବି ଡଲ୍ ?

ତମିସ୍ରାର ନୋ ରିପ୍ଲାଏ। ବୋଧେ ତମିସ୍ରା ଅଫ୍‌ଲାଇନ୍। ଓଃ, ସିଟ୍। ଝିଅଗୁଡ଼ାକ ସବୁ ଏମିତି।

ମାତ୍ର ଦୁଇ ଦିନର ବନ୍ଧୁତା ଭିତରେ ତମିସ୍ରା ଓ ସଚେତନ ପରସ୍ପରକୁ ଅନେକ କିଛି ଜାଣି ଗଲେଣି। ସେମାନେ ପରସ୍ପରର ଦୁଃଖ, ସୁଖ ବାଣ୍ଟିଲେଣି। ସେମାନଙ୍କ ଭିତରେ ଅନ୍ତରଙ୍ଗତା ବଢ଼ିଗଲାଣି।

ଆଜି ସଚେତନର ଅଫ୍ ଡେ। ଅଫିସ ନାହିଁ। ସେ ପୋଡ଼ାମୁହିଁ ତମିସ୍ରାଟା ବାର ଘଣ୍ଟା ହେଲାଣି ଅଫ୍ ଲାଇନ୍। କଥା କ'ଣ ? ବିଚଳିତ ହୋଇ ପଡ଼ିଲା ସଚେତନ। ଘର ଠିକଣାଟା ସିନା ଜାଣିଥିଲେ, ତା ପାଖରେ ପହଞ୍ଚି ଯାଆନ୍ତା ଏଇନେ। ଅଫ୍ ଡେ'ଟା ପୁରୀ କି ଚନ୍ଦ୍ରଭାଗାର ସମୁଦ୍ର ବେଳାଭୂମିରେ କଟି ଯାଆନ୍ତା।

ସଚେତନ ଅନ୍ୟମନସ୍କ ହୋଇ ପଡୁଥିଲା। ସମୟ ଗଡୁଥିଲା, ଆଉ ସଚେତନର ବ୍ୟସ୍ତତା ବି ବଢୁଥିଲା। ତମିସ୍ରା ବିନା ଆଜି ଛୁଟି ଦିନଟା ପୂରା ବେକାର ହୋଇଯିବ ! ଓଃ, ସିଟ୍, କୁଆଡ଼େ ମରିଛି ସେ ଟୋକୀଟା ?

ଟିଂ। ସ୍କୁଲ୍ ଘଣ୍ଟା ବାଜିଲା ଭଳି ସଚେତନର ସ୍ମାର୍ଟଫୋନ୍ ସାଉଣ୍ଡ୍ କଲା। ଏହାର ମାନେ ତମିସ୍ରାର ହ୍ୱାଟ୍‌ସଆପ୍ ମେସେଜ୍ ଆସିଲା। ସଚେତନର ମୁହଁ ଉଜ୍ଜ୍ୱଳ ଦିଶିଲା।

ଡାଇନିଂ ଟେବୁଲ୍‌ରେ ବ୍ରେକ୍‌ଫାଷ୍ଟ ନେଉଥିଲା ସଚେତନ। ବାଁ ହାତରେ ମୋବାଇଲ୍ ସ୍କ୍ରିନ୍ ଉପରେ ଅଙ୍ଗୁଳି ସ୍ୱାଇପ୍ କରି ଜାଣିଲା, ତମିସ୍ରା ଅନ୍ ଲାଇନ୍‌ରେ। ତମିସ୍ରାର ମେସେଜ୍ ଖୋଲିଲା ସଚେତନ। ସଙ୍ଗେସଙ୍ଗେ ଟ୍ୟାପ୍‌ରେ ହାତ ଧୋଇ କପଡ଼ାରେ ପୋଛି ପକାଇଲା।

ତମିସ୍ରା: ହାଏ ଡିଅର୍, ହାଓ ଆର୍ ୟୁ ?

ସଚେତନ: ହାଏ ବେବି, କୁଆଡ଼େ ଆଉଟ୍ ହୋଇଗଲ ?

ତମିସ୍ରା: ସିଏ ଆସିଲେ ତ !

ସଚେତନ: ସିଏ, ମାନେ ?

ତମିସ୍ରା: ମାଇଁ ହଜ୍‌ବ୍ୟାଣ୍ଡେ।

ସଚେତନ: ଓଃ, ତୁମେ ତା' ହେଲେ ବିବାହିତ ?

ତମିସ୍ରା: ହୁଁ।

ସଚେତନ: ବଢିଆ। ଆଗରୁ ଜଣାଇ ନଥିଲ ତ ? କ'ଣ କରନ୍ତି ମିଷ୍ଟର ?

ତମିସ୍ରା: ବିଜ୍‌ନେସ୍।

ସଚେତନ: ଗୋଟିଏ କଥା କହିବି ତମିସ୍ରା, ତମେ ବିବାହିତାଙ୍କ ଭଳି ଲାଗୁନ। କୌଣସି କଲେଜ ଗୋଇଂ ଗାର୍ଲଠୁ ତମେ ଅଧିକ ସୁନ୍ଦରୀ, ସ୍ମାର୍ଟ ବି। ରିଏଲି, ଆମ୍ ପ୍ରାଉଡ୍ ଅଫ୍ ୟୁ।

ତମିସ୍ରା: ଉଫ୍, ରୋମିଓ। (ଦୁଇ ହାତ ଯୋଡ଼ି ନମସ୍କାର ମୁଦ୍ରାର ଇମୋଜି ସେଣ୍ଡ୍ କରି)

ସଚେତନ: ଗୋଟିଏ କିସ୍ ଦିଅନା, ତମିସ୍ରା!

ତମିସ୍ରା: ଉଫ୍..। ଆଜି ଭାରି ମୁଡ୍!

ସଚେତନ: ଆଜି ମୋର ଅଫ୍ ଡେ। ଘରେ ପୂରା ଏକା।

ତମିସ୍ରା: ଓଃ, ପୂରା ରୋମାଣ୍ଟିକ୍!

ସଚେତନ: ତମେ ଏବେ ମୋ' ପାଖରେ ଥାଆନ୍ତ ନି? ଓଃ, ଚାଲି ଆସନା!

ତମିସ୍ରାର ନୋ ରିପ୍ଲାଏ। ତମିସ୍ରା ପୁଣି ଅଫ୍‌ଲାଇନ୍। ଓଃ, ସିଟ୍।

ସଚେତନ ଛୁଟି ଦିନଟାରେ ପୁଣି ଜଳିଲା ଓ ଛଟପଟ ହେଲା। ଭାବିଥିଲା ଆଜି ଅଫ୍ ଡେରେ ପୂରା ଦିନଟା ସାରା ତମିସ୍ରା ସାଙ୍ଗେ ଗପିବ, ଚାଟିଂ କରିବ। ସାରା ଦିନଟାକୁ ସେ ଏନ୍‌ଜୟ କରିବ। ଓଃ ସିଟ୍, ଏ ପୋଡ଼ାମୁହିଁଟା ଆଜି ଦାଉ ସାଧିଲା।

ସଚେତନ ସିଗାରେଟ୍‌ରେ ନିଆଁ ଧରାଉ ଧରାଉ ତା' ସ୍ମାର୍ଟ୍ ଫୋନ୍‌ଟା ପୁଣି ଟଂ କରି ଶବ୍ଦ କଲା। ମୋବାଇଲ ସ୍କ୍ରିନ୍ ସ୍ୱାଇପ୍ କରି ଦେଖିଲା ତମିସ୍ରାର ମେସେଜ୍।

ତମିସ୍ରା: ପୁଅକୁ ସ୍କୁଲ୍ ପାଇଁ ପ୍ରସ୍ତୁତ କରୁଥିଲି ତ। ଆଚ୍ଛା, କୁହ ବାବା। କ'ଣ କରୁଥିଲ ଏଇନେ?

ସଚେତନ: ସ୍କାଇପି ଅନ୍ କରନା! ଭିଡ଼ିଓ କଲିଂ କରିବା।

ତମିସ୍ରା: ନୋ, ନୋ, ଏତେ ଜଲ୍‌ଦି? ସେସବୁ ଏବେ ନୁହେଁ।

ସଚେତନ: ତମକୁ ଦେଖିବାକୁ ଭାରି ଇଚ୍ଛା ହେଉଛି। ପ୍ଲିଜ୍, ଦେଖାଅ ନା, ତମ ମୁହଁ, ଥରେ!

ତମିସ୍ରା: ନୋ, ନୋ, ଏବେ ନୁହେଁ।

ସଚେତନ: ତମ ବ୍ଲାଉଜ୍ ଖୋଲନା!

ତମିସ୍ରା: ଉଁ ହୁଁ, ଏବେ ନୁହେଁ, ପରେ।

ସଚେତନ: ମୋ' ଧୈର୍ଯ୍ୟର ଆଉ ପରୀକ୍ଷା ନିଅନି, ଡାର୍ଲିଂ।

ତମିସ୍ରା: ଧୈର୍ଯ୍ୟକୁ ଟିକେ କଣ୍ଟ୍ରୋଲ୍ କର, ବାବା। ବ୍ରେକ୍ ଦିଅନା!

ସଚେତନ: ଥରେ ଟିକେ ମୁହଁ ଦେଖାଅନା? ପ୍ଲିଜ୍, ପ୍ଲିଜ୍, ପ୍ଲିଜ୍, ବେବି!

ତମିସ୍ରା: ଖାଲି ମୁହଁ? କାହିଁକି ବେକ, ଛାତି, ବାହୁ, ପେଟ, ପେଟ ତଳ... ? ଏସବୁ ଦେଖିବାକୁ ଇଛା ନାହିଁ?

ସଚେତନ: ଉଃ, ତମେ ଖୁବ୍ ସ୍ମାର୍ଟ୍।

ତମିସ୍ରା: ତମେ ବି କୋଉ କମ୍ ସ୍ମାର୍ଟ କି?

ସଚେତନ: ଆଉ ଛଟପଟ କରନି। ପଗ୍‌ଲି।

ତମିସ୍ରା: (ମନେ ମନେ ହସି) କିଏ କାହାକୁ ଛଟପଟ କରୁଛି, ଡାର୍ଲିଂ?

ସଚେତନ: ସ୍କାଇପି ଅନ୍ କରନା, ୟାର୍!

ତମିସ୍ରା: ଉଁ, ଏତେ ବ୍ୟସ୍ତ, ରୋମିଓ! ଚଲ୍ ବାଏ।

ସଚେତନ: ଆଛା କେବେ ଆମର ସାକ୍ଷାତ ହେବ କହିଲ? ଆଜି ସନ୍ଧ୍ୟାରେ ଆସୁନ ଏସ୍‌ପ୍ଲାନେଡ୍।

ଗୋଟିଏ ଆଖିରୁ ଲୁହ ଗଡ଼ାଉଥିବା ଏକ ଇମୋଜି ପୋଷ୍ଟ୍ କରି ତମିସ୍ରା ଅଫ୍‌ଲାଇନ୍ ହୋଇଗଲା। ପୁଣି ହତାଶ ହୋଇ ପଡ଼ିଲା ସଚେତନ। ପୁଣି ଅପେକ୍ଷା। ପୁଣି ଛଟପଟ। ଓଃ ସିଟ୍।

ତମିସ୍ରାଟା ତାକୁ ବଡ଼ ହଇରାଣ କରୁଛି। ତା' ପାଇଁ ସେ ପାଗଳ ହୋଇଗଲାଣି। ଅଫିସ ଫଫିସ୍ ଯିବା ବନ୍ଦ କରିଦେଲାଣି।

ଆଜି ଭେଟିବାକୁ କହିଥିଲା ବୋଲି ସଚେତନ ଅଫିସ ଛୁଟି ନେଇଛି। ମାତ୍ର ତମିସ୍ରା ଅଫ୍ ଲାଇନ୍। ଖୁବ୍ ବ୍ୟସ୍ତ ହୋଇ ପଡ଼ିଲା ସଚେତନ। ସାମାନ୍ୟତମ ରେସ୍‌ପନ୍‌ସିବିଲିଟି ନାହିଁ ଝିଅଟାର। ଓଃ, ଝିଅଟା ନୁହେଁ, ସ୍ତ୍ରୀଲୋକଟାର। ସଚେତନର ମୁଡ୍ ଅଫ୍ ହୋଇଗଲା।

ଟଂ। ତମିସ୍ରାର ମେସେଜ୍ ଆସିଲା। ମୋବାଇଲ ସ୍କ୍ରିନ୍ ସ୍ୱାଇପ୍ କଲା ସଚେତନ। ତା' ମୁହଁ ପୁଣି ଉଜ୍ଜ୍ୱଳ ହୋଇ ଉଠିଲା।

ତମିସ୍ରା: ହାଇ।

ସଚେତନ: ଅଫିସ ଯାଇନି। ତମକୁ ଅପେକ୍ଷା କରିଛି।

ତମିସ୍ରା: ଓଃ, ଭୁଲି ଯାଇଥିଲି। ସରି, ବାବା। ସରି, ସରି।

ସଚେତନ: କେଉଁଠି ଦେଖାହେବା?

ତମିସ୍ରା: ହୋଟେଲ୍ ଡ୍ରିମ୍ ପ୍ୟାଲେସ! ନା, ଆଉ କେଉଁଠି, ତମେ କହୁନ।

ସଚେତନ: ନାଇଁ ଠିକ୍ ଅଛି, ଡ୍ରିମ୍ ପ୍ୟାଲେସ୍। ଆଛା, ଟାଇମ୍?

ତମିସ୍ରା: ଇଭିନିଂ ସେଭେନ୍ ଓ କ୍ଲକ୍।

ସଚେତନ: ତମେ କେଉଁ ରଙ୍ଗର ଡ୍ରେସ୍ ପିନ୍ଧିଥିବ?

ତମିସ୍ରା: ବ୍ଲାକ୍ ଓଭନ୍ ନେଟ୍ କୁର୍ତ୍ତା।

ସଚେତନ: ମୁଁ ୟେଲୋ ଟି ସାର୍ଟ ଆଉ ବ୍ଲାକ୍ ଜିନ୍‌ସ।

ତମିସ୍ରା: ଓକେ, ଡିଅର୍। ଚଲ୍ ବାଏ।

ବର୍ତ୍ତମାନ ଦିନ ଏଗାର ବାଜିଛି। ସନ୍ଧ୍ୟା ସାତଟା ବାଜିବାକୁ ତଥାପି ଆହୁରି ଅନେକ ସମୟ ବାକି ଅଛି। ସଚେତନ ବ୍ୟସ୍ତ ହୋଇ ପଡୁଥିଲା। ତା' ମନ ଅଥୟ ହୋଇ ଉଠୁଥିଲା। ଏତେ ସମୟ କେମିତି କଟିବ? ତଥାପି ପୁଣି ଆଉ ଥରେ ତମିସ୍ରା ସହ ଚାଟିଂ କରାଯାଇ ପାରେ କି? ସଚେତନ ମନେ ମନେ ଭାବୁଥିଲା। ନା, ନା, ସେ ଏବେ ପ୍ରସ୍ତୁତ ହେବା ଦରକାର। ଯାଏ, ସେଲୁନ୍। ମୁହଁକୁ ଫେସିଆଲ୍ କରିବାକୁ ପଡ଼ିବ। ମୁହଁର ଦାଗଗୁଡ଼ିକୁ ହଟାଇବା ପାଇଁ ବ୍ଲିଚ୍ ନିହାତି ଜରୁରୀ।

ସଚେତନ ପ୍ରସ୍ତୁତ ହୋଇ ସାରିଥିଲା। ତଥାପି ସନ୍ଧ୍ୟା ୭ଟା ହେବାକୁ ଆହୁରି ଦୁଇ ଘଣ୍ଟା ବାକି। ଓଃ, ଆଜି କାହିଁକି ସମୟ ଏତେ ଧିମେଇ ଯାଇଛି। ବାରମ୍ବାର ଘଡ଼ି ଦେଖୁଥିଲା ସଚେତନ।

ଏତିକି ବେଳକୁ ସଚେତନର ମୋବାଇଲ୍ ରିଂ ହେଲା। ସଚେତନ ଦଉଡ଼ି ଯାଇ ଦେଖିଲା ବେଳକୁ ମ୍ୟାନେଜିଂ ଡିରେକ୍ଟରଙ୍କ ଫୋନ୍। ତୁରନ୍ତ ଅଫିସ ଆସିବାକୁ ମ୍ୟାନେଜିଂ ଡିରେକ୍ଟରଙ୍କ ନିର୍ଦ୍ଦେଶ ଥିଲା। ଓଃ, ସଚେତନ ଏବେ କରିବ କ'ଣ?

ନା, ସେ ଅଫିସ ଯାଇ ପାରିବନି। ମ୍ୟାନେଜିଂ ଡିରେକ୍ଟର ଯାହା ଭାବିଲେ ଭାବନ୍ତୁ। ଚାକିରିରୁ ଟର୍ମିନେଟ୍ କରିଦେଲେ କରି ଦିଅନ୍ତୁ। ତାକୁ ଆଜି ତମିସ୍ରାକୁ ସାକ୍ଷାତ କରିବାକୁ ହେବ। କ୍ରମେ ଅଧିର ହୋଇ ପଡୁଥିଲା ସଚେତନ।

ଖୁବ୍ ଦ୍ରୁତ ଗତିରେ ସଚେତନ ପଶିଗଲା ହୋଟେଲ୍ ଡ୍ରିମ୍ ପ୍ୟାଲେସ୍‌ର ଡାଇନିଂ ହଲ୍ ଭିତରକୁ। ଡାଇନିଂ ଟେବୁଲ୍ ଚାରିକଡ଼େ ସାରା, ଜଲି ଓ ତନ୍ଦ୍ରାକୁ ଏକାଠି ବସିଥିବାର ଦେଖି ସଚେତନର ହୋସ୍ ଉଡ଼ିଗଲା। ସେଇଠି ଲଥ୍ କରି ବସି ପଡ଼ିଲା ସଚେତନ। କିଛି କହିବାକୁ ଭାଷା ନଥିଲା ତା' ପାଖରେ। ତା' ମୁହଁ ଲାଲ୍ ପଡ଼ିଗଲା ଏକା ଥରକେ।

ଓଃ, ସିଟ୍। ସାରା ତାକୁ ଚିଟ୍ କରିଛି!

ସଚେତନ ପାଟିରୁ ବାହାରି ଆସିଲା: ଓଃ, ଅନ୍‌ଲାଇନ୍ ଲଭ୍ ଠିକ୍ ଥିଲା। କାହିଁକି ଏ ଅଫ୍ ଲାଇନ୍ ଝାମେଲକୁ ପଶିଲା କେଜାଣି? ଆଉ ସାମାନ୍ୟ ପଛକୁ ନ ଅନେଇ ସିଧା କାର୍ ଷ୍ଟାର୍ଟ କଲା ସଚେତନ।

ସାରା, ଜଲି ଓ ତନ୍ଦ୍ରା ହସି ହସି ଗଡ଼ିଗଲେ। ସେ ରାତିର ବିୟର ପାର୍ଟି ଆରେଞ୍ଜମେଣ୍ଟ ଥିଲା ସାରାର। ■

ଆଇ ମିସ୍ ୟୁ

ଚିଠିଟି ପଢ଼ି ସାରିବା ପରେ କାବ୍ୟାର ଆଖି ଛଳଛଳ ହୋଇଗଲା। ତା'ର ପୁରୁଣା ଦିନର ସ୍ମୃତିସବୁ ଜୀବନ୍ତ ହୋଇଉଠିଲା।

ଏମିତି ଦିନେ କିଏ ତାକୁ ଚିଠି ଲେଖୁଥିଲା। ପ୍ରେମ କରୁଥିଲା। ତା'ର କେୟାର୍ ନେଉଥିଲା। ସେ କଲେଜ ପଢ଼ା ଦିନସବୁ ଆଜି ତା' ପାଇଁ ସ୍ୱପ୍ନ। ସ୍ୱୟମ୍ ବୋଲି ପିଲାଟିଏ ସେ କଲେଜରେ ପଢୁଥିଲା ଓ ତାକୁ ଭଲ ପାଉଥିଲା। କଲେଜ କ୍ୟାମ୍ପସର ଦେବଦାରୁ ଗଛମୂଳେ ତାକୁ ନିୟମିତ ଗୋଲାପ ଓ ଚକୋଲେଟ୍ ଦେଉଥିଲା।

କିନ୍ତୁ ସେ ସ୍ୱୟମ୍ ଦିନେ କୁଆଡ଼େ ନିଖୋଜ ହୋଇଗଲା କେଜାଣି? କାବ୍ୟା ବୋଲି ପ୍ରେମିକାଟିଏ ତା'ର ଥିଲା, ସେକଥା ସ୍ୱୟମ୍ ପୂରା ଭୁଲିଯାଇଥିଲା ବୋଧହୁଏ। ଓଃ, ଭଗବାନ ବଡ଼ ନିଷ୍ଠୁର!

କାବ୍ୟାର ଆଜି କାନ୍ଦିବାକୁ ଭାରି ଇଚ୍ଛା ହେଉଥିଲା। ଶୁଖି ଯାଇଥିବା ତା' ଆଖି ଦୁଇଟି ପୁନର୍ବାର ଆର୍ଦ୍ର ହୋଇଗଲା। ପଥର ପାଲଟି ଯାଇଥିବା ଛାତିଟିରେ କେଉଁଠି ଘାସଫୁଲଟିଏ କଅଁଳିବାର ଦେଖାଗଲା।

ଫ୍ଲାଟ୍‌ର ଡୋର୍ ସାମ୍ନାରେ କେହି ଜଣେ ମୁଦା ଲଫାପାରେ ପଚାଶ ହଜାର ଟଙ୍କା, ଉପହାର ଆଉ ଗୋଲାପ ଫୁଲର ଗୋଟିଏ ବହୁତ ବଡ଼ ବୁକେ ସହ ଚିଠିଟିଏ ଛାଡ଼ି ଯାଇଥିଲା। ଏ ଉପହାର ଓ ଟଙ୍କା କିଏ ଏବଂ କାହିଁକି ତା' ଡୋର୍ ସାମ୍ନାରେ ରଖି ଚାଲିଯାଇଥିଲା, ତାହା କାବ୍ୟାକୁ ଜଣା ନଥିଲା।

ଚିଠିଟିର ଶବ୍ଦ ଓ ଭାଷା କାବ୍ୟାର ଚିହ୍ନା ଚିହ୍ନା ମନେ ହେଉଥିଲା। କେବେ ନା କେବେ କେଉଁଠି ଏହି ଶବ୍ଦମାନଙ୍କୁ ସେ ଭେଟିଛି ନିଶ୍ଚୟ। ସେ ଶବ୍ଦଗୁଡ଼ିକ କାବ୍ୟାକୁ ନିଜର ନିଜର ଲାଗୁଥିଲା। କାବ୍ୟା ସେ ଶବ୍ଦମାନଙ୍କର ଗନ୍ଧ ବାରି ପାରୁଥିଲା।

କିଏ ଏ ଚିଠି ଆଉ ଟଙ୍କା ଦେଇଥାଇ ପାରେ? ଗୋଟିଏ ଲମ୍ବା ଅତୀତକୁ ଫେରି ଯାଉଥିଲା କାବ୍ୟା, ଯେଉଁଠି ସବୁକିଛି ତା' ପାଇଁ ଥିଲା ଅସ୍ପଷ୍ଟ ଓ ଅନ୍ଧାର।

କରୋନା ମହାମାରୀ ଲକ୍‌ଡାଉନ୍ ଯୋଗୁଁ ଛଅ ମାସ ହେଲାଣି କାବ୍ୟା ଚାକିରି ହରାଇ ବସିଛି। ଯାହା ସଞ୍ଚିତ ଅର୍ଥ ଥିଲା ସେଥିରେ କିଛିଦିନ ଚଳିଗଲା। ତଥାପି ଦୁଇ ମାସର ଫ୍ଲାଟ୍ ଭଡ଼ା ଦେଇପାରିନି କାବ୍ୟା। ଘରେ ଖାଇବା ପାଇଁ କିଛି ନାହିଁ। ଛୋଟ ଛୁଆଙ୍କୁ ଡ୍ରେସ୍ କିଣି ଦେଇ ପାରୁନି। ସାନ ଝିଅର ଜନ୍ମଦିନ ପାଳନ କରିପାରିନି। ବଡ଼ ପୁଅର ସ୍କୁଲ୍ ଫି' ଦେଇନି ଏଯାଏ।

ଦୁଇଟି ଛୁଆ ଭୋକରେ ଆଉଟୁ ପାଉଟୁ ହେଉଥିଲେ ବି କାବ୍ୟା ସେମାନଙ୍କ ମୁହଁରେ ଗଣ୍ଡାଏ ଦାନା ଦେବାକୁ ସେ ଅସମର୍ଥ ଥିଲା। କାବ୍ୟା କାନ୍ଦ କାନ୍ଦ ହୋଇଯାଉଥିଲା। ଭଗବାନ କାହିଁକି ତା'ର ପରୀକ୍ଷା ନେଉଛନ୍ତି କେଜାଣି? କାବ୍ୟା ମନେମନେ ଭଗବାନଙ୍କୁ ଅଭିଶାପ ଦେଉଥିଲା।

କାବ୍ୟାର ଦୁଇ ଜଳନ୍ତା ଆଖିରୁ ଟୋପାଏ ବି ଲୁହ ନିଗୁଡୁ ନଥିଲା। ଶୂନ୍ୟକୁ ଚାହିଁ ଚାହିଁ କାବ୍ୟା ମୂର୍ତ୍ତିଟିଏ ପାଲଟି ଯାଇଥିଲା। ସେ ନିର୍ବାକ୍, ନିଶ୍ଚଳ ପାଲଟି ଯାଇଥିଲା।

କାବ୍ୟା ଯେଉଁ ହୋଟେଲରେ ରିସେପ୍‌ସନିଷ୍ଟ ଭାବେ କାମ କରୁଥିଲା, ଲକ୍ ଡାଉନ୍ ଯୋଗୁଁ ତାହା ବନ୍ଦ ହୋଇଯିବାରୁ ହୋଟେଲ ମାଲିକ କାବ୍ୟାକୁ ଚାକିରିରୁ ବାହାର କରିଦେଇଥିଲା।

କାବ୍ୟା ନିଜର ପୁଅ, ଝିଅଙ୍କୁ ନେଇ ବଡ଼ କଷ୍ଟରେ ଭୁବନେଶ୍ୱରରେ ରହୁଥିଲା। ଏତେବଡ଼ ସହର ତଥାପି ଜଣେ ଅସହାୟ ସ୍ତ୍ରୀଲୋକକୁ ତା' ଭିତରେ ହଜାଇ ଦେବାକୁ ସମର୍ଥ ହେଉ ନଥିଲା। କାବ୍ୟା ନିଜକୁ ଲୁପ୍ତ କରିଦେବାକୁ ଚାହୁଁ ଥିଲା।

ଗତବର୍ଷ ରାସ୍ତା ଦୁର୍ଘଟଣାରେ କାବ୍ୟାର ସ୍ୱାମୀ ରୋହନ୍‌ଙ୍କର ପରଲୋକ ହୋଇଯାଇଥିଲା। ବିଧବା କାବ୍ୟା ଦୁଇ ପୁଅଝିଅଙ୍କୁ ନେଇ ଖୁବ୍ କଷ୍ଟରେ ରହୁଥିଲା ଲର୍ଡ କ୍ରିଷ୍ଣା ଆପାର୍ଟମେଣ୍ଟରେ। ଚାକିରି କରିଥିବାବେଳେ କାବ୍ୟା ନିଜ ପରିବାରକୁ ଯଥାକଥା ଚଳାଇ ପାରୁଥିଲା। କରୋନା ଯୋଗୁଁ ଚାକିରି ଚାଲି ଯାଇଥିବାରୁ ଆପାର୍ଟମେଣ୍ଟ ରେଣ୍ଟ୍ ଦେବା ପାଇଁ ତା' ପାଖରେ ଟଙ୍କାଟିଏ ବି ନଥିଲା। ଏତେବଡ଼ ଦୁନିଆ ତା' ପାଇଁ ନିରର୍ଥକ ଥିଲା। ଏତେ ସୁନ୍ଦର ପୃଥିବୀ ଆଉ ତା'ର ସବୁଜ ସୃଷ୍ଟି ତାକୁ ଭାରି ତିକ୍ତ ଲାଗୁଥିଲା।

କାବ୍ୟା ବା କେଉଁ ସରକାରୀ ଚାକିରି କରିଛି ଯେ, କରୋନା ଲକ୍ ଡାଉନ୍‌ରେ ବି ତା' ଚାକିରି ଚାଲିଯିବାର ଭୟ ରହିବ ନାହିଁ। କାବ୍ୟାର ସ୍ୱାମୀ ବି କାବ୍ୟା ଭଳି ଏକ ପ୍ରାଇଭେଟ୍ ଫାର୍ମରେ ଚାକିରି କରିଥିଲେ। ସ୍ୱାମୀ ସ୍ତ୍ରୀ ଏକପ୍ରକାର ଭଲରେ

ଚଳିଯାଉଥିଲେ। କିନ୍ତୁ ନିୟତିର କ୍ରୁର ପରିହାସ ତାକୁ ଆଜି ରାସ୍ତାରେ ଠିଆ କରିଦେଇଛି। ଏ କରୋନା ମହାମାରୀ ତା'ର ସର୍ବସ୍ୱ ଛଡ଼ାଇ ନେଇଛି।

ରୋଡ୍ ଆକ୍ସିଡେଣ୍ଟ ସ୍ୱାମୀଙ୍କୁ ଛଡ଼ାଇ ନେଲା। ଆଉ କରୋନା ତା' ଜବ୍ ଛଡ଼େଇ ନେଲା। ଏବେ କାବ୍ୟା ପାଖରେ ସ୍ୱାମୀ ନାହାନ୍ତି କି ତା' ଚାକିରି ନାହିଁ। କ'ଣ କରିବ, କେମିତି ବଞ୍ଚିବ କାବ୍ୟା ଏତେ ବଡ଼ ସହରରେ?

ଆଉ ଏତିକିବେଳେ କେହି ଜଣେ ଦେବଦୂତ ସାଜି କାହିଁକି ତାକୁ ସହାୟତା କରିବାକୁ ଆଗେଇ ଆସିଛି? କାବ୍ୟା ତାର କିଏ କି? କାବ୍ୟା ସହ ତା'ର ସମ୍ପର୍କ ବା କ'ଣ?

ଅନେକ ଅସମାହିତ ପ୍ରଶ୍ନ କାବ୍ୟାକୁ ଛନ୍ଦି ପକାଉଥିଲା।

ଏମିତିରେ କାବ୍ୟା ଜଣେ ବିଧବା। ଜଣେ ବିଧବା ନାରୀ ଅନ୍ୟମାନଙ୍କ ପାଇଁ ଦୟାର ପାତ୍ର ହୋଇଥାଏ। ତାକୁ ଦୟା କରିବାକୁ, ସହାନୁଭୂତି ଦେଖେଇବାକୁ ଅନେକ ପୁରୁଷ ଆଗେଇ ଆସିବାକୁ ଇଚ୍ଛା କରିବେ।

କିନ୍ତୁ ଏ ଅଜଣା ଲୋକଟିର ସ୍ୱାର୍ଥ କ'ଣ? ସେ କାହିଁକି କାବ୍ୟାକୁ ସହାନୁଭୂତି ଦେଖାଉଛି? କ'ଣ ତା'ର ଉଦ୍ଦେଶ୍ୟ? କାବ୍ୟାଠାରୁ ସେ କ'ଣ ବା ହାସଲ କରିପାରିବ? କାବ୍ୟା ପାଖରେ ଏମିତି କ'ଣ ଅଛି, ତାକୁ ଉପହାର ଦେବାକୁ?

ତଥାପି କାବ୍ୟା ସେ ଅପରିଚିତ ଦେବଦୂତକୁ କୃତଜ୍ଞତା ଜଣାଇବାକୁ ଭୁଲିଲା ନାହିଁ।

ଲଫାପାରୁ ଖଣ୍ଡେ ପାଞ୍ଚଶହ ଟଙ୍କିଆ ନୋଟ୍ ବଢ଼ାଇ ଦେଇ ବଡ଼ ପୁଅକୁ ଗ୍ରୋସୋରି ଓ ପରିବା କିଣିବା ପାଇଁ ପଠାଇ ଦେଲା ମାର୍କେଟ୍‌କୁ। ଗ୍ୟାସ୍ ଅନ୍ କରି ଭାତ ବସାଇଲା କାବ୍ୟା।

ଓଃ, ଆଜି ଏତେ ଦିନ ପରେ ତା' ହେଲେ ଭଲକରି ଦୁଇ ମୁଠା ଖାଇବାକୁ ମିଳିବ।

କାବ୍ୟାର ମନରେ ଆତ୍ମତୃପ୍ତିର ଭାବ ଫୁଟି ଉଠୁଥିଲା। ଭଗବାନଙ୍କୁ ଧନ୍ୟବାଦ ଜଣାଇଲା କାବ୍ୟା।

ଆଉ ଥରେ ସେ ଲଫାପା ଉପରେ ନଜର ବୁଲାଇ ଆଣିଲା କାବ୍ୟା। ସେ ଲଫାପା ଉପରେ ଗ୍ରୀନ୍ ଇଙ୍କ୍‌ରେ ଲେଖାଥିଲା 'ତୁମ ପାଇଁ, ଇତି ତୁମର ଜଣେ ଶୁଭଚିନ୍ତକ।'

ବହୁଦିନ ପରେ ପ୍ରଥମ କରି ଆଜି କାବ୍ୟାର ଆଖିରୁ ଦୁଇ ବୁନ୍ଦା ଲୁହ ତା' ଗାଲ, ଓଠ ଦେଇ ତଳକୁ ଝରି ପଡ଼ିଲା।

ଜୀବନରେ ଆସିଥିବା ବିରାଟ ଝଡ଼ ତା' ଆଖିରୁ ଲୁହତକ ପୋଛି ନେଇଯାଇଥିଲା। କାନ୍ଦିବା ପାଇଁ ତା' ଆଖିରେ ଲୁହ ନଥିଲା।

ଏତିକିବେଳେ କାବ୍ୟାର ମୋବାଇଲରେ ଟଂ କରି ଶବ୍ଦ ହେଲା। କାବ୍ୟା ଧାଇଁ ଯାଇ ନିଜ ସ୍ମାର୍ଟ ଫୋନ୍‌ରୁ ହ୍ୱାଟ୍‌ସ ଆପ୍ ଖୋଲିଲା। ସେଥିରେ ଗୋଟିଏ ଅନ୍‌ନୋନ୍ ନମ୍ବରରୁ ମେସେଜ୍ ଥିଲା, 'ଆଇ ମିସ୍ ୟୁ'।

କାବ୍ୟା ସଙ୍ଗେସଙ୍ଗେ ସେ ନମ୍ବରରେ ଡାଏଲ୍ କଲା। ମାତ୍ର ତାହା ସୁଇଚ୍‌ଡ ଅଫ୍ ଥିଲା।

କାବ୍ୟା ପାଟିରୁ ତା' ଅଜାଣତରେ ବାହାରି ଆସିଲା, 'ଆଇ ମିସ୍ ୟୁ'।

ଆଜି କାହିଁକି କାବ୍ୟାର ସ୍ୱୟମ୍ ଭାରି ମନେ ପଡୁଥିଲା। ଆଉ ମନେ ପଡୁଥିଲେ ତା' କଲେଜ କ୍ୟାମ୍ପସର ଧାଡ଼ି ଧାଡ଼ି ଦେବଦାରୁ ଗଛମାନେ ବି।

■

ଟ୍ରାନ୍ସଫର

ବାପା କହିଲେ: ଅଜୁ, ନିକି ଆମର ତୋ' ପାଖରେ ରହି ପଢ଼ାପଢ଼ି କରୁ। ନୂଆବୋଉଙ୍କୁ ବି ଘର କାମରେ ସାହାଯ୍ୟ କରିବ। ଟୁକୁର ପାଠପଢ଼ା ବି ବୁଝିବ। କଲେଜ ଯିବ।

ଅଜୟ କହିଲା: ହଁ, ବାପା ନିକି ଆମ ପାଖରେ ରହିବ। ଏଇଠି ଭୁବନେଶ୍ୱରରେ ପଢ଼ିବ। କିଛି ଅସୁବିଧା ନାହିଁ।

ବୋଉ କହିଲା: ଅଜୁ, ନିକି ବି ତୋ' ଭଳି ଭଲ ପାଠ ପଢୁଛି। ନିକି ପରା ଆମ ପଞ୍ଚାୟତରେ ସବୁଠୁ ଅଧିକ ନମ୍ବର ରଖି ପାସ୍ କରିଛି। କ'ଣ 'ଏ ପ୍ଲସ୍' ନା ସେମିତି କ'ଣ ଗୋଟା ପାଇଛି।

ଅଜୟ କହିଲା: ହଁ ଲୋ, ବୋଉ। ନିକି ଆମର ଏ ପ୍ଲସ୍ ଗ୍ରେଡ୍‌ରେ ପାସ୍ କରିଛି। ମାନେ ନାଇଣ୍ଟି ପର୍ସେଣ୍ଟରୁ ଅଧିକ ନମ୍ବର ରଖିଛି। ସେ ଭୁବନେଶ୍ୱରରେ ପଢ଼ିବ। ଭଲ ହବ। ସେ ଆମ ପାଖରେ ରହି ପଢ଼ିବ। ତୁ ଆଦୌ ବ୍ୟସ୍ତ ହ'ନା।

ବାପା କହିଲେ: ନିକିର ଏମ୍‌ଆଇଇଟି କଲେଜରୁ ଇଣ୍ଟିମେସନ୍ ଆସିଛି। ସେଇଠି ଆଡ୍‌ମିଶନ କରିନେଉ। ତୋ' ପାଖରେ ରହି କଲେଜ ଯିବା ଆସିବା କରିବ।

ଅଜୟ କହିଲା: ହଁ, ବାପା।

ନିକିତା ଅଜୟ ପାଖରେ ଭୁବନେଶ୍ୱରରେ ରହି ପଢ଼ାପଢ଼ି କରିବ ବୋଲି ବାପା କହିବା ପରେ ଅଜୟ ଓ ପ୍ରଜ୍ଞା ସାମାନ୍ୟ ଚିନ୍ତିତ ଥିଲା ପରି ଲାଗୁଥିଲେ। ପ୍ରଜ୍ଞାର ମୁଡ୍ ଅଫ୍ ହୋଇଯାଇଥିଲା।

ବାପ-ପୁଅ, ମା-ପୁଅଙ୍କ ଏସବୁ କଥାବାର୍ତ୍ତା ପ୍ରଜ୍ଞାକୁ ଜମା ଭଲ ଲାଗୁ ନଥାଏ। ସେ ରାଗରେ ଗରଗର ହେଉଥାଏ। ବିନା କାରଣରେ ଅଜୟ ଉପରକୁ ଚିଡ଼ିଚିଡ଼ି ହେଉଥାଏ। ରୁଟି ଦେଇ ସନ୍ତୁଳା ଦେବାକୁ ଭୁଲି ଯାଉଥାଏ ତ ଚା'ରେ ଚିନି ପକାଇ ନଥାଏ। ପାଦ କଚାଡ଼ି ଚାଲୁଥାଏ। ଅଜୟ ପ୍ରଜ୍ଞାର ଏସବୁ ମତିଗତି ସହ ପରିଚିତ ଥିବାରୁ ସେ ସବୁକିଛି ଜାଣୁଥାଏ। କିନ୍ତୁ ସେ ନିରୁପାୟ। କିଛି କହି ପାରୁ ନଥାଏ।

ଅଜୟ ଜାଣୁଛି, ନିକିତା ତାଙ୍କ ପାଖରେ ରହିଲେ ପ୍ରାଇଭେସି ନଷ୍ଟ ହେବ। ପ୍ରଜ୍ଞା ସବୁବେଳେ ଗରଗର ହେବ। ଘରେ ଅଶାନ୍ତି ଲାଗିରହିବ। କିନ୍ତୁ ବାପାଙ୍କୁ କିଛି କହି ପାରୁ ନଥାଏ।

ଅଜୟ ମାଟ୍ରିକ୍ ପଢିବାବେଳକୁ ନିକିତା ଏଡିକି ଟିକେ ଛୁଆ ହୋଇଥିଲା। ଅଜୟ ତଳେ ବିଜୟ। ବିଜୟ ରାଉରକେଲା ଷ୍ଟୀଲ ପ୍ଲାଣ୍ଟରେ ଚାକିରି କରେ। ବିଜୟ ତଳେ ସୁମିତ୍ରା। ସେ ଗତବର୍ଷ ବାହା ହୋଇଗଲା। ତା' ବର କଣ୍ଟାବଣରେ ଚିଙ୍ଗୁଡ଼ି ବିଜ୍‌ନେସ କରେ। ସୁମିତ୍ରା ତଳେ ନିକିତା। ମାଟ୍ରିକ ପାସ କରି ଏବର୍ଷ ପ୍ଲସ ଟୁ ସାଇନ୍‌ସରେ ନାଁ ଲେଖେଇଛି। ମାଟ୍ରିକ୍‌ରେ ନାଇଣ୍ଟି ଥ୍ରି ପର୍‌ସେଣ୍ଟ ନମ୍ବର ରଖିଛି।

ନିକିତା ଭୁବନେଶ୍ୱରରେ ପଢୁ ବୋଲି ବାପା ଚାହୁଁଛନ୍ତି। ବାପା, ବୋଉଙ୍କ ଏକା ଜିଦ୍ ସେ ଅଜୁ ପାଖରେ ରହି ପଢୁ। କିନ୍ତୁ ସେମାନେ ବୁଝି ପାରୁନାହାନ୍ତି ନିକିତା ସେମାନଙ୍କ ପାଖରେ ରହିଲେ ତାଙ୍କର ପ୍ରାଇଭେସି ନଷ୍ଟ ହେବ। ସେମାନେ ଭାବୁଛନ୍ତି ଏଇଟା ଗାଁ।

ସାନ ଭଉଣୀର ସଫଳତାରେ ଅଜୟ ସାମାନ୍ୟ ଗର୍ବିତ ହୋଇ ଉଠୁଥିଲାବେଳେ ପ୍ରଜ୍ଞାର ବଡ଼ ପାଟି ତାକୁ କିଛି ମାତ୍ରାରେ ସଚେତନ କରାଇ ଦେଲା।

ନିକିତା ଏବେ ଭାଇ ଭାଉଜଙ୍କ ପାଖରେ ରହିବା ଏକ ପ୍ରକାର ନିଶ୍ଚିତ। ଏହାକୁ କୌଣସିମତେ ଆଉ ଟାଳି ହେବନି। ଏଣେ ବାପା, ବୋଉଙ୍କୁ ବି ହଁ କରି ଦେଇଛି। ଏଣୁ ଅଜୟ ବଡ଼ ଦ୍ୱନ୍ଦ୍ୱରେ ରହୁଥିଲା।

ସେମାନଙ୍କ ପାଖରେ ନିକିତା ରହିବାଟାକୁ ପ୍ରଜ୍ଞା ବିରୋଧ ନ କଲେ ବି ସମର୍ଥନ କରି ପାରୁ ନଥିଲା। ନିକିତା ତାଙ୍କ ପାଖରେ ରହି ପଢ଼ାପଢ଼ି କରିବା ଘଟଣାଟି ପ୍ରଜ୍ଞା ପାଇଁ ଆଦୌ ଆନନ୍ଦଦାୟକ ନଥିଲା।

ପ୍ରଜ୍ଞାର ଗୋଟିଏ ଚିନ୍ତା, ନିକିତା ପାଖରେ ରହିଲେ, ସେମାନଙ୍କ ପ୍ରାଇଭେସି ଯିବ। ଟୁକୁର ପାଠ ପଢ଼ା ଗୋଲ୍ ହୋଇଯିବ। ଘର ଖର୍ଚ୍ଚ ବି ବଢ଼ିଯିବ। ସବୁ ପ୍ରକାର ସମସ୍ୟା ଦେଖାଦେବ।

ରାତିରେ ଶୋଇଲାବେଳେ ପ୍ରଜ୍ଞା ଅଜୟକୁ କହିଲା: କାହିଁକି ନିକିତା, ହଷ୍ଟେଲ୍‌ରେ ରହି ପଢ଼ିଲେ କ୍ଷତି କ'ଣ? ହଷ୍ଟେଲ୍‌ରେ ରହିଲେ ସିନା ସେ ତା' ପାଠପଢ଼ାରେ ଅଧିକ କନ୍‌ସେଣ୍ଟ୍ରେସନ୍ କରିପାରିବ? ସାଙ୍ଗସାଥୀଙ୍କ ସହ ମିଶିଲେ ସିନା ତା'ର ପାଠପଢ଼ାରେ ଟଚ୍ ରହିବ। ଆଉ ଏଠି ଘରେ ରହି ସେ ମାଟି ହେବ ନା କ'ଣ?

ଅଜୟ କହିଲା: ତା' ତ ସତ। ହେଲେ, ବାପା କହୁଛନ୍ତି ଯେତେବେଳେ ନିକି ଆମ ପାଖରେ ରହିଯାଉ। ଫାଷ୍ଟ ଇୟରଟା ଏଇଠି ରହୁ। ଗୋଟିଏ ବର୍ଷ ଆମ

ପାଖରେ ରହିବା ପରେ ସୁବିଧା ସୁଯୋଗ ଦେଖି ହଷ୍ଟେଲରେ ଆଡ୍‌ମିଶନ କରିଦେବା। ଖାଲି ଗୋଟିଏ ବର୍ଷ ଥୟ ଧରିଯାଅ। ଅଜୟର ଏଭଳି ଆଶ୍ୱାସନା ତଥାପି ପ୍ରଜ୍ଞାକୁ ଆଶ୍ୱସ୍ତ କରି ପାରୁ ନଥିଲା।

ଟୁକୁ କହିଲା: ବଢ଼ିଆ ହେବ, ନିକି ନାନୀ ଆମ ଘରେ ରହିବ, ବଢ଼ିଆ ମଜା ହେବ। ମୁଁ ତା' ସହ ଖେଳିବି। ସେ ମୋ' ପାଇଁ କଣ୍ଢେଇ ଆଣିବ। ଚକ୍‌ଲେଟ୍ ଆଣିବ। ଖୁସିରେ ଟୁକୁ ଦୁଇଘେରା ନାଚିଗଲା, ଘର ଅଗଣାରେ। ଏତିକିବେଳେ ବହିଟା ଉପରେ ଗୋଡ଼ ପଡ଼ିଯିବାରୁ ସେଥିରୁ ଫାଳେ ଚିରି ବାହାରିଗଲା।

ପ୍ରଜ୍ଞା ଏତେ ବଡ଼ ପାଟି କରି ଡାକିଲା ଯେ, ଟୁକୁ ଚୁପ୍ ହୋଇଗଲା। ତା' ପରେ ପ୍ରଜ୍ଞାର କାନ୍ଦ ଆରମ୍ଭ ହୋଇଗଲା। ପିଲାଟା ନଷ୍ଟ ହୋଇଗଲାଣି। ପଢ଼ାପଢ଼ି ନାହିଁ। ଖାଲି ସବୁବେଳେ ଦୁଷ୍ଟାମୀ। ସବୁବେଳେ ଖେଳ। ଆଗକୁ ତ ଆହୁରି ଖରାପ ହୋଇଯିବ ଛୁଆଟା। ପାଠପଢ଼ା ଚୂଲିକୁ ଯିବ। ଯାଉ। ଦେଶସେବା କରୁଛନ୍ତି। ଉଁ, ଦେଶସେବକ ହୋଇଛନ୍ତି! ନିଜ ସଂସାର ଉଛନ୍ନ ହୋଇଗଲାଣି, ପର ଚିନ୍ତା ଯାଙ୍କୁ ଘାରିଛି! ଏ ଘରକୁ ତ ଧର୍ମଶାଳା କରିଦେଲେଣି! ଏଠି ଯା'ର ଯେତେବେଳେ ଅବାଧ ପ୍ରବେଶ। ଅନ୍ନଛତ୍ର ତ ଖୋଲାଯାଇଛି ନା!

ହଠାତ ଆଜିଠୁ ପ୍ରଜ୍ଞାର ଏସବୁ ସମସ୍ୟା ବାହାରିଛି! ସେ ଅଧିକ ବିଚଳିତ ହୋଇପଡ଼ୁଛି। କଥା କ'ଣ ?

ପ୍ରଜ୍ଞାର ପୁରୁଣା ଶ୍ୱାସ ରୋଗ ବି ବଢ଼ି ଯାଇଛି। ଗ୍ରୋସରି, ଘରଭଡ଼ା, ପରିବା ଦର, ମେଡିସିନ, ବିଜୁଳି ବିଲ୍, ଟେଲିଫୋନ୍ ବିଲ୍, କାମବାଲି ଓ ଟୁକୁନା ସ୍କୁଲ ଖର୍ଚ୍ଚ ନେଇ ଯେତକ ଚିନ୍ତା ତାକୁ ଆଜି ହିଁ କରିବାକୁ ପଡ଼ୁଛି।

ଏଇଟା ହେଉଛି ପ୍ରଜ୍ଞାର ପୁରୁଣା ରୋଗ। ଘରକୁ କେହି ଆସିଲେ ସେ ଅଧିକ ସଚେତନ ହୋଇ ଉଠେ। ଅଧିକ ସଜାଗ ହୋଇଯାଏ। ଅଜୟ ଏହା ଭଲଭାବେ ଜାଣେ।

ଯେତେବେଳେ ବୋଉ କି ବାପା କିମ୍ବା ଗାଁରୁ କେହି ଘରକୁ ଆସନ୍ତି ପ୍ରଜ୍ଞା ଏମିତି ବ୍ୟସ୍ତ ବିବ୍ରତ ହୁଏ। ପାଣି ଭଳିଆ ଟଙ୍କା ଖର୍ଚ୍ଚ ହେଉଛି। କିଛି ସେଭିଂ ହୋଇପାରୁନି। ପଡ଼ୋଶୀ ଜେନା ବାବୁ ଖଣ୍ଡଗିରିରେ ପ୍ଲଟ୍ କିଣିଲେଣି। ମହାପାତ୍ର ବାବୁ ଘର କଲେଣି। ସାମଲ ବାବୁଙ୍କର ନୂଆ କାର୍ କିଣାଯାଇଛି। ସବୁକଥା ଗୁଣୁଗୁଣୁ ହୋଇ ପ୍ରଜ୍ଞା ଗପେ। ଅଜୟ ଶୁଣେ। ଏହା ଅଜୟର ଦେହସୁହା ହୋଇଗଲାଣି। ସେମାନେ ଗାଁକୁ ଫେରିଗଲା ପରେ ପ୍ରଜ୍ଞା ପୁଣି ସ୍ୱାଭାବିକ ହୁଏ।

ପ୍ରଜ୍ଞା ବ୍ୟସ୍ତ ହେଲା। ଏତେ ଛୋଟ ଘରେ ଜିନିଷପତ୍ର ରଖିବାକୁ ଯାଗା ହେଉନି। ମାତ୍ର, ଗୋଟିଏ ରୁମ୍ ପୂରା ଅନ୍‌ୟୁଜ୍ ହୋଇ ପଡିଛି। ସେ ରୁମ୍‌ରେ ଘରର ଯାବତୀୟ

ଅଳିଆ ଭର୍ତ୍ତି ହୋଇଛି। ଅଥଚ ସେଥିପ୍ରତି ପ୍ରଜ୍ଞାର ଧ୍ୟାନ ନଥାଏ। ଘରେ ଏତେ ଜାଗା ଥାଇବି ପ୍ରଜ୍ଞା ଅଯଥାରେ ବ୍ୟସ୍ତ ହେଉଛି।

ଯେମିତି ନିକିତା ଆସିବା ଦ୍ୱାରା ଏସବୁ ସମସ୍ୟା ବଢ଼ିଛି, ପ୍ରଜ୍ଞାର ଏଭଳି ବ୍ୟବହାରରୁ ଜଣାପଡୁଥିଲା। ପ୍ରଜ୍ଞା ଏମିତି ଶୁଣେଇ ଶୁଣେଇ ଅଜୟ ଉଦ୍ଦେଶ୍ୟରେ କହୁଥିଲା। ସବୁ ଶୁଣି ଅଜୟ ନିରବ ରହିଲା।

ନିକିତା କେଉଁଠି ଶୋଇବ, ସେ ଫୋଲ୍‌ଡିଂ ଖଟଟାକୁ କେଉଁଠି ପକାଇବ, ପ୍ରଜ୍ଞା ବ୍ୟସ୍ତ ହୋଇପଡ଼ିଲା। ଟୁକୁନା କେଉଁଠି ପାଠ ପଢ଼ିବ, ୱାସିଂ ମେସିନ୍‌କୁ କେଉଁଠିକୁ ଘୁଞ୍ଚେଇବ, ଅଜୟଙ୍କ ପଢ଼ା ବହିପତ୍ର କେଉଁଠି ରହିବ, ଷ୍ଟୀଲ୍ ଆଲ୍‌ମାରି, ଆଲଣା, ଡାଇନିଂ ଟେବୁଲ, ଡ୍ରେସିଂ ଟେବୁଲ୍‌କୁ ତ ଘୁଞ୍ଚେଇ ହେବନି।

ଶେଷରେ ଡାଇନିଂ ହଲ୍‌ର ଗୋଟିଏ କୋଣକୁ ଫୋଲ୍‌ଡିଂ ଖଟଟା ପଡ଼ିଲା। ଆଜିଠୁ ଏଇଠି ନିକିତାର ଶୁଆ, ବସା, ପଢ଼ା ସବୁକିଛି।

ସେଦିନ ବାପା ଓ ନିକିତା ଆସି ପହଞ୍ଚିଲେ। ବାପା, ଘରୁ ଆଣିଥିଲେ ମୁଢ଼ି, ପାଣିକଖାରୁ, କାଗିଜିଲେମ୍ବୁ, ମଣ୍ଡାପିଠା, ପୋଇ, ଅରୁଆ ଚାଉଳ। ବୋଉ, ଜରିରେ ଗୁଡ଼େଇ ଅଜୟର ପ୍ରିୟ ଶୁଖୁଆ ବି ଦେଇଥାଏ।

ପ୍ରଜ୍ଞା ନାକଟେକି କହିବ, ଏ ଶୁଖୁଆ, ପୋଇଗୁଡ଼ା କିଏ ଖାଇବ? କାହିଁକି ଏସବୁ ବୋହି ଅଣାଯାଉଛି? ପୋଇ ଖାଇଲେ ଯାଙ୍କର ମୁଣ୍ଡ ବିନ୍ଧେ। ଯେ ତ ଡାଇବେଟିସ୍ ରୋଗୀ, ଘରେ ପିଠା, ଖିରି ବନ୍ଦ। ଅରୁଆ ଚାଉଳଗୁଡ଼ା ବି କାହିଁକି ଆସିଲା?

ଅଜୟ କହିବ; ଆରେ ଟିକେ ଆସ୍ତେ କୁହ। ସେଘରେ ବାପା, ବୋଉ ଅଛନ୍ତି। ଶୁଣିବେ। କଥାଟା ଭଲ ହେବ?

ବାପା ଆଣିଥିବେ ପଲିଥିନ୍‌ରେ ଗୁଡ଼େଇ ପ୍ରାୟ କିଲେଖଣ୍ଡେ କାଗିଜିଲେମ୍ବୁ। ଅଜୟ କହିବ: ବାପା, ଏବେ ବି କ'ଣ ସେ ଗଛରେ କାଗିଜି ଲେମ୍ବୁ ଫଳୁଛି?

ବାପା କହିବେ: ଓଃ, ଫଳୁଛି ମାନେ? ଗଦା ହୋଇ ପଡୁଛି। କେତେ କିଏ ଚୋରି କରି ନେଇ ଯାଉଛନ୍ତି। କ'ଣ ନିଘା କରି ହଉଚି?

ଅଜୟ ଫେରି ଯାଉଥିବ ତା' ପିଲାଦିନକୁ। ଅଜୟ ଯେଉଁ ବର୍ଷ ମାଟ୍ରିକ୍ ପରୀକ୍ଷା ଦେବାର ଥିଲା, ସେଇବର୍ଷ ସେ କଣ୍ଟାବଣ ହାଟରୁ ସେଇ ଲେମ୍ବୁ ଚାରାଟିକୁ ଆଣିଥିଲା। ବାଡ଼ିରେ ଲଗେଇଥିଲା। କିଛି ଦିନ ପାଣି ଦେଇଥିଲା। ଯତ୍ନ ବି ନେଇଥିଲା। ଏହା ପରେ ଅଜୟ କଲେଜରେ ପଢ଼ିବା ପାଇଁ କଟକ ଚାଲି ଆସିଲା। ଅଜୟ ଗାଉଁଲୀ କିଶୋରରୁ କ୍ରମେ ସହରୀ ହେଉଥିଲା ଆଉ ସେ ଗାଁର ସେ ଲେମ୍ବୁଗଛ ଝଙ୍କାଳିଆ

ହୋଇ ବଢୁଥିଲା। ତା' ପରେ ମଝିରେ ମଝିରେ ଯେବେ ବି ଅଜୟ ଘରକୁ ଯାଏ, ସେ ଲେମ୍ବୁ ଗଛକୁ ଦେଖି ରୋମାଞ୍ଚିତ ହୁଏ।

ଆଜି ସେଇ ଲେମ୍ବୁ ଗଛର ସନ୍ତକକୁ ବାପା, ତାକୁ ଉପହାର ଦେଉଛନ୍ତି। ଦୁଇ ଦିନ ରହିବା ପରେ ବାପା ଗାଁକୁ ଫେରିଗଲେ।

ନିକିତା ଭାଇ ପାଖରେ ଭୁବନେଶ୍ୱରରେ ରହିଲା। ଅଟୋରେ କଲେଜ ଯିବାଆସିବା କଲା।

ସକାଳୁ ଉଠି ଘରର ସବୁ କାମ ନିକିତା କରେ। ବାସନ ମାଜିବା, ଘର ଝାଡୁ କରିବା, ଟୁକୁକୁ ପାଠ ପଢେଇବା, ସମସ୍ତଙ୍କ ପାଇଁ ଅଟା ଦଳିବା, ରୁଟି ବେଲିବା, ସନ୍ତୁଳା କରିବାଠାରୁ ଆରମ୍ଭ କରି ଟୁକୁକୁ ଗାଧୋଇ ପାଧୋଇ ସ୍କୁଲ୍‌କୁ ପଠାଇବା ଯାଏ ସବୁ କାମ ନିକିତା କରିନିଏ। ଓ ସବୁ କାମ ସାରି କଲେଜ ଯାଏ।

କଲେଜରୁ ଫେରିବା ପରେ ବି ନିକିତାକୁ କାମରୁ ନିସ୍ତାର ନଥାଏ। ବେସିନରେ ଗଦା ହୋଇ ପଡ଼ିଥାଏ ଅଇଁଠା ବାସନ। ନିକିତା ସବୁ ବାସନ ଧୁଏ। ସନ୍ଧ୍ୟାରେ ଠାକୁର ପୂଜାରେ ଭାଉଜଙ୍କୁ ସାହାଯ୍ୟ କରେ। ରାତିରେ ଟୁକୁକୁ ପାଠ ପଢାଇବା, ରୁଟି, ସନ୍ତୁଳା ପ୍ରସ୍ତୁତ କରିବା, ବିଛଣା କରିବା, ମଶାରି ଟାଙ୍ଗିବା ଭଳି କାମ ବି ଥାଏ।

ଏହା ସତ୍ତ୍ୱେ ବି ପ୍ରଜ୍ଞାର ମନରେ ନିକିତା ପ୍ରତି ସାମାନ୍ୟତମ ଶ୍ରଦ୍ଧା ନଥାଏ। କାହିଁକି ବା ରହିବ? ନିକିତା ତା'ର କିଏ?

ସତରେ ମଣିଷ ବଡ଼ ବିଚିତ୍ର ଜୀବ। ବଡ଼ ସ୍ୱାର୍ଥପର। ନିକିତା ଯଦି ପ୍ରଜ୍ଞାର ନିଜ ଭଉଣୀ ହୋଇଥା'ନ୍ତା, ତେବେ ସେ କ'ଣ ତା' ପ୍ରତି ଏଭଳି ବ୍ୟବହାର କରିଥା'ନ୍ତା?

ନିକିତା ଆସି ରହିବା ଏହା ମଧ୍ୟରେ ବର୍ଷେ ବିତିଗଲାଣି। ନିକିତା ରହିବା ଦିନଠୁ ଟୁକୁର ଟ୍ୟୁସନ ଖର୍ଚ୍ଚ ନାହିଁ। ଟୁକୁର ପଢ଼ାପଢ଼ିରେ ଉନ୍ନତି ହୋଇଛି। ଟ୍ୟୁସନ ମାଷ୍ଟର ବନ୍ଦ କରାଯାଇଛି। ଟୁକୁ ସ୍କୁଲ୍‌ରେ ଭଲ ପର୍ଫର୍ମ କରିଛି। ଘର କାମବାଲିକୁ ବନ୍ଦ କରାଯାଇଛି। ତଥାପି ପ୍ରଜ୍ଞାର ମନରେ ଅଶାନ୍ତି। ତା'ର ଅଭିଯୋଗ, ପୁଅ ନଷ୍ଟ ହୋଇଯାଉଛି। ଘରେ ସବୁକିଛି ଠିକରେ ଚାଲୁନି। ଖର୍ଚ୍ଚ ଅଧିକ ହେଉଛି।

ଏହା ମଧ୍ୟରେ ନିକିତାର ଫାଷ୍ଟ ଇୟର ଶେଷ ହୋଇଗଲାଣି। ପ୍ରଜ୍ଞା ସିନା ଉପରକୁ କିଛି କହିପାରୁନି, ତା' ମନର ଅଶାନ୍ତିକୁ କିନ୍ତୁ ଅଜୟ ଠିକ୍ ବୁଝିପାରୁଛି।

ଫାଷ୍ଟ ଇୟରଟା ଭାଇ ଭାଉଜଙ୍କ ପାଖରେ ରହିବା ପରେ ସେକେଣ୍ଡ ଇୟର ବେଳକୁ ନିକିତାକୁ କଲେଜ ହଷ୍ଟେଲରେ ଆଡ୍‌ମିଶନ କରି ଦିଆଗଲା। ଏଣିକି ନିକିତା ରହୁଛି ହଷ୍ଟେଲରେ।

ଓଃ, ଏବେ ପ୍ରଜ୍ଞା ଭାରି ହାଲୁକା ହୋଇଯାଇଛି। ଏବେ ସବୁ ଠିକ୍‌ଠାକ୍ ଲାଗୁଛି। ଏବେ ଆଉ ଘରଭଡ଼ା, ଗ୍ରୋସରି, ପନିପରିବା ଖର୍ଚ୍ଚ, ମନି ସେଭିଂ, ଟୁକୁର ପାଠ ଚିନ୍ତା ନାହିଁ ପ୍ରଜ୍ଞାର।

ଟୁକୁ କିନ୍ତୁ ଝୁରି ହେଉଛି ନିକି ନାନୀକୁ। ନିକି ନାନୀ ଥିଲାବେଳେ ଟୁକୁ କେତେ ଖୁସି ହେଉଥିଲା। ନିକିନାନୀ ବି ଟୁକୁକୁ ପାଠ ପଢ଼େଇ ଦେଉଥିଲା। ଟୁକୁର ସମୟତକ କେମିତି କଟି ଯାଉଥିଲା, ସେ ଜାଣି ପାରୁ ନଥିଲା।

ଅଜୟ କହିଲା: ଯାହା ବି କୁହ, ନିକି ଆମର ଟୁକୁକୁ ତ ପାଠ ପଢ଼ାଉଥିଲା। ଏଇଟା କ'ଣ ଗୋଟିଏ ବଡ଼ ରେସ୍‌ପନ୍‌ସିବିଲିଟି ନଥିଲା ?

ପ୍ରଜ୍ଞା କହିଲା: କାହିଁକି, ତା ମାଉସୀ କ'ଣ ତାକୁ ପଢ଼ାଇବନି ? ସଞ୍ଜୁ ତ ଏମ୍‌ଏ ପଢ଼ିଛି। ନିକିଠାରୁ ସେ ଅଧିକ କ୍ୱାଲିଫାଏଡ।

ଅଜୟ କହିଲା: ବିଚାରୀକୁ ଚାକରାଣୀ ଭଳି ଖଟାଉଥିଲ। ଘରର ସବୁ କାମ ସେ କରୁଥିଲା। ପ୍ରଜ୍ଞା ସବୁ ଶୁଣି କିଛି କହିଲା ନାହିଁ।

ପ୍ରଜ୍ଞାର ସାନ ଭଉଣୀ ସଞ୍ଜୁ ଓପିଏସ୍‌ସି କ୍ୱାଲିଫାଏ କରି ନୂଆ ଚାକିରି ପାଇଛି ସେକ୍ରେଟେରିଏଟ୍‌ରେ। ପ୍ରଜ୍ଞାର ଏକା ଜିଦ୍, ସଞ୍ଜୁ ତାଙ୍କ ପାଖରେ ରହିବ ଓ ଟୁକୁର ପଢାପଢି ଦାୟିତ୍ୱ ବୁଝିବ।

ସକାଳୁ ଅଜୟକୁ ଚା' ଦେବାବେଳେ ସଞ୍ଜୁ କଥା ଉଠାଇଲା ପ୍ରଜ୍ଞା। ପ୍ରଜ୍ଞା ଅଜୟକୁ କହିଲା: ଶୁଣୁଛ, ବାପା କହୁଥିଲେ ସଞ୍ଜୁର ଭୁବନେଶ୍ୱରରେ ପୋଷ୍ଟିଂ ହୋଇଛି। ସଞ୍ଜୁ ଏଇଠି ଆମ ପାଖରେ ରହି ଯାଆନ୍ତା ! ଆମ ପାଖରେ ଆଡ୍‌ଜଷ୍ଟ ହୋଇ ଯାଆନ୍ତା। ନା, କ'ଣ, ଭାବୁଛ ? ଟୁକୁର ପାଠପଢା ବି ବୁଝନ୍ତା। କ'ଣ କିଛି ଅସୁବିଧା ହେବ କି ତୁମର ?

ଅଜୟ କହିଲା: ନାଇଁ, ମୋ'ର ଅସୁବିଧା କ'ଣ ? ଅସୁବିଧା ଯଦି ହେବ ତୁମର। ତୁମେ କହୁଛ, ମୁଁ କାଇଁ ମନା କରିବି ? ମୋ' ଜିଭରେ ହାଡ଼ ହୋଇଗଲାଣି କି ?

ପ୍ରଜ୍ଞା ରାଗିଗଲା। ଓ କହିଲା; ସବୁ କଥାକୁ ଥଟ୍ଟାମଜାରେ ନିଅନି, କହୁଛି। ମୁଁ ଗୋଟିଏ ସିରିୟସ କଥା କହୁଛି। ଯାଙ୍କୁ ଥଟ୍ଟା ଲାଗିଛି।

ଅଜୟ କହିଲା: ସରି, ବାବା। ତୁମ ଭଉଣୀ ଆମ ପାଖରେ ରହିବ। ମୁଁ କ'ଣ ମନା କଲି ? ତଥାପି ଯାହା କରୁଛ, ଟିକେ ଭାବିଚିନ୍ତି କର।

ପ୍ରଜ୍ଞା କହିଲା: ଭାବିବି କ'ଣ। ସାନ ଭଉଣୀଟା ଆମ ପାଖରେ ରହିବ। ନିକିଟା ରହୁଥିଲା, ସେମିତି ସଞ୍ଜୁ ରହିବ। ଅସୁବିଧା କୋଉଠି ?

ଅଜୟ କହିଲା: ନିକିତାକୁ ତ ଲାଗିପାଡି ବିଦା କରିଦେଲ। ତା' ପାଇଁ ଗଲା ବର୍ଷଟା ଯାକ ଘରେ କେତେ ଅଶାନ୍ତି ହେଲା, ଏସବୁ କ'ଣ ତମେ ଭୁଲି ଯାଉଛ କି?

ପ୍ରଜ୍ଞା ହଠାତ ଚଣ୍ଡୀଙ୍କ ଭଳି ଗର୍ଜି ଉଠି କହିଲା: ତମେ ଭାଇ ଭଉଣୀ ତ ଭାରି ସିଆଣା। ମୁଁ କ'ଣ ତମ ଭଉଣୀକୁ ବିଦା କରିଦେଲି? ତମେ ତ ଯାଇ ତା' ପାଇଁ ହଷ୍ଟେଲ ବୁଝାବୁଝି କଲ, ଆଉ ହଷ୍ଟେଲରେ ନେଇ ଛାଡ଼ି ଆସିଲ। ମୋ' ପାଇଁ ସେ କେମିତି ଘର ଛାଡ଼ିଲା, ଆଗେ ମୋତେ ଜବାବ ଦିଅ। ମିଛଟାରେ ମୋତେ ବଦନାମ କରନି କହିଦଉଛି। ଏସବୁ ଭଲ ନୁହେଁ।

ଅଜୟ କହିଲା: ନାଇଁ ମ, ଥଟ୍ଟା କରୁଥିଲି। ସରି।

ପ୍ରଜ୍ଞା ମୁହଁ ଫୁଲେଇ ଗୋଡ଼ କଚାଡ଼ି ରୋଷେଇ ଘର ଭିତରକୁ ପଶିଗଲା। ଅଜୟ ଖବରକାଗଜ ପୃଷ୍ଠା ଓଲଟାଇଲା।

ଏତିକିବେଳକୁ ପ୍ରଜ୍ଞାର ଫୋନ୍ ରିଂ ହେଲା। ଫୋନ୍ କଲଟି ତା' ଘରୁ ଆସିଥିଲା। ତା' ମା' ଫୋନ୍ କରିଥିଲେ। ରୋଷେଇ ଘରୁ ଦଉଡ଼ି ଆସି ପ୍ରଜ୍ଞା ଫୋନ୍ ରିସିଭ କଲା।

ପ୍ରଜ୍ଞା କହିଲା: ହଁ ବୋଉ, ସଞ୍ଜୁ ଆମ ପାଖରେ ରହିଯିବ। ତମ ଜୋଇଁ କହୁଥିଲେ, ଆମେ ଏଇଠି ଅଛୁ, ଅଥଚ ସଞ୍ଜୁ କାହିଁକି ଏକୁଟିଆ ଆଉ ଗୋଟିଏ ଭଡ଼ା ଘର ନେଇ ରହିବ? ଜୋଇଁ ଶୁଣିକି ମୋ' ଉପରେ ବିରକ୍ତ ହେଉଥିଲେ।

ମା'-ଝିଅଙ୍କ ଏ ପ୍ରେମାଳାପ ଶୁଣି ଅଜୟ ମନେ ମନେ ହସୁଥିଲା ଓ ବିରକ୍ତ ବି ହେଉଥିଲା। ହଉ, ଶାଳୀ ରହିବା ଯେତେବେଳେ ଏକ ପ୍ରକାର ସ୍ଥିର ହୋଇ ସାରିଲାଣି, ସେତେବେଳେ ଅଜୟର ହଁ ମାରିବା ଛଡ଼ା ଆଉ ଚାରା ବା କ'ଣ ଥିଲା?

ଆଜି ସଞ୍ଜ ଟ୍ରେନ୍‌ରେ ସଞ୍ଜୁ ଆସି ପହଞ୍ଚିବ ଭୁବନେଶ୍ୱରରେ। ସାନ ଭଉଣୀ ଆସୁଛି ବୋଲି ପ୍ରଜ୍ଞାର ଖୁସି କହିଲେ ନସରେ। ଅବ୍ୟବହୃତ ହୋଇ ପଡିଥିବା ଅତିରିକ୍ତ ବେଡ୍‌ରୁମ୍‌ଟିକୁ ସଫାସୁତରା କରି ସାରିଲାଣି। ଆହାଃ, ନିକିତା ରହିବାବେଳେ ପ୍ରଜ୍ଞା ଏତିକି ତତ୍ପର ହୋଇଥାନ୍ତା କି!

ପ୍ରଜ୍ଞା କହିଲା, ଆଜି ତ ରବିବାର। ତମର ଛୁଟି। ଆଜି ଚିକେନ୍ ଫିକେନ୍ ନ ଆଣି ଚିଙ୍ଗୁଡ଼ି ନ ହେଲେ କଙ୍କଡ଼ା ଆଣ। ସଞ୍ଜୁ ଆମର ସି ଫୁଡ୍‌କୁ ବହୁତ ଭଲ ପାଏ। ତା'ର ଚିକେନ ଏତେଟା ପସନ୍ଦ ନୁହେଁ।

ସଞ୍ଜୁକୁ ଷ୍ଟେସନରୁ ଆଣିବାକୁ ପ୍ରଜ୍ଞା ଅଜୟକୁ କହି ପୁଣି କାମରେ ମନ ଦେଲା। ଘର ସଫାସୁତରା କରିବାରେ ଲାଗି ପଡ଼ିଲା।

ସେମାନେ ରହୁଛନ୍ତି ଚକେଇସିଆଣିରେ। ଏମିତି ଦେଖିବାକୁ ଗଲେ ସଞ୍ଜୁ ମାଷ୍ଟରକ୍ୟାଣ୍ଟିନ୍‌ରୁ ଓହ୍ଲାଇ ସିଧା ଅଟୋ ଧରି ଖାରବେଳନଗର, ରାମମନ୍ଦିର ସ୍କୋୟାର,

ବାଣୀବିହାର ଦେଇ ରସୁଲଗଡ଼ ଆଉ ରସୁଲଗଡ଼ ଓଭରବ୍ରିଜ୍ ତଳ ଊର୍ମି ହୋଟେଲ ଫ୍ରଣ୍ଟରୁ ସିଧା ମଞ୍ଚେଶ୍ୱର ଦେଇ ଆସି ସ୍କିଲ୍ ଡେଭ୍ଲପ୍‌ମେଣ୍ଟ ଛକରୁ ଡାହାଣ ପଟକୁ ମାତ୍ର କେତେ ମିଟର ଆସି ଦୟା କେନାଲ ପୋଲ ଦେଇ ଘରେ ପହଞ୍ଚି ପାରନ୍ତା। ତାକୁ ରୁଟ୍ ବତେଇ ଦେଲେ ସେ ଆସି ଘରେ ପହଞ୍ଚି ପାରନ୍ତା। ମାତ୍ର, ପ୍ରଜ୍ଞାର ଏକା ଜିଦ୍ ନିଜେ ଯାଇ ସଞ୍ଜୁକୁ ଷ୍ଟେସନରୁ ଆଣ।

ଯଦି ଏଇନେ ପ୍ରଜ୍ଞାକୁ କହିବ, ସଞ୍ଜୁକୁ କହିଦିଅ, ସେ ଅଟୋ କି ଓଲା ବୁକ୍ କରି ଘରକୁ ଚାଲି ଆସୁ, ସବୁ ଗଡ଼ବଡ଼ ହୋଇଯିବ। ପ୍ରଜ୍ଞା କହିବ, ତା' ଭଉଣୀ ବୋଲି ଏମିତି କହୁଛନ୍ତି। କିଏ ଏତେ ଝାମେଲାରେ ପଶିବ। ସିଧା ଯାଇ ମାଷ୍ଟରକ୍ୟାଣ୍ଟିନରୁ ନେଇ ଆସିଲେ କଥା ସରିବ।

ଅଜୟ ଗ୍ୟାରେଜରୁ କାର୍ ବାହାର କଲା ଓ ଷ୍ଟେସନ ଅଭିମୁଖେ ଯାତ୍ରା ଆରମ୍ଭ କଲା। ରବିବାର। ଅଫିସ ଟେନସନ ନାହିଁ।

ପ୍ଲାଟ୍‌ଫର୍ମରେ କିନ୍ତୁ ସଞ୍ଜୁକୁ ଦେଖି ପ୍ରଥମେ ଅଜୟ ଚିହ୍ନି ପାରି ନଥିଲା। ସଞ୍ଜୁ ଏହା ମଧ୍ୟରେ କେତେ ବଡ଼ ହୋଇଯାଇଛି। ତାଙ୍କ ବାହାଘର ବେଳେ ସେ ଷ୍ଟାଣ୍ଡାର୍ଡ ନାଇନ୍‌ରେ ପଢୁଥିଲା। ସଞ୍ଜୁ ପ୍ରକୃତରେ ଅଧିକ ସ୍ମାର୍ଟ ବି ହୋଇଯାଇଛି। କେଜାଣି, ଝିଅଗୁଡ଼ା ଏତେ ଶୀଘ୍ର କିପରି ବଢ଼ି ଯାଆନ୍ତି ?

ସଞ୍ଜୁ ବସିଲା ଅଜୟ କାର୍‌ରେ। ଆଗ ସିଟ୍‌ରେ। ଶାଳୀ, ଭିଣୋଇ ଦୁହେଁ ଗପିଗପି, ହସିହସି ଷ୍ଟେସନରୁ ବାହାରିଲେ। ସଞ୍ଜୁ କିନ୍ତୁ ପିନ୍ଧିଥିଲା ଜିନ୍‌ସ ଓ ଟି-ସାର୍ଟ। ଅଜୟ କଣେଇ କଣେଇ ସଞ୍ଜୁର ଦେହରେ ଆଖି ଘୂରେଇନେଲା ଓ ପୁଣି ଆଗକୁ ଚାହିଁ ଡ୍ରାଇଭିଂରେ ମନଦେଲା।

ସଞ୍ଜୁ ଥିଲା ସ୍ମାର୍ଟ୍, ମାତ୍ର ପ୍ରଜ୍ଞା ଗାଉଁଲୀ। ସଞ୍ଜୁ ଖୁବ୍ ଲିବରାଲ, ପ୍ରଜ୍ଞା ରିଲକ୍ଟାଣ୍ଟ। ଦୁଇ ଭଉଣୀ, ଏତେ ଡିଫରେନ୍‌ସ! ଅଜୟ କିଛି ସମୟ ଭାବନାରେ ବୁଡ଼ିଗଲା।

ଏହା ଭିତରେ ଘର ଆଗରେ କାର୍ ଅଟକିଲା। ପ୍ରଜ୍ଞା ଘରୁ ବାହାରି ଆସିଲା।

ସଞ୍ଜୁ ଗାଡ଼ିରୁ ଓହ୍ଲେଇ ଘର ଭିତରକୁ ପଶିଲା। ଦୁଇ ଭଉଣୀ କୁଣ୍ଢାକୁଣ୍ଢି, କୋଳାକୋଳି ହେଲେ। ଘର କଥା, ବାପା ବୋଉଙ୍କ କଥା, ଗୀତା ନୂଆଉ' କଥା, ତା' ସାଙ୍ଗ ଡଲି କଥା ଏକା ନିଶ୍ୱାସରେ ପଚାରିଗଲା ପ୍ରଜ୍ଞା।

ସଞ୍ଜୁ କହିଲା, ବାପା ତାକୁ ଟ୍ରେନ୍‌ରେ ବସାଇବାକୁ ଷ୍ଟେସନ ଆସିଥିଲେ। ବୋଉ ଆସିଲାବେଳେ କାନ୍ଦୁଥିଲା। ଡଲି ଦିଦି ତା' ବର ସହ ଚଣ୍ଡୀଗଡ଼ରେ ରହୁଛି। ଡଲି ଦିଦିର ବର କୁଆଡ଼େ ସେଠାରେ ଜାଗା କିଣି ଘର କରିଛି। ସେମାନେ ସିଆଡେ ରହିବେ। ଆଉ ଓଡ଼ିଶା ଫେରିବେନି।

ଡଲିର ଜାଗା କିଣା, ଘର ତୋଳା ଖବର ଶୁଣି ପ୍ରଜ୍ଞାର ମଧ୍ୟବିତ୍ତ ମନ ଟିକେ ଦବିଗଲା। ସେ ପଟିଆ ପାଖରେ ଜାଗା ଖଣ୍ଡେ କିଣିଛି ଯେ, ମାତ୍ର ଘର କରିପାରୁନି। ଜାଗା କିଣିଲା ବେଳେ ଏ ଜୋନ୍‌ଫୋନ୍ କିଛି ନଥିଲା। ଏବେ ତା' ଜାଗାଟି ଗ୍ରୀନ୍ ଜୋନ୍‌ରେ ଆସୁଥିବାରୁ ସେ ସେଠି ଘର ହୋଇପାରିବନି ଜାଣି ପ୍ରଜ୍ଞାର ଟେନସନ ବଢ଼ିଯାଇଛି। ଏ ଜାଗା କଥା ପଡ଼ିଲେ ପ୍ରଜ୍ଞା ଅପସେଟ୍ ହୋଇଯାଏ।

ଅଜୟ କହିଲା: ଆରେ, ପିଲାଟାକୁ ଛାଡ଼। ସେ ଫ୍ରେଶ୍ ହୋଇ ଆସୁ। ତାକୁ ଖାଇବାକୁ ଦିଅ। ପରେ ଗପସପ କଲେ ହେବନି ?

ସଞ୍ଜୁ ବାଥ୍‌ରୁମ୍‌ରୁ ଫ୍ରେସ ହୋଇ ଆସିଲା। ଚିଙ୍ଗୁଡ଼ି ଝୋଳର ବାସ୍ନା ସମସ୍ତଙ୍କ ଭୋକ ବଢ଼ାଇ ଦେଉଥାଏ। ସଞ୍ଜୁ କହିଲା, ନାନୀ, ମୁଁ ଭାଇଙ୍କ ସାଙ୍ଗରେ ଖାଇବି। ଗୋଟିଏ ଥାଳିରେ ବାଢ଼ି ଦେ।

ପ୍ରଜ୍ଞା କହିଲା: ଭଲ ହେଲା। ଶାଳୀ-ଭିଣୋଇ ଏକାଠି ବସିଯାଅ। ମୁଁ ବାଢ଼ି ଦେଉଛି। ତତେ ଭୋକ ହେବଣି।

ଆସନ୍ତାକାଲିଠୁ ସଞ୍ଜୁ ତା' ଅଫିସ ଯିବ। ସଂଯୋଗକୁ ଅଜୟର ଅଫିସ ଆଉ ସଞ୍ଜୁର ଅଫିସ ପାଖାପାଖି। ଏଣୁ ସଞ୍ଜୁ ପାଇଁ ସ୍କୁଟି କାହିଁକି କିଣାଯିବ ବୋଲି ପ୍ରଜ୍ଞା କହିଲା। ଅଜୟ ରାଜୀବ ଭବନରେ ଚାକିରି କରେ। ଆଉ ସଞ୍ଜୁର ଅଫିସ ସେକ୍ରେଟେରିଏଟ୍‌ରେ। ଉଭୟଙ୍କ ଗନ୍ତବ୍ୟ ସ୍ଥଳ ଏକ। ସଞ୍ଜୁ କାହିଁକି ସ୍କୁଟି କିଣିବ ?

ଅଜୟ କହିଲା: ହଁ ଠିକ୍, ଠିକ୍, ସଞ୍ଜୁର ସ୍କୁଟି କିଣାଯିବା ଉଚିତ ହେବନି। ସଞ୍ଜୁ ମୋ' କାର୍‌ରେ ତା' ଅଫିସ ଯାଇପାରିବ।

ନିଷ୍ପତ୍ତି ହେଲା ଅଜୟ ସାଙ୍ଗରେ ସାଥୀ ହୋଇ ସଞ୍ଜୁ ଅଫିସ ଯିବ। ଉଭୟଙ୍କ ଅଫିସ ଟାଇମ୍ ବି ସମାନ। ଏଣିକି ପ୍ରତିଦନ ସକାଳ ସାଢେ ନଅ ବାଜିଲେ ସଞ୍ଜୁ ଅଜୟଙ୍କ କାର୍‌ରେ ବସି ଅଫିସ ବାହାରିପଡ଼େ। ସଞ୍ଜୁକୁ ସେକ୍ରେଟେରିଏଟ୍‌ରେ ଡ୍ରପ୍ କରି ଅଜୟ ଯାଏ ରାଜୀବ ଭବନ।

ଅଜୟ ତା' ଅଫିସରେ ପହଞ୍ଚିଲା ବେଳକୁ ସଞ୍ଜୁର ହ୍ୱାଟ୍‌ସଆପ ମେସେଜ ପହଞ୍ଚିଯାଏ। 'ଭାଇ ଅଫିସରେ ପହଞ୍ଚିଗଲ ?' ଅଜୟ ରିପ୍ଲାଏ ଦିଏ, 'ହଁ ପହଞ୍ଚିଗଲି।'

ତା' ପରେ ଶାଳୀ ଭିଣୋଇ ଘଣ୍ଟା ଘଣ୍ଟା ଚାଟିଂ କରନ୍ତି। ବିନା କଥାବାର୍ତ୍ତାରେ ସବୁକିଛି ଭାବ ବିନିମୟ ନିରବରେ ଓ ସହଜରେ ହ୍ୱାଟ୍‌ସଆପ ଓ ସ୍ମାର୍ଟଫୋନ୍ ଜରିଆରେ ହୋଇଯାଏ। ଏସବୁ ଅଜୟର ଅଫିସ କି ସଞ୍ଜୁର ଅଫିସରେ କେହି ବି ଜାଣନ୍ତି ନାହିଁ।

ଅଜୟ-ସଞ୍ଜୁର ହ୍ୱାଟ୍‌ସ ଆପ୍ ଚାଟିଂ ନେଇ ପ୍ରଜ୍ଞା କିଛି ଜାଣିପାରେନା।

ସଞ୍ଜୁ ଭୁବନେଶ୍ୱର ଆସିବା ଏହା ମଧ୍ୟରେ ବର୍ଷେ ବିତିବାକୁ ବସିଲାଣି।

ସବୁକିଛି ଠିକ୍‌ଠାକ୍ ଚାଲିଥାଏ। ଏହା ମଧ୍ୟରେ ସଞ୍ଜୁ ଓ ଅଜୟ କେତେଥର ପୁରୀ ବୁଲି ଆସିଲେଣି। ଏକଥା ବି ପ୍ରଜ୍ଞା ଜାଣିପାରେନା।

ଏହା ମଧ୍ୟରେ ପୁରୀର ଜଣେ ଘରୋଇ ହୋଟେଲ ମାଲିକ ସହ ଅଜୟର ଚିହ୍ନା ପରିଚୟ ହୋଇ ଯାଇଥାଏ। ସେ ଲୋକଟା ନିଜ ଘରକୁ ହୋଟେଲ ଭଳି ଗେଷ୍ଟମାନଙ୍କୁ ଭଡ଼ାରେ ଲଗାଏ। ଏଥିରେ ଯାବତୀୟ ଧନ୍ଦା ବି ଚାଲେ। ଯିଏ ଯୁଆଡୁ ପାରିଲା, ଝିଅ ଧରି ଏଠାକୁ ଆସନ୍ତି। ଘଣ୍ଟାଏ ଦୁଇଘଣ୍ଟା ପାଇଁ ସେ ଘରେ ରହନ୍ତି ଓ କାମ ସାରି ଫ୍ରେଶ୍ ହୋଇ ପୁଣି ଫେରି ଯାଆନ୍ତି। ଏଥିରେ ଲୋକଟାର ଭଲ ଦି' ପଇସା ରୋଜଗାର ବି ହୁଏ।

ପୁରୀରେ ଏମିତି ହୋମ୍-କମ୍-ହୋଟେଲ୍ ସେବା ଚାଲେ ବୋଲି ଚୌଧୁରୀ ବାବୁ ଥରେ କହୁଥିଲେ।

ଚୌଧୁରୀ ବାବୁ ଅଜୟର କଲିଗ୍। ଗୋଟିଏ ଅଫିସରେ କାମ କରନ୍ତି। ସେମାନେ ଗୋଟିଏ ରୁମ୍‌ରେ ବି ବସନ୍ତି। ଭାରି ଖୁସିବାସିଆ ଲୋକ ଚୌଧୁରୀ ବାବୁ। ଛନ୍ଦକପଟ ନାହିଁ। ଭାରି ଗପୁଡ଼ି।

ବୈଜୟନ୍ତୀ ବୋଲି ନୂଆ ଆପଏଣ୍ଟମେଣ୍ଟ ପାଇଥିବା ଝିଅଟାକୁ ଧରି ଚୌଧୁରୀ ବାବୁ କେତେବାର ପୁରୀ ଗଲେଣି। ସେମାନେ ସେଇ ଲୋକର ଘରେ ଘଣ୍ଟାଏ ଦୁଇ ଘଣ୍ଟା ପାଇଁ ରହନ୍ତି ଓ ଫ୍ରେଶ ହୋଇ ପୁଣି ଭୁବନେଶ୍ୱର ଫେରି ଆସନ୍ତି। ଚୌଧୁରୀ ବାବୁ କହନ୍ତି, ଏଭଳି ଘରୋଇ ହୋଟେଲ ଖୁବ ଭରସାଯୋଗ୍ୟ। ରିସ୍କଲେସ୍ ବି। ଚୌଧୁରୀ ବାବୁ ସବୁ କଥା ଅଜୟଙ୍କ ଆଗରେ ଗପି ଦିଅନ୍ତି। ଏମିତି କି ବୈଜୟନ୍ତୀ କଥା ବି।

ଅଜୟ ଓ ସଞ୍ଜୁ କେତେବାର ପୁରୀ ଯାଇ ସେ ଲୋକଟା ଘରେ ଦୁଇ ଚାରିଘଣ୍ଟା କଟେଇ ସମୁଦ୍ର ବେଳାଭୂମିରେ ବୁଲାବୁଲି କରି ଫେରି ଆସନ୍ତି। ପୁରୀର ସେ ଲୋକଟାର ସମ୍ପର୍କୀୟ ଭାଇ ଭୁବନେଶ୍ୱରର ଓୟୁଏଟି ଛକ ନିକଟରେ ନିଜ ଘରେ ବି ଏଭଳି ଧନ୍ଦା କରୁଛି ବୋଲି ଅଜୟ ଜାଣିବାକୁ ପାଇଲା।

ଅଜୟ ଏବେ ନିୟମିତ ସଞ୍ଜୁକୁ ନେଇ ସେ ଓୟୁଏଟି ଘରକୁ ଯାଉଛି। ଅଜୟ ପାଇଁ ସେ ଘର ଖୁବ ନିରାପଦ ଓ ରିସ୍କଲେସ। ହୋଟେଲ ଗଲେ, ଆଇକାର୍ଡ, ଆଧାର ପ୍ରୁଫ୍‌ର ଝାମେଲା। ଏଠି ସେସବୁ ଝିନ୍‌ଝଟ ନାହିଁ କି ଟେନ୍‌ସନ ନାହିଁ। ଘଣ୍ଟାଏ ଦୁଇ ଘଣ୍ଟା ଫ୍ରେଶ୍ ହୋଇ ପୁଣି ଫେରି ଆସ। ବାସ୍।

ସେଦିନ ଅଜୟର ଛୁଟି ଥାଏ। ସଞ୍ଜୁର ବି ଛୁଟି। ସଞ୍ଜୁ ତା'ର କୋଉ ସାଙ୍ଗ ପାଖକୁ ଯାଉଛି ବୋଲି କହି ଘରୁ ସକାଳୁ ଯାଇଛି। ଅଜୟ ବି ଏହି ପାଖ ମାର୍କେଟ୍ ଆଡେ ଯାଇଥାଏ।

ଭୁଲବଶତଃ ଅଜୟ ଘରେ ତା' ମୋବାଇଲ ଛାଡ଼ି ଦେଇ ଯାଇଥାଏ। ଏହି ସମୟରେ ଅଜୟର ଏକ ଫୋନ୍ କଲ୍ ଆସିଲା। ପ୍ରଜ୍ଞା, ଦେଖିଲା, ସେ ଫୋନ୍ କଲ୍ ସଞ୍ଜୁର ଥିଲା। ପ୍ରଜ୍ଞା ଫୋନ୍ ଉଠାଇଦେଲା।

ସଞ୍ଜୁ କହିଲା: ନାନୀ, ଭାଇନା କ'ଣ ଫୋନ୍ ସାଙ୍ଗରେ ନେଇ ନାହାନ୍ତି ?

ପ୍ରଜ୍ଞା କହିଲା: ନା, ମୋବାଇଲ୍ ଫୋନ୍ ଛାଡ଼ିଦେଇ ଯାଇଛନ୍ତି। ଏଇଠି କୋଉଠି ପାଖକୁ ଯାଇଛନ୍ତି। ଆସିଯିବେ। କ'ଣ କହିଥାନ୍ତୁ କି ?

ସଞ୍ଜୁ କହିଲା: ନା, ଭାଇ ଆସିଲେ କହିଦେବୁ ମୁଁ ଫୋନ୍ କରିଥିଲି।

ଅଜୟର ମୋବାଇଲ୍ ଦେଖୁଦେଖୁ ହଠାତ୍ ପ୍ରଜ୍ଞା ଅଟକିଗଲା। ଅଜୟ ଆଉ ସଞ୍ଜୁର ହ୍ୱାଟ୍ସ ଆପ୍ ମେସେଜ ଚାଟିଂ ଉପରେ ନଜର ପଡ଼ିଗଲା ପ୍ରଜ୍ଞାର।

ସଞ୍ଜୁ ଆଉ ଅଜୟର ଚାଟିଂ ଦେଖି ପ୍ରଜ୍ଞା ସ୍ତବ୍ଧ ହୋଇଗଲା। ସେ ନିର୍ବାକ ପାଲଟିଗଲା।

ଯେଉଁ କଥାକୁ ନେଇ ମଣିଷ ଯେତେ ଅଧିକ ସତର୍କ ଆଉ ସଚେତନ ଥିବ, ସେଇଟା ହିଁ ବେଶି ଭୁଲ ହେବ। ଆଜି ଅଜୟର ସେଇ ଭୁଲ୍ ହିଁ ହୋଇଯାଇଛି। ସଞ୍ଜୁର ହ୍ୱାଟ୍ସ ଆପ ଚାଟିଂକୁ ଡିଲିଟ୍ କରିବାକୁ ଅଜୟ ଭୁଲି ଯାଇଥିଲା।

ପ୍ରଜ୍ଞା ଗୋଟିଏ ନିଶ୍ୱାସରେ ଅଜୟ ଓ ସଞ୍ଜୁର ଚାଟିଂକୁ ପଢ଼ିଗଲା।

ସଞ୍ଜୁ ଲେଖିଛି: ଭାଇ, ତମେ ମୋ' ବେକକୁ ଏମିତି କାମୁଡ଼ିଛ, ଆଜିଯାଏ ସେ ଚିହ୍ନ ଯାଉନି। ନାନୀ ପଚାରିଲେ କ'ଣ କହିବି ?

ଅଜୟ: ନାନୀ ପଚାରିଲେ କହିବ, ସେସବୁ ସ୍କିନ୍ ଆଲର୍ଜି। ତମ ନାନୀ, ଏସବୁ ମ୍ୟାଟରରେ ବିଗ୍ ଜିରୋ। ସେ କିଛି ବୁଝି ପାରିବନି।

ସଞ୍ଜୁ: ସେଦିନର ସ୍ମୃତି ଭୁଲିପାରୁନି, ଭାଇ ! ଏମିତି ପଶୁଙ୍କ ଭଳି...। ଛି..!

ଅଜୟ: ଆଜି ଦୁଇଟାବେଳେ। ଓୟୁଏଟି ଛକର ସେଇ ଘରେ !

ସଞ୍ଜୁ: ହଁ ଭାଇ, ପ୍ୟାକେଟ୍‌ଟା ଆଣିଥିବ...(କଣ୍ଡୋମ୍)। ଗଲା ଥର ଭୁଲି ଯାଇଥିଲ.... ବିନା କଣ୍ଟ୍ରାସେପ୍‌ଟିଭରେ ଇସ୍, ଭଲ ନୁହେଁ !

ଆଉ ଅଧିକ ଦେଖିପାରିଲାନି ପ୍ରଜ୍ଞା। ତା' ହାତରୁ ମୋବାଇଲ୍‌ଟି ଖସିପଡ଼ିଲା। ସେ ନିର୍ବାକ ହୋଇଗଲା। ମୂର୍ତ୍ତି ପାଲଟିଗଲା। ତା' ପାଦତଳୁ ପୃଥିବୀଟା ଖସି ଯାଉଥିଲା। ତା' ମୁଣ୍ଡ ଉପରେ ଆକାଶ ଛିଣ୍ଡି ପଡ଼ିଲା।

ଏତେ ବଡ଼ ଧୋକ୍କା ତା' ସହ ? ଗୋଟିଏ ମା' ପେଟର ଭଉଣୀ ହୋଇ ସଞ୍ଜୁ ଏମିତି କଲା ? ଅଜୟ ବି ଏମିତି ଚରିତ୍ରହୀନ ପାଲଟିଗଲେ ? ଏଭଳି ଚରିତ୍ରହୀନ ଲୋକଟା ସହ ସେ ଏତେବର୍ଷ ଧରି ରହିଆସୁଛି !

ଅଜୟଙ୍କ ଚରିତ୍ରକୁ ନେଇ ପ୍ରଜ୍ଞା ଦିନେ ଗର୍ବ କରୁଥିଲା! ଏଥିପାଇଁ ତନୁଶ୍ରୀ ସହ ତା'ର ଅନେକ ସମୟରେ ଯୁକ୍ତିତର୍କ ହୋଇଛି। ଝଗଡ଼ା ହୋଇଛି।

ତନୁଶ୍ରୀ କହେ: ସ୍ୱାମୀର ଚରିତ୍ରକୁ ନେଇ ଜଣେ ସ୍ତ୍ରୀ ଏତେ କନ୍‌ଫିଡେଣ୍ଟ ହେବାଟା ଠିକ୍ ନୁହେଁ। ପୁରୁଷଙ୍କୁ ଅନ୍ଧଙ୍କ ଭଳି ବିଶ୍ୱାସ କରିବା ଭଲ ନୁହେଁ। ସେଦିନ କିନ୍ତୁ ତନୁଶ୍ରୀର ଏଭଳି କଥା ପ୍ରଜ୍ଞାକୁ ଭାରି ବିରକ୍ତ ଲାଗିଥିଲା।

ପ୍ରଜ୍ଞାର ଯୁକ୍ତି ଥିଲା, ଅଜୟ କିନ୍ତୁ ଅନ୍ୟ ସ୍ୱାମୀଙ୍କ ଭଳି ନୁହଁନ୍ତି। ତାଙ୍କ ଚରିତ୍ରକୁ ନେଇ ସନ୍ଦେହ କରିବା ତା' ପାଇଁ ପାପ। ସେ ଭାବୁଥିଲା, ଅଜୟ ହେଉଛନ୍ତି ପୃଥିବୀର ଏକମାତ୍ର ସ୍ୱାମୀ, ଯିଏ କି ତା' ସ୍ତ୍ରୀ ପ୍ରତି ସବୁଠୁ ଅଧିକ ବିଶ୍ୱସ୍ତ ଓ ଆଇଡିଆଲ୍।

ଆଜି ପ୍ରଜ୍ଞାର ସବୁ ଅହଂକାର ଭାଙ୍ଗିରୁଜି ଚୁରମାର ହୋଇଯାଇଛି। ପ୍ରଜ୍ଞା ଗୁମ୍ ହୋଇ ବସିଥାଏ। କିଛି ସମୟ ମଧ୍ୟରେ ଅଜୟ ମାର୍କେଟ୍‌ରୁ ଘରକୁ ଫେରିଲା।

ପ୍ରଜ୍ଞାର ମନ ଆଦୌ ଭଲ ନଥାଏ। ଅଜୟ ସହ କିଭଳି ରିଆକ୍ଟ କରିବ ପ୍ରଜ୍ଞା? କ୍ରୋଧରେ ତା' ଦେହ ଥରୁଥିଲା।

ସେ କ'ଣ ତା' ଗାଲରେ ଜୋରକରି ଶକ୍ତ ଚାପୁଡ଼ାଟାଏ ବସାଇଦେବ? ସେ କ'ଣ ବଡ଼ ପାଟି କରି ସମସ୍ତଙ୍କୁ ଜଣେଇ ଦେବ? ସେ କ'ଣ ସିଧା ସଳଖ କହିଦେବ, ସଞ୍ଜୁ ସହ ଏ ସମ୍ପର୍କ କେତେ ଦିନର? ସେ କ'ଣ କହିଦେବ, ସେ ଚରିତ୍ରହୀନ? ନା, ସେ କିଛି ବି କହିବନି। ଚୂପ୍ ରହିବ।

ଅଜୟ ଘରେ ପହଞ୍ଚି ଫ୍ରେଶ୍ ହୋଇ ପୁଣି ବାହାରିଗଲା କେଉଁଆଡେ। ତଥାପି ପ୍ରଜ୍ଞା ପଦୁଟିଏ ବି ପାଟି ଖୋଲିଲା ନାହିଁ। ଡାଇନିଂ ଟେବୁଲରେ ବ୍ରେକଫାଷ୍ଟ ଥୋଇ ଘର ଭିତରକୁ ଚାଲିଗଲା।

ଅଜୟ ଏତେ ତରବର ହୋଇ ବାହାରିଗଲା ଯେ, ପ୍ରଜ୍ଞାର ମୁଡ୍ ସମ୍ପର୍କରେ ଜାଣି ପାରିଲାନି। ଅଜୟ ଚାଲିଗଲା। ପ୍ରଜ୍ଞା କିଛି ନ କହି ଚୁପଚାପ ଘରେ ଶୋଇଲା।

ଦିନସାରା ବେଡ୍‌ରେ ପଡ଼ି ପ୍ରଜ୍ଞା ଛଟପଟ ହେଉଥାଏ। ତାକୁ କିଛି ଭଲ ଲାଗୁ ନଥାଏ। ଅଜୟ ଭଳି ଜଣେ ଚରିତ୍ରହୀନ ପୁରୁଷ କଥା ଭାବି କାନ୍ଦି ପକାଇଲା ପ୍ରଜ୍ଞା।

ସେ ଭାବିଲା, ଏବେ ବୋଉ ପାଖକୁ ଫୋନ୍ କରିବ କି? ନା, ନା, ଏବେ ନୁହେଁ। ପୁଣି ଭାବିଲା, ତନୁଶ୍ରୀ ସହ ଫୋନରେ କଥା ହେବ କି? ନା, ମୁଡ୍ ନାହିଁ। ଭାବିଲା, ସଞ୍ଜୁକୁ ଫୋନ୍ କରି ଏସବୁ କହିବ କି? ନା, ଏସବୁ ଏବେ କିଛି କରିବା ଦରକାର ନାହିଁ।

ସଞ୍ଜବେଳକୁ ଅଜୟ ଓ ସଞ୍ଜୁ ସାଥୀ ହୋଇ ଘରକୁ ଫେରିଲେ। କୌଣସି ଗୋଟିଏ କଥାକୁ ନେଇ ସଞ୍ଜୁ ହସିହସି ଗଡ଼ି ଯାଉଥାଏ। ଆଉ ଅଜୟ ତାକୁ ହସେଇ ଚାଲିଥାଏ। ଖୁବ୍ ବଡ଼ ପାଟି କରି ଉଭୟଙ୍କୁ ଚୁପ୍ କରାଇଦେଲା, ପ୍ରଜ୍ଞା।

ତା' ପରେ ପ୍ରଜ୍ଞା କହିଲା: ସଞ୍ଜୁ ତୁ ଏତେବେଳ ଯାଏ କୋଉଠି ଥିଲୁ ? ଆଜି ତ ତୋର ଅଫିସ ନଥିଲା। ସାଙ୍ଗ ଘରକୁ ଯାଇଥିଲୁ। ଯାଙ୍କ ସହ କେମିତି ଦେଖା ହେଲା ?

ସଞ୍ଜୁ କହିଲା: ସାଙ୍ଗ ଲିପ୍‌ସା ଘରେ ଲଞ୍ଚ କରିନେଲି। ତା' ପରେ ଭାଇଙ୍କୁ ଫୋନ୍ କଲି। ଆଉ ଭାଇ ମୋତେ ଲିପ୍‌ସା ଘରୁ ନେଇ ଆସିଲେ।

ସଞ୍ଜୁର ଏ ମିଛ ପ୍ରଜ୍ଞାକୁ ହତବାକ କରିଦେଲା। ଆଜି ପ୍ରଥମ ଥର ସଞ୍ଜୁକୁ ଆଖି ପୂରେଇ ଦେଖିଲା ପ୍ରଜ୍ଞା। ତା' ପାଦରୁ ମଥା ଯାଏ ତନ୍ନତନ୍ନ କରି ଚାହିଁ ରହିଲା ପ୍ରଜ୍ଞା। ସଞ୍ଜୁ ଖୁବ୍ ନର୍ଭସ ହୋଇଗଲା। ନାନୀ କିଛି ଜାଣିନେଲାକି ?

ସଞ୍ଜୁ ପୂର୍ବରୁ ନାନୀର ଏଭଳି କ୍ରୋଧ କେବେ ଦେଖି ନଥିଲା। ନାନୀ ହଠାତ୍ ଏଭଳି ରିଆକ୍ଟ କରିବ ବୋଲି ସଞ୍ଜୁ ଭାବି ପାରୁ ନଥିଲା। ତାକୁ କିଛି ଠିକ୍‌ଠାକ୍ ଲାଗିଲାନି।

ରାତିରେ ଶୋଇଲାବେଳେ ପ୍ରଜ୍ଞା ଅଜୟଙ୍କୁ କହିଲା: ଆଚ୍ଛା, ତମେ ତ କହୁଥିଲ, ତମର ପ୍ରମୋସନ ହୋଇଛି। ତମର ମାଲ୍‌କାନଗିରି ଟ୍ରାନ୍‌ସଫର ହୋଇଛି। ଟ୍ରାନ୍‌ସଫର ଅଟକାଇବା ପାଇଁ ତମେ ଶିକ୍ଷାମନ୍ତ୍ରୀଙ୍କୁ ଧରାଧରି କରିବାକୁ ବ୍ୟସ୍ତ ହେଉଥିଲ ନା ? ସେମିତି ଆଉ କରନି, ପ୍ଲିଜ୍। ଦୟାକରି ଟ୍ରାନ୍‌ସଫର କ୍ୟାନ୍‌ସେଲ କରନି। ଆମେ ଏଠୁ ତୁରନ୍ତ ଟ୍ରାନ୍‌ସଫର ହୋଇ ମାଲ୍‌କାନଗିରି ଚାଲିଯିବା। ଯଥାଶୀଘ୍ର। ମୁଁ ଏ ଭୁବନେଶ୍ୱରରେ ଗୋଟିଏ ବି ମୁହୂର୍ତ୍ତ ରହିବାକୁ ଚାହେଁନା। ମୋତେ ଭାରି ଘୃଣା ଲାଗୁଛି, ଏ ସହର। ଆଉ ତମେ ବି।

ପ୍ରଜ୍ଞାର ଏଭଳି ବ୍ୟବହାର ଅଜୟଙ୍କୁ ଚିନ୍ତାରେ ପକାଇ ଦେଲା। ପ୍ରଜ୍ଞା ପୁଣି ମାଲ୍‌କାନଗିରି ! ଏ ଟ୍ରାନ୍‌ସଫର କଥା ଶୁଣି ଯିଏ ପ୍ରଥମେ ସବୁଠୁ ବେଶି ରିଆକ୍ଟ କରିଥିଲା, ସେ ଥିଲା ପ୍ରଜ୍ଞା। ଯିଏ ମାଲ୍‌କାନଗିରି ନାଁ ଶୁଣୁଶୁଣୁ ଡେଉଁଥିଲା, ଅଥଚ ଆଜି ସିଏ କହୁଛି ଟ୍ରାନ୍‌ସଫର କ୍ୟାନସେଲ ନ କରିବାକୁ !

ଅଜୟ କହିଲା: କାହିଁକି ? ତମେ ତ ମାଲ୍‌କାନଗିରି ଯିବାକୁ ମୋଟେ ରାଜି ହେଉ ନଥିଲ। ଏବେ ହଠାତ୍ ଏ ନିଷ୍ପତ୍ତି ? ସେଠି ନକ୍ସଲମାନଙ୍କ ଉପଦ୍ରବ ଭୁଲି ଯାଉଛ କି ? ନା ସେଠି ହେଲ୍‌ଥ ନା ଏଜୁକେଶନ, କେଉଁଟା ସେଠି ମିଳିବ। ଟୁକୁର ପାଠପଢ଼ା ବରବାଦ ହୋଇଯିବନି ?

ପ୍ରଜ୍ଞା କହିଲା: ତମେ ମାଲ୍‌କାନଗିରି ଟ୍ରାନ୍‌ସଫର ଅଟକାଇଲେ ମୁଁ ଆତ୍ମହତ୍ୟା କରିଦେବି, କହୁଛି। ଅଜୟ ଚମ୍‌କି ପଡ଼ିଲା।

■

କଲ୍ ଗାର୍ଲ୍

ମାନବ ସହ ଶ୍ରେୟାର ପରିଚୟ ହେବା ଘଟଣାଟା ଥିଲା ଖୁବ୍ ଆକସ୍ମିକ। ଚାନ୍ଦିପୁର ସମୁଦ୍ର ବେଳାଭୂମି ହିଁ ଉଭୟଙ୍କ ମଧ୍ୟରେ ନୂଆ ସମ୍ପର୍କ ଯୋଡ଼ିଛି।

ଫେରନ୍ତା ସମୁଦ୍ରକୁ ଅପେକ୍ଷା କରି ଚାନ୍ଦିପୁର ବେଳାଭୂମିର ପଥର ସ୍ତର୍ ଉପରେ ବସିଥିଲା ମାନବ। ମାନବକୁ ଲାଗୁଥିଲା, ଏ ସମୁଦ୍ର ଭଳି ତା' ହୃଦୟ ତା' ଦେହରୁ ଦୂରେଇ ଯାଇଛି। ସିଗାରେଟ୍‌ରେ ନିଆଁ ଧରେଇଲା ମାନବ।

କାହିଁ କେଉଁ ଦୂରନ୍ତ ଦିଗ୍‌ବଳୟ ଭେଦି ତଥାପି ତା' ଲକ୍ଷ୍ୟ ପହଞ୍ଚି ପାରୁ ନଥିଲା ସମୁଦ୍ରର ଅଦୃଶ୍ୟ ଲହଡ଼ି ଆଡ଼େ। ସମୁଦ୍ର ତଥାପି ଥିଲା ତା' ପାଇଁ ଅପହଞ୍ଚ। ଖୁବ୍ ଶୀଘ୍ର ସମୁଦ୍ର ଫେରି ଆସିବ ବୋଲି ମାନବର ବିଶ୍ୱାସ ଥାଏ। ଖାସ୍, ସେଥିପାଇଁ ତ ସେ ଘଣ୍ଟା ଘଣ୍ଟା ଧରି ଅପେକ୍ଷା କରି ବସିଥାଏ, ସମୁଦ୍ର ବେଳାଭୂମିରେ। ଏକୁଟିଆ।

ସମୁଦ୍ରକୁ ନୁହେଁ ତ, ଶୁଖିଲା ବାଲିକୁ ଚାହିଁ ଚାହିଁ ଉଦାସ ହେଉଥିଲା ମାନବ। ଏ ସମୁଦ୍ରଟା ନା, ବଡ଼ ବିଚିତ୍ର। ଯାଇଥିବ ଯେ, ଯାଇଥିବ। ଫେରିବାର ନାଁ ଧରୁ ନଥିବ। ଚାନ୍ଦିପୁର ସମୁଦ୍ରର ପ୍ରକୃତି ସେଇଭଳି। ଏଥିରେ ବିଚଳିତ ହେବାର କ'ଣ ଅଛି ? ମନକୁ ବୁଝାଇଲା ମାନବ।

ମାନବ ପାଟିରୁ ବାହାରୁଥିବା ସିଗାରେଟ୍ ଧୂଆଁର କୁଣ୍ଡଳୀ ମିଳେଇ ଯାଉଥିଲା ଚାନ୍ଦିପୁରର ସଫା ଆକାଶରେ। ସିଗାରେଟ୍ ପରେ ସିଗାରେଟ୍ ଟାଣି ଚାଲିଥିଲା ମାନବ। ଦୁଇ ନାକପୁଡ଼ା ଦେଇ ରେଳ ଇଞ୍ଜିନ ଭଳି ଧୂଆଁ ଛାଡୁଥିଲା। ତଥାପି ତା' ତୃଷ୍ଣା ମେଣ୍ଟୁ ନଥିଲା।

ପ୍ୟାକେଟ୍‌ର ଶେଷ ସିଗାରେଟ୍‌ରେ ନିଆଁ ଧରାଇ ସମୁଦ୍ରର ଫେରନ୍ତି ପଥକୁ ଅପେକ୍ଷା କରୁଥିଲା ମାନବ। ଆଃ, ଏଇ ଜଳନ୍ତା ସିଗାରେଟ୍ ଭଳି ତା' ଜୀବନ। ଜଳି

ଜଳି ଶେଷରେ ଦିନେ ନିଶେଷ ହୋଇଯିବ। ତଥାପି ଜଳିବାରେ ଯେଉଁ ଆକର୍ଷଣ ଥାଏ, ତାହା କ'ଣ ପ୍ୟାକେଟ୍ ଭିତରେ ବନ୍ଦୀ ଥିବା ଅବସ୍ଥାରେ ଥାଏ ? ଜଳିବା ହିଁ ତ ଜୀବନ। ଖୋଳ ଭିତରେ ବନ୍ଦୀ ଅବସ୍ଥା ହିଁ ମୃତ୍ୟୁ।

ଆଜି କାହିଁକି ଜୀବନ ଓ ମୃତ୍ୟୁକୁ ନେଇ ଅଧିକ ଦାର୍ଶନିକ ହୋଇପଡୁଛି ମାନବ। ଏତିକି ବେଳକୁ କାହା ହାତର ଶୀତଳ ସ୍ପର୍ଶ ତା' ବାମ କାନ୍ଧରେ ଅନୁଭବ କଲା ମାନବ। ମାନବ ଦେହରେ ଏକ ପୁଲକ ସୃଷ୍ଟି ହୋଇ ସାରା ଶରୀର ଓ ମନକୁ ସଞ୍ଚରିଗଲା।

କାହାର ସେହି ସ୍ପର୍ଶ ? ପଛକୁ ବୁଲି ଚାହିଁଲା ମାନବ। ବାମ ପାର୍ଶ୍ୱରେ ଠିଆ ହୋଇଥିଲା ଶ୍ରେୟା। ମାନବ ଚମ୍‌କି ପଡ଼ିଲା।

ଏ ଶ୍ରେୟା କିଏ ? ମାନବ ସହ ତା'ର ସମ୍ପର୍କ କ'ଣ ? ପ୍ରକୃତରେ ମାନବ ପାଇଁ ଶ୍ରେୟା ଥିଲା ନିହାତି ଅପରିଚିତା, ଡିସେମ୍ବର ଆକାଶରେ ମେଘଖଣ୍ଡ ଭଳି ଅପ୍ରତ୍ୟାଶିତ।

ପ୍ରଥମେ ଶ୍ରେୟା ସମ୍ପର୍କରେ ଏକ ଛୋଟ ପରିଚୟ ପର୍ବଟିଏ ହୋଇଯାଉ। ଶ୍ରେୟାକୁ ଏକ ଝିଅ କୁହାଯିବ। ମାତ୍ର ସେ ବିବାହିତ। ଡେଙ୍ଗୀ। ପାତଳୀ। ହେଲ୍‌ଦି। ତା' ଗହମ ରଙ୍ଗର ପଲିସି କରା ହାତଗୋଡ଼ଗୁଡ଼ିକ ଖୁବ୍ ଆକର୍ଷଣୀୟ। ନିଶ୍ଚିତ ଜଣେ ବଡ଼ଲୋକ ଘରର ବୋହୂ କିମ୍ବା କୌଣସି ବଡ଼ ଅଫିସର କିମ୍ବା ଶିଳ୍ପପତିଙ୍କ ପତ୍ନୀ ବୋଲି ଶ୍ରେୟାର ବେଶଭୂଷାରୁ ଜଣାପଡୁଥିଲା। ମୁଣ୍ଡରେ ଗହଳ କେଶ ରେଶମ ସୂତା ଭଳି ଚକ୍‌ଚକ୍ କରୁଥାଏ। ମଝିରେ କେରାଏ ଦୁଇ କେରା ସୁନେଲି ରଙ୍ଗର କେଶ ସୁନା ଭଳି ଝଟକୁ ଥାଏ। ମଥାରେ ବହଳେ ଲେପର ସିନ୍ଦୁର। ଆଖିରେ କଜ୍ଜ୍ୱଳ, ହାତରେ ଶଙ୍ଖା ଓ ଚୂଡ଼ି ଶ୍ରେୟାକୁ ଜଣେ ନାରୀ ନୁହେଁ ତ କେଉଁ କାନ୍‌ଭାସରେ ଅଙ୍କାଯାଇଥିବା ଏକ ପେଣ୍ଟିଂର ଭ୍ରମ ସୃଷ୍ଟି କରୁଥାଏ। ଯେମିତି ମନେହେବ, କୋଉ ଚିତ୍ରଶିଳ୍ପୀଟିଏ ଏଇ ଏବେ ଏବେ ଚିତ୍ରଟିଏ ଆଙ୍କି ଦେଇଛି ! ଲୋଭନୀୟ ସେ ଚିତ୍ର।

ପାରମ୍ପରିକ ପୋଷାକରେ ବି ଶ୍ରେୟା ଲାଗୁଥିଲା ଅତ୍ୟାଧୁନିକ। ଡହଡହ ତତଲା ମରୁବାଲିରେ ଛୋଟିଆ ଆଶାର ମରୁଝରର ଭ୍ରମ ସୃଷ୍ଟି କରୁଥିଲା ଶ୍ରେୟା। ଗହଗହ ସବୁଜ ଧାନବିଲରେ ସୁଲୁସୁଲୁ ପବନରେ ଦୋଳି ଖେଳୁଥିବା ଧାନକେଣ୍ଡା ଭଳି ଲାଗୁଥିଲା ଶ୍ରେୟା।

ଶ୍ରେୟା ଯେ ଜଣେ ଧନୀ ଘରର ବୋହୂ, ଏହା ନିଶ୍ଚିତ ହେବାକୁ ମାନବକୁ ବେଶି ସମୟ ଲାଗିଲାନି। ଶ୍ରେୟା ତେବେ କ'ଣ ବିବାହିତା ? ମଥାରେ ତ ବହଳେ ମୋଟର ସିନ୍ଦୁର ଲାଗିଛି। ମାନବ ଅନ୍ୟମନସ୍କ ହୋଇଗଲା। ଶ୍ରେୟାର ଭାଗ୍ୟବାନ ସ୍ୱାମୀ କଥା ମନେ ମନେ ଭାବି ମାନବର ଈର୍ଷା ହେଲା। ତା' ମନରେ ଏକ କମ୍ପ୍ଲେକ୍ସିଟି ହେଲା।

ଏ ବିସ୍ତୀର୍ଣ୍ଣ ବେଳାଭୂମିରେ ଶ୍ରେୟା ଏକୁଟିଆ ବୁଲୁଛି କାହିଁକି ? ଯେହେତୁ ସେ ବିବାହିତା, ଅନ୍ତତଃ ତା' ସହ ତା' ସ୍ୱାମୀ ଥା'ନ୍ତା । ଏ ଶ୍ରେୟା କ'ଣ ସ୍ୱାମୀ ପରିତ୍ୟକ୍ତା ? ସେ ତ' କେବେ ବିଧବା ବି ହୋଇ ନଥିବ । କାରଣ, ତା' ମଥାରେ ବୋଳି ହୋଇଥିଲା ବହଳେ ଲେପର ସିନ୍ଦୁର । ହୁସ୍, ଛାଡ଼ । ଏତେ କଥାରେ ମୁଣ୍ଡ ପୂରାଇ ତାକୁ ମିଳିବ ବା କ'ଣ ? କିଛି ସମୟ ପାଇଁ ନିରବ ରହିଲା ମାନବ । ଜଳି ଯାଇଥିବା ସିଗାରେଟ୍‌କୁ ପାଦରେ ଦଳିଦେଲା ।

ଶ୍ରେୟା ପିନ୍ଧିଥିଲା ଗାଢ ନୀଳ ରଙ୍ଗର ପାଟ ଶାଢୀ, ସ୍ଲିଭଲେସ ବ୍ଲାଉଜ୍ । ବେକରେ, କାନରେ, ହାତରେ, ପାଦରେ ଆକର୍ଷଣୀୟ ଅଳଙ୍କାର । ହାତର ଶଙ୍ଖା ଓ ମଥାର ସିନ୍ଦୂର ତା' ପର୍ସନାଲିଟିକୁ ବଢ଼ାଇ ଦେଉଥିଲା । ଏମିତିରେ ସବୁ ନାରୀ ଶଙ୍ଖା ଓ ସିନ୍ଦୁର ପିନ୍ଧିଥାନ୍ତି । ମାତ୍ର, ଶ୍ରେୟାର ଅନ୍ଦାଜ ଟିକେ ନିଆରା ଥିଲା । ଶ୍ରେୟା ଦେବୀ ଦୁର୍ଗାଙ୍କ ଭଳି ଲାଗୁଥିଲା ।

ଗହମ ରଙ୍ଗର ଦେହ । ମନ୍ଦାର ଫୁଲ ରଙ୍ଗର ଓଠ ତଳେ କଳାଜାଇ । ଚମ୍ପା କଢି ଭଳି ହାତର ଆଙ୍ଗୁଳି । ହସ ହସ ମୁହଁ । ଗାଢ କଳା ରଙ୍ଗର ନେଲ୍ ପଲିସି ବୋଳା ନଖଗୁଡ଼ିକ ଜଙ୍ଗଲରୁ ସଦ୍ୟ ତୋଳାଯାଇଥିବା ଜାମୁ କୋଳି ଭଳି ମନେ ହେଉଥିଲେ । ଓଃ, ଶ୍ରେୟା, ତୁମେ ଜଣେ ମ୍ୟାନ୍‌କିଲର । ମାରିଦେବ ହୋ ମୋତେ !

ଶ୍ରେୟା ଆଡକୁ ଏକ ଲୟରେ ଚାହିଁ ରହିଥିଲା ମାନବ ।

ଶ୍ରେୟା ମଥାର ସିନ୍ଦୂର ଆଉ ଶଙ୍ଖା, ଚୂଡ଼ିର ରୁଣୁଝୁଣୁ ଶବ୍ଦ ସମୁଦ୍ର ବେଳାଭୂମିରେ ସଙ୍ଗୀତର ଆସର ସୃଷ୍ଟି କରିଥିଲା । ଶ୍ରେୟାର ରୂପରେ ମାନବ ତଲ୍ଲୀନ ହୋଇଯାଇଥିଲା ।

ପ୍ରକୃତରେ ଏ ଶ୍ରେୟା କିଏ ? ଶ୍ରେୟାର ପରିଚୟ କ'ଣ ? ମାନବ ଏ ଯାଏ ବୁଝି ପାରି ନଥିଲା । ଶ୍ରେୟା ସହ ପରିଚୟ ମାତ୍ର ଅଧଘଣ୍ଟା ତଳୁ ହୋଇଛି ।

ଝାଉଁବଣ ଆଡୁ ଆବିର୍ଭୁତ ହୋଇ ଶ୍ରେୟା ମାନବ ନିକଟରେ ପହଞ୍ଚି କହିଲା: ହାଏ, ମୁଁ ଶ୍ରେୟା ।

ମାନବ କିଛି ମାତ୍ରାରେ ହତବଢ଼େଇ ଯାଇଥିଲା । ଶ୍ରେୟାର ଏଭଳି ଅପ୍ରତ୍ୟାଶିତ ବ୍ୟବହାରରେ ।

ଶ୍ରେୟା ହସି ହସି କହିଲା: ଆମେ ଭୁବନେଶ୍ୱରରୁ ଆସିଛୁ । ରହୁଛୁ ଏଇ ଚାନ୍ଦିପୁରର ଗୋଲ୍‌ଡେନ୍ ବିଚ୍ ହୋଟେଲ୍‌ରେ । ମୋ' ସହ ମୋ' ହଜ୍‌ବ୍ୟାଣ୍ଡ୍ ଅଛନ୍ତି । ସେ ତାଙ୍କ ଅଫିସ କାମରେ ବ୍ୟସ୍ତ ଅଛନ୍ତି । ବେଳାଭୂମିକୁ ଆସିପାରି ନାହାନ୍ତି । ସକାଳୁ ସେ ବାହାରିଗଲେ ବାରିପଦା । ସଞ୍ଜକୁ ଫେରିବେ । ଏକୁଟିଆ ହୋଟେଲ୍‌ରେ ବୋର୍ ହେଉଥିଲି । ଚାଲି ଆସିଲି ବିଚ୍ ଆଡେ । ଆଉ ଦେଖ, ଏହା ମଧ୍ୟରେ ଆପଣଙ୍କ ସହ ବନ୍ଧୁତା ବି ଜମିଗଲାଣି ।

ମାନବକୁ ଏସବୁ କେଉଁ ମୁଭିଠୁ ବି କମ୍ ଲାଗୁ ନଥିଲା। ମୁଭିରେ ଏମିତି ସବୁ ହୋଇଥାଏ। ହିରୋ-ହିରୋଇନ୍‌ଙ୍କ ପରିଚୟ ଏମିତି ଆକସ୍ମିକ ଭାବେ ହୋଇଥାଏ। ଏହା ପରେ ଲଭ୍, ରୋମାନ୍‌ସ, ବ୍ରେକ୍ ଅପ୍ ସବୁକିଛି ଆକସ୍ମିକ ଭାବେ ହୋଇଥାଏ। ସେ ସ୍ୱପ୍ନ ଦେଖୁନି ତ ! ମାନବକୁ ସବୁ ସ୍ୱପ୍ନ ସ୍ୱପ୍ନ ଲାଗୁଥିଲା।

ଶ୍ରେୟା ଥିଲା ମଡର୍ନ। ଆଉ ଶ୍ରେୟା ବି ଥିଲା ପାରମ୍ପରିକ। ଶ୍ରେୟାର କଥାବାର୍ତ୍ତା ମାନବକୁ ଖୁବ୍ ଇମ୍ପ୍ରେସ୍‌ଡ କଲା। ମଣିଷ ନୁହେଁ ତ ଏକ ମେସିନ୍ ଭଳି ଫିସ୍‌ଫିସ୍ କଥା ହେଉଥିଲା ଶ୍ରେୟା।

ଶ୍ରେୟା ଆଦୌ ଲାଜକୁଳୀ ସ୍ୱଭାବର ଝିଅ ନଥିଲା। ଷ୍ଟ୍ରେଟ୍ ଫର୍‌ୱାର୍ଡ। ମାନବ ସହ ସେ ହିଁ ପ୍ରଥମେ କଥା ଆରମ୍ଭ କରିଥିଲା।

ଶ୍ରେୟା: ଆପଣଙ୍କ ସହ ଏତେ ସମୟ ଧରି କଥା ଗପିଲିଣି, ଅଥଚ ଆପଣଙ୍କ ପରିଚୟ ଏ ଯାଏ ଜାଣି ପାରିଲିନି ?

ମାନବ: ଆପଣ କ'ଣ ଗୁଇନ୍ଦା ବିଭାଗରେ କାମ କରନ୍ତି ?

ଶ୍ରେୟା: ଓ, ଏତେ ସେନ୍‌ସିଟିଭ୍ ! ଏତେ ସନ୍ଦେହ ! ମୁଁ କୋଉ ପୁଲିସ ବିଭାଗରେ ଚାକିରି କରିନି ମ। ଜଣେ ମଣିଷ ଆଉ ଜଣେ ମଣିଷ ସହ ସମ୍ପର୍କ ଯୋଡ଼ିବା କ'ଣ ଗୁଇନ୍ଦାଗିରି ? ସବୁ କଥାକୁ ନକରାତ୍ମକ ଦୃଷ୍ଟିକୋଣରୁ ବିଚାର କଲେ ମଣିଷ ସୁଖ, ଶାନ୍ତି ଟିକକ ହରାଇ ବସେ।

ମାନବ: ଆପଣ ବି ଭଲ ତର୍କ କରି ପାରନ୍ତି। ବାଇ ଦ ୱେ ମୁଁ ମାନବ। ମାନବ ମହାପାତ୍ର। ଘର କଟକରେ। ବାଲେଶ୍ୱରରେ ଚାକିରି କରେ। ଇଞ୍ଜିନିୟରିଂ ମୋ' ପ୍ରଫେସନ। 'ଆର୍ ଆଣ୍ଡ ବି'ରେ ଆସିଷ୍ଟାଣ୍ଟ ଇଞ୍ଜିନିୟର ଭାବେ ବାଲେଶ୍ୱରରେ କାମ କରେ। ଏମିତି ବେଳେବେଳେ ସଞ୍ଜରେ ସମୁଦ୍ରକୁ ଖୋଜି ଖୋଜି ଚାଲିଆସେ ଚାନ୍ଦିପୁର।

ଶ୍ରେୟା: ଆପଣ କ'ଣ ଏକା ? ଆଇ ମିନ୍ ଆପଣଙ୍କର କେହି ଗାର୍ଲ୍ ଫ୍ରେଣ୍ଡ କି ସାଙ୍ଗସାଥୀ ?

ମାନବ: ସାଙ୍ଗଟିଏ ଖୋଜୁଛି। କିନ୍ତୁ ଏଯାଏ ମିଳି ନାହାନ୍ତି।

ଶ୍ରେୟା: ଝିଅ ସାଙ୍ଗ ନା ପୁଅ ସାଙ୍ଗ ?

ମାନବ ଏମିତି ଜଣେ ଅପରିଚିତ ସ୍ତ୍ରୀଲୋକ ସହ ଏତେ ସହଜ ହୋଇଯିବ ବୋଲି ବିଶ୍ୱାସ କରି ପାରୁ ନଥିଲା। ଆଉ ଶ୍ରେୟା ବି ଥିଲା ଖୁବ ପ୍ରଗଲ୍‌ଭ ଓ ସ୍ମାର୍ଟ। ମାନବ ସହ ଏମିତି ଗପ ଆରମ୍ଭ କରିଦେଇଥିଲା, ମନେ ହେଉଥିଲା ସେ ଯେମିତି ମାନବର କେଉଁ ପୁରୁଣା ବାନ୍ଧବୀ।

ଶ୍ରେୟା: ଆପଣ କ'ଣ କେବେ ଆନ୍ତରିକ ଭାବେ ଖୋଜିଛନ୍ତି? ଖୋଜିଲେ କାହିଁକି ମିଳିବେନି? ମୋତେ ବି ତ ତମର ଗାର୍ଲ ଫ୍ରେଣ୍ଡ୍ ଭାବି ପାର।

ଚମକି ପଡ଼ିଲା ମାନବ। ଆରେ, ଏ ସ୍ତ୍ରୀଲୋକଟା ତ ବହୁତ ସ୍ମାର୍ଟ୍! ପ୍ରଥମ ସାକ୍ଷାତରୁ ଏତେ ଓପନ୍! ଲିବରାଲ୍! ଶ୍ରେୟାର ଏଭଳି ବ୍ୟବହାରରେ ମାନବ ସାମାନ୍ୟ ସାହସୀ ହୋଇଗଲା। ଆଉ ଧୀରେ ଧୀରେ ଶ୍ରେୟା ସହ ଖୁବ୍ ସହଜ ହୋଇଗଲା।

ଶ୍ରେୟା: ଉଁ, କ'ଣ ଭାବୁଛ?

ମାନବ: ନାଇଁ, ସେମିତି କିଛି ନୁହେଁ। ଆଚ୍ଛା, ପୂର୍ବରୁ କେବେ ବାଲେଶ୍ୱର କି ଚାନ୍ଦିପୁର ଆସିଥିଲ, ନା ଏହା ପ୍ରଥମ ଟୁର୍?

ଶ୍ରେୟା: ଯଦିଓ ପୂର୍ବରୁ କେବେ ଚାନ୍ଦିପୁର ଆସିନି, ତଥାପି ଚାନ୍ଦିପୁର ବିଷୟରେ ଅନେକ ଶୁଣିଛି। ଯାଙ୍କଠାରୁ, ଆଇ ମିନ୍ ମୋ' ହଜ୍‌ବ୍ୟାଣ୍ଡଙ୍କଠାରୁ ଚାନ୍ଦିପୁର ବିଷୟରେ ଘଣ୍ଟା ଘଣ୍ଟା ଶୁଣିଛି। ଯଦିଓ ସେ ଭାରି ବ୍ୟସ୍ତ ମଣିଷ, ବଡ଼ ଅଫିସର, ତାଙ୍କ ପାଖରେ ଗପିବାକୁ ସମୟ ନଥାଏ, ତଥାପି ଘରେ ସେ ମୋ' ହଜ୍‌ବ୍ୟାଣ୍ଡ ନା! ଚାନ୍ଦିପୁର ବିଷୟରେ ମୁଁ ତାଙ୍କଠାରୁ ଅନେକ କଥା ଜାଣିଛି।

ମାନବ: ଆଚ୍ଛା! ଚାନ୍ଦିପୁର ବିଷୟରେ କ'ଣ ସବୁ ଜାଣନ୍ତି?

ଶ୍ରେୟା: ମୋ' ହଜ୍‌ବ୍ୟାଣ୍ଡ ବର୍ଷରେ ଥରେ ଦୁଇଥର ବାଲେଶ୍ୱର, ବାରିପଦା ଅଫିସିଆଲ୍ ଭିଜିଟ୍‌ରେ ଆସନ୍ତି। ଅତୀତରେ ମୁଁ ତାଙ୍କ ସହ କେବେ ଆସି ପାରି ନଥିଲି। ଏବେ ସେ ସୁଯୋଗ ମିଳିଲା।

ମାନବ: ଆଇ ମିନ୍, ଆପଣଙ୍କ ହଜ୍‌ବ୍ୟାଣ୍ଡ.... ସେ କ'ଣ ସର୍ଭିସ କରନ୍ତି?

ଶ୍ରେୟା: ସେ ଟେକ୍ସଟାଇଲ୍ ଡିପାର୍ଟମେଣ୍ଟର ଡାଇରେକ୍ଟର ଅଛନ୍ତି। ପାଞ୍ଚ ଦିନ ପାଇଁ ସେ ଅଫିସିଆଲ୍ ଭିଜିଟ୍‌ରେ ବାଲେଶ୍ୱର, ବାରିପଦା ଆସିଛନ୍ତି। ଆଉ ମୋତେ ବି ନେଇ ଆସିଛନ୍ତି ଚାନ୍ଦିପୁର, ଦିଘା ଆଦି ବୁଲେଇବା ପାଇଁ। କିନ୍ତୁ ଦେଖ, ମୋତେ ଚାନ୍ଦିପୁରରେ ଛାଡ଼ିଦେଇ ସେ ବାରିପଦା ଚାଲିଗଲେ। ଏମିତି ଭୋଳା ଲୋକ ସେ।

ମାନବ: ଆପଣ ଚାନ୍ଦିପୁର ସମୁଦ୍ର ବେଳାଭୂମି ବୁଲିଲେଣି? କେମିତି ଲାଗୁଛି, ଚାନ୍ଦିପୁର ସି ବିଚ୍? ଅଧିକାଂଶ ସମୟରେ ଏଠି ସମୁଦ୍ର ନ ଥାଏ। ସମୁଦ୍ର ଫେରାର ହୋଇଯାଇଥାଏ। ଏ ସମୁଦ୍ରର ବିହେବିୟର ବଡ଼ ବିଚିତ୍ର ଏଠି। ସମୁଦ୍ର ଏଠି ଲୁଚକାଳି ଖେଳୁଥାଏ।

ଶ୍ରେୟା: ଆଚ୍ଛା, ଚାଲ ନା, ସାଥୀ ହୋଇ ସମୁଦ୍ର ଯେଉଁଠିକୁ ଯାଇଛି, ସେଠି ପହଞ୍ଚିବା। ଆଉ ସମୁଦ୍ରକୁ ଫେରାଇ ଆଣିବା।

ମାନବ: ଆଇ ମିନ୍ ଆପଣ... ହଜ୍‌ବ୍ୟାଣ୍ଡଙ୍କ ସାଥୀରେ ସି ବିଚ୍ ବୁଲି ନଥାନ୍ତେ?

ଜଣେ ଅନ୍‌ନୋନ୍ ପୁରୁଷ ସହ ସମୁଦ୍ର ବେଳାଭୂମିରେ ବୁଲିବାଟା.....। ମାଇଣ୍ଡ୍ କରିବେନି, ମାଡାମ୍। ସରି।

ଶ୍ରେୟା: ମୋ' ହଜ୍‌ବ୍ୟାଣ୍ଡ ଅନେକବାର ଚାନ୍ଦିପୁର ବୁଲିଛନ୍ତି। ତାଙ୍କ ପାଇଁ ଏ ଚାନ୍ଦିପୁର ନୂଆ ନୁହେଁ। ତା' ଛଡ଼ା ହଜ୍‌ବ୍ୟାଣ୍ଡଙ୍କ ସହ ଚାନ୍ଦିପୁର ବୁଲିବା କ'ଣ ବାଧ୍ୟତାମୂଳକ ? ଏସବୁ ସ୍ୱାମୀ ପରିତ୍ୟକ୍ତା, ବିଧବା, ବେଶ୍ୟାଙ୍କ କମ୍ପ୍ଲେକ୍ସିଟି। ଯେଉଁମାନଙ୍କର ସ୍ୱାମୀ ନଥା'ନ୍ତି, ସେମାନେ ସ୍ୱାମୀଙ୍କୁ ନେଇ ଅଧିକ ପଜେସିଭ୍ ଥା'ନ୍ତି। ଅଧିକ ଶୋ'ବାଜି କରନ୍ତି। ମୋତେ ସେସବୁ ଦେଖେଇହେବା ଭଲ ଲାଗେନି।

ମାନବ: ସରି ମାଡାମ୍। ଆପଣଙ୍କୁ ହର୍ଟ୍ କରିବାକୁ ଏମିତି କହି ନଥିଲି। ଖାଲି ଫର୍ମାଲିଟି ଦୃଷ୍ଟିରୁ ଏମିତି ହାଲୁକାରେ କହିଦେଇଥିଲି। କଥା ଧରିବେନି। ସରି।

ଶ୍ରେୟା (ସାମାନ୍ୟ ଅଭିମାନ କରି): ହଉ, ଆପଣ, ଫାପଣ ଫର୍ମାଲିଟି ଛାଡନ୍ତୁ, ମୋତେ 'ତମେ' ବୋଲି ସମ୍ବୋଧନ କରିପାର। ଶ୍ରେୟା ବୋଲି ଡାକିପାର। ତା'ଛଡ଼ା ତମ ସହ ଚାନ୍ଦିପୁର ବେଳାଭୂମିରେ ବୁଲିଲେ କିଛି ପ୍ରୋବ୍ଲେମ୍ ଅଛି ? ଏଇ ପୂର୍ବରୁ ତ ମୁଁ ତୁମର ଗାର୍ଲଫ୍ରେଣ୍ଡ ବୋଲି ସ୍ୱୀକାର କରିସାରିଛି। ହଜ୍‌ବ୍ୟାଣ୍ଡ ନୁହଁନ୍ତି, ବରଂ ତମ ସହ ଚାନ୍ଦିପୁର ସମୁଦ୍ର ବେଳାଭୂମିରେ ମୁଁ ବୁଲିବାକୁ ଚାହେଁ। ଏନି ଅବ୍‌ଜେକ୍ସନ ?

ମାନବ: ଓକେ ମାଡାମ୍। ଏତେ କମ୍ ପରିଚୟରେ ଆପଣ ଜଣେ ଅପରିଚିତ ପୁରୁଷକୁ କେମିତି ବିଶ୍ୱାସ କରିପାରୁଛନ୍ତି ? ତା'ଛଡ଼ା ଜଣେ ଅଜଣା ପୁରୁଷ ସହ ବେଳାଭୂମିରେ ବୁଲିବାକୁ ଆପଣଙ୍କ ହଜ୍‌ବ୍ୟାଣ୍ଡ ଭିନ୍ନ ଦୃଷ୍ଟିରେ ଦେଖିବେନି ? ସେ ସନ୍ଦେହ କରିବେନି ?

ଶ୍ରେୟା (ସାମାନ୍ୟ ଉତ୍ତେଜିତ ହୋଇ): ଥରେ କହିଲି ପରା, ସେ 'ଆପଣ ଫାପଣ' ଫର୍ମାଲିଟି ଛାଡ଼ନ୍ତୁ। ସିଧା ମୋତେ 'ଶ୍ରେୟା' ବୋଲି ଡାକନ୍ତୁ। ପ୍ଲିଜ୍, ଏ ମେଡିଓକର ମେଣ୍ଟାଲିଟି ଛାଡନ୍ତୁ। ତମେ କ'ଣ ବାଘ ନା ଭାଲୁ ନା ସେହିଭଳି କିଛି ଜଙ୍ଗଲୀ ହିଂସ୍ର ପଶୁ ? ମୋତେ ଖାଇଦେବ, ମାରିଦେବ, ଗିଳି ପକାଇବ ? ତମେ ମୋ' ସ୍ୱାମୀଙ୍କ ସମ୍ପର୍କରେ ବେଶି ଜାଣିନାହଁ, ମାନବ। ସେ ଏତେ ମେଡିଓକର ନୁହଁନ୍ତି। ସନ୍ଧ୍ୟାରେ ଫେରିଲେ ମୁଁ ତାଙ୍କ ସହ ପରିଚୟ କରାଇଦେବି। ତାଙ୍କ ସହ ମିଶିଲା ପରେ ତମେ ଜାଣିପାରିବ, ମୋ' ହଜ୍‌ବ୍ୟାଣ୍ଡ କେମିତିକା ମଣିଷ।

ମାନବ: ଓକେ, ଲିଭ୍ ଇଟ୍। ୟୁ ଆର୍ ସୋ ଲକି ମାଡାମ୍।

ଶ୍ରେୟା: ମାଡାମ୍ ନୁହେଁ ଶ୍ରେୟା। ହଉ, ଚାଲ ସମୁଦ୍ର ଆଡେ ଯିବା। ଦିଗନ୍ତବିସ୍ତାରୀ ଦିଗ୍‌ବଳୟକୁ ଛୁଇଁବା। ସମୁଦ୍ରର ଲହଡ଼ିକୁ ଫେରେଇ ଆଣିବା। ସମୁଦ୍ରରୁ ଫେଣ ତୋଳିବା। ଓଦା ହେବା।

ମାନବର ହାତକୁ ଭିଡ଼ି ନେଇ ଶ୍ରେୟା ସମୁଦ୍ରର ଓଦା ବାଲିରେ ଆଗକୁ ଆଗକୁ ଚାଲିଲା। ଶ୍ରେୟାର ଏଭଳି ବ୍ୟବହାର ମାନବକୁ ଭଲ ଲାଗୁଥିଲା। ଦୁହେଁ ଗପିଗପି ଫେରନ୍ତା ସମୁଦ୍ର ଆଡେ ଚାଲିଲେ। ସେଇଠୁ ଉଭୟଙ୍କ ଗପର ପେଡ଼ି ଖୋଲିଲା। ମାନବ ଏବେ ଶ୍ରେୟା ସହ ଖୁବ୍ ସହଜ ହୋଇଗଲା।

ମାନବ: ଆଛା, ମୋ' ଉପରେ ଏ ଅଖଣ୍ଡ ବିଶ୍ୱାସ କେବେଠୁ ? ଏଇ ମାତ୍ର ଅଧ ଘଣ୍ଟା ମଧ୍ୟରେ ? ଅଧ ଘଣ୍ଟା ମଧ୍ୟରେ ତିଆରି ହୋଇଥିବା ସଦ୍ୟ ବନ୍ଧୁତା ଏହା ମଧ୍ୟରେ ଏତେ ନିବିଡ଼ ହୋଇଗଲାଣି ?

ଶ୍ରେୟା: ଲିସିନ୍ ମାନବ, ପୁରୁଷଗୁଡ଼ାଙ୍କୁ ମୁଁ ଏତେ ସହଜରେ ବିଶ୍ୱାସ କରେନି। ମାତ୍ର, ତାହାର ଅର୍ଥ ଏୟା ନୁହେଁ ଯେ, ମୁଁ ସବୁ ପୁରୁଷଙ୍କୁ ଅବିଶ୍ୱାସ କରେ। ମୋ' ହଜ୍‌ବ୍ୟାଣ୍ଡ ବି ଜଣେ ପୁରୁଷ। ସେ ମୋର ଆଦର୍ଶ। ଖାସ୍ ତାଙ୍କ ପାଇଁ ମୁଁ ପୁରୁଷଙ୍କୁ ସହଜରେ ବିଶ୍ୱାସ ଓ ଭରସା କରିଥାଏ। ଓ, ଚାଲନା, ବିଳମ୍ବ ହେଉଛି।

ମାନବ: ଓକେ, ସିଓର ଶ୍ରେୟା।

ଶ୍ରେୟା: ଦିସ୍ ଇଜ୍ ଗୁଡ୍। ଆଛା ମାନବ ତମ ପର୍ସନାଲ୍ ଲାଇଫ୍ ସମ୍ପର୍କରେ କିଛି କୁହନା ?

ମାନବ: ଓ, ଏକା ଏକା ଜୀବନଟା ବଡ଼ ବୋରିଂ। ଘରୁ କନଷ୍ଟ୍ରକ୍ସନ ସାଇଟ୍, କନଷ୍ଟ୍ରକ୍ସନ ସାଇଟ୍‌ରୁ ଘର, ଅଫିସ, ଚାନ୍ଦିପୁର। ଏମିତି କଟିଯାଏ ଜୀବନ, ଆଉ କ'ଣ ?

ଶ୍ରେୟା: ଓଃ, ଆଇ ମିନ୍ ଅନ୍‌ମ୍ୟାରେଡ୍, ମୋଷ୍ଟ ଇଲିଜବୁଲ୍ ବ୍ୟାଚେଲର !

ମାନବ: ଏଇ ସମୁଦ୍ରକୁ ଖୋଜି ଖୋଜି ମୁଁ ଅନେକ ସମୟ ଚାନ୍ଦିପୁରକୁ ଚାଲିଆସେ।

ଶ୍ରେୟା: ସମୁଦ୍ରକୁ ନା ଗାର୍ଲଫ୍ରେଣ୍ଡ୍ ଖୋଜି !

ମାନବ: ହଁ, ସେମିତି ବି ହୋଇପାରେ। ନ ହେଲେ ତମ ସହ ଏମିତି ଦେଖା ହୋଇଥା'ନ୍ତା କି ?

ଶ୍ରେୟା: ଓଃ..ଛୁପା ରୁସ୍ତମ। ଆଛା, ମାନବ ତମେ ବାହା ହୋଇ ପଡୁନ। ସେମିତି କେହି ଗାର୍ଲଫ୍ରେଣ୍ଡ ମିଳି ନାହାନ୍ତି ଏଯାଏ ?

ମାନବ: ମୋ' ଗାର୍ଲଫ୍ରେଣ୍ଡ ତ ମୋ' ସାମ୍ନାରେ।

ଶ୍ରେୟା: ଆଛା ! ଦୁଷ୍ଟ। ମୋ' ହଜ୍‌ବ୍ୟାଣ୍ଡ ଜାଣିଲେ କ'ଣ ହେବ ? ତମେ କ'ଣ ତାଙ୍କର ପ୍ରତିଦ୍ୱନ୍ଦ୍ୱୀ ହେବାକୁ ଚାହଁ ? ତାଙ୍କର ଗୋଟିଏ ବୋଲି ଗେହ୍ଲି ସ୍ତ୍ରୀ ଆଉ କୋଉ ଟୋକାର ଗାର୍ଲଫ୍ରେଣ୍ଡ। ଏକଥା ଜାଣିଲେ କଥାଟା କ'ଣ ହେବ କହିଲ ?

ମାନବ: ତମେ ଏବେ କହୁଥିଲ, ତମ ହଜ୍‌ବ୍ୟାଣ୍ଡ ବହୁତ ବ୍ରଡ୍, ଲିବରାଲ।

ଶ୍ରେୟା: ତମକୁ ଚିଡ଼ାଉଥିଲି। ଥଟା କରୁଥିଲି।

ମାନବ: ସମୁଦ୍ର ଫେରିବାକୁ ଅନେକ ବିଳମ୍ବ ଅଛି। ଚାଲନା, ବିଚ୍‌ରେ ପଇଡ଼ ପିଇବା। ଚଣା ଖାଇବା।

ଶ୍ରେୟା: ଓ, ସିଓର। କିନ୍ତୁ ମାନବ, ସନ୍ଧ୍ୟା ପୂର୍ବରୁ ମୁଁ ଫେରି ପାରିବି ତ? ହଜ୍‌ବ୍ୟାଣ୍ଡ ହୋଟେଲ୍‌ରେ ପହଞ୍ଚି ଯାଇଥିବେ। ଏମିତିରେ ବିଳମ୍ବରେ ଫେରିଲେ ତାଙ୍କର କିଛି ଅବ୍‌ଜେକ୍ସନ ନଥାଏ। ତାଙ୍କର ସବୁଠୁ ଭଲ ଗୁଣ ହେଲା, ସେ ମୋତେ କେବେ ବି ସନ୍ଦେହ କରନ୍ତି ନାହିଁ।

ମାନବ: ୟୁ ଆର୍ ସୋ ଲକି, ଶ୍ରେୟା। ଏମିତି ହଜ୍‌ବ୍ୟାଣ୍ଡ ସମସ୍ତଙ୍କ ଭାଗ୍ୟରେ ମିଳି ନଥାନ୍ତି।

ଶ୍ରେୟା: ଆଚ୍ଛା ମାନବ, ଚାନ୍ଦିପୁର, ବାଲେଶ୍ୱରର ଆଉସବୁ କ'ଣ ବିଶେଷତ୍ୱ, କୁହନା।

ମାନବ: ଚାନ୍ଦିପୁରରୁ ମାତ୍ର ଅଳ୍ପ ଦୂରରେ ବଳରାମଗଡ଼ି ସି ମାଉଥ୍। ବଳରାମଗଡ଼ି ଅତୀତରେ ବାଲେଶ୍ୱର ବନ୍ଦର ଭାବେ ବିଖ୍ୟାତ ଥିଲା। ଏଠାରେ ବୁଢ଼ାବଳଙ୍ଗ ନଦୀ ସମୁଦ୍ର ସହ ମିଳିତ ହୋଇଛି।

ଶ୍ରେୟା: ଓଃ, ବିୟୁଟିଫୁଲ୍! ଆଚ୍ଛା, ଶୁଣିଥିଲି ଚାନ୍ଦିପୁରରେ କ୍ଷେପଣାସ୍ତ୍ର ଘାଟି ଅଛି ନା?

ମାନବ: ହଁ, ବେଳାଭୂମିଠାରୁ ମାତ୍ର ଅଳ୍ପ କିଛି ଦୂରରେ ଅଛି ଡିଆରଡିଓ। ତାହା ନିଷିଦ୍ଧାଞ୍ଚଳ। ସେଠାକୁ ସାଧାରଣ ଲୋକଙ୍କୁ ଅନୁମତି ନାହିଁ।

ଶ୍ରେୟା: ଓ, ମାନବ, ତୁମ ସହ ବୁଲିବାକୁ ଆଉ ଏନ୍‌ଜୟ କରିବାକୁ ଭାରି ଭଲ ଲାଗୁଛି। ହୋଟେଲକୁ ଫେରିବାକୁ ଇଚ୍ଛା ହେଉନି। କିନ୍ତୁ କ'ଣ କରିବି? ସନ୍ଧ୍ୟାରେ ତ ହଜ୍‌ବ୍ୟାଣ୍ଡ ଫେରି ଆସିବେ। ମୋତେ ହିଁ ଫେରିଯିବାକୁ ହେବ।

ମାନବ: ଓ, ସିଓର। ସନ୍ଧ୍ୟା ପୂର୍ବରୁ ସମୁଦ୍ର ଲହଡ଼ିକୁ ଦେଖି ତମେ ନିଶ୍ଚୟ ହୋଟେଲ୍‌କୁ ଫେରିଯାଇ ପାରିବ। ଗେହ୍ଲୁ ହଜ୍‌ବ୍ୟାଣ୍ଡ ତେଣେ ଅନେଇ ବସିଥିବେ ନା!

ଶ୍ରେୟା: ଆଚ୍ଛା, ବାଲେଶ୍ୱର ବିଷୟରେ ଆଉ କ'ଣ ସବୁ ଜାଣିଛ କୁହ ନା, ମାନବ!

ମାନବ: ଚାନ୍ଦିପୁରଠାରୁ ଅଳ୍ପ କିଛି ଦୂରରେ ଅଛି ବାହାବଳପୁର ଓ କଷାଫଳ ମୁହାଁଣ। ମୟୂରଭଞ୍ଜ ଆଡୁ ବହି ଆସିଥିବା ଜମ୍ବିରା ନଇ ଯାହାକୁ ବାଲେଶ୍ୱରରେ

ଜଳକା ଓ କେତେକ ସ୍ଥାନରେ ପଞ୍ଚପଡ଼ା ନଈ କହିଥାନ୍ତି, ସେଇ ନଈ ସମୁଦ୍ରରେ ଯେଉଁଠି ମିଶିଛି, ତାହାକୁ ବାହାବଳପୁର ମୁହାଁଣ କୁହାଯାଏ । ଆଉ କେହି ତାକୁ କଷାଫଳ ମୁହାଁଣ କହିଥାନ୍ତି । ଓଃ, ଏଠାକାର ଇଲିସି ମାଛ ଓଡ଼ିଶା ପ୍ରସିଦ୍ଧ ।

ଶ୍ରେୟା: ଆଛା ମାନବ, ତମେ ଜଣେ ଇଞ୍ଜିନିୟର ହୋଇ ଏ ନଈ ସମୁଦ୍ର ବିଷୟରେ ଅନେକ କିଛି ଜାଣିଛ ତ !

ମାନବ: ପଞ୍ଚପଡ଼ା ନଈ ଉପରେ ଆମର ଏକ ବ୍ରିଜ୍ କନଷ୍ଟ୍ରକ୍ସନ କାମ ଚାଲିଛି । ସେଥିପାଇଁ ଏ ନଈ ବିଷୟରେ କିଛି କିଛି ଜ୍ଞାନ । ନହେଲେ ମୁଁ କିଏ, ନା ଏ ନଈ, ସମୁଦ୍ର କିଏ ?

ଶ୍ରେୟା: ଆଛା ମାନବ, ତମେ ସବୁବେଳେ ଚାନ୍ଦିପୁର କାହିଁକି ଆସ ?

ମାନବ: ଚାନ୍ଦିପୁରର ଆକର୍ଷଣ ମୋତେ ଏଠାକୁ ଟାଣିଆଣେ । ଅଳ୍ପ ସମୟ ପାଇଁ ଦେଖା ଦେଇ ପୁଣି ଫେରାର୍ ହୋଇଯାଉଥିବା ସୁମଦ୍ରର ଦୁଷ୍ଟାମୀ ମୋତେ ଭଲ ଲାଗେ ।

ଶ୍ରେୟା: ଓ, ମାନବ । ଚାନ୍ଦିପୁର ସମୁଦ୍ର ବେଳାଭୂମିର ଏଇ ଖାସିୟତ୍ ନା ! ସମୁଦ୍ର ଫେରିଯାଏ । ତାକୁ ଘଣ୍ଟା ଘଣ୍ଟା ଅପେକ୍ଷା କରିବାକୁ ପଡ଼େ । ଚାନ୍ଦିପୁର, ରିଅଲି ସୋ ଫାସିନେଟିଙ୍ଗ୍ ।

ମାନବ: ଚାନ୍ଦିପୁର ବେଳାଭୂମି ଓଡ଼ିଶାରେ କାହିଁକି, ସାରା ଭାରତରେ ଏକ ଅନନ୍ୟ ବେଳାଭୂମି ।

ଶ୍ରେୟା: ମୋ' ହଜ୍‌ବ୍ୟାଣ୍ଡ ଚାନ୍ଦିପୁର ବିଷୟରେ ରାତି ରାତି ଗପନ୍ତି । ଚାନ୍ଦିପୁରକୁ ନେଇ ସେ ଅନେକ କାହାଣୀ ଲେଖିଛନ୍ତି । ଅନେକ କବିତା ଲେଖିଛନ୍ତି । ଚାନ୍ଦିପୁର କଥା କହିଲା ବେଳେ ସେ ଯେମିତି ରୋମାଣ୍ଟିକ୍ ହୋଇ ପଡନ୍ତି, ସେଥିରୁ ମୁଁ ଚାନ୍ଦିପୁର ସମ୍ପର୍କରେ ଅନେକ କିଛି ଅନୁମାନ କରିନିଏ ।

ମାନବ: ଓଃ, ତୁମ ହଜ୍‌ବ୍ୟାଣ୍ଡ ତା' ହେଲେ ଜଣେ ପୋଏଟ୍ । ରାଇଟର୍ । ଆଛା !

ଶ୍ରେୟା: ଖାଲି ପୋଏଟ୍ କି ରାଇଟର ନୁହଁନ୍ତି । ସେ ଜଣେ ଚିତ୍ରଶିଳ୍ପୀ । ଆଉ ଦକ୍ଷ ଅଫିସର ବି । ସେ ଅଫିସକୁ ପଶି ଆସିଲେ କର୍ମଚାରୀମାନେ ଭୟରେ ଥରି ଯାଆନ୍ତି । ଉପରକୁ ସେ ଭାରି କଠିନ । କିନ୍ତୁ ଭିତର ଗୋଲାପ ଫୁଲ ଭଳି କୋମଳ । ଆଇ ଲଭ୍ ହିମ୍, ଭେରି ମଚ୍, ମାଇଁ ଡିଅର ହଜ୍‌ବ୍ୟାଣ୍ଡ ।

ମାନବ: ଓ, ରିଅଲି ୟୁ ଆର୍ ସୋ ଲକି । ଏମିତି ରୋମାଣ୍ଟିକ୍ ହଜ୍‌ବ୍ୟାଣ୍ଡ କେତେ ସ୍ତ୍ରୀଲୋକଙ୍କ ଭାଗ୍ୟରେ ମିଳନ୍ତି ?

ଶ୍ରେୟା: ଅବ୍‌ଭିୟସ୍‌ଲି । ମୁଁ ବହୁତ ଲକି । ସେ ବହୁତ କେୟାରିଂ ବି । ଆଜିକାଲି

ଏମିତି ଜଣେ ହଜ୍‌ବ୍ୟାଣ୍ଡ ମିଳିବା କମ୍ କଥା କି? ଏଥିପାଇଁ ଈଶ୍ୱରଙ୍କୁ ଯେତେ ଧନ୍ୟବାଦ ଦେଲେ ବି କମ୍ ହେବ।

ମାନବ: ଆଚ୍ଛା ଶ୍ରେୟା, ତୁମ ନିଜ ଘର କେଉଁଠି ? ଆଇ ମିନ୍ ତୁମ ନେଟିଭିଟି।

ଶ୍ରେୟା: ଆମ ମୂଳ ଘର ବୁର୍ଲାରେ। କିନ୍ତୁ ଆମେ ଭୁବନେଶ୍ୱରରେ ସେଟ୍‌ଲଡ। ୟାଙ୍କର ଭୁବନେଶ୍ୱରରେ, ସମ୍ବଲପୁରରେ କୋଠା। ଅମାପ ଲ୍ୟାଣ୍ଡେଡ୍ ପ୍ରପର୍ଟି। ୟାଙ୍କ ବାପା, ଆଇ ମିନ୍ ମୋ' ଫାଦର-ଇନ୍-ଲ ବୁର୍ଲାରେ ଜମିଦାର ଥିଲେ।

ମାନବ: ଓଃ, ବୁର୍ଲା! ବୁର୍ଲାରେ ମୁଁ ଡିଗ୍ରି ଇଞ୍ଜିନିୟରିଂ କରୁଥିଲି। ରିଅଲି, ବୁର୍ଲା, ମହାନଦୀ, ହୀରାକୁଦ, ଚିପିଲିମା, ଘଣ୍ଟେଶ୍ୱରୀ; ଏସବୁ ମୋ' ପାଇଁ ସ୍ମରଣୀୟ।

ଶ୍ରେୟା: ଖାଲି ବୁର୍ଲା, ମହାନଦୀ, ହୀରାକୁଦ, ଚିପିଲିମା ନା ଆଉ କେହି ?

ମାନବ: ଓ, ତୁମେ ଯେଉଁ ଅର୍ଥରେ ଭାବୁଛ, ପ୍ରକୃତରେ ସେମିତି କିଛି ନୁହେଁ। ପ୍ରେମ ଫ୍ରେମ ମ୍ୟାଟରରେ ମୁଁ ପୂରା ଜିରୋ।

ଶ୍ରେୟା: ପୁଅମାନେ ଏଭଳି ମିଛ କହନ୍ତି। ମୁଁ ଜାଣେ।

ମାନବ: ଆଚ୍ଛା, ଖାଲି ପୁଅମାନେ? ଝିଅମାନେ ମିଛ କହନ୍ତି ନାହିଁ? ମୁଁ ଯେତିକି ଜାଣେ, ଝିଅମାନେ ଖୁବ୍ ମିଛେଇ।

ଶ୍ରେୟା: ସେମିତି କହିବନି କହୁଛି। ମିଛକୁ ମୁଁ ଖୁବ୍ ଘୃଣା କରେ। ମିଛ କହୁଥିବା ଲୋକଙ୍କୁ ବି।

ମାନବ: କଲେଜରେ କେହି ବଏ ଫ୍ରେଣ୍ଡ ଥିଲେ ?

ଶ୍ରେୟା: ଇୟେ ତ ମୋତେ ପ୍ରେମ କରି ବାହା ହୋଇଛନ୍ତି। ମାଇଁ ହଜ୍‌ବ୍ୟାଣ୍ଡ ଇଜ୍ ମାଇଁ ରିଅଲ୍ ଲଭ।

ମାନବ: ଆଚ୍ଛା!

ଶ୍ରେୟା: ମୋ' ପଛରେ ୟୁନିଭର୍ସିଟିର ଅନେକ ପୁଅ ପଡ଼ିଥିଲେ। କିନ୍ତୁ ୟାଙ୍କ ପ୍ରତି ମୋ'ର ୱଇକ୍‌ନେସ ଥିଲା।

ମାନବ: ରିଏଲି, ତମେ ଜଣେ ବଢ଼ିଆ ହଜ୍‌ବ୍ୟାଣ୍ଡ ପାଇଛ।

ଶ୍ରେୟା: ଆଚ୍ଛା ମାନବ, ତମେ କ'ଣ କେଉଁ ଝିଅକୁ ପ୍ରେମ କରିନ? ସମ୍ବଲପୁର ୟୁନିଭର୍ସିଟିରେ ପଢୁଥିବାବେଳେ ଇୟେ (ମୋ' ହଜ୍‌ବ୍ୟାଣ୍ଡ) ମୋତେ ପ୍ରେମ କରୁଥିଲେ। ଶେଷରେ ମୋତେ ବାହା ବି ହେଲେ। ଇୟେ ସିନା ଦେଖିବାକୁ ଭାରି କଠୋର, କିନ୍ତୁ କମ୍ ରୋମାଣ୍ଟିକ୍ ନୁହଁନ୍ତି ମ! ରୋମିଓ। ସାରା ୟୁନିଭର୍ସିଟିରେ ଝିଅ ତାଙ୍କ ପଛରେ ପଡ଼ିଥିଲେ। କିନ୍ତୁ ସେ ମୋ' ପଛରେ ପଡ଼ିଥିଲେ। କବିଫବି ଲୋକ ତ! ଛାଡ଼, ସେ କଥା। ତୁମ ଲଭ୍ ମ୍ୟାଟର ଆଗେ କୁହନା।

ମାନବ: ଗୋଟିଏ ଶ୍ୟାମଳୀ ଝିଅକୁ ଭଲ ପାଉଥିଲି। ମାତ୍ର, ତାକୁ ବାହା ହୋଇ ପାରିଲିନି।

ଶ୍ରେୟା: କାହିଁକି? ସେ କ'ଣ ପସନ୍ଦ ହେଲେନି ନା ତମେ ଅଦରୱାଇଜ୍ ଏନ୍‌ଗେଜ ହୋଇଗଲ?

ମାନବ: ସତ କହିବାକୁ ଗଲେ, ମୁଁ ଆଉ ଜଣେ ଝିଅର ପ୍ରେମରେ ପଡ଼ିଗଲି ଓ ତାକୁ ଭୁଲିଗଲି। ମାତ୍ର, ସେ ଝିଅକୁ ବି ବାହା ହୋଇ ପାରିଲିନି। ପ୍ରକୃତରେ ପ୍ରେମିକା/ପ୍ରେମିକଙ୍କୁ ବାହା ହେବା ସମ୍ଭବ ନୁହେଁ ବୋଲି ପ୍ରେମ କରିବା ପରେ ଜାଣିଲି।

ଶ୍ରେୟା: କାହିଁକି, ଆମେ ତ ପୁଣି ପ୍ରେମ କରି ବିବାହ କରିଛୁ?

ବହୁ ଦୂରରୁ ସମୁଦ୍ରର ଲହଡ଼ି ବେଳାଭୂମି ଆଡ଼କୁ ଫେରୁଥିବାର ଦେଖାଗଲା। ଖରାରେ ପିଚୁ ରାସ୍ତା ଉପରେ ଝିଲ୍‌ମିଲ୍ କରୁଥିବା ମରୀଚିକା ଭଳି। ମାନବ ଉଠି ଠିଆ ହେଲା। ଶ୍ରେୟା ରୋମାଞ୍ଚିତ ହୋଇ ପଡ଼ିଲା। ଶାଢ଼ୀର ପଣତ ଓ କୁଞ୍ଚ ସଜାଡ଼ିଲା, ବାଲି ଝାଡ଼ିଲା। ମାନବର ହାତକୁ ମୁଠେଇ ଧରିଲା। ଦୁହେଁ ସମୁଦ୍ର ଆଡେ ଚାଲିଲେ।

ଶ୍ରେୟା ବିବାହିତା ହୋଇ ବି ଅଜଣା ପୁରୁଷଙ୍କ ସହ ଏତେ ସହଜ? ଶ୍ରେୟାର କୋମଳ ହାତର ସ୍ପର୍ଶରେ ମାନବ ଆନମନା ହୋଇ ଉଠିଲା।

ଦୁହେଁ ସମୁଦ୍ର ଖୋଜିବାକୁ ବାହାରି ପଡ଼ିଲେ। ମାନବ ରୋମାଞ୍ଚିତ ହେଉଥିଲା। ଏଭଳି ଜଣେ ସୁନ୍ଦରୀ ନାରୀ ସହ ସମୁଦ୍ର ବେଳାଭୂମିରେ ବୁଲିବା କେଉଁ ପୁରୁଷ ପାଇଁ ଗୌରବ ନୁହେଁ? ମାନବ ନିଜକୁ ଭାଗ୍ୟବାନ ମନେ କଲା। ତାକୁ ପ୍ରେମିକ ପ୍ରେମିକ ଅନୁଭବ ହେଲା।

ଅନେକ ବାଟ ଚାଲିଲା ପରେ ସେମାନେ ସମୁଦ୍ରର ଲହଡ଼ି ନିକଟରେ ପହଞ୍ଚିଗଲେ। ଲହଡ଼ି କ୍ରମେ ଆଗକୁ ଆଗକୁ ମାଡ଼ି ଆସୁଥାଏ। ପୁଳା ପୁଳା ଫେଣ ସେମାନଙ୍କୁ କୂଳ ଆଡ଼କୁ ବାଟ କଢ଼ାଇ ନେଉଥାଏ।

ସମୁଦ୍ରରୁ ଉଠୁଥିବା ଲହଡ଼ି ବହୁ ଜୋର୍‌ରେ ଗର୍ଜନ କରି ବାଲିରେ ମୁଣ୍ଡ ପିଟି ପୁଣି ନିସ୍ତବ୍ଧ ହୋଇ ଯାଉଥାଏ। ତା' ପଛକୁ ଆଉ ଏକ ଲହଡ଼ି ମାଡ଼ି ଆସୁଥାଏ। ମାନବ ଓ ଶ୍ରେୟା ଲହଡ଼ିର ଆଗେ ଆଗେ ଚାଲୁଥାନ୍ତି ଓ ସାମାନ୍ୟ ଦଉଡ଼ୁଥାନ୍ତି। ଓଦା ହେଉଥା'ନ୍ତି।

ଲହଡ଼ି ସେମାନଙ୍କୁ ଆଗରୁ ହଟିଯିବାକୁ ଯେତେ ବି ଚେତାବନୀ ଦେଉଥାଏ, ମାନବ-ଶ୍ରେୟା ସେତେ ନିର୍ଭୀକ ହୋଇ ଯାଉଥାନ୍ତି। ଦୁହେଁ ଗୋଟିଏ ଗୋଟିଏ ପାଦ ପଛକୁ ପକାଇ କୂଳ ଆଡ଼କୁ ଫେରୁଥାନ୍ତି। ଲହଡ଼ି ସେମାନଙ୍କ ପଦଚିହ୍ନକୁ ସମୁଦ୍ର ବାଲିରେ ମିଶେଇ ଦେଉଥାଏ। ନିଶ୍ଚିହ୍ନ ହୋଇ ଯାଉଥାଏ ସେମାନଙ୍କ ପଦଚିହ୍ନ।

ଶ୍ରେୟା ରୋମାଞ୍ଚିତ ହେଉଥାଏ। ମାନବ ମଝିରେ ମଝିରେ ଶ୍ରେୟାର ହାତ ପାପୁଲିକୁ ଜାବୁଡ଼ି ଧରୁଥାଏ।

ଏତିକି ବେଳକୁ ଶ୍ରେୟା ଝୁଣ୍ଟି ପଡ଼ିଲା ସମୁଦ୍ର ବାଲିରେ। ସମୁଦ୍ର ଲହଡ଼ି ତାକୁ ଓଦା କରିଦେଲା। ମାନବ ଶ୍ରେୟାକୁ ଉଠାଇ ଆଣିଲା। ଓଦା ସରସର ଶ୍ରେୟା ନିଜକୁ ମାନବର ବାହୁରେ ଆବିଷ୍କାର କରିବା ବେଳକୁ ସେ ଆଉ ନିୟନ୍ତ୍ରଣରେ ନଥିଲା। ସେ ବାୟାଣୀଙ୍କ ଭଳି ହେଉଥିଲା।

ମାନବ: ଧରାଯାଉ, ତମ ହଜ୍‌ବ୍ୟାଣ୍ଡ ଏହି ସମୟରେ ବିଚ୍‌ରେ ପହଞ୍ଚିଯିବେ। ମ୍ୟାଟର୍‌ଟା କ'ଣ ହେବ ?

ଶ୍ରେୟା: ମୁଁ ଥରେ କହିଛି, ମୋ' ହଜ୍‌ବ୍ୟାଣ୍ଡ ମିଡିଓକର ନୁହଁନ୍ତି। ସେ ଏହାକୁ ନେଇ କେବେ ବି ସିରିୟସ୍ ହେବେନି। କାରଣ ସେ ମୋତେ କେବେ ସନ୍ଦେହ କରନ୍ତି ନାହିଁ।

ମାନବ: ଯେତେହେଲେ ପୁରୁଷର କମ୍ପ୍ଲେକ୍ସିଟି ରହିବନି ?

ଶ୍ରେୟା: ମୁଁ ଯାହା ଅନୁମାନ କରୁଛି, କମ୍ପ୍ଲେକ୍ସିଟି ତମର ଆରମ୍ଭ ହୋଇଗଲାଣି। ମୋ' ହଜ୍‌ବ୍ୟାଣ୍ଡଙ୍କୁ ନେଇ ତମେ ଜଳୁଛ ନା ?

ମାନବ: ନା, ପ୍ରକୃତରେ ତମେ ଯାହା ଭାବୁଛ ସେମିତି ନୁହେଁ। ମୁଁ ବାସ୍ତବ କଥା କହୁଥିଲି।

ଶ୍ରେୟା: ହଉ, ସେସବୁ ଆଉଟ୍ ଅଫ୍ ଟପିକ୍‌କୁ ନେଇ କଳି କରିବା ଛାଡ଼। ପୁରୁଷ ହୋଇ ଝଗଡ଼ା କରୁଛ ? ଏତେ ସମୟର ଅପେକ୍ଷା ପରେ ସମୁଦ୍ର ଫେରିଛି। ତାକୁ ଏନ୍‌ଜୟ ନ କରି ମୋ' ସହ ଝଗଡ଼ା କରିବାକୁ ଭଲ ଲାଗୁଛି ?

ମାନବ ଓ ଶ୍ରେୟା ଚାନ୍ଦିପୁର ବେଳାଭୂମିରେ ସେଦିନର ସଞ୍ଜକୁ ମନଭରି ଉପଭୋଗ କଲେ। ସମୁଦ୍ରର ଲୁଣି ପାଣିରେ ଭିଜିଲେ। ଲହଡ଼ିର ଶୁଭ୍ର ଧଳା ଫେଣରେ ଗୋଡ଼ ବୁଡ଼ାଇଲେ। ନାଲି କଙ୍କଡ଼ା ପଛରେ ଗୋଡ଼େଇଲେ। ଓଦାପଟା ହେଲେ।

ଏତିକି ବେଳକୁ ଶ୍ରେୟାର ଫୋନ୍ ରିଂ ହେଲା। ଫୋନ୍ କଲ୍ ଆସିବା ପରେ ଶ୍ରେୟା କିଛି ମାତ୍ରାରେ ବ୍ୟସ୍ତ ହୋଇ ପଡ଼ିଲା। ସେ ଫେରିଯିବାକୁ ଉଦ୍ୟତ ହେଲା। ବୋଧେ ତା' ହଜ୍‌ବ୍ୟାଣ୍ଡ ହୋଟେଲ୍‌ରେ ପହଞ୍ଚି ଗଲେ କି କ'ଣ ? ମାନବ ଉଦାସ ହୋଇଗଲା।

ଓଃ, ଶ୍ରେୟା ସତରେ ଚାଲିଗଲା !

ଦିନଟା କେମିତି କଟିଗଲା, ଜଣାପଡ଼ିଲାନି। ପ୍ରକୃତରେ ଶ୍ରେୟା ଗୋଟିଏ ସ୍ୱପ୍ନ ହୋଇ ଆସିଥିଲା। ମନରେ ମାୟା ଲଗେଇ ସେ ଚାଲିଗଲା। ଶ୍ରେୟା ବିନା କିଛି ବି

ଭଲ ଲାଗୁନି ମାନବକୁ। ଗୋଟିଏ ଦୀର୍ଘ ଶ୍ୱାସ ଛାଡ଼ି ମାନବ ଶ୍ରେୟାର ଛଳଛଳ ଦୁଷ୍ଟାମୀ କଥା ଭାବୁଥିଲା।

ଶ୍ରେୟା ଭଳି ସ୍ତ୍ରୀଟିଏ ପାଇ କେଉଁ ସ୍ୱାମୀ ବା ଭାଗ୍ୟବାନ ହେବନି ? ପ୍ରକୃତରେ ଶ୍ରେୟାର ସ୍ୱାମୀ ଖୁବ୍ ଲକି। ଶ୍ରେୟା ଭଳି ଝିଅଟିଏ ତାକୁ ମିଳନ୍ତା କି ? ଅଧା ଜଳା ସିଗାରେଟ୍‌କୁ ସମୁଦ୍ରକୁ ଫିଙ୍ଗିଦେଇ ଗୋଟିଏ ଦୀର୍ଘଶ୍ୱାସ ଛାଡ଼ିଲା ମାନବ।

ପ୍ରକୃତରେ ଆଜି ତା' ଜୀବନରେ ଯାହା କିଛି ଘଟିଲା, ତାକୁ ସବୁ ସ୍ୱପ୍ନ ଭଳି ଲାଗୁଥିଲା। ଆକସ୍ମିକ ଭାବେ ଏମିତି ଜଣେ ସ୍ତ୍ରୀଲୋକ ସହ ତା'ର ପରିଚୟ ହେବ, ସେ ବିଶ୍ୱାସ କରିପାରୁ ନଥିଲା।

ଶ୍ରେୟା ଅନେକବେଳୁ ଚାଲିଗଲାଣି। ରାତି ନଅଟା ହେଲାଣି। ବେଳାଭୂମି ଶୂନଶାନ ହୋଇଗଲାଣି। ସଞ୍ଜର ସେ ଗହଳି ଆଉ ନାହିଁ। ମାନବ ପ୍ରକୃତିସ୍ଥ ହେଲା।

ଆରେ ଭୁଲି ଯାଇଥିଲା ସେ। ରାତି ନଅଟା ସୁଦ୍ଧା ହିଁ ତାକୁ ହୋଟେଲ୍‌ରେ ପହଞ୍ଚିବାକୁ ହେବ। ସେ ହୋଟେଲକୁ ଫେରିବାକୁ ଉଦ୍ୟତ ହେଉଥିଲା। ଏତିକି ବେଳକୁ ମାନବ ପାଖକୁ ହୋଟେଲ୍ ମ୍ୟାନେଜରର ଫୋନ୍ କଲ୍ ଆସିଲା।

ହୋଟେଲ୍‌ରେ ତାଙ୍କ ମନ ପସନ୍ଦର ଝିଅ ପହଞ୍ଚି ସାରିଛି। ଠିକ୍ ସାଢେ ନଅଟାରେ ପହଞ୍ଚିବାକୁ ହୋଟେଲ୍ ମ୍ୟାନେଜର ମାନବକୁ ମନେ ପକାଇଦେଲା।

ହୋଟେଲ୍ ଗୋଲ୍‌ଡେନ୍ ବିଚ୍‌ର ରୁମ୍ ନମ୍ବର ୩୦୨ର କଲିଂ ବେଲ୍ ଚିପିବା ପର୍ଯ୍ୟନ୍ତ ମାନବ ଶ୍ରେୟା କଥା ଭାବୁଥିଲା। ମାନବର ଦେହ ଓ ମନ କେବଳ ଶ୍ରେୟାମୟ ହୋଇ ଯାଇଥିଲା। ତା' ଦେହରୁ ଶ୍ରେୟା ଶ୍ରେୟା ବାସ୍ନା ଆସୁଥିଲା। ଆଃ, ଶ୍ରେୟା ଭଳି ଝିଅଟିଏ ତାକୁ ମିଳନ୍ତାନି !

ମାନବର କଲିଂ ବେଲ୍ ବାଜି ଉଠିବା ପରେ ହୋଟେଲ୍ ରୁମ୍‌ର ଦରଜା ଖୋଲିଗଲା। ମାନବ ନିଜକୁ ବିଶ୍ୱାସ କରି ପାରୁ ନଥିଲା। ୩୦୨ ରୁମ୍‌ରେ ଥିବା ସେ କଲ୍‌ଗାର୍ଲଟି ଆଉ କେହି ନଥିଲା। ସେ ଥିଲା ଶ୍ରେୟା।

ମାନବକୁ ଦେଖି ଶ୍ରେୟା ଚମ୍‌କି ପଡ଼ିଲା। ସେ ଯେଉଁ ଗ୍ରାହକର ପ୍ରତୀକ୍ଷା କରିଥିଲା, ସେ ବି ଆଉ କେହି ନଥିଲା, ସେ ଥିଲା ଦିନତମାମ୍ ଚାନ୍ଦିପୁର ବେଳାଭୂମିରେ ଯାହା ସହ କଟେଇଥିଲା, ସେଇ ମାନବ। ଆସିଷ୍ଟାଣ୍ଟ ଇଞ୍ଜିନିୟର ମାନବ। ମାନବ ମହାପାତ୍ର।

ଶ୍ରେୟାର ପାଦ ତଳୁ ପୃଥିବୀଟା ଖସି ଯାଉଥିଲା। ସେ କେମିତି ବୁଝାଇବ ମାନବକୁ ଯେ, ସେ ଜଣେ କଲ୍‌ଗାର୍ଲ ନୁହେଁ ବୋଲି। ସେ ଜଣେ ପତିବ୍ରତା ନାରୀ। ତା' ମଥାରେ ଶୋଭା ପାଉଥିବା ସିନ୍ଦୂରକୁ ନେଇ କି ଉତ୍ତର ରଖିବ ସେ ? ତା' ହାତର ଶଙ୍ଖା କ'ଣ ମିଛ ? ଆଉ, ମିଛ କ'ଣ ତା' ଟେକ୍ସଟାଇଲ୍ ଡାଇରେକ୍ଟର ସ୍ୱାମୀ ?

ଶ୍ରେୟାର ମୁହଁ ଲାଲ୍ ହୋଇଗଲା। ସେ ମାନବକୁ ଅଜଣା, ଅଚିହ୍ନାଙ୍କ ଭଳି ବ୍ୟବହାର କରିବାକୁ ଚେଷ୍ଟା କରୁଥିଲା। ମାତ୍ର, ପାରିଲାନି।

ହୋଟେଲ୍‌ରେ ଶ୍ରେୟା ପିନ୍ଧି ନଥିଲା ପାଟ ଶାଢ଼ୀ କି ତା' ମଥାରେ ଶୋଭା ପାଉ ନଥିଲା ସିନ୍ଦୁର କି ହାତରେ ନଥିଲା ଶଙ୍ଖା, ଚୂଡ଼ି। ଏକଦମ୍ ଭିନ୍ନ ଅନ୍ଦାଜରେ ଥିଲା ଶ୍ରେୟା। ଉତ୍ତେଜକ ନାଇଟ୍ ଗାଉନ୍ ପିନ୍ଧିଥିଲା ଶ୍ରେୟା। ତା' ଡାଇନିଂ ଟେବୁଲ୍‌ରେ ଥୁଆ ହୋଇଥିବା ହ୍ୱିସ୍କି ବଟଲ, ଗ୍ଲାସ୍ ଓ ସିଗାରେଟ୍ ପ୍ୟାକେଟ୍‌କୁ ଦେଖି ମାନବ ଚମ୍‌କି ପଡ଼ିଲା। ଓଃ, ଶ୍ରେୟା ମଦ ପିଏ? ସିଗାରେଟ୍ ବି ଟାଣେ? ଶ୍ରେୟାର ଏମିତି ଏକ ଭିନ୍ନ ରୂପ ବି ଅଛି?

ଏବେ ମାନବ କ'ଣ କରିବ, କିଛି ବୁଝି ପାରୁ ନଥିଲା। ଖୁଣ୍ଟ ଭଳି ଠିଆ ହୋଇଥିଲା ରୁମ୍ ଭିତରେ।

ଶ୍ରେୟା କେମିତି ବୁଝାଇବ ମାନବକୁ। ତା' ମୁଣ୍ଡ ଗୋଳମାଳ ହୋଇ ଯାଉଥିଲା। ଓଃ, ଭଗବାନ ବେଳେବେଳେ ଏମିତି ପରୀକ୍ଷା କାହିଁକି ନିଅନ୍ତି କେଜାଣି?

ଶ୍ରେୟାକୁ ସବୁକିଛି ଅନ୍ଧାର ଦିଶିଲା। ତଥାପି ସିଗାରେଟ୍ ଲଗାଇଲା ଶ୍ରେୟା। ମାନବକୁ ବି ଅଫର୍ କଲା। ଭିଡ଼ି ଧରିଲା ମାନବକୁ। ମାନବ ଶ୍ରେୟାର ବାହୁରୁ ମୁକୁଳି ଯାଇ କିଛି ଦୂରରେ ଠିଆ ହେଲା।

ମାନବ ଆଶ୍ଚର୍ଯ୍ୟ ହୋଇଗଲା। ଆଚ୍ଛା, ଶ୍ରେୟା ତା'ହେଲେ ଜଣେ କଲ୍ ଗାର୍ଲ? ମାନବ ଶ୍ରେୟାକୁ ଘୃଣା କରୁଥିଲା।

ମାନବ ଶ୍ରେୟାର ହାତ ଧରି ତାକୁ ସୋଫାରେ ବସାଇ ଦେଲା। ଉତ୍‌କ୍ଷିପ୍ତ ଗଳାରେ କହିଲା: ତମେ ତା' ହେଲେ ମୋ' ପକେଟ୍‌ରୁ ପର୍ସ ଚୋରି କରିଥିଲ?

ନିଶାସକ୍ତ ଶ୍ରେୟାର ମୁଣ୍ଡ ବୁଲାଇଦେଲା। ସେ ଜାଣିଯାଇଥିଲା ଯେ, ମାନବ ଆଗରେ ସେ ଧରା ପଡ଼ିଯାଇଛି। ଶ୍ରେୟା ନିରୁତ୍ତର ଥିଲା।

ଶ୍ରେୟାକୁ ନେଇ ମାନବ ମନରେ ସୃଷ୍ଟି ହୋଇଥିବା ପ୍ରେମ ସେତେବେଳକୁ ଘୃଣା ଓ କ୍ରୋଧର ରୂପ ନେଇ ସାରିଥିଲା।

ମାନବ କିନ୍ତୁ ଭାବିଥିଲା, ତା' ପର୍ସ ଅନ୍ୟ କେଉଁଠି ପିକ୍ ପକେଟିଂ ହୋଇଛି। ମାତ୍ର, ଏ ଶ୍ରେୟା ହିଁ ତା' ପର୍ସ ଚୋରି କରିଛି ବୋଲି ମାନବ ନିଶ୍ଚିତ ହୋଇଗଲା।

ଅଥଚ ମଣିଷ କେତେ ସୁନ୍ଦର ଭାବେ ଅଭିନୟ କରିପାରେ। କେତେ ସୁନ୍ଦର ଭାବେ ମିଛ କହିପାରେ। କାହିଁକି ମଣିଷ ଏଭଳି ମିଛ ଅଭିନୟ କରେ?

ଏ ଶ୍ରେୟା ତା' ସ୍ୱାମୀ ସମ୍ପର୍କରେ ଦିନତମାମ ଦୀର୍ଘ ବକ୍ତୃତା ରଖୁଥିଲା। ତା' ସ୍ୱାମୀ ପୃଥିବୀର ଶ୍ରେଷ୍ଠ ସ୍ୱାମୀ ବୋଲି ଦାବି କରୁଥିଲା। ତା' ସ୍ୱାମୀ କେତେ ବ୍ରୋଡ୍

ବୋଲି କହୁଥିଲା । ସେ ମିଡିଓକର ସ୍ତ୍ରୀଲୋକ ନୁହେଁ ବୋଲି କହୁଥିଲା । ମିଛକୁ ସେ ଘୃଣା କରେ ବୋଲି କହୁଥିଲା । କାହିଁକି ଏ ଛଳନା ?

ସେ ଜଣେ କଲ୍ ଗାର୍ଲ ବୋଲି ତ ସିଧା କହି ପାରିଥା'ନ୍ତା । ଏମିତିରେ ତା'ର ଆଜି ରାତିରେ ଜଣେ କଲ୍ ଗାର୍ଲର ଖୁବ୍ ଆବଶ୍ୟକ ଥିଲା ।

ସ୍ୱାମୀ, ଶଙ୍ଖା, ସିନ୍ଦୂରର ଛଳନା କରୁଥିଲା କାହିଁକି ?

ହୋଟେଲ୍ ରୁମ୍‌ର ଡୋର୍ ସେମିତି ଖୋଲା ଥାଏ । ଅର୍ଦ୍ଧ ଉଲଗ୍ନ ଓ ନିଶାସକ୍ତ ଅବସ୍ଥାରେ ଶ୍ରେୟାକୁ ଛାଡ଼ି ଝଡ଼ ବେଗରେ ହୋଟେଲ୍‌ରୁ ବାହାରି ଆସିଲା ମାନବ । ଘନ ଅନ୍ଧାର ରାତିରେ ଅଦୃଶ୍ୟ ହୋଇଗଲା ମାନବ ।

ମାନବ ତାକୁ ଏଡାଇ ଚାଲିଗଲା । କ୍ରୋଧ ଓ ଅପମାନରେ ଶ୍ରେୟା ଜଳି ଯାଉଥିଲା । ଶ୍ରେୟା ଗ୍ଲାସ୍‌ରେ ହ୍ୱିସ୍କି ଢାଳିଲା । ସିଗାରେଟ୍ ଲଗାଇଲା ।

■

ସ୍କ୍ରିନ୍ ଟେଷ୍ଟ୍

କାଲି ରାତିରେ ସାମାନ୍ୟ ଅଧିକ ଡ୍ରିଙ୍କ୍ସ କରିଥିଲା ରିୟା।

ଏବେ ବି ତା' ପାଟିରୁ ମଦ ଗନ୍ଧ ବାହାରୁଥିଲା।

ହ୍ୟାଙ୍ଗ ଓଭର ଯାଇ ନଥିଲା।

ଚିଡ଼ିଚିଡ଼ା ଲାଗୁଥିଲା।

ମୁଣ୍ଡ ବିନ୍ଧୁଥିଲା।

ଦେହରୁ ଗୋଟେ ଆଇଁଷିଣିଆ ଗନ୍ଧ ବି ଆସୁଥିଲା।

କଣ୍ଡୋମ୍ ଗନ୍ଧ !

ଇଃ, ତାକୁ ବାନ୍ତି ଲାଗୁଥିଲା।

ଅଧିକ ପିଇଲେ ଏମିତି ଅବସ୍ଥା ହୁଏ। ଏକଥା କ'ଣ ରିୟା ଜାଣିନି କି ? ଜାଣିକି ବି ରିୟା ପିଏ।

ପରଦିନ ମୁଣ୍ଡ ବିନ୍ଧେ। ମସଲ୍ ପେନ୍ ହୁଏ।

କାମ କରିବାକୁ ଇଚ୍ଛା ହୁଏନା।

ସୁଟିଂ ସେଟ୍‌ରେ ସ୍ମାର୍ଟ ଲାଗେନା। ଡ୍ରାଉଜି ଲାଗେ। ଡାଇଲଗ୍ ଡେଲିଭର କରିବାକୁ ଇଚ୍ଛା ହୁଏନା। ମନ ଫୁର୍ତ୍ତି ଲାଗେନା।

ରିୟା ପ୍ରମିଜ୍ କରେ; ଆଜିଠୁ ସେ ଆଉ ଡ୍ରିଙ୍କ୍ସ କରିବନି।

କିନ୍ତୁ ପ୍ରତ୍ୟୁସର ବୁଢ଼ାଟା ତାକୁ ଡ୍ରିଙ୍କ୍ସ କରିବାକୁ ବାଧ୍ୟ କରେ। ରିୟା ନିଜକୁ ଆଉ କଣ୍ଟ୍ରୋଲ୍ କରି ପାରେନା। ପୁଣି ପିଏ।

ପୁଣି ଡାଇରେକ୍ଟରର ରିକ୍ୱେଷ୍ଟରେ ବି ଆଉ ଦି' ତିନି ପେଗ୍ ନେବାକୁ

ପଡ଼େ। କେତେବେଳେ ହିରୋ ସାଙ୍ଗରେ ତ କେତେବେଳେ କୋରିଓଗ୍ରାଫର ସହ ରିୟାକୁ ଡ୍ରିଙ୍କ୍ସ କରିବାକୁ ପଡ଼େ।

ଆଜି ସେ ପ୍ରଡ୍ୟୁସର ବୁଢ଼ାଟା ଉପରକୁ ଗରଗର ହେଉଥିଲା ରିୟା। କାହିଁକି ନା, କାଲି ରାତି ସାରା ସେ ତାକୁ ଶୁଆଇ ଦେଇନି। ମହା ମୁସ୍କିଲ୍ ବୁଢ଼ା ଖଣ୍ଡେ। ସକାଳ ପର୍ଯ୍ୟନ୍ତ ନେଉଥିଲା ଆଲ୍‌କୋହଲ। ଆଉ, ରାତି ସାରା କୁଣ୍ଢେଇ ଧରିଥିଲା ରିୟାକୁ।

ବୁଢ଼ାର ଚମ ଧୁଡୁଧୁଡୁ ହେଲାଣି। କଥା କହିଲା ବେଳେ ପାଟିରୁ ଛେପ, ଲାଳ ବାହାରି ପଡୁଛି। ତଥାପି ବୁଢ଼ା ନିଜକୁ ୟଙ୍ଗ୍ ଆଉ ସ୍ମାର୍ଟ ଭାବୁଛି। ଭାବୁ, ସେଥିରେ ତା'ର କ'ଣ ଯାଏଆସେ।

ବୁଢ଼ା କିନ୍ତୁ ହ୍ୱିସ୍କି ନିଏ। ଅବଶ୍ୟ ବେଳେବେଳେ ୱାଇନ୍ ବି ନେଇଥାଏ।

ରିୟାର ସେମିତି କିଛି ସ୍ପେସିଫିକେସନ୍ ବା ଲାଇକିଂ ଡିସ୍‌ଲାଇକିଂ ନ ଥାଏ। ରିୟା ହ୍ୱିସ୍କି ନିଏ, ରମ୍ ନିଏ, ସ୍କଚ୍ ନିଏ ଆଉ ଭୋଡ୍‌କା ବି ନିଏ।

ଡ୍ରଗ୍‌ସ ପାର୍ଟିରେ ରିୟା ମାରିଜୁଆନା, ବିଏସ୍, ଏଲ୍‌ଏସ୍‌ଡି, କୋକେନ୍, ହେରୋଇନ୍ ନେଇଥାଏ। ଲାଷ୍ଟ୍ ୱିକ୍ ଅନୁଭବର ଡ୍ରଗ୍ସପାର୍ଟିରେ ରିୟା ଅଧିକ ମାରିଜୁଆନା ନେଇଥିଲା। ଆଉ ରାତି ଯାଇ ପରଦିନ ମଧ୍ୟ ସେ ଢୋଲୋଉଥିଲା।

ଶଃ, ମାରିଜୁଆନାର ଗୋଟିଏ ଦୋଷ ହେଉଛି, ସେ ତମ ମୁଣ୍ଡକୁ ତଳକୁ କରିଦବ। ତମେ ତ ପୋତାମୁହାଁଙ୍କ ଭଳି ତଳକୁ ଚାହିଁଥିବ। ଆଉ କରିବ କ'ଣ? ଡାଇଲଗ୍ ନା ଫାଇଲଗ? ଚୂଲିକୁ ଯିବ ସେ ଲାଇଟ୍, କ୍ୟାମେରା, ଆକ୍ସନ।

ରିୟା ସିଗାରେଟ୍ ଲଗାଇଲା। ପ୍ରଡ୍ୟୁସର ବୁଢ଼ା ସହ କାଲି ରାତିର ଏକ୍ସପେରିଏନ୍‌ସକୁ ନେଇ ସେ ଭାରି ଡିସ୍‌ପ୍ଲିଜ୍ ଥିଲା। ତାର ମୁଡ୍ ଅଫ୍ ଥିଲା। ବୁଢ଼ା ବେଶି ରଙ୍ଗ କାଢୁଛି। ଏଣିକି ବୁଢ଼ାକୁ ମୁହେଁ ମୁହେଁ କହିବାକୁ ହେବ।

ଓଃ, ରଙ୍ଗିଲା ବୁଢ଼ା ଖଣ୍ଡେ। ସେଲ୍‌ଫି ପାଗଳ। ଏମିତିକି ବେଡ୍‌ରେ ସେ କାମ ଚାଲିଥିବା ବେଳେ ବି ସେଲ୍‌ଫି ନେବାକୁ ରଙ୍କ ହବ। ଇଏ କି ପାଗଳାମୀ ବୁଢ଼ାର?

ସୁଖ ଟିକେ ମେଣ୍ଟିଗଲେ ବୁଢ଼ା ଥଣ୍ଡା।

ତଥାପି ରାତି ସାରା କୁଣ୍ଢେଇକି ଶୋଇବ।

ଓଃ, ରିୟା ପାଇଁ ଏଇଟା ଭାରି ବୋରିଂ। ଡିସ୍‌ଗଷ୍ଟିଂ।

ସିଗାରେଟ୍‌ର ଦୁଇ ଢୋକ ଧୂଆଁ ଲଙ୍ଗ୍‌ସ ଭିତରକୁ ନେଲା ପରେ ରିୟାକୁ ସାମାନ୍ୟ ହାଲୁକା ଲାଗିଲା। ତା' ମାଇଣ୍ଡ ରିଲାକ୍ସ ହୋଇଗଲା।

ରିୟାର ଫିଲ୍ମ ଦରକାର। ଟଙ୍କା ଦରକାର। ଗାଡ଼ି ଦରକାର। ଫ୍ଲାଟ୍ ଦରକାର।

ବଦଳରେ ବୁଢ଼ା ଏ ଦେହ ଟିକେ ଚାହୁଁଛି। ଚାହୁଁ। ନଉ। କ'ଣ ସରିଯାଉଛି ଏ ଦେହ ?

ପ୍ରଡ୍ୟୁସର ବୁଢ଼ା ଅପେକ୍ଷା ଟୋକା ଡାଇରେକ୍ଟରଟା କିନ୍ତୁ ମାରାତ୍ମକ।

ଡାଇରେଟକ୍ଟର ଡ୍ରଗ୍‌ସ ନିଏ।

ପ୍ରଡ୍ୟୁସର ବୁଢ଼ା ଯାହା ହେଲେ ବି ସାଉଁଳେଇବ, ସାକୁଲେଇବ, କୁଣ୍ଢେଇବ, କୋଳେଇବ, ଗେଲ କରିବ। କିନ୍ତୁ ସେ ଟୋକାଟା ଖାଲି ଚିମୁଡ଼ିବ, କାମୁଡ଼ିବ, କଣ୍ଟାରେ ଫୁଟେଇବ। ସଲସଲ କରିବ।

ତାକୁ ଏଥିରୁ କ'ଣ ମଜା ମିଳେ, କେଜାଣି ? ବାଷ୍ଟାର୍ଡ ଶଳା।

ଡ୍ରଗ୍‌ସ ନିଶାରେ ବାଁ ପଟଟାକୁ କାମୁଡ଼ି ଦେଇଛି, ଆଜି ଯାଏ ଦାନ୍ତ ଚିହ୍ନ ଯାଉନି। ମରୁନୁ ଶଳା !

ସକାଳୁ ରିୟାକୁ ଭାରି ଅନ୍‌ଇଜି ଲାଗୁଥିଲା।

ଆଲ୍‌କୋହଲର ନିଶାଟା ବି ଖସୁନି ଏ ଯାଏ।

ପେଟରେ ଗ୍ୟାସ୍ ଭର୍ତ୍ତି ହୋଇଯାଇଛି।

ଏସିଡିଟି ଯୋଗୁଁ ବାନ୍ତି ଉଠାଉଛି।

ଭାରି ବୋରିଂ ଏ ଲାଇନ୍। ଦିନସାରା ସୁଟିଂ, ଡ୍ୟାନ୍‌ସ, ଡାଇଲଗ, ଲାଇଟ୍, କ୍ୟାମେରା, ଆକ୍ସନ। ପୁଣି ରାତି ହେଲେ ଏ ଡାଇରେକ୍ଟର, ପ୍ରଡ୍ୟୁସରଙ୍କ ଡ୍ରିଙ୍କ୍‌ସ, ସ୍ମୋକିଂ, ଡ୍ରଗ୍‌ସ ଓ ସେ ଧନ୍ଦା ବି।

ରିୟା ଭାବୁଥିଲା; ଟିକେ କଷ୍ଟ ହଉ ବରଂ ଏହା ଉପରେ ତା' କ୍ୟାରିୟର ଡିପେଣ୍ଡ୍ କରୁଛି। ଛାତିକୁ ପଥର କରି, ଆଖି ବୁଜି ସବୁ ସହିଯାଏ ରିୟା। ଆଗକୁ ଇଣ୍ଡଷ୍ଟ୍ରିରେ ରିୟା ବାନାର୍ଜୀର ଯେଉଁ କ୍ରେଜ୍ ବଢ଼ିବ, ଏ କଷ୍ଟ ତା' ଆଗରେ କିଛି ନୁହେଁ।

ଡେ ଉଇଲ୍ କମ୍, ରିୟା ବାନାର୍ଜୀ ଉଡ୍ ହାଭ୍ ବିକମ୍ ନମ୍ବର ୱାନ୍ ହିରୋଇନ୍ ଅଫ୍ ଦ ଇଣ୍ଡଷ୍ଟ୍ରି। ରିୟା ଓଭର କନ୍‌ଫିଡେଣ୍ଟ ହୋଇ ପଡୁଥିବ।

ରିୟା ସ୍ୱପ୍ନ ଦେଖୁଥିବ। ତା' ଆପାର୍ଟମେଣ୍ଟ ଆଗରେ ବିଏମ୍‌ଡବ୍ଲ୍ୟୁ କାର୍ ଲାଗିଥିବ। ଫଲୋର୍ସମାନେ, ଭ୍ୟୁୟର୍ସମାନେ, ଫ୍ୟାନ୍‌ମାନେ ଅଟୋଗ୍ରାଫ୍ ପାଇଁ ପାଗଳ ହେଉଥିବେ। ଗୋଟିଏ ଗୋଟିଏ ଷ୍ଟେଜ୍ ପ୍ରୋଗାମ୍ ପାଇଁ ଦଶ ପନ୍ଦର ଲକ୍ଷ ଟଙ୍କା ଡିମାଣ୍ଡ କରୁଥିବ।

ରିୟାକୁ ଫିଲ୍ମରେ ନେବା ପାଇଁ ଡାଇରେକ୍ଟର, ପ୍ରଡ୍ୟୁସରମାନଙ୍କ ଲମ୍ବା ଲାଇନ୍ ଲାଗୁଥିବ।

ସେ ୨୪ ଘଣ୍ଟା ବିଜି ରହୁଥିବ। ତା' ଲାଇଫ୍‌ଷ୍ଟାଇଲରେ କେତେ କ'ଣ ଚେଞ୍ଜେସ୍ ଆସି ଯାଇଥିବ।

ଏ ରିୟା ଆଉ ସେଇ ଛୋଟ ସହରର ଅଳ୍ପ ଶିକ୍ଷିତ ଗାଉଁଲି ଝିଅ ହୋଇ ନଥିବ। ସେ ପାଲଟି ଯାଇଥିବ ଇଣ୍ଡଷ୍ଟ୍ରିର ସବୁଠୁ ଦାମୀ ହିରୋଇନ୍।

ପୁଣି ବେଳେବେଳେ ଇଛା ହୁଏ ରିୟାର; ହେ, ଫିଲ୍ମ ନ ହେଲା ନାହିଁ। ପଳେଇବ ତା' ଛୋଟ ସହରକୁ।

ଏ ମାୟାନଗରୀଠାରୁ ତା' ଛେଟ ସହର ହଣ୍ଡ୍ରେଡ୍ ଟାଇମ୍ ଭଲ। ଏଠି ଝିଅଙ୍କୁ ଦେଖିଲେ ଏ ପ୍ରଡ୍ୟୁସର, ଡାଇରେକ୍ଟରଗୁଡ଼ା ଖାଲି ଡାଆଣୀଙ୍କ ଭଳି ହେଉଛନ୍ତି। ଭୋକିଲାଙ୍କ ଭଳି ଗୋଟା ଗିଳି ପକାଇବେ ଯେମିତି ! ସବୁଠି ସେକ୍ସୁଆଲ୍ ଏକ୍ସପ୍ଲଏଟେସନ୍। ମେଣ୍ଟାଲ ହାରାସମେଣ୍ଟ, ଡିପ୍ରେସନ୍। ଓ, ସିଟ୍।

ଡିପ୍ରେସନ୍‌ରୁ ରକ୍ଷା ପାଇବାକୁ ଯେତେ ପାରୁଛ ସେତେ ଆଲ୍‌କୋହଲ ନିଅ, ଡ୍ରଗ୍‌ସ ନିଅ। ନ ହେଲେ ସ୍ଲିପିଂ ଟାବ୍‌ଲେଟ୍ ନିଅ। ଦିନରାତି ମାତାଲ ହୁଏ। ଢୋଳାଅ। ବାସ୍। ଏଇ ତ ଲାଇଫ୍ !

ଏଠି ବିନା ଆନାସ୍ଥେସିଆରେ ଘଡ଼ିଏ ବି ନର୍ମାଲ୍ ଲାଇଫ୍ ମେଣ୍ଟେନ୍ କରିବା ଖୁବ୍ କଷ୍ଟକର।

ହେସ୍, ଲାଇଫ୍‌ଟା ଭାରି ବୋରିଂ। ଡିସ୍‌ଗଷ୍ଟିଂ। ମିନିଂଲେସ୍। ହୋକ୍ସ।

ଘୃଣାରେ ରିୟା ଲଣ୍ଡାଏ ଶୁଖିଲା ଛେପ ଡଷ୍ଟବିନ୍ ମଧ୍ୟକୁ ପକାଇଲା।

ତା' ପାଟିରୁ ତଥାପି କାଲି ରାତିର ମଦ ଗନ୍ଧ ବାହାରୁଥିଲା।

ପୁଣି ଗୋଟାଏ ସିଗାରେଟ୍ ଲଗାଇଲା ରିୟା। ରିୟାର ବ୍ଲାକ୍ ମିଣ୍ଟ ସିଗାରେଟ୍ ପସନ୍ଦ। ପ୍ରଡ୍ୟୁସର ବୁଢ଼ା ତା' ପାଇଁ ମାର୍ଲବୋରୋ, ବ୍ଲାକ୍ ସ୍ମାଇଡର ମଗାଇଥାଏ।

ନାକ ପୁଡ଼ା ଦେଇ ଭୁସ୍ ଭୁସ୍ ଧୂଆଁ ଛାଡ଼ିଲା ରିୟା।

ରିୟା ଏ ଯାଏ ମୁହଁ ଧୋଇ ନ ଥିଲା କି ଦାନ୍ତ ଘଷି ନଥିଲା।

ଶୀତତାପ ନିୟନ୍ତ୍ରିତ ହୋଟେଲ୍‌ର ସ୍ପ୍ରିଙ୍ଗ୍ ବେଡ୍‌ରେ ଗଡୁଥିଲା।

ଦେହକୁ ଦଉଡ଼ି ଭଳି ଭିଡ଼ିମୋଡ଼ି ଅଳସ ଭାଙ୍ଗୁଥିଲା। ହାତ ଆଙ୍ଗୁଠିଗୁଡ଼ାକୁ ଟକ୍‌ଟାକ୍ ଫୁଟାଉଥିଲା। ହାଇ ମାରୁଥିଲା।

ରିୟା ଏମିତି ଭିଡ଼ିମୋଡ଼ି ହେଲେ କିମ୍ବା ନାକ ପୁଡ଼ା ଦେଇ ଭୁସ୍ ଭୁସ୍ ଧୂଆଁ ଛାଡ଼ିଲେ ସଞ୍ଜୟକୁ ଭାରି ଅଶ୍ଳୀଳ ଲାଗେ। ସଞ୍ଜୟ ରାଗିଯାଏ। ସଞ୍ଜୟଟା କିନ୍ତୁ ଭଦ୍ରପିଲା।

ଇଃ, ତା' ବାନିୟନରେ ପ୍ରଡ୍ୟୁସର ବୁଢ଼ାର ଲାଳ ଲାଗିଛି ଯେ ! ଇ..ଃ..ହିଃ...ଃ...। ଛେଃ... କି ଅସନା ବୁଢ଼ାଟା !

ରିୟା କ'ଣ ଭାବିଥିଲା, ତା' ସ୍ୱପ୍ନର ମାୟାନଗରୀର ଅସଲ ରୂପ ଏତେ ବିଭତ୍ସ ! ଏତେ କୁତ୍ସିତ !

ପିଲାଦିନୁ ତା' ସ୍ୱପ୍ନର ହିରୋ, ହିରୋଇନ୍‌ମାନଙ୍କୁ ପରଦା ଉପରେ ଦେଖି ରିୟା ଭାବିଥିଲା, ବଡ଼ ହେଲେ ସେ ବି ଦିନେ ହିରୋଇନ୍ ହେବ। ଅଟୋଗ୍ରାଫ୍ ପାଇଁ ତା' ପଛରେ ଶହଶହ ଫଲୋର୍ସମାନେ ଧାଉଁଥିବେ ଏବଂ ଗର୍ବରେ ଫୁଲି ଉଠୁଥିବ ରିୟାର ଛାତି।

ହିରୋଇନ୍ ହେବ ବୋଲି ରିୟା ଅସୁମାରୀ ସ୍ୱପ୍ନ ଦେଖିଥିଲା। ରିୟାକୁ ଯେତେବେଳେ ପାଞ୍ଚ ବର୍ଷ, ତା' ବାପା ଚାଲି ଯାଇଥିଲେ। ବିଧବା ମା' ତାକୁ ଛୋଟରୁ ବଡ଼ କରିଥିଲା। ଘରେ ଘରେ କେହି ପୁରୁଷ ସଦସ୍ୟ ନଥିବାରୁ ପିଲାଟି ଦିନୁ ବାହାର ପୁରୁଷଙ୍କ ଭିଡ଼ ଲାଗୁଥିଲା। ମହାନ୍ତି ଅଙ୍କଲ୍ ନିୟମିତ ଘରକୁ ଆସୁଥିଲେ ଓ ବୋଉ ସହ ଗପୁଥିଲେ। ଆଉ ତା' ବୟସର ସଚ୍ଚିନ୍, ସତ୍ୟ, ରବର୍ଟ, ଜନ୍ ସହ କଟିଥିଲା ରିୟାର କୈଶୋର। ମହାନ୍ତି ଅଙ୍କଲ୍ ତା' ପାଇଁ ଟେଡି, ଚକ୍‌ଲେଟ୍ ଆଣୁଥିଲେ।

ପ୍ଲସ୍ ଟୁ ଫାଷ୍ଟ ଇୟରରେ ପଢ଼ିଲାବେଳେ ପ୍ଲସ୍ ଥ୍ରି ଥାର୍ଡ ଇୟରର ମଣ୍ଟୁ ଭାଇ ପାଲଟିଗଲା ରିୟାର ଗାର୍ଡିଅନ୍। ମଣ୍ଟୁ ଭାଇ କାନରେ ପିନ୍ଧିଥାଏ ପିତଳ ନୋଳି। ମୁଣ୍ଡର ସାମନା ପଟ ବାଳକୁ ଗୋଲଡେନ୍ କଲର କରିଥାଏ। ଗ୍ରେ କଲର୍ ବୁଲେଟ୍ ଚଳାଇ ମଣ୍ଟୁ ଭାଇ ଥରେ କ୍ୟାମ୍ପସରେ ବୁଲି ଆସିଲେ ସବୁ ଟୋକାମାନେ ଭୟରେ ଥରି ଉଠନ୍ତି।

ମଣ୍ଟୁ ଭାଇ ଡରରେ କେହି ବି ତାକୁ କମେଣ୍ଟ୍ କରୁ ନଥିଲେ କି ମୁଣ୍ଡ ଟେକି ଚାହୁଁ ନଥିଲେ। ଏହା କିନ୍ତୁ ରିୟାକୁ ଭଲ ଲାଗୁ ନଥିଲା। ରିୟା କିନ୍ତୁ ଚାହୁଁଥିଲା, ତାକୁ ତା ପ୍ଲସ୍ ଟୁ ସାଙ୍ଗମାନେ କମେଣ୍ଟ ମାରନ୍ତୁ। ଅନାନ୍ତୁ।

ରିୟା ଯେଉଁ ଛୋଟିଆ ସହରରୁ ଆସିଥିଲା, କେତେ ଭଲ ଥିଲା ସେ ସହର ! ସେ ଯେଉଁ ବସ୍ତିରେ ରହୁଥିଲା, ତା' ପଛ ପଟ ଦେଇ ବହୁଥିଲା ଚିରସ୍ରୋତା ନଈ। ନଈ ସେପଟେ ଘଞ୍ଚ ଜଙ୍ଗଲ ଆଉ ପାହାଡ଼। ଡେଙ୍ଗୀ ଶାଳଗଛର ଛାଇ ନଈପାଣିରେ ପ୍ରତିଫଳିତ ହୋଇ ଚହଲି ଯାଉଥିଲେ। ନଈ ପାଣିର ଆଇନାରେ ରିୟା ଅନେକ ବାର ତା' ମୁହଁକୁ ଦେଖିଛି। ନଈ ପାଣିରେ ନିଜ ବଢ଼ିଲା ଛାତିକୁ ଦେଖି ଲାଜେଇ ବି ଯାଇଛି।

ହୁସ୍, ସେସବୁ ପୁରୁଣା କଥା ଭାବି ଲାଭ କ'ଣ ? ସେ ଦିନର ଲାଜକୁଳୀ ରିୟା ଏବେ ମରିଗଲାଣି।

ଯେଉଁ ରିୟା ଦିନେ ଢୋକେ ଥମ୍‌ସଅପ୍ ପିଇ ପାରୁ ନଥିଲା, ଏବେ ଢକଢକ କରି ହ୍ୱିସ୍କି, ସ୍କଚ୍ ପିଇ ଯାଉଛି।

ଯେଉଁ ରିୟା ଇଞ୍ଜେକ୍ସନ ସିରିଞ୍ଜ୍ ଦେଖି ଭୟରେ ଲୁଚୁଥିଲା, ସେ ଏବେ ଆରାମ୍‌ରେ ଚମଡ଼ା କଣା କରି ହୋରୋଇନ୍, କୋକେନ୍ ନେଇପାରୁଛି। ଟିନ୍ ଫଏଲ୍‌ରେ ବିଏସ୍‌କୁ ପୋଡ଼ି ତା' ସ୍ମେଲ୍‌କୁ ନାକ ମଧ୍ୟକୁ ଅନାୟାସରେ ଶୋଷି ନେଇ ପାରୁଛି।

ରିୟା ତା'ର ପୁରୁଣା ପୃଥିବୀକୁ ଭୁଲି ଯାଇଛି। ସେ ଏବେ ଗ୍ଲାମର ଦୁନିଆରେ ପାଦ ରଖିଛି। ସେ ହିରୋଇନ୍ ହେବ। ଜଣେ ଷ୍ଟାର୍ ବନିବ। ପବ୍ଲିକ ଫିଗର ହେବ। ହିରୋଇନ୍ ହେବାଟା ଏତେ ସହଜ ନା କ'ଣ?

ରିୟାର ଆଗାମୀ ଫିଲ୍ମଟା ନିଶ୍ଚୟ ହିଟ୍ ହେବ। ଦୀପିକା, ଚର୍ଚ୍ଚିତା, ସାରା, ଅନୁ, ଶିଲି, କାଜୋଲ୍ ଭଳି ଆଗ ଧାଡ଼ିର ହିରୋଇନ୍‌କୁ ଆଉଟ୍ କରି ସେ ଇନ୍ କରିଛି ଏ ଫିଲ୍ମରେ। ତା' ଭଳି ଜଣେ ନବାଗତା ଆକ୍ଟ୍ରେସ୍ ଏତେ ବଡ଼ ବ୍ୟାନରରେ କାମ ପାଇବା କ'ଣ ଛୋଟିଆ କଥା କି? ଏହା କ'ଣ ରିୟାର ଗୋଟେ ବଡ଼ ଆଚିଭ୍‌ମେଣ୍ଟ ନୁହେଁ? ରିୟାର ମୁହଁ ଅଧିକ ଉଜ୍ଜ୍ୱଳ ଦିଶିଲା।

ରିୟା ଇଣ୍ଡଷ୍ଟ୍ରିରେ ଅନେକ ଷ୍ଟ୍ରଗଲ୍ କରିଛି। ବହୁତ ଷ୍ଟ୍ରଗଲ ପରେ ଏବେ ସେ ଏ ଷ୍ଟେଜ୍‌ରେ ପହଞ୍ଚି ପାରିଛି। ରିୟାର ଏ ସଫଳତାକୁ ଅନେକ ସହି ପାରୁ ନାହାନ୍ତି। ଇଣ୍ଡଷ୍ଟ୍ରିରେ ଚର୍ଚ୍ଚା ହେଉଛି, ରିୟା କେମିତି ପ୍ରଡ୍ୟୁସର, ଡାଇରେକ୍ଟରକୁ ନିଜ ହାତ ମୁଠାରେ ରଖି ପାରିଛି।

ଏସବୁ ଚର୍ଚ୍ଚା କେଉଁମାନେ କରୁଛନ୍ତି କି? ତାକୁ ସହି ପାରୁ ନଥିବା ଚର୍ଚ୍ଚିତା, ଦୀପିକା, ସାରା, ଅନୁ ଭଳି କେତେଜଣ ଥାର୍ଡ ଗ୍ରେଡ୍‌ର ହିରୋଇନମାନଙ୍କର ଏହା ଗୋଟିଏ ରୀତିମତ ଷଡ଼ଯନ୍ତ୍ର। ରିୟା ଏସବୁକୁ କେୟାର କରେନା। ଜଳନ୍ତୁ ଈର୍ଷାରେ ସେମାନେ। ଜଳି ଜଳି ମରନ୍ତୁ। ରିୟାର କିଛି ବି ଫରକ ପଡ଼ିବନି।

ଆରେ, ରିୟା ବିରୋଧରେ ସେମିତି କିଛି କମ୍ପ୍ଲେନ୍ ଆଣିପାରିବନି, କହି ଦେଉଛି, ହଁ। ରିୟା ସେମିତି ଝିଅ ନୁହେଁ। ସେ ଆକ୍ଟିଂ ଜାଣେ, ଆକ୍ଟିଂ। ସେ ଜଣେ ଆକ୍ଟ୍ରେସ୍। ହଣ୍ଡ୍ରେଡ୍ ପର୍ସେଣ୍ଟ ଆକ୍ଟ୍ରେସ୍। ପରଫେକ୍ଟ ଆକ୍ଟିଂ ତାକୁ ଜଣା। ତମ ଭଳି ଫାଲ୍‌ତୁ 'ବି' ଗ୍ରେଡ୍ ଆର୍ଟିଷ୍ଟ ନୁହେଁ ମ! କୋଉ ପ୍ରଡ୍ୟୁସର କି ଡାଇରେକ୍ଟର ପାଖରେ ଶୋଇ ଫିଲ୍ମ ହାତେଉନି। ନିଜ ଦମ୍‌ରେ ସେ ଫିଲ୍ମ ପାଉଛି। ତା' ହାତରେ ଏବେ ଚାରି ଚାରିଟା ଫିଲ୍ମ।

ଆଗାମୀ ଫିଲ୍ମକୁ ନେଇ ରିୟା କିଛି ମାତ୍ରାରେ ଉତ୍ସାହିତ ହେଲା। କାଲି ରାତିର ଘୃଣା ଓ ବିରକ୍ତିକୁ ଭୁଲିଗଲା। ଏମିତିରେ ସେସବୁ ରିୟାର ଦେହସୁହା ହୋଇଗଲାଣି।

ରିୟା ବେଡ୍‌ରୁ ଉଠି ବାଥ୍‌ରୁମ୍ ଗଲା। ଦାନ୍ତ ବ୍ରଶ୍ କଲା। ଲଙ୍ଗଳା ହୋଇ

ସାୱାର ତଳେ କୋଡ଼ିଏ ମିନିଟ୍ ଠିଆ ହୋଇ ମନ ଭରି ଗାଧେଇଲା । ତଥାପି ବୁଢ଼ାର ଗନ୍ଧ ତା' ଦେହରୁ ଯାଉ ନଥିଲା ।

ଗାଧୋଇ ସାରି ରିୟା ଫ୍ରେଶ୍ ହେଲା । କାଖରେ, ବେକରେ, ଅଣ୍ଟାରେ, ପେଟରେ ସାଏଁ ସାଏଁ କରି ଡିଓ ସ୍ପ୍ରେ କଲା । ହୋଟେଲ୍ ବୟ ବ୍ରେକ୍‌ଫାଷ୍ଟ ଆଣି ଦେଇଗଲା । ବ୍ରେଡ୍, ଅଣ୍ଡା ଆମ୍‌ଲେଟ୍ ଚଟାପଟ ଗିଳି ପକାଇ କଫି ପିଇ ରିୟା ପ୍ରସ୍ତୁତ ହୋଇଗଲା ।

ବାହାରେ ମିଡିଆବାଲାଙ୍କ ଗହଳି । ଆଗାମୀ ଫିଲ୍ମକୁ ନେଇ ପ୍ରେସ୍ ମିଟ୍ ଡାକିଛି ପ୍ରଡ୍ୟୁସର । ଜର୍ଣ୍ଣାଲିଷ୍ଟମାନେ ତାକୁ ଖୋଳିତାଡ଼ି ନାନା କଥା ପଚରା ପଚରି କରିବେ । ସେମାନଙ୍କୁ ଠିକ୍ ଢଙ୍ଗରେ ଉତ୍ତର ରଖିବାକୁ ହେବ । ଏଣୁ ତାକୁ ଟିକେ ପ୍ରିପେୟାର ହେବାକୁ ପଡ଼ିବ ବୋଲି ଭାବୁଥିଲା ରିୟା ।

ପ୍ରଡ୍ୟୁସର ବୁଢ଼ା ସକାଳୁ ସକାଳୁ ଗାଧୁଆ ପାଧୁଆ ସାରି ଫିଟ୍‌ଫାଟ୍ ହୋଇ ଲନ୍‌ରେ ଡାଇରେକ୍ଟର, ହିରୋ ସହ କଥାବାର୍ତ୍ତାରେ ମଜ୍ଜି ଯାଇଥିଲା । ଏ ବୁଢ଼ାଟା ବାହାରକୁ ଯେମିତି ପିନ୍‌ପିନ୍, ସ୍ମାର୍ଟ ବେଡ୍‌ରେ ଓଃ...କି ଦୟନୀୟ ! ମନେମନେ ହସିଲା ରିୟା । ବୁଢ଼ା ପ୍ରତି ଦୟା ଆସିଲା ରିୟାର ।

ପ୍ରଡ୍ୟୁସର ବୁଢ଼ା ସହ ପ୍ରଥମ ସାକ୍ଷାତ ସମୟର କଥା ମନେ ପଡ଼ିଲା ରିୟାର । ସଞ୍ଜୟ ସହ ତା' ସ୍କୁଟରରେ ବସି ଏହି ବୁଢ଼ା ପ୍ରଡ୍ୟୁସରକୁ ସାକ୍ଷାତ କରିବାକୁ ଆସିଥିଲା ରିୟା । ରିୟାର ଆଜି ସେଦିନ କଥା ସ୍ପଷ୍ଟ ମନେ ଅଛି ।

ରିୟା ବସିଥାଏ ୱେଟିଂ କରିଡରରେ । ବୁଢ଼ା କାର୍‌ରୁ ଓହ୍ଲେଇ ଅଫିସ ଭିତରକୁ ପଶି ଆସିଲା । ତା' ପଛେ ପଛେ କେତେ ଜଣ ଧାଉଁଥାନ୍ତି । ସିକ୍ୟୁରିଟି ଗାର୍ଡ, ଅଫିସ କର୍ମଚାରୀ ଠିଆ ହୋଇ ବୁଢ଼ାକୁ ସାଲ୍ୟୁଟ୍ କରୁଥାନ୍ତି । ସଞ୍ଜୟ ବି ବୁଢ଼ାକୁ ନମସ୍କାର କଲା ।

ରିୟାର ସ୍କ୍ରିନ୍ ଟେଷ୍ଟ ବାବଦରେ ସଞ୍ଜୟ ପ୍ରଡ୍ୟୁସର ବୁଢ଼ା ସହ କଥା ହେଲା । ବୁଢ଼ା ସଞ୍ଜୟକୁ କହିଲା; ଆଛା, ସେ ଟୋକୀକୁ ସବୁକଥା ବୁଝେଇ ଦେଇଛ ତ ? ଏ ଫିଲ୍ମ ଲାଇନ୍‌ରେ ବହୁତ କିଛି କମ୍ପ୍ରମାଇଜ୍ କରିବାକୁ ପଡ଼େ । ପରେ କିଛି ନଖରାମି କାଢ଼ିଲେ ଫିଲ୍ମରୁ ସିଧା ଆଉଟ୍ କରିଦେବି, କହି ଦେଉଛି । ତାକୁ ଆଜି ଇଭିନିଂରେ ହୋଟେଲ୍ ମିଡ୍‌ନାଇଟ୍‌ସ ଡ୍ରିମ୍‌କୁ ଆଣ । ଦେଖିବା । ସେଠି ସ୍କ୍ରିନ୍ ଟେଷ୍ଟ ହେବ । ମୁଁ ତା'ର ସ୍କ୍ରିନ୍ ଟେଷ୍ଟ ନେବି । ସ୍କ୍ରିନ୍ ଟେଷ୍ଟରେ ସକ୍ସେସଫୁଲ୍ ହେଲା ପରେ ଫିଲ୍ମରେ ନେବା କଥା କନ୍‌ସିଡର କରାଯିବ । ସେ ଟୋକୀର ଆଗରୁ ଆକ୍ଟିଂଫାକ୍ଟିଂ ଏକ୍ସପେରିଏନ୍‌ସ ଅଛି ନା ନାହିଁ ? ଆଇ ମିନ୍, କଲେଜ ଡ୍ରାମା ଫ୍ରାମାରେ ଅଭିନୟ କରିଛି ? ବୁଢ଼ା ଗୋଟିଏ ନିଶ୍ୱାସରେ ଏତକ କହିଗଲା ।

ରିୟା ୱେଟିଂ କରିଡରରୁ ଥାଇ ଏସବୁ ଶୁଣୁଥାଏ। ପ୍ରତ୍ୟୁସରର ଏଭଳି ଫୋପାଡ଼ିଲା ଭଳି କଥା ତାକୁ ଭାରି ଖରାପ ଲାଗୁଥାଏ। ଲାଜରେ ସଞ୍ଜୟକୁ ମୁହଁ ଦେଖେଇବାକୁ ଇଛା ହେଉ ନଥାଏ ରିୟାର। ଏ ପ୍ରତ୍ୟୁସର ବୁଢ଼ାଟା କ'ଣ ଏମିତି ଅଭଦ୍ରଙ୍କ ଭଳି କଥାବାର୍ତ୍ତା କରୁଛି ?

ସଞ୍ଜୟ କିନ୍ତୁ ସେଦିନ ପ୍ରତ୍ୟୁସର ବୁଢ଼ାକୁ ମିଛ କହିଥିଲା। ସଞ୍ଜୟ କହିଥିଲା, ମୁଁ କୁଆଡ଼େ କଲେଜ ଡ୍ରାମାରେ ପ୍ରୋଟାଗୋନିଷ୍ଟ ରୋଲ୍‌ରେ ଆସିଥିଲି। ହେସ୍, ଡ୍ରାମା କିଏ ମୁଁ କିଏ ? ଏ ରିୟା, ପୁଣି ଡ୍ରାମା ?

ଫିକ୍‌ଫିକ୍ ହସୁଥିଲା ରିୟା। ତା' ନାକରୁ ଭକ୍ ଭକ୍ ଧୂଆଁ ବାହାରି ରୁମ୍‌ସାରା ଖେଳିଯାଉଥାଏ।

ରିୟାକୁ କିନ୍ତୁ ଭାରି ଅଡୁଆ ଲାଗିଥିଲା, ସେଦିନ। ପ୍ରତ୍ୟୁସର ବୁଢ଼ାର ଏମିତି କଥାବାର୍ତ୍ତା ଶୁଣି ରିୟା ଭାଙ୍ଗି ପଡ଼ିଥିଲା। ରିୟା ଡିସାଇଡ୍ କରିଥିଲା, ଏ ଫିଲ୍ମଫିଲ୍ମ କରିବନି କି ଆଉ କେବେ ବି ଏ ବୁଢ଼ା ପାଖକୁ ଆସିବ ନାହିଁ। କିନ୍ତୁ ସଞ୍ଜୟ ରିୟାକୁ ବୁଝାଇଥିଲା, ଏଇ ଛୋଟ ଛୋଟ କଥାରେ ଏତେ ଟଚି, ସେନ୍‌ସିଟିଭ୍ ହେଲେ ଚଳିବ ? ଆଗକୁ କେତେ ବଡ଼ ବଡ଼ ଚ୍ୟାଲେଞ୍ଜ ସାମ୍ନା କରିବାକୁ ହେବ।

'ଡେଲି ନ୍ୟୁଜ୍' ଖବରକାଗଜ ସଂସ୍ଥା ଛାଡ଼ିବା ପରେ ସଞ୍ଜୟ ଏବେ ଏବେ ଏ ଫିଲ୍ମ ଲାଇନ୍‌କୁ ଆସିଛି। ପୂର୍ବରୁ ସେ ଖବର କାଗଜରେ ଫିଲ୍ମ ରିପୋର୍ଟିଂ କରୁଥିଲା। ସାପ୍ତାହୀକ ଫିଲ୍ମ ପତ୍ରିକା ସହିତ ଦୈନିକ 'ପରଦା' ନାମରେ ଫିଲ୍ମ କଲମ୍‌ଟିଏ ବି ଲେଖୁଥିଲା। କିନ୍ତୁ ଯାହା ବି କୁହ, ସଞ୍ଜୟର ଏଇ 'ପରଦା' କଲମ୍‌ର ଭାରି କ୍ରେଜ୍ ଥିଲା।

ଫିଲ୍ମ ରିପୋର୍ଟିଂ ମାଧ୍ୟମରେ ସଞ୍ଜୟର ଯାହା ଏ ଲାଇନ୍ ସହ ପରିଚୟ ହୋଇଛି। ରିୟା ସହ ତା'ର ସମ୍ପର୍କ କେମିତି ହେଲା କି ?

ନ୍ୟୁଜ୍ ଏଡିଟରଙ୍କ ସହ ମନୋମାଳିନ୍ୟ କାରଣରୁ ସଞ୍ଜୟକୁ ସାମ୍ବାଦିକତା ଛାଡ଼ିବାକୁ ପଡ଼ିଲା। ଏବେ ସଞ୍ଜୟ ଫ୍ରିଲାନ୍‌ସିଂ ସହ ଏ ଫିଲ୍ମ ଲାଇନ୍‌ରେ ଛୋଟମୋଟ ଦଲାଲି କରୁଛି। ପ୍ରକୃତରେ କହିବାକୁ ଗଲେ, ରିୟାକୁ ଏ ଲାଇନ୍‌କୁ ସଞ୍ଜୟ ହିଁ ଆଣିଥିଲା।

ସଞ୍ଜୟ ଦୈନିକ ଖବରକାଗଜ 'ଡେଲି ନ୍ୟୁଜ୍'ରେ କାମ କରୁଥିଲା ବେଳେ 'ଡେଲି ନ୍ୟୁଜ୍'ର ଫିଲ୍ମ ପୃଷ୍ଠାଟି କିନ୍ତୁ ବଢ଼ିଆ ହେଉଥିଲା ବୋଲି ସବୁଠି ଚର୍ଚ୍ଚା ହୁଏ। ଫିଲ୍ମ ରିପୋର୍ଟିଂ କରୁକରୁ ସଞ୍ଜୟର ଫିଲ୍ମ ଜର୍ଣ୍ଣାଲିଷ୍ଟ ଭାବେ ଗୋଟିଏ ଇମେଜ୍ ତିଆରି ହୋଇଥିଲା। ଏହାଛଡ଼ା ସଞ୍ଜୟ ଛୋଟବଡ଼ ଫିଲ୍ମ ଇଭେଣ୍ଟ ଆୟୋଜନ କରି ସେଥିରୁ କିଛି ଟଙ୍କା ରୋଜଗାର କରୁଥିଲା।

ବହୁ କଷ୍ଟରେ ପ୍ରଡ୍ୟୁସର ବୁଢ଼ାକୁ ରାଜି କରେଇ ରିୟାକୁ ତା' ଫିଲ୍ମରେ ଏଣ୍ଟ୍ରି କରିବାରେ ସଞ୍ଜୟ ସଫଳ ହୋଇ ପାରିଥିଲା।

'ଡେଲି ନ୍ୟୁଜ୍'ରେ ସାପ୍ତାହୀକ ଫିଲ୍ମ ପୃଷ୍ଠା କରୁଥିବାବେଳେ ସଞ୍ଜୟର ରିୟା ସହ ସମ୍ପର୍କ ଆରମ୍ଭ ହୋଇଥିଲା। ଯେଉଁଦିନ ରିୟାର ପ୍ରଥମ କଲର ଫଟୋ 'ଡେଲି ନ୍ୟୁଜ୍'ର ଫିଲ୍ମ ମାଗାଜିନ୍ ପେଜ୍‌ରେ ପ୍ରକାଶ ପାଇଲା, ସେଦିନ ରିୟା ସଞ୍ଜୟର ଘରକୁ ଆସିଥିଲା। ଦୁହେଁ ବହୁ ସମୟ ଧରି ଗପିଥିଲେ।

ରିୟା ସେତେବେଳେ ନୂଆ ନୂଆ ଗାଁରୁ ଆସି ସହରରେ ଷ୍ଟ୍ରଗଲ୍ କରୁଥିଲା। ଗୋଟେ ଆଲବମ୍‌ରେ ଯଦିଓ ସେତେବେଳକୁ ରିୟା ଗୋଟିଏ ମାମୁଲି ଅଭିନୟର ସୁଯୋଗଟିଏ ପାଇଥିଲା, ମାତ୍ର ତାହା ତା' କ୍ୟାରିୟର ପାଇଁ ଯଥେଷ୍ଟ ନଥିଲା।

ପ୍ରଥମ କରି 'ଡେଲି ନ୍ୟୁଜ୍'ର ଫିଲ୍ମ ପୃଷ୍ଠାରେ ରିୟାର ଫୁଲ୍ ବଡି ସାଇଜ୍ କଲର ଫଟୋ ବାହାରିବା ପରେ ଇଣ୍ଡଷ୍ଟ୍ରିରେ ଖୁବ୍ ଚର୍ଚ୍ଚା ହୋଇଥିଲା। ସମସ୍ତେ କହୁଥିଲେ; କିଏ ଏ ରିୟା ? ବୋଲ୍‌ଡ ! ସେକ୍ସି !

ପ୍ରକୃତରେ ରିୟାକୁ ଷ୍ଟାର୍ କରିବାରେ 'ଡେଲି ନ୍ୟୁଜ୍' ଆଉ ସଞ୍ଜୟର ଗୋଟିଏ ବଡ଼ ଭୂମିକା ଥିଲା। ରିୟା କେବେ ଏହାକୁ ଅସ୍ୱୀକାର କରିନାହିଁ।

ଆଜି କିନ୍ତୁ ସଞ୍ଜୟ ରିୟାଠାରୁ ଦୂରେଇ ଯାଇଛି। ନା, ନା, ବରଂ ରିୟା ସଞ୍ଜୟଠାରୁ ଦୂରେଇ ଆସିଛି। ଦୂରେଇ ଆସିବନି ?

ରିୟା ପାଇଁ କ୍ୟାରିୟର ଆଗ। ଏ ମିଛ ସମ୍ପର୍କରୁ ତାକୁ ମିଳିବ କ'ଣ ? ଗୋଟିଏ ଚାକିରିବାକିରି ହରେଇ ମାହାଳିଆଟାରେ ବୁଲୁଥିବା ବେକାର ସାମ୍ବାଦିକ ପାଖରେ ରହି ସେ କ'ଣ ଦେଶସେବା କରିଥା'ନ୍ତା ? ବାସ୍, ରିୟା ସଞ୍ଜୟକୁ ଛାଡ଼ି ଚାଲି ଆସିଲା।

ଇଣ୍ଡଷ୍ଟ୍ରିରେ ରିୟାର ସେତେବେଳେ ଷ୍ଟ୍ରଗଲ ପିରିୟର୍ଡ ଚାଲିଥାଏ। ସେତେବେଳେ ସଞ୍ଜୟ ହିଁ ରିୟାର ଏକମାତ୍ର ବନ୍ଧୁ ଥାଏ। ରିୟା ସଞ୍ଜୟର ଘରକୁ ନିୟମିତ ଆସେ। ସେତେବେଳକୁ ରିୟା ରହୁଥାଏ କେଉଁ ଗୋଟେ ୱାର୍କିଂ ଓମେନ୍‌ସ ହଷ୍ଟେଲରେ।

ଛିଃ...ଛିଃ... ଭାଗ୍ୟ ଭଲ, ସେ ୱାର୍କିଂ ଓମେନ୍‌ସ ହଷ୍ଟେଲରୁ ରିୟା ମୁକ୍ତି ପାଇ ଯାଇଥିଲା। ଏଠାରେ ଉପରକୁ ଭାରି ଷ୍ଟ୍ରିକ୍‌ଟ। ମାତ୍ର, ଭିତରେ ଭିତରେ ସବୁ ଚାଲିଥାଏ। କୁଆଡୁ କୁଆଡୁ ବଡ଼ବଡ଼ କାର୍‌ସବୁ ଆସି ଲାଗିବ ହଷ୍ଟେଲର ପୋର୍ଟିକୋ ସାମ୍ନାରେ। ପ୍ରତି ସଞ୍ଜରେ ରଞ୍ଜନା ମାଡାମ୍, ଶୁଭଶ୍ରୀ ଅପା, ପିଙ୍କି ନାନୀ, ଲିପିକା ଭାଉଜମାନେ ସବୁ ସଜେଇ ହୋଇ କୁଆଡ଼କୁ ବାହାରି ପଡ଼ନ୍ତି କେଜାଣି ? ଭୋରୁ ଭୋରୁ ଫେରି ଆସନ୍ତି। ରିୟା କିଛି ବୁଝି ପାରେନା। ଏ ଲିପିକା ଭାଉଜ ଥରେ ରିୟାକୁ ବାହାରକୁ

ଯିବାକୁ ଡାକିଥିଲା। ମାତ୍ର ରିୟା ଯାଇ ନଥିଲା। ତାକୁ ଏସବୁ ଲୁଚାଛପା କାମ ଭାରି ଡର ଲାଗୁଥିଲା।

ସଞ୍ଜୟ ସହ ପ୍ରେମରେ ପଡ଼ିବା ପରେ ରିୟା ସେ ୱାର୍କିଂ ଓମେନ୍‌ସ ହଷ୍ଟେଲ ଛାଡ଼ି ଦେଇଥିଲା। ଏହାପରଠୁଁ ସଞ୍ଜୟ, ରିୟା ଦୁହେଁ ଲିଭ୍ ଇନ୍ ରିଲେସନରେ କିଛିଦିନ ରହିଲେ। ପରେ ଅବଶ୍ୟ ସେମାନଙ୍କର ବ୍ରେକ୍‌ଅପ୍ ହୋଇ ଯାଇଥିଲା।

ଆହାଃ, ସଞ୍ଜୟ ସହ ସେସବୁ ଦିନଗୁଡ଼ାକ ଖୁବ୍ ଭଲ ଥିଲା। ସେତେବେଳେ ଅଭାବ ଥିଲା ସତ, କିନ୍ତୁ ଜୀବନ ବଞ୍ଚିବାର ଏକ ଟେଷ୍ଟ ଥିଲା।

ରିୟା ସେତେବେଳେ ଏକ କଲ୍ ସେଣ୍ଟରରେ କାମ କରୁଥାଏ। କଲ୍ ସେଣ୍ଟରରୁ ନ ଫେରିବା ଯାଏ ସଞ୍ଜୟ ତାକୁ ଅପେକ୍ଷା କରି ରହୁଥିଲା। ଦୁହେଁ ସାଥୀ ହୋଇ ଡିନର୍ କରୁଥିଲେ। ସଞ୍ଜୟ ନିଜେ ଅଟା ଦଳିବାଠାରୁ ଆରମ୍ଭ କରି ଗୁଳା କରିବା, ବେଲଣା ପେଡ଼ିରେ ବେଲିବା, ଶେକିବା; ସବୁ କାମ ଜାଣିଥିଲା। ସଞ୍ଜୟ ବଢ଼ିଆ ଚିକେନ୍ କସା, ସୁପ୍ ଆଉ ଚଣା ମସଲା ବି କରୁଥିଲା। ଓଃ, ସେ ଦିନଗୁଡ଼ା କୁଆଡ଼େ ଚାଲିଗଲା ସତରେ। ରିୟା ଭାରି ନଷ୍ଟାଲଜିକ୍ ହୋଇ ପଡୁଥିଲା। ପଛ ଦିନଗୁଡ଼ାକୁ ମନେ ପକାଉଥିଲା।

ରୁଟି, ସନ୍ତୁଳା ବନେଇ ସଞ୍ଜୟ ସକାଳ ଦଶଟାରେ 'ଡେଲି ନ୍ୟୁଜ୍' ଅଫିସକୁ ବାହାରି ଯାଏ। ରିୟା ଗୋଟିଏ କଲ୍ ସେଣ୍ଟରରେ କାମ କରୁଥାଏ ଓ ଫିଲ୍ମ ଲାଇନରେ ଷ୍ଟ୍ରଗଲ କରୁଥାଏ। ମୋଟାମୋଟି ରିୟା ଆଉ ସଞ୍ଜୟଙ୍କ ଲାଇଫ୍ ଠିକ୍‌ଠାକ୍ ଚାଲିଥିଲା। କିନ୍ତୁ ସଞ୍ଜୟ ଯେବେ 'ଡେଲି ନ୍ୟୁଜ୍' ଛାଡ଼ିଲା, ସେବେଠୁ ରିୟାର ପ୍ରୋବ୍ଲେମ୍ ଆରମ୍ଭ ହେଲା।

ହୋଟେଲ୍ ଡ୍ରିମ୍ ପ୍ୟାଲେସରେ ଗୋଟିଏ ରାତି ଶୋଇବା ପରେ ରିୟା ଡାଇରେକ୍ଟରକୁ ବି ଫଶେଇବାରେ ସଫଳ ହୋଇପାରିଥିଲା। ପରଦିନ ଡାଇରେକ୍ଟର ମୁଖ୍ୟ ହିରୋଇନ୍ ସ୍ଥାନରେ ରିୟାକୁ ସାଇନ୍ କରାଇଦେଲା। ପୂର୍ବରୁ ତ ପ୍ରଡ୍ୟୁସର ବୁଢ଼ା ରିୟାର ସ୍କ୍ରିନ୍ ଟେଷ୍ଟ ନେଇ ସାରିଥିଲା। ରିୟାକୁ ନେଇ ବୁଢ଼ା କନ୍‌ଭିନ୍‌ସ ହୋଇ ସାରିଥିଲା। ଏବେ ଡାଇରେକ୍ଟର ବି ଖୁସ୍। ଆଉ ରିୟାର ପ୍ରୋବ୍ଲେମ୍ କ'ଣ ?

ରିୟା କ୍ଷେତ୍ରରେ ଗୋଟିଏ କଥା ସ୍ପଷ୍ଟ ହୋଇଥିଲା, ତାହା ହେଉଛି ରିୟାକୁ ଫିଲ୍ମରେ ନେବା ପାଇଁ ଉଭୟ ଡାଇରେକ୍ଟର ଆଉ ପ୍ରଡ୍ୟୁସର ଲବି କରିଥିଲେ। କେତେକ ହିରୋଇନ୍‌ଙ୍କ କ୍ଷେତ୍ରରେ ଏଭଳି ଘଟି ନଥାଏ। କେଉଁଠି ପ୍ରଡ୍ୟୁସର ଖୁସି ଥିଲାବେଳେ ଡାଇରେକ୍ଟର ଖଟ୍‌ଖାଟ୍ ହେଉଥା'ନ୍ତି ତ କେଉଁଠି ଡାଇରେକ୍ଟର ସନ୍ତୁଷ୍ଟ ଥିଲାବେଳେ ଫିଲ୍ମର ହିରୋ ଖୁସି ନଥାନ୍ତି। କେଉଁଠି ନା କେଉଁଠି କିଛି ଗଡ଼ବଡ଼ ଚାଲେ। ମାତ୍ର,

ରିୟା କ୍ଷେତ୍ରରେ କାହାର ବି କିଛି ଅବ୍‌ଜେକ୍ସନ କି କମ୍ପ୍ଲେନ୍ ନ ଥିଲା। ଏଇଟା ରିୟା ପାଇଁ ସବୁଠୁ ବଡ଼ ପ୍ଲସ୍ ପଏଣ୍ଟ ଥିଲା।

ରିୟାର ସ୍କ୍ରିନ୍ ଟେଷ୍ଟ୍ ସଫଳତାରେ ସବୁଠୁ ବେଶି ଖୁସି ହୋଇଥିଲା ସଞ୍ଜୟ। କାରଣ ସଞ୍ଜୟ ଚାହୁଁଥିଲା, ରିୟା ଇଣ୍ଡଷ୍ଟ୍ରିରେ ଆଗକୁ ଯାଉ। ଆକ୍ଟିଂ କ୍ଷେତ୍ରରେ ସକ୍‌ସେସ୍ ପାଉ।

ସଞ୍ଜୟ 'ଡେଲି ନ୍ୟୁଜ୍' ଛାଡ଼ିବା ପରେ ଅନେକ ସମୟ ଖାଲି ଘରେ ବସି ରହୁଥାଏ। ବେଳେବେଳେ ରିୟାକୁ ନେଇ ସୁଟିଂ ସେଟ୍‌ରେ ଛାଡ଼ି ଆସେ ଓ ପୁଣି ଆଣେ। ଏହାରି ମଧ୍ୟରେ ଆଉ ଗୋଟିଏ ଖବରକାଗଜରେ କାମ କରିବା ପାଇଁ କଥାବାର୍ତ୍ତା ବି ଚଳାଇଥାଏ। ଘରେ ବସି ଫିଲ୍ମ ମାଗାଜିନ ପଢ଼ାପଢ଼ି କରୁଥାଏ ଓ ବୋର୍ ହେଉଥାଏ। ରୋଷେଇ କରୁଥାଏ।

ଯେଉଁଦିନ ରିୟା ମଦ ପିଇ ରାତି ଅଧରେ ଟଳିଟଳି ଘରକୁ ଫେରିଥିଲା, ସେଦିନ ସଞ୍ଜୟ ପ୍ରଥମ କରି ରିୟାକୁ ନେଇ ଅଧିକ ପଜେସିଭ୍ ହୋଇ ପଡ଼ିଥିଲା। ସଞ୍ଜୟକୁ ରିୟାର ମଦ ପିଆଟା ଭଲ ଲାଗି ନଥିଲା।

ଡାଇରେକ୍ଟରର ସହ ପ୍ରଥମ ସାକ୍ଷାତ ପରେ ରିୟା କେମିତି ମୁହଁ ଫଣଫଣ କରି ଘରକୁ ଫେରିଥିଲା, ଫିଲ୍ମ ଛାଡ଼ିଦେବ ବୋଲି ଜିଦ୍ କରୁଥିଲା, ସେ ସୈତାନ ଡାଇରେକ୍ଟର ସହ କାମ କରିବନି ବୋଲି ରିୟା କାନ୍ଦି କାନ୍ଦି ସଞ୍ଜୟକୁ କହିଥିଲା; କିନ୍ତୁ ଏ ଲାଇନ୍‌ରେ ତିଷ୍ଠି ରହିବାକୁ ହେଲେ କମ୍ପ୍ରମାଇଜ୍ କରିବାକୁ ପଡ଼ିବ ବୋଲି ସଞ୍ଜୟ ବୁଝାଇଥିଲା।

ଏ ଲାଇନ୍‌ରେ ଏସବୁ ଅତି ସାଧାରଣ କଥା। ଛୋଟଛୋଟ କଥାକୁ ଧରି ବସିଲେ ଆଗକୁ ଯିବା ସମ୍ଭବ ହେବନି ବୋଲି ସଞ୍ଜୟ ରିୟାକୁ ବୁଝେଇଥିଲା। ଯେଉଁ ରିୟା ଦିନେ ସଞ୍ଜୟକୁ ଛାଡ଼ି ଗୋଟିଏ ମୁହୂର୍ତ୍ତ ରହି ପାରୁ ନଥିଲା, ସେଇ ରିୟା ଏବେ ସଞ୍ଜୟକୁ ଛାଡ଼ି ସେ ଡାଇରେକ୍ଟର ପଛେ ପଛେ ଗୋଡ଼ାଉଛି। ଦିନ ରାତି ତା' କାର୍‌ରେ ବୁଲୁଛି। ତା' ସହ ହୋଟେଲ୍‌ରେ ରହୁଛି। ବେଳେବେଳେ ଡାଇରେକ୍ଟରର ମର୍ଜିରେ ନେତା, ମନ୍ତ୍ରୀ, ଆଇଏଏସ୍ ଅଫିସରଙ୍କ ପାଖକୁ ବି ଯାଉଛି। କାରଣ ଫିଲ୍ମ ଅପେକ୍ଷା ସେ ଧନ୍ଦାରୁ ଅଧିକ ଟଙ୍କା ମିଳୁଛି।

ରିୟାର ଟଙ୍କା ଦରକାର। ପ୍ରଚୁର ଟଙ୍କା। ଗାଡ଼ି, ଫ୍ଲାଟ, ଷ୍ଟାଟସ; ସବୁକିଛି ଦରକାର। ଏସବୁ ପାଇବାକୁ ହେଲେ ରିୟାକୁ ଆକ୍ଟିଂ ସହିତ ଏ କାମ ବି କରିବାକୁ ପଡ଼ିବ। ରିୟା ଏ କଥା ବୁଝି ଯାଇଥିଲା।

ଇଣ୍ଡଷ୍ଟ୍ରିରେ ଷ୍ଟ୍ରଗଲ କରୁଥିବାର ଦିନସବୁ ମନେ ପଡ଼ିଲେ ରିୟାର ନିଜ ପ୍ରତି ଘୃଣା ଆସେ। ଏଇ ନୃଶଂସ ଡାଇରେକ୍ଟର ଦିନେ ତାକୁ ଜୋର୍ ଜବରଦସ୍ତ ପଶୁଙ୍କ

ଭଳି ସେକ୍ସ କରି ଅଚେତ ଅବସ୍ଥାରେ ହୋଟେଲ୍‌ରେ ଛାଡ଼ି ପଳେଇ ଯାଇଥିଲା। ଆଉ ଦିନେ କୋଉ ଗୋଟା ପାଗଳ ଆଇଏଏସ୍ ଅଫିସର ତା' ନିପଲ୍‌ରେ ଆଲ୍‌ପିନ୍ ଫୁଟେଇ ଦେଇଥିଲା, ଆଉ ସେ ବେହୋସ୍ ହୋଇଯାଇଥିଲା।

ଏସବୁ ମନେ ପଡ଼ିଲେ ରିୟାକୁ କାନ୍ଦ ଲାଗେ। ମାତ୍ର, ରିୟା କାନ୍ଦେନା। କାରଣ ରିୟାକୁ କାନ୍ଦିବା ଆଉ ଶୋଭା ପାଏନା।

ରିୟା ଆଜି ଏ ଜାଗାରେ ପହଞ୍ଚିବା ବଦଳରେ ତାକୁ ଅନେକ ମୂଲ୍ୟ ଦେବାକୁ ପଡ଼ିଛି। ରିୟା ବାନାର୍ଜୀ ଆଜି ଇଣ୍ଡଷ୍ଟ୍ରିର ଏକ ନମ୍ବର ହିରୋଇନ୍। କିଏ ଜାଣୁଛି, ଏହା ପଛର ଘୃଣ୍ୟ କାହାଣୀ ?

କିନ୍ତୁ ସମସ୍ତେ ଜାଣନ୍ତି ରିୟା ଜଣେ ଆଚିଭର୍। ରିୟା ଜଣେ ରୋଲ୍ ମଡେଲ। ରିୟା ଜଣେ ସକ୍‌ସେସ୍‌ଫୁଲ ହିରୋଇନ।

ଏତିକିବେଳକୁ ରିୟାର ସ୍ମାର୍ଟଫୋନ୍‌ରେ ଟଂ ଶବ୍ଦ ହେଲା। ରିୟା ଉଠିଯାଇ ହ୍ୱାଟ୍‌ସଆପ୍ ଖୋଲି ଦେଖିଲା। ଡାଇରେକ୍ଟରର ମେସେଜ ଥିଲା 'ରେଡି ସୁନ୍ ଆଣ୍ଡ କମ୍ ଆଉଟ୍ ଦି ଲନ୍, ଜର୍ଣ୍ଣାଲିଷ୍ଟ୍‌ସ ଆର୍ ୱେଟିଂ ଫର୍ ୟୁ।'

ରିୟା ଚଟାପଟ୍ ଫ୍ରେସ୍ ହୋଇ ହୋଟେଲ ଲନ୍ ଆଡକୁ ବାହାରି ଗଲା। ଶବ ଚାରିକଡ଼େ ଶାଗୁଣା ଭଳି ସାମ୍ବାଦିକମାନେ ତାକୁ ଘେରି ଯାଉଥିଲେ। ଆଗରେ ମାଳ ମାଳ ମିଡିଆ ବୁମ୍। ପାଖରେ ପ୍ରଡ୍ୟୁସର ବୁଢ଼ା, ସେ ମାଇଚିଆ ହିରୋ ଆଉ ଡାଇରେକ୍ଟର ଠିଆ ହୋଇଥିଲେ। ରିୟା ନିଜର ଆଗାମୀ ଫିଲ୍ମ ସମ୍ପର୍କରେ ମିଡିଆକୁ ବ୍ରିଫିଙ୍ଗ୍ ଦେଉଥିଲା।

ଯେଉଁ ରିୟା ଦିନେ ଇଣ୍ଡଷ୍ଟ୍ରିରେ ହଲ୍‌ଚଲ୍ ସୃଷ୍ଟି କରୁଥିଲା ଅଥଚ ସେସବୁ ଦିନ ଆଉ ରିୟାର ରହିଲା ନାହିଁ। ଇଣ୍ଡଷ୍ଟ୍ରିରେ ରିୟାର କ୍ରେଜ୍ କମିଗଲା। ତାକୁ ଆଉ ପୂର୍ବ ଭଳି ଫିଲ୍ମ ମିଳିଲାନି। କାହିଁକି ନା ଏବେ ନୂଆ ନୂଆ ଝିଅମାନେ ଇଣ୍ଡଷ୍ଟ୍ରିକୁ ଆସିଲେଣି। ରିୟା ପୁରୁଣା ହୋଇଗଲାଣି। ରିୟାକୁ ଆଉ କିଏ ପଚାରେ ? ରିୟା ଏବେ ପୁରୁଣା, ଆଉଟ୍‌ଡେଟେଡ୍।

ରିୟାକୁ ଦିନେ ଏକ ଷ୍ଟେଜ୍ ଶୋ'ରେ ଦେଖିବାବେଳେ ଜଣେ ମନ୍ତ୍ରୀ ପୁଅ ତା' ପାଇଁ ପାଗଳ ହୋଇଯାଇଥିଲା। ରିୟାକୁ ବାହା ହେବା ପାଇଁ ସେ ମନ୍ତ୍ରୀପୁଅ ଡାଇରେକ୍ଟର ପଛରେ ଗୋଡ଼ାଇଥିଲା। ଯଦିଓ ପରେ ରିୟା ଜାଣିବାକୁ ପାଇଲା, ତାକୁ ବାହାହେବା ପାଇଁ ମନ୍ତ୍ରୀପୁଅ କୁଆଡ଼େ ଡାଇରେକ୍ଟରକୁ ଦେଢ଼ କୋଟି ଟଙ୍କା ଲାଞ୍ଚ ଦେଇଥିଲା। କାରଣ ମନ୍ତ୍ରୀପୁଅ ଜାଣିଥିଲା, ଡାଇରେକ୍ଟର ଛଡ଼ା ରିୟାକୁ ଆଉ କେହି ବି ବୁଝାଇ ପାରିବେ ନାହିଁ। ସେୟା ବି ହୋଇଥିଲା। ଡାଇରେକ୍ଟରର ଚାପରେ ରିୟା ମନ୍ତ୍ରୀପୁଅକୁ ବାହା ହେବା ପାଇଁ ରାଜି ହୋଇଥିଲା।

ବାହାଘର ପୂର୍ବରୁ ମନ୍ତ୍ରୀପୁଅ ରିୟାକୁ ଗୋଆ, ଶିଲଂ, ଗ୍ୟାଙ୍ଗ୍‌ଟକ, ସୁଇଜରଲ୍ୟାଣ୍ଡ, ପ୍ୟାରିସ ବୁଲାଇ ତା' ମନକୁ ପରିବର୍ତ୍ତନ କରି ଦେଇଥିଲା। ରିୟାର ମନରେ ସେ ମନ୍ତ୍ରୀପୁଅ ପ୍ରତି କୋଉଠି ନା କୋଉଠି ଦୁର୍ବଳତା ସୃଷ୍ଟି ହୋଇଥିଲା।

ରିୟା ଶେଷରେ ସେ ମନ୍ତ୍ରୀ ପୁଅକୁ ବାହା ହେଲା। ସେ ମନ୍ତ୍ରୀପୁଅ ନିହାତି ଗୋଟିଏ ମସ୍ତ ପାଗଳ ଥିଲା। ରିୟା ପାଇଁ ସେ କୋଟି କୋଟି ଟଙ୍କା ଉଡ଼ାଇ ଦେଇଥିଲା।

ରିୟାର ବାହାଘର ଏହା ମଧ୍ୟରେ କୋଡ଼ିଏ ବର୍ଷ ବିତିଗଲାଣି। ସେ ଦରବୁଢ଼ୀ ହୋଇଗଲାଣି। ମନ୍ତ୍ରୀପୁଅ ମଧ୍ୟ ବୁଢ଼ା ହୋଇଗଲାଣି।

ରିୟାର ଝିଅ ଜେନି ପଢୁଛି ଷ୍ଟାଣ୍ଡାର୍ଡ ନାଇନ୍‌ରେ। ସହରର ସବୁଠୁ ଦାମୀ ଇଂଲିଶ ମିଡିୟମ ସ୍କୁଲରେ।

ମା' ଭଳି ବି ପିଲାଟି ଦିନୁ ଝିଅର ବି ଆକ୍ଟିଂ ଲାଇନରେ ରୁଚି ଥାଏ। ଛୋଟ ବେଳୁ ଜେନିର ନାଚ, ଗୀତ ପ୍ରତି ବଡ଼ ସଉକ। ବିଭିନ୍ନ ସ୍ଥାନରେ ଡ୍ୟାନ୍‌ସ କରି, ଆକ୍ଟିଂ କରି ମେଡାଲ୍ ପାଉଛି। ରିୟାକୁ ଏସବୁ ଭଲ ଲାଗେନା। ଜେନି ଏ ଗ୍ଲାମର ଲାଇନ୍‌କୁ ଆସୁ ବୋଲି ରିୟା ଚାହେଁନା। ଜେନିର କିନ୍ତୁ ଏକା ଜିଦ୍ ସେ ଆକ୍ଟିଂ କରିବ।

ରିୟାର ଇଛା, ଜେନି ମେଡିକାଲ କି ଇଞ୍ଜିନିୟରିଂ କି ସିଭିଲ ସର୍ଭିସ ଲାଇନ୍‌ରେ ଯାଉ। କିନ୍ତୁ ଜେନି ଚାହେଁ, ସେ ଆକ୍ଟିଂ କରିବ। ହିରୋଇନ୍ ହେବ। ଜେନିର ଏଭଳି ଆଟିଚ୍ୟୁଡ୍ ରିୟାକୁ ଅସନ୍ତୁଷ୍ଟ କରାଏ।

ଦିନେ ସ୍କୁଲରୁ ଫେରି ଜେନି କହିଲା; ମମ୍ମି ଜାଣିଛୁନା, ମୁଁ ଫିଲ୍ମରେ ଚାନ୍‌ସ ପାଇଛି। ଆଉ ମୁଁ ବି ସ୍କ୍ରିନ୍ ଟେଷ୍ଟ୍‌ରେ ପାସ୍ କରିଛି। ମୋ' ଆକ୍ଟିଂରେ ଡାଇରେକ୍ଟର ଖୁସି। ରିୟା ଚମ୍‌କି ପଡ଼ିଲା।

ସ୍କୁଲରୁ ଫେରି ଜେନି ଶୋଇ ପଡିଥାଏ ନିଘୋଡ଼ ନିଦରେ। ରିୟା ଜେନିର ସଫା ମୁହଁକୁ ଥରେ ଚାହିଁଲା ଓ ନିଜର ପୁରୁଣା ଦିନର ସ୍ମୃତିକୁ ମନେ ପକାଇଲା। ତାକୁ କିଛି ଭଲ ଲାଗୁ ନଥିଲା।

ଜେନିର ପର୍ସ ଅଣ୍ଟାଳୁ ଅଣ୍ଟାଳୁ କଣ୍ଡୋମ୍ ପ୍ୟାକେଟ୍ ଓ ପ୍ରେଗ୍‌ନାନ୍‌ସି ଟେଷ୍ଟିଂ କିଟ୍ ତଳକୁ ଖସି ପଡ଼ିଲା। ରିୟା ସୋଫା ଉପରେ ଲଥ୍ କରି ବସି ପଡ଼ିଲା।

■

କଞ୍ଜୁଗାଲ୍ ଲାଇଫ୍

ବିଦୁଷୀ ସିଧା ସିଧା ଶୁଣାଇଦେଲା; ଏବେ କନ୍‌ସିଭ କରିବାର କୌଣସି ପ୍ଲାନ୍ ନାହିଁ। ପ୍ଲିଜ୍, ସେସବୁ ଟପିକ୍ ବନ୍ଦ କର। ଯାହା କିଛି ଚିନ୍ତା କରିବି, ପ୍ରୋଜେକ୍ଟ ଆଉ ପ୍ରମୋସନ ପରେ।

ଆଦିତ୍ୟ କହିଲା; ଡ୍ୟାଡି, ମମ୍ମି ବ୍ୟସ୍ତ ହେଉଛନ୍ତି। ଫୋନ୍ କରି ମୁଣ୍ଡ ଖାଉଛନ୍ତି। ବେଟର୍ ହେବ, ତମେ ମମ୍ମି ସହ କଥା ହୋଇଯାଅ। ମମ୍ମିକୁ ବୁଝାଇ ଦିଅ। ମୁଁ ବୁଝାଇଲେ ସେ ବୁଝୁନି। ମମ୍ମି ଭୀଷଣ ବିରକ୍ତି ହେଉଛି।

ଇନ୍‌କମ୍ପ୍ଲିଟ୍ ଷ୍ଟେଜ୍‌ରେ ପ୍ରୋଜେକ୍ଟକୁ ଛାଡ଼ି ମୁଁ କିଛି ବି ରିସ୍କ୍ ନେବାକୁ ଚାହିଁବିନି। ପ୍ରୋଜେକ୍ଟ କମ୍ପ୍ଲିଟ୍ ପରେ ମୋ'ର ପ୍ରମୋସନ। ଭାଇସ୍ ପ୍ରେସିଡେଣ୍ଟ ଇମ୍ପ୍ରେସ୍‌ଡ ଅଛି। ଏଭଳି ଚାନ୍‌ସ ହାତଛଡ଼ା କରିବା କେତେବଡ଼ ଲସ୍, ଭାବି ପାରୁଛ ? ବିଦୁଷୀ ଆଦିତ୍ୟକୁ ବୁଝାଇ ଦେଲା।

ଆଦିତ୍ୟ କହିଲା; ଡ୍ୟାଡିଙ୍କର ଏକା ଜିଦ୍ ତମେ ଜବ୍ କୁଇଟ୍ କରିଯାଅ। ତମର ଜବ୍ କରିବା ଏତେ ନିଡି ବି ନୁହେଁ। ମୋ' ପାଖକୁ ଅହମଦାବାଦ ଚାଲିଆସ। ଏଇଠି ଆଉ ଗୋଟିଏ ନୂଆ ଏମ୍‌ଏନ୍‌ସିରେ ଜଏନ୍ କରିବ। ନା କ'ଣ କହୁଛ ?

ବିଦୁଷୀ କହିଲା; ପାଗଳ ହେଇଗଲ ନା କ'ଣ ? ତମର ମୁଣ୍ଡଫୁଣ୍ଡ କାମ କରୁନି କି ? ଫ୍ଲାଟ୍ ଆଉ କାରର 'ଇଏମ୍‌ଆଇ' କଥା ମନେ ଅଛି ନା ନାହିଁ ? ଦି'ଟା ଯାକର 'ଇଏମ୍‌ଆଇ' ମିଶି କେତେ ଜାଣିଛ ତ ? ମନ୍‌ଥଲି ଫିଫ୍‌ଟି ଥ୍ରି ଥାଉଜାଣ୍ଡ। ଯାହା କହୁଛ ଟିକେ ଥଣ୍ଡା ମୁଣ୍ଡରେ ଭାବିଚିନ୍ତି କୁହ। ପିଲାଳିଆମୀ ବନ୍ଦ କର। କ୍ୟାରିଅର ଇମ୍ପୋର୍ଟାଣ୍ଟ୍ ନା ଏସବୁ ଫାଲତୁ କାମ ? ତମେ ବି ନା, ଡ୍ୟାଡି, ମମ୍ମିଙ୍କ ଭଳି ହେଲଣି। ମିଡିଓକର।

ବିଦୁଷୀର ଏଭଳି ରୋକ୍‌ଠୋକ୍ କଥା ଆଦିତ୍ୟର 'ଇଗୋ'କୁ ହଟ୍ କଲା। ଆଦିତ୍ୟର ମୁହଁ ଶୁଖିଗଲା। କିନ୍ତୁ ନିଜକୁ ବୁଝାଇ ନେଲା। ପ୍ରକୃତରେ ବିଦୁଷୀ ଯାହା କହୁଛି, କିଛି ଭୁଲ୍ ବି କହୁନି। ତା'ର ତ ପୁଣି ସ୍ୱାଧୀନତା ଅଛି ? ଡ୍ୟାଡି, ମମ୍ମି ଏସବୁ ବୁଝିଲେ ସିନା !

ଡ୍ୟାଡିଙ୍କର ଏକା ଜିଦ୍, ଆମେ ଦୁହେଁ ଭୁବନେଶ୍ୱର ଫେରିଯାଉ। ସେଇଠି ରହୁ। ଖଣ୍ଡଗିରିରେ ତିନି ମହଲା ବିଲ୍‌ଡିଂ। ଭଡ଼ାରେ ଲାଗିଛି। ଡ୍ୟାଡି, ମମ୍ମି ରହୁଛନ୍ତି ସହିଦ ନଗରରେ। ସହିଦନଗର ବିଲ୍‌ଡିଂଟା ମଧ୍ୟ ବହୁତ ବଡ଼। ତିନି ମହଲାବିଶିଷ୍ଟ। ତେଣେ କିଟ୍‌ସ-କିସ୍ ପାଖରେ ଆଉ ଦୁଇଟା ଫ୍ଲାଟ୍। ଗାଁରେ ଚାଷ ଜମି ପଡ଼ିଆ ପଡୁଛି। କଣ୍ଡରା, ପାଣ ସେ ଜମି ଭୋଗ କରୁଛନ୍ତି। ଗାଁ ଖଞ୍ଜା ଘର ଭୂତକୋଠି ପାଲଟିଲାଣି। ଡ୍ୟାଡି ବି ଗାଁକୁ ଯାଇ ପାରୁ ନାହାନ୍ତି।

ଡ୍ୟାଡି ଚାହାଁନ୍ତି ଆଦିତ୍ୟ ଭୁବନେଶ୍ୱରରେ ଜବ୍ କରୁ। ଆଉ ବିଦୁଷୀ ଜବ୍ ନ କରି ଡ୍ୟାଡି, ମମ୍ମିଙ୍କ ପାଖରେ ଘରେ ରହୁ। କିନ୍ତୁ ବିଦୁଷୀ ଭଳି ଆମ୍ବିସିୟସ ଝିଅ କ'ଣ ଏଥିରେ ରାଜି ହେବ ? ଆଉ ବି ତା' ପର୍ସନାଲ୍ ଲାଇଫ୍‌ରେ ଇଣ୍ଟରଫିୟର କରିବା ଠିକ୍ ନୁହେଁ। ଧନ୍ଦି ହୋଇ ଯାଉଥିଲା ଆଦିତ୍ୟ। ଗୋଟିଏ ପଟେ ଡ୍ୟାଡି, ମମ୍ମି ଆଉ ଗୋଟେ ପଟେ ବିଦୁଷୀ।

ମମ୍ମିଙ୍କର ଏକା ଜିଦ୍ ଛୁଆଟିଏ ଦରକାର। ଡ୍ୟାଡି କହୁଛନ୍ତି; ଯଦି ଭୁବନେଶ୍ୱର ନ ଫେରୁଛନ୍ତି, ତା'ହେଲେ ବିଦୁଷୀ ଜବ୍ ଛାଡ଼ି ଆଦିତ୍ୟ ପାଖକୁ ଅହମଦାବାଦ ଚାଲିଯାଉ।

ଡ୍ୟାଡିଙ୍କର ଇଛା, ଗୋଟିଏ ସହରରେ ଆମେ ଦୁହେଁ ମିଶିକି ରହୁ। ବାହା ହେବାର ଚାରି ବର୍ଷ ବି ବିତିଗଲାଣି। ଅଥଚ ବିଦୁଷୀ କେବେ ବି ଛୁଆଟିଏ ପାଇଁ ବ୍ୟସ୍ତ ହେଉନି। ଆଦିତ୍ୟର କିନ୍ତୁ ଇଛା ଅଛି। ବିଦୁଷୀ ତା' କ୍ୟାରିଅରକୁ ଛାଡ଼ି ପାରିବନି। ଏଣେ ଡ୍ୟାଡି, ମମ୍ମି ଛୁଆଟିଏ ପାଇଁ ବ୍ୟସ୍ତ ହେଉଛନ୍ତି। ଆଦିତ୍ୟକୁ ଲାଗୁଥିଲା, ସେ ଏକ ଗୋଲକ ଧନ୍ଦା ଭିତରକୁ ପଶିଯାଉଛି।

ବର୍ଷେ ହେଲାଣି ଆଦିତ୍ୟ ଲାଗିଛି, ତା' ଟ୍ରାନ୍‌ସଫର ବାଙ୍ଗାଲୋରକୁ କରାଇନେବାକୁ। କାରଣ ବିଦୁଷୀ କେବେ ଅହମଦାବାଦ ଆସିବାକୁ ଚାହିଁବନି। ଏହା ଭଲ ଭାବେ ଜାଣେ ଆଦିତ୍ୟ। ବାଙ୍ଗାଲୋରରେ ବିଦୁଷୀ ଏକ ଥ୍ରି ବିଏଚ୍‌କେ ଫ୍ଲାଟ୍ କିଣିଛି। ମାତ୍ର ତାକୁ ରେଣ୍ଟ୍‌ରେ ଲଗାଇ ସେ ୱାର୍କିଂ ଓମେନ୍‌ସ ହଷ୍ଟେଲ୍‌ରେ ରହୁଛି। ଯଦି ଆଦିତ୍ୟ ବାଙ୍ଗାଲୋରକୁ ଟ୍ରାନ୍‌ସଫର କରି ନିଏ ତେବେ ବିଦୁଷୀ ହଷ୍ଟେଲ୍ ଛାଡ଼ି ଫ୍ଲାଟ୍‌କୁ ଚାଲିଆସିବ। ଉଭୟ ଫ୍ଲାଟ୍‌ରେ ସାଙ୍ଗ ହୋଇ ରହି ପାରିବେ। ସେତେବେଳେ

ବେବି ପାଇଁ ବି ପ୍ଲାନ୍ କରିହେବ। ବିଦୁଷୀ ବି ରିଲକ୍ସାଣ୍ଟ ହେବନି। ଡ୍ୟାଡି, ମମ୍ମିଙ୍କ ଇଚ୍ଛା ବି ପୂରଣ ହେବ। ଗୋଟିଏ ବଡ଼ ସଲ୍ୟୁସନ ଆସିବ।

ବିଦୁଷୀ ବାଙ୍ଗାଲୋରରେ ଏକ ମଲ୍‌ଟିନ୍ୟାସ୍‌ନାଲ କମ୍ପାନିର ପ୍ରୋଜେକ୍ଟ ମ୍ୟାନେଜର। ଆଦିତ୍ୟ ଅହମଦାବାଦରେ ଏକ ଘରୋଇ ବ୍ୟାଙ୍କର ଆସିଷ୍ଟାଣ୍ଟ ବ୍ରାଞ୍ଚ ମ୍ୟାନେଜର। ବାହାଘରର ଅଷ୍ଟମଙ୍ଗଳା ପରଠୁଁ ଦୁହେଁ ଅଲଗା ରହୁଛନ୍ତି। ଅଷ୍ଟମଙ୍ଗଳା ବାସୀ ଦିନ ବିଦୁଷୀ ଚାଲିଗଲା ବାଙ୍ଗାଲୋର ଆଉ ଆଦିତ୍ୟ ଅହମଦାବାଦ।

ବାହାଘର ପରେ ଆଦିତ୍ୟ ଆଉ ବିଦୁଷୀ ଭୁବନେଶ୍ୱରରେ ଡ୍ୟାଡି, ମମ୍ମିଙ୍କ ପାଖରେ ଅତି ବେଶିରେ ଚାରି ଦିନ, ତିନି ରାତି କଟାଇଛନ୍ତି। ବାସ୍, ଏତିକି ଦିନ ହିଁ ଥିଲା ସେମାନଙ୍କର ନୂଆ ବାହାଘର ପରର କଞ୍ଜୁଗାଲ୍ ଲାଇଫ୍। ଡ୍ୟାଡି ଚାହୁଁଥିଲେ, ବିଦୁଷୀ ବାଙ୍ଗାଲୋର୍ ନଯାଇ ଭୁବନେଶ୍ୱରରେ ରହିଯାଉ। ଆଉ ଆଦିତ୍ୟ ସୁବିଧା ସୁଯୋଗ ଦେଖି ଅହମଦାବାଦରୁ ଭୁବନେଶ୍ୱରକୁ ଟ୍ରାନ୍‌ସଫର କରି ଆଣୁ।

କିନ୍ତୁ ବିଦୁଷୀ ଚାହୁଁ ନଥିଲା ବାଙ୍ଗାଲୋରରୁ ଭୁବନେଶ୍ୱର ଆସିବାକୁ। ବିଦୁଷୀ ତା' କମ୍ପାନି ଆଉ କ୍ୟାରିଅରକୁ ନେଇ ବହୁତ ପଜେସିଭ୍। ଏମିତିକି, ବାହାଘର ପାଇଁ ବିଦୁଷୀ ମାତ୍ର ଦଶ ଦିନ ଛୁଟି ଆଣିଥିଲା। ଚାହିଁଥିଲେ ଛୁଟି ଏକ୍ସଟେନ୍‌ସନ କରିପାରିଥା'ନ୍ତା, ମାତ୍ର ବିଦୁଷୀ ତାହା କଲା ନାହିଁ। ବରଂ ରିସେପ୍‌ସନ ସରୁସରୁ ସେ ବାଙ୍ଗାଲୋର ଚାଲି ଯାଇଥିଲା। ତାକୁ ଭୁବନେଶ୍ୱର ଆଦୌ ଭଲ ଲାଗୁ ନଥିଲା।

ବାହାଘର ପରେ ମଝିରେ ମଝିରେ ଆଦିତ୍ୟ ବାଙ୍ଗାଲୋର ଯାଏ ସିନା, ବିଦୁଷୀ କେବେ ଅହମଦାବାଦ ଆସେନି। ତା'ର ଛୁଟି ନଥାଏ। ପ୍ରୋଜେକ୍ଟ ସରୁ ନଥାଏ। ଭାଇସ ପ୍ରେସିଡେଣ୍ଟ ତାକୁ ଛାଡୁ ନଥା'ନ୍ତି।

ବିଦୁଷୀର ଆମ୍ବିସନକୁ ନେଇ ବେଳେବେଳେ ଆଦିତ୍ୟ ଅପ୍‌ସେଟ୍ ହୋଇଯାଏ। ମାତ୍ର, ଅପ୍‌ସେଟ୍ ହେଲେ କ'ଣ ମିଳିବ ? ବିଦୁଷୀର ପ୍ରୋବ୍‌ଲେମ୍ କ'ଣ ତା' ପ୍ରୋବେଲମ ନୁହେଁ ? ବିଦୁଷୀ ରୋଜଗାର କରୁଛି, କାହା ପାଇଁ କି ? କ'ଣ ତା' ନିଜ ପାଇଁ ?

ବିଦୁଷୀର କମ୍ପ୍ଲେସନକୁ ବି ତ' ବୁଝିବାକୁ ହେବ। ଆଦିତ୍ୟ ବୁଝିଛି, କର୍ପୋରେଟ୍ ସେକ୍ଟରରେ କେମିତି ଚାଲେ ପ୍ରଫେସନାଲ କମ୍ପିଟିସନ, ମାଇଣ୍ଡ ଗେମ୍, ଜେଲସି ଆଉ ରେସ୍। ଆଦିତ୍ୟ ଜାଣେ ବିଦୁଷୀ ଟ୍ୟାଲେଣ୍ଟେଡ୍ ଆଉ ଜିନିୟସ। ବିଦୁଷୀ ଜଣେ ପରଫେକ୍ଟ କର୍ପୋରେଟ୍ ମ୍ୟାଟେରିଆଲ୍, ଏଥିରେ ସନ୍ଦେହ ନାହିଁ। ଆଉ ବିଦୁଷୀ ଏସବୁକୁ ଭଲ ଭାବେ ହ୍ୟାଣ୍ଡେଲ୍ କରିପାରିବ। ବିଦୁଷୀ ବି ଜଣେ ଟପ୍ କ୍ରାଇସିସ୍ ମ୍ୟାନେଜର। ବିଦୁଷୀ ଉପରେ ଆଦିତ୍ୟର ଯଥେଷ୍ଟ ଭରସା ଥିଲା। ଏଣୁ ବିଦୁଷୀର ପ୍ରତିଟି କାର୍ଯ୍ୟରେ ଆଦିତ୍ୟର ମୋରାଲ୍ ସପୋର୍ଟ ଥାଏ।

ଆଦିତ୍ୟ ପ୍ରଥମେ ଏକ ମାଟ୍ରିମୋନିଆଲ୍ ସାଇଟ୍‌ରୁ ବିଦୁଷୀକୁ ଚଏସ୍ କରିଥିଲା। ଏହା ପରେ ଆଦିତ୍ୟର ଫାମିଲି ପକ୍ଷରୁ ବିଦୁଷୀର ବାପା, ମା'ଙ୍କୁ ମ୍ୟାରେଜ୍ ପ୍ରପୋଜାଲ୍ ଦିଆଯାଇଥିଲା।

ବିଦୁଷୀର ବାପା, ମା' ଏ ପ୍ରପୋଜାଲ୍‌ରେ ରାଜି ହୋଇ ଯାଇଥିଲେ। ମାତ୍ର, ଏତେ ଶୀଘ୍ର ବାହା ହେବା ପାଇଁ ବିଦୁଷୀ ଚାହୁଁ ନଥିଲା। କେବଳର ଆଦିତ୍ୟର ରିକ୍ୱେଷ୍ଟ୍ ରଖି ବିଦୁଷୀ ରାଜି ହୋଇଥିଲା।

ବାହାଘର ପୂର୍ବରୁ ପରସ୍ପରକୁ ଭଲ ଭାବେ ଚିହ୍ନିବାକୁ ବିଦୁଷୀ ଆଉ ଆଦିତ୍ୟ ପାଖାପାଖି ଦୁଇ ବର୍ଷ ସମୟ ନେଇଥିଲେ। ଏଇ ଦୁଇ ବର୍ଷ ଭିତରେ ସେମାନେ ଫୋନ୍‌ରେ ଅନେକ ଗପିଛନ୍ତି, ଚାଟ୍ କରିଛନ୍ତି। ହ୍ୱାଟ୍‌ସଆପ୍, ସ୍କାଇପିରେ ଭିଡିଓ ଚାଟିଂ କରିଛନ୍ତି। ପରସ୍ପରର ମୁଡ୍‌କୁ ବୁଝିବାକୁ ଚେଷ୍ଟା କରିଛନ୍ତି।

ଆଦିତ୍ୟର କୋଅପରେଟିଭ୍ ଆଉ ସିମ୍ପ୍ଲିସିଟି ଆଟିଚ୍ୟୁଡ୍ ବିଦୁଷୀର ପସନ୍ଦ ହୋଇଥିଲା। ପ୍ରକୃତରେ ଆଦିତ୍ୟ ଭଳି ଗାଏକୁ ନିଜ ଲାଇଫ୍ ପାର୍ଟନର କରିବାକୁ ବିଦୁଷୀ ଚାହୁଁଥିଲା। ଆଉ ବିଦୁଷୀର ସିନ୍‌ସିୟରିଟି, ହାର୍ଡ ଲେବର, ପରଫେକ୍ଟନେସ୍ ଆଦିତ୍ୟକୁ ଭଲ ଲାଗିଥିଲା।

ଡ୍ୟାଡି, ମମ୍ମି ବି ଆଦିତ୍ୟର ପସନ୍ଦ ସହ ଏକମତ ହୋଇଥିଲେ। ବିଦୁଷୀର ବାପା, ମା' ମଧ୍ୟ ବାହାଘର ପାଇଁ ସମ୍ମତି ଜଣାଇଥିଲେ। ମ୍ୟାରେଜ ଭୁବନେଶ୍ୱରରେ ହୋଇଥିଲା। ବଡ଼ ଧୁମ୍‌ଧାମ୍‌ରେ।

ଆଦିତ୍ୟ ସେସବୁ ପୁରୁଣା ସ୍ମୃତିସବୁକୁ ମନେ ପକାଉଥିଲା। ଆଉ ଦୁଇଦିନ ପରେ ଜୁଲାଇ ୧୦ ତାରିଖ, ସେମାନଙ୍କ ପାଇଁ ସ୍ମରଣୀୟ ଦିନ। କାରଣ ଏହି ଦିନଟି ହେଉଛି ସେମାନଙ୍କ ମ୍ୟାରେଜ ଆନିର୍ଭର୍ସାରି। ଆଦିତ୍ୟ ଏହା ଭୁଲି ନଥିଲା।

ଆଦିତ୍ୟ ମନେ ମନେ ଭାବୁଥିଲା, ଏଥର ଫୋର୍ଥ ମ୍ୟାରେଜ ଆନିଭର୍ସାରିରେ କ'ଣ ଗିଫ୍‌ଟ ଦେବ ବିଦୁଷୀକୁ?

ଆଜିକୁ ଚାରି ବର୍ଷ ତଳେ ଜୁଲାଇ ୧୦ରେ ଭୁବନେଶ୍ୱରରେ ହୋଟେଲ୍ ମେ ଫେୟାରରେ ସେମାନଙ୍କର ବାହାଘର ବଡ଼ ଧୁମ୍‌ଧାମ୍‌ରେ ହୋଇଥିଲା। ଜୁଲାଇ ୧୪ରେ ସ୍ୱସ୍ତି ପ୍ରିମିୟମ୍‌ରେ ହୋଇଥିଲା ରିସେପ୍‌ସନ। ଆଦିତ୍ୟର ଫ୍ରେଣ୍ଡ ସର୍କଲକୁ ବାଦ୍ ଦେଇ କେବଳ ଡ୍ୟାଡି, ମମ୍ମିଙ୍କର ଦୁଇ ହଜାରରୁ ଅଧିକ ଇନ୍‌ଭାଇଟି ଗେଷ୍ଟ ଆସିଥିଲେ।

ଆଦିତ୍ୟର ରିସେପ୍‌ସନ ପାର୍ଟିର ଅଧିକାଂଶ ନନ୍ ଭେଜ୍ ଆଇଟମ୍ ସେତେବେଳେ ଭୁବନେଶ୍ୱର ସହର ପାଇଁ ନୂଆ ଥିଲା। ଗ୍ରୀଲ୍‌ଡ ଚିକେନ୍ ଏସ୍‌କାଲୋପ୍ ଉଇଥ୍ ଫ୍ରେସ୍ ସାଲ୍‌ସା ନିହାତି ଗୋଟିଏ ନୂଆ ଆଇଟମ୍ ଥିଲା। ସେହିଭଳି ମଟନ୍‌ର

ନାଲ୍ଲି ନିହାରି ମଧ୍ୟ ନୂଆ ଥିଲା । ଏହାଛଡ଼ା ତନ୍ଦୁରି ଚିକେନ୍, ମାଲାବାର ଫିସ୍ ବିରିୟାନି, ମଟନ କିମା ସମୋସା, ମଟନ୍ କୁଜାମ୍ବୁ, ରୋଗାନ୍ ଜୋସ୍, ଫିସ୍ ଫିଙ୍ଗର, ଚିକେନ୍ ସିକ୍ସଟି ଫାଇଭ, ଗୋଆନ୍ ପ୍ରନ୍ କରି ଉଇଥ୍ ର ମ୍ୟାଙ୍ଗୋ, ବଟର ଚିକେନ୍, ପ୍ରନ୍ ଗାର୍ଲିକ୍, ପ୍ରନ୍ ଜିଞ୍ଜର, ପ୍ରନ୍ ପଲାଓ, ମଲାଇ ପ୍ରନ୍ କରି; ଏମିତି କେତେ ପ୍ରକାର ନନ୍ ଭେଜ୍ ଆଇଟମ୍ ଆଦିତ୍ୟର ସବୁ ମନେ ପଡୁନି ଏବେ । ହୁସ୍ ।

ଗୋଟିଏ ବୋଲି ପୁଅର ବାହାଘରକୁ ନେଇ ଡ୍ୟାଡି, ମମ୍ମି ଖୁବ୍ ଉତ୍ସାହିତ ଥିଲେ । ବାହାଘର ଓ ରିସେପ୍‌ସନ କଥା ମନେ ପକାଇ ଦୀର୍ଘଶ୍ୱାସ ଛାଡ଼ିଲା ଆଦିତ୍ୟ । ଚାରି ବର୍ଷ ଏହା ମଧ୍ୟରେ ବିତିଗଲାଣି । କିନ୍ତୁ କାଲି ପରି ଲାଗୁଛି ।

ଆଦିତ୍ୟ ଭଲ ଭାବେ ଜାଣିଥିଲା, ଆନିଭର୍ସାରି ସେଲିବ୍ରେସନ ପାଇଁ ବିଦୁଷୀ ଅହମଦାବାଦ ଆସି ପାରିବ ନାହିଁ । ଏଣୁ ତାକୁ ହିଁ ବାଙ୍ଗାଲୋର ଯିବାକୁ ହେବ । ଜୁଲାଇ ୧୦ ପାଇଁ ଅହମଦାବାଦ-ବାଙ୍ଗାଲୋରକୁ ସକାଳ ବେଳା କେଉଁ ଫ୍ଲାଇଟ୍ ଅଛି ଆଦିତ୍ୟ ଗୁଗୁଲ୍‌ରେ ସର୍ଚ୍ଚ କଲା ଏବଂ ଲିଭ୍ ଆପ୍ଲିକେସନ ଚିଫ୍ ବ୍ରାଞ୍ଚ ମ୍ୟାନେଜରଙ୍କ ନିକଟକୁ ମେଲ୍ କରିଦେଲା ।

ଏଥର ଆନିଭର୍ସାରିରେ ସେ ବିଦୁଷୀକୁ ଡାଇମଣ୍ଡ ଇୟର ରିଙ୍ଗ୍ ଗିଫ୍‌ଟ କରିବ । ଅନ୍‌ଲାଇନ୍‌ରେ ଅର୍ଡର କରି ସାରିଥିଲା ଆଦିତ୍ୟ ।

ଜୁଲାଇ ୧୦ ତାରିଖ ସକାଳ ନଅଟା ସୁଦ୍ଧା ଆଦିତ୍ୟ ବାଙ୍ଗାଲୋରରେ ପହଞ୍ଚି ଯାଇଥିଲା । ମାତ୍ର ସେଦିନ ବିଦୁଷୀର ଅଫ୍ ନ ମିଳିବାରୁ ହତାଶ ହୋଇଥିଲା ଆଦିତ୍ୟ ।

ପ୍ରୋଜେକ୍ଟ ପାଇଁ ବିଦୁଷୀ ଭୀଷଣ ବ୍ୟସ୍ତ ଥିଲା । ଦୁଇ ମାସ ମଧ୍ୟରେ ପ୍ରୋଜେକ୍ଟ ଶେଷ କରିବାକୁ ଭାଇସ୍ ପ୍ରେସିଡେଣ୍ଟ ଚାହୁଁଛି । ଏଣୁ ବିଦୁଷୀର ଉଇକ୍ଲି ଅଫ୍ ମଧ୍ୟ କ୍ୟାନ୍‌ସେଲ ହୋଇଯାଇଛି । ବିଦୁଷୀ ଦିନରାତି ଲାଗିଛି ସେ ପ୍ରୋଜେକ୍ଟ ପାଇଁ । ଏଭଳି ସ୍ଥିତିରେ ସେ ଅଫ୍ ମାଗିବ ବା କେମିତି ? କେଉଁ ମୁହଁରେ ?

ଆଦିତ୍ୟ ବାଙ୍ଗାଲୋରରେ ଏକ ହୋଟେଲ୍ ବୁକ୍ କରିଥିଲା । କାରଣ ବିଦୁଷୀ ନିଜ ଫ୍ଲାଟ୍‌କୁ ଭଡ଼ାରେ ଦେଇ ୱାର୍କିଂ ଓମେନ୍‌ସ ହଷ୍ଟେଲରେ ରହୁଥିଲା । ଏଣୁ ମ୍ୟାରେଜ ଆନଭର୍ସାରି ତା' ହଷ୍ଟେଲରେ ସେଲିବ୍ରେସନ କରିବା ସମ୍ଭବ ନଥିଲା ।

ଆଦିତ୍ୟ ଭାବିଥିଲା ସେମାନେ ବାଙ୍ଗାରୋରର ଅଣ୍ଡରଗ୍ରାଉଣ୍ଡ କେଭ୍ ରିସୋର୍ଟରେ ମ୍ୟାରେଜ ଆନିଭର୍ସାରି ସେଲିବ୍ରେସନ କରିଥାନ୍ତେ । ୟୁବି ସିଟି ମଲ୍ ଯାଇଥାନ୍ତେ । ସିଟି ପାର୍କ ବୁଲିଥାନ୍ତେ । ମାତ୍ର ଆଦିତ୍ୟର ସେସବୁ ସ୍ୱପ୍ନ ପାଣିଫୋଟକା ଭଳି ମିଳେଇ ଗଲା ।

ବିଦୁଷୀ କହିଲା; ଅଫିସରେ ସିକ୍ ଲିଭ୍ ପାଇଁ ଆପ୍ଲାଏ କରିଥିଲି । ଏଚ୍‌ଆର୍

ରିଲକ୍ସାଣ୍ଟ ହେଲା। ଟିମ୍ ଲିଡର ଗୁଡ଼ାଏ ଲେକ୍‌ଚର ଦେଲା। ଏହି ସାମାନ୍ୟ ଛୁଟି ପାଇଁ ଭାଇସ ପ୍ରେସିଡେଣ୍ଟଙ୍କୁ ଆପ୍ରୋଚ୍ କରିବାକୁ ଇଚ୍ଛା ହେଲାନି। କିନ୍ତୁ କମିଂ ଆନିଭର୍ସାରି ଯେମିତି ମିସ୍ ନ ହୁଏ। ପ୍ରମିଜ୍। ଗ୍ୟାଙ୍ଗଟକ୍ କି ସିମ୍‌ଲା ଯିବାର ପ୍ଲାନ୍ ଆଜିଠୁ ଜାଣି ଫିକ୍ସଡ୍ ହେଲା। ମୁଁ ଆଡ୍‌ଭାନ୍‌ସ ଲିଭ୍ ନେଇ ଯାଇଥିବି। ମନ ଦୁଃଖ କରନା ଧନ, ଗେହ୍ଲୁ, ଗୁଲୁ। ଟ୍ରାଏ ଟୁ ଅଣ୍ଡରଷ୍ଟାଣ୍ଡ ମାଇଁ କମ୍ପଲସନ, ଡିଅର।

ଆମେ କାହିଁକି ଏତେ ବ୍ୟସ୍ତ ହେଉଛୁ? କାହିଁକି ଦିନରାତି ମୁଁ ଏତେ ଖଟୁଛି? ଏକ ସୁନ୍ଦର ତଥା ସୁନିଶ୍ଚିତ ଭବିଷ୍ୟତ କ'ଣ ଆମର ଲକ୍ଷ୍ୟ ହେବା ଉଚିତ୍ ନୁହେଁ? ଏବେ ଯଦି ହାର୍ଡ ଲେବର ନ କରିବା, ଆଗକୁ ଲାଇଫ୍ କେମିତି ଇଜି ଆଉ ସମ୍ଫେଲ ହୋଇପାରିବ? ସରଳ ଭାଷାରେ ବିଦୁଷୀ ଆଦିତ୍ୟଙ୍କୁ ବୁଝାଇଦେଲା। ଆଦିତ୍ୟ ବି ବୁଝିଗଲା।

ପ୍ରକୃତରେ ବିଦୁଷୀର ଅଫିସ ଯିବା ଲେଟ୍ ହୋଇ ଯାଉଥିଲା। ବ୍ରେଡ୍ ଆମ୍‌ଲେଟ୍‌କୁ ଚଟାପଟ ଗିଳି ପକାଇ କ୍ଷୀର ଗ୍ଲାସ୍‌କୁ ଢକଢକ କରି ଏକ ନିଶ୍ୱାସରେ ପିଇଦେଲା ବିଦୁଷୀ। ଅଫିସ ଯିବା ପାଇଁ ପ୍ରସ୍ତୁତ ହୋଇଗଲା।

ଆଦିତ୍ୟର କପାଳରେ କିସ୍‌ଟିଏ ଦେଇ ବିଦୁଷୀ ଚାଲିଗଲା ଅଫିସ ଖୁବ୍ ତରବରିଆ ଭାବେ। ହୋଟେଲ୍ ସାମ୍ନାରେ ଅପେକ୍ଷା କରିଥିବା ଅଫିସ କାର୍‌ର ଷ୍ଟାର୍ଟିଂ ଶବ୍ଦ ଖୁବ୍ ରୁ୍ୟଡ୍ ଆଉ ଇରିଟେଟିଂ ଲାଗୁଥିଲା ଆଦିତ୍ୟକୁ। ବିଦୁଷୀ ହୁଏତ ତା' ଅଫିସ କାର୍‌ରେ ଚାଲି ଗଲାଣି କେବେଠୁ।

ହୋଟେଲ୍‌ରେ ଏକୁଟିଆ ବୋର୍ ହେଉଥିଲା ଆଦିତ୍ୟ। ଟିଭିରେ ଏଣୁତେଣୁ ଚ୍ୟାନେଲ୍ ଚେଞ୍ଜ କରୁଥିଲା। ଭାବିଲା, ଏହି ସୁଯୋଗରେ ଆଜି ସେ ଏକ ହଲିଉଡ୍ ମୁଭି ଦେଖିନେବ। ଅନେକ ଦିନ ହେବ ରବର୍ଟ ଡାଉନି ଜୁନିୟର କିମ୍ବା ଜନି ଡେପ୍ କିମ୍ବା କ୍ରିସ୍ ହେମ୍‌ସୱର୍ଥଙ୍କ ଫିଲ୍ମ ଦେଖିନି। ଆଜି ଏମାନଙ୍କ ମଧ୍ୟରୁ କାହାର ବି ହେଉ ଏକ ଫିଲ୍ମ ସେ ନିଶ୍ଚୟ ଦେଖିବ।

ବିଦୁଷୀ କିନ୍ତୁ କହି ଯାଇଥିଲା ସନ୍ଧ୍ୟା ପୂର୍ବରୁ ଫେରି ଆସିବ। ଫେରିଲେ ସେମାନେ ସାଙ୍ଗ ହୋଇ ସିଟି ପାର୍କ ବୁଲିଯିବେ ବୋଲି ପ୍ଲାନ୍ ଥିଲା। ସେତେବେଳ ପର୍ଯ୍ୟନ୍ତ କିନ୍ତୁ ଆଦିତ୍ୟ ବିଦୁଷୀକୁ ଅପେକ୍ଷା କରୁଥାଏ ଓ ବୋର୍ ହେଉଥାଏ।

ବିଦୁଷୀ ଅଫିସରୁ ଫେରିଲା ରାତି ନ'ଟାରେ। ତା' ମୁଡ୍ ଅଫ୍ ଥିଲା ପରି ଲାଗୁଥିଲା। ଚିଡ଼୍‌ଚିଡ଼ା ହେଉଥିଲା। ଟିମ୍ ଲିଡର ସହ ତା'ର ଝଗଡ଼ା ହୋଇଛି। ପ୍ରୋଜେକ୍ଟ ଲେଟ୍ ନେଇ ଟିମ୍ ଲିଡର ଭାଇସ୍ ପ୍ରେସିଡେଣ୍ଟ ଆଗରେ କଂପ୍ଲେନ୍ କରିଛି। ଏହା ବିଦୁଷୀକୁ ହର୍ଟ୍ କରିଥିଲା।

ବିଦୁଷୀ ଲାପ୍‌ଟପ୍ ବ୍ୟାଗ୍ ଆଉ ଅଫିସ ଫାଇଲକୁ ବେଡ୍ ଉପରେ କଚାଡ଼ି ଦେଇ ବାଥ୍‌ରୁମ୍ ଭିତରକୁ ପଶିଗଲା। ବାଥ୍‌ରୁମ୍‌ରୁ ଫ୍ରେସ୍ ହୋଇ ଆସିବା ପରେ କହିଲା; ବୁଝିଲ ଆଦିତ୍ୟ, ଆଜି ଅଫିସରେ ସବୁ କାମ ସରି ପାରିଲାନି। ଇଚ୍ଛା ନଥିଲେ ବି ବାଧ୍ୟ ହୋଇ କିଛି ଅଫିସ ୱାର୍କ ଘରକୁ ଆଣିବାକୁ ପଡ଼ିଲା। ଆଟ୍‌ଲିଷ୍ଟ ଆଜି ଭଳି ଦିନରେ ଅଫିସ ଜବ୍ ଘରେ କରିବା ଠିକ୍ ନୁହେଁ। ମାତ୍ର, ଯେଉଁଦିନ ତମେ ଟିକେ ରିଲାକ୍ସ ହେବାକୁ ଚାହୁଁଥିବ, ସେଦିନ କୁଆଡୁ ନା କୁଆଡୁ ବେଶି କାମ ଆସି ଜୁଟିଯିବ।

ଓଃ ସରି, ଗେହ୍ଲୁ। ଧନଟା ପରା। ସୁନାଟା ପରା। ଏମିତି ଅପ୍‌ସେଟ ହୁଅନି ପ୍ଲିଜ୍। ମୁଁ ଜାଣୁଛି, ଆମେ ଆଜି ସିଟି ପାର୍କ ଯାଇ ପାରିଲେନି। ମୋତେ ବି କଷ୍ଟ ଲାଗୁଛି। ନେକ୍ସଟ୍ ଭିଜିଟ୍‌ରେ କିନ୍ତୁ ପକ୍କା। ୱାଦା। ପ୍ରମୋସନ ପରେ ମୁଁ ଅହମଦାବାଦ ଯିବାକୁ ପ୍ଲାନ୍ କରିଛି। ଆମେ ସେଠି କାନ୍‌କାରିଆ ଲେକ୍, ସାବରମତୀ ଆଶ୍ରମ, ଭିଣ୍ଟେଜ୍ କାର୍ ମ୍ୟୁଜିୟମ୍, ହୁଥିସିଂ ଜୈନ ଟେମ୍ପୁଲ, ଅକ୍ଷରଧାମ ମନ୍ଦିର ବୁଲିବା। ନା, କ'ଣ କହୁଛ ?

ବିଦୁଷୀ ପୁଣି ଦୁଇଟି କିସ୍ ଆଦିତ୍ୟର କପାଳରେ ଦେଲା। ଆଦିତ୍ୟର ଅଣ୍ଟାକୁ ଚିମୁଡ଼ି ଦେଲା। ଆଦିତ୍ୟ ରୋମାଣ୍ଟିକ୍ ହୋଇପଡ଼ିଲା।

ବିଦୁଷୀ ଲାପ୍‌ଟପ୍ ଅନ୍ କଲା। ମେଲ୍ ଚେକ୍ କଲା। ଇନ୍‌ବକ୍ସରେ ଟିମ୍ ଲିଡରର ଦୁଇଟା ମେଲ୍ ଥିଲା। ଆଉ ଗୋଟିଏ ମେଲ୍ ଥିଲା ଭାଇସ ପ୍ରେସିଡେଣ୍ଟର। ଚଟାପଟ୍ ମେଲ୍‌ଗୁଡ଼ିକର ରିପ୍ଲାଏ ଦେଲା ବିଦୁଷୀ। ଗୁଡ଼ାଏ ଅର୍ଜେଣ୍ଟ ଟାଇପ୍ କଲା। ହୋଟେଲ୍ ରୁମ୍‌ରେ ଝାପ୍‌ସା ଅନ୍ଧାର ଭିତରେ ଲାପ୍‌ଟପ୍‌ର ନୀଳ ଆଲୁଅରେ ବିଦୁଷୀର ମୁହଁ ଅତି ଉଜ୍ଜ୍ୱଳ ଦିଶୁଥିଲା।

ବିଦୁଷୀ ଏକ ଲୟରେ ଲାପ୍‌ଟପ୍‌କୁ ଚାହିଁ ବସିଥିଲା। ବିଦୁଷୀର ଚମ୍ପାକଢ଼ି ଭଳି ହଳଦି ଗୁରୁଗୁରୁ ଆଙ୍ଗୁଳିଗୁଡ଼ିକ ଲାପ୍‌ଟପ୍ କି ବୋର୍ଡ ଉପରେ ଡ୍ୟାନ୍‌ସ କରୁଥିବାର ଆଦିତ୍ୟର ମନେ ହେଲା। ଆଦିତ୍ୟ ରୋମାଣ୍ଟିକ୍ ହୋଇ ପଡ଼ିଲା।

ଆଦିତ୍ୟ କହିଲା, ଥାଉ ଡାର୍ଲିଂ, କାଲି ମର୍ଣ୍ଣିଂରେ ସେସବୁ କରିବ। ଆଟ୍‌ଲିଷ୍ଟ ଲାପ୍‌ଟପ୍ ଅଫ୍ କର। ଶୋଇବା। ଲେଟ୍ ନାଇଟ୍ ଯାଏ ଆଉ କାମ କରନି। ନିଜ ହେଲ୍‌ଥର ବି କେୟାର ନିଅ।

ବେଡ୍ ଲାଇଟ୍ ଅଫ୍ କରି ଆଦିତ୍ୟ ବିଦୁଷୀକୁ ଭିଡ଼ିନେଲା ତା' କୋଳକୁ। ଗୋଟିଏ ଜାନ୍ତବ କ୍ଷୁଧା ଆଦିତ୍ୟକୁ ବେକାବୁ କରି ଦେଉଥିଲା। ସେତେବେଳକୁ ଆଦିତ୍ୟର ଦୁଷ୍ଟ ଆଙ୍ଗୁଳିମାନେ ବିଦୁଷୀର ବ୍ରା ପିନ୍ ଖୋଲିବାରେ ବ୍ୟସ୍ତ ଥିଲେ। ବିଦୁଷୀକୁ କୁଣ୍ଢେଇ ଧରି ଆଦିତ୍ୟ ବହଳ ଅନ୍ଧାରରେ ନିଜକୁ ହଜେଇ ଦେବାକୁ ଚେଷ୍ଟା କରୁଥିଲା।

ବିଦୁଷୀ ପ୍ରତିରୋଧ କରି କହିଲା; ଶୁଣ ଆଦିତ୍ୟ, କିନ୍ତୁ ବିନା କଣ୍ଟ୍ରାସେପ୍‌ଟିଭରେ ସେକ୍‌ସ ପାଇଁ ମୁଁ ତମକୁ ଆଲାଓ କରିବିନି। ପିଲାଳିଆମୀ ଛାଡ଼। ପିଲ୍ ନେବାକୁ ଡର ଲାଗୁଛି। ପିରିୟର୍ଡ ଇରେଗୁଲାର ହୋଇଯିବ। ଆବର୍ସନକୁ ଭାରି ଡର। ମୁଁ ରିସ୍କ ନେଇପାରିବିନି। ଏବେ କିନ୍ତୁ ବେବି ପାଇଁ ନୋ ପ୍ଲାନ୍। ସେସବୁ ପିଲାଳିଆମୀ ଚିନ୍ତା ଏବେ ମନକୁ ଆଣନି ପ୍ଲିଜ୍। ଏନିୱେ ପ୍ରୋଜେକ୍ଟ ସରିବାକୁ ମୁଁ ଅପେକ୍ଷା କରିଛି। ଜାଣିଛ ନା ଆଦିତ୍ୟ, ମୋର କିନ୍ତୁ ଜେନେରାଲ୍ ମ୍ୟାନେଜର ପୋଷ୍ଟ୍‌କୁ ପ୍ରମୋସନ୍ ହେଉଛି। ତମେ ଖୁସି ନୁହଁ? ସେତେବେଳକୁ ଆନୁଆଲ୍ ପ୍ୟାକେଜ୍ ଟ୍ୱେଣ୍ଟି ଫୋର୍ ଲାଖ୍ ହୋଇଯିବ।

ବିଦୁଷୀ ତା' ଭ୍ୟାନିଟିରୁ କଣ୍ଡୋମ୍ ବାହାର କରି ଆଦିତ୍ୟକୁ ପିନ୍ଧାଇ ଦେଲା ଓ ନିଶ୍ଚିତରେ ଆଦିତ୍ୟକୁ ଆଲିଙ୍ଗନ କଲା। ଆଦିତ୍ୟର ଛାତିରେ ଲୋଟିଗଲା ବିଦୁଷୀ।

ସକାଳୁ ଉଠି ବିଦୁଷୀ ମେଲ୍ ଚେକ୍ କଲା। ଭାଇସ୍ ପ୍ରେସିଡେଣ୍ଟଙ୍କର ଅର୍ଜେଣ୍ଟ ମେସେଜ୍ ଥିଲା। ତାକୁ ଆଜି ଘଣ୍ଟାଏ ପୂର୍ବରୁ ଅଫିସ ଯିବାକୁ ପଡ଼ିବ। ଏଣୁ ଆଦିତ୍ୟ ସହ କଥା ହେବାକୁ ତା' ପାଖରେ ସମୟ ନଥିଲା। ଆଦିତ୍ୟର ଫ୍ଲାଇଟ୍ ଇଲେଭେନ୍ ଏଏମ୍‌ରେ ଥିଲା। ସାର୍ପ୍ ଏଇଟ୍ ଏଏମ୍‌ରେ ବିଦୁଷୀ ହୋଟେଲ୍ ଛାଡ଼ିଲା।

ବାଙ୍ଗାଲୋର ସହରରେ ଏଇ କେତେଦିନ ହେଲା ଟ୍ରାଫିକ୍ ଜାମ୍ ବଡ଼ ଉତ୍କଟ ହୋଇଛି। ଅତି କମ୍‌ରେ ଦେଢ଼ରୁ ଦୁଇ ଘଣ୍ଟା ଲାଗି ଯାଉଛି ଅଫିସରେ ପହଞ୍ଚିବାକୁ। ଏଣୁ ବିଦୁଷୀ ଆଜି ଦୁଇ ଘଣ୍ଟା ଆଗରୁ ଅଫିସ ବାହାରିଗଲା। ଆଦିତ୍ୟ ମଧ୍ୟ ଏୟାର ପୋର୍ଟ ବାହାରିଗଲା। ତାକୁ ଆଜି ସୁଦ୍ଧା ଅହମଦାବାଦରେ ପହଞ୍ଚିବାକୁ ହେବ। ଯଦିଓ ଆଦିତ୍ୟ ପାଖରେ ଆଉ ଗୋଟିଏ ଦିନ ଛୁଟି ଥିଲା, ମାତ୍ର ବିଦୁଷୀ ଫ୍ରି ନଥିଲା।

ଭାଇସ ପ୍ରେସିଡେଣ୍ଟଙ୍କର ଆଜି ଏକ ଅଫିସିଆଲ୍ ମିଟିଂ ଥିଲା ହୋଟେଲ୍ ଲୀଲା ପ୍ୟାଲେସରେ। ଆଜି ଲୀଲା ପ୍ୟାଲେସରେ ପାୱାର ପଏଣ୍ଟ ପ୍ରେଜେଣ୍ଟେସନ ଜରିଆରେ ବିଦୁଷୀ ପ୍ରୋଜେକ୍ଟକୁ ପ୍ରେଜେଣ୍ଟ କରିବ। ବିଦୁଷୀ ଉପରେ ଭାଇସ ପ୍ରେସିଡେଣ୍ଟଙ୍କର କନ୍‌ଫିଡେଣ୍ଟ ଅଛି। ଏ ପ୍ରୋଜେକ୍ଟ ଉପରେ କମ୍ପାନିର ଭାଗ୍ୟ, ଭବିଷ୍ୟତ ନିର୍ଭର କରୁଛି। ବିଦୁଷୀର ପ୍ରମୋସନ ବି। ପ୍ରୋଜେକ୍ଟକୁ ନେଇ ବିଦୁଷୀ ଓଭର କନ୍‌ଫିଡେଣ୍ଟ ଥିଲା। କିନ୍ତୁ ସାମାନ୍ୟ ନର୍ଭସ ବି ହୋଇ ପଡୁଥିଲା।

ଆଜି କିନ୍ତୁ ଭାଇସ୍ ପ୍ରେସିଡେଣ୍ଟ ଭାରି ଖୁସି ଜଣାପଡୁଥିଲେ। ବିଦୁଷୀ ପଶିଗଲା ଭାଇସ୍ ପ୍ରେସିଡେଣ୍ଟଙ୍କ ଚ୍ୟାମ୍ବର ଭିତରକୁ। ବୁଢ଼ା ବଡ଼ ପାଟିରେ ଚିତ୍କାର କରି ଉଠିଲେ; ୱେଲ୍‌କମ୍ ବିଦୁଷୀ। ହାଓ ଆର୍ ୟୁ? ହାଓ ଇଜ୍ ୟୋର ପ୍ରିପାରେସନ ଫର୍ ଟୁଡେସ୍ ମିଟିଂ? ୟୁ ଆର୍ ଏ ଜିନିୟସ ଫର୍ ଆୱାର କମ୍ପନି। ୱେଲ୍‌ଡନ୍। ଗୋ ଆହେଡ୍ ମାଇଁ ଡିଅର।

ଥ୍ୟାଙ୍କ ୟୁ ସାର୍। କିପ୍ ଫେଥ୍ ଅନ୍ ମି।

ଓ, ସିଓର, ସିଓର।

ସାର୍, ଦିସ୍ ଇଜ୍ ଦ ମିନୁଟ୍ସ ଅଫ୍ ଦ ମିଟିଙ୍ଗ୍ ଆଣ୍ଡ ଦିସ୍ ଇଜ ଦ ହାର୍ଡକପି ଅଫ୍ ସେଡ୍ୟୁଲ୍।

ଓକେ।

ସାର୍, ଦିସ୍ ଇଜ୍ ଦ ପ୍ରୋଜେକ୍ଟ ଡିଟେଲ୍ସ।

ଏହାର ସଫ୍ଟ କପି ?

ଅଛି ସାର୍ ପେନ୍ ଡ୍ରାଇଭରେ। ପେନ୍ ଡ୍ରାଇଭ୍ ଆପଣଙ୍କ ଫାଇଲରେ।

ଓଣ୍ଡରଫୁଲ୍। ନାଇସ୍।

ବିଦୁଷୀ ଜାଣିଥିଲା, କର୍ପୋରେଟ୍ ୱାର୍ଲଡ୍‌ରେ ତାକୁ ତିଷ୍ଠିବାକୁ ହେଲେ କେତେକ ଅନ୍‌ରିଟିନ୍ ରୁଲ୍ ମାନିବାକୁ ପଡ଼ିବ। ପ୍ରଥମେ ତାକୁ କମ୍ପାନିର ପୁରୁଷ କଲିଗ୍‌ମାନଙ୍କୁ ଓଭରକମ୍ କରି ଆଗକୁ ଯିବାକୁ ହେବ। କାହିଁକି ନା, ଏମାନେ ସହଜରେ ଆଗକୁ ବାଟ ଛାଡ଼ିବେନି। ଏହା ପରେ ବି ତାକୁ ଆଲିଆ, ଆକୃତି, କାଜଲ ଭଳି ଝିଅମାନଙ୍କୁ କମ୍ପିଟ୍ କରିବାକୁ ହେବ। ଏମାନେ ବି କମ୍ ଜନ୍ତୁ ନୁହଁନ୍ତି।

ବିଦୁଷୀର ଯୁକ୍ତି, ଯଦି ତୁମେ କମ୍ପାନିରେ ଲିଡରସିପ୍ ନେବାକୁ ଚାହଁ ତ ତୁମକୁ କେତେଗୁଡ଼ିଏ ବେସିକ୍ ପଏଣ୍ଟ ପ୍ରତି ଧ୍ୟାନ ଦେବାକୁ ପଡ଼ିବ। ପ୍ରଥମ ଅଥଚ ଗୁରୁତ୍ୱପୂର୍ଣ୍ଣ ପଏଣ୍ଟ୍ ହେଉଛି ବିଲିଭ୍ ଇନ୍ ୟୋରସେଲ୍ଫ। ଏହାଛଡ଼ା ୟୁ ହାଭ୍ ଟୁ ଇନ୍‌ଭେଷ୍ଟ ୟୋର ପ୍ରଫେସନାଲ ଆପିୟରାନ୍ସ ଇନ୍ ଏଭ୍ରି ମୋମେଣ୍ଟ। ନ ହେଲେ ତମେ ହଜିଯିବ ଏ କର୍ପୋରେଟ୍ ୱାର୍ଲଡରେ। ୟୁ ହାଭ୍ ଟୁ ବୁଷ୍ଟ୍ ୟୋର ପ୍ରଡକ୍ଟିଭିଟି ଲେଭେଲ। ୟୁ ହାଭ୍ ଟୁ ମେଣ୍ଟେନ୍ ୱାର୍କ-ଲାଇଫ୍ ବାଲାନ୍ସ। ଏସବୁ ଠିକ୍‌ଠାକ୍ ମ୍ୟାନେଜ୍ କରି ପାରିଲେ, ତୁମକୁ ଏ କର୍ପୋରେଟ୍ ସେକ୍ଟରରେ କେହି ବି ରୋକି ପାରିବେନି। ସିଓର।

ବିଦୁଷୀ ଭାବୁଥିଲା, ସେ ନିଶ୍ଚୟ ଦିନେ ଏ କମ୍ପାନୀର ସିଇଓ ହେବ। ସେ କାହିଁକି ଚନ୍ଦା କୋଚର, ରୋସନି ନାଦାର, କିରନ୍ ମଜୁମ୍‌ଦାର, ଜ୍ୟୋତି ଦେଶପାଣ୍ଡେ, ଅନିତା ଡୋଗ୍ରେ, ପ୍ରିୟା ପାଲ୍, ଇନ୍ଦ୍ରା ନୂୟୀ, ଅଦିତୀ ଗୁପ୍ତାଙ୍କ ଭଳି ନ ହେବ ? ଏମାନେ କ'ଣ ମା' ଗର୍ଭରୁ ସିଇଓ ହୋଇ ଜନ୍ମ ନେଇଥିଲେ ? ବିଦୁଷୀ ସବୁବେଳେ ବଡ଼ ସ୍ୱପ୍ନ ଦେଖୁଥିଲା। କାରଣ ସେ ଜାଣିଥିଲା, ତାକୁ ଅନେକ ବାଟ ଯିବାକୁ ହେବ।

ବିଦୁଷୀ ଆର୍ଗ୍ୟୁ କରେ, ତୁମର ଡ୍ରିମ୍ ସାଇଜ୍ ଯେତେ ବଡ଼ ହେବ, ତୁମର ଆଚିଭ୍‌ମେଣ୍ଟ ସେତେ ଅଧିକ ବ୍ୟାପକ ହେବ। ଗୋଲ୍ ସବୁବେଳେ ଫିକ୍ସ ହେବା ଦରକାର।

କମ୍ପାନିର ଅନ୍ୟ ଲେଡି ଷ୍ଟାଫଙ୍କ ତୁଳନାରେ ବିଦୁଷୀ ଥିଲା ସ୍ମାର୍ଟ ଓ ବିୟୁଟିଫୁଲ୍। ତା' ଦେହରେ କେଉଁଠି ବି ବୟସର ଦାଗ ନଥିଲା। ତା' ବ୍ରେଷ୍ଟ୍ କି ବୁଟକ୍ ଝୁଲି ପଡ଼ି ନଥିଲା। ନିଜ ଦେହ ପ୍ରତି ବିଦୁଷୀ ସବୁଠୁ ଅଧିକ ସେନ୍‌ସିଟିଭ୍ ଥିଲା। ତା' ଛଡ଼ା ବିଦୁଷୀର କଥାବାର୍ତ୍ତା ବି ୱେଲ୍ ମ୍ୟାନେଜ୍‌ଡ।

ବିଦୁଷୀର ଏସବୁ ଲିଡରସିପ୍ କ୍ୱାଲିଟି ପାଇଁ କମ୍ପାନିର ପ୍ରତି ଗୁରୁତ୍ୱପୂର୍ଣ୍ଣ ନିଷ୍ପତ୍ତିରେ ଭାଇସ ପ୍ରେସିଡେଣ୍ଟ ତାକୁ ସାମିଲ କରିଥାନ୍ତି। ଭାଇସ ପ୍ରେସିଡେଣ୍ଟଙ୍କ ସହ ଛାଇ ଭଳି ବିଦୁଷୀ ରହିଥାଏ ପ୍ରତି ଷ୍ଟେପ୍‌ରେ।

ଇଭିନିଂ ମିଟିଂ ପରେ ଏକ କକ୍‌ଟେଲ୍ ପାର୍ଟି ଓ ଡିନରର ଆୟୋଜନ ଥିଲା ଲୀଲା ପ୍ୟାଲେସରେ। ଆଜି କିନ୍ତୁ ବିଦୁଷୀ ସାମାନ୍ୟ ଅଧିକ ଡ୍ରିଙ୍କସ କରିଥିଲା। ଏସିଡିଟି ହୋଇଯାଇଥିଲା। ଇନ୍‌ଡାଇଜେସନ ଯୋଗୁଁ ଅନ୍ ଇଜି ଫିଲ୍ କରୁଥିଲା। ପିଲ୍ ନେବାକୁ ବି ଭୁଲି ଯାଇଥିଲା। ସାରା ରାତି ବିନା କଣ୍ଟ୍ରାସେପ୍‌ଟିଭରେ ଭାଇସ ପ୍ରେସିଡେଣ୍ଟ ବିଦୁଷୀକୁ ସେକ୍ସ କଲା। ବିଦୁଷୀ କିଛି ବି ପ୍ରତିବାଦ କରି ନଥିଲା। କାରଣ ବିଦୁଷୀର ପ୍ରମୋସନ ଫାଇଲ ଏବେ ଭାଇସ ପ୍ରେସିଡେଣ୍ଟଙ୍କ ଟେବୁଲରେ ଥିଲା।

ଭାଇସ୍ ପ୍ରେସିଡେଣ୍ଟଙ୍କ ସିଗ୍‌ନେଚର ଉପରେ ବିଦୁଷୀର ପ୍ରମୋସନ ନିର୍ଭର କରୁଛି। ଆସନ୍ତାକାଲି ସେ ହୋଇଯିବ କମ୍ପାନିର ଜେନେରାଲ୍ ମ୍ୟାନେଜର। ଆନନ୍ଦରେ ବିଦୁଷୀ ଉଛୁଳି ପଡୁଥିଲା।

ପୁଣି ମଧ୍ୟ, ବିନା କଣ୍ଟ୍ରାସେପ୍‌ଟିଭରେ ଭାଇସ ପ୍ରେସିଡେଣ୍ଟ ସହ ସେକ୍ସ କରିଥିବାରୁ ବିଦୁଷୀ ଟେନ୍‌ସନରେ ବି ଥିଲା। ପୂର୍ବ ଥର ଭଳି ଏଥର ପିରିୟର୍ଡ଼ ଗଡ଼ିଯିବନି ତ ? ପୁଣି ଆବର୍ସନ ଟେନ୍‌ସନ ! ହୁସ୍।

ଓଃ, ଗଡ୍। ବିଦୁଷୀର ଠିକ୍ ସମୟରେ ପିରିୟର୍ଡ ହୋଇଗଲା। ବିଦୁଷୀ ରିଲାକ୍ସ ହୋଇଗଲା। ତା' ମୁଣ୍ଡରୁ ଗୋଟେ ବିରାଟ ବୋଝ ହଟିଗଲା। କାହିଁକି ନା, ଆବର୍ସନକୁ ବିଦୁଷୀ ଭାରି ଡରୁଥିଲା। ପୂର୍ବରୁ ଦଶ ବାର ଥର ଆବର୍ସନ କରି ସେ ଯେଉଁ କଷ୍ଟ ଭୋଗିଛି, ତାହାକୁ ମନେ ପକାଇ ବିଦୁଷୀର ଦେହ ଶୀତେଇ ଉଠୁଥିଲା।

ଏବେ ସବୁକିଛି ଠିକ୍‌ଠାକ୍। ବିଦୁଷୀର ପ୍ରମୋସନ ହେଲା। ତା'ର ବି ପିରିୟର୍ଡ ନର୍ମାଲ୍ ହୋଇଗଲା। ଥ୍ୟାଙ୍କ୍ ଗଡ୍।

ବିଦୁଷୀ ଏବେ କମ୍ପାନିର ଜିଏମ୍। ତା'ର ବହୁଦିନର ସ୍ୱପ୍ନ ପୂରଣ ହୋଇଛି। ଥ୍ୟାଙ୍କ୍ ୟୁ ମିଷ୍ଟର ଭାଇସ ପ୍ରେସିଡେଣ୍ଟ। କୃତଜ୍ଞତା ଜଣାଇଲା ବିଦୁଷୀ।

ଅନ୍ୟ ପକ୍ଷରେ ଟ୍ରାନ୍‌ସଫର୍ ଅନ୍ ସ୍ପାଉସ୍ ଗ୍ରାଉଣ୍ଡରେ ଆଦିତ୍ୟର ବାଙ୍ଗାଲୋରକୁ ବଦଳି ହେଲା। ଆଦିତ୍ୟ ଏବେ ବାଙ୍ଗାଲୋରରେ ବିଦୁଷୀ କିଣିଥିବା ଫ୍ଲାଟ୍‌ରେ ରହୁଛି।

ଆଦିତ୍ୟ ବାଙ୍ଗାଲୋରକୁ ଆସିଯିବା ପରେ ବିଦୁଷୀ ମଧ୍ୟ ବେବି ପାଇଁ ପ୍ଲାନ୍ କରିବା ଆରମ୍ଭ କରିଛି।

ସେମାନେ ବେବି ପାଇଁ ପ୍ଲାନ୍ କରିବାର ବର୍ଷେ ହୋଇଗଲାଣି, ମାତ୍ର ବିଦୁଷୀ କନ୍‌ସିଭ କରୁନି। କ'ଣ ହୋଇପାରେ କାରଣ? ଏହା ଆଦିତ୍ୟର ଟେନ୍‌ସନ ବଢ଼ାଇ ଦେଇଛି। ବିଦୁଷୀର ବି। ଡ୍ୟାଡି, ମମ୍ମି ବି ମଝିରେ ମଝିରେ ଫୋନ୍ କରି ବ୍ୟସ୍ତ କରୁଛନ୍ତି।

ସେଦିନ ଡକ୍ଟର ମୋହନଙ୍କ କ୍ଲିନିକରୁ ଫେରିବା ପରେ ଆଦିତ୍ୟର ମୁଡ୍ ଅଫ୍ ହୋଇ ଯାଇଥିଲା। ଡକ୍ଟର ମୋହନ କିନ୍ତୁ ଆଦିତ୍ୟକୁ ଏକୁଟିଆ ଡାକି ଗୁଡ଼ାଏ କନ୍‌ଫିଡେନ୍‌ସିଆଲ୍ କଥା କହିଥିଲେ। ବିଦୁଷୀ ବାହାରେ ୱେଟିଂ ରୁମ୍‌ରେ ଅପେକ୍ଷା କରିଥିଲା।

ଡକ୍ଟର ମୋହନ କହିଲେ; ବୁଝିଲେ ମିଷ୍ଟର ଆଦିତ୍ୟ, ବିଦୁଷୀ ମାଡାମ୍‌ଙ୍କର ଜେନେଟିକ୍ ଆବ୍‌ନର୍ମାଲିଟି ରହିଛି। ଡାକ୍ତରୀ ଭାଷାରେ ଏହାକୁ ପଲିସିଷ୍ଟିକ୍ ଓଭାରିଆନ୍ ସିଣ୍ଡ୍ରୋମ୍ କହନ୍ତି। ବାରମ୍ବାର ଆବର୍ସନ କରିବା ଏବଂ ଆବର୍ସନ ପିଲ୍ ନେବା କାରଣରୁ ଏମିତି ହୋଇଥାଏ। ବିଦୁଷୀ ମାଡାମ୍‌ଙ୍କର ଓଭ୍ୟୁଲେସନ ପ୍ରୋବେଲ୍‌ମ ଦେଖା ଦେଇଛି।

ବିଦୁଷୀର ୟୁଟେରସ ରିମୁଭ୍ କରିବାକୁ ଡକ୍ଟର ମୋହନ ଆଦିତ୍ୟକୁ ପରାମର୍ଶ ଦେଲେ। ଅର୍ଥାତ୍ ବିଦୁଷୀ ଆଉ କେବେ ମା' ହୋଇ ପାରିବନି! ଚମ୍‌କି ପଡ଼ିଲା ଆଦିତ୍ୟ। ତା' ମୁଣ୍ଡ ଉପରେ ଆକାଶ ଛିଣ୍ଡି ପଡିଲା। ଆଉ ତାକୁ ଲାଗିଲା, ତା' ପାଦ ତଳୁ ପୃଥିବୀ ଖସିଯାଉଛି। ଆଦିତ୍ୟକୁ ସବୁକିଛି ଅନ୍ଧାର ଲାଗିଲା।

ଆଉ ଗୋଟିଏ ପ୍ରଶ୍ନ ଆଦିତ୍ୟର ମନକୁ ବିଚଳିତ କରି ପକାଇଲା। ବିନା କଣ୍ଟ୍ରାସେପଟିଭରେ ତ ଆଦିତ୍ୟ କେବେ ବି ବିଦୁଷୀକୁ ସେକ୍ସ କରି ନଥିଲା! ବିଦୁଷୀ ଏ ମ୍ୟାଟର୍‌ରେ ଭାରି ସେନ୍‌ସିଟିଭ୍ ଆଉ ସିରିୟସ୍ ବି। ମାତ୍ର ବିଦୁଷୀକୁ କାହିଁକି ଏତେବାର ଆବସର୍ନ କରିବାକୁ ପଡ଼ିଲା? କାହିଁକି ସେ ବାରମ୍ବାର ଆବର୍ସନ୍ ପିଲ୍ ନେଉଥିଲା?

■

ମାଟ୍ରିମୋନିଆଲ୍

ଆଲବର୍ଟଠାରୁ ସିଓର୍ ହେବା ପରେ ଖୁସିରେ ଆତ୍ମହରା ହୋଇ ପଡ଼ିଲା ଆଞ୍ଜେଲ୍। କାହିଁକି ନା, ଆଜି ସେ ଯେଉଁ ଶିକାରଟା କରିବାକୁ ଯାଉଛି, ତାହା କୌଣସି ସାଧାରଣ ମାମୁଲି ଶିକାର ନଥିଲା।

ଆନନ୍ଦରେ ଦୁଇ ଘେରା ନାଚିଗଲା ଆଞ୍ଜେଲ୍। ତା' କୁର୍ତ୍ତୀ ଛତା ଭଳି ଖୋଲି ଯାଇ ସ୍ଥିର ହୋଇଗଲା ଟେଲିଭିଜନ ସ୍କ୍ରିନ୍‌ରେ ଓ୍ୱାସିଂ ପାଉଡର ନିର୍‌ମା ଆଡ୍‌ର ସେ ହସକୁରୀ ଝିଅ ଭଳି। ସେଇ ଅବସ୍ଥାରେ ଆଲବର୍ଟକୁ ଆଞ୍ଜେଲ ଯୀଶୁ ଖ୍ରୀଷ୍ଟଙ୍କ କ୍ରସ୍ ଭଳି ଦିଶୁଥିଲା।

ଆନ୍ଥ୍ରୋପଲୋଜିରେ ପୋଷ୍ଟ୍ ଗ୍ରାଜୁଏସନ୍ ସାରି ଆଲବର୍ଟ ଭୁବନେଶ୍ୱର ଆସିଥିଲା ଚାକିରି ଖୋଜି। ବ୍ୟାଙ୍କିଙ୍ଗ୍, ଓପିଏସ୍‌ସି, ଆର୍ମି, ଏୟାରଫୋର୍ସ, ନାଭି, ସିଭିଲ ସର୍ଭିସ ପାଇଁ ପ୍ରିପେୟାର କଲା। ସବୁଆଡ଼େ ଆପ୍ଲାଏ କଲା। ଇଣ୍ଟରଭ୍ୟୁ ଦେଲା। ହେଲେ କୋଉଠି ବି ବାଜିଲାନି। କୋଉଠି ରିଟିନ୍‌ରେ ତ ଆଉ କୋଉଠି ଭାଇଭାରେ କଟିଲା। ଜବ୍ ପଛରେ ଗୋଡ଼େଇ ଗୋଡ଼େଇ ଆଲ୍‌ବର୍ଟର ଦଶବର୍ଷ ବିତିଗଲା ଏଇ ଭୁବନେଶ୍ୱରରେ।

ହେଲେ ଏ ଭୁବନେଶ୍ୱର କିନ୍ତୁ କାହାକୁ କେବେ ନିରାଶ କରେନି, ହୋପ୍‌ଲେସ୍ କରେନି। ପେଟ ପୋଷିବା ପାଇଁ କେମିତି ନା କେମିତି ବାଟ ଦେଖେଇଥାଏ। ଚାକିରି କରି ହେଉ ବା ଚୋରି କରି କିମ୍ବା ଗୋଲାମ କରି ମଣିଷ ଏଠି ବଞ୍ଚିବାର ବାଟ ପାଇଯାଏ।

ଈଶ୍ୱର ତାକୁ ଏକ ଉନ୍ନତ ମସ୍ତିଷ୍କ ଦେଇଛନ୍ତି। ସେ ମସ୍ତିଷ୍କରେ ଅନେକ ବୁଦ୍ଧି ବି ଖଞ୍ଜିଛନ୍ତି। ସେ ଇଣ୍ଟେଲିଜେଣ୍ଟ୍। ଏଣିକି ଆଲ୍‌ବର୍ଟ ତା' ମାଟ୍ରିମୋନିଆଲ୍ ବିଜ୍‌ନେସ୍

ପାଇଁ ଅଧିକ ଫୋକସ୍ କରିବ। ତା' ଛଡ଼ା ଆଞ୍ଜେଲ୍ ବି ତ ତା' ସହ ଅଛି। ଚିନ୍ତା କ'ଣ ?

ଆଞ୍ଜେଲ୍ ଆଲ୍‌ବର୍ଟର ଗାର୍ଲଫ୍ରେଣ୍ଡ। ଆଞ୍ଜେଲ୍‌ର ଘର ବାଲେଶ୍ୱରର ଜଳେଶ୍ୱର କି ରୁପ୍‌ସା ଆଡେ ନା କ'ଣ ? ସଠିକ୍ ମନେ ପକାଇ ପାରୁ ନଥିଲା ଆଲବର୍ଟ। ଏଇ ଦୁଇ ତିନିବର୍ଷ ହେଲା ସେମାନଙ୍କର ସମ୍ପର୍କ। ଆଉ ସେବେଠୁ ସେମାନେ ଲିଭ୍ ଇନ୍‌ରେ ରହୁଛନ୍ତି।

କଲେଜ ଡ୍ରାମାରେ ଭଲ ଆକ୍ଟିଂ କରୁଥିବାରୁ ଫିଲ୍ମ ଲାଇନ୍‌କୁ ଆସିବ ବୋଲି ଆଞ୍ଜେଲ୍‌ର ଗୋଟିଏ ଡ୍ରିମ୍ ଥିଲା। ଫିଲ୍ମରେ ଆକ୍ଟିଂ କରିବା ଆଶାରେ ଆଞ୍ଜେଲ୍ ବାଲେଶ୍ୱରରୁ ଭୁବନେଶ୍ୱର ଚାଲି ଆସିଥିଲା। ତା'ର ଭାରି ଇଛା ଥିଲା ଓଲିଉଡ୍‌ରେ ଆକ୍ଟିଂ କରିବ। ଏମିତିରେ ତା'ର ଗୋଟିଏ ଦୁଇଟି ଆଲ୍‌ବମ୍ ରିଲିଜ୍ ହୋଇଛି। ସେ କେତୋଟି ୱେବ୍ ସିରିଜ୍‌ରେ ବି ଆକ୍ଟିଂ କରିଛି। କିନ୍ତୁ ଫିଲ୍ମରେ ମେନ୍‌ଷ୍ଟ୍ରିମ୍ ହିରୋଇନ୍ ଭାବେ ଆକ୍ଟିଂ କରିପାରିନି। ଏହା ତା' ପାଇଁ ସବୁଠୁ ବଡ଼ ଦୁଃଖ।

ଆଉ ମଧ୍ୟ ବହୁଦିନ ଧରି ଆଞ୍ଜେଲ ଗୋଟିଏ ପ୍ରଡ୍ୟୁସର ସହ ବୁଲାବୁଲି କଲା। ସେ ପ୍ରଡ୍ୟୁସର ସହ ଆଞ୍ଜେଲ୍‌ର ଚିହ୍ନା ହୋଇଥିଲା ପ୍ଲସ୍ ଥ୍ରି ଲାଷ୍ଟ୍ ଇୟରରେ ତା' କଲେଜ ଡ୍ରାମାଟିକ୍ ଫଙ୍କ୍‌ସନ ସମୟରେ। ଆଞ୍ଜେଲ୍‌ର କଲେଜ ଫଙ୍କ୍‌ସନକୁ ସେ ପ୍ରଡ୍ୟୁସର ଚିଫ୍ ଗେଷ୍ଟ୍ ହୋଇ ଯାଇଥିଲା। ସେଠି ଆଞ୍ଜେଲ୍‌ର ଆକ୍ଟିଂ ଦେଖି ପ୍ରଡ୍ୟୁସର ତା' ପ୍ରତି ପ୍ଲିଜ୍ ହୋଇଯାଇଥିଲା। ଆଉ ଆଞ୍ଜେଲ୍‌କୁ ତା' ଫିଲ୍ମରେ ଆକ୍ଟିଂ କରିବାର ସୁଯୋଗ ଦେବାକୁ ପ୍ରଡ୍ୟୁସର ସେଇଠି ସେଇ ଫଙ୍କ୍‌ସନରେ ବି ଘୋଷଣା କରିଥିଲା। ଆଞ୍ଜେଲ୍ ହାତରେ ଭିଜିଟିଂ କାର୍ଡ ଧରାଇ ଦେଇ କେବେ ଭୁବନେଶ୍ୱର ଆସିଲେ ତାକୁ ଦେଖା କରିବାକୁ ସେ ପ୍ରଡ୍ୟୁସର କହିଥିଲା। ବାସ୍, ଆଞ୍ଜେଲ୍ ଭିତରେ ହିରୋଇନ୍ ହେବାର ଯେଉଁ ସୁପ୍ତ ଅଭିଳାଷଟି ଦୀର୍ଘଦିନ ଧରି ଶୋଇ ରହିଥିଲା, ହଠାତ୍ ତାହା ଜାଗି ଉଠିଥିଲା।

ଗ୍ରାଜୁଏସନ୍ କମ୍ପ୍ଲିଟ୍ ହେବା ପରେ ଆଞ୍ଜେଲ୍ ବାଲେଶ୍ୱରରୁ ଭୁବନେଶ୍ୱର ଆସିଲା। ଆଉ ସେ ପ୍ରଡ୍ୟୁସରକୁ ବି ଦେଖାକଲା। ସେ ପ୍ରଡ୍ୟୁସର ତାକୁ ବାରିପଦାଠୁ ବ୍ରହ୍ମପୁର, ଜୟପୁରରୁ ଭବାନୀପାଟଣା, ଦିଲ୍ଲୀରୁ ମୁମ୍ବାଇ ସବୁଆଡ଼େ ବୁଲାଇଲା। ଭୁବନେଶ୍ୱରର ବିଭିନ୍ନ ଗେଷ୍ଟ ହାଉସରେ ରଖେଇଲା। ତାକୁ ବଡ଼ବଡ଼ ସ୍ୱପ୍ନ ଦେଖେଇଲା। ତା' ସହ ଡ୍ରିଙ୍କ୍‌ସ କଲା। ସେକ୍ସ କଲା। ଡ୍ରଗ୍‌ସ ନେଲା। ତାକୁ ୟୁଜ୍ କରି ଫିଙ୍ଗିଦେଲା। ଆଞ୍ଜେଲ୍‌ର ହିରୋଇନ୍ ହେବାର ସ୍ୱପ୍ନ ମରିଗଲା। ତା' ପରଠୁ ଆଞ୍ଜେଲ୍ ଆକ୍ଟିଂ ଲାଇନ୍ ଛାଡ଼ିଦେଲା। ଏଇ ଫ୍ରଷ୍ଟ୍ରେସନ ହିଁ ଆଞ୍ଜେଲ୍‌କୁ ଆଲବର୍ଟ ସହ ଅଧିକ ନିବିଡ଼ କଲା।

ଆଞ୍ଜେଲ୍ ବି ଆଲ୍‌ବର୍ଟ ସହ ମାଟ୍ରିମୋନିଆଲ ବିଜ୍‌ନେସରେ ସାମିଲ୍ ହୋଇଛି। ଆଞ୍ଜେଲ ସ୍ୱପ୍ନ ଦେଖୁଥିଲା, ସେ ଧନୀ ହେବ। ପ୍ରଚୁର ଟଙ୍କା ରୋଜଗାର କରିବ। ଫ୍ଲାଟ୍ କିଣିବ। ଗାଡ଼ି କିଣିବ। ଫରେନ୍ ବୁଲିବ। ଏଣୁ ସେ ଆଲ୍‌ବର୍ଟ ସହ ହାତ ମିଶେଇଥିଲା।

ଆଲବର୍ଟ କହିଲା; ତୋ' କାମ ତ ହୋଇଗଲା। ମୋ' କମିସନ କାଇଁ?

ଆଞ୍ଜେଲ କହିଲା; ଏମିତି କାଙ୍ଗାଳିଆଙ୍କ ଭଳି କାହିଁକି ହଉଛୁ? ଆଗ ବୁଢ଼ା ଟ୍ରାକ୍‌କୁ ଆସୁ। କମ୍ପ୍ଲିଟ୍‌ଲି ପଟୁ। ହାତକୁ ମାଲ୍ ଆସୁ। ତା' ପରେ ତୋ' କମିସନ ନବୁନି? ମୁଁ କ'ଣ କୁଆଡ଼େ ପଳେଇ ଯାଉଛି ନା ତୁ ତୋ' ଅଫିସ ସିଫ୍‌ଟ କରି ଦେଉଛୁ?

ସାମାନ୍ୟ ବିରକ୍ତ ହୋଇ ସିଗାରେଟ୍ ଲଗାଇଲା ଆଞ୍ଜେଲ୍। ଆଲ୍‌ବର୍ଟକୁ ବଢ଼ାଇଦେଲା ପ୍ୟାକେଟ୍। ଆଲ୍‌ବର୍ଟ ବି ସେଥିରୁ ଗୋଟିଏ ସିଗାରେଟ୍ ପାଟିରେ ପୂରାଇ ଲାଇଟର ଅନ୍ କଲା।

ଧୂଆଁକୁ ଧୀରେ ଧୀରେ ଛାଡ଼ି ଆଲବର୍ଟ କହିଲା; ଦେଖ୍ ଆଞ୍ଜେଲ୍, ତୋ' ଫଟୋ ଦେଖି ବୁଢ଼ା ଏକ୍ସଟ୍ରିମ୍‌ଲି ଏକ୍ସାଇଟେଡ୍। ତୋ'ର ସେଇ ସ୍ଲିଭ୍‌ଲେସ ସର୍ଟ୍ ଟପ୍ ପିନ୍ଧା ଫଟୋକୁ ବୁଢ଼ା ଅତି କମ୍‌ରେ ଅଧ ଘଣ୍ଟା ଯାଏ ଦେଖିଛି। ବ୍ରା' ଷ୍ଟ୍ରାପ୍‌କୁ ତୁ ଏତେ ଜୋର୍‌ରେ ଭିଡ଼ି ବାନ୍ଧୁ ଯେ, ଛାତି ଉପରେ ଟପ୍‌ଟା ନାମକୁ ମାତ୍ର ଝୁଲିକି ରହେ। ବେଳେବେଳେ ପତାକା ଭଳି ଫଡ୍‌ଫଡ୍ ଉଡ଼େ ତୋ' ଛାତି ଉପରେ। ପୁଣି ପିଙ୍କ୍ କଲର ବ୍ରା ଅଫ୍ ହ୍ୱାଇଟ୍ ରଙ୍ଗର ଟପ୍ ଭିତରୁ ଜଳଜଳ ଦିଶୁଥାଏ। ଅବ୍‌ଭିୟସ୍‌ଲି, ତୁ ଭାରି ସେକ୍ସି ଲାଗୁ ସେତେବେଳେ। ବୁଢ଼ା ତତେ ମ୍ୟାରେଜ୍ କରିବ ବୋଲି କନ୍‌ଫର୍ମ କରି ସାରିଛି।

ରିଏଲି, ବୁଢ଼ା କ'ଣ ସତରେ ପଟିଛି? ଆଖି ନଚେଇ କହିଲା ଆଞ୍ଜେଲ୍। ତା' ଆଖି ଦୁଇଟି ସେତେବେଳକୁ ଜଳୁଥିଲା। ଆଞ୍ଜେଲ୍‌ର ନାକରୁ ରେଳ ଇଞ୍ଜିନ ଭଳି ଧୂଆଁ ବାହାରୁଥିଲା। କାହିଁକି ନା, ଆଞ୍ଜେଲ ସିଗାରେଟ୍‌ରେ ବିଏସ୍ ନେଇଥିଲା।

ଆଞ୍ଜେଲ୍ କହିଲା; ଶୁଣ୍ ଆଲବର୍ଟ ଆମର ଟଙ୍କା ସରି ଆସିଲାଣି। ତୁରନ୍ତ କିଛି ଗୋଟା ଆରେଞ୍ଜମେଣ୍ଟ କର୍। ସାମୁଏଲ୍ ବିଏସ୍ ସପ୍ଲାଇ ବନ୍ଦ କରିଦେଇଛି। ଆଗ ଟଙ୍କା ପେମେଣ୍ଟ ନ କଲେ ସେ ଆଉ ଦବନି କହୁଛି। ତୋ' ହ୍ୱାଟ୍‌ସ ଆପ୍ ଚେକ୍ କରିନୁକି? ସେ ମେସେଜ୍ ଦେଇଥିଲା।

ଆଲ୍‌ବର୍ଟ କହିଲା; ଡୋଣ୍ଟ୍ ଓରି। ମାଲ୍ ପହଞ୍ଚିଯିବ। ସାମୁଏଲ୍ ନ ଦେଉ। ରହିମ୍ ଦେବ। ସେ ସାମୁଏଲ୍‌ଟା ରିଲାଏବ୍ଲ ନୁହେଁ। ତାକୁ ଛାଡ଼ିବାକୁ ହେବ। ବେଶି ରୋଲ୍ କାଢୁଛି। ବେପାର ହୋଇଯାଉଛି ତ! ସେଥିପାଇଁ ଗଡୁଁ।

ଆଞ୍ଜେଲ୍ କହିଲା; ସେ ନୂଆ ବୁଢ଼ା ମ୍ୟାଟରଟା ଇମିଡିଏଟ୍‌ଲି ଫାଇନାଲ୍ କର। ଇଟ୍‌ସ ଅଲ୍‌ରେଡି ଠୁ ଲେଟ୍। ଛ' ମାସ ହେଲାଣି ହାତରେ ପ୍ରୋଜେକ୍ଟ ନାହିଁ। ଯେମିତି ହେଲେ ଟଙ୍କା ଦରକାର। ଆଉ ସେମିତି କେହି ନୂଆ ପାର୍ଟି ପଟିଛନ୍ତି କି?

ଆଲ୍‌ବର୍ଟ କହିଲା; ଡୋଣ୍ଟ ଓରି ମାଇଁ ଡାର୍ଲିଂ। ତୋ' କାମ ହୋଇଯାଇଛି ବୋଲି ଜାଣ। ବୁଢ଼ାର ତୁ ଲାଇକ୍ ହୋଇଛୁ ମାନେ ଦେୟାର ଇଜ୍ ନୋ ପ୍ରୋବ୍ଲେମ୍। ତୋ' ଭଳି ଜଣେ ସୁନ୍ଦରୀ ଝିଅର ଫଟୋ ବୁଢ଼ାକୁ ପାଗଳ କରିଦେବ ବୋଲି ମୁଁ ସିଓର ଥିଲି। ମୁଁ କ'ଣ ବୁଢ଼ା ପଛରେ ପଡ଼ିବି। ଓଲଟି ବୁଢ଼ା ମୋ' ପଛରେ ପଡ଼ିବ। ଦେଖିବୁ ସେ କାଲି ସକାଳୁ ସକାଳୁ କେମିତି ଧାଇଁ ଧାଇଁ ଆସି ପହଞ୍ଚିଯିବ ମୋ' ଅଫିସରେ।

ଉଁ, ତୁ ଟିକେ ବଢ଼େଇକି କହୁଛୁ। ମୋତେ ଇମ୍ପ୍ରେସ କରିବାକୁ କି କ'ଣ?

ହେ, ବଢ଼େଇକି କାହିଁକି କହିବି? ମୁଁ କନ୍‌ଫିଡେଣ୍ଟ ବୁଢ଼ା କାଲି ଆସିବ। ତା' ସହ ତୋ' ମ୍ୟାରେଜ୍ ପକ୍କା କରିକି ଯିବ।

କିନ୍ତୁ ଓଭର କନ୍‌ଫିଡେଣ୍ଟ୍ ହେବାଟା ଠିକ୍ ନୁହେଁ ଯେ!

ହେଇ ଶୁଣ୍, ମୋ' ବାଁ ପଟେ ଏବେ ଯୋଉ ପିଙ୍କ୍ କ୍ୟାଟ୍‌ଟି ବସିନିକି, ସେ ଥିଲେ ମୋର ଆଉ ପ୍ରୋବ୍ଲେମ୍ କ'ଣ? ସି'ଜ୍ ମାଇଁ କ୍ରାଇସିସ୍ ମ୍ୟାନେଜର। ମାଇଁ ବିଉଟିଫୁଲ୍ ଜର୍ମାନ୍ ୱାସ୍‌ପ। ମାଇଁ କୁଇନ୍ ହନି ବି। ମାଇଁ ସ୍ୱିଟ୍ ଆଞ୍ଜେଲ୍।

ଠୁ ମଚ୍ ପମ୍ପିଂ। ଆଇ ୱିଲ୍ ବର୍ଷ୍ଟ ଆଉଟ୍।

କାହିଁକି, ତୁ କ'ଣ ବିୟୁଟିଫୁଲ୍ ନୁହଁ? ତୁ କ'ଣ ସେକ୍ସି ନୁହଁ? ତୋର ଗୋଟିଏ ସାମାନ୍ୟ ଷ୍ଟିଙ୍ଗ୍ କୌଣସି ପୁରୁଷକୁ ସମ୍ପୂର୍ଣ୍ଣ ପାରାଲାଇଜ୍ କରିଦେବ। ମୁଁ ସିଓର। ସେଥିପାଇଁ ତ ମୁଁ କୁହେ, ୟୁ ଆର୍ ମାଇଁ ଜର୍ମାନ୍ ୱାସ୍‌ପ। ୱାଇଲ୍‌ଡ ମାଉଣ୍ଟେନ୍ ବି। ତୋ' ଦଂଶନର ଜ୍ୱାଳା ଯିଏ ସହିନେବ, ସେ ହିଁ ସଂସାରର ସାର୍ଥକ ପ୍ରେମିକ।

ଥାଉ ଥାଉ, ସେସବୁ ପାଗଳାମୀ ଛାଡ଼େ। କମ୍ ଟୁ ଦି ଟପିକ୍। ଟେଲ୍ ମି ରିଗାର୍ଡିଂ ଆୱାର ପ୍ଲାନ୍ ଆଣ୍ଡ ଦ୍ୟାଟ୍ ବ୍ଲଡି ଓଲ୍‌ଡମ୍ୟାନ୍।

ପ୍ଲାନ୍ ଆଉ କ'ଣ? ଏ ଯୋଉ ବୁଢ଼ା ମୁଁ ଠିକ୍ କରିଛି, ସେ ଆମ ପାଇଁ ଏକ ପ୍ରିସିୟସ୍ ଆସେଟ୍। ତା' ଉପରେ ଆମ ଫ୍ୟୁଚର ଡିପେଣ୍ଡ କରୁଛି।

ଶୁଣ୍ ଆଲବର୍ଟ, ଏଥର ଏ ବୁଢ଼ାଠାରୁ ଯାହା ଇନ୍‌କମ୍ କରିବା, ସେଇ ଟଙ୍କାରେ ପ୍ରଥମେ ଗୋଟିଏ ଫ୍ଲାଟ୍ କିଣିବା। ଟୁ ବିଏଚ୍‌କେ ଉଇଥ୍ ଏକ୍ସଟ୍ରା ଡ୍ରଇଂ ସ୍ପେସ୍। ମଦନପୁର କଲ୍‌ଚର ୟୁନିଭର୍ସିଟି ପାଖାପାଖି ଗୋଟିଏ ଆପାର୍ଟମେଣ୍ଟ ବୁଝୁଥିଲି। ଗାନ୍ଧୀ ଇଞ୍ଜିନିୟରିଂ କଲେଜ୍‌ର ଟିକେ ଆଗକୁ। ବିଲ୍ଡର୍ସ ସହ ବି କଥା ହୋଇଛି। ଫିପ୍‌ଟି ଫାଇଭ୍ ଲାଖ୍‌ସ ଭିତରେ ଆସିଯିବ ବୋଲି କହୁଥିଲା। ଆଉ ଗୋଟିଏ ଭେଇକ୍ଲ୍ ବି କିଣିବା। ଏସ୍‌ୟୁଭି।

ହ୍ୟୁଣ୍ଡାଇର ଭେନ୍ୟୁ ଭଲ ଲାଗୁଛି ନା? ନ ହେଲେ କ୍ରେଟା? ନା, କ'ଣ କହୁଛୁ? ମାରୁତି-ସୁଜୁକି ଗାଡ଼ି ପ୍ରତି ମୋର ଲାଇକିଂ ନାହିଁ। ହଉ ଦେଖିବା କିଣିବା ବେଳେ।

ଶୁଣ୍ ଆଞ୍ଜେଲ୍, ଏ ବୁଢ଼ା କିନ୍ତୁ ଗୋଟା ଜବରଦସ୍ତ ମାଲ୍‌ଦାର ପାର୍ଟି। ଗୋଟେ ସୁନା ଅଣ୍ଡା ଦିଆ କୁକୁଡ଼ା। ମୁଁ ଭାବୁଛି, ଆମେ ଏ ବୁଢ଼ାଠାରୁ ଆଖିବୁଜା ମାଲ୍ ଝଡ଼େଇ ପାରିବା। ବୁଢ଼ା ଟଙ୍କାରେ ଆମେ ସୁଇଜରଲ୍ୟାଣ୍ଡ, ବ୍ୟାଙ୍କକ୍, ପ୍ୟାରିସ ଟୁର୍‌ରେ ଯିବା। ମୋର ବିଦେଶ ଯିବାର ଯୋଗ ଅଛି ବୋଲି ଆଇଜି ପାର୍କ ପଛ ପଟେ ଯୋଉ ଜ୍ୟୋତିଷ ବସେନି କି, ସେ ମୋ' ହାତ ଦେଖି କହୁଥିଲା।

ସତରେ କ'ଣ ବୁଢ଼ା ମାଲ୍‌ଦାର ପାର୍ଟି? ତୁ ଜାଣିଲୁ କେମିତି? ଏହା ପୂର୍ବରୁ ତ ଯୋଉ ବୁଢ଼ାକୁ ଠିକ୍ କରିଥିଲୁ, ନିହାତି ଭିକାରୀଟା। କାଙ୍ଗାଳି କୋଉଠିକାର। ସେକ୍ରେଟେରିଏଟ୍‌ର ଗୋଟିଏ ମାମୁଲି ରିଟାୟାର୍ଡ କ୍ଲରିକାଲ୍ ଏମ୍ପ୍ଲୟି। ମାଇଜର୍। ମକ୍ଖିର୍ମା। ଚାଳିଶି ପଚାଶ ହଜାର ଟଙ୍କା ଛଡ଼ା ସେଠୁ ଆଉ ଅଧିକ ଆମେ କ'ଣ ଆଚିଭ୍ କଲେ? ଗୋଟିଏ ମାସର ବିଏସ୍ ବଜେଟ୍‌କୁ ବି ନିଅଣ୍ଟ।

କିପ୍ ପେସେନ୍‌ସ ମାଇଁ ଡାର୍ଲିଂ। ସ୍ଲୋ ଆଣ୍ଡ ଷ୍ଟିଡି ଉଇନ୍‌ସ ଦ ରେସ୍। ଏଥର ତୋ' ପାଇଁ ଯୋଉ ବୁଢ଼ା ଠିକ୍ କରିଛି, ତୁ ତା' ବିଷୟରେ ଭାବି ବି ପାରିବୁନି। ତୋ' ମୁଣ୍ଡ ଗୋଲ୍ ହୋଇଯିବ। ସେ ଗୋଟିଏ ମିଲିଓନାୟାର।

ବୁଢ଼ା କି ସର୍ଭିସ୍ କରିଥିଲା କି?

ବୁଢ଼ା ଆର୍ମିର ରିଟାୟାର୍ଡ ଲେପ୍‌ଟନାଣ୍ଟ କର୍ଣ୍ଣେଲ୍। ଲାଷ୍ଟ ଇୟର ସେ ରିଟାୟାର୍ଡ କରିଛି। ବୁଢ଼ି ମରିଯିବା ପରେ ବୁଢ଼ା ଏକା। ପୁଅ ରହୁଛି ଆମେରିକାର ନ୍ୟୁଜର୍ସିରେ। ଝିଅ ବାହା ହୋଇଛି ଦିଲ୍ଲୀର ଜଣେ ବିଜ୍‌ନେସ ଟାଇକୁନ୍‌କୁ। ପ୍ୟାଲେସ ପରି ବିଶାଳ ବଙ୍ଗଳାରେ ବୁଢ଼ା ପୂରା ଏକୁଟିଆ। ଅଚଳାଚଳ ପ୍ରପର୍ଟି ବୁଢ଼ାର। ହେଲେ ଭୋଗ କରିବାକୁ କେହି ନାହିଁ। ବୁଢ଼ା ଚାହୁଁଚି ଜଣେ କେୟାର ଟେକର। ଆଉ ଆମ ପାଇଁ ଏଇଟା ଗୋଟିଏ ଗୋଲ୍‌ଡେନ୍ ଚାନ୍‌ସ। ତୁ ମହାରାଣୀ ହେଲୁ ବୋଲି ଜାଣ। ଟଙ୍କାର ପାହାଡ଼ ଉପରେ ଶୋଇବୁ।

ସତେ! ତା'ମାନେ ତୁ ଏଥର ଗୋଟିଏ ମୋଟା ଅଙ୍କର କମିସନ୍ ପାଉଛୁ? ଉଁ...।

ଆଲବର୍ଟକୁ କୁଣ୍ଢେଇ ତା' ଗାଲରେ ଦୁଇ ତିନିଟି କିସ୍ କରିପକାଇଲା ଆଞ୍ଜେଲ। ଆଞ୍ଜେଲ ଆଲ୍‌ବର୍ଟକୁ ଏମିତି ଜାବୁଡ଼ି ଧରିଲା ଯେ, ଆଲ୍‌ବର୍ଟ ଏକଦମ୍ ବ୍ରେଥ୍‌ଲେସ୍ ହୋଇପଡ଼ିଲା ଏବଂ ବହୁ କଷ୍ଟରେ ଆଞ୍ଜେଲର ବାହୁରୁ ମୁକୁଳି ଆସିଲା।

ଶ୍ୱାସରୁଦ୍ଧ ଅବସ୍ଥାରେ ଆଲ୍‌ବର୍ଟ କହିଲା; ବୁଢ଼ା ଲଦାଖ୍ ବର୍ଡର ପୋଷ୍ଟରେ

ଥିଲା। ଜାମ୍ମୁ-କାଶ୍ମୀର, ନର୍ଥ-ଇଷ୍ଟ୍‌ରେ ବି ବୁଢ଼ା ବହୁଦିନ ଧରି ଥିଲା। ରିଟାୟାର୍ଡ ପରେ ଏବେ ରହୁଛି ଫରେଷ୍ଟ ପାର୍କରେ। ବିଜୁ ପଟ୍ଟନାୟକ ପୁରୁଣା ଜନତା ପାର୍ଟି ଅଫିସ ପଛ ପଟେ ପରା ବୁଢ଼ାର ଘର। ଆମ ମାଟ୍ରିମୋନିଆଲ୍ ସାଇଟ୍‌ରୁ ବୁଢ଼ା ତୋ' ଫଟୋ ଦେଖି ଆଜି ଅଫିସ ଆସିଥିଲା। ଆମ ସାଇଟ୍‌ରେ ସେ ରେଜିଷ୍ଟ୍ରେସନ ବି କରିଛି। ତୋ'ର ସବୁ ଡିଟେଲ୍‌ସ ସେ ମୋ' ପାଖରୁ ନେଇଛି। ତୋ' ବାହାଘର ପକ୍କା ବୋଲି ଜାଣ।

ପୁଣି ଥରେ ଆଲବର୍ଟକୁ କୁଣ୍ଢେଇ ପକାଇଲା ଆଞ୍ଜେଲ। ଆଞ୍ଜେଲ ପିନ୍ଧିଥିଲା ସ୍ଲିଭ୍‌ଲେସ ଟପ୍ ଆଉ ଥ୍ରୀ କ୍ୱାର୍ଟର ପ୍ଲାଜୋ ଟ୍ରାଉଜର। ଏହି କାଜୁଆଲ୍ ଡ୍ରେସ୍‌ରେ ହିଁ ଆଞ୍ଜେଲ ଭାରି ଆଟ୍ରାକ୍‌ଟିଭ୍ ଲାଗେ ଆଲବର୍ଟକୁ। ଆଞ୍ଜେଲ୍‌ର ଡିଓ ଭିଜା ସନ୍ତସନ୍ତିଆ କାଖ ଆଲ୍‌ବର୍ଟର ମୁହଁରେ ଘସି ହୋଇଗଲା। ଆଲ୍‌ବର୍ଟ ଏକ୍ସାଇଟେଡ୍ ହୋଇ ପଡ଼ିଲା। ଆଲ୍‌ବର୍ଟର ସେହି ସମୟରେ ଆଞ୍ଜେଲ୍‌କୁ ସେକ୍ସ କରିବାକୁ ଇଚ୍ଛା ହେଲା।

ସେତେବେଳକୁ ଆଞ୍ଜେଲ ଉପରେ ବିଏସ୍ କାମ କରିବା ଆରମ୍ଭ କରିଦେଲାଣି। ଆଞ୍ଜେଲ ଟଳମଳ ହେଉଥାଏ ବିଏସ୍ ନିଶାରେ। ତାକୁ ସାରା ଦୁନିଆ ସ୍ୱପ୍ନମୟ ଲାଗୁଥିଲା। ସେ ଆଲ୍‌ବର୍ଟକୁ କୁଣ୍ଢେଇକି ଧରିଲା।

ଆଲବର୍ଟ ପୁଣି କହିଲା; ମୁଁ ବୁଢ଼ାକୁ କହିଛି, ତୁ ଜଣେ ଅର୍ଫାନ୍। ତୋର ନିଜର ବୋଲି କେହି ନାହାନ୍ତି। ବାପା ନାହାନ୍ତି କି ମା' ନାହାନ୍ତି। ବଟ୍ ହାଇଲି କ୍ୱାଲିଫାଏଡ୍। ବୁଢ଼ା ସେମିତି ଏକ ପୋଓର ଫାମିଲିର ଝିଅ ଖୋଜୁଥିଲା ଯିଏକି ସବୁଦିନ ପାଇଁ ତା' ପ୍ରତି ଓବ୍‌ଲାଇଜଡ୍ ହୋଇ ରହୁଥିବ। ଆଉ ମଧ୍ୟ ବୁଢ଼ାର ୱିଡୋ ପସନ୍ଦ। ଆଚ୍ଛା, ତୁ ୱିଡୋ ନୁହଁ ତ ? ମୋର କାହିଁକି ଡାଉଟ୍ ହେଉଛି।

ହେଇ, ମୋତେ ରଗାନା କହୁଛି। ମୁଁ କାହିଁକି ୱିଡୋ ହେବି ? ଆଉ ଥରେ ମତେ ୱିଡୋ କହିଲେ ତୋ' ଜିଭକୁ କାଟିଦେବି। ଇଡିୟଟ୍। ରାସ୍‌କେଲ୍। ଆଞ୍ଜେଲ ବିଏସ୍ ନିଶାରେ ଟଳମଳ ହେଉଥିଲା। ଆଲବର୍ଟ ବି। କିନ୍ତୁ ଉଭୟ ହୋସ୍‌ରେ ଥିଲେ।

ମୁହଁ ଫୁଲେଇଲା ଆଞ୍ଜେଲ। ଆଞ୍ଜେଲ୍ ମୁହଁ ଫୁଲେଇ, ରାଗି ଗୋଡ଼ କଚାଡ଼ିଲେ ଆଲ୍‌ବର୍ଟ ଖୁସି ହୁଏ। କାରଣ ସେ ଜାଣେ, ଆଞ୍ଜେଲ୍ ଜଣେ ନାକ କାନ୍ଦୁରୀ। ତା' କାନ୍ଦ ଭୁବନେଶ୍ୱରର ବର୍ଷା ଭଳି। ଠୋ ଠୋ କରି ବର୍ଷିଯିବ। ସେ ବର୍ଷାରେ ବନ୍ୟା ଆସିଯିବ ଇସ୍କନ୍ ମନ୍ଦିର ଫ୍ରଣ୍ଟ୍ ଭଳି। ମାତ୍ର ମିନିଟିଏ କି ଦି' ମିନିଟ୍ ପରେ ପୁଣି ଟିକ୍ ଟିକ୍ ଖରା। ସଫା ଆକାଶ। ଶୁଖିଲା ପିଚୁ ରାସ୍ତା।

ଆଲବର୍ଟ ନିଜ ଦୁଇ କାନ ଧରି କହିଲା; ସରି ଡାର୍ଲିଂ।

ସେ ସରିଫରି ଛାଡ଼୍। ଆମର ନେକ୍ସଟ୍ ପ୍ଲାନ୍ ଓ ଟାର୍ଗେଟ୍ କଥା କହ, ଯୋଉଟା ଏବେ ଆମ ପାଇଁ ସବୁଠୁ ଇମ୍ପୋର୍ଟାଣ୍ଟ୍।

ବୁଢ଼ା କହୁଛି, ମ୍ୟାରେଜ୍ ପୂର୍ବରୁ ତତେ ଥରେ ଦେଖିବ। ତୋ' ସହ କଥା ହେବ। ସାମାନ୍ୟ କ'ଣ ଇଣ୍ଟରଭ୍ୟୁ ନେବ। ନେଉ। କିଛି ପ୍ରୋବ୍ଲେମ୍ ନାହିଁ। ବୁଢ଼ାକୁ ତା'ହେଲେ ଆଇଜି ପାର୍କ ଡକେଇଦେବା। ସେଇଠି କୋଉ ସିମେଣ୍ଟ ବେଞ୍ଚରେ ତୋ'ର ଆଉ ବୁଢ଼ାର ଇଣ୍ଟରଭ୍ୟୁ କାମଟା ସରିଯିବ। ନା କ'ଣ ?

ଆଞ୍ଜେଲ୍‌କୁ ଲାଗୁଥିଲା, ଏଇଟା ବୋଧେ ସେମାନଙ୍କର ସବୁଠୁ ବଡ଼ ପ୍ଲାନ୍। ଏଇ ପ୍ଲାନ୍‌ଟି ସକ୍‌ସେସ୍‌ଫୁଲ୍ ହୋଇଗଲେ ତା' ଲାଇଫ୍ ଚେଞ୍ଜ୍ ହୋଇଯିବ। ସେ ସାମାନ୍ୟ ଇମୋସ୍‌ନାଲ ହୋଇ ପଡ଼ିଲା। ବିଏସ୍ ନେଲା ପରେ ଆଞ୍ଜେଲ୍ ଏମିତି ଇମୋସ୍‌ନାଲ ହୋଇଯାଏ। କେତେବେଳେ ଜୋର୍‌ରେ ହସେ ତ ପୁଣି ସୁଁ ସୁଁ ହୋଇ କାନ୍ଦି ପକାଏ ଓ ଆଲବର୍ଟକୁ କୁଣ୍ଢେଇ ଧରେ।

ଗୋଟିଏ ଜଙ୍ଗଲୀ ଝରଣା ଭଳି ପାହାଡ଼ ପିଠିରୁ ଝରଝର ହୋଇ ବୋହି ପଡ଼ିଲା ଆଞ୍ଜେଲ। ଆଲବର୍ଟ ପିଠିରେ ଏମିତି ଲଦି ହୋଇ ପଡ଼ିଲା ଯେ, ଆଲ୍‌ବର୍ଟ ନିୟନ୍ତ୍ରଣ ହରାଇ ପିଟି ହୋଇଗଲା କାନ୍ଥରେ। ନିଶାରେ ଆଞ୍ଜେଲ୍ ଫିକ୍ ଫିକ୍ ହସୁଥିଲା।

ଆଞ୍ଜେଲ ତା' ଛାତିରୁ ଚୁନ୍‌ରୀକୁ ବାହାର କରିଆଣି ନିଜ ମୁଣ୍ଡରେ ଓଢ଼ଣୀ ଭଳି ଦେଇ ମିଛିମିଛିକା ନୂଆ ବାହା ହୋଇଥିବା ସ୍ତ୍ରୀଲୋକଟିଏ ଭଳି ଆକ୍ଟିଂ କଲା। ମୁଣ୍ଡରେ ଚୁନ୍‌ରୀକୁ ଗୁଡ଼େଇ ଆଲବର୍ଟକୁ ମିଛିମିଛିକା ଆଣ୍ଠୁ ମାଡ଼ି ନମସ୍କାର କଲା ଓ ହସିହସି ଗଡ଼ିଗଲା।

ଆଲବର୍ଟ ଆଞ୍ଜେଲ୍‌କୁ କୋଳକୁ ଭିଡ଼ି ଆଣି ତା' ଗାଲ, ଓଠ, ମୁହଁରେ କିସ୍ କଲା। ତା' ଅଣ୍ଟାକୁ ଚିମୁଡ଼ି ଦେଲା ଓ ତାକୁ ଜୋର୍‌ରେ ଜାବୁଡ଼ି ଧରିଲା। ମାତ୍ର, ଆଲବର୍ଟର ବାହୁରୁ ମୁକୁଳି ଆସି ଆଞ୍ଜେଲ୍ ତା' ସାମ୍ନା ଚେୟାରରେ ବସିଲା ଓ ସେମାନଙ୍କ ଆଗାମୀ ପ୍ଲାନ୍ ନେଇ ପ୍ରଥମ ଥର ପାଇଁ ସିରିୟସ୍‌ଲି କଥା ହେଲା।

ଆଲବର୍ଟ କହିଲା; ଦେଖ୍ ଆଞ୍ଜେଲ, ପ୍ରୋଫାଇଲରେ ତୋ' ନାଁ ଅଛି, ସଂଯୋଜିକା ପରମାଣିକ। ଏଜୁକେଶସନାଲ କ୍ୱାଲିଫିକେସନ: ପୋଷ୍ଟ୍ ଗ୍ରାଜୁଏସନ ଇନ୍ ସୋସିଆଲ୍ ସାଇନ୍‌ସ। ଏଜ୍: ଟ୍ୱେଣ୍ଟି ୱାନ୍ ପ୍ଲସ୍। କାଷ୍ଟ: ଖଣ୍ଡାୟତ। ବୁଢ଼ା ପାଇଁ ତୁ ସଂଯୋଜିକା ପରମାଣିକ। ବୁଢ଼ାକୁ ବାହା ହୋଇଗଲା ପରେ ହୁଏତ ତୁ ସଂଯୋଜିକା ମହାପାତ୍ର ହୋଇଯିବୁ। କିନ୍ତୁ ବୁଢ଼ାର ତୁ ଆଞ୍ଜେଲ ହୋଇ ପାରିବୁନି। ମାଇଣ୍ଡ ଇଟ୍। କାରଣ ଆଞ୍ଜେଲ ହେଉଛି ଆଲ୍‌ବର୍ଟର। ସେ ଇଡିୟଟ୍ ନନ୍‌ସେନ୍‌ସ ବୁଢ଼ାର ନୁହଁ।

ଓକେ ବସ୍। ଆଜି ଭାରି ମୁଡ୍!

ଆଲ୍‌ବର୍ଟର ନିଶା ଧୀରେ ଧୀରେ ମୁଣ୍ଡକୁ ଚଢୁଥାଏ । ନିଶାରେ ନ ଥିଲାବେଳେ ଆଲ୍‌ବର୍ଟ ଏମିତି ଇମୋସ୍‌ନାଲ୍ କମ୍ ହୁଏ । ଆଦୌ ହୁଏ ନାହିଁ ବି । ଆଲ୍‌ବର୍ଟ ତା' ବିଜ୍‌ନେସରେ ଭାରି ପ୍ରଫେସ୍‌ନାଲ୍ ।

ଆଲ୍‌ବର୍ଟ ପ୍ରଳାପ କଲା ଭଳି କହିଲା; ସତ କହୁଛି ଆଞ୍ଜେଲ୍ ତୋ' ବିନା ମୁଁ ବଞ୍ଚି ପାରିବିନି । ତୁ କେବଳ ମୋର । ୟୁ ଆର୍ ଓନ୍‌ଲି ମାଇନ୍ ।

ଓକେ ବସ୍ । ଆଞ୍ଜେଲ ଇଜ୍ ୟୋର୍ସ । ଆଞ୍ଜେଲ କେବଳ ଆଲ୍‌ବର୍ଟର । ଓକେ ?

ଆଞ୍ଜେଲ୍ ବି ନିଶାରେ ଚୁର୍ ହେଉଥିଲା । ଆଉ ଆଗାମୀ ପ୍ଲାନ୍‌କୁ ନେଇ ଏକ୍ସାଇଟେଡ୍ ହୋଇପଡୁଥିଲା ।

ଆଞ୍ଜେଲ୍ କହିଲା; ଆଚ୍ଛା, ବୁଢ଼ା ଯଦି ମୋତେ ସେକ୍ସ କରିବାକୁ ଗୋଡ଼େଇବ, ରାତି ଅଧରେ ସେ ପୁରୁଣା ବୁଢ଼ା ଭଳି ? ହଁ, କହିଦଉଚି, ବୁଢ଼ା ସହ ସେକ୍ସଫେକ୍ସ ଡ୍ରାମା ମୁଁ ଆଉ କରିପାରିବିନି ।

ଡ୍ରାମା କରିବୁନି ତ ଏସ୍‌ୟୁଭି, ଫ୍ଲାଟ୍ କିଣିବୁ କେମିତି ? ଦେଖ୍, ବୁଢ଼ାର କୋଟି କୋଟି ଟଙ୍କାର ପ୍ରପର୍ଟି । ସେ ଜଣେ ସାଧାରଣ ମାମୁଲି ବୁଢ଼ା ନୁହେଁ । ରିଟାୟାର୍ଡ ଲେପ୍‌ଟନାଣ୍ଟ କର୍ଣ୍ଣେଲ । ଖଣ୍ଡଗିରି, ନୀଳାଦ୍ରି ବିହାରରେ ଘର । ବୁଢ଼ା ପେନ୍‌ସନ ପାଉଛି ଲକ୍ଷାଧିକ ଟଙ୍କା । ତୁ ମହାରାଣୀ ହୋଇ ରହିବୁ ବୁଢ଼ାର ପ୍ୟାଲେସ୍‌ରେ । ବଟ୍, ବି କେୟାରଫୁଲ୍ ମାଇଁ ଡାର୍ଲିଂ । ଖୁବ୍ ଜଲ୍‌ଦି କିଛି କରି ପକାଇବାକୁ ତରବର ହବୁନି । ସମୟ ସୁବିଧା ଦେଖି ସ୍ଲୋଲି ଆଣ୍ଡ୍ ସାଇଲେଣ୍ଟ୍‌ଲି ଯାହା କିଛି ପ୍ରୋସିଡ୍ କରିବୁ । ସାମାନ୍ୟ କେୟାରଲେସ୍ ବି ଆମ ପାଇଁ ରିସ୍କି ହୋଇପାରେ ।

ତୁ କ'ଣ ମୋତେ କେଜି ୱାନ୍ ପିଲା ଭାବୁଛୁ ? ପପୁ ବୋତଲରେ ଖୀର ପିଉଛି ? ଏମିତି ଅଣ୍ଡରଏଷ୍ଟିମେଟ୍ କରିବୁନି କହିଦଉଛି । ହାଁ !

ଓକେ, ସରି । ତତେ ହର୍ଟ କରିବା ବର୍ତ୍ତମାନ ମୋର ପ୍ଲାନ୍ ନୁହେଁ । କିନ୍ତୁ ଆମକୁ କେୟାରଫୁଲ୍ ରହିବାକୁ ପଡ଼ିବ । ଏ ପ୍ଲାନ୍ ଉପରେ ଆମ ଦି' ଜଣଙ୍କ ଫ୍ୟୁଚର ନିର୍ଭର କରୁଛି । ତୋର ଫ୍ଲାଟ୍, ଏସ୍‌ୟୁଭି । ଆଉ ମୋର ବ୍ୟାଙ୍କକ୍, ପ୍ୟାରିସ ।

ଆଗ ଥର ଯୋଉ ବୁଢ଼ାକୁ ବୁଝିଥିଲୁ, ନିହାତି ଅଗ୍‌ଲି, ନାଷ୍ଟି । ଓଃ, ବୁଢ଼ାର ପାଇରିଆ ପାଟି, ଭାରି ଦୁର୍ଗନ୍ଧ ! ଇସ୍ । ସେଥିରେ ପୁଣି ବୁଢ଼ା ପାକୁଆ ପାଟିରେ ମୋ' ନିପଲ୍‌କୁ ଚ୍ୟୁଇଂଗମ୍ ଭଳି ଚୋବେଇ ପକେଇବ । ତା' ଥୋଡ଼ିରେ ଦି' ଲାତ ମାରିବାକୁ ଇଚ୍ଛା ହୁଏ ସେତେବେଳେ । ଶଳା ଚୁତିଆ ବୁଢ଼ା !

ଆରେ, ତୁ କ'ଣ ସତରେ ସେ ମିଲିଟାରି ବୁଢ଼ାର ପ୍ରେମରେ ପଡ଼ିଗଲୁଣି ନା କ'ଣ ? ଏତେ ରିଆକ୍ଟିଭ୍ ହଉଛୁ ? ଏସବୁ ଆକ୍‌ଟିଂ । ଅଭିନୟ । ମାନେ ଡ୍ରାମା । କିଛି

ପାଇବାକୁ ହେଲେ ତ କିଛି ହରାଇବାକୁ ହୁଏ। ତତେ କ'ଣ ଏସବୁ ବୁଝାଇବାକୁ ପଡ଼ିବ ? ଏ ବୁଢ଼ା ରିଟାୟାର୍ଡ ଆର୍ମି ଅଫିସର। ଫିଟ୍‌ଫାଟ୍। ସ୍ମାର୍ଟ। ରୋମାଣ୍ଟିକ୍ ବି। ଏ ସେ ସେକ୍ରେଟେରିଏଟ୍ କିରାଣୀ ବୁଢ଼ା ଭଳି ମଫୁ ନୁହେଁ। କଞ୍ଜୁସ୍ ନୁହେଁ। ତାକୁ ମ୍ୟାନେଜ୍ କରିପାରିଲେ ଆମ ଫ୍ୟୁଚର ବଦଳିଯିବ।

ଓକେ। ଓକେ। ଆମ୍ ସରି। ବୁଢ଼ା ତା'ହେଲେ କେବେ ବାହାହେବ କହୁଚି ? ବାହାଘର ମନ୍ଦିରରେ, ଆର୍ଯ୍ୟ ସମାଜରେ ନା ଆମୋଫୋଇରେ ହେବ ? ନା କୋର୍ଟ ମ୍ୟାରେଜ୍ କରିବ କହୁଛି କି ବୁଢ଼ା ? କ'ଣ ବୁଢ଼ାର ଇଚ୍ଛା ?

ବୁଢ଼ା ତତେ ଆଗେ ଦେଖିବ ଓ ତୋ' ସହ କଥା ହେବ। ସେଇ ଦେଖାଚାହାଁ ମ୍ୟାଟରଟା ବଡ଼ ଇମ୍ପୋର୍ଟାଣ୍ଟ। ସେଇଟାକୁ ଯେମିତି ଠିକ୍‌ଠାକ୍ ମ୍ୟାନେଜ୍ କରିନେବୁ। ନ ହେଲେ ସବୁ ରୁଇନ୍‌ଡ ହୋଇଯିବ ଆମ ପ୍ଲାନ୍ ଆଉ ପ୍ରୋଗ୍ରାମ। ତୁ ଇନୋସେଣ୍ଟ୍ ବୋଲି ବୁଢ଼ାକୁ ପ୍ରମାଣ ଦେବାକୁ ହେବ। ସେଇଟା ତୋ' ପାଇଁ ସବୁଠୁ ବଡ଼ ଟେଷ୍ଟ।

ଆରେ, ମୁଁ ଜାଣେ ବାବା ସେସବୁ ଷ୍ଟ୍ରାଟେଜି, ଫର୍ମୁଲା ଆଉ ପ୍ଲାନ୍। ତୁ ମୋତେ ଛୋଟପିଲା ଭାବୁଛୁ କି ? ଯେମିତି ମୋର ଏଇଟା ଫାଷ୍ଟ ଏକ୍ସପେରିଏନ୍‌ସ। ଯେମିତି ଏ ଲାଇନ୍‌ରେ ମୁଁ ନୂଆ ? ଏହା ପୂର୍ବରୁ ପରା ପାଞ୍ଚ ପାଞ୍ଚଟା ବୁଢ଼ାକୁ ପଟେଇଛି। କୋଉଠୁ କିଛି କମ୍ପ୍ଲେନ୍ ଆସିଛି ? କହି ପାରିବୁ ? ଭାବୁଛୁ କି ବିଏସ୍ ନିଶାରେ ମୁଁ କିଛି ଏପଟସେପଟ କହୁଛି ?

ଟ୍ରଷ୍ଟ୍ ମି ଡିଅର। ତୋର ଟ୍ୟାଲେଣ୍ଟ ଆଉ ସ୍କିଲ୍ ଉପରେ ମୋର ହଣ୍ଡ୍ରେଡ୍‌ରୁ ଟୁ ହଣ୍ଡ୍ରେଡ୍ ପର୍ସେଣ୍ଟ କନ୍‌ଫିଡେନ୍‌ସ ଅଛି। ହେଲେ ଏ ବୁଢ଼ା ମ୍ୟାଟରଟା ଟିକେ ଡିଫରେଣ୍ଟ। ସେ ମିଲ୍‌ଟାରିବାଲା। ରିଟାୟାର୍ଡ ଆର୍ମି ଅଫିସର। ଏଣୁ ଆମକୁ ଟିକେ କେୟାରଫୁଲ୍ ତ ରହିବାକୁ ହେବ। ଡାର୍ଲିଂ, ତୁ ବୁଝି ପାରୁନୁ ମୋ' କନ୍‌ସର୍ନ।

ଆଲ୍‌ବର୍ଟ ସାମାନ୍ୟ ର୍‌ୟୁଡ୍ ହୋଇଗଲା। ଗୋଟିଏ ହିଂସ୍ର ଓ ଭୋକିଲା ବାଘ ହରିଣକୁ ଝାମ୍ପ ମାରିଲା ଭଳି ଆଲବର୍ଟ ଆଞ୍ଜେଲ୍‌କୁ ଭିଡ଼ି ଆଣିଲା ଆଉ ନିଷ୍ଠୁର ଭାବେ ତାକୁ ସେକ୍ସ କଲା। ନିଶାରେ ଟଳମଳ ଆଞ୍ଜେଲ ସାମାନ୍ୟ ବି ପ୍ରତିବାଦ ଜଣାଇ ନଥିଲା।

ଆଲବର୍ଟ ଜାଣିଥିଲା, ମାସେ କି ଦି' ମାସ ଆଞ୍ଜେଲ୍ ସହ ଆଉ ସେକ୍ସ କରିହେବ ନାହିଁ। ସେତେବେଳ ଯାଏ ଆଞ୍ଜେଲ ସେ ରିଟାୟାର୍ଡ ଆର୍ମି ଅଫିସର ବୁଢ଼ା ପାଖରେ ଲକ୍ ହୋଇଥିବ।

ରାମେଶ୍ୱର ମନ୍ଦିରରେ ବୁଢ଼ାର ବାହାଘର ଆଞ୍ଜେଲ୍ ସହ ନିରାଡ଼ମ୍ବର ଭାବେ ହେଲା। ବାହାଘର ଭଲରେ ଭଲରେ ହୋଇଗଲା। ଆଲବର୍ଟ ମୁଣ୍ଡରୁ ଗୋଟା ବଡ଼

ଟେନ୍‌ସନ୍ ଗଲା। ଏଣିକି ଆଞ୍ଜେଲ୍‌ର ରେସ୍‌ପନ୍‌ସିବିଲିଟି। ଆଞ୍ଜେଲ୍‌ର ଖେଳ। ଆଞ୍ଜେଲ୍ କେମିତି ଖେଳିବ, ସେଇଟା ତା' ଉପରେ ନିର୍ଭର କରେ। ସେ ରିସ୍କ ଆଲବର୍ଟର ନୁହଁ।

ବୁଢ଼ାର କେତେଜଣ ମର୍ଣ୍ଣିଂ ୱାକ୍ ଫ୍ରେଣ୍ଡ୍ ବାହାଘର ବେଳେ ମନ୍ଦିରରେ ଉପସ୍ଥିତ ଥିଲେ। ଘରଲୋକ କିମ୍ବା ବନ୍ଧୁବାନ୍ଧବ କେହି ନଥିଲେ। ଏମିତିକି ବୁଢ଼ାର କେହି ଆର୍ମି ଫ୍ରେଣ୍ଡ୍ ବି ନଥିଲେ। ବୁଢ଼ା ଏସବୁ ଅନ୍‌ୱାଣ୍ଟେଡ୍ କ୍ରାଉଡ୍‌କୁ ପସନ୍ଦ କରେନା। ବାହାଘର କଥା ବୁଢ଼ା ତା' ପୁଅ, ଝିଅକୁ ମଧ୍ୟ ଜଣାଇ ନଥିଲା।

ବୁଢ଼ା ଘରେ ଆଜି ଆଞ୍ଜେଲ୍‌ର ପ୍ରଥମ ଦିନ। ଏତେ ବଡ଼ ବଙ୍ଗଳାରେ ବୁଢ଼ା ଆଉ ଆଞ୍ଜେଲ। ମାତ୍ର ଦୁଇ ଜଣ। ଖୁବ୍ ଲୋନ୍‌ଲି ଲାଗୁଛି ଆଞ୍ଜେଲ୍‌କୁ ଏତେ ବଡ଼ ମହଲାଟାରେ।

ଆଲବର୍ଟର ୱାନ୍ ବିଏଚ୍‌କେ ଘରେ ଭାରି କଞ୍ଜେଷ୍ଟେଡ୍ ହୋଇ ଚଳିବାକୁ ପଡୁଥିଲା ଆଞ୍ଜେଲକୁ। ସେଇଠି କିଚେନ୍, ସେଇଠି ଡାଇନିଂ, ସେଇଠି ବେଡ୍‌ରୁମ୍, ସେଇଠି ଡ୍ରଇଂରୁମ୍ ଆଉ ସେଇଠି ବି ସେକ୍ସ, ସେଇଠି ବିଏସ୍, ଲାଇଟର, ଟିନ୍ ଫଏଲ୍, ସବୁକିଛି। ବର୍ଷାଦିନେ ଆଜ୍‌ବେଷ୍ଟ ଛାତରୁ ପାଣି ଗଳେ। ସେଇ ଛୋଟିଆ ଘରଟିରେ ଖରାଦିନେ ଓଃ କି ଗରମ ଗୁଳୁଗୁଳି ? ଜୀବନଟା ସେଠି ଓଭର କ୍ରାଉଡେଡ୍ ଲାଗୁଥିଲେ ବି ଗୋଟେ ଅଲଗା ମଜା ଥାଏ।

ଆଞ୍ଜେଲ୍ ଆଜି ଶାଢୀ ପିନ୍ଧିଛି। ନାଲି ରଙ୍ଗର ପାଟ ଶାଢୀରେ ଡିପ୍ ଗ୍ରୀନ୍ କଲର ବ୍ଲାଉଜ୍ ତାକୁ ଭାରି ମାନୁଥିଲା। ମଥାରେ ସିନ୍ଦୁର। ଅଣ୍ଡାକୃତି ମୁହଁ। ଟଣା ଟଣା ଭ୍ରୂଲତା। ପତଳା ଚିବୁକ। କଥାକୁହା ଆଖି। ଧାରୁଆ ପଲିସକରା ନାକ। ଓଠରେ କୁଲ୍ ରେଡ୍ ଲିପ୍‌ଷ୍ଟିକ୍। କପାଳରେ ଅତି ଛୋଟ ବିନ୍ଦି। ହସିଦେଲେ ଭଉଁରୀ ସୃଷ୍ଟି ହେଉଥିଲା ଆଞ୍ଜେଲ୍‌ର ଗାଲରେ। ବୁଢ଼ା ହଜି ଯାଇଥିଲା ଆଞ୍ଜେଲ୍‌ର ଏ ଗର୍ଜିୟସ ଲୁକ୍‌ରେ।

ବୁଢ଼ା ମନେମନେ ଆଲବର୍ଟକୁ କୃତଜ୍ଞତା ଜଣାଇଲା। କାରଣ ଆଲବର୍ଟ ତାକୁ ଗୋଟିଏ ନୂଆ ଜୀବନ ଦେଇଛି। ଆଞ୍ଜେଲ୍ ଭଳି ପରୀଟିଏ ଗିଫ୍‌ଟ କରି ଆଲ୍‌ବର୍ଟ ବୁଢ଼ାର ବହୁତ ବଡ଼ ଉପକାର କରିଛି। ଏଣୁ ସେ ଆଲବର୍ଟ ପାଖରେ ଗ୍ରେଟ୍‌ଫୁଲ୍। ଗୋଟିଏ ପରିତୃପ୍ତିର ଆତ୍ମପ୍ରକାଶ ପାଉଥିଲା ବୁଢ଼ାର ଠାଣିରେ।

ମୋଟା ପାଟ ଶାଢୀ ପିନ୍ଧି, ମୁଣ୍ଡରେ ଓଢ଼ଣୀ ଦେଇଥିବାରୁ ଆଞ୍ଜେଲକୁ ବଡ଼ ଅଡୁଆ ଲାଗୁଥାଏ। ଚିଡ଼୍‌ଚିଡ଼ା ଲାଗୁଥାଏ। ଝାଳରେ ତା' ବ୍ଲାଉଜ୍ ଓଦା ହୋଇ ଯାଉଥାଏ। ତଥାପି ଆଞ୍ଜେଲ୍ ହସୁଥାଏ। ଯଦିଓ ହସିବାକୁ ତାକୁ କଷ୍ଟ ହେଉଥାଏ। କାରଣ ଏଇ ତିନି ଚାରିଦିନ ବିଏସ୍ ନେଇ ନଥିଲା ଆଞ୍ଜେଲ୍।

ଆଲବର୍ଟ ପ୍ରକୃତରେ ସତ କହୁଥିଲା। ବୁଢ଼ାର ଏତେବଡ଼ ବଙ୍ଗଳା ଦେଖି ଆଖି ଖୋସି ହୋଇଯାଉଥିଲା ଆଞ୍ଜେଲ୍‌ର। କିନ୍ତୁ ତା' ମୁଣ୍ଡରେ କେତେ କ'ଣ ଖେଳୁଥିଲା।

ବୁଢ଼ାକୁ କେମିତି ଲୁଟିବ ତା'ର ଗୋଟିଏ ସର୍ଟକଟ୍ ପ୍ଲାନ୍ କରୁଥିଲା ଆଞ୍ଜେଲ ମନେମନେ। ଆଜି ସେମାନଙ୍କର ଫୋର୍ଥ ନାଇଟ୍। ବୁଢ଼ା ଏଇ ଈପ୍‌ସିତ ରାତିକୁ ନେଇ କେତେ କ'ଣ ସ୍ୱପ୍ନ ଦେଖିଛି। ଜୀବନର ଅପରାହ୍ନରେ ବୁଢ଼ା ଗୋଟିଏ ନୂଆ ଜୀବନ ଆରମ୍ଭ କରିବାକୁ ଯାଉଛି। ଆହାଃ, ବିଚରା ବୁଢ଼ା ଜାଣିପାରୁନି, ସେ କେତେବଡ଼ ଷଡ଼ଯନ୍ତ୍ରର ଶିକାର ହେବାକୁ ଯାଉଛି।

ଆଞ୍ଜେଲ୍‌କୁ ପାଖରେ ବସେଇ ଘରର ସବୁ ଦାୟିତ୍ୱ ଗୋଟି ଗୋଟିକରି ବୁଝାଇ ଦେଲା ବୁଢ଼ା। ବେଡ୍ ରୁମ୍, କିଚେନ୍, ବାଥ୍‌ରୁମ୍, ପୂଜାରୁମ୍, ଡ୍ରଇଂ ରୁମ୍ ସବୁ ବୁଲେଇ ଦେଖେଇ ଦେଲା ଆଞ୍ଜେଲ୍‌କୁ। ଷ୍ଟିଲ୍ ଆଲ୍‌ମାରି, ଟ୍ରେଜେରି, ଗହଣା ବାକ୍ସ, ଘରର ଚାବି ଆଞ୍ଜେଲ୍‌ର ହାତରେ ଧରେଇ ଦେଇ ବୁଢ଼ା କହିଲା: ଏଥର ତୋ' ଘର ତୁ ସମ୍ଭାଳେ। ଆଜିଠୁ ମୋର ଛୁଟି। ତୁ ଆସିଗଲୁ। ମୋ' ଚିନ୍ତା ଗଲା।

ଫୋର୍ଥ ନାଇଟ୍ ବେଡ୍‌କୁ ଭାରି ଆଟ୍ରାକ୍‌ଟିଭ ଢଙ୍ଗରେ ସଜେଇଥିଲା ବୁଢ଼ା। ବେଡ୍ ସାରା ବିଛେଇଥିଲା ରୋଜ୍ ଆଉ ରଜନୀଗନ୍ଧା। ରଜନୀଗନ୍ଧାର ମହମହ ବାସ୍ନାରେ ପୂରି ଉଠୁଥିଲା ଘର। ବୁଢ଼ା ଆଉ ନିଜକୁ କଣ୍ଟ୍ରୋଲ୍ କରି ପାରୁ ନଥିଲା। ଖୁବ୍ ଶୀଘ୍ର ଲାଇଟ୍ ଅଫ୍ କରି ଆଞ୍ଜେଲ୍‌କୁ ଜାବୁଡ଼ି ଧରି ଶୋଇ ପଡ଼ିବାକୁ ବୁଢ଼ା ବ୍ୟଗ୍ର ହୋଇ ପଡୁଥିଲା। ମାତ୍ର ଆଞ୍ଜେଲ୍ ଏତେ ଶୀଘ୍ର ଧରା ଦେଉ ନଥିଲା।

ଆଞ୍ଜେଲ୍ ଗରମ କ୍ଷୀର ଗ୍ଲାସ୍ ଆଣି ବୁଢ଼ାକୁ ନିଜ ହାତରେ ପିଆଇ ଦେଲା। ଆଞ୍ଜେଲର ମୋହିନୀ ସ୍ପର୍ଶରେ ବୁଢ଼ା ତରଳି ଯାଉଥିଲା ବରଫ ଭଳି।

ଲାଇଟ୍ ଅଫ୍ କରି ଆଞ୍ଜେଲ ଦେହରୁ ପରସ୍ତ ପରସ୍ତ କରି ଶାଢ଼ି ଖୋଲିଦେଲା ବୁଢ଼ା। ଏହା ପରେ ଆଞ୍ଜେଲ୍‌ର ବ୍ଲାଉଜ୍ ବଟମ ଖୋଲୁ ଖୋଲୁ ବୁଢ଼ାକୁ ଘୋଟି ଆସିଲା ଭୟଙ୍କର ନିଦ। ଏଭଳି ନିଦ ବୁଢ଼ାକୁ ଆଗରୁ କେବେ ହୋଇ ନଥିଲା।

ଓଃ, କି ନିଦ ଆଜି ବୁଢ଼ାକୁ! ଆଃ, ଆଜି ଭଳି ରାତିରେ ଏମିତି ସୁଖନିଦ୍ରା ହିଁ ବୁଢ଼ା କାମନା କରିଥିଲା। ଜାଗ୍ରତ ପ୍ରହରୀ ଭଳି ସୀମାରେ ଶତ୍ରୁସୈନ୍ୟଙ୍କୁ ଜଗି ରହୁଥିବା ବୁଢ଼ା ଆଜି ଶାନ୍ତିରେ ଶୋଇ ଯାଇଛି। ଆଞ୍ଜେଲ୍ ବୁଢ଼ାକୁ ସୁଖନିଦ୍ରାରେ ଶୁଆଇ ଦେଇଥିଲା।

ଆଞ୍ଜେଲ୍ କ୍ଷୀରରେ ସ୍ଲିପିଂ ଟାବ୍‌ଲେଟ୍ ମିଶାଇଥିଲା।

ପରଦିନ ପାଖାପାଖି ବାରଟା ବାଜିଲାଣି। ବୁଢ଼ା ନିଦରୁ ଉଠିଲା। ଆଖି ମଳିମଳି ଆଞ୍ଜେଲ୍‌କୁ ଖୋଜିଲା। କିନ୍ତୁ ଆଞ୍ଜେଲ ନଥିଲା କୋଉଠି ବୁଢ଼ାର ପାଖଆଖରେ।

ଠାକୁର ଘର ଦେଖି ଆସିଲା ବୁଢ଼ା। ସେଠି ବି ନଥିଲା ଆଞ୍ଜେଲ୍। ଡ୍ରଇଂ ରୁମ୍, ବାଥ୍‌ରୁମ୍ ଦେଖି ଆସିଲା। ସେଠି ବି ନଥିଲା ଆଞ୍ଜେଲ।

ବୁଢ଼ାର ନଜର ପଡ଼ିଗଲା ଅପର୍ଣ୍ଣାର ଗହଣା ବାକ୍ସ ଉପରେ। ଅପର୍ଣ୍ଣା ଥିଲା ବୁଢ଼ାର ପ୍ରଥମ ପତ୍ନୀ ଓ ପ୍ରଥମ ପ୍ରେମ। କିନ୍ତୁ ଏ ଆଞ୍ଜେଲ୍ ପାଇଁ ବୁଢ଼ା ଅପର୍ଣ୍ଣାକୁ ଭୁଲି ଯାଇଥିଲା କିଛି ସମୟ, ଯାହା କି ତାର ଭୁଲ୍ ଥିଲା।

ବୁଢ଼ା ଦେଖିଲା ଗହଣା ବାକ୍ସର ତାଲା ଭାଙ୍ଗି ପଡ଼ିଛି। ଷ୍ଟୀଲ୍ ଆଲ୍‌ମାରି ଫାଙ୍କା ଓ ପରିତ୍ୟକ୍ତ। ଟ୍ରେଜେରିରୁ ଟଙ୍କା, ଜୁଏଲାରି ଗାଏବ। ବୁଢ଼ାର ସେଲ୍‌ଫ ସାଇନ୍‌ଡ ଚେକ୍‌ବୁକ୍ ଆଉ ଏଟିଏମ୍ କାର୍ଡ ନଥିଲା। ବୁଢ଼ା ଆଞ୍ଜେଲ୍‌କୁ ଖୋଜିଲା। ମାତ୍ର ଆଞ୍ଜେଲ୍ ଘରେ ନଥିଲା। ବୁଢ଼ା ପାଗଳ ପ୍ରାୟ ହୋଇଗଲା। ତା' ମୁଣ୍ଡ କିଛି କାମ କରୁ ନଥିଲା। ସବୁତକ ଟଙ୍କା, ଅଳଙ୍କାର ନେଇ ଆଞ୍ଜେଲ କାଲି ରାତିରୁ ଚମ୍ପଟ୍ ମାରିଥିଲା।

ପ୍ୟାଣ୍ଟ୍ ସାର୍ଟ ପିନ୍ଧି ବୁଢ଼ା ସେ ମାଟ୍ରିମୋନିଆଲ୍ ଅଫିସ ଆଡ଼େ ଧାଇଁଲା। ମାତ୍ର ମାଟ୍ରିମୋନିଆଲ୍ ଅଫିସରେ ତାଲା ଝୁଲୁଥିଲା। ବୁଢ଼ା ସଙ୍ଗେସଙ୍ଗେ ଆଲବର୍ଟକୁ ଫୋନ୍ କଲା। ମାତ୍ର ଆଲବର୍ଟର ଫୋନ୍ ସୁଇଚ୍ ଅଫ୍ ଦେଖାଇଲା। ତା' ପରେ ବୁଢ଼ା ପୋଲିସ ଷ୍ଟେସନ ଧାଇଁଲା। ଆଉ ସେ ମାଟ୍ରିମୋନିଆଲ୍ ସଂସ୍ଥା ନାଁରେ ଏଫ୍‌ଆଇଆର୍ ଲେଖୁଲେଖୁ ବୁଢ଼ା ଭାରି ଅସହାୟ ହୋଇ ପଡୁଥିଲା।

ସଙ୍ଗେସଙ୍ଗେ ବୁଢ଼ା ମୋବାଇଲ୍ ଫୋନ୍‌ରେ ଗୋଟିଏ ଏସ୍‌ଏମ୍‌ଏସ୍ ପହଞ୍ଚିଲା, 'ୟୋର୍ ଆକାଉଣ୍ଟ ନମ୍ବର XXXXXX543921 ହାଜ୍ ଏ କ୍ୟାସ୍ ଉଇଡ୍ରାଲ୍ ଅଫ୍ Rs. 5,00,000 ଅନ୍ 06.08.20। ଆଭେଲେବଲ୍ ବାଲାନ୍‌ସ Rs. 3,570.87।

ମୁଣ୍ଡରେ ହାତ ଦେଇ ବୁଢ଼ା ଥାନା ବାରଣ୍ଡାରେ ବସିପଡ଼ିଲା। ବୁଢ଼ା କାନ୍ଦ କାନ୍ଦ ହୋଇଗଲା।

■

ସି ବିଚ୍‌ରେ ସୁନ୍ଦରୀ ଝିଅ

ହାଏ, ଆଇ ଆମ୍ ଆଞ୍ଜେଲ୍।

ଓ, ହାଏ, ଆଇ ଆମ୍ ସଞ୍ଜୟ ମହାପାତ୍ର।

ସି ବିଚ୍‌ରେ ଏମିତି ଏକା ଏକା ?

ଏମିତି ଇଚ୍ଛା ହେଲା, ଚାଲି ଆସିଲି। ପ୍ରକୃତରେ ବାପାଙ୍କ ପାଇଁ ଔଷଧ କିଣିବାକୁ ଆସିଥିଲି। ତା'ଛଡ଼ା ଆଜି ରବିବାର ଥିବାରୁ ବିଚ୍ ଆଡେ ଟିକେ ବୁଲି ଆସିବାକୁ ମନ ହେଲା।

ଓଃ, ଏମିତି କଥା ?

ପ୍ରକୃତରେ କହିବାକୁ ଗଲେ ଭାରି ବୋର୍ ଲାଗୁଥିଲା। ଭାବିଲି ବିଚ୍ ଆଡେ ବୁଲିଆସେ। ବୁଲି ଆସିଲି ବୋଲି ତ ତମ ଭଳି ସ୍ମାର୍ଟ ଆଉ ସୁନ୍ଦରୀ ଝିଅ ସହ ଦେଖା ହେଲା ନା !

ଓଃ, ନାଇସ୍। ଆର୍ ୟୁ ମାରିଡ୍ ?

ନୋ, ନୋ।

ହାଭ ୟୁ ଗାର୍ଲଫ୍ରେଣ୍ଡ ?

ନୋ।

ତା' ମାନେ ଫୁଲ୍ ସନ୍ନ୍ୟାସୀ ? ଓଲ୍‌ଡ ମଙ୍କ୍। କି ଟୋକା ମ ? ଝିଅ ପଟେଇ ପାରୁନ ?

ଆଜି ଭାବୁଛି ପଟେଇବି।

ଉଁ, ଭାରି ତ ସ୍ମାର୍ଟ। ଆଚ୍ଛା, ମୋତେ ତୁମର ଗାର୍ଲଫ୍ରେଣ୍ଡ ଭାବିପାର।

ସିଓର ? ସିରିୟସ୍‌ଲି ?

କାହିଁକି ନୁହେଁ? ତୁମର କ'ଣ ଜଣେ ଝିଅ ସହ ଗପିବାକୁ, ରୋମାନ୍ସ କରିବାକୁ, ସାଙ୍ଗ ଜମେଇବାକୁ ଇଛା ନାହିଁ?

ଇଛା ତ ଅଛି। କିନ୍ତୁ ସୁଯୋଗ କାହିଁ?

ସୁଯୋଗ ଆସେ। ତାକୁ ହାତଛଡ଼ା କରୁଥିବା ଲୋକ କିନ୍ତୁ ବୋକା।

ତା'ମାନେ ମୋତେ ତୁମେ ବୋକା କହୁଛ?

କିଏ କହିଲା ତୁମେ ବୋକା ବୋଲି?

ଆଛା, ଉପରେ ପଡ଼ି ଜଣେ ଝିଅ ସହ କଥା ହେବା ସମ୍ଭବ କି? ଅଭଦ୍ରାମୀ ହେବନି?

ଅଭଦ୍ରାମୀ? ସେଇଟା କ'ଣ?

ନାଇଁ ଯେ, ମୁଁ କହୁଥିଲି ଆଜିକାଲି ଯୁଗ ଯାହା ହେଲାଣି, କେତେବେଳେ କ'ଣ ନ ଘଟିବ, କିଏ କହିପାରିବ?

ସେଥିପାଇଁ ତ ତୁମେ ବୋକା। ସୁଯୋଗକୁ ଜବରଦସ୍ତ ହାସଲ କରିବାକୁ ହୁଏ। ସୁଯୋଗ କେବେ ଆସି ଆପଣାଛାଏଁ ତୁମ ପକେଟ୍‌ରେ ପଶିଯିବନି।

ଆଛା! ବହୁତ ସ୍ମାର୍ଟ ତ!

ଏମିତିରେ ମୁଁ ଏକା। ବୋରିଂ ଲାଇଫ୍। ଟାଇମ୍ ପାସ୍ କରିବାକୁ ପୁରୁଷ ବନ୍ଧୁଟିଏ ଖୋଜୁଥିଲି। ଆଉ ତମେ ବି ଜୁଟିଗଲ। ତମ ସହ କ'ଣ ବନ୍ଧୁତା କରିବା ମନା? ଆସ ନା, ଆଜି ରବିବାର ବିଚ୍‌ରେ କଟେଇବା ସାରାଦିନ। ଗପିବା। ରୋମାନ୍ସ କରିବା। ମସ୍ତି କରିବା। ଏନ୍‌ଜୟ କରିବା। ଏମିତିରେ ଜୀବନରେ ଅଛି ବା କ'ଣ? ଏମିତି ଟିକେ ଟାଇମ୍‌ପାସ୍ କରିଦେଲେ, ଗଲା।

ସଞ୍ଜୟର ମୁଣ୍ଡ ଟିଣ ହୋଇଗଲା। ସେ ସ୍ୱପ୍ନ ଦେଖୁନାହିଁ ତ? ଏମିତି ଜଣେ ଅପରିଚିତ ଝିଅ ଠୋ ଠା କରି କଥା କହିପାରେ? ଗୋଟିଏ ଅଜଣା ପୁଅକୁ ପୁଣି ଉପରେ ପଡ଼ି ପ୍ରପୋଜ୍ କରିପାରେ? ଏହା ପୁଣି ସମ୍ଭବ ଆମ ଓଡ଼ିଶାରେ? ପୁରୀରେ?

ଅବଶ୍ୟ, ଏମିତି ସିନେମାରେ ହୋଇଥାଏ।

ସଞ୍ଜୟର ହାତକୁ ଧରି ଆଞ୍ଜେଲ୍ ସମୁଦ୍ର ଲହଡ଼ି ଆଡ଼କୁ ଭିଡ଼ି ନେଇଗଲା। ଆଞ୍ଜେଲ୍‌ର କେଶ ଫର୍‌ଫର୍ ଉଡୁଥିଲା ଓ ସଞ୍ଜୟର ମୁହଁକୁ ସ୍ପର୍ଶ କରୁଥିଲା। ସଦ୍ୟ ସାମ୍ପୁକରା କେଶ। ଖୁବ୍ ବାସୁଥିଲା। ସଞ୍ଜୟ ରୋମାଞ୍ଚିତ ହୋଇଗଲା।

ବିଚରା ସଞ୍ଜୟ ଓପିଏସ୍‌ସି କ୍ୱାଲିଫାଏ କରି ଏବେ ଏବେ ଜଏନ୍ କରିଛି ପୁରୀରେ। ପୁରୀ ସହର ବିଷୟରେ ବେଶି କିଛି ଜାଣି ନଥିଲା ସଞ୍ଜୟ। ଯଦିଓ ସ୍କୁଲରେ ପଢ଼ିଲାବେଳେ ଥରେ ଅଧେ ଜଗନ୍ନାଥ ମନ୍ଦିର ଓ ସି ବିଚ୍ ଆସିଥିଲା, ତାହା ପୁଣି ବାପାଙ୍କ ସହ।

ସଞ୍ଜୟ ଗୋଟିଏ ମାୟାଜାଲରେ ଛନ୍ଦି ହୋଇ ଯାଉଥିଲା। ସବୁ ସୁନ୍ଦରୀ ଝିଅମାନେ ତାକୁ ଏମିତି ଲାଗନ୍ତି। ବାପାଙ୍କ ପାଇଁ ମେଡ଼ିସିନ୍ କିଣିବା କଥା ଏହା ମଧ୍ୟରେ ସେ ଭୁଲି ଯାଇଥିଲା।

ପ୍ରତିବର୍ଷ ବାପାଙ୍କର ପୁରୁଣା ଶ୍ୱାସ ବେମାରି ଏଇ ନଭେମ୍ବର-ଡିସେମ୍ବର ବେଳକୁ ବାହାରେ। ମଣ୍ଟେକ୍ ଏଲ୍‌ସି କୋର୍ସ୍ ଷ୍ଟାର୍ଟ କରିଦେଲେ ପୁଣି ନର୍ମାଲ୍ ହୋଇଯାଏ। ତାକୁ ଏଇନେ ପୂରା ତିନି ମାସ ପାଇଁ ମେଡିସିନ କିଣି ନେବାକୁ ହେବ।

ମେଡିସିନ୍ ପାଇଁ ଆସିଥିବା ସଞ୍ଜୟ ଚାଲି ଆସିଥିଲା ବିଚ୍ ଆଡେ। ଆଉ ବିଚ୍‌ରେ ଏ ଅଦ୍ଭୁତ ଜନ୍ତୁ ସହ ତା'ର ସାକ୍ଷାତ ହୋଇଛି ଏବେ ଏବେ।

ଝିଅଟିକୁ ନେଇ ସଞ୍ଜୟ ସ୍ୱପ୍ନ ଦେଖିବା ଆରମ୍ଭ କରିଦେଇଥିଲା। ସଞ୍ଜୟକୁ ଲାଗୁଥିଲା ସେ ଶୂନ୍ୟରେ ଶୂନ୍ୟରେ ମହାଶୂନ୍ୟରେ ଭାସୁଛି। ତା'ର ଡେଣା ଲାଗିଛି ଓ ସେ ଉଡୁଛି। ସେ ଚାରିଆଡକୁ ଚାହିଁଲା। ତା' ଆଗରେ ବିଶାଳ ନୀଳ ସମୁଦ୍ର ଓ ଖଣ୍ଡମଣ୍ଡଳ ପ୍ରକମ୍ପିତ କରୁଥିବା ବଡ଼ବଡ଼ ଲହଡ଼ି। ପୁଣି ସେ ଲହଡ଼ିରେ ଓଦା ହେଉଥିବା ସାଲଓ୍ୱାର ପିନ୍ଧା ମାଲମାଲ ସୁନ୍ଦରୀ ଝିଅ, ଚର୍ବିଲଗା ଦରବୁଢ଼ୀ ଓ ଚଡ଼ିପିନ୍ଧା ପେଟୁଆ ପୁରୁଷମାନେ ଧାଁଦଉଡ଼ କରୁଥିଲେ। ଲୁଣି ପାଣିରେ ବତୁରୁଥିଲେ।

ବାମ ପଟେ ଛତା ତଳେ ବସିଥିଲେ ଦୁଇ ମୋଟୁ କପ୍‌ଲ। ପଇଡ଼ ପିଉଥିଲେ। କୁଣ୍ଢେଇ କୁଣ୍ଢେଇ ଷ୍ଟ୍ରରେ ମିଠାପାଣି ଶୋଷୁଥିଲେ। ଡାହାଣ ପଟେ କେତେଜଣ ପୁରୁଷ, ସ୍ତ୍ରୀ ଓ ପଛରେ ପିଚୁରାସ୍ତା ଓ ତା' ପଛରେ ମାଲମାଲ ସି ଫେସ୍‌ଡ ଆକାଶଛୁଆଁ ହୋଟେଲ୍। ବାସ୍, ଏତିକି ତ ସଞ୍ଜୟ ଜାଣି ପାରୁଥିଲା, ଦେଖିପାରୁ ଥିଲା। ତେବେ ସଞ୍ଜୟ ଠିକ୍‌ଠାକ୍ ଅଛି। ସେ ଆଉ ଥରେ ସଚେତନ ହୋଇଗଲା।

ଏମିତି ସୁନ୍ଦରୀ ଝିଅ ସଞ୍ଜୟ କେବେ ପୂର୍ବରୁ ଦେଖି ନଥିଲା କି ଆଗକୁ ଦେଖିବ କି ନାହିଁ ସନ୍ଦେହ। ଅପୂର୍ବ ସୁନ୍ଦରୀ। ଲାବଣ୍ୟବତୀ। ଅଳ୍ପବୟସ୍କା। ପୁଣି ଏକା। ପୁଣି ଉପରେ ପଡ଼ି ତା' ସହ ଗପୁଛି। ପୁଣି ମିଠା ମିଠା କଥା ବି କହୁଛି। ଅଣ୍ଡରଷ୍ଟାଣ୍ଡିଂ। ଇଣ୍ଟେଲିଜେଣ୍ଟ। ଇନୋସେଣ୍ଟ, ହମ୍‌ବୁଲ୍ ଆଉ ସ୍ମାର୍ଟ ବି।

କେଜାଣି, ଘରୁ ଆସିଲାବେଳେ ଆଜି କାହା ମୁହଁ ଚାହିଁଥିଲା ? ସୂର୍ଯ୍ୟ ଆଜି କେଉଁ ଦିଗରେ ଉଦୟ ହୋଇଛନ୍ତି କି ? ଆଜି ଦିନଟା ତା' ପାଇଁ ବହୁତ ଭଲ।

ଓଏ, ହ୍ୟାଲୋ ମିଷ୍ଟର, ମୁଁ ତମ ସହ କଥା ହେଉଛି। ଆଉ କାହା ସହ ନୁହେଁ।

ଓଃ, ହଁ ହଁ। ମୁଁ ଟିକେ ଅନ୍ୟମନସ୍କ ହୋଇଯାଇଥିଲି। ସରି, ସରି। ଏକ୍ସକ୍ୟୁଜ୍ ମି।

ସଞ୍ଜୟ ଝିଅଟି ଆଡକୁ ସିଧା ଅନାଇଲା। ତାକୁ ଭାରି ନର୍ଭସ ଲାଗୁଥିଲା।

ସଞ୍ଜୟ ଝିଅଟିକୁ ଆଖି ପୂରେଇ ଦେଖିଲା। ମୁଣ୍ଡଠୁ ଗୋଡ଼ ଯାଏ ଚାହିଁଲା। ଗୋଟିଏ ଅରୁଆ ଚାଉଳରେ ଗଢ଼ା।

ସଞ୍ଜୟର ତଣ୍ଟି ଶୁଖି ଯାଉଥିଲା। ତା' ଜିଭ ଅଠା ଅଠା ହୋଇ ଯାଉଥିଲା। ସତରେ କ'ଣ ଏମିତି ସୁନ୍ଦରୀ ଝିଅ ଏ ପୃଥିବୀରେ ଅଛନ୍ତି ? ସଞ୍ଜୟର ବିଶ୍ୱାସ ହେଉ ନଥିଲା। ତାକୁ ସ୍ୱପ୍ନ ଦେଖିଲା ଭଳି ଲାଗୁଥିଲା।

ଝିଅଟି ପିନ୍ଧିଥିଲା ହାଫ୍ ଜିନ୍‌ସ। ବ୍ଲୁ ଟି-ସାର୍ଟ। ଆଖିରେ ସ୍ନେକ୍ ଆଉ କାନରେ ପିନ୍ଧିଥିଲା ହଲେ ଚମତ୍କାର ଇୟର ରିଂ। ଅଦ୍ଭୁତ ସୁନ୍ଦରୀ ଥିଲା ସେ ଝିଅ।

ସଞ୍ଜୟ ପେଟ ତଳ ଧମ୍‌ଧମ୍ କରୁଥିଲା। ଛାତି ଧଡ଼୍‌ଧଡ଼୍ ହେଉଥିଲା। କେମିତି ଏ ଝିଅକୁ ପଟେଇ ହେବ, ମନ ଭିତରେ ଅନେକ ଫନ୍ଦିଫିକର, ଯୋଜନା ଚାଲିଥାଏ।

କ'ଣ କିଛି ଗୋଟାଏ ଚମତ୍କାର ହୋଇ ଯାଆନ୍ତା ନି ? ନା, ନା, ଯେମିତି ବି ହେଉ, ଏଇ ଝିଅକୁ ହିଁ ସଞ୍ଜୟ ପଟେଇବ। ଆଉ ତାକୁ ବାହା ହେବ। କାହିଁକି ବା ବାହା ନ ହେବ ? ସେ ତ ଚାକିରି କରିଛି। ପୁଣି ସରକାରୀ ଚାକିରି। ସେ କ'ଣ ଫୁଟାଣିଆଙ୍କ ଭଳି କିଛି କାମ ନ କରି ଏଣେତେଣେ ବୁଲୁଛିକି ? ସେ କ'ଣ କର୍ମକୋଢ଼ି ? ସେ ସିନ୍‌ସିୟର। ସେ ଇଣ୍ଡଷ୍ଟ୍ରିୟସ୍। ସେ କେୟାରିଂ। ଏ ଝିଅକୁ ଖୁବ୍ ଭଲରେ ରଖି ପାରିବ।

ସଞ୍ଜୟର କନ୍‌ଫିଡେଣ୍ଟ ଲେଭେଲ୍ ବଢ଼ି ଯାଉଥିଲା। ତାକୁ ଲାଗୁଥିଲା, ଝିଅଟି ତାକୁ ବାହା ହେବାପାଇଁ ଅରାଜି ହେବନି।

ସଞ୍ଜୟର ଗୋଟିଏ ବଦ୍‌ଗୁଣ ହେଉଛି, ସେ ଯେଉଁ ସୁନ୍ଦରୀ ଝିଅଙ୍କୁ ଦେଖେ, ସଙ୍ଗେସଙ୍ଗେ ସେମାନଙ୍କୁ ବାହା ହେବ ବୋଲି ଭାବିନିଏ। ପ୍ରକୃତରେ ଏମିତି ସୁନ୍ଦରୀ ଝିଅଙ୍କୁ ବାହା ହେବା କ'ଣ ସମ୍ଭବ ? ସଞ୍ଜୟ କିଛି ଜାଣିପାରେନା। ତଥାପି ଅନେକ କିଛି କଳ୍ପନା କରିନିଏ। ପରେ ସେ ହତାଶ ହୁଏ।

ଏମିତିରେ ବା'ଘର ପାଇଁ ଘରେ ବି ବ୍ୟସ୍ତ ହେଲେଣି। କେତେ କେଉଁଠୁ ପ୍ରସ୍ତାବସବୁ ଆସୁଛି। ଘରଲୋକେ କେତେ ଝିଅ ଦେଖିଲେଣି।

ଆହାଃ, ସତରେ ଆଜି ଚମତ୍କାର ଘଟି ଯାଆନ୍ତା ନି ? ସେ ଝିଅଟା ତାକୁ ବାହା ହେବା ପାଇଁ ପ୍ରପୋଜ୍ କରନ୍ତାନି ?

ହେସ୍। ଗୁଡ଼ାଏ ମିନିଂଲେସ୍ ଭାବନା ସଞ୍ଜୟକୁ ଅଥୟ କରି ପକାଉଥିଲା। ସଞ୍ଜୟର ଏକ୍ସାଇଟ୍‌ମେଣ୍ଟ ବଢୁଥିଲା। ସଞ୍ଜୟ ତାକୁ ପ୍ରଥମ ଉପହାର ସ୍ୱରୂପ ହୀରାର ମୁଦିଟିଏ ଦେବ। ଚୁତୁର୍ଭୁଜ ମେହେରର ବାନ୍ଧ ପାଟ ଉପହାର ଦେବ। ଦାର୍ଜିଲିଂ କିମ୍ବା

ସିମ୍ଲାକୁ ସେମାନେ ହନିମୁନ୍ ଟ୍ରିପ୍ କରିବେ। ଇସ୍, ମୂଳରୁ ପୁଅ ନାହିଁ, ପୁଅ ନାଁ ଗୋପାଳିଆ ଦେଇ ସାରିଲାଣି।

ସଞ୍ଜୟ ଭାବୁଥିଲା; ଏମିତିରେ ବି ତ ଚମତ୍କାର ହୋଇ ସାରିଲାଣି। ଯେବେଠୁ ଏ ଝିଅ ସହ ବିଚ୍‌ରେ ଭେଟ ହେଲାଣି, ସେବେଠୁ ସଞ୍ଜୟକୁ ସବୁକିଛି ମ୍ୟାଜିକ୍ ଭଳି ଲାଗୁଥିଲା। ତାକୁ କେଉଁ ପରୀ ରାଇଜରେ ବୁଲୁଥିବା ଭଳି ମନେ ହେଉଥିଲା କିମ୍ବା ମଲ୍‌ଟିପ୍ଲେକ୍ସରେ ବସି ମ୍ୟାଟିନି ଶୋ' ଦେଖିଲା ଭଳି ଲାଗୁଥିଲା।

ମୁଁ ସାମନ୍ତ ଚନ୍ଦ୍ରଶେଖର କଲେଜରେ ପଢ଼େ। ଏବର୍ଷ ପ୍ଲସ୍ ଥ୍ରି ଫାଇନାଲ୍ ଇୟର। ସୋସିଓଲୋଜି ଅନର୍ସ। ଲେଡିଜ୍ ହଷ୍ଟେଲରେ ରହୁଛି। ବୁଲି ଆସିଥିଲି ବିଚ୍ ଆଡେ। ବାଇ ଦ ୱେ, ତମ ସହ ଦେଖା ହୋଇଗଲା। ଆଚ୍ଛା, ତୁମେ କ'ଣ କର? ପୁରୀରେ ରହୁଛ?

ମୁଁ ରେଭିନ୍ୟୁ ଡିପାର୍ଟମେଣ୍ଟରେ ଏବେ ଏବେ ନୂଆ ଚାକିରୀ ପାଇଛି। ପ୍ରଥମ ପୋଷ୍ଟିଂ ପୁରୀରେ। କଲେକ୍ଟୋରେଟ୍‌ରେ ରେଭିନ୍ୟୁ ସେକ୍ସନରେ ବସେ। କବିତା ଲେଖାଲେଖି ବି କରେ। ମୋ'ର ଏବେ ଗୋଟିଏ ନୂଆ କବିତା ବହି ବାହାରିଛି।

ଓ, ନାଇସ୍। ତୁମେ ତା'ହେଲେ ଜଣେ କବି? କ'ଣ ଫୁଲକୋବି ନା ବନ୍ଧାକୋବି? ପ୍ଲିଜ୍ ଡୋଣ୍ଟ ଟେକ୍ ଇଟ୍ ଅଦରୱାଇଜ୍। ଜଷ୍ଟ୍ ଜୋକ୍‌ସ କରୁଥିଲି। ଯା'ହେଉ ମୋର ସୌଭାଗ୍ୟ, ଜଣେ କବିଙ୍କ ସହ ଆଜି ସାକ୍ଷାତ ହୋଇଗଲା। ଆଚ୍ଛା, ଗୋଟିଏ ଗଜଲ୍ ଶୁଣାଅ ତ। ମୋତେ ନା ଗଜଲ୍ ବହୁତ ଭଲ ଲାଗେ।

ସଞ୍ଜୟ ମନେ ମନେ ଭାବୁଥିଲା, ସେ କବିତା ଲେଖେ। ତା' ପୁଣି ଆଧୁନିକ କବିତା। ଖଜୁରୀ ଗଛ ମୂଳେ ଓଜାଡ଼ିଲି ପାଉଁଶ। ତତେ ଦେଖି ମୋର ଭାରି ଶରଧା। କବିତା କ'ଣ ଏ ଝିଅ ବୁଝିପାରିବ?

ଆଞ୍ଜେଲ୍ ମନେ ମନେ ଭାବୁଥିଲା, କବିଗୁଡ଼ା ଖଡ଼ାଖିଆ। ମଳିମୁଣ୍ଡିଆ। ହତାଶିଆ। ପକେଟ୍ ଖାଲି।

ଟୋକା ତ ଚାକିରି କରିଛି ବୋଲି କହୁଛି। ପୁଣି ଗମେଣ୍ଟ୍ ସର୍ଭିସ। ଆଞ୍ଜେଲ୍‌ର ମନରେ ଆଶାର ଆଲୋକଟିଏ ଉଦ୍‌ଭାସିତ ହେଲା।

ଆଚ୍ଛା, ତୁମେ ଏକା ଯେ? ତୁମର କେହି ସାଙ୍ଗସାଥୀ ଆଇ ମିନ୍ ବୟଫ୍ରେଣ୍ଡ?

କାହିଁକି, ତମେ କ'ଣ ମୋ' ବୟଫ୍ରେଣ୍ଡ ନୁହଁ? ଏମିତି ଆଉ କିଏ ଅଛି କି, ତୁମଠାରୁ ସ୍ମାର୍ଟ ଆଉ ହ୍ୟାଣ୍ଡସମ୍?

ଜଣେ ସୁନ୍ଦରୀ ଝିଅଠାରୁ ଏଭଳି କମ୍ପ୍ଲିମେଣ୍ଟ୍‌ସ ଶୁଣି ସଞ୍ଜୟକୁ ସାମାନ୍ୟ ଲାଜ ଲାଗିଲା। କିନ୍ତୁ ସଞ୍ଜୟ ନିଜକୁ ସ୍ମାର୍ଟ ଭାବୁଥିଲା। ତା' ଛାତି ଫୁଲି ଉଠିଲା। ସେତେବେଳକୁ

ସଞ୍ଜୟ ଭିତରେ ଏକ ବଡ଼ ଧରଣର ପରିବର୍ତ୍ତନ ଘଟି ସାରିଥିଲା । ସେ ହୁଏତ ଦାର୍ଶନିକଟିଏ କିମ୍ବା ଚଳଚ୍ଚିତ୍ରର ରୋମାଣ୍ଟିକ୍ ହିରୋ ପାଲଟି ଯାଉଥିଲା । ତା'ର ଜ୍ଞାନଗାରିମା କ୍ରମେ ବଢ଼ି ଯାଉଥିଲା । ସେ ନିଜକୁ ତା' ବୟସର ଅନ୍ୟ ଯୁବକମାନଙ୍କଠାରୁ ଅଲଗା ଭାବୁଥିଲା । ହୁଏତ ସେ ନିଜକୁ ଶାହାରୁକ୍, ସଲମନ୍ କିମ୍ବା ଅମୀର ଖାଁ ଭାବୁଥିଲା ।

ସଞ୍ଜୟକୁ ଅମିର୍ ଖାନ୍‌ର ଚୁଟି ଭଲ ଲାଗେ । କିନ୍ତୁ ଦୁଃଖ ତା' ଚୁଟି ନାସିରୁଦ୍ଦିନ୍ ଶାହା ଭଳି ।

ଜଣେ ସୁନ୍ଦରୀ ଝିଅ ତାକୁ ଆପ୍ରୋଚ୍ କରୁଛି । ଆଉ ପୁଣି ସେ ତା' ପ୍ରତି ଇମ୍ପ୍ରେସ୍‌ଡ୍ ବି । କ'ଣ ହୋଇପାରେ ଏହାର ମାନେ ? ବିଚ୍‌ରେ ଏତେ ଟୋକା ଥାଉ ଥାଉ ସେ ଝିଅ ତାକୁ କାହିଁକି ଆପ୍ରୋଚ୍ କଲା ? ନିଶ୍ଚୟ ତାର ଦମ୍ ଅଛି ନା ! ନିଶ୍ଚୟ ସେ ଅନ୍ୟ ମାନଙ୍କଠାରୁ ଭିନ୍ନ ଓ ସ୍ୱତନ୍ତ୍ର । ସଞ୍ଜୟ ନିଜକୁ ଟିକେ ଅଲଗା ଭାବିବା ଆରମ୍ଭ କଲା ।

ପ୍ରକୃତରେ ଏଭଳି ସୁନ୍ଦରୀ ଝିଅ ଭାଗ୍ୟରେ ଥିଲେ ମିଳନ୍ତି । ଏହା କ'ଣ ଜଣେ ପୁରୁଷ ପାଇଁ ଆଚିଭ୍‌ମେଣ୍ଟ ନୁହେଁ କି ? ସଞ୍ଜୟ ମନେମନେ ଭାବୁଥିଲା, ଯଦି ଝିଅଟି ରାଜି ହୋଇଯାଏ, ତେବେ ସେ ଘରେ ଯାଇ କହିଦେବ ଯେ, ସେ ସେଇ ଝିଅକୁ ହିଁ ବାହାହେବ ।

ତଥାପି ଆଜିର ଏ ଅପ୍ରତ୍ୟାଶିତ ଘଟଣା ପାଇଁ ସଞ୍ଜୟକୁ ଟିକେ ଅଡୁଆ ବି ଲାଗୁଥିଲା । କିନ୍ତୁ ତାହା ସଞ୍ଜୟ ପାଇଁ ଏତେ ବଡ଼ ସମସ୍ୟା ନଥିଲା । ଜୀବନରେ ସବୁ ଘଟଣା ଏମିତି ହିଁ ଘଟିଥାଏ । ଏ ଜୀବନଟା ବି ତ ଗୋଟିଏ ଅଚାନକ ଉଦ୍ଭାବନ ।

ସଞ୍ଜୟର କବିତା ଲେଖିବାକୁ ଇଚ୍ଛା ହେଲା । ଏମିତି ସୁନ୍ଦରୀ ଝିଅଙ୍କୁ ଦେଖିଲେ ସଞ୍ଜୟର କବିପଣ ଜାଗି ଉଠେ କିମ୍ବା ମନେମନେ ସେ ପୁରୁଣା ହିନ୍ଦୀ ସିନେମାର ରୋମାଣ୍ଟିକ୍ ଗୀତ ଗୁଣୁଗୁଣାଏ । ସଞ୍ଜୟକୁ ସେ ଝିଅ 'ଦିଲ୍' ସିନେମାର ମାଧୁରୀ ଦୀକ୍ଷିତ୍ ଆଉ 'କୟାମତ୍ ସେ କୟାମତ୍ ତକ୍'ର ଜୁହି ଚାୱ୍‌ଲା ଭଳି ଲାଗିଲା । ଆଉ ସେ ନିଜକୁ ଅମୀର୍ ଖାଁ ଭାବୁଥିଲା । ଏମିତି ସୁନ୍ଦରୀ ଝିଅଙ୍କୁ ଦେଖିଲେ ସଞ୍ଜୟ ନିଜକୁ ଅମୀର୍ ଖାଁ ଭାବିଥାଏ ।

ସଞ୍ଜୟର କବିପ୍ରାଣ ସକ୍ରିୟ ହୋଇ ଉଠିଲା । ଯେତେହେଲେ ସେ ଜଣେ ଯୁବ କବି ନା । ଓଡ଼ିଶାର କେଉଁ ପତ୍ରପତ୍ରିକାରେ ତା' କବିତା ପ୍ରକାଶ ନ ପାଇଛି ? ଗତ ଅଗଷ୍ଟ ଇସ୍ୟୁରେ ଝଙ୍କାରରେ ତା' କବିତା ବାହାରିଥିଲା । ଆଉ ଫେସ୍‌ବୁକ୍‌ରେ ବି ତା' କବିତାର ବଡ଼ କ୍ରେଜ୍ ରହିଛି । ଶହଶହ ଲାଇକ୍, କମେଣ୍ଟ ଆଉ ଶେୟାର । ତା'ର ଅନେକ କବିତା ଏବେ ବିଭିନ୍ନ ୱେବ୍ ମାଗାଜିନ୍‌ରେ ବାହାରୁଛି ।

ସଞ୍ଜୟର ସବୁଠୁ ବଡ଼ ଅବସୋସ, ଏ ସାହିତ୍ୟ ଲାଇନ୍‌ରେ ସୁନ୍ଦରୀ ଝିଅ କମ୍ ଦେଖିବାକୁ ମିଳନ୍ତି। କିଏ ମୋଟୀ ତ କିଏ କାଳୀ। କିଏ ବେହେଡ଼ାଦାନ୍ତି ତ କିଏ ସିଲ୍‌ପଟ୍। ଗୋଟିଏ ବି କୋଉ ଟୋକୀର ସାଇଜ୍ ପର୍‌ଫେକ୍ଟ ନଥାଏ।

ସଞ୍ଜୟ ନିଜକୁ ଧକ୍କାରିଲା। ଧିକ୍ ତା କବିପଣକୁ। ଧିକ୍ ତା' କବିତା ଲେଖାକୁ। ଆଜି ଯାଏ ଗୋଟିଏ ଝିଅ ପଟେଇ ପାରିଲାନି।

ସଞ୍ଜୟ ଭାବିଲା, ଏ ଝିଅକୁ ନେଇ ସେ କବିତା ଲେଖିବ। ଏ ଝିଅକୁ ନେଇ ସେ ସ୍ୱପ୍ନ ଦେଖିବ। ଏ ଝିଅ ହେବ ତା' କବିତା ଲେଖାର ପ୍ରେରଣା। ଏ ଝିଅକୁ ନେଇ ଦାର୍ଜିଲିଂ, ଶିଲିଗୁଡ଼ି କିମ୍ବା ସିମ୍‌ଲା ବୁଲିଯିବ। ଭଗବାନ ଏ ଝିଅକୁ ନିଶ୍ଚୟ ତା' ପାଇଁ ହିଁ ଗଢ଼ିଛନ୍ତି। ସେଥିପାଇଁ ବୋଧେ ଆଜି ତା' ସହ ସାକ୍ଷାତ କରେଇଛନ୍ତି। ଏ ଝିଅ ତା' କାବ୍ୟଜଗତର ନାୟିକା ପାଲଟିବ। ତାକୁ ନେଇ ସେ ରାଶିରାଶି କବିତା ଲେଖିବ।

ସୁନ୍ଦରୀ ଝିଅଙ୍କୁ ଦେଖିଲେ ସଞ୍ଜୟ ଏମିତି ପ୍ରଗଲ୍‌ଭ ହୋଇଯାଏ। ଏଣୁତେଣୁ ଉଭଟ ଗପେ। ଲମ୍ବାଚଉଡ଼ା ଭାଷଣ ମାରେ। ପ୍ରବଚନ ଦିଏ। ଝିଅଙ୍କୁ ଇମ୍ପ୍ରେସ୍ କରିବାର କଳାକୌଶଳ ପ୍ରୟୋଗ କରେ। ନାନା ଫନ୍ଦିଫିକର ଆରମ୍ଭ କରେ। ମାତ୍ର, ସାହିତ୍ୟ ଲାଇନ୍‌ରେ କେହି ବି ପଟନ୍ତି ନାହିଁ। କେଜାଣି ଏ ଝିଅ ପଟିବ ତ ?

ଯଦିଓ ନୂଆ ନୂଆ କବିତା ଲେଖୁଥିଲାବେଳେ ତା' ଗାଁର ଲିଜା, ଡଲି, ଲେସ୍‌ଲି; ଲିପି ଭଳି ଝିଅମାନେ ପଟିଥିଲେ, କିନ୍ତୁ ଏବେ ସେମାନେ ବାହା ହୋଇ କିଏ କୁଆଡ଼େ ଚାଲିଗଲେଣି। ସମସ୍ତେ ପିଲାଛୁଆ ଜନ୍ମ କରି ଦରବୁଢ଼ୀ ଆଉ ମୋଟୀ ହୋଇଗଲେଣି।

ସଞ୍ଜୟ ବିଚରା କବି ପ୍ରାଣଟିଏ। କବିତା ଲେଖେ। ଏବେ ସିନା ଚାକିରି ପାଇଲା। କିନ୍ତୁ ପାଠ ପଢ଼ିଲାବେଳେ ତାକୁ କିଏ ପଚାରୁଥିଲା ? ନ ହେଲେ ଲେସ୍‌ଲି, ଲିଜାମାନେ କ'ଣ ତାକୁ ବାହା ହେବାକୁ ଅପେକ୍ଷା କରି ନ ଥାନ୍ତେ ?

କିନ୍ତୁ ଏ କବିପ୍ରାଣକୁ ଠିକ୍ ଚିହ୍ନି ପାରିଛି ସମୁଦ୍ର ବେଳାଭୂମିରେ ଏ ଝିଅଟି। ଅନ୍ତତଃ କବିତା କ'ଣ ବୁଝୁଛି। କବିତାର ତାରିଫ୍ କରୁଛି। କବିତାକୁ ମନ ଦେଇ ଶୁଣୁଛି। ଗଜଲ, ଶାୟରୀ ଶୁଣିବ ବୋଲି କହୁଛି। ଆଃ, ସର୍ବଗୁଣସମ୍ପନ୍ନା ଝିଅଟି !

ଝିଅଟି ସଞ୍ଜୟକୁ ଭାରି ପସନ୍ଦ ହେଲା। ସଞ୍ଜୟ ତାକୁ ଗୋଟିଏ ରୋମାଣ୍ଟିକ୍ କବିତା ଶୁଣାଇଲା। ସଞ୍ଜୟର କବିତା ଆଞ୍ଜେଲକୁ ଆକର୍ଷିତ କରୁଥିଲା କି ନାହିଁ ଜଣାନାହିଁ। ଆଞ୍ଜେଲ ମନ ଦେଇ ସଞ୍ଜୟର କବିତା ଶୁଣୁଥିଲା। କବିତା ପାଠୋତ୍ସବ ଭଳି ସଞ୍ଜୟ କବିତା ଆବୃତ୍ତି କଲା।

ୱା, ୱା, କି କବିତା ମ ! ଜମେଇଦେଲ। କବି। କଂଗ୍ରାଚୁଲେସନ।

ଆଞ୍ଜେଲ୍ ତାରିଫ୍ କଲା ସଞ୍ଜୟର କବିତାକୁ।

ସଞ୍ଜୟ ଗଦ୍‌ଗଦ୍ ହୋଇଗଲା। ସଙ୍ଗେସଙ୍ଗେ ସଞ୍ଜୟର ଆଉ ଗୋଟିଏ କବିତା ଆବୃତ୍ତି କରିବାକୁ ଇଚ୍ଛା ହେଲା। ସଞ୍ଜୟ ତା' କବିତାର ମୁଣି ଖୋଲିଲା।

ଝିଅଟି ସାମାନ୍ୟ ବୋରିଂ ହେଲା ଭଳି ଲାଗୁଥିଲା। କିନ୍ତୁ ସଞ୍ଜୟର କବିତା ଆବୃତ୍ତି ନିଶା ଏପରି ଚଢ଼ି ଯାଇଥିଲା, ସେ ଜାଣି ପାରୁ ନଥିଲା, ଝିଅଟି ବୋରିଂ ହେଉଛି ବୋଲି। ସେ କବିତା ଶୁଣାଇ ଚାଲିଲା।

ସଞ୍ଜୟ କହିଲା; ଏ ସମୁଦ୍ର ବି ବଡ଼ ଦୁଷ୍ଟ। ଦେଖୁନ ଆମେ ଗପୁଛୁ ବୋଲି ସେ କେମିତି ଈର୍ଷା କରୁଛି। ଆସ୍ତେ ଆସ୍ତେ ତୁମ ପାଦ ଛୁଇଁଲାଣି। ପାଣି ଛିଟାରେ ତୁମ ସାଲ୍‌ଓ୍ୱାର, ଚୁଡ଼ିଦାର ଓଦା କଲାଣି। ମଝିରେ ମଝିରେ କୌଶଳ କରି ତୁମ ଛାତି ଉପରକୁ ଲମ୍ଫ ପ୍ରଦାନ ବି କରୁଛି। ଆଉ ତମ ଗାଲକୁ, ଓଠକୁ ବି ଓଦା କରୁଛି। ବଦ୍‌ମାସ। ଦୁଷ୍ଟ ସମୁଦ୍ର। ମୋ' ପ୍ରତିଦ୍ୱନ୍ଦ୍ୱୀ ହୋଇ ଠିଆ ହେଲାଣି।

ଓଃ, ତୁମେ ମୋତେ ଭଲ ପାଉଛ, ତା'ହେଲେ ?

ହେ, ସେମିତି କହିବନି। ଆଇ ଲଭ୍ ୟୁ।

ଝିଅଟି ସଞ୍ଜୟର ଅଣ୍ଟାକୁ ଚିମୁଡ଼ି ଦେଲା। ସଞ୍ଜୟକୁ ସଲସଲ ଲାଗିଲା। ଲାଜ ବି ଲାଗିଲା।

ଝିଅଟି କହିଲା; ତାକୁ ଓଦା ହେବାକୁ ଭଲ ଲାଗେ। ସମୁଦ୍ରର ଦୁଷ୍ଟାମୀ ତାକୁ ଭଲ ଲାଗେ।

ଆରେ ଆରେ ଆସନା ! ଥରେ ଏ ସମୁଦ୍ରକୁ ଛୁଇଁ ଯାଅନା !

ଆରେ ବଢ଼ାଅନା ହାତ। ଆହୁରି ବଢ଼ାଅ। ନିଶ୍ଚୟ ତମ ଆଲିଙ୍ଗନରେ ଆବଦ୍ଧ ହୋଇଯିବ ଏ ବିଶାଳ ସମୁଦ୍ର। ମୋର ସେ ଭରସା ଅଛି।

ଝିଅଟିର ଏଭଳି କଥା ଶୁଣି ସଞ୍ଜୟ ମୁଗ୍ଧ ହୋଇଗଲା। ସଞ୍ଜୟ ଆଶ୍ୱସ୍ତ ହେଲା, ଅନ୍ତତଃ ଏତେଦିନ ପରେ ଜଣେ କେହି ଝିଅ ତାକୁ ବୁଝି ପାରିଲା। ଆଗରୁ ସେ ଲିଜା, ଡଲି, ଲେସ୍‌ଲି କବିତା ଶୁଣନ୍ତି। କିନ୍ତୁ କିଛି ବୁଝି ନ ପାରି ଖାଲି ହୁଁ ହାଁ ମାରନ୍ତି। ବୋର୍ ହୁଅନ୍ତି।

ସଞ୍ଜୟ ନିଜ ଦୁଇ ହାତକୁ ପ୍ରସାରିତ କଲା। ତାକୁ ଲାଗୁଥିଲା, ତା' ବାହୁଦ୍ୱୟ ଖୁବ୍ ପ୍ରସାରିତ ହୋଇ ସମୁଦ୍ରକୁ ବେଢ଼ିବାକୁ ଉଦ୍ୟମ କରୁଛନ୍ତି। ତା' ବାହୁଦ୍ୱୟ କ୍ରମେ ସମୁଦ୍ରର ସୀମା ସରହଦ ଡେଇଁ ଅପର ପାର୍ଶ୍ୱରେ ଥିବା କେଉଁ ଦୂର ପାହାଡ଼, ଜଙ୍ଗଲ, ମରୁଭୂମି ଆଡକୁ ମାଡ଼ି ଚାଲିଛି। ସେ ନିୟମିତ ସମ୍ପ୍ରସାରିତ ହୋଇ ଚାଲିଛି। ବିଭାଜିତ ହୋଇଚାଲିଛି। ପରମ ତୃପ୍ତିରେ ଭରି ଯାଉଥିଲା ତା' ହୃଦୟ ଓ ମନ। ତାକୁ ସବୁକିଛି ଭଲ ଲାଗୁଥିଲା।

ସଞ୍ଜୟ ତଲ୍ଲୀନ ହୋଇଯାଇଥିଲା ସମୁଦ୍ରର ପ୍ରେମରେ। ଓଃ, ନାଇଁ, ନାଇଁ, ସଞ୍ଜୟ ହଜି ଯାଇଥିଲା ସେ ଝିଅର ପ୍ରେମରେ!

ଏତିକି ବେଳକୁ ସଞ୍ଜୟକୁ ଲାଗିଲା, ତା' ପଛ ପକେଟ୍‌ରେ କେହି ଜଣେ ହାତ ପୂରାଉଛି। ତନ୍ଦ୍ରାଛନ୍ନ ସଞ୍ଜୟ କ୍ରମେ ସ୍ୱାଭାବିକତାକୁ ଫେରି ଜାଣି ପାରିଲା, ସେ କୋମଳ ହାତ ଦୁଇଟି ଆଉ କାହାର ନଥିଲା। ବରଂ ଥିଲା ସେ ଝିଅର। ଆଞ୍ଜେଲ୍‌ର।

ଆଞ୍ଜେଲ କୌଶଳକ୍ରମେ ସଞ୍ଜୟର ପକେଟ୍‌ରୁ ମନି ପର୍ସଟିକୁ କାଢ଼ି ନେବାକୁ ଉଦ୍ୟମ କରୁଥିଲା। ସଞ୍ଜୟ ଜାଣିପାରିଲା ଝିଅଟି ପିକ୍‌ପେକଟିଂ କରୁଛି। ମାତ୍ର ସଞ୍ଜୟ ତା' ପର୍ସକୁ ମୁଠେଇ ଧରିଲା। କାରଣ ପ୍ରଥମ ମାସ ଦରମାର ଅଧାଅଧି ଟଙ୍କା ତା' ପର୍ସରେ ଥିଲା।

ଉଭୟଙ୍କ ମଧ୍ୟରେ କିଛି ସମୟ ଧସ୍ତାଧସ୍ତି ହେଲା। କିଛି ସମୟ ପୂର୍ବରୁ ସେ ଝିଅ ସହ ଆରମ୍ଭ ହୋଇଥିବା ପ୍ରେମ କ୍ରମେ ଯୁଦ୍ଧ ଓ ଘୃଣାରେ ରୂପାନ୍ତରିତ ହେଲା। ସଞ୍ଜୟ ଏଭଳି ଶକ୍ତ ଧୋକ୍କା ଖାଇବ ବୋଲି ଏ ପର୍ଯ୍ୟନ୍ତ ବି ଭାବି ପାରୁ ନଥିଲା।

ଆଞ୍ଜେଲ ଏମିତି ଗୋଟିଏ ଲାତ ମାରିଲା, ସଞ୍ଜୟ ବେଳାଭୂମିରେ କଚାଡ଼ି ହୋଇ ପଡ଼ିଲା। ତା' ଆଖିରୁ ନିଆଁ ବାହାରି ପଡ଼ିଲା। ତଥାପି ବାଲିରୁ ଉଠିପଡ଼ି ସଞ୍ଜୟ ସେ ଝିଅକୁ କାବୁ କରିନେଲା ଓ ତା' ହାତରୁ ମନିପର୍ସ ଛଡ଼େଇ ଆଣିବାରେ ସକ୍ଷମ ହେଲା।

କିନ୍ତୁ ହଠାତ୍ ଆଞ୍ଜେଲ ଏତେ ବଡ଼ ପାଟିରେ ଚିତ୍କାର କଲା ଯେ, ସେଠି ସଙ୍ଗେସଙ୍ଗେ ଅନେକ ଲୋକ ରୁଣ୍ଡ ହୋଇଗଲେ।

ଆଞ୍ଜେଲର ଚିତ୍କାର ଶୁଣି ସେଠାରେ ଯେଉଁମାନେ ଏକତ୍ରିତ ହୋଇ ସାରିଥିଲେ, ସେମାନଙ୍କ ମଧ୍ୟରୁ ଜଣେ ଯୁବକର ଚେହେରା ଦେଖିବାକୁ ଭାରି ବିଚିତ୍ର ଓ ବିକଟାଳ ଥିଲା। ମୁଣ୍ଡରେ ଲମ୍ବା ଲମ୍ବା ସୁନେଲି ରଙ୍ଗର ବାଳ, କାନରେ ନୋଳି, ଲମ୍ବା କଲି, ଆଖି ପତାରେ ପିନ୍ଧିଥାଏ ଛୋଟ ରିଂ। ହାତରେ ରିଷ୍ଟ ବ୍ୟାଣ୍ଡ୍। ଫଟା ଓ ଛିଣ୍ଡା ଜିନ୍‌ସ ପ୍ୟାଣ୍ଟ ସାଙ୍ଗକୁ ମଥାରେ ନାଲି ରିବନ ଗୁଡ଼େଇଥିଲା।

ଏ ରତନଛୋଡ଼ି ସହ ଆଉ ଚାରି ପାଞ୍ଚ ଜଣ ବିଚିତ୍ର ଜୀବ ସେଠାରେ ଏକତ୍ରିତ ହୋଇ ସାରିଥିଲେ। ସେମାନେ ସଞ୍ଜୟକୁ ସର୍କସର ଗଧ ଭଳି ଚାରିପଟୁ ଘେରି ଯାଇଥିଲେ।

ସଞ୍ଜୟକୁ ମାମଲା ବୁଝିବାକୁ ଆଉ ବାକି ନଥିଲା। ଏ ସେ ଟୋକୀର ଗ୍ୟାଙ୍ଗ୍ ବୋଲି ସଞ୍ଜୟ ସିଓର ହୋଇଗଲା।

ସେ ଟୋକାଦଳ ଚଟ୍ କରି ସଞ୍ଜୟକୁ କାବୁ କରିନେଲେ।

ଜଣେ ଟୋକା ସଞ୍ଜୟର ସାର୍ଟ କଲର ଧରି ତା' ଗଳାକୁ ଚିପି ଦେଲା। ସଞ୍ଜୟ ଚିତ୍କାର କରି ଉଠିଲା। ସେ ଟୋକାଟା ଏମିତି ଗର୍ଜନ କରୁଥିଲା, ଲାଗୁଥିଲା ସେ ସଞ୍ଜୟକୁ ଜୀବନରେ ମାରିଦେବ।

ସେମାନଙ୍କ ଭିତରୁ ଜଣେ ଟୋକା କହିଲା, ମାର୍ ବେ ଦି' ଢିଅ, ଯାଇ ପଡ଼ିବ ଦି' କିଲୋମିଟର ଦୂରରେ। ଆରେ, ସମୁଦ୍ରକୂଳରେ ଭଦ୍ରଘରର ଝିଅବୋହୂଙ୍କ ଇଜ୍ଜତ ଲୁଟିଛି! କୃଷ୍ଣ ସାଜିଛି, ନାଗର। ରାସଲୀଳା ଚଳାଇଛି!

ଏହା କହି ଜଣେ ସଞ୍ଜୟର ଗାଲରେ ଢୋ କରି ଶକ୍ତ ଚାପୁଡ଼ା ବସାଇଦେଲା। ସଞ୍ଜୟକୁ ଦୁନିଆ ଅନ୍ଧାର ଦିଶିଲା। ଆଉ ଜଣେ ସଞ୍ଜୟର ସାର୍ଟ କଲରକୁ ଝିଙ୍କି ଦେବାରୁ ଫଡ୍‌ଫଡ୍ କରି ତା' ସାର୍ଟ ଚିରିଗଲା।

ଆଞ୍ଜେଲ କାନ୍ଦିକାନ୍ଦି କହିଲା; ଦେଖ ଭାଇମାନେ, ଏ ଟୋକାର ଏଡ଼େ ସାହସ? ମୋତେ ରେପ୍ କରିବାକୁ ଗୋଡାଉଥିଲା। ମୋ' ସହ ଜବରଦସ୍ତି କରୁଥିଲା। ଆପଣମାନେ ପହଞ୍ଚିଗଲାରୁ ମୁଁ ବଞ୍ଚିଗଲି। ନ ହେଲେ କ'ଣ ହୋଇଥା'ନ୍ତା ଯେ ଏଇନେ?

ସଞ୍ଜୟ ଓ ସେ ଟୋକାମାନେ ସମୁଦ୍ର ବାଲିରେ ଧସ୍ତାଧସ୍ତି ଗଡ଼ାପଡ଼ା ହେଉଥିବାବେଳେ ଆଞ୍ଜେଲ୍ କିନ୍ତୁ ଟଙ୍କା ପର୍ସଟିକୁ ଧରି ଉଭାନ ହୋଇ ସାରିଥିଲା। ତା' ପରେ ସେ ଟୋକାମାନେ ବି ସ୍ଥାନ ଛାଡ଼ି ଚାଲି ଯାଇଥିଲେ। ନିଜର ଚିରା ସାର୍ଟ୍ ଉପରେ ଆଖି ପଡ଼ିଯିବାରୁ ସଞ୍ଜୟ କାନ୍ଦି ପକାଇଲା।

ବିଚରା ସଞ୍ଜୟ ବାପାଙ୍କ ପାଇଁ ମେଡିସିନ୍ ନେଇ ନପାରି ଖାଲିଟାରେ ଘରକୁ ଫେରିଲା। ତାକୁ ଭାରି ହତାଶ ଲାଗୁଥିଲା।

ଭୋ' କିନା କାନ୍ଦି ପକାଇବାକୁ ଇଚ୍ଛା ହେଉଥିଲା ତା'ର।

■

ସୁଗାର ବେବି

ହାଇ, ଆର୍ ୟୁ ସିଙ୍ଗିଲ୍ ? ଡୁ ୟୁ ନିଡ୍ ଗାର୍ଲ ଫ୍ରେଣ୍ଡ ? ୱି ୱିଲ୍ ପ୍ରୋଭାଇଡ୍ ୟୁ। କ୍ଲିକ୍ ଦି ଲିଙ୍କ୍।

ସକାଳୁ ସକାଳୁ ଏମିତି ଏକ ହ୍ୱାଟ୍‌ସଆପ୍ ମେସେଜ୍ ପାଇବା ପରେ ରିଟାଏର୍ଡ ହେଲ୍‌ଥ ସେକ୍ରେଟେରି ଶୁଭକାନ୍ତ ଶର୍ମା ଚିନ୍ତାରେ ପଡ଼ିଯାଇଥିଲେ। ଶୁଭକାନ୍ତ ସେ ୱେବ୍‌ସାଇଟ୍ ଲିଙ୍କ୍‌କୁ ଯାଇ ତା' ଉପରେ କ୍ଲିକ୍ କଲେ ଓ ୱେବ୍‌ସାଇଟ୍‌ଟି ଓପନ୍ ହୋଇଗଲା।

ୱେବ୍‌ସାଇଟ୍‌ର ନାଁ ଥିଲା 'ସୁଗାର ବେବି'।

ତଥାପି କାଲି ରାତିର ନିଶାଟା ଖସି ନଥିଲା ଶୁଭକାନ୍ତଙ୍କର। ହ୍ୟାଙ୍ଗ ଓଭର ଯାଇ ନଥିଲା। ନିଦ ମଳମଳ ଆଖିରେ ଶୁଭକାନ୍ତ ୱେବ୍‌ସାଇଟ୍ ସର୍ଚ୍ଚ କଲେ।

ଆଛା, ଭୁବନେଶ୍ୱରରେ ତା'ହେଲେ 'ସୁଗାର ବେବି' ଆଭେଲେବଲ୍ ହେଲେଣି। ଶୁଭକାନ୍ତ ଆହୁରି ଏକ୍ସାଇଟେଡ୍ ହେଲେ। ସେ ସାଙ୍ଗେସାଙ୍ଗେ ସେକ୍ସ ଦଲାଲ୍ ଶ୍ରୀବାସ୍ତବଙ୍କୁ ଫୋନ୍ ଲଗାଇଲେ। ଶ୍ରୀବାସ୍ତବର ଫୋନ୍ ବିଜି ଆସିଲା। ଶଃ, ସକାଳୁ ସକାଳୁ ବେପାରରେ ଲାଗିଗଲାଣି ? ଶ୍ରୀବାସ୍ତବ ଉପରକୁ ବିରକ୍ତ ହୋଇ ୱେବ୍‌ସାଇଟ୍‌କୁ ଘାଣ୍ଟି ଚାଲିଲେ ଶୁଭକାନ୍ତ।

ୱେବ୍‌ସାଇଟ୍‌ରୁ ଶୁଭକାନ୍ତ ଅନ୍‌ଲାଇନ୍ ଏସ୍‌କର୍ଟ ସର୍ଭିସର ଠିକଣା ଓ ଫୋନ୍ ନମ୍ବର ଟିପି ରଖିଲେ।

ଚାକିରି, ପାୱାର, ଟଙ୍କା, ଧନସମ୍ପତ୍ତି, ଗାଡ଼ି, ବଙ୍ଗଳା, ବିଦେଶବୁଲା, ଆକାଶରେ ଉଡ଼ିବାଠାରୁ ଆରମ୍ଭ କରି ପରିବାର, ପତ୍ନୀ, ପୁତ୍ର, କନ୍ୟା ସବୁଥାଇ ବି ଶୁଭକାନ୍ତ ଅସୁଖୀ। ଏହାର କାରଣ କ'ଣ ହୋଇପାରେ ?

ଅନ୍‌ଲାଇନ୍ ଏସ୍କର୍ଟ ସର୍ଭିସର ଫୋନ୍ ନମ୍ବରକୁ ଆଉଥରେ ଯାଞ୍ଚ କରିନେଲେ ଶୁଭକାନ୍ତ। ସେହି ଫୋନ୍ ନମ୍ବରରେ ସେ ଡାଏଲ୍ କଲେ।

-ହାଲୋ, ଏସ୍କର୍ଟ ସର୍ଭିସରୁ କହୁଥିଲେ ?

-ହଁ, କହୁଛୁ ସାର୍।

-ମୁଁ ରିଟାଏର୍ଡ ହେଲ୍‌ଥ ସେକ୍ରେଟେରି ଶୁଭକାନ୍ତ ଶର୍ମା କହୁଥିଲି। ଆପଣଙ୍କ ସର୍ଭିସ ବିଷୟରେ ଜାଣିବାକୁ ଚାହୁଁଥିଲି। ଆମକୁ ଆପଣ କି ପ୍ରକାର ସାହାଯ୍ୟ କରିପାରିବେ ? କ୍ୟାନ୍ ୟୁ ଆରେଞ୍ଜ ଏ ସୁଗାର ବେବି ?

ଶୁଭକାନ୍ତ ଏତକ କହିବା ବେଳକୁ ସେ ଫୋନ୍ ନମ୍ବରଟି ଡିସ୍କନେକ୍ଟ ହୋଇଗଲା। କିଛି ସମୟ ପରେ ଆଉ ଏକ ଅଜଣା ନମ୍ବରରୁ ଶୁଭକାନ୍ତଙ୍କ ମୋବାଇଲ୍ ନମ୍ବରକୁ ଫୋନ୍ କଲ୍ ଆସିଲା। ଶୁଭକାନ୍ତ ରିସିଭ୍ କଲେ।

-ହାଲୋ, ମୁଁ ଅନ୍‌ଲାଇନ୍ ଏସ୍କର୍ଟ ସର୍ଭିସରୁ କହୁଥିଲି। ଆମେ ଆପଣଙ୍କର କି ସେବା କରିପାରିବୁ ?

-ଆଇ ନିଡ୍ ଏ ସୁଗାର ବେବି। କ୍ୟାନ୍ ୟୁ ପ୍ରୋଭାଇଡ୍ ?

-ସିଓର ସାର୍।

-ବଟ୍ ସି ମଷ୍ଟ ବି ଅଣ୍ଡର ଟ୍ୱେଣ୍ଟି।

-ସିଓର ସାର୍।

-ଆଇ ଡୋଣ୍ଟ ନିଡ୍ ଆନ୍ ଅର୍ଡିନାରି ପ୍ରଷ୍ଟିଚ୍ୟୁଟ୍। ଏମାନେ ତ ଏଠିସେଠି ସବୁଠି ସବୁବେଳେ ମିଳୁଛନ୍ତି। ଶ୍ରୀବାସ୍ତବ ଯୋଗେଇ ଦେଉଛି। କାଲି ରାତିରେ ମୋ' ଘରକୁ ଗୋଟେ ପ୍ରଷ୍ଟିଚ୍ୟୁଟ୍ ଅର୍ଡର କରିଥିଲି। ଏଇ ଭୋଅରୁ ଭୋଅରୁ ତାକୁ ବିଦା କରିଛି। ମୁଁ କିନ୍ତୁ ସେଭଳି ମୂର୍ଖ ଆଉ ନନ୍ ପ୍ରଫେସ୍‌ନାଲ ପ୍ରଷ୍ଟିଚ୍ୟୁଟ୍ ଚାହେଁନି। ଆଇ ରିକ୍ୱୟାର ଏ ପ୍ରଫେସନାଲ୍ ସୁଗାର ବେବି ଯିଏ କି ମୋର ସବୁ ପ୍ରକାର କେୟାର ନେଇ ପାରୁଥିବ। ମୋ' ଅଫିସ କାମରେ ସାହଯ୍ୟ ବି କରିପାରୁଥିବ। ମୋ' ଘରେ ରହିବ। ମୁଁ ଜଣେ ବୃଦ୍ଧ। ଆଉ ସିଙ୍ଗିଲ୍ ବି। ଏ ସମସ୍ତ ସର୍ତ୍ତ ପୂରଣ କରିପାରୁଥିବ।

-ସିଓର ସାର୍। ଗୋଟିଏ ୱିକ୍ ନା ଗୋଟିଏ ମନ୍‌ଥ ପାଇଁ ? ଆପଣଙ୍କ ଭଳି ସିଙ୍ଗିଲ୍‌ଙ୍କ ପାଇଁ ଇୟର୍ଲି ସ୍କିମ୍ ସୁବିଧାଜନକ ହେବ, ସାର୍। ଆଉ ଚିପ୍ ବି ହେବ। ଏଜ୍ ଅନୁସାରେ ସୁଗାର ବେବିଙ୍କ ରେଟ୍। ଅଳ୍ପ ବୟସ୍କ ଆଉ ୟୁନିଭର୍ସିଟି ଝିଅଙ୍କ କଷ୍ଟ ଟିକେ ଅଧିକ ଆସିବ ସାର୍।

-କଷ୍ଟ ଇଜ୍ ନଟ୍ ଏ ମ୍ୟାଟର। ମୋର ୟୁନିଭର୍ସିଟି ଝିଅ ଦରକାର।

-କୋଡ଼ିଏରୁ ପଚିଶ ବର୍ଷର ୟୁନିଭର୍ସିଟି ଝିଅ ଗୋଟିଏ ୱିକ୍ ପାଇଁ ବୁକିଂ

କଲେ ଆପଣଙ୍କୁ ପଡ଼ିଯିବ ଟ୍ୱେଣ୍ଟି ଫାଇଭ୍ ଥାଉଜାଣ୍ଡ। ସେମିତି ଗୋଟିଏ ମନ୍ଥ ପାଇଁ ଫିଫ୍ଟିରୁ ସେଭେଣ୍ଟି ଥାଉଜାଣ୍ଡ। ଆଉ ଗୋଟିଏ ବର୍ଷ ପାଇଁ ପାଖାପାଖି ଫୋର୍ ଲାଖ୍ସ ଆସିଯିବ।

-ଆଚ୍ଛା ମୁଁ ଗୋଟିଏ ବର୍ଷ ପାଇଁ ଚାହୁଁଛି। କେତେ ରେଟ୍ ଆସିବ ?

-ଆପଣଙ୍କ ପାଇଁ ଆସିଯିବ ଥ୍ରି ପଏଣ୍ଟ୍ ଫାଇଭ୍ ଲାଖ୍ସ, ସାର୍। ଫିଫ୍ଟି ପର୍ସେଣ୍ଟ ଆଡ୍ଭାନ୍ସ ପେମେଣ୍ଟ କରିବାକୁ ପଡ଼ିବ। ତା' ପରେ ଟ୍ୱେଣ୍ଟି ଥାଉଜାଣ୍ଡ ପର୍ ମନ୍ଥ ଇଏମ୍ଆଇ।

-ବଟ୍ ବେବି ସୁଡ୍ ବି ପ୍ରଫେସ୍ନାଲ୍ ଆଣ୍ଡ କେୟାରିଂ।

-ଓକେ, ସାର୍।

ଅନ୍‌ଲାଇନ୍ ଏସ୍କର୍ଟ ସର୍ଭିସ କର୍ମଚାରୀ ଶୁଭକାନ୍ତଙ୍କୁ ବୁଝାଇଲେ, ଆମେ ଆପଣଙ୍କ ହ୍ୱାଟ୍ସ ଆପ୍ ନମ୍ବରରେ କେତେଜଣ ସୁଗାର ବେବିଙ୍କ ଫଟୋ ପଠାଇ ଦେଉଛୁ। ଆପଣ ଦେଖି ନିଅନ୍ତୁ ଓ ଚଏସ କରନ୍ତୁ। ଆପଣ ଯେଉଁ ଆଇଟମ୍ ସିଲେକ୍ଟ କରିବେ, ଆମେ ଏକ୍‌ଜାକ୍ଟଲି ସେହି ଆଇଟମ୍ ଆପଣଙ୍କୁ ପ୍ରୋଭାଇଡ୍ କରିବୁ।

ବେବିଗୁଡ଼ିକୁ ଆମେ କୋଡିଂ କରିଛୁ। ଆପଣ ଚଏସ୍ କରି କୋଡ୍ ନମ୍ବର କହିଲେ ଆମେ ଆପଣଙ୍କ ପାଇଁ ସେଇ ଆଇଟମ୍‌ଟିକୁ ବୁକ୍ କରିଦେବୁ। ପ୍ରଥମେ ଆପଣ ହ୍ୱାଟ୍ସ ଆପ୍ ଖୋଲି ଫଟୋଗୁଡ଼ା ଦେଖି ନିଅନ୍ତୁ। ଆପଣଙ୍କ ପାଖକୁ ଆମର ଟପ୍ ଟେନ୍ ସୁଗାର ବେବିଙ୍କର ଫଟୋ ସେଣ୍ଡ୍ କରି ଦେଇଛୁ।

ଏହା ମଧ୍ୟରେ ଶୁଭକାନ୍ତଙ୍କ ସ୍ମାର୍ଟ୍‌ଫୋନ୍‌କୁ ଗୋଟିଏ ବ୍ୟାଙ୍କ ଆକାଉଣ୍ଟ ନମ୍ବର ଏସ୍ଏମ୍ଏସ୍ ଆସି ଯାଇଥିଲା। ସେହି ଆକାଉଣ୍ଟ ନମ୍ବରରେ ଟଙ୍କା କ୍ରେଡିଟ୍ କଲେ ଇଭିନିଂ ସୁଦ୍ଧା ମାଲ୍ ପହଞ୍ଚିଯିବ ବୋଲି ଅନ୍‌ଲାଇନ୍ ଏସ୍କର୍ଟ ସର୍ଭିସ କର୍ମଚାରୀ ବୁଝାଇଦେଲେ।

ଶୁଭକାନ୍ତ ତାଙ୍କର ପୁରୁଣା ଆଇଏଏସ୍ ସୁଲଭ ଢଙ୍ଗରେ କହିଲେ, ମୁଁ କେମିତି ଆପଣଙ୍କୁ ବିଶ୍ୱାସ କରିବି ? ଟଙ୍କା କ୍ରେଡିଟ୍ ହୋଇଯିବା ପରେ ଆପଣ ଯଦି ମାଲ୍ ନ ପଠାନ୍ତି ? ଆପଣଙ୍କ ବିରୋଧରେ ମୁଁ କିଛି ଲିଗାଲ୍ ଆକ୍ସନ ନେଇପାରିବି ?

ସେପଟୁ ଉତ୍ତର ଆସିଲା, ଆମେ ଖୁବ୍ ପ୍ରଫେସନାଲ୍ ସାର୍। ଆମେ ଏତେବଡ଼ ନେଟ୍‌ୱର୍କ ଚଳାଉଛୁ। ଆପଣଙ୍କ ଭଳି ଏଲିଟ୍ କ୍ଲାସ୍‌ର ହାଇପ୍ରୋଫାଇଲ୍ କଷ୍ଟମରଙ୍କୁ ଡିଲ୍ କରୁଛୁ। ଏସବୁ କାରବାର ସିକ୍ରେଟ୍‌ଲି ଆଉ ଗୁଡ୍‌ଫେଥ୍‌ରେ ହୋଇଥାଏ, ସାର୍। ଆପଣଙ୍କୁ ଆମ ଉପରେ ବିଶ୍ୱାସ ଓ ଭରସା ରଖିବାକୁ ହେବ, ସାର୍।

-ଭୁବନେଶ୍ୱରରେ ତା'ହେଲେ ସୁଗାର ବେବି ଆଭେଲେବଲ ହେଲେଣି ? କେବେଠୁ ?

-ଆମେ ହିଁ ତ ପ୍ରଥମେ ଏ ସର୍ଭିସ ଆରମ୍ଭ କରିଛୁ। ରିଟାଏର୍ଡ ଆଇଏଏସ୍, ଆଇପିଏସ୍, ଆଇଏଫ୍ଏସ୍, ଇଞ୍ଜିନିୟର, ଇଣ୍ଡଷ୍ଟ୍ରିଆଲିଷ୍ଟ, ପଲିଟିକାଲ୍ ଲିଡର ଆମର କଷ୍ଟମର, ସାର୍। ଆମ ସର୍ଭିସ ନେଇ ଆଜି ପର୍ଯ୍ୟନ୍ତ କେଉଁଠୁ ବି କିଛି କମ୍ପ୍ଲେନ୍ ଆସିନି, ସାର୍।

ଆପଣ ଆମ ଆକାଉଣ୍ଟକୁ ମନି ଟ୍ରାନ୍ସଫର କରିଦେଲେ ଆମେ ଆପଣଙ୍କୁ ବେବିର ହ୍ୱାଟ୍ସଆପ୍ ନମ୍ବର ସେଣ୍ଡ୍ କରିଦେବୁ। ଆପଣ ବେବି ସହ ସିଧାସଳଖ ଫୋନ୍ କିମ୍ବା ଚାଟିଂ କରି ସବୁକିଛି ଜାଣିନେବେ। ଆପଣ ଯେତେବେଳେ ଇଛା କରିବେ, ବେବି ଆପଣଙ୍କ ପାଖରେ ପହଞ୍ଚିଯିବ। ମନେରଖନ୍ତୁ ସାର୍, ଆମ ଝିଅମାନେ ପ୍ରଫେସନାଲ୍ ଆଉ ଏଜୁକେଟେଡ୍। ଆପଣଙ୍କ ଇସାରାକୁ ଚଟାପଟ୍ ବୁଝିନେଇ ସେଇ ଅନୁସାରେ ପ୍ରୋସିଡ୍ କରିବେ। ଡୋଣ୍ଟ୍ ଓରି ସାର୍। କିପ୍ ଫେଥ୍ ଅନ୍ ଅସ୍, ସାର୍।

ଶୁଭକାନ୍ତ କିଛି ସମୟ ଚିନ୍ତା କରିବା ପରେ ଅନ୍‌ଲାଇନ୍ ଏସ୍କର୍ଟ ସର୍ଭିସର ସର୍ତ୍ତରେ ରାଜି ହୋଇଗଲେ। ନିଜ ସ୍ମାର୍ଟଫୋନ୍‌ରୁ ସଙ୍ଗେସଙ୍ଗେ ଅନ୍‌ଲାଇନ୍ ବ୍ୟାଙ୍କିଙ୍ଗ୍‌ରେ ୱାନ୍ ପଏଣ୍ଟ୍ ଫାଇଭ ଲାଖ୍‌ସ ଟ୍ରାନ୍ସଫର କରିଦେଲେ ଶୁଭକାନ୍ତ। ସାଙ୍ଗେସାଙ୍ଗେ ଅନ୍‌ଲାଇନ୍ ଏସ୍କର୍ଟ ସର୍ଭିସରୁ ଶୁଭକାନ୍ତଙ୍କ ସ୍ମାର୍ଟଫୋନକୁ ଗୋଟିଏ ହ୍ୱାଟ୍ସ ଆପ୍ ନମ୍ବର ଆସିଗଲା। ପ୍ରଥମେ ଗୋଟିଏ ମେସେଜ୍ ଆସିଲା 'ୱେଲ୍‌କମ ଟୁ ଆୱାର ନେଟ୍‌ୱର୍କ'। ତା' ପରେ ଶୁଭକାନ୍ତ ସେ ହ୍ୱାଟ୍ସଆପ୍ ନମ୍ବରକୁ ପ୍ରଥମେ ନିଜ କଣ୍ଟାକ୍ଟ ଲିଷ୍ଟ୍‌ରେ ଆଡ୍ କଲେ ଓ ସେ ନମ୍ବରରେ ଚାଟିଂ ଆରମ୍ଭ କରିଦେଲେ।

-ହେଲୋ ବେବି, ହାଓ ଆର୍ ୟୁ?

-ଆଇ ଆମ୍ ଫାଇନ୍ ସାର୍।

-ୟୋର୍ ନେମ୍?

-ଏଲିଜାବେଥ୍, ସାର୍।

-ହୋୟାର ଆର୍ ୟୁ ଫ୍ରମ୍?

-ଆଇ ଆମ୍ ଫ୍ରମ୍ ରାଉରକେଲା।

-ବ୍ରେଷ୍ଟ୍:ୱେଷ୍ଟ୍:ହିପ୍ ରେସିଓ?

-୩୬:୨୪:୩୮।

-ଏଜ୍?

-ଟ୍ୱେଣ୍ଟି ଟୁ।

-ଓ, ସେକ୍ସି ତା'ହେଲେ?

-......ଲଭ୍।

-ହାଭ୍ ୟୁ ଏଭର ଡନ୍ ଦିସ୍ ବିଫୋର ?

-ନୋ, ଆଇ ଆମ୍ ଏ ନ୍ୟୁ ବେବି, ଡିଅର। ଟିଚ୍ ମି।

-ଓଃ, ରିଏଲି !

-ୟା।

-ପ୍ଲିଜ୍, ସ୍ପେଣ୍ଡ ସମ୍ ମନି।

-ବଟ୍ ୟୁ ହାଭ୍ ଏ ସେକ୍ସ ଉଇଥ୍ ମି।

-ୟା।

-ୟୁ କମ୍ ଇନ୍ ଦ ଇଭିନିଂ ଆଣ୍ଡ ଟେକ୍ ୟୋର ମନି।

-ଥ୍ୟାଙ୍କ୍ ୟୁ ସାର୍।

-ଓକେ, ବାଏ, ସି ୟୁ।

ଏଲିଜାବେଥ୍ ସହ ହ୍ୱାଟ୍ସ ଆପ୍ ଚାଟିଂ ପରେ ଫ୍ରେଶ୍ ଲାଗୁଥିଲେ ଶୁଭକାନ୍ତ। ତାଙ୍କ ମନରୁ କ୍ଲାନ୍ତି ଦୂର ହୋଇଯାଇଥିଲା। ସେ ଆଶା କରୁଥିଲେ ଅନ୍ତତଃ ସୁଗାର ବେବିମାନେ ଅର୍ଡିନାରି ପ୍ରଷ୍ଟିଚ୍ୟୁଟ୍‌ଙ୍କ ଭଳି ମୂର୍ଖ ହୋଇ ନଥିବେ। ସେମାନେ ପ୍ରଫେସ୍‌ନାଲ, ଅଣ୍ଡରଷ୍ଟାଣ୍ଡିଂ ଆଉ କେୟାରିଂ ହୋଇଥିବେ ନିଶ୍ଚୟ। ଆଉ ଏ ଶ୍ରୀବାସ୍ତବଟା ଯେଉଁ ମାଲ୍ ସପ୍ଲାଏ କରୁଛି ନିହାତି ମ୍ଲେଚ୍ଛ, ଗାଉଁଲି।

ଇଭିନିଂରେ ଏଲିଜାବେଥ୍ ଆସି ପହଞ୍ଚିବ। ଏଲିଜାବେଥ୍ ସହ ଗୋଟିଏ ବର୍ଷ ପାଇଁ ଏନ୍‌ଗେଜ୍‌ମେଣ୍ଟ। ଏଲିଜାବେଥ୍ ସହ ଗୋଟିଏ ନୂଆ ଜୀବନ ଆରମ୍ଭ ହେବାକୁ ଯାଉଛି ଶୁଭକାନ୍ତଙ୍କର। ନୂଆ ରୋମାଞ୍ଚ। ନୂଆ ଦେହ। ନୂଆ ଭୋକ। ନୂଆ ସମ୍ପର୍କ। ଉତ୍ସାହିତ ହୋଇ ପଡୁଥିଲେ ଶୁଭକାନ୍ତ।

ମୂର୍ଖ ଗାଉଁଲୀ ଅର୍ଡିନାରି ପ୍ରଷ୍ଟିଚ୍ୟୁଟ୍‌ଗୁଡ଼ାଙ୍କୁ ନେଇ ବୋର୍ ହୋଇ ପଡ଼ିଲେଣି ଶୁଭକାନ୍ତ। ସେମାନଙ୍କୁ ନେଇ ଶୁଭକାନ୍ତ ଆଦୌ ସାଟିସ୍‌ଫାଏ ନଥିଲେ। ଗତକାଲି ରାତିରେ ଯୋଉ ମୋଟୀଟା ଆସିଥିଲା ନିହାତି ଫାଲତୁ। ଶ୍ରୀବାସ୍ତବ ମିଛଟାରେ କହିଥିଲା ୱେଷ୍ଟବେଙ୍ଗଲ ମାଲ୍। କିନ୍ତୁ ସେଇଟା ନିପଟ ମାଳିସାହିର ଥିଲା। ତେଲେଙ୍ଗା। ବଡ଼ ବୋରିଂ। ଶୁଭକାନ୍ତଙ୍କୁ ନୂଆ ଟେଷ୍ଟ ଦରକାର। ଶୁଭକାନ୍ତ ଆଶା କରୁଥିଲେ, ଏଲିଜାବେଥ୍ ତାହା ପୂରଣ କରିବ।

ଶୁଭକାନ୍ତ ଦାଢ଼ି ସେଭିଂ କରିନେଲେ। ଗାଧୁଆପାଧୁଆ ସାରି ଫ୍ରେଶ୍ ହୋଇଗଲେ। ଦେହରେ ପର୍ଫ୍ୟୁମ୍, ଡିଓ ସ୍ପ୍ରେ କଲେ। ଏକ୍‌ଦମ୍ ସ୍ମାର୍ଟ୍ ହୋଇପଡ଼ିଲେ। ସେଦିନ ଶୁଭକାନ୍ତ ବ୍ଲୁ ଜିନ୍‌ସ ପ୍ୟାଣ୍ଟ ସାଙ୍ଗକୁ ରେଡ୍ ଟି-ସାର୍ଟ୍ ପିନ୍ଧିଲେ।

ଏଲିଜାବେଥ୍ ଇଭିନିଂରେ ପହଞ୍ଚିବ। ଶୁଭକାନ୍ତ ତାକୁ କିଭଳି ୱେଲ୍‌କମ୍ କରିବେ ବ୍ୟସ୍ତ ହୋଇ ପଡୁଥିଲେ।

ପୂର୍ବ ସେଡ୍ୟୁଲ୍ ଅନୁସାରେ ସନ୍ଧ୍ୟାରେ ଶୁଭକାନ୍ତଙ୍କ ବଙ୍ଗଳା ସାମ୍ନାରେ ଗୋଟିଏ କାର୍ ଲାଗିଲା। ଅନ୍‌ଲାଇନ୍ ଏସ୍‌କର୍ଟ ସର୍ଭିସ ଏଲିଜାବେଥ୍‌କୁ ଶୁଭକାନ୍ତଙ୍କ ବଙ୍ଗଳାରେ ପହଞ୍ଚାଇ ଦେଲେ।

ତନୁପାତଳୀ ଝିଅଟିଏ ଏଲିଜାବେଥ୍। ଶ୍ୟାମଳୀ। ପିନ୍ଧିଥିଲା ସ୍ଲିଭ୍‌ଲେସ ରାଇନ୍‌ଷ୍ଟୋନ୍ ଷ୍ଟ୍ରାପ୍ ଭେଲ୍‌ଭେଟ ସ୍ଲିମ୍ ଫିଟ୍ ଡ୍ରେସ୍। ପାଦରେ ହାଇ ହିଲ୍। ଏଲିଜାବେଥ୍ ଥିଲା ଖୁବ୍ ସୁନ୍ଦରୀ। ଓଡ଼ିଆ ଝିଅ। କିନ୍ତୁ କନ୍‌ଭର୍ଟେଡ୍ ଖ୍ରୀଷ୍ଟିଆନ୍। ଏଲିଜାବେଥ୍‌ର ବେକରେ ଝୁଲୁଥିବା କ୍ରସ୍‌ଟି ତା' କ୍ଲିଭେଜ୍ ଛୁଉଁଥିଲା।

ଏଲିଜାବେଥ୍‌ର ମର୍ଫୋଲୋଜି ଥିଲା ଖୁବ୍ ଇମ୍ପ୍ରେସିଭ୍। ଶୁଭକାନ୍ତ କିଛି ସମୟ ପାଇଁ ତା' ରୂପରେ ହଜି ଯାଇଥିଲେ। ପ୍ରକୃତରେ ଏ କିନ୍ତୁ ଶ୍ରୀବାସ୍ତବର ମାଲ୍ ଭଳି ବୋରିଂ ଆଉ ବିରିକ୍ତିକର ନଥିଲା।

ଏଲିଜାବେଥ୍‌କୁ ଭିଡ଼ିଆଣି ତା' ଗାଲରେ କିସ୍ କଲେ ଶୁଭକାନ୍ତ। ଏଲିଜାବେଥ୍ ପୋଷା ବିଲେଇଟି ଭଳି ଜାକିଜୁକି ହୋଇ ଶୁଭକାନ୍ତଙ୍କ କୋଳରେ ପଶିଗଲା।

ଶୁଭକାନ୍ତଙ୍କ ଭଳି ବୃଦ୍ଧମାନେ ସେକ୍ସ ଅପେକ୍ଷା ରୋମାନ୍‌ସକୁ ବେଶି ପସନ୍ଦ କରନ୍ତି। ଏମାନେ ସେକ୍ସରେ ଏତେ ଭାଇଓଲେଣ୍ଟ, ୱାଇଲ୍ଡ ନୁହନ୍ତି। ଏମାନେ ସଫ୍‌ଟ। ଏଲିଜାବେଥ୍ ଏହା ଜାଣିଥିଲା। ବୁଢ଼ାମାନଙ୍କୁ ହ୍ୟାଣ୍ଡେଲ୍ କରିବା ଏଲିଜାବେଥ୍ ପାଇଁ ଆଦୌ ବଡ଼ ଟ୍ୟାସ୍କ ନଥିଲା।

ଏଲିଜାବେଥ୍ ଶୁଭକାନ୍ତଙ୍କ କୋଳରେ ବସିଲା। ଶୁଭକାନ୍ତଙ୍କ ଦେହରେ ନିଜକୁ ଜଡ଼ାଇ ରଖିଲା। ଶୁଭକାନ୍ତଙ୍କୁ ହଗ୍ କଲା। କିସ୍ କଲା। ଏଲିଜାବେଥ୍‌ର ଡିଓ ମିଶା ଝାଳ ଗନ୍ଧ ଶୁଭକାନ୍ତଙ୍କୁ ଆକର୍ଷିତ କରୁଥାଏ। ଏମିତିରେ ଶୁଭକାନ୍ତ ଅନେକ ଝିଅଙ୍କ ସହ ରୋମାନ୍‌ସ କରିଛନ୍ତି। ସେକ୍ସ କରିଛନ୍ତି। କିନ୍ତୁ ଏଲିଜାବେଥ୍ ଟିକେ ଅଲଗା। ଏଲିଜାବେଥ୍ ସେକ୍ସି। ସୁଇଟ୍। କ୍ୟୁଟି। ଅଣ୍ଡରଷ୍ଟାଣ୍ଡିଂ। କେୟାରିଂ। ଏଜୁକେଟେଡ୍ ବି।

-ଆଚ୍ଛା, ଏ ସୁଗାର ବେବି ପ୍ରଫେସନରେ କେବେଠୁ ?

-ଏଇଟା ମୋର ଫାଷ୍ଟ। ଆପଣ ହିଁ ମୋର ପ୍ରଥମ ସୁଗାର ଡ୍ୟାଡି।

-ପର୍‌ହାପ୍‌ସ ୟୁ ଆର୍ ଟେଲିଂ ଲାଇ ?

-ନାଇଁ ସାର୍, ପ୍ରଭୁ ଯୀଶୁଙ୍କ ରାଣ। ଆପଣ ହିଁ ମୋର ପ୍ରଥମ ସୁଗାର ଡ୍ୟାଡି।

-ଆଚ୍ଛା, ସୁଗାରିଂ ଛଡ଼ା ଆଉ କ'ଣ କ'ଣ ସବୁ କର ?

-ୟୁନିଭର୍ସିଟିରେ ପାଠ ପଢ଼େ। ଏବର୍ଷ ଇଂଲିଶ ପିଜି ସିକ୍‌ସ୍‌ଥ୍ ଇୟର। ପାଠ ପଢ଼ା ସହ ମୁଁ ଏକ ପ୍ରାଇଭେଟ୍ କମ୍ପାନିରେ ଜବ୍ କରୁଥିଲି। ମାତ୍ର, କରୋନା ପାଣ୍ଡେମିକ୍ ଲକ୍‌ଡାଉନ ଯୋଗୁଁ ମୁଁ ଜବ୍ ହରେଇଛି। ଷ୍ଟଡି ଲୋନ୍ ସୁଝି ପାରିନି। ଘରେ ରୋଗୀଣା

ବାପା, ମା'। ସେମାନଙ୍କ ଟ୍ରିଟ୍‌ମେଣ୍ଟ ପାଇଁ ଟଙ୍କା ଦରକାର। ସାନ ଭାଇର ପାଠପଢ଼ା। ଆଇ ନିଡ୍ ମନି ସାର୍।

-ଓକେ ବେବି। ଆଇ ଆମ୍ ଲୁକିଂ ଆଉଟ୍ ଦି ମ୍ୟାଟର। ଡୋଣ୍ଟ ଓରି।

-ଓଃ ସୁଇଟ୍। ଆଇ ଲଭ୍ ୟୁ ସାର୍।

-ଡୋଣ୍ଟ୍ କଲ୍ ମି ସାର୍। ଖାଲି ଶୁଭକାନ୍ତ ବୋଲି ଡାକିପାର।

ଏଲିଜାବେଥ୍ ପୁଣି ଥରେ ଦୁଇ ହାତରେ କୁଣ୍ଢେଇ ଧରି ଶୁଭକାନ୍ତଙ୍କ ଗଳାରେ ଝୁଲି ପଡ଼ିଲା। ଶୁଭକାନ୍ତଙ୍କ ଭଳି ବୁଢ଼ାମାନଙ୍କୁ କିଭଳି କନ୍‌ଭିନ୍‌ସ କରିହେବ ଏଲିଜାବେଥ୍ ଭଲ ଭାବେ ଜାଣିଥିଲା।

ଶୁଭକାନ୍ତ ଥିଲେ ଜଣେ କୁବେର। ତାଙ୍କର ଅମାପ ଧନ ସମ୍ପତ୍ତି। କୋଉଥିରେ ବି ଅଭାବ ନାହିଁ। ଶୁଭକାନ୍ତଙ୍କ ଲାଇଫ୍‌ରେ ସବୁଦିନ ରହିପାରିଲେ କିଛି ବି ପ୍ରୋବ୍ଲେମ୍ ବି ନାହିଁ। ମନେମନେ ଭାବୁଥିଲା ଏଲିଜାବେଥ୍।

-ଆଚ୍ଛା, ଅନ୍‌ଲାଇନ୍ ଏସ୍‌କର୍ଟ ସର୍ଭିସ ସହ ତୁମର କେମିତି ଲିଙ୍କ୍ ହେଲା ?

-ମୋର ଜଣେ ଫ୍ରେଣ୍ଡ ବୀଥିକା ଏ ଆଇଡିଆ ଦେଇଥିଲା। ସେ ବି ଜଣେ ସୁଗାର ବେବି। ଆମ ୟୁନିଭର୍ସିଟିରେ ପଢୁଥିଲା। ଏବର୍ଷ ସେ ପାସ୍ ଆଉଟ୍ ହୋଇଛି। ସୋସିଓଲୋଜିରେ ପିଜି। ଗୋଟିଏ ମିଡିଆ ହାଉସ୍‌ରେ କାମ କରୁଥିଲା। ସେଠୁ ବି ଜବ୍ ଛାଡ଼ି ଦେଇଛି।

-ଅନ୍‌ଲାଇନ୍ ଏସ୍‌କର୍ଟ ସର୍ଭିସ ତୁମକୁ କେତେ ପେମେଣ୍ଟ କରୁଛି ?

-ଆପଣଙ୍କ ଡିଲ୍‌ରୁ ମୁଁ ମନ୍‌ଥ୍ଲି ଦଶ ହଜାର ଟଙ୍କା ପାଇବି ସାର୍। ଗୋଟିଏ ବର୍ଷରେ ମୋତେ ମିଳିବ ଲକ୍ଷେ କୋଡ଼ିଏ ହଜାର। କିନ୍ତୁ ସେମାନେ ଆପଣଙ୍କ ସହ ଥ୍ରି ପଏଣ୍ଟ ଫାଇଭ୍ ଲାଖ୍‌ସର ଡିଲ୍ କରିଛନ୍ତି।

-ଓଃ, ରିଏଲି ସୋ ଇଣ୍ଡିସେଣ୍ଟ୍। ଅନ୍‌ଫର୍ଚ୍ଚୁନେଟ୍।

-ଏତେ କମ୍ ଟଙ୍କାରେ ଘର ଚଳେଇବା ଆଉ ବାପା, ମା'ଙ୍କ ଟ୍ରିଟ୍‌ମେଣ୍ଟ, ସାନଭାଇର ପାଠପଢ଼ା ସହ ନିଜ ଏଷ୍ଟାବ୍ଲିଶ୍‌ମେଣ୍ଟ ଖର୍ଚ୍ଚ ତଥାପି ବହୁତ କଷ୍ଟ ହୋଇପଡୁଛି, ସାର୍।

-ଡୋଣ୍ଟ ଓରି। ଥରେ କହିଲି ପରା, ମୁଁ ଅଛି ନା! କାହିଁକି ଏତେ ବ୍ୟସ୍ତ ହେଉଛ।

-ସାର୍।

-ନୋ ସାର୍, କୁହ ଶୁଭକାନ୍ତ।

ଶୁଭକାନ୍ତ ଏଲିଜାବେଥ୍‌କୁ କୁଣ୍ଢେଇ ଧରିଲେ। ଏଲିଜାବେଥ୍ ବିଲେଟିଏ ଭଳି

ଜାକିଜୁକି ଶୁଭକାନ୍ତଙ୍କ କୋଳ ଭିତରେ ପଶିଗଲା। ଏଇଟା ହିଁ ଏଲିଜାବେଥ୍‌ର ଏକମାତ୍ର ଟ୍ରିକ୍ ଥିଲା।

ଶୁଭକାନ୍ତ ସେତେବେଳକୁ ଏଲିଜାବେଥ୍‌ର ବ୍ରା ଷ୍ଟ୍ରାପ୍‌ରୁ ହୁକ୍ ଖୋଲି ସାରିଥିଲେ। ଏଲିଜାବେଥ୍ ଦୁଇଟି ଛୋଟ ପେଗ୍ ହ୍ୱିସ୍କି ତିଆରି କରି ସାରିଥିଲା।

ଫ୍ରଷ୍ଟ ମାଡ଼ରେ ବରଫ ଉପରେ କାଲୁଆ ହୋଇ ପଡ଼ିଥିବା ଧଳାଭାଲୁ ପରି ଶୁଭକାନ୍ତ ଘାଇଲା ହୋଇ ପଡ଼ିଥିଲେ ବେଡ୍‌ରେ।

ସେତେବେଳକୁ ଶୁଭକାନ୍ତଙ୍କ ଦେହରୁ ତାତି ଓହ୍ଲାଇ ସାରିଥିଲା।

ଏଲିଜାବେଥ୍ ବାଥ୍‌ରୁମ୍‌ରୁ ଫ୍ରେଶ୍ ହୋଇ ଶୁଭକାନ୍ତଙ୍କ ସାମ୍ନା ଚେୟାରରେ ବସିଲା।

ଶୁଭକାନ୍ତ ଆଉ ଗୋଟିଏ ଛୋଟ ପେଗ୍ ହ୍ୱିସ୍କି ନେଲେ। ଏଲିଜାବେଥ୍ କିନ୍ତୁ ନେଲା ଗୋଟିଏ ବଡ଼ ପେଗ୍।

ଦୁହେଁ ସିଗାରେଟ୍ ଲଗାଇଲେ। ଧୂଆଁରେ ଭରିଗଲା ଶୀତତାପ ନିୟନ୍ତ୍ରିତ ନିବୁଜ କୋଠରୀ।

ଏଲିଜାବେଥ୍ ଆରମ୍ଭ କଲା ଗପ। ସେ ଗପିଲା ତା' ୟୁନିଭର୍ସିଟି କଥା, ବୀଥିକା କଥା, ରାଉରକେଲା କଥା, ଏମିତି କେତେ କ'ଣ? ଶୁଭକାନ୍ତ ସୁନା ପିଲାଙ୍କ ଭଳି ଏଲିଜାବେଥ୍‌ର କୋଳରେ ମୁଣ୍ଡ ରଖି ଶୁଣୁଥିଲେ। ଏଲିଜାବେଥ୍ ଜାଣିଥିଲା ବୁଢ଼ାମାନେ ସେକ୍ସ ପରେ ପରେ ଗପ ଶୁଣିବାକୁ ଭଲ ପାଆନ୍ତି।

ଏଇ କେତେଦିନ ରହଣୀ ଭିତରେ ଏଲିଜାବେଥ୍ ଶୁଭକାନ୍ତଙ୍କ ମନ ଜିତି ନେଇଥିଲା। ଏଲିଜାବେଥ୍ ଭଳି କେୟାରିଂ ଝିଅକୁ ସବୁଦିନ ପାଇଁ ନିଜ ପାଖରେ ରଖିବାକୁ ଶୁଭକାନ୍ତ ମନେମନେ ନିଷ୍ପତ୍ତି ନେଇ ସାରିଥିଲେ।

ଏଲିଜାବେଥ୍ ବି ଆଉ ସେ ଅନ୍‌ଲାଇନ ଏସ୍କର୍ଟ ସର୍ଭିସକୁ ଫେରିବାକୁ ଚାହୁଁ ନଥିଲା। କରୋନା ପାଣ୍ଡେମିକ୍ ଲକ୍‌ଡାଉନ ସମୟରେ ଜବ୍ ଚାଲିଯିବା କଥା ମନେ ପକାଇ ଏଲିଜାବେଥ୍ ଦୁଃଖ କରୁଥିଲା। କେତେ ଦିନ ନିଜର ଏ ଦେହକୁ ନେଇ ଗର୍ବ କରିପାରିବ? ଏ ପ୍ରଷ୍ଟିଚ୍ୟୁଟ୍ ଲାଇନ୍‌ରେ ଭବିଷ୍ୟତ ଖୁବ୍ ଅନିଶ୍ଚିତ। ଯେତେଦିନ ପର୍ଯ୍ୟନ୍ତ ବଳବୟସ ଥିବ, ଯୌବନ ଥିବ, ସେତେଦିନ ପର୍ଯ୍ୟନ୍ତ ଠିକ୍‌ଠାକ୍। ଯୌବନ ହଟିଗଲେ ଆଉ ବୟସ ଖସିଗଲେ, ସବୁ ଶୂନ୍‌ଶାନ, ଅନ୍ଧାର।

ଦିନେ ତ ସେ ବୁଢ଼ୀ ହେବ। ଏ ଦେହ ଶୁଖି ଝାଉଁଳି ଯିବ। ଚମ ଧଡ଼ଧଡ଼ ହୋଇଯିବ। ଚମ୍‌କି ପଡ଼ିଲା ଏଲିଜାବେଥ୍।

ନୂଆ ନୂଆ ଏ ଲାଇନ୍ ଏଲିଜାବେଥ୍‌କୁ ଭାରି ଅଡୁଆ ଲାଗୁଥିଲା। ପ୍ରଷ୍ଟିଚ୍ୟୁସନକୁ ପ୍ରଫେସନ କରି ବଞ୍ଚିହେବ କି ନାହିଁ ତାର ସନ୍ଦେହ ଥିଲା।

ଭବିଷ୍ୟତରେ ଜଣେ ଆଇଏଏସ୍ ଅଫିସର ହେବ, ଏମିତି ଦିନେ ସ୍ୱପ୍ନ ଦେଖୁଥିଲା ଏଲିଜାବେଥ୍। କିନ୍ତୁ ସେ ସ୍ୱପ୍ନସବୁ ତା'ର ଭାଙ୍ଗିରୁଜି ଛାରଖାର ହୋଇଗଲା। ସମୟ ସ୍ରୋତରେ ଭାସି ଭାସି ଶେଷରେ ସେ ପାଲଟି ଯାଇଛି ଜଣେ ବେଶ୍ୟା! ଗୋଟିଏ ଦୀର୍ଘଶ୍ୱାସ ପକାଇଲା ଏଲିଜାବେଥ୍। ପ୍ରଭୁ ଯୀଶୁଙ୍କୁ ପ୍ରାର୍ଥନା କଲା।

କିନ୍ତୁ ଶୁଭକାନ୍ତଙ୍କ ଭଳି ଜଣେ ମହାନ୍ ପୁରୁଷଙ୍କୁ ପାଇ ତା' ଜୀବନ ସାର୍ଥକ ହୋଇଛି। ଶୁଭକାନ୍ତ ତା' ପାଇଁ ମଣିଷ ନୁହଁନ୍ତି, ଦେବତା।

ଏମିତିରେ ଦେଖିବାକୁ ଗଲେ, ଏଲିଜାବେଥ୍ ଶୁଭକାନ୍ତଙ୍କ ନାତୁଣୀ ବୟସର। ଆମେରିକାରେ ରହୁଥିବା ଶୁଭକାନ୍ତଙ୍କ ବଡ଼ ପୁଅର ବଡ଼ ଝିଅ ଜେନି ବୟସର ଏଲିଜାବେଥ୍। କିନ୍ତୁ ଏଲିଜାବେଥ୍ ଖୁବ୍ ମାଚ୍ୟୁୟର୍ଡ ଆଉ କେୟାରିଂ ବି। ଆଈ ମା' ଭଳି ଶୁଭକାନ୍ତଙ୍କୁ କୋଳରେ ପୂରାଇ ଶୁଆଇ ଦିଏ। ଗେହ୍ଲା କରେ। ଗପ କହେ। ମା' ଭଳି ଶୁଭକାନ୍ତଙ୍କ ଖାଇବା, ପିଇବାର ଯତ୍ନ ନିଏ। ଦେହ ସୁଖ ଦିଏ। ଶୁଭକାନ୍ତଙ୍କୁ ଭଲ ଭାବେ ବୁଝି ପାରିଛି ଏଇ କୁନିଝିଅ ଏଲିଜାବେଥ୍।

ଏଲିଜାବେଥ୍ ଗୋଟିଏ ବେଶ୍ୟା ଭାବେ, ଜଣେ କେୟାର ଟେକର ଭାବେ ମାତ୍ର ବର୍ଷକ ପାଇଁ ଶୁଭକାନ୍ତଙ୍କ ଜୀବନ ପରିଧିକୁ ଆସିଥିଲା। ଏବେ କିନ୍ତୁ ଏଲିଜାବେଥ୍ ବିନା ଘଡ଼ିଏ ବଞ୍ଚିବା ଶୁଭକାନ୍ତଙ୍କ ପାଇଁ ମୁସ୍କିଲ୍।

ଏଲିଜାବେଥ୍ କିନ୍ତୁ ଗୋଟିଏ ମିଛ ପାଇଁ ନିଜକୁ କ୍ଷମା କରି ପାରୁନଥିଲା। ଆଜି ଯାଏ ସେ ଗୋଟିଏ ବଡ଼ ସତ୍ୟ ଶୁଭକାନ୍ତଙ୍କୁ ଲୁଚାଇ ଆସିଛି। ଏଲିଜାବେଥ୍ ବିବାହିତା। ତା'ର ସ୍ୱାମୀ ଅଛି।

ୟୁନିଭର୍ସିଟିରେ ପଢ଼ିଲାବେଳେ ନେଲ୍‌ସନ ନାମରେ ଜଣେ ଯୁବକ ପ୍ରେମରେ ପଡ଼ିଥିଲା ଏଲିଜାବେଥ୍। ଦୁହେଁ କିଛି ବର୍ଷ ଲିଭ୍ ଇନ୍‌ରେ ରହିବା ପରେ ବିବାହ କରିଥିଲେ। କିନ୍ତୁ ସେ ବିବାହିତ ବୋଲି ଶୁଭକାନ୍ତଙ୍କୁ ଜଣାଇ ପାରି ନଥିଲା ଏଲିଜାବେଥ୍। କାହିଁକି ନା, ଏଲିଜାବେଥ୍ ଅବିବାହିତା ବୋଲି ନେଲ୍‌ସନ ହିଁ ଶୁଭକାନ୍ତଙ୍କୁ କହି ସାରିଥିଲା। ସତ କଥା ହେଉଛି, ଏଲିଜାବେଥ୍‌ର ହଜ୍‌ବ୍ୟାଣ୍ଡ ନେଲ୍‌ସନ ହିଁ ଅନ୍‌ଲାଇନ୍ ଏସ୍‌କର୍ଟ ସର୍ଭିସର ମାଲିକ ଥିଲା। ଆଉ ନିଜ ସ୍ତ୍ରୀକୁ ସୁଗାର ବେବି କହି ବଜାରରେ ସେଲ୍ କରୁଥିଲା।

ଏଲିଜାବେଥ୍ ନେଲ୍‌ସନର ଗୋଟିଏ ମାତ୍ର ସ୍ତ୍ରୀ ନଥିଲା। ନେଲ୍‌ସନ ଅନେକ ଝିଅଙ୍କୁ ପ୍ରେମ ଜାଲରେ ଫସେଇ ବାହା ହୁଏ ଏବଂ ପରେ ସେମାନଙ୍କୁ ଏଭଳି ସୁଗାର ବେବି କାମରେ ଲଗାଇ ଟଙ୍କା ରୋଜଗାର କରେ। ନେଲ୍‌ସନ ପାଇଁ ଟଙ୍କା ରୋଜଗାର କରିବାର ଏହା ଏକ ବଢ଼ିଆ ବାଟ ଥିଲା।

ଏଲିଜାବେଥ୍ ନେଲ୍‌ସନ ପାଖକୁ ଆଉ ଫେରିବାକୁ ଚାହୁଁ ନଥିଲା। ସେ ଶୁଭକାନ୍ତଙ୍କ ପାଖରେ ରହିବାକୁ ଚାହୁଁଥିଲା। ଶୁଭକାନ୍ତଙ୍କ ଅଫିସରେ ଜଣେ ଏମ୍ପ୍ଲୟି ହୋଇ ରହିବ ପଛେ ନେଲ୍‌ସନ ପାଖକୁ ଆଉ ଫେରିବ ନାହିଁ। ଏମିତି ମନେମନେ ଭାବୁଥିଲା ଏଲିଜାବେଥ୍।

ଏଲିଜାବେଥ୍‌କୁ ନେଇ ଶୁଭକାନ୍ତ କୋରାପୁଟରୁ ମନାଲି ପୁଣି ଦାର୍ଜିଲିଂରୁ ଗ୍ୟାଙ୍ଗ୍‌ଟକ ସବୁଆଡ଼େ ବୁଲି ସାରିଲେଣି। ଏଲିଜାବେଥ୍ ବି ଶୁଭକାନ୍ତଙ୍କ ଅଫିସ କାମକୁ ଅତି ସୁନ୍ଦର ଭାବେ ମ୍ୟାନେଜ୍ କରିପାରୁଥିଲା।

ବୃଦ୍ଧ ଶୁଭକାନ୍ତଙ୍କ ପ୍ରତି ଏଲିଜାବେଥ୍‌ର ଗୋଟିଏ ମାୟା ଲାଗି ଯାଇଥିଲା। ଏଲିଜାବେଥ୍ ନିଜକୁ ଶୁଭକାନ୍ତଙ୍କ ପତ୍ନୀ ରୂପରେ ଦେଖୁଥିଲା। ଯଦିଓ ସୁଗାର ବେବିଙ୍କ ପାଇଁ କାହାର ସ୍ତ୍ରୀ ହେବା ପାଇଁ କଳ୍ପନା କରିବା ପ୍ରଫେସନ ବିରୋଧୀ, ତଥାପି ଏଲିଜାବେଥ୍ ଶୁଭକାନ୍ତଙ୍କୁ ମନେ ମନେ ସ୍ୱାମୀ ଭାବେ ଗ୍ରହଣ କରି ସାରିଥିଲା। ନିଜର ପ୍ରକୃତ ସ୍ୱାମୀ ନେଲ୍‌ସନକୁ ସେ ଭୁଲିବାକୁ ଚାହୁଁଥିଲା। ନେଲ୍‌ସନ ଜଣେ ମଣିଷ ନୁହେଁ, ପଶୁ। ଘୃଣ୍ୟ। ହିଂସ୍ର। ଏଲିଜାବେଥ୍ ଆଉ ନେଲ୍‌ସନ ପାଖକୁ ଫେରିବାକୁ ଚାହୁଁ ନଥିଲା।

ଏଲିଜାବେଥ୍ ଭଲ ଭାବେ ଜାଣିଥିଲା, ସେ ଏଠୁ ଫେରିଲା ପରେ ନେଲ୍‌ସନ ତାକୁ ଆଉ କୋଉ ବୁଢ଼ା ସହ ଏନ୍‌ଗେଜ୍ କରାଇ ତା'ଠୁ ବି ଟଙ୍କା ଝଡ଼େଇବ। ନେଲ୍‌ସନ କେବେ ତାକୁ ସ୍ତ୍ରୀ ଭଳି ଭାବେନା। ସେ ତାକୁ ବଜାରର ପଣ୍ୟ ଭଳି ଭାବେ।

ଶୁଭକାନ୍ତ ବି ଏଲିଜାବେଥ୍‌କୁ ନିଜ ସ୍ତ୍ରୀଠାରୁ ଅଧିକ ନିଜର କରି ନେଇଥିଲେ। ଏଲିଜାବେଥ୍ ତାଙ୍କ ପାଇଁ କେବଳ ବେଶ୍ୟାଟିଏ ହୋଇ ରହି ନଥିଲା। ସେ ପାଲଟି ଯାଇଥିଲା ତାଙ୍କ ଜୀବନସାଥୀ। ଅଫିସ ମ୍ୟାନେଜର। ପର୍ସନାଲ୍ ଆସିଷ୍ଟାଣ୍ଟ।

ଆଉ ପନ୍ଦର ଦିନ ପରେ ଏଲିଜାବେଥ୍‌ର କଣ୍ଟ୍ରାକ୍ଟ ପୂରିଯିବ। ଶୁଭକାନ୍ତ ଭାବୁଥିଲେ, ଅନ୍‌ଲାଇନ୍ ଏସ୍‌କର୍ଟ ସର୍ଭିସ ସହ କଥାବାର୍ତ୍ତା କରି ଏଲିଜାବେଥ୍‌ର କଣ୍ଟ୍ରାକ୍ଟ କ୍ୟାନ୍‌ସଲ କରିବେ ଏବଂ ଏଲିଜାବେଥ୍‌କୁ ବିବାହ ପାଇଁ ପ୍ରସ୍ତାବ ରଖିବେ।

ଏଲିଜାବେଥ୍ ଭଳି ଝିଅକୁ ହରାଇବାକୁ ଚାହୁଁ ନଥିଲେ ଶୁଭକାନ୍ତ। ଏଲିଜାବେଥ୍ ଆସିବା ପରଠୁ ଶୁଭକାନ୍ତଙ୍କ ବାର୍ଦ୍ଧକ୍ୟ ଜୀବନରେ ଅନେକ ପରିବର୍ତ୍ତନ ଆସିଥିଲା। ଶୁଭକାନ୍ତ ମଦ ପିଇବା ଛାଡ଼ି ଦେଇଥିଲେ। ବାର୍ ଯିବା ବନ୍ଦ କରିଦେଇଥିଲେ। ନାଇଟ୍ କ୍ଲବ୍ ଯାଉ ନଥିଲେ। ଅଫିସରେ ନିୟମିତ ବସୁଥିଲେ। ଏଲିଜାବେଥ୍ ଅଫିସ ମ୍ୟାନେଜ୍ କରୁଥିଲା। ଶୁଭକାନ୍ତଙ୍କ କମ୍ପାନି ବେଶ୍ ଲାଭ କରୁଥିଲା।

ସେଦିନ ଶୁଭକାନ୍ତଙ୍କ ହାତକୁ ଫାଇଲ୍ ବଢ଼ାଇ ଦେବାବେଳେ ଏଲିଜାବେଥ୍‌ର ମୁଣ୍ଡ ବୁଲାଇଦେଲା। ସେ ଚେୟାର ଉପରେ ବସିପଡ଼ିଲା। ତାକୁ ବାନ୍ତି ଲାଗିଲା। ସେ ବେସିନ୍‌କୁ ଧାଇଁଯାଇ ବାନ୍ତିକଲା।

ପରୀକ୍ଷାରୁ ଜଣାଗଲା, ଏଲିଜାବେଥ୍ ପ୍ରେଗ୍‌ନେଣ୍ଟ।

ସତୁରୀ ବର୍ଷରେ ବୃଦ୍ଧ ଶୁଭକାନ୍ତ ପୁଣି ଥରେ ବାପା ହେବାକୁ ଯାଉଛନ୍ତି। ଖୁସିରେ ନାଚି ଉଠିଲେ ଶୁଭକାନ୍ତ।

■

ରଞ୍ଜନ ପ୍ରଧାନଙ୍କ ଅନ୍ୟାନ୍ୟ ପୁସ୍ତକ

କବିତା

୧. ମାଟିଗୀତ (ଓଡ଼ିଆ କବିତା ସଂକଳନ)

ପ୍ରକାଶକ:ପାଇନ୍ ବୁକ୍ସ, ତୁଳସୀପୁର କଟକ, ପ୍ରକାଶ କାଳ:୨୦୦୩, ମୂଲ୍ୟ: ୪୦ ଟଙ୍କା

୨. ଭାଗବତ ଟୁଙ୍ଗି (ଓଡ଼ିଆ କବିତା ସଂକଳନ)

ପ୍ରକାଶକ: କ୍ରିଏଟିଭ ଓଡ଼ିଶା, କେନ୍ଦ୍ରାପଡ଼ା, ପ୍ରକାଶ କାଳ: ୨୦୧୦, ମୂଲ୍ୟ: ୭୦ ଟଙ୍କା

୩. ଆଞ୍ଜୁଳାଏ ନିବିଡ଼ତା (ଓଡ଼ିଆ କବିତା ସଂକଳନ) ପ୍ରକାଶ ଅପେକ୍ଷାରେ

କ୍ଷୁଦ୍ରଗଳ୍ପ

୧. ତନୁଜା ବଳକୁ ନେଇ ଯେତେସବୁ ବେକାରିଆ ଗପ (ଓଡ଼ିଆ କ୍ଷୁଦ୍ରଗଳ୍ପ ସଂକଳନ)

ପ୍ରକାଶକ: ଇଙ୍କ୍ ଓଡ଼ିଶା, ଭୁବନେଶ୍ୱର, ପ୍ରଥମ ପ୍ରକାଶ କାଳ: ୨୦୦୪, ମୂଲ୍ୟ: ୭୦ ଟଙ୍କା

୨. ଭିଟାମିନ୍ (ଓଡ଼ିଆ କ୍ଷୁଦ୍ରଗଳ୍ପ ସଂକଳନ)

ପ୍ରକାଶକ: ପଶ୍ଚିମା, ଭୁବନେଶ୍ୱର, ପ୍ରଥମ ପ୍ରକାଶ କାଳ: ୨୦୦୬, ମୂଲ୍ୟ: ୭୦ ଟଙ୍କା

୩. ପର୍ବ (ମିଳିତ କ୍ଷୁଦ୍ରଗଳ୍ପ ସଂକଳନ)

ପ୍ରକାଶକ: ପେନ୍ ଇନ୍, ଭୁବନେଶ୍ୱର, ପ୍ରକାଶ କାଳ: ୨୦୧୧, ମୂଲ୍ୟ: ୮୦ ଟଙ୍କା

୪. ଡୁମା ଦେବତା ଓ ଅନ୍ୟାନ୍ୟ ଗପ (ଓଡ଼ିଆ କ୍ଷୁଦ୍ରଗଳ୍ପ ସଂକଳନ)

ପ୍ରକାଶକ: କ୍ରିଏଟିଭ ଓଡ଼ିଶା, କେନ୍ଦ୍ରାପଡ଼ା, ପ୍ରଥମ ପ୍ରକାଶ କାଳ: ୨୦୧୭, ମୂଲ୍ୟ: ୧୫୦ ଟଙ୍କା

୫. ପେଡ୍ ଗାର୍ଲଫ୍ରେଣ୍ଡ (ଓଡ଼ିଆ କ୍ଷୁଦ୍ରଗଳ୍ପ ସଂକଳନ)

ପ୍ରକାଶକ: ବ୍ଲାକ୍ ଇଗଲ୍ ବୁକ୍ସ, ଭୁବନେଶ୍ୱର, ପ୍ରକାଶ କାଳ: ୨୦୨୧, ମୂଲ୍ୟ: ୨୨୫ ଟଙ୍କା

ଉପନ୍ୟାସ

୧. ବୁଢ଼ାବଳଙ୍ଗର ମାଝି (ଓଡ଼ିଆ ଉପନ୍ୟାସ)

ପ୍ରକାଶକ: ପଶ୍ଚିମା, ଭୁବନେଶ୍ୱର, ପ୍ରକାଶ କାଳ: ୨୦୧୯, ମୂଲ୍ୟ: ୧୦୦ ଟଙ୍କା

ଗବେଷଣା ଓ ପ୍ରବନ୍ଧ

୧. ନବରଙ୍ଗପୁର ଜିଲ୍ଲାର ସଂସ୍କୃତି ଓ ପର୍ଯ୍ୟଟନ (ଗବେଷଣା)

ପ୍ରକାଶକ: ପ୍ରଜ୍ଞା ପାରମିତା, କେନ୍ଦ୍ରାପଡ଼ା, ପ୍ରକାଶ କାଳ: ୨୦୦୭, ମୂଲ୍ୟ: ୪୦ ଟଙ୍କା

୨. ବଣ ଡଙ୍ଗରର ଗପ (ଜନଜାତି ଲୋକକାହାଣୀ ସଂକଳନ)

ପ୍ରକାଶକ: ପ୍ରଜ୍ଞା ପାରମିତା, କେନ୍ଦ୍ରାପଡ଼ା, ପ୍ରକାଶ କାଳ: ୨୦୦୭, ମୂଲ୍ୟ: ୧୦୦ ଟଙ୍କା

୩. ପରଜା ଜୀବନ ଓ ସଂସ୍କୃତି (ଜନଜାତି ଗବେଷଣା)

ପ୍ରକାଶକ: ପ୍ରଜ୍ଞା ପାରମିତା, କେନ୍ଦ୍ରାପଡ଼ା, ପ୍ରକାଶ କାଳ: ୨୦୦୭, ମୂଲ୍ୟ: ୩୫୦ ଟଙ୍କା

4. Tales From Hill and Jungle

Anthology of Tribal folk tales of Koraput region, Published by Creative Odisha, Kendrapada, 2009

୫. ଆଦିବାସୀ ନାଚ ଓ ଗୀତ (ଜନଜାତି ଗବେଷଣା)

ପ୍ରକାଶକ: କ୍ରିଏଟିଭ ଓଡ଼ିଶା, କେନ୍ଦ୍ରାପଡ଼ା, ପ୍ରକାଶ କାଳ: ୨୦୧୨, ମୂଲ୍ୟ: ୩୯୦ ଟଙ୍କା

୬. ଐତିହ୍ୟ, ସଂସ୍କୃତି ଓ ପର୍ଯ୍ୟଟନ: କେନ୍ଦୁଝର (ଗବେଷଣା)

ପ୍ରକାଶକ: କ୍ରିଏଟିଭ ଓଡ଼ିଶା, କେନ୍ଦ୍ରାପଡ଼ା, ପ୍ରକାଶ କାଳ: ୨୦୧୨, ମୂଲ୍ୟ: ୩୫୦ ଟଙ୍କା

୭. ଜୁଆଙ୍ଗ ପର୍ବପର୍ବାଣି (ଜନଜାତି ଗବେଷଣା)

ପ୍ରକାଶକ: କ୍ରିଏଟିଭ ଓଡ଼ିଶା, କେନ୍ଦ୍ରାପଡ଼ା, ପ୍ରକାଶ କାଳ: ୨୦୧୪, ମୂଲ୍ୟ: ୩୭୦ ଟଙ୍କା

୮. ଗୋନାସିକା ନନ୍ଦିନୀ ବୈତରଣୀ (ନଦୀ ଗବେଷଣା)

ପ୍ରକାଶକ: କ୍ରିଏଟିଭ ଓଡ଼ିଶା, କେନ୍ଦ୍ରାପଡ଼ା, ପ୍ରକାଶ କାଳ: ୨୦୧୫, ମୂଲ୍ୟ: ୪୫୦ ଟଙ୍କା

୯. ପର୍ଯ୍ୟଟନ ଓ ପ୍ରତ୍ନତତ୍ତ୍ୱ: ମୟୂରଭଞ୍ଜ (ଗବେଷଣା)

ପ୍ରକାଶକ: କ୍ରିଏଟିଭ ଓଡ଼ିଶା, କେନ୍ଦ୍ରାପଡ଼ା, ପ୍ରକାଶ କାଳ: ୨୦୧୭, ମୂଲ୍ୟ: ୪୫୦ ଟଙ୍କା

୧୦. ଓଡ଼ିଶାର ନଦୀ (ନଦୀ ଗବେଷଣା)

ପ୍ରକାଶକ: କ୍ରିଏଟିଭ ଓଡ଼ିଶା, କେନ୍ଦ୍ରାପଡ଼ା (ପ୍ରକାଶ ଅପେକ୍ଷାରେ)

୧୧. ପ୍ରାଚୀ ଉପତ୍ୟକାର ଶିଳା ଯାତ୍ରା (ନଦୀ ଗବେଷଣା)

ପ୍ରକାଶକ: କ୍ରିଏଟିଭ ଓଡ଼ିଶା, କେନ୍ଦ୍ରାପଡ଼ା (ପ୍ରକାଶ ଅପେକ୍ଷାରେ)

ଏସବୁ ପୁସ୍ତକ ପାଇବାକୁ ହେଲେ ଆପଣ ଯୋଗାଯୋଗ କରିପାରିବେ:

୯୪୩୭୨୧୩୮୫୪, ୮୨୪୯୧୫୫୧୨୫

BLACK EAGLE BOOKS

www.blackeaglebooks.org
info@blackeaglebooks.org

Black Eagle Books, an independent publisher, was founded as a nonprofit organization in April, 2019. It is our mission to connect and engage the Indian diaspora and the world at large with the best of works of world literature published on a collaborative platform, with special emphasis on foregrounding Contemporary Classics and New Writing.

www.ingramcontent.com/pod-product-compliance
Lightning Source LLC
Chambersburg PA
CBHW050328110726
47899CB00007B/2420
* 9 7 8 1 6 4 5 6 0 1 6 2 3 *